Pat Conroy
Der große Santini

Pat Conroy

Der große Santini

Roman

Aus dem
Amerikanischen von
Till R. Lohmeyer
und Gabriele Conrad

Gustav Lübbe Verlag

Originalverlag: Houghton Mifflin/Boston
Titel der Originalausgabe: The Great Santini

Aus dem Amerikanischen von Till R. Lohmeyer und Gabriele Conrad
Schutzumschlag: Klaus Detjen, Hamburg
Foto aus: »camera«, 58. Jahrgang, Februar 1979, Nr. 2
Satz: Fotosatz Froitzheim, Bonn
Druck und Einband: May & Co., Darmstadt

Printed in West Germany
ISBN 3-7857-0544-1

Dieses Buch widme ich in Liebe und Dankbarkeit
Frances »Peggy« Conroy,
der besten aller Mütter und Lehrerinnen,
und Colonel Donald Conroy, U. S. M. C. Ret.,
dem besten aller Marine-Corps-Piloten

1

Im Hotel *Cordoba* unweit der Dockanlagen von Barcelona gaben vierzehn Kampfpiloten des auf dem Flugzeugträger *Forrestal* stationierten Marine Corps eine ebenso berauschende wie geräuschvolle Abschiedsparty für Lieutenant Colonel Bull Meecham, den Stellvertretenden Kommandeur ihrer Staffel. Die Piloten hatten schon den ganzen Tag über gebechert, und die Party steuerte im Sturzflug aufs Chaos zu – für Bull Meecham ein Indiz dafür, daß ihm noch ein paar tolle, unvergeßliche Stunden bevorstanden. Der Staffelkapitän, Ty Mullinax, war bereits am frühen Nachmittag umgekippt und lag nun, selig schlummernd, auf dem Tisch in der Zimmermitte, die Hände über der Brust gefaltet. Aus dem Reißverschluß seiner Hose ragte, von kundigen Händen gesteckt, ein Lilienstrauß, der in der Leistenbeuge wurzelte. Der Lärm hatte sich seit Beginn der Party kurz nach zwölf Uhr mittags in unregelmäßigen Abständen zu immer höheren Geräuschpegeln aufgeschwungen. Was zunächst als taktvolle, ja bewegende Veranstaltung begonnen hatte, auf der Soldaten und Gentlemen Toasts auf einen wackeren Krieger ausbrachten, der im Begriff stand, ihre Ränge zu verlassen, verwandelte sich immer mehr in ein vom Alkohol beherrschtes Gelage. Als die Dunkelheit hereinbrach und die Silhouette der im Hafen liegenden Kriegsschiffe von kleinen Bordlichtern erhellt wurde, marschierte der Maître d'Hôtel des *Cordoba* in den Versammlungsraum, um der Geselligkeit, deren Geräuschpegel inzwischen das Volumen eines mittleren Krieges angenommen hatte, ein Ende zu setzen.

Am liebsten hätte er die Marines von der Guardia Civil hinauswerfen lassen, aber das verbot sich schon deshalb, weil er geschäftlich von den Offizieren weitgehend abhängig war: Die Amerikaner hatten sein Hotel-Restaurant zum Hauptquartier bei ihren Flottenbesuchen in Barcelona auserkoren.

Die Gäste des Restaurants, das unmittelbar an den Partyraum anschloß, hatten sich inzwischen nachhaltig über den Lärm und die Obszönitäten beschwert, die von nebenan herüberdrangen. Selbst die Flamenco-Gruppe war nicht imstande, das Geschrei und Gepolter zu neutralisieren, geschweige denn zu übertönen. Der Maître erwartete Captain Weber, den Kommandanten eines die Flotte begleitenden Kreuzers, der für sich und seine Frau Gemahlin einen Tisch bestellt hatte, allerdings erst für einundzwanzig Uhr. Er holte tief Luft, öffnete die Tür und steuerte auf einen Mann zu, der aussah, als habe er hier etwas zu sagen.

»Hey, Pedro, was kann ich für Sie tun?« fragte Bull Meecham.

Der Maître war ein kleiner, eleganter Herr. Er sah nun auf zu einem massigen, rotgesichtigen Mann, der fast zwei Meter maß und über zwei Zentner wog.

Noch ehe der Maître antworten konnte, fiel sein Blick auf den flach ausgestreckten Körper von Colonel Mullinax, der noch immer auf dem langen Eßtisch in der Zimmermitte lag.

»Was ist mit diesem Mann?« fragte der Maître.

»Er ist tot, Pedro«, antwortete Bull.

»Sie . . . scherzen, Señor.«

»Nein, Pedro.«

»Er . . . atmet noch.«

»Muskelzuckungen. Ganz unfreiwillig«, gab Bull unter dem brüllenden Gelächter der anderen Piloten zurück.

»Er ist wirklich tot, Pedro, und wir müssen ihn hierlassen. Die Flotte kann jederzeit auslaufen – da bleibt uns keine Zeit, ihn zu beerdigen. Aber in sechs Monaten etwa sind wir ja wieder zurück, da holen wir ihn dann ab. Mein Wort drauf. Lassen Sie ihn so lange auf dem Tisch liegen, mehr möchte ich gar nicht von Ihnen.«

»Nein, Señor«, sagte der Maître d'Hôtel und starrte mit wachsendem Unbehagen auf den bewußtlosen Flieger. »Sie scherzen mit mir. Ich nehme nicht übel. Ich bin gekommen, Sie zu bitten, ein wenig leiser zu sein – und nicht noch mehr Mobiliar und Gläser zu zertrümmern. Einige Navy-Offiziere haben sich sehr beschwert.«

»Ach du meine Güte«, sagte Bull. »Wollen Sie damit sagen, daß die Navy-Offiziere es nicht mögen, wenn wir mit Gläsern um uns werfen?«

»Ja, Señor.«

Bull drehte sich um, und auf sein Zeichen flogen dreizehn Gläser quer durch den Raum und zerschellten im offenen Kamin, der ohnehin schon voller Glasscherben war.

»Ich werde Ihnen das berechnen müssen, Señor«, sagte der Maître.

»Verschwinden Sie, Pedro«, sagte Bull. »Wenn ich 'ne Tortilla will, ruf' ich Sie.«

»Aber Señor . . . Ich habe noch andere Gäste. Viele Offiziere von der Navy – mit Damen. Sie fragen mich, woher der Lärm kommt. Was soll ich tun?«

»Ich kümmere mich schon drum, Pedro«, erwiderte Bull. »Gehen Sie jetzt und schieben Sie sich meinetwegen 'n paar Tacos zwischen die Zähne. Die Boys und ich feiern noch ein bißchen. Spätestens in einer Woche sind wir fertig.«

»Nein, Señor . . . Bitte, Señor . . . Meine anderen Gäste . . .«

Als der Maître d'Hôtel die Tür hinter sich schloß, durchquerte Bull den Saal und goß sich einen neuen Drink ein. Die anderen Piloten scharten sich um ihn und bedienten sich ebenfalls.

Major Sammy Funderburk ergriff zuerst das Wort. »Ich hab' mich heut' morgen hier 'n bißchen umgesehen«, sagte er mit stark texanischem Akzent. »Und was wandelt da in der Lobby auf und ab? 'ne ganz neue, zu allem bereite Schwalbe ...«

»Sie sollten mich besser kennen«, sagte Bull. »Ich schone meinen Körper für meine Frau.«

»Seit wann, Colonel?« rief einer der jungen Lieutenants in das allgemeine Gelächter.

»Seit dem Morgengrauen«, antwortete Bull.

»Diese Staffel hier ist doch der schärfste Haufen Marine-Corps-Flieger, der je auf Gottes grüner Erde versammelt war«, grölte Sammy.

»So isses! Ge-nau!« stimmten die anderen zu.

»Einen Toast! Ich möchte einen Toast ausbringen!« rief Bull in das Getöse, und es wurde still. »Ich trinke auf den größten Kampfpiloten, der je zwischen seine beiden Schuhe geschissen hat!« Er hob sein Glas hoch in die Luft, und alle anderen Piloten taten es ihm nach. »Dieser Mann kannte keine Furcht, und was er mit seinem Flugzeug alles angestellt hat, das war einmalig, das macht ihm so schnell keiner nach. Tausendmal hat er dem Tod ins Gesicht gespuckt, und trotzdem hat er es irgendwie geschafft, sich seine jesushafte Demut zu bewahren. Gentlemen, ich ersuche Sie, Ihre Gläser zu erheben und mit mir gemeinsam auf Colonel Bull Meecham anzustoßen!«

Alles johlte und pfiff. Da flüsterte Captain Ronald Bookout Bull zu: »Sir, ich fürchte, wir könnten Schwierigkeiten bekommen, wenn wir uns nicht ein bißchen zurückhalten. Ich hab' eben mal die Nase ins Restaurant gesteckt. Da sind inzwischen 'ne Menge Navy-Typen. Wär' mir echt zuwider, wenn Sie an Ihrem letzten Abend in Europa noch Trouble bekämen.«

»Captain«, antwortete Bull so laut, daß auch die anderen es hören konnten. »Sie haben, was die Navy angeht, eines noch nicht begriffen: Die Navy erwartet von uns, daß wir uns aufführen wie die Wilden. Damit sie sich uns überlegen fühlen kann. Die Navy-Burschen halten uns für Relikte aus der Steinzeit, und da ist es nur recht und billig, wenn wir diesem Bild entsprechen. Sie *erwarten* es von uns, mein Sohn, also *sind* wir auch primitiv. Außerdem ist es für jeden Marine eine Sünde, eine Todsünde, irgendeinen von diesen Tintenfischen in dem Glauben zu lassen, wir hätten auch nur das geringste mit ihnen zu tun. Verdammt, wenn ich rausfände, daß die Absolventen der Naval Academy Weiber vögeln, ich würd's mir echt überlegen, ob ich nicht schwul werden soll. Als Marine, vor allem aber als Kampfflieger bei den Marines, mußt du die permanent in den Hintern treten. Ich kann sie geradezu vor mir sehen, wie sie da draußen herumstolzieren, als hätten sie Eiszapfen im Arsch. Die halten das Corps für 'ne Art analen Hautpilz, mit dem sie irgendwie fertig werden müssen.«

»Verdammt, ich würde lieber gegen die Navy als gegen die Russen in den Krieg ziehen«, verkündete Ace Norbett.

Bull pflichtete ihm bei. »Ace, das ist einer meiner langgehegten unerfüllten Träume. Daß Navy und Marine Corps endlich aufeinander losgelassen werden. Schätze allerdings, daß es mindestens 'ne Viertelstunde dauert, bis wir Marineflieger die Navy-Piloten zu 'ner ausgestorbenen Tierart gemacht haben.«

»Die Seehoheit hätten sie aber immer noch«, warf Captain Bookout ein.

»Na, und wenn schon. Ich würde nur zu gern mal erleben, wie diese Kerle einen Strand stürmen. Ich wette, drei Marines könnten einen Strand gegen die gesamte U. S. Navy verteidigen. Verdammt, *ich* würde allein die halbe Navy mit 'ner Gummischleuder und sechs ausgebildeten, geknackten und besoffenen Austern in Schach halten!«

Unbändiges Geschrei erhob sich, die Männer pfiffen, johlten und trampelten mit den Füßen. Als sich die Tür öffnete und der Maître d'Hôtel in Begleitung eines erzürnten Navy-Captains erschien, dauerte es einige Zeit, bis endlich Ruhe herrschte. Der Maître grinste triumphierend. Majestätische Entrüstung sprach aus dem Blick, mit dem der Captain die versammelten Marines musterte, von denen einige, sobald sie seiner ansichtig wurden, Habachtstellung einnahmen. Die Fähigkeit der Hierarchie, Soldaten zum Schweigen zu bringen, überlebte selbst im schillernden Grenzland zwischen Schwips und Suff.

»Wer ist hier der ranghöchste Offizier?« fragte der Captain scharf.

»Er, Sir«, antwortete Lieutenant Colonel Meecham und deutete auf Ty Mullinax.

»Name und Dienstgrad, Colonel!«

»Lieutenant Colonel W. P. Meecham, Sir«, gab Bull zurück.

»Was ist los mit dem Mann, Colonel?« fragte der Captain und deutete auf Colonel Mullinax.

»Er hat die Grippe, Sir. Sie hat ihn umgehauen.«

»Riskieren Sie keine große Klappe bei mir, Colonel, es sei denn, Sie legen es darauf an, den Rest Ihrer Dienstzeit bei Majorssold zu fristen. Ich habe mich auf einen netten Abend mit meiner Frau gefreut, die extra von Villafranca herübergeflogen ist, und da draußen sitzen mindestens noch zehn andere Navy-Offiziere mit ihren Damen beim Essen.

Wir würden es begrüßen, wenn Sie dieses Hotel verlassen und uns mit Ihrem flegelhaften Benehmen verschonen würden.«

»Es handelt sich um eine Abschiedsparty, Sir«, erklärte Bull.

»Ihr Abschied dürfte das Ansehen der Flotte außerordentlich heben, Colonel. Und nun, meine Herren, trinken Sie aus und gehen Sie wieder an Bord, wenn ich bitten darf.«

»Gestatten Sie uns einen letzten Drink an der Bar, Captain? Wenn wir Ihnen versprechen, uns wie Gentlemen zu benehmen?«

»Einen einzigen, ja. Und dann wünsche ich, keinen von Ihnen hier mehr zu sehen.« Der Captain drehte sich um und verließ den Raum.

Der Maître blieb zurück. »Möchten Sie die Rechnung, Señor?« fragte er Bull. »Selbstverständlich einschließlich der zerbrochenen Gläser und des beschädigten Mobiliars.«

»Gewiß doch, Pedro«, antwortete Bull. »Und vergessen Sie nicht die Arztrechnung für die tacovernarrten Augen, die ich Ihnen gleich rausprügeln werde.«

»Immer das gleiche Theater mit diesen Marines«, murmelte der Maître d'Hôtel und trat den Rückzug Richtung Tür an.

Major Funderburk sagte: »So'n toter Maître d'Hôtel, das wär'n tolles Mitbringsel...«

»Wir kommen gleich an die Bar, Pedro«, rief Bull dem sich entfernenden Maître nach. Dann wandte er sich an den Texaner und fragte: »Hey, Sam, hast du die Dose Champignonsuppe dabei?«

»Jawohl, Colonel, hab' ich.«

»Und was zum Öffnen auch?«

»Auch das.«

»Ace«, rief Bull quer durch den Saal. »Hast du die Löffel?«

»Aye, aye, Sir!«

»So, ihr jungen Spunde«, begann Bull nun, während sich die gesamte Staffel um ihn herum versammelte. »Jawohl, junge Piloten, unschuldig wie der Schnee, den der Wind übers Land bläst... Wir alten Flughasen werden euch jetzt mal zeigen, wie man mit arroganten Navy-Schnöseln umgeht, wenn sich Gelegenheit dazu bietet. Dieses ausgeleierte Bruchband von einem Captain, das gerade hier im Raum stand, bildet sich ein, es hätte einem Höhlenmenschen 'ne Lektion in Benimm und Anstand erteilt. Jetzt hockt er bei seiner Frau und gibt groß an, wie wir alle gezittert haben, er könnte uns anschwärzen, und wie er uns zusammengeschissen hat, daß uns der Arsch auf Grundeis ging. Ihr geht jetzt alle rüber an die Bar, hört euch die Musik an und benehmt euch wie perfekte Gentlemen. Und dann seht euch mal an, wie Bull, Ace und Sammy, die drei wildesten gottverdammten Kampfflieger aller

Zeiten, diesen schnuckeligen kleinen Flamingotänzern die Schau stehlen.«

Die Band spielte laut, als die Marines das Restaurant betraten und so gesittet, wie ihr Zustand es ihnen erlaubte, auf die Barhocker zusteuerten. Die feindseligen Blicke, die sie empfingen, waren beinahe körperlich spürbar. Die Frau des Captains beugte sich über den Tisch, um ihrem Mann etwas zuzuflüstern, woraufhin beide lächelten.

Als die Band eine Pause einlegte, verstaute Bull die offene Dose mit der Champignonsuppe in der Brusttasche seines Uniformhemds, blinzelte Ace und Sammy zu und leerte sein Martiniglas auf einen Zug. Dann glitt er mit ungelenken Bewegungen von seinem Barhocker und stolperte auf die Bühne zu, welche die Band kurz zuvor verlassen hatte. Aus den Augenwinkeln sah er, wie der Captain und die anderen Navy-Offiziere herablassend die Köpfe schüttelten. Ihre Damen verfolgten Bulls Auftritt fasziniert und rechneten jeden Augenblick damit, daß er zu Boden stürzte. Die Vorstellung eines betrunkenen Marines, der einem ungewissen, erniedrigenden Rendezvous unweit der kleinen Bühne entgegentorkelte, gefiel ihnen besser als die spanische Musik.

Als Bull ins Rampenlicht trat, brach er in die Knie, verzog das Gesicht, als habe ihn plötzliche Übelkeit befallen, stieß ruckartig den Kopf vor und tat, als müsse er sich übergeben. Die begleitende Geräuschkulisse ließ im gesamten Lokal die Gabeln auf Tische und Teller sinken. Bull täuschte einen neuen Anfall vor, während die Champignonsuppe aus seiner Tasche troff und sich über Kinn und Mund verteilte, bevor sie auf die Bühne tropfte. Bull hörte Webers Frau sagen: »Mein Gott.« Sie sprang auf und stürzte davon, doch keine drei Tische weiter kam ihr selbst das Essen hoch. Ohne sie auch nur eines Blickes zu würdigen, drängten sich drei weitere Navy-Gattinnen an ihr vorbei und spurteten auf die Damentoilette zu. Bull, vollkommen verloren an die Virtuosität seiner Darbietung, kotzte und rülpste munter weiter, erhob sich aber schließlich mit schlotternden Knien und stakste zurück an die Bar. Sein vom Alkohol stumpfer Blick verriet komplette Begriffsstutzigkeit. Nun waren Ace und Sammy an der Reihe. Sie zogen ihre Löffel heraus und stürmten grunzend, kaum daß Bull seine Kotzorgie beendet hatte, in einem grotesken Wettlauf auf die Bühne, gingen dort zu Boden, schaufelten die Champignonsuppe in sich hinein und gerieten in Streit darüber. Sammy sprang Ace auf den Rücken, während der den Mund nicht voll genug bekommen konnte. Schließlich drängte Sammy ihn von der Bühne und brüllte ihn an: »Verdammt, Ace, das ist nicht fair! Du kriegst das ganze Fleisch!«

★

Am nächsten Morgen erhielt Bull Meecham Order, sich bei Colonel Luther Windham zu melden, dem Befehlshaber der auf der *Forrestal* stationierten Marine-Corps-Einheit. Als Bull vorsichtig zur Tür hereinschaute, saß Colonel Windham an seinem Schreibtisch und beugte sich über einen Bericht.

»Sir . . . Luther?«

Luther Windham sah auf. Der strenge, proconsulartige Blick, der seine Miene beherrschte, hellte sich auf, als er Bulls strahlendes und argloses Lächeln bemerkte.

»Wie du dir wahrscheinlich denken kannst, Bull, habe ich dich aus ernstem Anlaß herbestellt. Captain Weber hat mich gestern nacht aus dem Schlaf geklingelt und mir eine Viertelstunde lang aus dem Riot Act vorgelesen. Er will dich anschwärzen. Er will, daß ich dich anschwärze. Und er will den Kongreß so weit bringen, daß er ein Gesetz verabschiedet, demzufolge es unter die Kapitalverbrechen fällt, wenn du jemals wieder die Grenze eines mit uns verbündeten Staates überschreitest.«

»Hat er dir gesagt, daß seine Frau ihr Abendessen quer durchs *Cordoba* gespuckt hat?«

»Ja, das hat er, Bull. Und er glaubt nach wie vor, daß Ace und Sammy deine Kotze aufgelöffelt haben. Er hat gesagt, daß er noch nie in seinem Leben Offiziere und Gentlemen ein solches Spektakel hat aufführen sehen.«

»Scheiß drauf, Luth, Ace und Sammy waren bloß ein bißchen hungrig. Mein Gott, wie mir das Spaß macht, diesen hochrangigen, klemmarschigen Tintenfischen eins auszuwischen.«

»Schon recht, Bull – nur, diesem klemmarschigen Tintenfisch macht es genausoviel Spaß, einen Bericht zu schreiben, der das Ende deiner Karriere bedeuten dürfte – es sei denn, mir fällt was ein, das ihn daran hindert.«

»Zerbrich dir nicht allzusehr den Kopf darüber, Luth. Im ganzen Corps gibt's keinen, der sich so gut auf heimliches Gemauschel und Undercover-Geschichten und all so 'n Mist versteht wie du.«

»Warum nur hat der liebe Gott dich ausgerechnet in meine Truppe gesteckt, Bull? Ich bin nichts weiter als ein aufrechter, schwerarbeitender Mann, der sich bemüht, seinem Kommandantenjob einigermaßen gerecht zu werden.«

»Dein Arsch gefällt ihm halt, Luth. Außerdem weiß er, daß von der fliegenden Zunft sowieso nie einer zum Kommandanten taugen wird.«

»Weißt du überhaupt, Bull, wie oft ich dich seit Beginn dieser Mittelmeerkreuzfahrt schon rausgepaukt hab', wenn du was ausgefressen hattest? Ist dir klar, wie oft ich schon meinen Arsch für dich hingehalten habe?«

»Hey, Luth«, antwortete Bull, »glaub ja nicht, ich wär' dir nicht dankbar. Für all die hübschen Dinge, die du für mich getan hast, werd' ich mich mit was ebenso Hübschem revanchieren.«

»Willst du zur Air Force gehen?«

Bull beugte sich vor und stützte die Arme ausladend auf Colonel Windhams Schreibtischplatte, vergewisserte sich mit einem Blick zur Tür, daß niemand sie belauschte, und flüsterte dann: »Du warst immer so gut zu mir, Luth, daß ich dir jetzt erlaube, mir einen zu blasen.« Sein brüllendes Gelächter hallte im Zimmer nach, und Luther fiel in das Lachen ein, obwohl sich bei ihm Vergnügen und Verzweiflung in etwa die Waage hielten.

»Was, zum Teufel, wirst du ohne mich anfangen, Luth?« fragte Bull.

»Ich werde mich endlich erholen, aufblühen und deine Abwesenheit genießen. Aber jetzt hör zu, wie ich die Sache mit Weber deichseln werde: Ich spreche mal mit Admiral Bagwell darüber. Er kennt sowohl Larry Weber als auch dich. Rangmäßig steht er über Weber, und aus irgendwelchen mir völlig schleierhaften Gründen hat er einen Narren an dir gefressen.«

»Baggie und ich haben 'ne ziemlich lange gemeinsame Vergangenheit. Er hat 'nen guten Blick für Führungskräfte. Außerdem hat Baggie keinerlei Hemmungen, ab und zu mal auf den Putz zu hauen.«

»Bull, laß dir von Papa Luther einen guten Rat geben.«

Bull zog sich einen Stuhl heran und setzte sich. »Raus mit der Sprache, Luth!«

»Dieser Posten in South Carolina ist eine große Chance für dich. Ich kenne jemanden, der meint, deine Beförderung sei das letzte Mal vertrottelt worden. Jetzt hast du die Chance zu beweisen, daß er sich nicht geirrt hat. Setz nicht alles aufs Spiel mit deinem alten Corpsgeist, diesem ›Platz-da-für-einen-Kampfpiloten‹-Scheiß, kapiert? Überlaß das den jungen Lieutenants. Du mußt jetzt langsam anfangen, dich deinem Rang entsprechend zu benehmen, denn mit mir kannst du da drüben nicht mehr rechnen, wenn dich mal wieder der Teufel reitet.«

»Luther«, antwortete Bull auf einmal ernst. »Ich hoffe und bete, daß ich niemals anfangen werde, mich wie ein höherer Offizier zu benehmen.«

»Na ja, Bull, wenn du's drauf anlegst, dann wirst du über kurz oder lang lernen müssen, wie sich ein höherer Zivilist benimmt. Aber die Wahl liegt bei dir. Wenn der Knatsch mit Kuba schlimmer wird, dann bist du Befehlshaber einer Staffel von strategischer Bedeutung. 'ne Menge Leute werden dich beobachten. Zeig dich von deiner besten Seite.«

»Darf ich um Ihren Segen bitten, Vater?« sagte Bull.

»Das ist mein Ernst, Bull.«

»Ob du's glaubst oder nicht, Luther, aber ich habe die Absicht, die beste Staffel in der Geschichte des Marine Corps zu führen.«

»Das glaube ich dir sogar, Bull. Als Flieger nimmst du's mit jedem auf. Und du verstehst was von Menschenführung. Aber in dem Job mußt du auch Manager sein, ja sogar Politiker.«

»Ich weiß, Luther. Ich werd's schon schaffen.«

»Wann haust du ab?«

»Dreizehn Uhr.«

»Alles gepackt?«

»Jawohl.«

»Wenn du nach Atlanta kommst, Bull – kannst du dann Susan mal anrufen? Sie ist bei ihrer Familie unten in Dothan, Alabama. Ihre letzten Briefe klangen etwas deprimiert. Du hast sie immer ein bißchen aufheitern können.«

»Unmöglich, Luth! Ich will doch nicht, daß deine Ehe in die Brüche geht. Susan war immer so wild auf mich, daß ich ihr die Folterqualen ersparen will, meine John-Wayne-Stimme am Telefon hören zu müssen. Aber Spaß beiseite, Luth, es wird mir ein Vergnügen sein. Irgendwelche anderen Aufträge in letzter Minute?«

»Gib Lillian 'nen Kuß von mir.«

»*Roger.*«

»Dasselbe für Mary Anne und Karen. Und sag Ben und Matt, daß ich ihnen selbst noch dann den Hintern versohlen kann, wenn mir eine Hand auf den Rücken gebunden ist.«

»Ich würd' bei Meecham-Kindern nichts riskieren. Die zahlen's dir irgendwann heim.«

»Okay, Bull«, sagte Luther Windham und erhob sich zum Abschied. »Halt die Ohren steif und flieg anständig rechts. Und denk dran, was ich dir gesagt habe.«

»Sagtest du etwas, Luth? Ich glaub', ich hatte gerade 'nen feuchten Traum.«

»Mistkerl. Du bist der lebende Beweis für den alten Spruch: ›Du kannst jederzeit sagen, wer Kampfpilot ist – nur sagen kannst du ihm kaum was.‹«

»Du wirst mir fehlen, Luth«, erwiderte Bull. »War super, mit dir auf dieser Badewanne stationiert zu sein.«

»Na ja – wir haben beide im Corps angefangen und kamen schließlich nach neunzehn Jahren wieder zusammen.«

»Mit mir als Colonel und dir aufm Sprung zum General. Du bist der lebende Beweis fürn andern alten Spruch, Luth: ›Scheiße schwimmt immer oben.‹«

»Guten Flug. Wann kommst du an?«

»Dienstag um fünfzehn Uhr dreißig. Ich mach' erst rüber nach Wiesbaden. Von dort krieg' ich 'n Flug zur Air Base in Charleston.«

»Mach der Staffel da in South Carolina Feuer unterm Hintern, Bull. Ich klär' das hier mit dem Admiral.«

»Schau mal vorbei, wenn du wieder in den Staaten bist, Luth.«

»Alter Gauner.«

»Schildkrötenficker, schielender.«

»Adios, amigo!«

»Sayonara, Luth.«

Mannhaft umarmten die beiden Kampfpiloten einander.

2

Ben hielt Ausschau nach dem Flugzeug. Sein Vater kam nach Hause. Von Kindesbeinen an hatte Ben viel Zeit damit verbracht, nach schwarzsilbernen Kampfflugzeugen Ausschau zu halten, die urplötzlich aus Wolkenbänken hervorbrachen oder wie riesige Greifvögel aus Höhen herabsegelten, in die ihnen das Auge nur an besonders klaren Tagen folgen konnte und nur, wenn man sich außerordentliche Mühe gab. Ben wußte längst nicht mehr, wie oft er schon am Rande einer Rollbahn gestanden und den Himmel nach seinem Vater abgesucht hatte, seinem großen Vater in der Fliegeruniform, der herabfiel oder herabtauchte ins Blickfeld der wartenden Familie – einer Familie, die sich im Laufe langer Jahre geduldige Augen antrainiert hatte, in denen der Himmel lag und denen der Anblick von Tragflächen Trost gab. Als Kind hatte Ben nie verstanden, warum er so lange in einen Himmel starren mußte, der so weit war wie das Meer, nur um das geheimnisvolle Erscheinen des Mannes zu erwarten, der sein Vater war. Die Zeit hatte Bens Blick jedoch geschärft. Instinktiv reagierte er inzwischen auf die gepfeilten Flächen, den dunklen, von Sekunde zu Sekunde größer werdenden Fleck, der sank und sank und immer näher kam, der auf sie zukam, auf ihn, Ben, und seine Familie – ihr Schicksal untrennbar mit der dröhnenden Gestalt der Jets verknüpft.

Ben schaute und schaute, und er fragte sich, wie sehr sein Vater sich im vergangenen Jahr verändert haben mochte – oder wie sehr er sich überhaupt ändern *konnte*, in einem Jahr oder in einem ganzen Leben. Er senkte den Blick und sah sich nach Mutter, Bruder und den beiden Schwestern um. Sie alle starrten zum Himmel empor, nordwärts, dorthin, wo die Transportmaschine, mit der Vater kam, erscheinen würde. Ein Jahr lang war er im Mittelmeer stationiert gewesen und von einem Flugzeugträger aus geflogen. Ein Gefühl der Erregung überkam die Familie, als rönne dasselbe Blut in ihren Adern. Bens Mutter strich sich mit einer nervösen, glättenden Handbewegung immer wieder übers Haar. Als Bens Blick dem ihren begegnete, lächelte sie.

»Du siehst großartig aus, Mama«, sagte Ben und blinzelte ihr zu.

»Danke, Liebling«, antwortete seine Mutter. »Und nimm die Schultern zurück, du hängst schon wieder so rum. Gut so. Jetzt zeigst du Haltung wie ein Soldat. Und nun, Kinder, laßt uns noch ein Ave Maria sprechen und darum beten, daß Dad einen guten Flug hat.«

»Wir haben schon fünf Ave Marias gebetet, Mom«, warf Mary Anne Meecham ein, »das wird ja bald zu einer Novene.«

Lillian Meecham ging auf den Einwand ihrer Tochter nicht ein. Mit klarer, lyrischer Stimme, erfüllt vom weichen Tonfall des Südens, betete sie zur Heiligen Jungfrau: »Gegrüßet seist du, Maria, voll der Gnade. Der Herr ist mit dir.« Die Stimmen der Kinder fielen ein in nicht ganz harmonischem Chor, dem ein wenig das Feuer und die Inbrunst der ersten fünf Gebete um Vaters sichere und pünktliche Rückkehr fehlten.

Von Süden her wehte eine steife Brise. Eng aneinandergekauert standen sie vor dem Kontrollturm des Smythe Airfield, einem farblosen Navy-Flughafen bei Atlanta, Georgia. Am Rande des Flughafengeländes deutete ein mäßig geblähter Windsack wie ein abstruser Finger am Kontrollturm vorbei auf die entfernte Landebahn. Von jeher daran gewöhnt, Windsäcke und deren im wesentlichen zuverlässige Botschaften zu studieren, wußten sie alle, aus welcher Richtung die Maschine kommen würde, ebenso wie sie wußten, daß Flugzeuge und Piloten an einfache physikalische Gesetze gebunden waren und sich beim Landeanflug nach dem jeweiligen Wind richten mußten. Der Windsack erinnerte Ben an einen der Sprüche seines Vaters: »Wenn dir je ein Mann begegnet, der so ehrlich ist wie ein Windsack, dann hast du einen tollen Menschen kennengelernt.« Worauf stets noch der Zusatz folgte: »Und einen saudummen Kerl dazu.«

★

Vor dem einsamen Hangar stocherten lethargische Mechaniker, die Uniformen ölverschmiert, in den Eingeweiden klappriger Jets herum, die ihre besten Tage weit hinter sich gelassen hatten. Drei Maschinen mit hochgeklappten Flächenspitzen standen wie verstümmelte Insekten, die auf die Wiedergeburt warten, zwischen den Werkzeugen und Ölkannen der Männer, die sich um den aufgebrochenen Leib eines im Hangar geparkten Kampfflugzeugs scharten. Dem Hangar entströmte ein dumpfer, feuchter Höhlengeruch. Sein riesiger Schatten schien die blassen, stimmlosen Männer gefangenzuhalten. Sie arbeiteten dort einmal im Monat, wenn ihre Reservisteneinheit Dienst tat.

»Wenn Dads Flugzeug abstürzt, würden wir uns bis an unser Lebensende vorwerfen müssen, nicht noch ein zusätzliches Ave Maria gebetet zu haben«, sagte Mrs. Meecham.

»Ich glaube wirklich nicht, daß das so funktioniert, Mom«, erwiderte Mary Anne.

»Na, und wenn schon. Ich jedenfalls bin froh darüber, es getan zu haben«, antwortete ihre Mutter, den Blick auf die Arbeiter im Hangar gerichtet. »Man merkt genau, daß dies hier kein Stützpunkt der Marines ist. Da fehlt die Seele, der Esprit de Corps.«

»Das ist genau das, was mir an dieser Air Base so gefällt«, sagte Mary Anne.

»Und was soll das nun wieder heißen, mein Fräulein?«

»Die Stimmung hier ist so – locker. Marines können sich nicht richtig entspannen.«

»Dafür beherrschen sie eine Reihe wichtiger Dinge besser als jedermann sonst«, gab Mrs. Meecham zurück.

»Prügeln zum Beispiel«, warf Ben ein. »Im Kinderverprügeln sind sie unschlagbar.«

»Ben!« mahnte Mrs. Meecham streng.

»War nur ein Witz, Mom, nur ein Versuch, das alles ein bißchen leichter zu nehmen.«

»Was ich sagen wollte«, fuhr Mrs. Meecham fort, »ist, daß Marines mehr als alle anderen vom Kriegführen verstehen. Sollte dieses Land jemals einem Angriff ausgesetzt sein, dann könnt ihr euch bei euren Glückssternen bedanken. Die Marines sind die stärkste kämpfende Truppe auf der ganzen Welt.«

»Sprechen wir doch ein Ave Maria für unsere Glückssterne«, sagte Mary Anne und unterdrückte ein Kichern.

»Pssst, du Dummchen«, erwiderte Mrs. Meecham, doch ihre Miene hellte sich auf, und sie lächelte. »Dir fehlt wirklich der nötige Ernst, Mary Anne.«

»Ich will nicht von Atlanta weg, Mama«, hörte Ben seine jüngere Schwester quengeln. »Ich reiß' aus, wenn ich von Atlanta weg muß.«

»Ich weiß, Möpschen. Aber uns bleibt nichts anderes übrig. Dein Vater hat seine Befehle.« Lillians Stimme verriet Trauer und Verständnis.

»Dann werde ich Belinda und Kate und Tina nie wiedersehen! Nicht einmal Louise.«

»Wir kommen ja ab und zu auf Besuch.«

»Das hast du auch schon gesagt, als wir von Cherry Point weggezogen sind«, gab Karen zurück.

»Wir fahren irgendwann auch mal wieder nach Cherry Point.«

»Das hast du schon gesagt, als wir von Camp Lejeune wegzogen.«

»Wir werden auch mal wieder nach Camp Lejeune kommen.« Mrs. Meechams Augen suchten jetzt wieder den Himmel ab. Ihre Stimme verlor sich, war nur noch ein undeutliches Flüstern. »Wir werden wieder mal hinkommen, ich verspreche es euch. Aber jetzt helft mir doch und schaut, ob ihr nicht schon Dads Flugzeug sehen könnt.«

»Du hast vollkommen recht, Karen«, sagte Mary Anne unverblümt zu ihrer Schwester. »Du wirst keine von ihnen wiedersehen, weder Belinda noch Kate noch Tina oder Louise. Sie sind so gut wie tot.«

»Mary Anne, hör auf, Unruhe zu stiften. Ich möchte, daß euer Vater einen tadellosen Empfang bekommt.«

»*Yes, Ma'am*«, antwortete Mary Anne, wandte sich aber sogleich wieder Karen zu und flüsterte: »Sie sind alle tot, Karen. So gut wie. Aber reg dich nicht darüber auf. Da, wo wir hinziehen, wirst du bald viele neue Freundinnen haben. Tolle Freundinnen. Und dann bekommt Dad wieder seine Befehle, und sie sterben auch alle.«

»Mama«, petzte Karen, »Mary Anne versucht, Unruhe zu stiften!«

Matthew, der jüngere der beiden Brüder, der das Geflüster von Anfang an genau verfolgt hatte, rief seiner Mutter zu: »Hey, Mom, soll ich Mary Anne eine reinhauen?«

»Wenn du mich schlägst, du Knirps, dann wirst du noch heute abend in einer Zündholzschachtel zu Grabe getragen.«

»Mama, hast du das gehört? Mary Anne macht sich wieder lustig über mich, weil ich so klein bin!«

»Mary Anne, hör jetzt auf damit. Sofort!«

»Du bist gar nicht so klein, Matt. Dafür, daß du ein Zwerg bist, bist du eigentlich riesengroß.«

»Wenn du nicht still bist, hau' ich dir eine runter.«

»Okay, okay, ich bin ja schon still.«

»Du kannst von Glück reden, daß Mom mich zurückhält, Schweinsgesicht«, sagte Matt. »Ich hätt' dir sonst ganz schön die Fresse poliert.«

»Ja, ja, ich hab' schon Angst gehabt, du würdest so hoch springen, wie du kannst, um mich am Knie zu treffen.«

»Komm, Mary Anne, gehen wir ein Stück die Rollbahn lang, solange Dad noch nicht in Sicht ist.«

»Eine glänzende Idee, Ben«, meinte seine Mutter.

»Gut erzogen, mein perfekter Bruder. Der große Friedensstifter. Du sammelst mal wieder Punkte bei Mama und pflegst dein Image als vorbildlicher Sohn.«

Ben und Mary gingen langsam in nördlicher Richtung davon, immer am Drahtzaun entlang, der parallel zur Rollbahn verlief. Mit jedem Schritt wurden die Stimmen der zurückbleibenden Familie leiser. Ben sah wieder gen Himmel, suchte das Flugzeug und lauschte, ob schon das vertraute Gebrumm einer näherkommenden Maschine zu hören wäre – die Familienhymne, die Vaters Ankunft verkündete.

»Siehst du schon was?« fragte Mary Anne.

»Und ob!« antwortete Ben, und ein Lächeln huschte über sein Gesicht. »Klar sehe ich was – wenn meine Augen mir nicht einen Streich spielen.« Er rieb sich ungläubig die Augen. »Ich sehe vierzehn Wandertauben und ein ganzes Geschwader Messerschmitts. Da drüben steht Jesus Christus gerade von den Toten auf, und Maria fährt gen Himmel. Ich sehe eine Mongolenherde, Babe Ruth* hockt da und kackt, und in einem Birnbaum sitzt ein Rebhuhn.«

»Ich meine: Siehst du irgend etwas Interessantes?« fragte Mary Anne ungerührt. »Davon mal abgesehen, Ben: Wie lange hast du auf diese Frage gewartet?«

»Oh, ungefähr acht Monate.«

»Das dachte ich mir«, erwiderte Mary Anne. »Deine Fähigkeit zu spontanen Denkprozessen ist äußerst beschränkt. Mir war sofort klar, daß du dir das schon vor langer Zeit ausgedacht hast. Wenn es heißt: mein Verstand gegen deinen Verstand, dann reiß' ich dich in Stücke.«

»Quatsch mit Soße.«

»Du weißt genau, daß ich recht habe. Mein Verstand arbeitet schneller als deiner, du willst es bloß nicht zugeben.«

»Kann ja sein«, räumte Ben ein, »ein bißchen schneller vielleicht. Aber ich darf dich daran erinnern, daß ich dir jeden Zahn einzeln ausschlagen kann, wann immer es mir paßt – und daß du nicht das geringste dagegen tun kannst.«

»Du großer, tapferer Sportsmann! Großer, hübscher *He-man*! Natürlich könntest du das. Aber ich würde es dir heimzahlen.«

* *Babe Ruth* (1895–1948): bekannter amerikanischer Baseballprofi

»Und wie?«

»Ich würde ins Badezimmer schleichen und dir deine Tube Clearasil klauen. Ohne Clearasil vermehren sich deine Pickel so schnell, daß du in spätestens achtundvierzig Stunden tot umfällst.«

»Deine Grausamkeit ist grenzenlos.«

»Natürlich. Wenn ich mich auf einen Streit einlasse, gewinne ich auch gerne. Genauer gesagt: Ich gewinne immer. Aber zurück zum Thema: Ist dir eigentlich aufgefallen, wie schön sie gerade in letzter Zeit wieder aufgeblüht sind?«

»Sooo schlimm ist es nun auch wieder nicht, Mary Anne. Aber wenn du darüber redest, komm' ich mir vor wie ein gottverdammter Leprakranker.« Ben war aufgebracht.

»Ich kenn' Leprakranke, die viel besser aussehen als du. Weißt du, Ben, wenn Jesus heute noch lebte, würde ich hingehen, wenn er gerade am Ufer des Jordans predigt, und mich ihm vor die Füße werfen. Ich würde Fürsprache für dich einlegen. Ich würde sagen: ›Herr, kuriere meinen Bruder von seiner Madenfratze. Er heißt Benjamin, will ein toller Hecht sein und ist ein ganz braver Schleimscheißer. Wenn du schon meinst, mit der Heilung von Aussätzigen Wunder zu wirken – Junge, Junge, Jesus, da zeig' ich dir ein Gesicht, dagegen ist Lepra ein Kinderspiel. Jesus, das kann die Krönung deiner Laufbahn werden!«

Ein Navy-Mann, in dessen Gesäßtasche ein Transistorradio spielte, ging vorbei. Die langgezogenen, reinen Klänge einer Klarinette vermischten sich mit dem Sonnenschein von Georgia; Mr. Acker Bilk spielte *Stranger on the Shore*. Der Song endete und wurde unmittelbar gefolgt von Neil Sedakas *Breaking Up Is Hard to Do*. Ben und Mary Anne unterbrachen ihr Gespräch, bis der Mann und die Musik außer Hörweite waren.

»Ach ja«, seufzte Ben altklug, »sich trennen ist wirklich schwer.«

»Woher willst du das wissen? Du bist ja noch nie mit jemandem gegangen.«

»Du auch nicht.«

»Das denkst du! Die Jungs sind alle scharf auf mich und meinen Körper.«

»O ja! Soweit ich weiß, ruft dein Körper ganz andere Gefühle hervor. Übelkeit zum Beispiel. Lustgefühle jedenfalls nicht.«

»Reden wir doch mal über deine Nase.«

»Schon gut, schon gut! Mein Gott, mit deinem Geschwätz über meine Haut und meine Nase redest du mir noch Komplexe ein.«

Auf dem langen Weg zurück, auf dem sich ihnen die drückende Trägheit des Nachmittags mitteilte, dachte Ben an seine Mutter.

Lillian Meecham war siebenunddreißig Jahre alt und berückend schön. Die Zeit schmeichelte ihr und hatte, während die Jahre sich wie auf Zehenspitzen vorüberstahlen, ihre Schönheit noch vertieft und bereichert. Ihr lang herabfallendes Haar war von üppigem, dunklem Rot – eine stolze und freie Mähne, die, in kühnem Schwung zur Seite gebürstet, das rechte Auge fast verbarg und dem ansonsten madonnenhaft unschuldigen Gesicht einen ebenso freimütigen wie boshaften Zug verlieh.

In ihrer Miene spiegelten sich die verschiedensten Dinge wider, eine Fülle von Erlebtem, darunter nicht zuletzt Gewalt. Die Fröhlichkeit ihres Lächelns war durch Kummer gedämpft. Ihre Lippen waren voll und leidenschaftlich, die Nase keck und arrogant. Erfahrungen, die sie hart gemacht hatten, zeichneten sich ab in weichen Partien: Schmerz blieb verbannt auf kaum sichtbare Linien in den Augenwinkeln, Kummer verriet sich in den Strahlen scharfkonturierter Sterne beidseits des Mundes. Diese Fältchen waren der einzige Hinweis darauf, daß das Gesicht gelitten und die Zeit im Vorüberschreiten doch Spuren hinterlassen hatte. Es war ein freundliches Gesicht: ein Gesicht, das Söhne liebten, Ehemänner anbeteten und Töchter voller Neid betrachteten.

Lillians Körper war straff, reif und üppig, und seine reichen Kurven weckten den heimlichen Forschergeist in Männeraugen. Sie hatte vier Kinder geboren und drei Fehlgeburten erlitten, aber ihr Bauch war hart und flach wie ihre Hand.

Sie waren jetzt keine hundert Meter mehr von ihr entfernt. Ben sah, wie sie auf Karen und Matthew einredete. Sie sprach mit den Händen und unterhielt ihre beiden Jüngsten mit einer Gestik von so vollendeter, fließender Grazie, daß es war, als töne beschwingte Musik durch die betäubende Spätnachmittagshitze. Ihre Finger konnten individuelle Worte sagen. Sie waren lang und schlank, die Nägel schimmerten tiefgründig und warm und zeigten kleine weiße Achtelmonde, wo die Feile sie geformt hatte. Lillian Meechams Eitelkeit galt vor allem ihren Händen und ihrer Taille, denen sie besondere Sorgfalt widmete.

Aber Ben hatte die Veränderung bemerkt, die mit seiner Mutter vorgegangen war, je näher der Tag von Vaters Heimkehr aus Übersee rückte. Daß Mütter nicht dasselbe strenge Regiment führen konnten wie Väter, für die Disziplin Religion und Lebensinhalt war, galt als universales Gesetz in den Familien der Militärs. Sobald sich der militärische Ehemann zu einem einjährigen Überseeaufenthalt verabschiedete, ging ein kollektiver, wenngleich unhörbarer Seufzer der Erleichterung durch die Familien. Ein ganzes Jahr lang herrschte dann eine lockere, spannungsfreie Atmosphäre, in der das Kriegsrecht aufgehoben war. Obwohl ein Haus ohne Mann nur ein unvollständiges Heim war und obwohl man Vater lebhaft vermißte, empfand man doch eine wohltuende Leichtigkeit, eine Lebensfreude, von der man wußte, daß sie Vaters Heimkehr nicht überdauern würde.

Lillian Meecham war keine strenge Zuchtmeisterin, doch wußte sie instinktiv, daß sie angesichts der bevorstehenden Rückkehr die Zügel anziehen und zumindest andeutungsweise das Wesen ihres Ehemannes imitieren mußte; andernfalls wäre der Schock für die Kinder zu groß gewesen. Vaters Hand war gewöhnlich sehr hart, wenn er aus Übersee zurückkam, denn er legte großen Wert auf rasche Wiedereinführung der althergebrachten Disziplin und verlangte von den Kindern, daß sie schnellstens wieder nach seinem strengen Takt marschierten. Also hatte Lillian die Kinder im Laufe des letzten Monats gut präpariert. Sie führte unangekündigte Inspektionen durch, schrie häufig, schimpfte oft und hatte Matthew sogar einmal geohrfeigt, als er sich einer ihrer Anordnungen widersetzte. Die Anspannung stieg mit jedem Tag und lastete auf der Familie wie dampfender Brodem über einem malariaverseuchten Gewässer. Der Kommandowechsel würde sich im selben Moment vollziehen, da das Flugzeug auf Smythe Field aufsetzte. Ohne auch nur ein Wort darüber zu verlieren, würde Lillian Meecham ihrem Ehemann die Schlüsselgewalt übergeben.

Mary Anne sah ihrer Mutter überhaupt nicht ähnlich. Sie hatte ein pfiffiges, sommersprossenübersätes und rührend verletzliches Gesicht, dessen natürliche Anmut allerdings durch dicke Brillengläser beeinträchtigt wurde. Das billige Gestell war protzig und geschmacklos und betonte Züge an ihr, die keiner besonderen Hervorhebung bedurften. Sie war viel kleiner als ihre Mutter und wirkte, verglichen mit ihr, linkisch und plump. Ihre Brüste waren groß und voll, doch kleidete sie sich in weite, zeltartige Gewänder, um ja keine Aufmerksamkeit auf sich zu ziehen. Durch die dicken Gläser wirkten ihre Augen, als seien sie in ein Goldfischglas gefallen. Sie waren vom selben Blau wie die Augen ihrer Mutter, verrieten jedoch ungewöhnliche Lebenserfahrung und Leidensfähigkeit für ein Mädchen ihres Alters.

Mary Anne öffnete im Gehen eine Puderdose und betupfte ein paar verblichene Sommersprossen. Geschichten, wie Spiegel sie erzählen, waren ihr zeitlebens zuwider gewesen.

Der Wind frischte auf, erstarb und frischte wieder auf – ein Wind, der keine Kühlung brachte, doch verfing er sich in Lillians Haar und bürstete es sanft zurück. Es war wie eine glänzende, rotbraune Fahne, die es nun dem Windsack nachtat und dabei einen langen, eleganten Hals enthüllte.

»Mutter sieht gut aus heute, nicht wahr?« sagte Ben, ohne seine Schwester anzusehen.

Mary Anne runzelte die Stirn und erwiderte: »*Yeah*, Ödipus. Sie sieht immer gut aus. Was gibt's sonst Neues?«

»Sie muß ganz schön lang gebraucht haben, um sich so aufzudonnern für Dad.«

»Ungefähr zwei Wochen, schätze ich. Haare gepflegt, Nägel gepflegt, Augen gepflegt, Kleidung gepflegt. Das einzige, was nicht stimmt, sind die ungepflegten Kinder.«

»Glaubst du, sie ist aufgeregt, weil Dad jetzt heimkommt?«

»Ja«, sagte Mary Anne. »Sie liebt den öden Kerl. Hat Angst vor ihm, wie wir alle. Aber sie liebt ihn auch – genauso wie wir. Ich hab' die Briefe gelesen, die er ihr geschrieben hat. Sie sind voll von widerlichen sexuellen Anspielungen. Geradezu pervers.«

»Du hast Dads Briefe gelesen?« fragte Ben ungläubig. »Mama würde dich umbringen, wenn sie das wüßte.«

»Es ist meine Pflicht, mich auf dem laufenden zu halten. Hier ein besonders geiles und delikates Detail für dich: Er nennt seinen Penis Mr. Cannon und ihre Vagina Miss Nancy. Ist das nicht süß? Mir kam fast das Kotzen.«

»Ich gebe dir einen guten Rat, Schwesterherz: Paß bloß auf, daß du dich nicht eines Tages versprichst und Dad Mr. Cannon nennst. Und vermeide jede Anspielung auf Miss Nancy, komme was da wolle. Teufel auch – ich wette, es ist verdammt hart für Mann und Frau, ein ganzes Jahr lang getrennt zu sein. Ich weiß, daß Mom sich nach 'ner Weile einsam fühlt. Andererseits brauchen wir alle weiß Gott Erholung von Dad in gewissen Abständen. Ich muß es noch ein Jahr lang mit dem Monstrum aushalten, bevor ich von zu Hause weg kann.«

»Dad ist der interessanteste Mensch, der mir jemals begegnet ist«, sagte Mary Anne nachdenklich.

»Die Faustabdrücke auf meinem Kinn bestätigen es.«

»Das mein' ich nicht. Er ist so schwer einzuschätzen. Obwohl er seine Familie mehr liebt als alles andere auf der Welt mit Ausnahme des Marine Corps, hat noch keiner von uns jemals ein richtiges Gespräch mit ihm geführt.«

»Wie dem auch sei – das Jahr ohne ihn war schön. Mir hat's bei Großmutter gut gefallen.«

»Verglichen mit dem Jahr davor konnte es auch nur besser werden.«

»Das war weiß Gott kein tolles Jahr, aber vorbei ist vorbei. Mom meint, er hat sich seitdem stark verändert. Auf jeden Fall hat er uns sehr vermißt.«

»Ich hab' ihn auch irgendwie vermißt.«

»Ich auch«, antwortete Ben, aber leicht fiel es ihm nicht. »Irgendwie...« Dann sagte er plötzlich: »Ich höre ein Flugzeug.«

Aus weiter Ferne dröhnte der Widerhall eines näher kommenden Flugzeugs über die Rollbahn. Im Laufschritt legten Ben und Mary Anne die letzten Meter bis zu jener Stelle zurück, an der ihre Mutter mit Matthew und Karen wartete. Ben lief rückwärts; er wollte die Maschine als erster entdecken und hielt Ausschau nach der grellen Spiegelung des Sonnenlichts auf einer Tragfläche oder im Cockpitfenster, aber bisher war noch nichts zu sehen. Das Brummen schien den ganzen Himmel zu erfüllen und nicht auf eine bestimmte Quelle beschränkt zu sein. Es wurde lauter, deutlicher. Als die beiden Mrs. Meecham erreichten, lächelte sie.

»Ich sehe es«, sagte sie einfach.

»Wo?« rief Ben. »Ich sehe noch gar nichts.«

»Bei zwei Uhr, gleich unterhalb der großen Wolke.«

»Ich seh's, ich seh's!« schrie Matt.

»Da ist Daddys Flugzeug!« quäkte Karen und hüpfte in ihrem neuen Rüschenkleid und offenen Lederschuhen auf und ab.

Mary Anne starrte mit leerem Blick in das Dröhnen. Aus langer Erfahrung wußte sie, daß die Maschine außerhalb ihrer Sichtweite war und noch minutenlang unsichtbar bleiben würde.

»Ich sehe das verdammte Ding immer noch nicht«, flüsterte Ben ihr zu.

»Fühl dich in bester Gesellschaft«, antwortete Mary Anne. »Ich kann's sowieso erst sehen, wenn mich 'ne Tragfläche am Kopf trifft.«

»Warum drehst du nicht einfach deine Brille um und benutzt sie als Feldstecher?«

»Sehr witzig.«

»Im Ernst! Ich hab's mal ausprobiert. Zum erstenmal in meinem Leben konnte ich die Ringe des Saturn erkennen.« Und dann schrie er plötzlich: »Da – da ist es, das Flugzeug! Ich hab' die ganze Zeit in die Richtung geglotzt. Ich glaub', ich setz' langsam Rost an.«

Lillian Meecham scharte ihre Kinder zur Empfangschoreographie um sich.

»Ben, Matt – haltet euch gerade. Die Schultern zurück. Wie Marines. Matthew, laß mich dir schnell noch die Haare kämmen. Mädchen, kontrolliert euer Make-up, wir wollen schön sein für euren Vater. Sobald er das Flugzeug verläßt, laufen wir auf ihn zu: ich voran, dann die Mädchen, zum Schluß die Buben. Erst geb' ich ihm einen großen Schmatz, dann die Mädchen. Ihr, Buben, drückt ihm kräftig die Hand.

Sehr kräftig. Mannhaft. Und dann sagt ihr: ›Willkommen daheim, Colonel.‹«

»Wir holen besser noch einen Stuhl für den Zwerg«, neckte Mary Anne. »Wenn wir ihn nicht hochheben, kann er allenfalls Daddys Bauchnabel die Hand drücken.«

»Hast du das gehört, Mama? Sie hat mich einen Zwerg genannt.«

»Mary Anne«, rief Mrs. Meecham streng.

»*Yes, Ma'am*«, antwortete Mary Anne.

»Benimm dich wie eine Dame.«

Aller Augen wandten sich nun dem dickleibigen Transportflugzeug zu, das Lebensmittel und Ersatzteile auf die Smythe Field Air Base brachte – und Bull Meecham zu seiner Familie. Kontinuierlich näherte es sich der Erde, die Landeklappen ausgefahren, die Nase leicht angestellt. Endlich quietschten die Räder über den Beton, ein Streifen aus schwarzem Gummi brannte sich in die Rollbahn und zog einen Schlußstrich unter die letzte Etappe von Colonel Meechams Heimreise. Während das Flugzeug auf den Kontrollturm zurollte, wo die Familie wartete, setzte sich neben dem Hangar spotzend und spuckend ein Tankwagen in Bewegung und nahm langsam Kurs auf die Maschine.

Die Flugzeugtür öffnete sich, und die Treppen wurden heruntergelassen. Im Türrahmen erschien ein Mann in Uniform. Er blickte hinaus und erkannte seine Familie. Ein überschwengliches Lächeln machte sich auf seinem Gesicht breit, und er brüllte ihnen entgegen: »Achtung! Platz da für einen Kampfpiloten!«

Ja, dieses Echo alter Erinnerungen hallte in ihren Gehirnen nach, als sie jetzt auf ihn zustürmten, wie ein Losungswort, das den Weg öffnete in die turbulente Zellstruktur der Vergangenheit, die Waben verlorener Tage voller Gelächter und Raserei. Sie stürzten in seine ausgebreiteten Arme und vernahmen die einfache Botschaft: Lieutenant Colonel Bull Meecham, United States Marine Corps, war aus Europa zurückgekehrt. Der Vater war gelandet. Der große Santini war zu Hause.

3

Rosebriar Road, Atlanta, einen Monat später. Um zwei Uhr morgens durchschnitt der schrille Klang eines Weckers die Nacht. Bull Meecham war bereits wach, und seine Hand beendete das Gerassel, kaum daß es begonnen hatte. Als er sich anzog, bebte sein Körper vor Energie wie eine surrende Starkstromleitung. Die Fahrt nach Ravenel stand bevor. Bull Meecham knipste die Nachttischlampe an und schüttelte sanft seine Frau.

Drillichhosen, ein Armee-T-Shirt und Kampfstiefel lagen bereit. Auf seinem linken Oberarm hob sich eine eintätowierte rote Kobra reliefartig von der blassen, sommersprossigen Haut ab; die zusammengeringelte Schlange hatte spitze Giftzähne und schien bereit, jederzeit zuzustoßen. Bull Meechams Haar war militärisch kurz geschnitten, sein Hals stiernackig und geradezu brutal muskulös. Die Arme, athletisch und fast affenartig lang, waren mit einem Adergeflecht gezeichnet und dicht mit rötlichem Haar bedeckt. Fünfzig Liegestütze und zwanzig Kniebeugen, schnell hintereinander. Dann sprang er auf und fing an, auf der Stelle zu treten. Er zog einen Rosenkranz aus der Tasche seiner Drillichhose und begann, das erste Gesätz herunterzubeten. Das Gehämmer seiner Füße auf den Bodendielen hallte durchs ganze, noch in tiefer Dunkelheit liegende Haus. Obwohl sie wußte, daß es zwecklos war, zog Lillian sich ein Kissen über den Kopf, um dem Lärm und dem Licht zu entgehen und noch einmal einzuschlafen. Pünktlich mit dem Ende des dritten Gesätzes beendete Bull seinen Lauf. Der Gedanke, Körper und Seele gleichzeitig stärken zu können, hatte es ihm angetan.

»*Los*, Lillian, raus und ran, keine Drückebergerei heute morgen! Wir haben eine anstrengende Fahrt vor uns, an die vierhundert Kilometer. Die Möbelpacker erwarten uns Punkt neun vor unserem neuen Haus.«

»Bete noch einen Rosenkranz, Liebling. Danach bin ich dann halbwegs da ...«

»Raus aus der Falle, Kamerad! Ich weck' die Kinder. Spätestens in 'ner Viertelstunde möchte ich losfahren!«

Bull schwitzte leicht, als er das Mädchenzimmer betrat. Er weckte Mary Anne und Karen, indem er in rascher Folge das Licht an- und ausschaltete und wartete, bis sie sich die Augen rieben. So hatte der Spieß auf der Offiziersanwärter-Schule seine Rekruten geweckt. Bis auf den heutigen Tag hielt Bull diese Methode, Soldaten aus den Federn zu holen, für die wirksamste.

»Auf, auf, ihr Sprotten! In fünf Stunden müssen wir in South Carolina sein!«

Er überquerte den Flur, marschierte ins Schlafzimmer der Jungen, knipste das Licht an und ging geradewegs auf Bens Bett zu. Ehe Bens Augen sich an die Helligkeit gewöhnen konnten, packte Bull ihn am Bein und zog ihn aus dem Bett. Matthew erging es nicht anders, er landete auf seinem Bruder. Die Brüder schlugen mit Armen und Beinen wild um sich, doch Bull hielt sie mit seinem Gewicht in lächerlichen, erniedrigenden Positionen fest.

»Bei einem Überraschungsangriff hättet ihr keine Chance, Marines«, sagte er.

»*Come on, Dad,* laß uns frei«, bettelte Ben.

»*Come on, Dad,* laß uns frei«, wiederholte Bull und äffte den hohen, greinenden Tonfall nach. Er ließ die Jungen aufstehen und befahl: »Zieht euch an! In fünf Minuten sitzt ihr im Wagen. Wir räumen das Lager. Die Japse sind im Anmarsch.«

Bull begab sich in die Küche und lauschte auf die Geräusche des erwachenden Hauses, das seiner Schwiegermutter gehörte. Seine Frau hustete, im Badezimmer der Mädchen lief Wasser, die Toilettenspülung ging, Matthew brüllte Ben an. Bull setzte Kaffee auf und studierte eine Straßenkarte von Georgia. Seine Lippen bewegten sich stumm, während sie die Namen der Städte formten – Moultrie, Ocilla, Dahlonega, Jesup, Waycross. Der gesamte Staat deprimierte ihn, all diese blauen Linien, die Fernstraßen darstellten und Ortschaften durchschnitten, deren Name und Bestimmung ihm Rätsel waren. Die Städte des Südens erstickten in Sand und Lehm, schwarze Sumpfstädte, denen man am besten den Gnadenschuß gab wie einem verletzten Pferd und sie dann begrub. South Carolina war wahrscheinlich auch nicht besser – aber wenigstens war es nicht Georgia.

Alice Sole, dreiundsechzig Jahre alt, schlurfte in die Küche, in der ihr Schwiegersohn saß. Sie trug einen mit Rosen und Chrysanthemen bestickten blauen Morgenrock. Ihr Gesicht verriet ein hastiges Make-up und war geradezu clownhaft aufgedonnert.

Als Bull ihrer ansichtig wurde, grinste er und sagte: »In welchem Puff hast du denn diesen Bademantel erstanden, Alice?«

»Im gleichen, in dem deine Mutter anschaffen ging, bevor du auf die Welt kamst«, fauchte die Frau. »Komm mir bloß nicht komisch um zwei Uhr früh, Bull. Ich bin dazu nicht aufgelegt. Warum, zur Hölle, kannst du nicht zu normalen Zeiten fahren?«

»Amen!« rief ihre Tochter aus dem Schlafzimmer.

»Nachts kommt man am schnellsten voran«, lautete die Antwort. »Die Kinder können hinten schlafen, und die Straße ist so gut wie frei. Außerdem ist es kühler, und du verlierst keinen Tag mit der Fahrerei.«

Seine Argumente überzeugten Alice nicht. »Das muß der Yankee in dir sein«, seufzte sie.

Kurze Zeit später trieb Lillian ihre Kinder aus den Schlafzimmern dem Ausgang zu. Die Reflexe der Soldatengattin erwachten in ihr, die alte Cleverness, mit der man sich aus provisorischen Behausungen davonstahl und über die großen Verkehrsadern des Landes neue Quartiere ansteuerte. Sie geleitete die Kinder zur Tür hinaus, die steile

Auffahrt vor dem Haus hinab und scheuchte sie in die Familienkutsche. Der Kombi war schon beladen. Ein Gepäckträger auf dem Dach bog sich unter der Last der Koffer, Kisten und anderer Gegenstände, von denen Bull meinte, man könne in den ersten Stunden im neuen Heim nicht auf sie verzichten. Ben und Matthew hatten die Rücksitze umgeklappt und eine Doppelmatratze über sie und die Ladefläche gelegt. So konnten die Kinder während der Fahrt durchs nächtliche Georgia noch ein wenig schlafen.

In der Küche saß Bull und wartete auf das Startzeichen seiner Frau. Er goß sich eine Tasse Kaffee ein, trank ihn schwarz, spürte die Hitzewelle, die sich von seinem Magen aus über den ganzen Körper ausbreitete. Der Kaffee brannte in ihm, eine dunkle Injektion, die ihm seinen eigenen Wunsch, dieses Haus zu verlassen, erst richtig zu Bewußtsein brachte und langgezogene Kurven und Straßenschilder vor seinem geistigen Auge erscheinen ließ.

»Mama, du weinst ja«, sagte Lillian, als ihre Mutter zum Wagen kam.

»Du wirst mir fehlen, Baby«, sagte Alice und umarmte ihre Tochter. »Wenn du erst mal so alt bist wie ich, wirst du merken, daß die Zahl der Abschiede, die dir noch bleiben, begrenzt ist.«

»Du Kind, du!« antwortete Lillian. »Du bist doch der gesündeste Mensch auf der Welt. Fang bloß nicht mit solchem Unsinn an!«

»Das ist kein Unsinn. Und wenn mir zum Heulen ist, dann heule ich eben, verdammt noch mal!«

»Das ist die richtige Einstellung.«

»Laß mich meine Enkelkinder umarmen.« Sie beugte sich durchs Wagenfenster.

»*Good bye*«, sagte Ben und gab ihr einen Kuß auf den Mund. »Ich hab' dich lieb.«

»Ich dich auch, Benjy«, erwiderte sie unter Tränen. »Und hör auf deinen Papa, Ben. Tu, was er sagt, und du ersparst dir viel Kummer. Ihr alle solltet euch daran halten, Kinder, glaubt eurer Oma.«

»Ja, Oma«, sagte Ben. »Wenn wir nicht auf ihn hören, sorgt er schon dafür, daß wir wieder aufpassen. Er schlägt uns einfach ein paar Zähne aus.«

»Psst, mein Junge, red keinen Unfug«, schalt Alice. »Ein Kind hat sich nach seinen Eltern zu richten. Du hast nun mal einen strengen Vater, also paß dich an. Und zwar schnell.«

»Oder du bist bald zahnlos«, flüsterte Mary Anne ihrem Bruder zu.

Eingeläutet durch einen Wecker, hatte der Umzug nun begonnen, und die Familie, die innerhalb von vier Jahren viermal umgezogen war, in Sommernächten ausgeblichene, sonnengedörrte Städte durchquert hatte und zu den ewigschrillen Symphonien der Insekten über die Highways des Südens gerollt war, die alten Melodien vor sich hinsummte, döste oder schlief und immer weiter und weiter rollte, durch weite Einöden und unvergleichliche Dunkelheiten – diese Familie war untrennbar verbunden mit dem Bild des Automobils, dem Symbol ihrer ureigenen Mythologie. Von irgendwelchen Obersten im Pentagon hin und her bewegt wie Figuren auf einem Schachbrett, waren sie so oft umgezogen, daß der Umzug selbst zu einem Ritual geworden war, das sie alle ohne weiteres Nachdenken über sich ergehen ließen, vertrauend auf ihre Zuversicht und Erfahrung, wissend, daß sich nichts ändern würde, denn alle Luftstützpunkte waren austauschbar, und in der Erkenntnis, daß Mobilität das einzige Element ist, auf das die Familie eines Armeeangehörigen unter keinen Umständen verzichten kann. Die Meechams waren Wandervögel aus der *middle class*, Angehörige eines Standes, für den Wurzellosigkeit die schlimmste Strafe war – und schönster Lohn die Freiheit, die der Highway schenkte, und die Vision eines Amerika, in dem nichts von Dauer und alles möglich war.

Colonel Meecham erschien im Portal des Hauses. Er trug seine Fliegerjacke und spähte hinunter auf den Wagen, in dem sich die Kinder um die besten Liegeplätze kabbelten. Er fühlte sich prächtig, sprühte geradezu vor Energie. Auf der Straße war Leben, Vibrieren, Bewegung in ihm. Der Highway – das war nicht die Freiheit, die man empfand, wenn man mit einem Kampfflugzeug über einen strahlend klaren Himmel jagte, aber er hatte Vergleichbares zu bieten. Er führte in jene geheimnisvollen Landstriche, in denen Städte mit fremdartigen Namen lagen, an die man sich nachher nie erinnern konnte, deren Frieden man nur einmal störte, um sie dann für alle Zeit zu vergessen. Ja, Bull Meecham fühlte sich wohl. Alles war bereit. Der Einsatz verlief plangemäß. Mit lauter Stimme, die weit durch das nachtschlafene Viertel schallte, rief er seiner Familie zu: »Achtung! Platz da für einen Kampfpiloten!« Dann begab er sich mit langen Schritten hinunter zum Wagen, und der kühne Schwung seiner Arme verriet den unangefochtenen Monarchen.

Als sie den Piloten näherkommen sah, wandte sich Lillian nach hinten zu den Kindern, um ihnen letzte Instruktionen zu erteilen.

»Denkt an das, was ich euch gesagt habe: Tut ja nichts, was euren Vater aufregen könnte. Er ist auf Reisen immer leicht erregbar.« Ihre Stimme klang weich.

»Ich habe schon mit ihnen gesprochen, Lillian«, sagte die Großmutter. »Sie sind bestimmt brav.«

Colonel Meecham stieg in den Wagen. Mit großer Sorgfalt verstaute er verschiedene Gegenstände auf dem Armaturenbrett: Ganz links deponierte er drei Straßenkarten, rechts daneben eine Schachtel Tampa-Nugget-Zigarren. Auf die Zigarrenschachtel kam eine Piloten-Sonnenbrille. Zuletzt griff Bull Meecham in die Tasche seiner Fliegerjacke, zog eine Zweiundzwanziger-Pistole heraus und legte sie vorsichtig neben die Zigarrenschachtel. Der Anblick der Waffe löste bei seinen Sprößlingen einige Unruhe aus: Dies war die erste Reise, auf der Vater offen eine Waffe mit sich führte. Der Lauf der Pistole deutete auf die schiefe Jesusfigur aus Plastik, die in der Mitte des Armaturenbretts angebracht war.

»Wieso nimmst du eine Pistole mit, Liebling?« fragte Lillian.

»Ist sie geladen?« fragte Matt atemlos von hinten. »Kann man damit jemanden totschießen?«

»Sie ist nicht geladen, Sportsfreunde«, antwortete der Colonel. »Aber sie ist eben da. Du kannst heutzutage nie vorhersagen, wer dir unterwegs alles über den Weg läuft.«

»Richtig, Popsy«, rief Mary Anne. »In Georgia gab's in letzter Zeit 'ne Menge Probleme mit streunenden Dinosauriern und so.«

»Sei nicht so vorlaut, wenn du mit deinem Vater sprichst, mein Fräulein«, warnte Lillian.

»Diese Pistole«, verkündete Colonel Meecham in einem Kasernenhofton, der keinen Widerspruch duldete, »ist ausschließlich für Notfälle gedacht.« Er blickte seine Tochter im Rückspiegel an, lächelte und fuhr fort, diesmal eher dozierend: »Zum Beispiel bei Begegnungen mit Dinosauriern, bei Indianerattacken, wenn plötzlich eine Horde Tataren aus den Bergen auf uns losstürmt, oder bei Überraschungsangriffen der japanischen Luftwaffe. Vor allem aber habe ich die Pistole dabei, weil wir hier im tiefen Süden sind, und du weißt in diesen Zeiten nie, ob du nicht mal in eine Situation kommst, in der du 'nem wilden Nigger 'n zweites Arschloch verpassen mußt.«

Gespanntes Schweigen senkte sich über den Wagen. Die Blicke der Kinder ruhten auf Lillian, die wußte, daß nun eine passende Antwort von ihr erwartet wurde. Sie wollte ihren Mann nicht ärgern, aber in diesem Fall blieb ihr keine andere Wahl. »Du weißt, Bull«, sagte sie schließlich, »daß ich dieses Wort in unserer Familie nicht dulde. Nur weißes Pack sagt so etwas. Also sei so gut und verzichte darauf, vor allem in Gegenwart der Kinder.«

»Sie heißen *Neger*, Daddy«, sagte Karen, die Vaters Vulgarität zutiefst verabscheute, »und so sollst du sie auch nennen.«

»Ach ja?« spöttelte Bull. »*Neger* sagst du? Ich danke dir, Kleine...«

»Ja, und er hat auch noch das andere Wort gesagt«, fiel Matt ein, »ich hab's mit meinen eigenen Ohren gehört.«

»Es ist nicht fein, solche Wörter zu benutzen«, sagte Karen.

Bull ließ den Motor an. »Oh, verdammt«, sagte er, »wenn sie nicht fein sind, dann darf ich sie ja nie wieder in den Mund nehmen! Meine Güte, man stelle sich Bull Meecham vor, dem auch nur ein einziges unfeines Wort über die Lippen kommt. Allein der Gedanke läßt mich erröten.« Er senkte die Stimme um eine Oktave und herrschte seine Frau an: »Was ist denn das für ein Bockmist, den du Karen während meiner Abwesenheit eingetrichtert hast?«

»Wenn du's genau wissen willst: Ich versuche Karen beizubringen, sich wie eine Dame zu verhalten. Und deinen Söhnen versuche ich beizubringen, wie sich ein Gentleman benimmt. Sie lernen es in diesem Haushalt sonst nie.«

»Ein Gentleman, aha, exküseh-moa«, gab Bull sarkastisch zurück. »Für mich gibt's kein schneller wirkendes Brechmittel als diese ›Gentlemen‹ hier im Süden.«

»Ich darf dich daran erinnern, Bull, daß du ein Offizier und Gentleman bist.«

»Und ich darf dich daran erinnern, daß ich keiner von diesen verweichlichten ›Gentlemen‹ hier aus dem Süden bin.«

»Richtig, das stimmt. Und es gibt keinen Fleck auf Erden, an dem du tatsächlich als Gentleman durchgehen würdest.«

Ben und Mary Anne glucksten verhalten in die Kissen, auf denen sie lagen. Bull wandte sich langsam seiner Frau zu und sagte bei laufendem Motor: »Weißt du, Lillian, ich glaube, du entwickelst nach achtzehn Jahren Ehe tatsächlich so etwas wie Humor ... Aber jetzt Schluß mit dem Zirkus, wir müssen los. Ich will 'ne gute Zeit rausholen.«

»Gib mir einen Abschiedskuß, Kampfpilot«, sagte ein Schatten neben dem Wagen. Sie alle hatten Alice fast vergessen. Jetzt beugte sie sich vor und küßte ihren Schwiegersohn auf den Mund. »Sei nett zu den Kindern unterwegs, Bull, hörst du? Sie haben sich so sehr auf deine Rückkehr gefreut, verdirb's ihnen nicht. Im Ernst, Bull, ja?«

»Solange sie tun, was ich sage, gibt's keine Probleme. Das wissen die Kinder genauso wie du.«

»Es sind doch noch *Kinder*, Bull.«

»Sie sind Kinder des Marine Corps, Alice, das unterscheidet sie von anderen.«

»Mutter«, sagte Lillian mit feucht schimmernden Augen. »Ich dank' dir für alles. Es war ein wunderschönes Jahr.«

»Vor allem für mich«, sagte Alice und griff an Bull vorbei nach der

Hand ihrer Tochter. Im Schein der Straßenlaterne wirkte Alice sehr alt. Abschiede waren alles andere als ihre Stärke.

»Genug jetzt, Alice«, brummte Bull. »Sonst kommen uns noch die Tränen, und du weißt, daß mir nichts so verhaßt ist wie Geplärr.«

»Du besuchst uns bald, Mutter, hörst du?« rief Lillian.

»Hööööorst du?« Bull äffte ihren langgezogenen Südstaatenakzent nach und fügte hinzu: »Ist der blöde Hund an Bord?«

»Er ist nicht blöd, Dad«, antwortete Matt beleidigt und tätschelte den Kopf der schlafenden Promenadenmischung.

»Okay, okay. Schluß mit dem Theater.« Bull nahm ein imaginäres Mikrophon vom Armaturenbrett und sprach hinein. »*Tower*, geben Sie mir den letzten Wetterstand! *Roger!* Achtung! Platz da für einen Kampfpiloten! *Over and out.*«

»*Bye, bye*, Oma«, schrien die Kinder.

Der blaue Kombi setzte sich in Bewegung wie ein Schiff, das langsam in dunkle Gewässer gleitet, die das Licht der Häfen nicht mehr erreicht. Kurze Zeit später rollte der Wagen, getragen vom Rhythmus wechselnder Gänge und dem verhaltenen Summen eines auf lange Fahrt eingestellten Motors, über die Briarcliff Road in Richtung Ponce de Leon. An einer Ampel verkündete Bull Meecham, es sei nun an der Zeit, ein wenig zu singen.

»Womit fangen wir an?« fragte Mary Anne.

»Womit wir immer anfangen, Sportsfreunde«, antwortete Bull. »Seid ihr bereit?«

»*Yeah!*« riefen die Kinder.

»*Yeah?*« fragte der Vater zurück.

»*Yes, Sir*«, berichtigten sich die Kinder.

»Das klingt schon besser. Und eins – zwei – drei ...«

Die Familie sang. Der alte Text brannte sich in ihr kollektives Gedächtnis. Während der Wagen im ständigen Wechsel von Hell und Dunkel den Straßenlaternen folgte, die die Straße von Ponce de Leon nach Decatur säumten, blitzten vor ihrem geistigen Auge Erinnerungen an frühere Reisen auf. Es war die geheiligte Hymne, die allen aus dem Herzen sprach, die Essenz ihres gemeinsamen Lebens, das Lied, das sowohl der Unzufriedenheit als auch der seltsam quälerischen Liebe Ausdruck verlieh, mit der sie an diesem Leben hingen. Wann immer sie dieses Lied sangen, begann eine Reise, wurde der Tradition die ihr zustehende Reverenz erwiesen, wurden die Rituale der Odyssee erfüllt. Ein einsames Auto überholte das Familiengefährt der Meechams. Der Fremde, der diesen Fremden zum ersten und einzigen Male in seinem Leben begegnete, hörte im Vorüberfahren den Gesang, doch ehe er herausfinden konnte, um welches Lied es sich handelte, war der Wagen schon wieder außer Hörweite. Vom Text hatte der Mann nur das Wort *battles* – Schlachten – mitbekommen.

»From the halls of Montezuma to the shores of Tripoli,
We will fight our country's battles on land, on air, on sea.
First to fight for right and freedom, and to keep our honor clean,
We are proud to claim the title of United States Marines.«

Auf allen gemeinsamen Reisen war dies das erste Lied. In Vaters Armen hatten die Kinder, jedes für sich, dieses Lied zum erstenmal gehört; seinen Rhythmus hatten sie gleichsam mit der Muttermilch eingesogen. Ein bestrickendes, namenloses Gefühl bemächtigte sich der Kinder, sobald dieses Lied angestimmt wurde: Mit diesem Gefühl im Leib zogen die Männer in den Kampf. Die Hymne des Marine Corps war die Familienhymne, war das Lied des Kriegers und seiner Familie, war Schlachtgesang, war Meecham-Song. »Familien ohne Lieder sind unglückliche Familien«, pflegte Lillian Meecham zu sagen. Das Lied gehörte ihnen.

Sie fuhren dahin, sangen ihr Lied, drangen weiter und weiter vor in die amerikanische Nacht. Ihr Ziel war der Ort, an dem die großen Silbervögel schliefen und auf ihre Piloten warteten.

Überall in Amerika zogen im Sommer Soldatenfamilien wie auf gekrümmten magnetischen Bahnen von Ort zu Ort, von Stützpunkt zu Stützpunkt, wo die Männer sich und andere in der Kriegskunst vervollkommneten und die Familien auf ein weiteres Jahr oder zwei eine Geborgenheit suchten, die es für sie nicht gab. Bewegung, Reise, Unbeständigkeit und Fahrten durch die Nacht, das waren die Gesetze ihres Stammes. Wenn die Vögel des Nordens mit einem angeborenen Wandertrieb dem Ei entschlüpfen, so entwickeln die Angehörigen amerikanischer Soldaten diesen Trieb aus reiner Notwendigkeit: Sie packen ein, ziehen um, packen aus, graben sich ein und harren unruhig der nächsten Befehle. Und wenn der Sommer heraufzieht, packt viele von ihnen das Wanderfieber selbst dann, wenn die Befehle lauten, an Ort und Stelle zu bleiben.

Zeit der Versetzungen ist gemeinhin das Frühjahr. Ausgeheckt von anonymen, fünfeckigen Herren, die in langen Fluren und geräumigen Büros über das Schicksal tausender Männer und ihrer Familien entscheiden, erreichen die Marschbefehle des Pentagons die Basis. Da heißt es dann packen für eine achtköpfige Familie aus San Francisco und rein ins Auto zum Marathontrip quer durch den Kontinent, während ein

Junggeselle aus Quantico gerade fünfzig Kilometer weiter nördlich in Arlington anzutreten hat. Vier Navy-Familien, die Haus an Haus in Newport News leben, werden in alle vier Winde zerstreut, während ein Air-Force-Angehöriger aus unerfindlichen Gründen seit elf Jahren auf ein und demselben Stützpunkt stationiert ist und ebenso lange mit Frau und Kind ein und dasselbe Haus bewohnt. Manche Männer werden jedes Jahr versetzt, andere nur selten. Doch wen die Order trifft, dem läßt ihre karge, hartherzige Prosa keine Wahl. Eine kurze Beschreibung der neuen Aufgabe, ein paar Hinweise auf Unterbringungsmöglichkeiten für die Familie, ein Zeitlimit – das ist alles. Befehle sind spröder Lesestoff, der sich aufs Nötigste beschränkt.

»Und nun eine Solonummer von eurem Vater«, verkündete Bull.

»O nein, noch nicht!« stöhnte Lillian.

»Halt den Kopf zum Fenster raus, Dad«, schlug Ben vor. »Damit die Windschutzscheibe nicht zerspringt.«

»Ist deine Stimme in Europa besser geworden, Dad?« fragte Mary Anne. »Oder klingt sie immer noch, als ob dir ein sterbendes Tier im Hals steckt?«

»Du hast die gräßlichste Stimme, die ich je in meinem Leben gehört habe«, kommentierte Matt.

Karen widersprach. »Hör nicht auf sie, Daddy«, sagte sie. »Mir gefällt deine Stimme.«

»Bist ein liebes Mädchen, Karen. Du verteidigst deinen armen, alten Vater.«

»Schleimscheißerin«, zischte Mary Anne ihre Schwester an, doch Vater hatte bereits begonnen. Er sang das Lied, das traditionell den zweiten Platz auf der Reise-Hitliste innehatte.

»When they cut down the old pine tree,
And they hauled it away to the mill,
To make a coffin of pine
For that sweetheart of mine
When they cut down the ol' pine tree.«

Okra, der Hund, begann Colonel Meecham wütend anzubellen. Der jedoch ließ sich nicht stören und dröhnte unverdrossen weiter.

»Oh, she's not alone in her grave tonight
Alone, alone, she'll always be.
When they cut down the pine for that sweetheart of mine
When they cut down the ol' pine tree.«

»Unglaublich«, sagte Mrs. Meecham. »Die gräßlichste Stimme der Welt ist im Verlauf eines Jahres noch gräßlicher geworden.«

»Das auf Platte aufgenommen, und ich würde Millionen Menschen das Wasser in die Augen treiben«, gab Bull, nun doch leicht betroffen, zurück.

»Selbst Okra fand es zum Heulen, Dad«, sagte Matt.

»Wer gibt schon was auf die Meinung dieses überflüssigen Köters! Ich könnte der ganzen Familie keinen größeren Gefallen tun, als ihn bei hundertvierzig aus dem Fenster zu schmeißen.«

»*Yeah*«, fuhr Matt fort, »Okra haßt dich. Es gibt nur einen einzigen Menschen, den er haßt, und der bist du.«

»Dieser Hund kann kein einziges Kunststück«, bemerkte Bull und steckte sich eine Zigarre an.

»Okra ist viel zu stolz, um einfachen Sterblichen Kunststückchen vorzugaukeln«, konstatierte Mary Anne in offiziellem Tonfall. »Sein Geist ist auf Höheres gerichtet.«

»Okra hat ein einziges Problem, Sportsfreunde: Dieser Hund ist strohdumm.«

Lillian wandte sich ihrem Gatten zu. »Er erinnert mich an eine ganze Reihe von Marines aus meiner Bekanntschaft«, sagte sie.

»*Touché!*« rief Mary Anne.

»*Okay*, jetzt reicht's! Das nächste Lied! Wie heißt das nächste Lied?«

»Du fährst zu schnell, Bull«, gab Lillian zu bedenken. »Bitte halt dich ein wenig zurück.«

»Wir haben's eilig. Wie heißt das nächste Lied?«

»Du fährst zu schnell. Über hundertzwanzig.«

»Jesus Christus, Lillian, ich fege praktisch jeden zweiten Tag in meinem Leben mit mehr als neunhundert Sachen durch die Luft, und du kriegst schon bei hundertzwanzig das Flattern.«

»Das hier ist doch kein Jet, Bull.«

»Wie heißt das nächste Lied, Sportsfreunde?«

»*Dixie!* Laßt uns *Dixie* singen«, trällerte Karen.

»Ja!« Der Rest der Familie war einverstanden – bis auf Bull.

»Nee«, sagte er. »Das ist ein Verliererlied. Nichts deprimiert mich mehr als Verlierergedudel. Singen wir was anderes.«

»Nein, *Dixie*!« Die anderen ließen sich nicht davon abbringen.

»Okay, dann singt ihr euer *Dixie*. Ich singe *The Battle Hymn of the Republic*. Ich singe ein Siegerlied, ihr euer Verlierergedudel.«

So sangen sie simultan die Lieder der alten Bürgerkriegsrivalen. Schon bald stellte sich heraus, daß Bull der geballten Feuerkraft seiner

Familie nichts Gleichwertiges entgegenzusetzen hatte. Er verstummte und konzentrierte sich mürrisch auf die Straße und seine Zigarre.

»Was für ein beschissenes Lied«, grummelte er, als es zu Ende war.

»Achte auf deine Worte, Bull.«

»Singt euer *Dixie*, wenn ihr's nicht lassen könnt. Aber denkt auch dran, daß wir Georgia jetzt verlassen, die Achselhöhle von Dixieland, und gegen South Carolina eintauschen, den Schließmuskel der Nation.«

»Weißt du, was Chicago ist, Popsy?« kreischte Mary Anne aus dem Hintergrund. »Die Hämorrhoiden unseres Planeten.«

Der Rest der Familie applaudierte.

»Bravo, Mary Anne«, sagte Mrs. Meecham. »Verteidige du nur den Süden.«

»Was gibt's da zu verteidigen? Der Süden bringt ja nichts hervor, das zu verteidigen sich lohnt! Außer Maisbrei.«

»Er hat deine Kinder hervorgebracht«, stellte Lillian fest, »alle vier. Und deine Frau.«

»Aber das auch bloß, weil das Marine Corps seine Stützpunkte mitten in diesen gottverdammten Sümpfen anlegt.«

»Bei einem solchen Mißbrauch des Namens unseres Herrn schlage ich vor, daß wir jetzt einen Rosenkranz beten«, verkündete Lillian. »Für einen glücklichen Verlauf dieser Reise.«

»Gute Idee. Dann hört dieses Gezänk vielleicht endlich auf.«

Lillian öffnete das Handschuhfach und tastete nach den Perlen ihres Rosenkranzes.

»Der muß doch irgendwo da drin sein«, sagte sie, »ich weiß es genau. Es sind die kostbaren Elfenbeinperlen, die mir euer Vater damals in Rom gekauft hat. Papst Johannes der Dreiundzwanzigste hat sie gesegnet.«

»Du hast sie doch um Gottes willen nicht etwa verloren«, grollte ihr Ehemann.

»Natürlich nicht!« anwortete Lillian. »Es gibt nun einmal gewisse Dinge an Automobilen, die nach einem Monat nicht mehr funktionieren. Uhren zum Beispiel. Oder Handschuhfachbeleuchtungen. Hier ist er. Kinder, habt ihr diesen Rosenkranz überhaupt schon einmal gesehen? Ich glaube, ich habe ihn noch keinem von euch gezeigt. Ein wahrer Schatz. Alle Perlen sind handgeschnitzt.«

»Hat der Papst sie wirklich gesegnet?« fragte Karen.

»*Yeah*. Ich glaube, der alte Oberhirte segnet die Rosenkränze immer gleich waggonweise. Für die Touristen.«

»Bull, das ist doch gotteslästerlich, wie du dich ausdrückst«, wies ihn Lillian verärgert zurecht.

»Was meinst du damit? Jeder hat seine Tricks, selbst Päpste. Ich bin überzeugt, es dient einem guten Zweck – wie Marienglocken nach Tanganjika zu schicken, um irgendwelche Speerschwinger zu bekehren. Aber Trick bleibt Trick. Ich hab' mir die Preise für Rosenkränze genau angesehen, bevor ich den da ausgewählt habe. Ursprünglich wollte ich dir einen schenken, der nicht nur vom Papst gesegnet ist, sondern auch noch 'nen eingefaßten Splitter vom Heiligen Kreuz dran hat. Aber für das Geld hätte ich dir gleich die Pietà kaufen können.«

»Woher wissen die, daß der Splitter wirklich vom Heiligen Kreuz ist, Dad?« fragte Ben.

»Woher soll ich das wissen, Junge? Ich glaube, sie hätten Jesus zehntausendmal ans Kreuz binden müssen, nur um genug Holz für diesen Rosenkranzschwindel zusammenzubringen.«

»Ich glaube, das genügt jetzt«, sagte Mrs. Meecham mit fester Stimme und fügte, an die Kinder gewandt, hinzu: »Beten wir jetzt einen Rosenkranz für eine glückliche Reise und die Rettung der Seele eures Vaters.«

Colonel Meecham lachte. »Einverstanden«, sagte er. »Euer armer alter Vater kann jedes Gebet gebrauchen, Sportsfreunde.«

»Beten wir außerdem für die Bekehrung Rußlands«, setzte Mrs. Meecham noch hinzu.

»Das ist doch Kleinkram, Mama«, gab Mary Anne unbeeindruckt zurück. »Beten wir lieber für was Großes.«

»Sei nicht so frech, mein Fräulein«, erwiderte ihre Mutter scharf.

»Jawohl, Mary Anne, halt dich zurück. Sonst gibt's 'n heißen Tanz – mit mir, verstanden?«

»Das wird nicht nötig sein, Bull. Ich werde mit den Kindern auch allein fertig, danke.«

»War bloß ein Versuch, dich zu unterstützen, Liebste«, sagte der Colonel.

Seine Frau antwortete nicht. Sie sprach nun mit langsamen Worten das Glaubensbekenntnis. »Ich glaube an Gott, den Vater, den allmächtigen Schöpfer des Himmels und der Erde...«

Hinter ihr, auf dem Rücksitz, lehnte Ben sich bebend vor unausgesprochenen Wünschen in sein Kissen zurück. Wie vom Wind getriebene Wolken drifteten seine Gedanken ab, versanken im stillen Gebet, der wortlosen Zwiesprache mit Gott.

Als er wieder in die Gegenwart zurückkehrte, sprach Lillian gerade den ersten Teil des »Gegrüßet seist du, Maria«. Ihre Aussprache war makellos. Die Worte kamen mit einer Ehrfurcht und Klarheit über ihre Lippen, daß man hätte meinen können, sie spräche sie zum erstenmal in ihrem Leben. »Gegrüßet seist du, Maria, voll der Gnade. Der Herr ist mit dir. Du bist gebenedeit unter den Weibern, und gebenedeit ist die Frucht deines Leibes, Jesus.«

Die Familie neigte die Köpfe, als der Name des Herrn fiel. Aber die Antwort kam in atemloser Hast: Heiligemariamuttergottes, betefürunsSünderjetztundinderStundeunseresTodesAmen... Die Worte drängten sich zusammen in einer unverständlichen, schäumenden Masse. Und während Lillians Finger noch immer die Perlen umspielten, geriet Bens Geist erneut auf Abwege, und die Gebete wurden zu stimm- und gedankenlosen Worten, blutleer durch ständige Wiederholung. Mary Anne stieß ihn mit ihrem nackten Fuß und stupste ihn mit dem Finger an, wobei sie sorgfältig darauf achtete, daß ihre Hand unterhalb des Blickfeldes blieb, das Vaters allwissende Augen mit Hilfe des Rückspiegels beharrlich überwachten. Der ausgestreckte, nach oben weisende Finger hätte Ben um ein Haar in lautes Gelächter ausbrechen lassen, doch behielten die strengeren Gesetze des Selbsterhaltungstriebs die Oberhand. Sofort fiel ihm die skurrile Version des *Ave Maria* ein, die Mary Anne im vergangenen Jahr geschrieben und rezitiert hatte. »Gegrüßet seist du, Benny, Hosenscheißer, bekackt von oben bis unten, gesegnet bist du unter den Furzern und stinkig ist dein Kadaver im Grab, Käsus.«

Lillian hatte das zufällig mitbekommen und war darüber alles andere als erbaut gewesen. Zwei Wochen Hausarrest für Mary Anne, lautete ihr Verdikt – eine angesichts der Schwere des Verbrechens unangemessen milde Strafe, denn Mary Anne ging ohnehin nie aus. Es bereitete ihr stets großes Vergnügen, Bens religiöse Gefühle durcheinanderzuwirbeln. Ein paar Tage vor Colonel Meechams Rückkehr hatte Mary Anne behauptet, sie habe irgendwo gelesen, der Vatikan beabsichtige, seine Haltung zur Jungfräulichkeit Marias zu überdenken. Als Ben ihr das abnahm, führte sie im beiläufigen Tonfall eines an dieser Angelegenheit nicht sonderlich interessierten Theologen aus, daß der heilige Joseph einem Schäfer in der Nähe von Padua erschienen sei und diesem gegenüber geäußert hätte, die Jungfrau Maria hätte es ihm vor der Geburt des Heilands mindestens zweimal besorgt. Aufgrund solch obszöner Exkursionen ins Reich des Übernatürlichen war Ben felsenfest davon überzeugt, daß seine Schwester vor dem strengen Blick des Herrn kaum würde bestehen können. Er sah sie an. Die tiefe Schönheit ihres Lächelns erfüllte ihn mit einer merkwürdigen Wehmut. Er wandte den Blick wieder nach vorn, stupste sie zurück und lächelte nun selbst.

Weiter und weiter drang der Wagen vor in die ländlichen Regionen

Georgias, und die Gebete flossen gleichsam über, schwappten in zitternden Harmonien zu den Fenstern hinaus und vermählten sich mit dem Wasser der mäandernden Gräben und Creeks im Kieferngürtel vor Atlanta. Ein Lastwagen war plötzlich hinter dem Caravan der Meechams aufgetaucht und erfüllte ihn mit Licht. Der heilige Christophorus, mit Muskeln wie ein Gewichtheber, durchschritt einen bronzenen Fluß und blinzelte, geblendet vor dem grellen Licht, das deutlich den übergroßen Stab und einen Hipp-Baby-Jesus erkennen ließ.

Colonel Meecham haßte es, wenn andere Fahrzeuge sich in seine nachmitternächtlichen Parforce-Umzüge einmischten. Im Rückspiegel sah Ben, wie Vaters Augen die Lichter, die ihnen in diesem desolaten Landstrich die alleinige Herrschaft über die Straße streitig machten, mit einem urwüchsig-trotzigen Blick bedachte. Und in demselben Augenblick, da seine Mutter ein Gesätz des Rosenkranzes beendete und die ersten Worte des Vaterunsers sprach, spürte er die Reaktion des Wagens auf den verstärkten Druck, den Vater auf das Gaspedal ausübte. Er kam sich auf seiner Matratze vor, als wäre er selbst ein Teil des Motors, und hatte das Gefühl, sein Vater trete auf ihn, auf ein lebenswichtiges Organ in seinem Körper, und er selbst sei verantwortlich für den plötzlichen Ruck nach vorn, der den Fahrtwind zur Bö im hinteren Teil des Wagens verstärkte und Kleider und Uniformen von ihren Bügeln riß. Der Lastwagen fiel zurück, die Lichter wurden kleiner und verschwanden im Laufe des dritten Rosenkranzes-Gesätzes auf Nimmerwiedersehen. Die Nacht kehrte ins Wageninnere zurück, der Fuß auf dem Gaspedal gab langsam nach und entspannte sich schließlich. Das Auto summte in wiedergewonnener Einsamkeit. Christophorus und sein ausdauerndes Kreuz durchschritten den Fluß wieder unsichtbar, und wie der Herzschlag kleiner Vögel pulsierten die wortlosen Worte des Rosenkranzes durch die Nacht.

Hundertundzwanzig Kilometer außerhalb der Stadt, nach fünfundsiebzigminütiger Fahrt, endete der Rosenkranz, und Colonel Meecham stellte die rhethorische, an alle und niemanden gerichtete Frage: »Wer zieht zuerst auf Wache?«

Keine Antwort. Wortlos, aber mit weitaufgerissenen Augen, deren Bemühen, den Bruder oder die Schwester zu erkennen und zu befragen, beinahe hörbar war, verharrten die Kinder.

Schließlich war es Lillian, die das Wort ergriff: »Du hast ihnen beigebracht, sich nie freiwillig für irgend etwas zu melden.«

»Und warum hilfst dann du deinem armen alten Ehemann nicht, wach zu bleiben, mein Schatz?«

»Du hast mir immer das gleiche gepredigt. Davon abgesehen: Ich bin am Ende, wenn ich nicht bald ein bißchen Schlaf bekomme. Morgen ist ein langer Tag, die Möbelpacker kommen und so weiter . . .«

»Ben!« brüllte Bull in die Dunkelheit hinter seinem Rücken. »Ben, tu ja nicht so, als schliefest du schon!«

»Ich hab' schon geschlafen.«

»Dann erheb dich gefälligst. Setz dich direkt hinter mich. Du übernimmst die erste Wache.«

»*Yes, Sir*«, sagte Ben, krabbelte behende über Matthew hinweg und schob Okra ganz ins Heck des Wagens. Er beugte sich vor und legte die Arme auf die Rückenlehne des Vordersitzes, so daß er sich mit seinem Vater im Flüsterton unterhalten konnte, ohne dabei die anderen im Schlaf zu stören.

»Wir geben den Ledernacken ein bißchen Zeit zum Pennen und führen solange ein Männergespräch unter vier Augen.«

»Jawohl, Dad«, antwortete Ben zögernd. »Worüber willst du reden?«

»Eine Frage vorab, Posten: Welche Pflichten hat ein Mann, der Wache schiebt?«

»Alle weiß ich nicht mehr, Dad. Ein paar davon hab' ich vergessen.«

»*Yeah, yeah.* Eure Mutter läßt immer die Zügel schleifen, wenn ich in Übersee bin. Nenn mir die, die du kennst.«

»In militärischer Haltung die vorgegebene Strecke abschreiten. Immer höchste Aufmerksamkeit walten lassen. Alles im Auge behalten, was in Sicht- und Hörweite geschieht. Alarm bei Feuer und besonderen Vorkommnissen.«

»Du hast ungefähr hundert Regeln ausgelassen. Du solltest sie kennen, bevor du auf Wache ziehst. Sobald wir in Ravenel sind, geb' ich dir eine Woche, dann kannst du sie wieder aus dem Effeff.«

»Ich hab' sie mir schon ziemlich lange nicht angesehen, Dad.«

»Keine Ausreden. Nie.«

»*Yes, Sir.*«

Ungefähr fünfzehn Kilometer lang fiel kein einziges Wort. Colonel Meecham kaute mit kriegerischer Entschlossenheit auf seinem Kaugummi herum, während Ben die weißen Streifen auf der Straße anstarrte, bis ihr gleichförmiges Aufblinken ihn zu hypnotisieren begann. Beide wollten sie sprechen, aber keiner von beiden fand einen Steg, auf dem sie gemeinsam den Abgrund hätten überschreiten können, der Vater und Sohn voneinander trennte.

»Die *Red Sox* haben gewonnen«, sagte Bull schließlich.

»Und wie war Williams?« fragte Ben.

»Drei Volltreffer.«

»Gut.«

»Ich bin damals in Korea mit Ted Williams geflogen. Aber das hast du schon gewußt, oder?«

»*Yes, Sir.* – Dad?« sagte Ben und stellte seinem Vater eine Frage, die er ihm schon hatte stellen wollen, als er noch vor der französischen Küste vom Flugzeugträger aus geflogen war. »Hast du eigentlich jemals Angst beim Fliegen?«

»Gute Frage. Ja, ich habe immer ein kleines bißchen Angst, deshalb bin ich auch so verdammt gut. Ich hab' Piloten gekannt, die sich vor nichts fürchteten. Die vergaßen einfach, ihre Instrumente zu checken, und flogen rein dem Gefühl nach, als wären sie unsterblich. Ja, und dann stehst du da und pißt aufs Grab von so einem armseligen Idioten. Ein Pilot, der nie auch nur einen Funken Angst hat, baut irgendwann einmal Mist, und wenn du am Steuerknüppel eines Kampfflugzeuges Mist baust, dann kommt unweigerlich der Tag, an dem 'n Corporal auf Regierungskosten für dich den Trauermarsch spielt.«

»Und wovor hast du beim Fliegen am meisten Angst?«

»Am meisten Angst?« flüsterte Bull und zupfte sich am linken Ohrläppchen. »Hmmm... Gute Frage, Sportsfreund. Wenn ich 'n Jet fliege, fürchte ich mich am meisten vor Vögeln.«

»Vögeln?« Ben war so überrascht, daß ihm unwillkürlich ein jungmädchenhaftes Gekicher entfuhr.

»Ja, Vögeln«, fuhr sein Vater fort, als wolle er sich verteidigen. »Wenn du mit 900 Sachen einen Vogel erwischst, dann ist das wie ein Zusammenstoß mit einer Bowlingkugel. Erinnerst du dich an den Crash vor fünf Jahren, als Rip Tuscum ums Leben kam?«

»*Yes, Sir.*«

»Nun, er ist mit einem Bussard kollidiert und wurde von ihm geköpft.«

»Vögel, Popsy, ha!« mokierte sich Ben. »Ich sehe schon die Schlagzeilen. ›Bull Meecham von Papagei getötet.‹ ›Killer-Specht schießt Kriegsheld ab.‹«

»Ja, lach nur, du Affe. Mir bricht der kalte Schweiß aus, wenn ich da oben 'n Schwarm Vögel auch nur von ferne sehe. Das Blöde ist, daß man sie meist erst sieht, wenn sie schon an einem vorbei sind. Ich meine, du bist an ihnen vorbei, ehe dein Hirn überhaupt realisiert, daß da ein Vogel war. Du wirst eines Tages schon kapieren, was ich damit meine.«

»Wann, Dad?«

»Wenn du eines Tages ein Marine-Corps-Pilot bist und selbst am Steuerknüppel sitzt.«

Ben merkte, daß er sich wieder auf vertrautem Terrain befand. Die Spöttelei auf diesem Gebiet hatte Gruben und Furchen wie ein vielbeakkertes Feld.

»Ich glaube, ich werde eher Air-Force-Pilot, Dad.«

»Meinetwegen – wenn du unbedingt mit Memmen fliegen willst«, brauste Bull auf, bevor ihm einfiel, daß sein Sohn ihn schon oft mit der Air Force aufgezogen hatte. »Aber wenn du mit den Besten fliegen willst, dann kommst du zum Corps, so einfach ist das.«

»Und was ist, wenn ich beschließe, *nicht* zum Corps zu gehen?«

»Ich will, daß du auf jeden Fall vier Jahre beim Corps dienst. Wenn du daraus dann keinen Beruf machen willst, ist das deine Sache. Aber ich will dir nach erfolgreicher Pilotenausbildung die Goldenen Schwingen der Marines an die Brust heften können. Du wirst ein guter Pilot werden, Junge. Du bist ein sportlicher Typ und hast gute Reflexe. Die Koordinierung stimmt. Das einzige Problem, das ich bei dir sehe, ist, daß ein bißchen zuviel von deiner Mutter in dir steckt. Aber das werden sie dir in Quantico schon austreiben.«

»Ich hab' ja im College noch genug Zeit, mich zu entscheiden, ob ich nun ins Corps gehe oder nicht, Dad.«

»Falsch«, lautete die Antwort. »Ich habe diese Entscheidung bereits getroffen. Du wirst nach vier Jahren entscheiden können, ob du bleibst oder nicht.«

»Das ist nicht fair, Dad.«

»Wer hat behauptet, dein alter Vater sei jemals fair gewesen? Schau, Ben, du wirst mir eines Tages dankbar sein. Bei Christus, so wie's momentan in der Welt aussieht, hast du vielleicht sogar Schwein, und es herrscht Krieg, wenn du mit deiner Ausbildung fertig bist.«

»Schwein haben nennst du das?« rief Ben aus.

»Pssst, nicht so laut! Als ausgebildeter Kampfpilot bist du erst dann glücklich, wenn du deine Fähigkeiten an einem feindlichen Piloten gemessen hast. Das ist ein Gesetz, mein Junge.«

»Und was ist, wenn ich dabei umkomme?«

»Dann bist du ein miserabler Pilot. Nur miserable Piloten kommen im Kampf um. Das ist auch ein Gesetz.«

Ben dachte einen Augenblick nach. Dann sagte er: »Und Onkel Dan? Dein eigener Bruder, der damals auf den Salomonen umkam? War er ein miserabler Pilot?«

Die massigen Schultern neben seinem Kopf zuckten zusammen, und als sie sich langsam wieder entspannten, beschleunigte der Wagen unvermittelt, wurde schneller und schneller, bis Bull endlich antwortete: »Ja. Dan war ein miserabler Pilot. Aber er war auch ein sehr tapferer Pilot und hat sich sein *Killed in action* auf dem Grab redlich verdient.«

»Möchtest du auch im Kampf getötet werden, Dad?«

»Jeder Jetpilot stirbt im Zweifelsfall lieber im Kampf als an Hämorrhoiden.«

»Aber nur miserable Piloten lassen sich abschießen, Dad. Das ist ein Gesetz.«

»Richtig, Sportsfreund. Gut gedacht. Deshalb sage ich dir ja auch, daß ich mehr Angst habe vor Vögeln als vor feindlichen Piloten.«

»Der Pilot, der dich vom Himmel holt, müßte schon ein toller Hecht sein, Dad, oder?«

Bull drehte sich nach seinem Sohn um und zwinkerte mit den Augen. »Brutal gut müßte er sein, der Halunke. Übermenschlich. Aber jetzt leg dich hin und versuch, ein wenig zu schlafen. Ich bin hellwach. Wenn ich jemanden zur Unterhaltung brauche, weck' ich Mary Anne oder deine Mutter auf.«

»Gute Nacht, Dad.«

»Gute Nacht, Sportsfreund.«

Auf sich allein gestellt im schweigenden Wagen, konzentrierte Bull sich nun auf die weißen Markierungsstreifen des Highways, der sich in zahllosen Kurven durch Georgia schlängelte. Tausende von Schmetterlingen torkelten wie trunken ins Scheinwerferlicht, zerplatzten an der Windschutzscheibe und hinterließen streifige gelbe Flecken und den Staub gebrochener Flügel als letzten Salut. Je weiter der Wagen rollte, desto mehr nahmen Bull die schmierigen Spuren so vieler bedeutungsloser Tode die Sicht.

Immer wieder kam es vor, daß Bull vor sich auf der Straße eine Schildkröte erspähte, die den Highway überquerte. Mit einer geübten, kaum wahrnehmbaren Armbewegung veranlaßte er den Wagen zu einem kleinen Schlenker, und die Reifen zerbrachen den Panzer der Tiere mit einem hörbaren Knacken; es klang wie das Zerspringen einer Eierschale. Wenn Frau und Kinder unterwegs schliefen, widmete sich Bull immer diesem Zeitvertreib; er half gegen die Langeweile und hielt ihn wach. Doch als er jetzt den Wagen weit hinüber auf die Gegenfahrbahn zog, um dort eine Schildkröte zu töten, die beinahe schon den Randstreifen erreicht hatte, erwachte Lillian.

Ihre Augen waren noch geschlossen, die Lippen aber zu einem dünnen Strich zusammengezogen, als sie flüsterte: »Du bist mir vielleicht ein Held! Schildkröten überfahren . . .«

»Wer überfährt Schildkröten?« fragte Bull unschuldig.

»Ich bin oft genug mit dir unterwegs gewesen, um zu wissen, wann du deine Anfälle kriegst und anfängst, Schildkröten zu jagen. Ich halte das für krankhaft.«

»Na ja, die sollten sowieso nicht auf der Straße rumkrabbeln. Sie gefährden den Verkehr.«

»Ja, natürlich, Liebling. Steht ja jeden Tag in der Zeitung: ›Marodierende Sumpfschildkröten attackieren hilflosen Chevrolet – Totalschaden.‹«

»Es ist mein einziger Sport auf Reisen. Mein einziges Hobby.«

»... dem du mit typisch amerikanischer Begeisterung nachgehst, Schatz. Soll ich mich vielleicht als Anführerin der Claque rausputzen und jedesmal, wenn du so eine gefährliche Schildkröte zusammenfährst, den Pompon schwenken?«

»Ah, die heilige Lillian! Ich fahr' am besten ganz langsam, damit ich keinen dieser armen Schmetterlinge mehr umbringe, ja?«

»Es ist mir gleich, was du tust.«

»Danke, heilige Lillian. Da – die noch, dann bin ich wieder brav. Hey... ooooo! Ein großes Muttertier!« Es machte kurz »Popp!«, und Bull lachte auf. »Tja, Sportsfreunde, wir sind in Georgia. Lauter tote Hunde auf dem Highway. Das wäre doch der ideale Spitzname für diesen beschissenen Staat. ›Der Staat der toten Hunde‹. Aber jetzt halte ich die Klappe und sehe zu, daß ich wieder ein bißchen Zeit rausschinde.«

»Zeit rausschinde.« Die beiden Wörter hämmern sich in Bens Bewußtsein, eben als er in einen unruhigen Halbschlaf verfällt. Da ist noch das Röhren eines Lastzugs, der in einem Lichtschweif an ihnen vorbeizieht, eine plötzliche Attacke in der Nacht, und hungrig frißt sich der Wagen Kilometer um Kilometer durch Georgia. Bull Meecham führt imaginäre Gespräche mit Gespenstern, die außer ihm keiner bemerkt. Ben sieht, wie sein Vater mit den Fingern Löcher in die Luft stößt, sieht, wie sich seine Lippen bewegen und sein Gesicht sich verzieht, wenn jemand seine Fragen nicht so beantwortet, wie es sich gehört.

Zeit rausschinden. Ja, Zentimeter um Zentimeter fliegt vorbei, und die See rückt näher, der Geruch des Meeres, und während die Nacht im Sterben liegt, kommt der Schlaf. Fort sind die Kadaver von vorhin, blasser werden die Erinnerungen an kaum wahrgenommene Ortschaften, und der Pilot fährt und fährt und fährt. Sein Ziel ist eine Heimat, die keiner von ihnen kennt.

4

Eine Stunde vor Beginn der Morgendämmerung zwang sie ein langer, mit Baumstämmen beladener und nach Kiefernharz duftender Güterzug an einem Bahnübergang zum Anhalten. Colonel Meecham stieg aus, beobachtete die vorüberziehenden Waggons und studierte schweigend die ihren Flanken eintätowierten Namenszüge verschiedener Eisenbahngesellschaften. Züge schlugen eine seltsame, poetische Saite in Colonel Meecham an. Und obwohl er nicht imstande war, das Gefühl zu beschreiben, das ihn beim Anblick langer Züge auf warmen, silbrigen Schienen überkam, wußten seine Kinder, daß, was immer in ihrem großen, oft unergründlichen Vater an Poesie verborgen war, stets dann an die Oberfläche gelangte, wenn er einen Zug pfeifen hörte. Das Schicksal seiner Familie in Chicago war untrennbar verknüpft mit dem Hin und Her der Eisenbahnen im Mittleren Westen. Wenn die Kartoffel das Symbol für die einstmalige Flucht der Meecham-Familie aus Irland gewesen war, so war der Güterzug ihr Glücksbringer bei der Erlösung in der Neuen Welt.

Die Kinder räkelten sich und erwachten allmählich. Lillian seufzte tief und streckte sich vernehmbar in einer katzenhaften Bewegung. Bull ging zurück zur offenstehenden Wagentür und sagte: »Pinkelpause! Raus mit dem Hund, damit er mal sein Bein heben kann. Und wer sonst noch muß – bitte sehr!«

»Liebling«, sagte Lillian, »Ich weiß, es ist eine unerhörte Forderung – aber den Mädchen und mir wäre es lieber, wenn wir uns in einer sauberen, gut beleuchteten Toilette die Nase pudern könnten.«

»Ein bißchen frische Nachtluft schadet euch nichts. Raus mit euch, Mary Anne und Karen, ihr zwei verschwindet da vorne hinter den Bäumen.«

»Untersteht euch, junge Damen!« sagte Lillian. »Wir müssen unsere Würde wahren.«

»Meinetwegen. Aber weckt Matt auf. Und du auch, Ben – raus mit dir! Du, Okra, pinkelst am besten auf die Gleise, solange der Zug noch drüberfährt.«

»Das finde ich nicht komisch, Dad«, entgegnete Karen entrüstet. »Deshalb haßt dich Okra auch so sehr.«

»Ich muß nicht«, murmelte Matt im Halbschlaf und zog sich das Kissen über den Kopf, um den Lärm des vorrüberrumpelnden Zuges zu dämpfen.

»Überleg dir das genau, Junge. Du weißt, daß dein Vater nicht noch einmal anhält.«

»Es gibt nur drei Gründe, die ihn zum Halten bringen«, sagte Ben und kletterte über Matt hinweg aus dem Wagen. »Züge, der Tod eines Mitfahrers oder wenn er auf die Toilette muß.«

Er ging auf seinen Vater zu und blickte zum Himmel auf. Das Firmament flimmerte von Sternen. Auf dem Feld, das die Bahnlinie säumte, wuchs Baumwolle, und die Luft war gesättigt vom reichen Duft sprießenden Getreides und laubreicher Wälder. Das Land begann, sich dem Meer entgegenzuneigen. Die Hügel waren abwärts gebürstet, die Erde glättete sich, und die Flüsse begradigten ihren Lauf für die letzten Meilen vor der großen See.

Ben und der Colonel urinierten in den Straßengraben. Die Waggons flackerten an ihnen vorbei wie Einzelbilder auf einer langen Filmrolle, und Bull kommentierte jeden einzelnen von ihnen. Seine Stimme verriet Erregung. Wie immer bei der Begegnung mit Zügen fühlte er sich prächtig, war voller Euphorie. »Da – *Illinois Central.* Die *Southern Pacific.* Und jetzt kommt die Königin von allen, die *Rock Island Line,* bei der ist die Hälfte deiner Chicagoer Verwandtschaft angestellt, Ben... Paß auf, wo du hinpinkelst, du hättest fast meinen Fuß getroffen. Hoch und weit, wenn ich bitten darf... Die *Southern.* Karrt wahrscheinlich 'ne Ladung Mais zu irgend so 'nem Südstaaten-Schlappschwanz, der in New York lebt.« Im heimatlosen Singsang eines Schaffners, jenem kaum verständlichen Patois, das keine Grenzen kennt und das er auf Kinderfreifahrten mit der *Rock Island Line* zu imitieren gelernt hatte, begann er die Stationen herunterzubeten: *»Davenport, Ioway. Next stop. Ioway City, yes Ioway, Ioway, Ioway City... Dee Moynes, Dee Moynes, Ioway. All off for Davenport...«* Die Stimme des Schaffners war konstant eine Nuance tiefer als die des Kampfpiloten. »Alle an Booooord!« rief er dann und stieg wieder ins Auto, als gerade der den Zug beschließende Personalwagen vorbeizog. Langsam verhallte das Rattern in der Nacht.

Im ersten Gang holperte die Limousine über die Schienen. »Hat Okra gepißt?« bellte Bull, an Ben gerichtet.

»Ich denke schon, Dad.«

»Sie werden nicht fürs Denken bezahlt, Mister. Ich habe Ihnen eine Frage gestellt.«

»*Yes, Sir.* Er hat.«

»Ich hoffe es. Das war die letzte Station vor Ravenel. *Ravenel.* Rav-e-nel. Nächste Station Rav-e-nel, South Carolina.«

★

Bei Tagesanbruch waren sie getreu des von Bull in Atlanta ausgearbeiteten Fahrplans nur noch etwas mehr als hundert Kilometer vom Fliegerhorst des Marine Corps in Ravenel entfernt. Sonnenlicht erfüllte den Wagen, und die schlafenden Kinder wurden unruhig, als wehrten sie sich gegen den neuen Tag. Colonel Meecham nahm die Piloten-Sonnenbrille zur Hand, die zwischen den anderen Reiseutensilien auf dem Armaturenbrett lag, und sagte zu seiner Frau: »Beste Sonnenbrille der Welt. Zivile Gläser sind nichts dagegen.«

»Ist es nicht bedauerlich, daß Militärärzte schlechter sind als militärische Sonnenbrillen?« sagte Lillian.

»Hey, nicht schlecht, Sportsfreund. War 'ne gute Antwort.«

»Bull, sag mal, die Straße ist völlig leer, nicht ein Schweinchen ist unterwegs. Bist du sicher, daß wir uns nicht verfahren haben?«

»Absolut. Der Navigator hat in seiner gesamten Laufbahn noch keinen einzigen Fehler gemacht.«

»Ach, das ist mir neu. Ich glaube mich an eine Nacht zu erinnern, in der der Navigator mal die falsche Abzweigung erwischte und wir im Osten von Tennessee landeten anstatt in North Carolina.«

»Das lag an den Idioten, die hier im Süden Straßenschilder aufstellen. Die können ja nicht bis drei zählen.«

»Mal was anderes, Süßer. Du hast mir noch gar nicht erzählt, was sich in deiner alten Staffel so getan hat. Wo sind die ganzen Cobras denn jetzt, und was machen sie so?«

»Sam Pencoast und Ollie Oliver sind in Ravenel stationiert. Rocky Green ist in El Toro. Seine Frau ist ihm vor sechs Monaten mit einem zweiundzwanzigjährigen Corporal aus seiner eigenen Staffel durchgebrannt. Die Kinder sind bei ihm.«

»Arme Kinder.«

Das Gespräch drehte sich um das Marine Corps, um alte Freunde und Kameraden, Männer und Frauen, deren Schicksalsweg sich immer wieder mit dem ihren gekreuzt hatte. Die Kampfpiloten des Marine Corps bildeten eine kleine, intime Bruderschaft, in der jeder bestens über den anderen Bescheid wußte. Da sie ein Jahr lang nicht mit Militärs zusammengewesen war, befand sich Lillian, was ihre gemeinsamen Bekannten betraf, nicht mehr in allen Fällen auf dem neuesten Stand. Alle wurden sie immer wieder versetzt, und es gehörte für Lillian und Bull zu den unverzichtbaren Bestandteilen ihres Nomadenlebens, mit wachsamem Auge zu verfolgen, wohin es diesen oder jenen der Kameraden gerade wieder verschlagen hatte. Politik, Literatur und Kunst spielten in ihren Gesprächen kaum eine Rolle; ihre Konversation drehte sich weitgehend um das Corps und um die Familie.

Im hinteren Teil des Fahrzeugs wälzte Ben sich unruhig hin und her. Die Sonne schien ihm direkt ins Gesicht. Er hörte seinen Vater sagen, daß sie Georgia vor einer halben Stunde verlassen hätten. Wir haben Georgia verlassen, dachte er bei sich. Wir sind in South Carolina.

Ben war in Georgia geboren, und er fühlte sich der roten Erde, die sein Vater haßte, stark verbunden. Er liebte das duftende Land, das er fast nur von Nachtfahrten kannte, die Luft, die von Country Music erfüllt war, und den männlichen Geruch des Getreides und der landwirtschaftlichen Maschinen, denen das weite Land zwischen den Städten gehörte. Es war der einzige Fleck auf Erden, der ihm Halt bot, mit dem er sich identifizieren und den er als seine Heimat begreifen konnte. Daß es im Grunde nur der Stempel auf seiner Geburtsurkunde war, der ihn mit Georgia verband, und daß er dort nur lebte, wenn sein Vater in Übersee weilte, war für seine Einstellung ohne Belang. So sehr er sich auch bemühte – es gelang ihm nie, irgendwelche dauerhaften Gefühle für jene farblosen, blutleeren Militärbasen zu entwickeln, auf denen er den bei weitem größten Teil seines siebzehnjährigen Lebens zugebracht hatte. Dem Zwangsverpflichteten in der Familie eines Marine-Corps-Offiziers, der schon in vier Mietwohnungen, sechs Häusern, zwei Wohnwagen und einer Nissenhütte gelebt hatte, fiel es schwer, Treue zur Scholle zu empfinden – wo immer diese auch geographisch angesiedelt sein mochte. Kein Heim war mehr als eine temporäre Wasserstelle, an der die Krieger zusammenkamen und sich in ihrer finsteren Kunst übten und vervollkommneten, bevor sie ihre Zelte wieder abbrachen. Dabei sehnte er sich nach einem Ankerplatz, nach Heimat, nach Beständigkeit. Er wollte in einem einzigen Haus leben, in ein und derselben Nachbarschaft alt werden, er wollte Freunde haben, deren Gesichter nicht jedes Jahr ausgetauscht wurden. Die zarten Ansprüche an Georgia erneuerte er daher bei jeder Gelegenheit – beim Besuch der Großmutter in Atlanta, aber auch auf jeder Fahrt durchs Land auf dem Weg zu einem der perlkettenartig das Marsch- und Sumpfland Virginias und der beiden Carolinas säumenden Stützpunkte.

Ben stützte sich auf den Ellbogen und richtete eine Frage an den Vordersitz: »*When do ya'll think we'll get there* – Wann kommwan endlich an?«

»*Ya'll?*« brüllte Bull. »*Ya'll* ist, verdammt noch mal, kein Wort! Was soll diese *Ya'llerei*? Da komme ich nach zwölf Monaten in Übersee nach Hause, und prompt quatschen meine Jungs Südlerkauderwelsch!«

»*Ya'll* ist grammatikalisch vollkommen korrekt, Ben, mein Lieber«, wandte Lillian ein. »Es ist ebenso korrekt wie präzise.«

»Ich will dieses Wort nie wieder aus deinem Munde hören, Lillian.

Du mußt endlich einsehen, daß ein Südstaatler-Akzent jenseits der Mason-Dixon-Linie bescheuert klingt.«

»Für mich klingt er kultiviert. Du hast doch sowieso schon dafür gesorgt, daß keines deiner Kinder einen Südstaaten-Akzent hat.«

Sie hatte recht. Die Sprache der Kinder war akzentfrei, ihr fehlten die Würze des südlichen Tonfalls und seine Kadenzen, die verschliffenen Rhythmen jener Landstriche, in denen sie aufgewachsen waren und ihr gesamtes bisheriges Leben verbracht hatten. Jedesmal, wenn einem seiner Kinder ein erkennbar südlicher Laut über die Lippen kam, wurde er von Bull auf der Stelle exorziert. Obwohl das Marine Corps seine Stützpunkte im Süden angelegt hatte, kam Bull Meecham nie ganz über die ebenso traurige wie unvermeidbare Tatsache hinweg, daß seine Kinder als Südstaatler heranwuchsen. Er konnte ihnen die Sprache austreiben, aber er war nicht imstande, sie von jenen Erlebnissen zu befreien, die sie für alle Zeiten an den Süden und sein Anderssein, an die spezifische Identität des Landes band, das ihre Jugend genährt und bereichert hatte.

»Mal sehen, was sonst noch alles während Vaters Abwesenheit verschütt gegangen ist«, verkündete Bull. »Wie heißt die Hauptstadt von Montana, Karen?«

»Ich bin gerade erst aufgewacht, Daddy«, protestierte die Angesprochene.

»Ich hab' dich nicht drum gebeten, eine Rede zu halten. Ich habe dir bloß eine Frage gestellt.«

»Bismarck«, antwortete Karen nach einer kurzen Denkpause.

»Falsch. Ihr solltet sie längst auswendig können.«

»Helena«, sagte Matt.

»Richtig, Matt.«

»Eine weitere Frage, Karen. Deine Chance, es wiedergutzumachen!«

»Es ist zu früh am Morgen, Daddy. Ich hab' keine Lust zum Hauptstädte-Raten!«

»Pech für dich«, antwortete Bull. »Wie heißt die Hauptstadt von Idaho?«

»Augenblick... Nicht sagen! Laß mich nachdenken!«

»Das muß wie aus der Pistole geschossen kommen, Mädchen.«

»Boise!« rief Karen.

»*Yeah.* Aber ich hab' dir auch 'n Wink mit dem Zaunpfahl gegeben. – Wie heißt die Hauptstadt von Uruguay, Mary Anne?«

»Montevideo.«

»Ben – die Hauptstadt von Afghanistan?«

»Kabul.«

»Gut, gut. Jetzt hört mal gut zu, Kinder, ich hab' euch was zu sagen. Ihr habt das Glück, einer Marine-Corps-Familie anzugehören. Ihr wißt mehr über Geographie als alle anderen Kinder in Amerika. Ihr wart schon an mehr Orten, als andere an Ortsnamen kennen. Reisen ist die beste Form der Bildung.«

»Ich darf dich daran erinnern, Süßer«, gurrte Lillian, »daß deine Kinder nur deshalb all diese Hauptstädte auswendig gelernt haben, weil du gedroht hast, sie sonst umzubringen.«

»So was nennt man Motivierung«, gab Bull zurück und grinste.

Ben lehnte sich gegen sein Kissen und dachte über die Worte seines Vaters nach. Dann sagte er: »Du hast recht, Dad. Wir haben in wahren Metropolen dieser Welt gelebt. Triangle, Virginia. Jacksonville, Havelock und New Bern in North Carolina. Meridian, Pensacola und jetzt Ravenel in South Carolina... Wir hätten es kaum glücklicher treffen können.«

Auch Mary Anne meldete sich zu Wort: »Ich hab' 'n paar Air-Force-Bälger in Atlanta kennengelernt. Die sind vielleicht weit herumgekommen! London, Hamburg, Rom, ganz Europa. Die waren Skilaufen in den Alpen und haben den Schiefen Turm von Pisa gesehen. Einer von den Kerlen war dreisprachig. Alle waren schon mal in der Oper und im Konzert. Ich bin schon wahnsinnig gespannt, wie sich das Symphonieorchester von Ravenel ausnimmt – vor allem im Vergleich mit den Londoner Philharmonikern!«

»Ich kann euch alles erzählen, was ihr über Europa wissen müßt«, sagte Bull. »Ich war ja gerade ein Jahr dort auf Erkundung.«

»Warst du auch im Louvre, Daddy?« fragte Mary Anne.

»Na sicher. Konnte mir doch die Mona Lisa nicht entgehen lassen. In dem Saal, wo die Mona Lisa ist, kannst du dich an jeden x-beliebigen Fleck hinstellen – sie läßt dich nicht aus den Augen. Ganz ordentlicher Job von diesem Leonardo da Vinci, dieses Porträt.«

»Meinst du wirklich, Dad?« fragte Ben zurück und zwinkerte Mary Anne zu.

»Und ob. Euer alter Vater hat auf seinen Trips durch die Hauptstädte Europas 'ne ordentliche Portion Kultur mitbekommen.«

»Du bist nur zu bescheiden, um damit anzugeben, nicht wahr, Liebling?« fragte Lillian mit sanfter Stimme.

»Richtig!« brüllte Bull und lachte laut auf. »Einer meiner schlimmsten Fehler ist Bescheidenheit.« Die letzten hundert Kilometer der Reise bereiteten ihm sichtlich Vergnügen.

»He, Dad«, sagte Matt. »Wieso läßt das Marine Corps die Familien nicht mit nach Übersee?«

»Wahrscheinlich hat man Angst, Corps-Kinder könnten den Air-Force-Nachwuchs verdreschen.«

»Mensch, stellt euch das mal vor: Wir und in Paris leben...«, schwärmte Ben.

»Ich kann Hallo, Auf Wiedersehen und Du kannst mich mal auf acht Sprachen sagen«, brüstete sich Bull.

»Ach nein, Bull«, sagte Lillian. »Ich wußte gar nicht, wie polyglott du bist!«

»Sprachen fliegen mir einfach zu«, antwortete Bull, dem die Ironie in ihrer Stimme entgangen war.

»Wenn du auch nun noch ein bißchen mehr an der Verfeinerung deiner Muttersprache arbeiten würdest...«

»Sehr komisch.«

Lebhaft und mit überzogener Stimme rief Mary Anne: »Nun reden wir doch noch ein wenig über das Glück, Soldatenkinder zu sein!«

»Ich bin so glücklich darüber, daß ich statt einer einzigen vier Oberschulen besuchen darf«, verkündete Ben mit gespielter Begeisterung.

»Und ich, die liebliche Mary Anne Meecham, deren Schönheit in Liedern und Legenden gepriesen wird...«, begann seine Schwester.

»Junge, das ist ein Witz«, bemerkte Matt.

»Ruhe, Zwerg, sonst verfüttere ich dich an eine Spinne.«

»Mama!« rief Matt.

»Es ist nicht mehr weit, Kinder. Reißt euch noch ein bißchen zusammen.«

»... sonst wasch' ich euch da hinten die Köpfe«, ergänzte der Colonel finster, und die Gläser seiner Sonnenbrille funkelten.

»Wie dem auch sei«, fuhr Mary Anne fort. »Ein ganzes Schuljahr keine Freunde – welch ein Glück! Bis zum schönen Monat Mai. Da lerne ich dann viele neue Freundinnen und Freunde kennen. Und dann – welch ein Glück! – kommt mein Daddy nach Hause mit 'm neuen Versetzungsbefehl in der Tasche. Wir machen – was für ein Riesenglück! – irgendwann im Sommer einen tollen Umzug, und dann ist schließlich Herbst, und ich genieße überglücklich das neue Schuljahr ohne Freund und Freundin!«

»Du bist albern, Mary Anne«, sagte Lillian. »Ich weiß ganz genau, daß ihr Atlanta nur sehr ungern verlassen habt.«

»Zusammenreißen!« brummte Bull.

»Das Leben und Aufwachsen in einer Marine-Corps-Familie hat wirklich auch gute Seiten«, fuhr Mrs. Meecham fort. »Ihr lernt viele Menschen kennen – und vor allem lernt ihr, *wie* ihr sie kennenlernt, wie man sie anspricht und so weiter. Ihr lernt, wie man in der Öffentlichkeit auftritt. Ihr habt hervorragende Manieren, und es fällt euch leicht, einen gefälligen Eindruck zu machen. Man hat mir schon mehrfach zu meinen höflichen Kindern gratuliert. *Das* ist ein unschätzbarer Vorteil, den ihr als Soldatenkinder mit auf den Weg bekommt, ein Geschenk, das euch überall von Nutzen sein wird, wo immer ihr auch lebt. Ihr wißt, wie man sich benimmt.«

»Das Allerwichtigste aber, ihr kleinen Schweinchen«, sagte Bull, »ist die Tatsache, daß ihr mich zum Vater habt. Haltet euch an mich, und alle meine guten Eigenschaften färben auf euch ab.«

Im Chor stöhnte die Familie auf. Der Colonel warf den Kopf zurück und brüllte vor Lachen.

Acht oder neun Kilometer lang sprach niemand ein Wort. Dann sagte Karen: »Ich halt's bald nicht mehr aus in diesem Fahrzeug.«

Und Matthew fügte hinzu: »Ich muß mal aufs Häuschen. Mir steht's schon bis zum Hals.«

»Dazu hattest du an dem Bahnübergang reichlich Gelegenheit«, erwiderte Bull.

»Da mußte ich aber noch nicht«, lautete die Antwort.

Wieder herrschte Schweigen. Der Wagen überquerte gerade die Brücke über den Combahassee River; sie kamen ihrem vierten Domizil in vier Jahren immer näher. Es gab in dieser letzten Niederung vor der See längst keine Hügel mehr. Hier und da säumten Haine aus Zwergpalmen und immergrünen Eichen die Straße, die geradewegs auf die der Küste vorgelagerten Inseln zulief. Beherrscht wurde die von Flüssen, Kanälen, Lagunen und Teichen durchzogene und gesprenkelte Landschaft jedoch von grüner Marsch, die alle Wasserläufe einrahmte. Das Marschland war unübersehbar weit und atmete den Wind. Es leuchtete mancherorts wie Felder von reifem Weizen und war doch trostlos wie die dunkle Seite des Mondes. Alle, die da im Auto saßen, nahmen das Bild dieser Landschaft in sich auf, waren bewegt, beunruhigt und begriffen nicht warum. Es war eine fremde Topographie, die, bei den Ufern beginnend, alles in ihren Bann zog; ein Land der tausend Gräben, braun und blubbernd, und über allem der reiche Brodem des Meeres.

Lillian kannte das Marschland. Sie hatte als junges Mädchen so manchen Sommer an der Küste von Georgia verbracht.

Wieder fuhr der Chevrolet über eine Brücke. Als sie das jenseitige Ufer erreicht hatten, befanden sie sich in Ravenel County.

»Noch fünfzig Kilometer, ihr Schweinchen.«

»Erzähl uns doch was von dem neuen Haus, Bull, ja?« bat Lillian. »Ich sterbe vor Neugier...«

»Das ist eine Überraschung«, erwiderte Bull; es machte ihm Spaß, sie im Ungewissen zu lassen.

»Ich muß jetzt wirklich aufs Häuschen«, sagte Matthew, »und zwar dringendst.«

»Dein Pech«, sagte Bull. »Du hättest rauskommen sollen, als wir an diesem Bahnübergang halten mußten.« Augenlos forschten die dunklen Gläser im Rückspiegel nach seinem Jüngsten.

»Schlag die Beine übereinander, Liebling«, empfahl Lillian, »und sieh es als Opfer für eine gute Sache.«

»Die Bekehrung Rußlands zum Beispiel«, schlug Ben vor.

Die Luft, die durch den Wagen strömte, war dumpf und tropisch, das brettebene Land von üppigem, leuchtendem Grün. Schwarze Männer und Frauen, mal einzeln, öfter aber in Paaren oder als scharfkonturierte Dreiergruppe, waren jetzt hin und wieder auf den Grasstreifen längs der Straße zu erkennen, gingen langsam zwischen den kleinen Häusern und Hütten hin und her. Über rostigen Blechdächern flockte Morgenrauch, aus geöffneten Fenstern drang Frühstücksduft und teilte sich den Luftströmungen mit, die den Wagen der Meechams umwirbelten.

»Speck«, stöhnte Lillian, als sie an einem der verstreut liegenden Häuschen vorbeifuhren, »wär' mir jetzt lieber als Filet mignon.«

Bull gab ein einsilbiges Grunzen von sich, das in keiner Sprache etwas bedeutete, jedoch eine akustische Bestätigung dafür war, daß er sie gehört und verstanden hatte. Müdigkeit überkam ihn jetzt, von Kilometer zu Kilometer wurde seine Beteiligung am allgemeinen Gespräch geringer.

Die Kinder starrten zum Fenster hinaus. Fremde, die sie waren, nahmen sie Ravenel mit geschärftem, kritischem Blick in sich auf und registrierten jedes Bild und jeden Eindruck, der vorüberflog. So formte sich vor ihrem geistigen Auge ein Mosaik aus zehn Millionen Einzelimpressionen, die nur für Sekundenbruchteile an ihr Bewußtsein rührten. Und jedes Bild war ein Geheimnis, ein Stück Erinnerung, lichtschnell gekommen und lichtschnell verschwunden, nach einem Herzschlag vorbei und doch nachhallend, um Bewahrung bittend, bemüht, weiterzuleben und eingelassen zu werden in jene Bezirke des Gehirns, in denen das Gedächtnis brennt. Überall versuchten die Kinder, Vertrautes zu erspähen, irgend etwas, das ihnen die Möglichkeit gab, Verbindungen herzustellen zwischen Ravenel und anderen Orten, die für kurze Zeit ihre Heimat gewesen waren.

Über ihre Köpfe hinweg raste ein Jet; der Lärm ergoß sich über sie wie eine Flüssigkeit. Bull streckte den Kopf zum Fenster hinaus und suchte am Himmel oberhalb der Baumwipfel nach dem Verursacher. »Das ist der Klang der Freiheit«, sagte er. Sie alle kannten ihn, diesen Klang, das Donnergrollen, das über sie hinwegzog und sie erzittern ließ, als wären sie große Glasscheiben. Es war ein vertrautes Geräusch, das in den Meecham-Kindern später lebhaftere Erinnerungen an ihre Jugend heraufbeschwören würde als die hellen Glockentöne, mit denen sich der Eismann ankündigte, oder die Melodien der Gutenachtlieder.

Wenige Augenblicke später begann Mary Anne auf einmal zu weinen. Es war ein tonloses Weinen bar jeder Hysterie, ja selbst der Trauer nicht verwandt. Ihre Augen schimmerten feucht, und die Tränen flossen in scharf umgrenzten Salzbächen durch ihr Gesicht.

»Was soll die Heulerei?« fauchte Colonel Meecham den Rückspiegel an, packte das Spiegelbild seiner weinenden Tochter und hielt es fest. »Sieh zu, daß sie aufhört, Lil. Ich kann die Plärrerei nicht ausstehen.«

»Nimm ein Kleenex und wisch dir dein Gesicht ab, Mary Anne. Du hast keinerlei Anlaß zum Weinen. Gib Ravenel eine Chance.«

»Ich hab' ihm ja eine Chance gegeben!« erwiderte Mary Anne unglücklich. »Aber ich hasse dieses Nest genauso wie die anderen.«

»Du wirst es schon noch zu schätzen lernen. Laß dir bloß Zeit. Wäre ich an deiner Stelle, so sagte ich mir: ›Ja, ich werde diese Stadt im Sturm erobern. Ich werde aus mir herausgehen, viele neue Leute kennenlernen – und wenn ich wieder fortziehe, bin ich die beliebteste junge Dame von Ravenel.‹ Mit dieser Einstellung machst du es dir viel leichter.«

»Sorg endlich dafür, daß sie den Hahn abdreht, Lillian. Große Reden kannst du dir sparen.«

»Ich versuche es ja, Bull. Gib mir nur etwas Zeit. Mary Anne ist ein wenig durcheinander wegen des Umzugs. Die anderen auch.«

»Sag den kleinen Schweinchen, daß Big Dad das nicht juckt. Mir ist's wurst, ob sie durcheinander sind oder nicht.«

Mary Anne kramte in ihrer Handtasche nach einem Papiertaschentuch, zog dann aber plötzlich einen Teelöffel hervor, den sie von Mutters Tafelsilber stibitzt hatte. Noch immer leise weinend, hielt sie sich den Löffel unter die Augen, fing ihren traurigen Silberschatz sorgfältig Träne um Träne auf. »Ich bin *wirklich* deprimiert«, sagte sie schließlich. »Ich werde diese Stadt hassen. Am liebsten wäre ich tot.«

»Dein Wunsch könnte in Erfüllung gehen, wenn diese Heulerei nicht endlich aufhört«, antwortete Bull.

Als der Löffel randvoll mit Tränen gefüllt war und der zitternde Rückstand ihres Kummers jederzeit über die Kanten zu treten drohte, schleuderte Mary Anne mit einer geschickten Bewegung aus dem Handgelenk heraus die feuchtwarme Flüssigkeit quer durch den

Wagen nach vorne. Kaum zersprüht, platschte die Ladung gegen Vaters Kopf.

»Das ist doch nicht zu fassen!« belferte Bull und tastete mit der Hand über seine Haare. »Wer spuckt mich da an? Seid ihr verrückt geworden da hinten?«

»Entschuldige, Papilein«, protestierte Mary Anne in aller Unschuld. »Der Löffel ist mir aus der Hand gerutscht.« Drei weitere Tränen ergossen sich in den Löffel. Sie zielte sorgfältig und traf diesmal Vaters Nacken.

Lillian mischte sich ein. »Denk daran, Liebling, was ich dir gesagt habe. Wenn du eine Zitrone hast, quetsch sie aus und nimm dir Zucker. Du mußt dieser Stadt eine Chance geben, an dir zu wachsen. Und du selbst mußt dich ihr öffnen. Sei bereit zum Risiko. Du gehörst lange genug zum Corps, um zu verstehen, was ich meine.«

»Ich gehöre nicht zum Corps«, widersprach Mary Anne energisch und sandte neuerlich eine sonnenhelle Träne in Richtung ihres Vaters; sie verfehlte allerdings den Kopf, flog haarscharf am rechten Ohr vorbei und verfing sich schließlich im dichten roten Kräuselhaar auf dem Unterarm.

»Unglaublich! Sie bombardiert mich mit Tränen, Lillian, und du kannst sie nicht davon abhalten.« Bull war außer sich. »Willst du, daß *ich* sie zur Raison bringe?«

»Hör auf, deinen Vater anzuspritzen, und zwar sofort, mein Fräulein«, forderte Lillian, doch klangen ihre Disziplinierungsversuche nicht sehr bedrohlich.

Die nächste Träne traf Matthew auf die Stirn.

»Die blöde Ziege hat mich mit einer Träne beworfen, Mama!«

»Wenn sie nicht aufpaßt, mix' ich ihr ein bißchen Blut in die Tränen«, knurrte Bull.

»Ich hab' gesagt, hör auf, Mary Anne, und ich meine das ernst. Denk dran, wer du bist.«

»Ich bin eine blöde Ziege«, antwortete Mary Anne.

»Du bist eine Dame«, sagte Lillian gebieterisch. »Und Damen sammeln nicht ihre Tränen in Löffeln, um damit ihre Familienangehörigen zu bespritzen. Eine Dame trägt ihren Kummer schweigend. Nach außen hin weiß sie zu lächeln – immer. Wenn sie ihrem Kummer freien Lauf lassen will, wartet sie, bis sie allein ist.«

»Aber ich nicht! Ich tu's in aller Öffentlichkeit. Am liebsten heule ich vor riesigen Menschenmassen, den ganzen Tag lang. Ich schnippe Tränen in die Menge, bis jeder einzelne Zuschauer eine abbekommen hat. Ich möchte, daß alle Welt mein Unglück mit mir teilt. Alle sollen es merken, wenn es mir dreckig geht. Mein Gott, wie elend ich mich fühle!«

»Mißbrauche nicht den Namen des Herrn«, mahnte Lillian ihre Tochter. »Damen...«

»Ich weiß, Mama. Damen kommen keine vulgären Ausdrücke über die Lippen. Wie drückt sich eine Dame aus, Mama? Ich möchte es wirklich gern wissen!«

»Eine Dame *weiß*, wie sie sich auszudrücken hat. Das ist nicht etwas, was man ihr beibringen kann. Es ist irgendwie in ihr, ein angeborenes Empfinden für Takt und Anstand. Nie sagt sie etwas Anstößiges oder Beleidigendes. Eine Dame spricht stets mit ruhiger, freundlicher Stimme – und die Welt liegt ihr zu Füßen, und alle Menschen überstürzen sich in dem Bemühen, ihr zu Gefallen zu sein. Eine Dame ist man von Geburt an – oder eben nicht, und dann hilft weder Geld noch eine teure Erziehung. Dame kann man einfach nur *sein.*«

»Die perfekte Beschreibung von mir«, jubelte Mary Anne mit falscher Begeisterung. »Geradezu ein Lexikon-Eintrag über mich.«

»Junge, das soll wohl 'n Witz sein, was, Mama?« bemerkte Matthew.

»War das eine Stimme?« antwortete Mary Anne und legte die Hand ans Ohr. »Mir war, als hätte ich ein winziges Stimmlein gehört. Es kam aus einem Insektenkörperchen und klang fast irgendwie menschlich.«

»Laß das sein, Mary Anne. Hör auf, Matthew zu ärgern.«

»*Yeah*«, schnaubte Matthew. »Weil... wenn du mich noch mal ärgerst, Sprossengesicht, dann stirbst du verdammt jung.«

»Du hast nur eine Chance, mich umzubringen, Kleiner«, gab Mary Anne zurück. »Du mußt dich in meine Blutbahn einschleichen.«

»Jetzt langt's!« sagte nun auch Ben ungeduldig.

»Aha!« spöttelte Mary Anne. »Die Stimme der höchsten Vollendung. War das der edle Ben? Der geheiligte Bruder? Der perfekte Sohn?«

Bevor Ben antworten konnte, kam Bull Meechams Donnerstimme über sie. »Ich gebe euch Schweinchen ungefähr fünf Sekunden. Wenn ihr dann nicht eure Klappen haltet, dann fahre ich sofort rechts ran und sorge eigenhändig dafür! Und ich bring' euch zum Schweigen, selbst wenn eure Mutter es nicht schafft, das garantier' ich euch!«

»Psssst!« zischte Lillian ihren Kindern zu. »Keinen Ton mehr!« Ihr Blick war eine unmißverständliche, verzweifelte Warnung.

Sie wäre diesmal gar nicht nötig gewesen. Bulls Ton hatte seine Wirkung nicht verfehlt. Die Gefahrensignale auf der Wetterkarte des väterlichen Temperaments waren genau bekannt. Die Kinder waren geschickte Meteorologen, die aufgrund langjähriger Erfahrung die Wolken, Winde und Hochdruckzonen seines zutiefst launischen Gemüts bestens zu interpretieren wußten. Rasch geriet er in Rage, und jenseits einer bestimmten Grenze war nicht einmal Lillian mehr imstande, ihn zu bremsen. Nach einer halben Nacht hinter dem Steuer war er jetzt müde. Die feingeäderten Augen hinter den dunklen Brillengläsern waren klein vor Erschöpfung und mit einem äußerst gefährlichen Eisfilm überzogen. Die aufkommende Wut war wie ein böiger Wind, der den Wagen durchschüttelte. Die Kinder warnten einander mit Signalen, die tiefsitzenden Reflexen entsprangen und unmittelbar Wirkung zeitigten: Es herrschte tiefes Schweigen. Sie blickten wieder aus dem Fenster und beobachteten, wie in den Außenbezirken von Ravenel das ländliche Ambiente immer mehr in den Hintergrund trat.

»Selbstbeherrschung«, sagte Lillian sanft, »Selbstbeherrschung ist für uns alle sehr wichtig!« Sie sah dabei ihren Ehemann an.

5

»So, da wär'n wir, Sportsfreunde«, sagte der Colonel mehr zu sich selbst als zu seiner Familie. »Hier ist Ravenel.«

»Wie konnte ich das nur mit Paris verwechseln?« flüsterte Mary Anne hinten im Wagen ihrem Bruder Ben zu.

Scharfdornige Fächerpalmen säumten die Straße. Rechter Hand fingerten die letzten Ausläufer eines Brackwassers ins Riedgras, das hier bis an die Rückwände der Tankstellen und Imbißstände reichte.

»Ja, eine typische Garnisonsstadt«, sagte Lillian zu ihrem Gatten. »Die Hälfte der Stadt besteht aus Alkohol-Läden, um die Marines bei Laune zu halten. Und die andere Hälfte wird von Fertighaushändlern beherrscht, die nur darauf warten, den jungen Rekruten und ihren Familien ihren erbärmlichen Sold aus der Tasche zu ziehen.«

»Wir fahren nicht gerade durch die Vorzeigeviertel«, murmelte Bull. »Kein Grund, gleich wieder rumzumaulen.«

An einer Ampel mußten sie halten. Rechts von ihnen stand ein baufälliges Schulhaus, das von einem Hof umgeben war, auf dem kein Grashalm wuchs. Hinter der Schule, unmittelbar am Rand eines dahinsiechenden Fleckens Marschland, war ein Müllplatz zu erkennen. Die Schule wirkte leer und ausgetrocknet wie der Panzer eines Junikäfers auf einer Baumrinde.

»Wenn das unsere Schule sein soll, Popsy, vergiß es«, platzte Mary Anne heraus.

»Das ist die High School der Farbigen, Mary Anne.«

»Sieht ja grauslich aus«, kommentierte Matthew.

»Da lernen die Bimbos Blasrohrblasen«, sagte der Colonel und lachte.

»Schsch, Bull«, warnte Mrs. Meecham.

Sie bogen ab und erreichten kurz darauf einen steilen, grasbewachsenen Abhang, an dessen Fuß der Fluß schimmerte, der die Innenstadt durchzog. Immergrüne Eichen, von Spanischem Moos girlandenhaft umschlungen und gegerbt von den Stürmen eines Jahrhunderts, überragten die Straße. Zur Linken beherrschten große, weißgetünchte Häuser mit langen Säulen und anmutigen Veranden in stummer Eleganz die Anfahrt zum Fluß. Jedes Haus war ein gewichtiger Tribut an die Vergangenheit. In einem von ihnen hatten Verschwörer im langgezogenen Tonfall des Südens den Abfall von der Union geplant; in einem anderen hatte General Sherman persönlich nach seinem langen Marsch an die Küste übernachtet.

Auf der anderen Seite verband eine Zugbrücke Ravenel mit den drei vorgelagerten Inseln, die die Stadt vom offenen Atlantik trennten. Eine Jacht schnitt ein langflügeliges grünes V ins unberührte Morgenwasser. Über unsichtbaren Strudeln und Strömungen im Fluß standen balsaleichte Möwen in der Luft. Drei Schwarze standen angelnd auf der Brücke.

Lillian Meecham jedoch bewunderte die Häuser entlang der River Street.

»Oh, sie sind wunder-, wunderschön, diese Häuser, Kinder! Bull, du hast mir nie gesagt, was für eine bezaubernde Stadt Ravenel ist.«

»Ich wollte euch überraschen, Sportsfreunde. Aber die eigentliche Überraschung kommt erst noch.«

»Meinst du das Haus, das du für uns gemietet hast, Dad?« fragte Ben.

»In der Tat.«

»Wieso beziehen wir nicht auf dem Stützpunkt Quartier?« fuhr Ben fort.

»Weil alle Familienwohnungen für Stabsoffiziere ausgebucht sind«, erklärte Bull.

»In Wirklichkeit heißt das doch, daß du in deinem Rang noch gar kein Haus für uns bekommen würdest, was, Popsy?« bemerkte Mary Anne.

»Unfug«, erwiderte Lillian scharf. »Euer Vater wird einer der ranghöchsten Offiziere dieses Stützpunkts sein. Es heißt schlicht und einfach, daß wir warten müssen, bis entsprechende Quartiere frei werden. Erst dann können wir einziehen.«

»Ich garantiere dir, daß wir aus dem Quartier, das ich euch in Kürze zeigen werde, nicht so schnell wieder ausziehen werden«, sagte Bull stolz.

»Erzähl mir was über das Haus, Süßer. Die Neugier bringt mich wirklich bald um.«

»Wart's ab, bis du es siehst.«

»So wahnsinnig scharf auf ein Zwei-Schlafzimmer-Fertighaus bin ich eigentlich nicht, Dad«, sagte Ben.

»Bist du vielleicht scharf drauf, daß ich dir die Faust bis zum Ellbogen in die Fresse ramme, du Klugscheißer?« brüllte Bull.

»Immer mit der Ruhe«, säuselte Lillian. »Sind diese Häuser hier nicht phantastisch?«

»Ich muß aufs Klo«, sagte Matthew.

»Schlag die Beine übereinander, Matt, und opfere es auf«, antwortete Lillian.

»Schau mal, das da drüben, Mama«, sagte Karen und deutete auf ein großes, zweistöckiges Gebäude mit zehn Säulen auf jeder Etage. Es war umgeben von einem wilden, ungepflegten Garten, zügellos und unbekümmert in seiner zufallsbestimmten Blütenpracht.

»Ein hochherrschaftliches Haus«, sagte Lillian ehrfürchtig, »sehr typisch für den Süden. Abgesehen von dem Garten, erinnert es mich an Tara in *Vom Winde verweht*. Wahrscheinlich ist es hier in der Gegend nicht leicht, Personal zu bekommen.«

»Ich erinnere dich wohl an Rhett Butler aus *Vom Winde verweht*, wie, Lillian?« fragte Bull.

»Nein, Liebling. Du erinnerst mich nicht einmal entfernt an Rhett Butler.«

»Mich erinnerst du aber an irgendwen aus dem Kino, Dad«, sagte Ben. »Ich weiß nur nicht mehr genau, an wen. Doch – jetzt hab' ich's. Du erinnerst mich an Bambi.«

»Mich erinnert Dad an Godzilla aus dem gleichnamigen Film«, warf Mary Anne ein.

»Überhaupt nicht«, sagte Ben. »Mir hat Godzilla gefallen.«

»Stell 'ne einfache Frage, und du kriegst endloses Gequatsche zur Antwort«, grummelte Bull. »Aber egal: Ich finde selbst, daß ich Ähnlichkeit mit Rhett Butler habe. Echtes altes Vollblut.«

»Es ist ein Sakrileg, dich mit Rhett zu vergleichen, Bull. Er ist unvergleichlich.«

»*Yeah*, ich glaub', du hast recht. Der gute alte Rhett kann dem großen Santini nicht mal das Wasser reichen.«

»So habe ich das nicht gemeint.«

»*Vom Winde verweht* war ein echt bescheuerter Film.«

»Er gilt als der beste Film aller Zeiten.«

»Ich muß immer noch aufs Klo!« wimmerte Matt.

»Reiß dich zusammen, Matt. Am Bahnübergang war Zeit genug.«

»Ich hab' dir schon mal gesagt, daß ich da noch nicht mußte, Dad.«

»Opfere es auf, Sohn«, empfahl Lillian nun zum drittenmal.

»Eines mußt du lernen, Matt«, sagte Ben. »Dad gestattet seinen Kindern niemals, auf Reisen zu exkrementieren. Das ist Familiengesetz.«

»Als kleines Mädchen hab' ich immer geglaubt, Männer müßten nie aufs Klo«, fügte Karen hinzu. »Weil Dad unterwegs nie raus mußte.«

»In ein paar Minuten sind wir da«, sagte Lillian. »Denk an irgend etwas anderes. Das hilft.«

»Denk dran, wie deine Nieren explodieren, wenn du nicht bald schiffen kannst«, sagte Ben.

»Hört auf mit dem Gesabbel da hinten!«

Vor ihnen lag nun das Stadtzentrum, zwei symmetrische Ladenreihen zu beiden Seiten der Straße. Das Areal umfaßte drei Häuserblocks. Schmale Durchgänge führten zu unsichtbaren Parkplätzen unten am Fluß und öffneten hier und da fragmentarische Blicke auf das grüne Wasser. Einige Geschäftshäuser waren recht alt und mit elegant geschwungenen Simsen und Dachrinnen geschmückt; andere waren mit Spiegelglas und Neonlampen modernisiert oder sterilisiert worden; wieder andere waren ganz neu. In einer Seitengasse hatte ein Schwarzer seinen Maulesel samt Karren anhalten lassen und lud gerade Blumensträuße ab, um sie unter den ersten Einkäufern, die langsam die Straße zu bevölkern begannen, an den Mann zu bringen.

Der herbe Geruch des Marschlands und des Salzwasser führenden Flusses erfüllte den Wagen; ein Geruch, den sie alle als den ersten Geruch von Ravenel in Erinnerung behalten sollten.

»Der Fluß ist wunderschön, Bull«, sagte Lillian nach einer Pause. »Es sieht so aus, als sei er gleich hinter den Läden.«

»Das Nest ist stinklangweilig«, sagte Mary Anne.

»Gib Ravenel eine Chance. Du bist immer so vorschnell mit deinen Urteilen.«

»Ich habe Ravenel bereits eine Chance gegeben«, erwiderte Mary Anne. »Und dabei kam ich zu dem Schluß, daß dieses Nest stinklangweilig ist.«

»Du findest auch in jeder Suppe ein Haar, Mary Anne«, bemerkte Colonel Meecham.

»Wo ist eigentlich die Stadtmitte, Daddy?« fragte Karen.

»Ihr befindet euch mittendrin, Sportsfreunde.«

»Wir suchen uns jetzt am besten einen Priester«, sagte Ben. »Ich glaube, Matt macht's nicht mehr lange.«

»Matt wird ganz gelb im Gesicht, Dad«, ergänzte Mary Anne. »Weißt du, Matt, ich finde, Gelb steht dir wirklich gut.«

»*Yeah*, und dir wird Blutrot gut stehen«, stöhnte Matt, der sich wie ein Fötus zusammengerollt hatte und diese Haltung eisern beibehielt.

»Sind wir bald da, Bull?« fragte Lillian.

»Bald«, antwortete er. »Ich möchte jetzt, daß ihr Schweinchen alle aus dem Fenster schaut und ratet, welches Haus der große Santini für seine Familie gemietet hat.«

»Da niemand in der freien Welt einen so schlechten Geschmack hat wie der große Santini, dürfte das nicht allzu schwer sein«, bemerkte seine Frau vergnügt.

»Hat der große Santini seine Familie jemals im Stich gelassen?« rief Colonel Meecham.

»Jaaa!« schallte es unisono zurück; die spontane Einmütigkeit erfreute die Familie.

»Traut ihr dem großen Santini etwa nicht?« fragte Bull mit gespielter Ungläubigkeit.

»Nein!« brüllte die Familie.

»Aha!« lautete die Antwort. »Dann muß Santini den ungläubigen Thomassen in seiner Familie wohl beweisen, wie unschlagbar er bei der Wahl neuer Häuser für die Seinen ist.«

»Also Leute, sucht ein Haus, das aussieht wie das Pentagon!« rief Mary Anne.

»Oder wie ein Flugzeughangar«, stellte Ben anheim.

»Sucht das Haus, von dem ihr glaubt, daß es das richtige ist«, sagte Bull und lächelte hinter seinen dunklen Gläsern.

»Ich hoffe, es dauert nicht mehr lange, Süßer«, gab Lillian zu bedenken. »Matt liegt schon in Agonie.«

Sie hatten inzwischen ein schönes, ruhiges Viertel erreicht. Die Häuser hatten alle kleine Portiken und stille Gärten. Sie waren nicht so großspurig wie die Villen an der River Street, dafür aber zum großen Teil älter und von geschmackvollem Understatement geprägt. Der Fluß, der hier eine Biegung machte, begrenzte auch dieses Viertel. Eine Landzunge erstreckte sich weit hinaus, und an ihrer äußersten Spitze standen auf einer kleinen Anhöhe noch vier große Häuser. Jedes einzelne von ihnen war von riesigen Eichbäumen überragt, die es fast verdeckten. Das geräumige Haus rechts außen sah direkt auf den Scheitelpunkt der Flußkrümmung hinaus. Es bedurfte dringend eines neuen Anstrichs und schien geradezu nach neuem Leben und Gelächter unter seinem Dach zu schreien. Die anderen Häuser am Fluß waren alle penibel gepflegt. Nur dieses eine hier stand leer.

Bull Meecham fuhr die Zufahrt hinauf und hielt an. Matt sprang aus dem Wagen und sprintete, verfolgt vom Gelächter seiner Verwandtschaft, am Haus vorbei Richtung Garten. Doch dann herrschte einen Augenblick lang absolute Stille. Lillian und die Kinder rührten sich nicht. Die Größe und Majestät des Hauses hatte ihnen die Sprache verschlagen.

»Das letzte Mal, als du für uns ein Haus aussuchtest, Bull«, begann Lillian schließlich, »da war es so klein, daß jede Flohfamilie Platzangst bekommen hätte. Aber dies hier...« Sie beugte sich zu ihm und küßte ihn auf den Hals. »Es ist wunderschön, Liebling.«

»Nein«, erwiderte Bull versonnen. »Es ist einfach ein typisches Südstaaten-Haus, so eines, wie es dir immer vorgeschwebt hat. Es gehört einem Mann aus Chicago, der sich in zwei Jahren hier zur Ruhe setzen will. Als er erfuhr, daß ein Boy aus Chicago-City auf Haussuche war, hat er die Jahresmiete spontan um fünfzehn Riesen gesenkt... Ihm war sofort klar, daß ich 'n Klassetyp bin und daß das Haus bei mir in besten Händen ist. Wahrscheinlich habe ich ihn an Rhett Butler erinnert.«

Während Lillian die leeren Zimmer durchstreifte und in Gedanken bereits bestimmte, wer welchen Raum erhalten und wie die Möbel plaziert werden sollten, trieb Colonel Meecham seine Kinder zur moralischen Aufrüstung im Portal zusammen. Mary Anne und Karen saßen auf der vierten Stufe der Treppe, die zum Haupteingang hinaufführte, Ben und Matthew unmittelbar hinter ihnen. Mit den Händen auf dem Rücken marschierte Bull Meecham vor ihnen auf und ab, räusperte sich und sammelte vor der traditionellen Einzugsrede seine Gedanken. Die Sonne war inzwischen aufgegangen, und die heraufziehende Augusthitze, die das Blut in den Adern zähflüssig werden ließ, machte bereits ihren Einfluß geltend. Bull öffnete den Reißverschluß seiner Fliegerjacke, zog sie jedoch nicht aus. In der Rechten hielt er ein Offiziersstöckchen, das er in unregelmäßigen Abständen gegen die linke Handfläche klatschen ließ – Interpunktionszeichen für die Gedanken, die sich im Unsichtbaren zusammenrotteten und ihre Federn spreizten. Endlich begann er zu sprechen.

»Aufgepaßt, ihr Schweinchen!« begann er. »Ich möchte, daß ihr mir zuhört, und zwar gut. Wir haben die vergangene Nacht über biwakiert und gegen acht Uhr morgens unseren Zielort, ein gewisses Ravenel, South Carolina, erreicht, zwanzig Minuten früher als von eurem Befehlshaber geplant. Nun habe ich mir seit meiner Rückkehr von der Mittelmeer-Kreuzfahrt euer Gejammer über den neuerlichen Umzug angehört. Besagtes Gejammer wird heute morgen, Punkt 8.59 Uhr Ortszeit, eingestellt und die Moral der Truppe fortan nicht mehr beeinträchtigen. Habe ich mich klar genug ausgedrückt?«

Seine Kinder nickten stumm; ihre Blicke waren ausdruckslos. Im Abstand von jeweils zehn Sekunden klatschte das Offizierstöckchen gegen die Handfläche.

»Die Philosophie eures Vorgesetzten lautet folgendermaßen: Wenn dir irgendwann im Leben Scheiße in die Quere kommt, dann tu so, als sei's 'n Riegel Milchschokolade. Das ist die Philosophie eures Befehlshabers. Sie besagt nichts weiter, als daß man ein bißchen in sich geht, sich tief unten in seinem Gekröse eingräbt und sich zuflüstert: Mich wirft nichts um. Nichts! Wenn euch jemand in die Quere kommt, rennt ihn über den Haufen. Wenn jemand sich einbildet, er sei besser als ihr, trampelt auf ihm rum. Ich weiß, daß es hart ist, jedes Jahr seine Freunde und Kameraden zu verlieren, weil man schon wieder umziehen muß. Zumindest für andere Kinder. Ihr aber...« Sein Blick wanderte von Sprößling zu Sprößling. »Ihr aber seid anders. Ihr seid Marine-Corps-Kids und freßt Nägel, während normale Bälger Zuckerwatte schlecken. Es ist geradezu kriminell, wie weit Marine-Corps-Kids ihren Altersgenossen voraus sind. Und zwar wegen der Disziplin. Ihr wißt, was Disziplin ist. Das paßt euch heute vielleicht noch nicht, aber ich sage euch, eines schönen Tages werdet ihr an euern alten Vater denken und euch eingestehen: Wir verdanken ihm alles. Hätte er uns damals doch ein paarmal mehr in den Hintern getreten – nicht auszudenken, wie weit wir's noch hätten bringen können im Leben. Ein weiterer Vorteil kommt hinzu. Ich habe ihn bisher noch nicht erwähnt, aber diesmal ist es soweit. Er gibt euch sogar einen Vorsprung vor anderen Marine-Kids. Der Vorteil, den ich meine, ist folgender: Ihr seid Meechams. Ein Meecham ist die höchste Vollendung des Tierreichs. Ein Meecham ist ein Vollblut, ein perfekter Siegertyp. Ein Meecham bekommt die besten Noten, gewinnt die meisten Auszeichnungen und brilliert im Sport. Ein Meecham ist in jeder Runde der beliebteste und in allem, was er anpackt, Spitzenklasse. Ein Meecham gibt niemals auf, hißt nie die weiße Fahne, zieht nie den Schwanz ein, heult nicht und verliert nie den Kopf. Und nie, nie, nie und unter keinen Umständen vergißt er die Tatsache, daß er die Meechams repräsentiert und die Familienehre hochzuhalten hat. Ich erwarte von euch Schweinchen, daß ihr diesem Nest hier euren Stempel aufdrückt. Ich will, daß diese Knallköpfe hier eines Morgens aufwachen und sich verwundert fragen, woher der frische Wind kommt, der neuerdings durch ihr Kaff bläst. Und jetzt nur noch eines: Daß in einem Meecham mehr steckt als in allen andern, hindert ihn nicht daran, gelegentlich an den alten Herrn im Oberstock zu denken. Ich glaube, ihr wißt, wen ich meine. Seid nie zu stolz, ihn um Hilfe zu bitten. Ich hab' das Gefühl, daß wir Meechams bei ihm da oben ganz gut angeschrieben sind. Selbst ich fall' jeden Abend auf die Knie und bete zu unserem Herrn und Schöpfer, denn ich weiß genau, daß ich ohne ihn nichts bin. Der Tagesbefehl für heute lautet: Ihr helft eurer Mutter, dieses Haus hier auf Vordermann zu bringen. Wenn ich vom Stützpunkt nach Hause komme, schwitzt ihr Blut und Wasser. Bei Einbruch der Dämmerung ist das Lager picobello in Ordnung für'n Stubendurchgang. Habt ihr mich verstanden?« Seine Stimme hatte sich zu einem Brüllen gesteigert.

»*Yes, Sir*«, antworteten seine Kinder.

»Sergeant«, sagte Bull zu Ben. »Lassen Sie die Truppen wegtreten!«

Ben schritt die Treppe hinunter, ging auf seinen Vater zu, salutierte zackig, machte kehrt und brüllte: »Weggetreten!«

Von der Veranda über ihren Köpfen rief Lillian Meecham ihrem Gatten zu: »Wann mußt du auf dem Stützpunkt sein, Liebling?«

»Eigentlich erst Montag früh. Ich glaube, ich bleibe solange hier, helfe dir beim Auspacken und überwache die Schweinchen.«

»O nein«, sagte Mary Anne zu sich selbst, doch ihre Augen sandten einen flehentlichen Blick hinauf zur Veranda, wortlos um Mutters Beistand bemüht.

»Nein, Bull, das würde unsere Ehe nicht überstehen. Bis zum Spätnachmittag hast du Hausverbot. Du erinnerst dich doch daran, was letztes Mal alles passierte. Am Umzugstag brennt dir einfach zu schnell die Sicherung durch. Melde du dich auf dem Stützpunkt. Wir bleiben hier und kümmern uns um die Möbelpacker.«

Mit einem Grunzen gab der Colonel zu verstehen, daß er, wenn auch widerwillig, bereit war, sich zu fügen. Die Kinder atmeten auf. Es war allemal besser, wenn Colonel Meecham am Tag des Einzugs in eine neue Wohnung den Anweisungen seiner geplagten Ehefrau folgte und sich vorübergehend ins Exil verfügte. Langjährige Erfahrung hatte sie gelehrt, daß Vaters Geduld in einem chaotischen, von ungeöffneten Kartons und bilderlosen Wänden beherrschten Milieu kaum belastbar war. Bei den letzten drei Umzügen war er zwischen den Möbelpackern umherstolziert und hatte sie herumkommandiert wie saumselige, zum

Küchendienst abgestellte Unteroffiziere. Beim letztenmal hatte dieses Verhalten sogar eine Meuterei ausgelöst: Der Vormann der Möbelpakker stellte ihn vor die Wahl, entweder auf der Stelle zu verschwinden oder aber sich damit zufriedenzugeben, daß alle Möbel auf der Rasenfläche im Vorgarten abgeladen würden. Militärischen Respektspersonen fällt es oft schwer einzusehen, daß die zivile Welt bei ihrem Anblick nicht sogleich von ehrfürchtigen Schauern ergriffen wird. Familie Meecham hatte auch nicht vergesssen, daß es an den drei letzten Einzugstagen jeweils Ben gewesen war, der gegen Abend zum Opfer der väterlichen Frustrationen wurde; zweimal hatte sein Gesicht die schmerzliche Bekanntschaft mit Vaters Handrücken erneuert, und einmal war er fast erdrosselt worden. Diesmal, so hatte Ben, durch Erfahrung gewitzt, seiner Mutter angekündigt, werde er an besagtem Tag, dessen unglücklicher Verlauf vorgezeichnet war, verschwinden, es sei denn, es gelinge ihr auf irgendeine Weise zu verhindern, daß der Colonel erneut in den Strudel der Ereignisse gezogen würde. Er war nicht bereit, sich noch einmal als Menschenopfer zur Verfügung zu stellen, bloß weil sein Vater kein Chaos ertrug.

»Machen wir uns doch nichts vor, Mom«, hatte er zu ihr gesagt. »Dad benimmt sich beim Einzug in eine neue Wohnung nicht gerade wie ein Meßknabe.«

Um neun zog Bull Meecham eine saubere Uniform aus einem der noch im Wagen hängenden Kleidersäcke, drückte sie seinem Sohn in die Hand und befahl ihm, sie unverzüglich in Ordnung zu bringen – »für den schärfsten Offizier im Corps«. Ben glättete sie zunächst mit der Hand, breitete dann eine Decke auf dem Rasen aus und legte die Uniform ehrfurchtsvoll darauf. Dann steckte er sorgfältig Ordensbänder, Rangabzeichen und die passenden Dekorationen ans Hemd. Es war ein Ritual, das er im Schlaf beherrschte, denn Vater hatte es ihm von Kindesbeinen an eingebleut.

»Trägst du heute Inspektionsschuhe oder Arbeitsschuhe, Dad?« fragte er.

»Benutz dein Hirn, Sportsfreund«, fuhr Bull ihn an. »Ich hab' nicht die Absicht, heut vormittag auf'm Misthaufen Walzer zu tanzen! Wir haben eine ziemlich wichtige Besprechung, kapiert?«

»*Aye, aye, Sir.* Inspektionsschuhe also.« Ben ging zum Wagen und holte ein Paar Schuhe, deren Zehenpartie mit weißen Socken überzogen war, unter dem Vordersitz hervor. Vorsichtig entfernte er die Socken und prüfte mit kritischem Blick das schimmernde Leder.

»Du hast die Schuhe ganz schön verkratzt, Dad«, sagte er. »Diese Babys verdienen eigentlich 'ne bessere Behandlung.«

»Solange ich dich hab', um sie wieder auf Vordermann zu bringen, kann ich mit ihnen machen, was ich will«, gab sein Vater zurück, und es klang nicht einmal unfreundlich. Es war nichts weiter als eine Tatsachenfeststellung, die nicht in Zweifel gezogen werden konnte.

»Wie hast du das eigentlich geschafft – ein ganzes Jahr ohne mich auf'm Flugzeugträger?«

»Ich habe mich an einen ehrgeizigen Unteroffizier gehalten«, lautete die Antwort.

Zwischen den Straßenkarten im Handschuhfach kramte Ben eine angerostete Dose Lederpolitur und ein dünnes, mit kreisförmigen, eingetrockneten Politurflecken geschmücktes Seidentaschentuch hervor. Aus dem Augenwinkel beobachtete er, wie sein Vater die Uniform von der Decke nahm, Winkel und Position der silbernen Rangabzeichen inspizierte, den Sitz der Bänder kritisch prüfte und schließlich ein zufriedenes Grunzen von sich gab, ohne seinen Sohn auch nur eines Blickes zu würdigen. Es gibt Dinge, die vergißt man sein Lebtag nicht, dachte Ben. Er suchte sich ein schattiges Plätzchen auf der Veranda, lehnte sich an eine Säule und begann, Bull Meechams Schuhe zu putzen. Obwohl ihn die absolute Selbstverständlichkeit, mit der sein Vater diese Dienstleistung hinnahm, ein wenig ärgerte, zog er eine sorgsam gehütete Befriedigung aus seinem Job als oberster Hüter der väterlichen Fußbekleidung. Dank dieser Aufgabe lag die Hauptverantwortung für Vaters militärisches Erscheinungsbild bei ihm. Die Schuhe waren Bens größte Herausforderung und ein nie versiegender Quell der Freude. Dabei machte Bull es ihm nicht leicht. Es gab Marines, die wischten einmal die Woche mit ihrer Spucke übers Leder, und der Glanz hielt sich volle sieben Tage. Bulls Schuhe dagegen sahen schon nach wenigen Tagen unweigerlich aus, als hätten sie einen Gewaltmarsch hinter sich. Ben drehte den Verschluß der Kiwi-Politur auf, wickelte das Taschentuch fest um seinen Mittelfinger, füllte den Deckel der Dose mit etwas Wasser, tupfte ein wenig Politur auf den Stoff und verrieb sie dann mit sanften, kreisenden Bewegungen auf dem Schuhleder. Es begeisterte ihn immer wieder, den Spiegel auf der Oberfläche des Schuhs zu finden und den dunklen Widerschein aufblitzen zu sehen, den sein Finger mit zunehmender Verdünnung der Politur auf dem festen, wohlriechenden Leder hervorrief. Gefühl war das Geheimnis, eine gewisse Lockerheit im Finger, nur wenig Wasser, niemals Spucke, der dünne, feine Lappen und der haushälterische Umgang mit der Politur. Sobald die Grundierung stimmte, kam es lediglich darauf an, den alten Glanz wiederherzustellen. Während sein Finger unermüdlich weiterarbeitete, sah Ben sein Spiegelbild aus dem Leder hervortauchen wie aus dem klaren Wasser eines Teichs; seine Augen starrten die dunkleren Augen an, die das schwarze Wasser des Leders zurückwarf. Als er aufblickte, konnte er durch die großen, vorhanglosen Fenster seine Mutter erkennen, die im Wohnzimmer gerade einen prächtigen alten Kaminsims inspizierte. Er hatte noch nie erlebt, daß sie mit einer neuen Wohnung so zufrieden war.

Jahrelang hatte Lillian Meecham davon geträumt, in einem solchen Anwesen Hausherrin zu sein. Sie war dazu erzogen worden, alles, was alt und gediegen war, in Ehren zu halten und alles Neumodische und Protzige mit milder Verachtung zu strafen. Sie stand auf den rissigen Kiefernholzdielen des Wohnzimmers, betrachtete das mit geschnitzten Bögen verzierte Treppenhaus und hatte das Gefühl, endlich jenen Ort erreicht zu haben, der schon seit langem für sie bestimmt gewesen war. Der baufällige Zustand des Hauses, der abblätternde Verputz, die eingerissenen Tapeten und die verblichene Tünche der Säulen störten sie nicht im geringsten. Darauf kam es nicht an. Von ihrer ganzen Herkunft und Erziehung war sie dazu ausersehen, in einem Haus zu leben, das so schön wie dieses war, und nur die zufällige Liaison mit einem in das Marine Corps verliebten Mann hatte bisher verhindert, daß sich dieses Schicksal erfüllte.

»Heutzutage werden die Häuser einfach nicht mehr so gebaut wie früher«, hörte sie ihren Ehemann sagen, der plötzlich hinter ihr stand. Er war in Uniform; nur die Schuhe fehlten noch.

»Du siehst absolut napoleonisch aus in Uniform, Bull«, sagte sie. »Ja, und du hast recht. Früher waren die Leute stolz auf ihre Arbeit.«

»Das ganze Land geht langsam vor die Hunde. Es kostet dich heute ein Vermögen, dir so ein Haus hinzustellen. Am liebsten nähme ich es so, wie es ist, und pflanzte es am Ufer des Lake Mich in Chicago wieder auf. Und dann würde ich es für so zirka zweihunderttausend Riesen wieder verscheuern.«

»Nein, Liebling, dieses Haus gehört hierher und nirgendwohin sonst. Es in den Mittleren Westen zu verfrachten, wäre ein Sakrileg. Davon abgesehen, Bull – ich glaube, du ziehst dir am besten noch deine hübschen Stiefelchen an, bevor du die Fahne grüßt.«

»Ben bringt sie gerade noch auf Hochglanz für mich.«

»Ben ist ein feiner Marine, nicht wahr?« gurrte Lillian sarkastisch.

»Nach zwanzig Jahren in meiner Obhut wird Quantico ein Kinderspiel für ihn«, prahlte Bull.

»Danach ist *alles* ein Kinderspiel, Liebling«, sagte Lillian.

»Was soll das heißen?«

»Gar nichts. So, und nun spute dich und sieh zu, daß du zu deinen netten Offizieren kommst. Die Möbelpacker werden bald eintreffen, und es gibt eine Menge zu tun.«

»Wirst du auch wirklich allein fertig mit den Bälgern?«

»Mit absoluter Sicherheit, Colonel.«

Am Eingang hielt Bull noch einmal inne, drehte sich um und fragte Lillian: »Wie soll ich die Sache mit Varney regeln, Lil? Was meinst du?«

»Auf diese Frage habe ich schon lange gewartet.«

»Vielleicht warte ich besser bis Montag. Da gewinne ich noch ein bißchen Zeit, um mir eine kleine Strategie auszudenken.«

»Bring es so schnell wie möglich hinter dich. Wenn du es gleich machst, brauchst du dir heute abend nicht mehr den Kopf darüber zu zerbrechen. Ihr seid Profis. Verhaltet euch wie erwachsene Männer, und ihr werdet euch schon einig.«

»Werden wir nicht. Das sitzt zu tief.«

»Versuch dein Bestes, Bull. Er ist höher im Rang.«

»Nicht zu glauben, was? Von allen Kommandanten in der Welt muß ich nun ausgerechnet diesem schlaffen Hundesohn in den Arsch kriechen.«

»Hüte deine Zunge, Bull, bitte! Kleine Ohren sind besonders scharf. An deiner Stelle würde ich hocherhobenen Hauptes in sein Büro marschieren und so tun, als wäre er mein bester Freund. Du glaubst es mir zwar nicht – aber man fängt mehr Fliegen mit Honig...«

»... als mit Pferdescheiße«, ergänzte Bull.

»Schäm dich! Und jetzt geh, damit wir endlich arbeiten können. Eins noch, Bull: dieses Haus! Du hast dich damit selbst übertroffen.«

Bull strahlte vor Stolz. Unfähig, seine Begeisterung über die gelungene Wahl zu verbergen, sah er sich um. Dann salutierte er zackig vor seiner Frau und brüllte seinen unsichtbaren Kindern, die sich irgendwo auf dem Grundstück verkrümelt hatten, zu: »Ihr helft eurer Mutter heute, kapiert? Und kein Gejammer mehr!« An seine Frau gewandt, fügte er hinzu: »Wenn einer der Rekruten 'ne Lippe riskiert, kommt es sofort nach der Rückkehr des großen Santini zum Kriegsgerichtsverfahren.«

»Ich habe die Truppen ein ganzes Jahr lang ohne dich geführt, Santini, und zwar ganz schön erfolgreich.«

»Sie sind ein bißchen verlottert, aber ich trimm' sie mir schon wieder hin.«

»Ja, das befürchte ich.«

»Du meinst wohl, ich kann nicht mit ihnen umgehen, Lillian?« fragte er finster.

»Doch, doch, Bull, du kannst es. Und gerade davor habe ich Angst. Davor, *wie* du mit ihnen umgehst.«

Colonel Meecham setzte sich ins Auto und bugsierte es langsam hinaus auf die Straße. Man sah dem Wagen die Spuren der langen Nachtfahrt an; er war schmutzüberkrustet. Die Familie blickte dem davonfahrenden Vater nach und schwärmte dann in gutgedrillten Stoßtrupps aus, um dem Staub, der sich im Laufe der Jahre in allen Ecken und Enden des großen Hauses angesammelt hatte, den Garaus zu machen. Bewaffnet mit Seife, Schwämmen, Mops und Besen legten sie los, während die Augustsonne unablässig höher stieg, und schon bald waren sie alle schweißüberströmt. Beflügelt von Mrs. Meechams Wunsch, ihr Mobiliar in ein sauberes Haus zu räumen, setzten sie alles daran, vor dem Eintreffen der Möbelpacker fertig zu werden.

Die Packer kamen gegen elf Uhr morgens – rotgesichtige Männer mit üppigen Muskelpaketen, die alsbald ebenso verdrossen wie routiniert über das enorme Gewicht von Kühlschränken und Klimaanlagen klagten. Begleitet vom alternierenden Klang von Zoten und Gelächter, treckten sie ein ums andere Mal zwischen Haus und Möbelwagen hin und her – wahrhaftige Lasttiere, denen Rückenschmerzen ebenso vertraut waren wie samtstimmige Hausfrauen à la Mrs. Meecham, nach deren fester Überzeugung Möbelpacker nur ein einziges Lebensziel kannten, nämlich die Zerstörung unersetzlicher Erbstücke und feinster, zerbrechlicher Glaswaren. Immer wieder schnappte Ben Fragmente von Mutters Klagen und Warnungen auf, und jedesmal mußte er lächeln, wenn die stereotype Antwort »*Yes, Ma'am!*« fiel.

»Vorsicht, Süßer«, hörte er sie zu dem größten der Männer sagen, »in dieser Kiste befindet sich mein bestes Porzellan, und Sie schmeißen sie durch die Gegend wie ein Kugelstoßer seine Kugel.«

Mary Anne bekam zufällig mit, wie Lillian einen anderen Möbelpacker bschwor: »Hören Sie, Sie Goldstück, ein Mann von Ihren gargantuesken Proportionen ist imstande, Verwüstungen ungeahnten Ausmaßes anzurichten, wenn er nicht aufpaßt. Die Schachtel, die Sie da in der Hand haben, enthält Schätze, die mir sehr ans Herz gewachsen sind. Behandeln Sie sie wie einen Karton mit rohen Eiern. Ihre Firma täte besser daran, für den Transport zerbrechlicher Gegenstände kleine, behutsame Männer einzustellen und Ihnen und Ihren Riesenkollegen die Klaviere und dergleichen zu überlassen.«

Während des größten Tohuwabohus flüsterte sie Ben zu: »Behalte diese Leute genau im Auge, Junge. Sie sind roh und gewalttätig wie dein Vater. Alles Schöne müssen sie zerstören.«

Gegen drei Uhr nachmittags hatten die Männer Teppiche ausgelegt,

Möbel an Ort und Stelle gerückt sowie die Waschmaschine und den Trockner angeschlossen. In allen Zimmern türmten sich mit Großbuchstaben beschriftete Kartons, die auszupacken den Meechams vorbehalten blieb. Als die schwere Prüfung endlich vorüber und Lillian Meecham halbwegs überzeugt war, daß ihre persönlichen Kostbarkeiten allen Mißhandlungen zum Trotz nicht zu Staub zerfallen waren, als schließlich die Möbelpacker, die sich verstohlen nach ersten Anzeichen von Leistenbrüchen betasteten, wieder davonfuhren und das Getriebe ihres Lasters gegen die feuchte Nachmittagshitze anstöhnte, sah sich die Familie mit der Aufgabe konfrontiert, das Haus besichtigungsreif zu machen. Es mußte vor dem kritischen Blick Colonel Meechams bestehen können. Im Grunde fing die Arbeit jetzt erst richtig an.

»Also los, ihr Schätzchen«, forderte Lillian ihre Kinder auf und klatschte dabei in die Hände. »Hier ist der Schlachtplan: Wir konzentrieren uns auf die Räume im Erdgeschoß. Zuerst packen wir die Kartons aus und schaffen sie außer Sicht. Dann hängen wir die Bilder auf und bemühen uns, alles so natürlich wie möglich aussehen zu lassen. Hoffen wir, daß euer Vater nicht merkt, wieviel es noch zu tun gibt, bis das Haus wirklich tipptopp eingerichtet ist. Wenn wir hier unten fertig sind, könnt ihr eure Sachen auspacken. Jeder ist für seinen eigenen Kram und sein eigenes Zimmer verantwortlich. Aber das hat Zeit bis morgen früh. Wir fangen jetzt erst einmal hier im Wohnzimmer an.«

»Mein Gott, ist das heiß«, stöhnte Mary Anne. »Ich komm' mir vor wie Dante.«

»Mindestens vierzig Grad im Schatten«, ergänzte Matt.

»Stellt euch einfach vor, ihr wäret in einer ganz kalten Gegend. Das hilft immer. Tun wir einfach so, als ob wir gerade unser neues Haus in Norwegen bezogen hätten. Seht ihr den Fjord dort draußen und die schneebedeckten Berge?«

»Davon wird mir nur noch heißer, Mama«, protestierte Karen. »Ich bin dafür, wir gehen erst mal schwimmen, auf dem Stützpunkt ist doch ein Freibad. Die Arbeit hier läuft uns nicht davon.«

»Geht leider nicht, Schwesterchen«, sagte Ben. »Um sechs kommt Godzilla nach Hause.«

»Ben!« warnte seine Mutter.

Also machten sie sich daran, die Kartons mit der Wohnzimmereinrichtung auszupacken. Aus einer großen Schachtel förderte Ben japanische Aschenbecher, vier Buddhastatuen in unterschiedlichen Haltungen und Korpulenzabstufungen, sechs fernöstliche Seidenmalereien und zwei marokkanische Kamelsättel zu Tage. Fünf messingne Armleuchter aus Taiwan standen bereits herum. An einer Wand hing ein großformatiges Gemälde, das eine Flußlandschaft an der Seine zeigte; Bull hatte das Bild von einer Sauftour nach Paris mitgebracht. Schon bald stapelten sich im Wohnzimmer libanesische Ziegenfelle, reich bestickte arabische Decken, libysche Gobelins und zwei über einem Wappen gekreuzte Schwerter aus Toledo. In der Mitte des Raumes, gegenüber einem umfangreichen, üppig gepolsterten Sofa, stand ein großer Messingtisch mit Beinen aus Mahagoni, auf dessen Platte ein einsames orientalisches Schriftzeichen eingraviert war.

»Was bedeutet dieser Schlitzaugen-Buchstabe, Mama?« fragte Matt.

»Er bedeutet, daß diese Ausschußware aus China stammt«, antwortete Mary Anne, bevor ihre Mutter zu Wort kam.

»Ich weiß nicht, was das Schriftzeichen bedeutet, Matt. Dein Vater hat den Tisch von einer seiner Reisen aus Übersee mitgebracht.«

Mary Anne rümpfte die Nase. »Totaler Schrott! Marines lassen sich im Ausland immer den letzten Dreck andrehen.«

»Einige Marines wissen schon, was sie kaufen. Eurem Vater bereitet es allerdings einige Schwierigkeiten, wahre Kunst von Sperrmüll zu unterscheiden.«

»Nein, das ist nicht fair, Mama. Dad ist ein ausgesprochener Sperrmüll-Experte!«

»Du, Mama«, sagte Ben, »die Hälfte des Hauses sieht aus wie das Teehaus in *Mond im August* und die andere wie *Tausendundeinenacht*.«

»Aus Amerika haben wir gar nichts«, kommentierte Karen, als sähe sie die familiären Besitztümer zum erstenmal.

»Dad hat einen gräßlichen Geschmack«, verkündete Mary Anne.

»Ja«, bestätigte ihre Mutter. »Aber er findet eben die Dinge, die er uns mitbringt, wunderschön. Wir wollen seine Gefühle nicht verletzen.«

»Mir macht es nichts aus, seine Gefühle zu verletzen«, sagte Mary Anne. »Davon abgesehen – wir haben so viel chinesisches Zeug hier, daß ich bald Schlitzaugen kriege. Die Kleinkinder in dieser Familie müssen dringend mal daran erinnert werden, daß wir Amerikaner sind. Am besten schaffen wir uns ein paar hübsche Coke-Flaschen an oder 'ne Schachtel Hershey-Schokolade.«

»Ich hab' mal 'n paar Knaben erzählt, daß ich Chinesisch gesprochen habe, bevor ich Englisch lernte«, sagte Ben. »Und als ich ihnen dann die Wohnung zeigte, haben sie es mir geglaubt.«

Lillian, die gerade das Klebeband von einem Karton schnitt, fragte ihn: »Haben sie keine Beweise von dir verlangt?«

»Doch, natürlich. Ich habe dann einfach ein paar lateinische Gebete zitiert. *Introibo ad altare Dei.* Die armen Protestanten haben ja keine Ahnung.«

»Erinnerst du dich, Ben, wie ich damals Jamie Polk weisgemacht habe, daß du nur Lateinisch sprichst? Und daß das die einzige Sprache ist, die katholische Jungen sprechen dürfen? Jedesmal, wenn er dich etwas gefragt hat, hast du ihm eine Zeile aus dem *Confiteor* an den Kopf geworfen!«

»Schämt euch, alle beide! Und darauf seid ihr auch noch stolz.«

Dank der Erfahrung von vier Umzügen innerhalb von vier Jahren ging ihnen die Arbeit leicht von der Hand. »Alles hat seinen Platz«, erinnerte Mrs. Meecham ihre Kinder eins ums andere Mal. Bettwäsche wanderte in Schrankfächer, Porzellan wurde abgestaubt und sorgfältig in einem Glasschrank verstaut, das Tafelsilber verschwand in den Schubladen der Anrichte neben der Spüle. Küche und Speisezimmer füllten sich mit den ihnen eigenen Utensilien – was mit einigem Lärm verbunden war, da Matt und Karen die Nägel, an denen sie Töpfe und Pfannen aufhängen konnten, erst einschlagen mußten. Langsam leerten sich die Kisten und Kartons im Erdgeschoß. Ben trug sie im Hof hinter dem Haus zusammen; sie sahen aus wie abgeworfene Reptilienpanzer.

Und aus dem Chaos ward Ordnung dank der kundigen Anwendung von Gesetzen, deren Zweckmäßigkeit bei früheren Umzügen erprobt worden war. Einige Kartons wurden in Schränken gestapelt, andere auf dem Dachboden verborgen. Als Lillian spürte, daß ihre Kinder nicht mehr konnten, sah das Erdgeschoß bereits ganz manierlich aus.

Sie ging auf den Flur hinaus und begab sich zu einem Karton, der mit der Aufschrift »HAUSALTAR« versehen war, und begann ihn zu öffnen – ein Privileg, das bei jedem Umzug ihr vorbehalten war. In dem Karton befanden sich ein sorgfältig eingewickeltes Kruzifix, eine graziöse Muttergottes, eine kleinere Statuette des Erzengels Michael, der breitbeinig über einem gefallenen Engel mit furchtverzerrtem Gesicht stand; ferner zwei kleine Leuchter, eine Schachtel voll milchweißer Kerzen, ein kleiner Weihwasserkessel und Rosenkranzperlen, die sie anläßlich ihres Übertritts zum katholischen Glauben von ihrem Ehemann geschenkt bekommen hatte. Zum Schluß holte sie ein Flugzeugmodell aus Plastik hervor, hielt kurz inne, um ein verrutsches Abziehbild mit etwas Spucke wieder dort zu befestigen, wo es hingehörte, und stellte dann die *F-8 Crusader* auf einer Fensterbank ab.

Den Standort des Hausaltars hatte Lillian Meecham in dem Augenblick festgelegt, als sie die Schwelle des neuen Hauses überschritt. Es war das Vestibül unterhalb der Treppe, gleich links neben der Eingangstür. Dort stellte sie nun ein kleines Kartentischchen auf und bedeckte es mit einem filigranen Spitzentuch aus Florenz. Sie hängte das Kruzifix an die Wand und war einmal mehr fasziniert vom Realismus der winzigen Nägel, die die tönernen Füße des Heilands durchbohrten. Als nächstes drehte sie die Kerzen in die kleinen messingnen Leuchter, füllte das Becken mit abgestandenem Weihwasser, breitete vor dem Altar einen kleinen orientalischen Teppich aus und stellte den Erzengel Michael, ihrer persönlichen Strategie folgend, ganz nach außen auf die linke Seite. Zum Schluß plazierte sie die Maria direkt unter ihrem gekreuzigten Sohn und stellte ihr das Flugzeug, das Bull Meecham flog, vor die Füße.

Die Kinder hatten sich inzwischen hinter ihrem Rücken versammelt und verfolgten neugierig jeden Schritt des Rituals, zu dem das Aufstellen des Hausaltars längst geworden war.

»Oh, Jesus«, flüsterte Mary Anne Ben zu. »Unsere Liebe Frau vom Kämpfenden Piloten mal wieder ... Warum sagst du Mama eigentlich nie, daß sie's ein bißchen übertreibt?«

»Wieso sagst du's ihr denn nicht, du Großmaul?« flüsterte Ben zurück.

Ehe Mary Anne darauf reagieren konnte, winkte Lillian ihre Kinder zu sich ins Vestibül. »Danken wir nun der segensreichen Mutter mit einem Gebet dafür, daß wir die Reise glücklich überstanden haben.«

Während Lillian die Kerzen anzündete, knieten die Kinder nieder. Dann begann sie mit lauter Stimme zu beten, und Ben, ihrem Sohn, war es, als trieben ihre Worte leicht wie Blütenstaub empor, direkt ans Ohr des Herrn.

6

Oleanderbüsche säumten die Straße, die hinaufführte zur Hauptwache des Marine-Corps-Fliegerhorsts Ravenel. Colonel Meecham beobachtete eine *F-8*, die von einer unsichtbaren Startbahn aus abgehoben hatte, ostwärts über die Baumlinie hinwegdonnerte, beschleunigte und schließlich in einer astreinen Parabel in den Himmel stieg. Ein altvertrautes Gefühl bemächtigte sich Bulls, als er dem Jet mit den Augen folgte, und er wußte plötzlich, daß auch er so bald wie möglich wieder hinter dem Steuerknüppel sitzen wollte. Er hörte, wie der Nachbrenner der Maschine abgeschaltet wurde, sah, wie der Jet nach rechts abdrehte und wie ein Lichtsplitter im blauen Himmel verblaßte. Er fühlte Durst, einen Durst geboren aus Zeit, Erinnerung und Blut, einen nahezu diabetischen Durst, der ihn immer dann überkam, wenn er längere Zeit nicht geflogen war. Seit seiner Rückkehr war mittlerweile ein Monat vergangen, und er war nicht ein einziges Mal geflogen. Bis in den Mund und in die Knochen hinein spürte er jetzt die Folgen dieser Enthaltsamkeit.

Bull fuhr im Schrittempo auf das Tor zu und musterte den jungen Wachhabenden, der seinerseits den ihm unbekannten Aufkleber an der vorderen Stoßstange anstarrte. Schmutz und Schmetterlingfragmente erschwerten die Entzifferung. Nach einer Weile warf der Soldat einen Blick ins Wageninnere, erspähte die silbernen Rangabzeichen an Bulls Kragen und raffte sich zu einem ungelenken Salut auf. Anstatt den Salut zu erwidern, hielt Bull nun endgültig an und bedachte den Wachhabenden, der verkrampft in seinem Salut verharrte, mit einem vernichtenden Blick. Dann sagte er in eisigem, humorlosem Ton zu dem jungen Mann: »Nennen Sie das einen Salut, Mister?«

»*Yes, Sir.*«

»Ich nenne das einen Abortus! Ich nenne das eine Schande. Ich nenne das die persönliche Beleidigung eines Marine-Corps-Offiziers. Ich nenne das einen Fall fürs Kriegsgericht. Arm gerade! Ellbogen hoch! Den krummen Hals lotrecht! Sie salutieren, als ob Ihnen jedes Fünkchen Selbstachtung fehlte. Und jetzt salutieren Sie mir noch einmal. Ich möchte es knacken hören. So, jawohl. Ein echter Marine hat arthritische Ellbogen vom zackigen Salutieren. Gut. Hervorragend. So, und wenn ich von Ihnen auch nur noch ein einziges Mal einen solchen Spaghetti-Salut bekomme wie eben, dann werde ich dafür sorgen, daß Ihnen der Arm in Schulterhöhe amputiert wird. Passen Sie gut auf, Marine, und melden Sie Ihren Kameraden im Quartier, daß soeben Colonel Bull Meecham eingetroffen ist. Seine Anwesenheit wird sich in kürzester Zeit bemerkbar machen.«

»*Yes, Sir.*«

Bull fuhr direkt zum Stabsgebäude. Die Häuser, an denen er vorbeikam, waren ausgeblichene Bauten aus Weiß und Grau und unterschieden sich darin nicht im geringsten von denen anderer Stützpunkte, die Bull erlebt hatte. Es war, als hätte der Architekt an jedem Fundament spezielle Blutegel angesetzt, deren Aufgabe einzig und allein darin bestand, jeden Anflug von Farbe aufzusaugen. Die Architektur dieser Baulichkeiten grenzte in ihrer sparsamen Linienführung und platten Zweckmäßigkeit fast ans Absurde.

Bull fuhr den Wagen auf den Parkplatz hinter dem Stabsgebäude. Zwei Marines, die gerade das Haus verließen, salutierten ihm. Bull erwiderte den Gruß und gab ein mürrisches »Guten Morgen!« von sich.

Dann ging er in dem ihm eigenen, wippenden Schritt, der so ganz und gar unmilitärisch war, den langen, blitzblank gewienerten Flur entlang. Sein Gang war so unverwechselbar, daß seine Freunde ihn immer und überall daran erkannt hätten, und sei es in einem entlassenen Bataillon; er war ein unauslöschliches Kennzeichen von Bull Meechams Persönlichkeit, das er ebensowenig hätte ändern können wie seine Blutgruppe.

Er öffnete die Tür zum Büro des Einsatzoffiziers und betrat einen spärlich möblierten Vorraum. Ein haarloser Sergeant, dessen Haltung so steif und mechanisch war, als wäre er aus lauter metallenen Einzelteilen zusammengesetzt, blickte von seiner Schreibmaschine auf und fragte: »Kann ich Ihnen helfen, Sir?«

»Wo befindet sich Colonel Hedgepath, Sergeant? Colonel Meecham ist eingetroffen und möchte mit ihm sprechen.«

»Er ist gegenwärtig indisponiert, Sir.«

»Oho, er ist indisponiert«, spottete Bull. »Es liegt mir fern, irgend jemanden zu behelligen, der indisponiert ist...« Mit plötzlich veränderter Stimme fuhr er dann fort: »Ich habe Sie gefragt, wo er sich befindet, Sergeant. Ich habe Sie nicht darum gebeten, Ihren Wortschatz an mir auszuprobieren.«

»Colonel Hedgepath befindet sich auf der Toilette am anderen Ende des Flurs, Sir.«

»Hält er da eine Sitzung?«

»Das ist dem Sergeant nicht bekannt.«

»Hat er 'ne Illustrierte mitgenommen?«

»Sir?«

»Hat er eine Illustrierte mitgenommen, als er auf die Toilette ging?«

»Der Sergeant nimmt es an, Sir.«

»Dann hält er dort auch eine Sitzung. Ich glaube, ich gehe mal hin und kümmere mich drum, daß er sich auch anständig den Hintern abwischt. Ist dem Sergeant bekannt...« Bull beugte sich vor und fuhr im Verschwörerton fort: »... daß Colonel Hedgepath sich niemals den Hintern abwischt? Er sagt, Tiere haben auch kein Toilettenpapier, und hält diese Sitte für unnatürlich. Was meinen Sie dazu, Sergeant?«

»Der Sergeant hat keine Meinung dazu, Sir.«

»Sie glauben also auch nicht ans Toilettenpapier?«

»Doch, Sir, gewiß. Der Sergeant glaubt daran.«

»Also haben Sie doch eine Meinung, Sergeant. Sie treten fürs Toilettenpapier ein. Sie schlagen sich damit auf die Seite der sauberen Arschlöcher. Werde Sie aufgrund ihres kompromißlosen Eintretens für gute hygienische Verhältnisse empfehlen. Empfehle mich jetzt aber erst mal selbst und seh' nach Colonel Hedgepath.«

Auf der Toilette gab es zwei separate Kabinen. In der ersten, gleich neben der Tür, schimmerten ein Paar Lederschuhe. Bull begab sich in die zweite, die an der Außenwand lag. Bevor er sich, ohne die Hose runterzulassen, aufs Klo setzte, öffnete er seinen Gürtel und den Reißverschluß. Er wollte den Colonel nebenan in Sicherheit wiegen, und dazu brauchte er eine möglichst natürliche Geräuschkulisse. Schließlich beugte er sich vor und betrachtete die Schuhe, die jenseits der Trennwand zu sehen waren. Virgil Hedgepath, dachte Bull bei sich, gehört selbst mit heruntergelassenen Hosen zu den gepflegtesten Offizieren des Marine Corps. Die Schuhe waren tadellos poliert, und die Hose hatte frische Bügelfalten. Nach einer Weile wischte sich der Mann nebenan den Hintern ab, betätigte die Toilettenspülung und stand auf. Bevor er jedoch seine Hose hochziehen konnte, hatte Bull zugepackt und sie mit aller Kraft unter der Trennwand hindurch in seine Kabine gezogen. Der Mann stieß einen Schrei aus, verlor das Gleichgewicht und stürzte so unglücklich, daß sein Arm mit lautem Platschen ins Toilettenbecken fuhr. Bull nutzte das Überraschungsmoment, ergriff den Mann bei den Knöcheln, zog ihn zu sich herüber und wuchtete ihn hoch. Mit beachtlichem körperlichem Einsatz kletterte er daraufhin auf die Toilette und war drauf und dran, den sich mit Händen und Füßen verzweifelt wehrenden Offizier kopfüber ins Klo zu tauchen, als er plötzlich bemerkte, daß es sich bei dem nun wüst fluchenden Soldaten, der in äußerst kompromittierender Position über dem Becken hing, gar nicht um Virgil Hedgepath handelte. Magere Ärmchen hieben erfolglos auf Bulls Beine ein. Und auf einem dieser Ärmchen erblickte Bull Meecham nun die Rangabzeichen eines Obergefreiten.

Bull öffnete die Kabinentür, zog den Mann hinaus und legte ihn behutsam auf den Fliesen des Toilettenvorraums ab. Als der Mann sich aufrappelte und seine Hosen hochzog, sah Bull ihm mit über der Brust verschränkten Armen zu. Kaum war der Corporal auf den Beinen, da ballte er auch schon seine Fäuste, um Bull einen unsanften Schwinger zu verpassen. Gerade noch rechtzeitig erkannte er, daß sein Peiniger den Rang eines Oberstleutnants bekleidete. Einen Augenblick lang fixierten sich die beiden Männer schweigend; keiner von ihnen schien zu wissen, wie er sich verhalten sollte. Dann ergriff Bull das Wort.

»Corporal«, begann er in ernstem Ton. »Lieben Sie das Marine Corps?«

»Was?« Die Antwort war eine Mischung aus Schreien, Luftholen und Spucken.

»Corporal!« brüllte nun Bull mit Stentorstimme. »Wenn Sie mich noch einmal ohne das Wort ›Sir‹ anreden, dann mach' ich Ihnen das Leben im Corps zur Hölle. Nehmen Sie gefälligst Haltung an, wenn ich mit Ihnen rede, Mister!«

Der Mann vor ihm wurde stocksteif.

»Das ist schon besser«, fuhr Bull fort und lächelte. »Und nun, Corporal, fragen Sie sich vermutlich, was mich dazu bewogen hat, Sie auf diese Art und Weise zu attackieren. Hab' ich recht?«

»*Yes, Sir*«, antwortete der Mann.

»Dann denken Sie einmal darüber nach, Corporal. Es sollte Ihnen eigentlich klar sein.«

»Es ist mir nicht klar, Sir.«

»Wie heißen Sie, mein Sohn?«

»Atchley, Sir.«

»Die Attacke entsprang drei wohlbedachten Überlegungen. Erstens wollte ich Ihre Bereitschaft im Falle eines Überraschungsangriffs testen. Ist Ihnen bekannt, Corporal, daß in Pearl Harbour einige Marines von den Japanern getötet wurden, als sie gerade auf dem Scheißhaus saßen? Nicht gerade ein ehrenhafter Tod, nicht wahr, Atchley? Ein Soldat darf sich nie entspannen. Er hat immer und überall auf der Hut zu sein, egal wo er sich befindet. Das Überleben unserer Nation hängt ab von der ständigen Bereitschaft der Marines rund um den Globus. Wo kommen Sie her, Atchley?«

»Green Bay, Wisconsin.«

»Sind Sie ein Anhänger der Packers, Atchley?«

»*Yes, Sir.*«

»Ich hasse die Packers, Atchley. Und ich hasse Packer-Fans. Das ist der zweite Grund für meine Attacke. Nichts ist mir so verhaßt wie ein Schiß neben einem Packer-Fan. Doch nun zu der dritten Ursache, Atchley, und damit kommen wir zur Hauptsache. Kein Mensch, neben dem auf dem Donnerbalken zu sitzen ich bislang das Vergnügen hatte, hat die Latrine derartig verstunken wie Sie. Außerdem, Achtley – und ich bin mir durchaus bewußt, daß ich jetzt ein bißchen persönlich werde, aber ich möchte versuchen, aus Ihnen einen besseren Marine zu machen – außerdem haben Sie sich nur zweimal über den Arsch geputzt. Nach meiner Überzeugung ist zweimal zu wenig. Ist Ihnen eigentlich die Qualität und die Quantität der Bakterien bekannt, die sich in einem menschlichen Arschloch ansiedeln können, Atchley?«

»*No, Sir*«, antwortete der Corporal.

»In diesem Augenblick, in dem wir hier stehen und reden, Atchley, plant eine Horde Bakterien, deren Namen Sie nicht einmal aussprechen können, eine vernichtende Attacke gegen Ihr Arschloch, der Sie zweifelsohne erliegen werden. Sie sind dann fürs Marine Corps und zur Verteidigung Ihres Landes nicht mehr zu gebrauchen. Diesmal lasse ich Sie noch davonkommen, Atchley, aber wenn ich noch einmal feststellen muß, daß Sie die besagte Partie Ihrer Anatomie in so sträflicher Weise vernachlässigen wie heute, dann sind Sie dran, mein Lieber. Dann haben Sie ein Disziplinarverfahren am Hals, ehe Sie auch nur mit den Augen klimpern können. Und jetzt verschwinden Sie, Atchley, und wenn Sie jemals wieder einen vorgesetzten Offizier angreifen, dann frisier' ich Ihren Drecksarsch höchstpersönlich, kapiert?«

»Aber Sie haben mich doch angegriffen, Sir.«

Bull schüttelte den Kopf in verhaltener Empörung. »Das ist genau der Grund, warum Sie's nicht schaffen werden, Atchley. Warum Sie's nur zum Obergefreiten bringen und nicht weiter. Sie widersprechen einem vorgesetzten Offizier. Ich erwarte jetzt von Ihnen, daß Sie den heutigen Vorfall vergessen. Haben Sie mich verstanden?«

»*Yes, Sir.*«

»Brav, Atchley. Ich erwarte von Ihnen des weiteren, daß Sie sich meinen Namen merken. Ich heiße Jones. Colonel John J. Jones. Ich bin nur für einen Tag hier in Ravenel. Ich fliege kreuz und quer durchs Land und überprüfe die Kampfbereitschaft der Truppe. Die Ereignisse hier waren Teil meines Auftrags. Ich weise Sie ausdrücklich darauf hin, Corporal, daß Sie heute morgen einem vertraulichen Kampfbereitschaftstest unterzogen worden sind, der der höchsten Geheimhaltungsstufe unterliegt. Kein Wort darüber zu niemandem, Atchley, denn es kann sein, daß ich mit Ihrem direkten Vorgesetzten das gleiche vorhabe. Sie können jetzt abtreten, Corporal. Ich wünsche Ihnen alles Gute für Ihre künftige Laufbahn. Seien Sie stolz, Atchley – stolz auf sich selbst und stolz auf das Corps.«

Als Atchley seinen Rückzug angetreten und den Toilettenraum verlassen hatte, zog Bull Meecham seine Uniform gerade und sagte augenzwinkernd zu seinem Spiegelbild: »Du raffiniertes Aas. Schäm dich.« Dann marschierte er raschen Schrittes zurück ins Büro von Colonel Hedgepath, wo der Sergeant noch immer an der Schreibmaschine saß und mit zwei ungelenken Fingern einen Bericht tippte.

»Zu Ihrer Information, Sergeant: Colonel Hedgepath befindet sich nicht auf der Toilette.«

»Er ist jetzt in seinem Büro, Sir. Setzen Sie sich doch bitte einen Augenblick. Ich sehe mal nach, ob er Sie empfangen kann.«

»Immer mit der Ruhe, Kamerad, mein Besuch ist eine Überraschung«, sagte Bull. »Wir begrüßen einander immer auf ganz besonders herzliche Art und Weise.« Er legte den Zeigefinger auf die Lippen, schlich auf Zehenspitzen zur Bürotür, lehnte sich schwer dagegen und lauschte. Doch auf einmal öffnete sich die Tür, Bull verlor das Gleichgewicht und taumelte ins Zimmer. Eine Hand packte ihn im Genick, und ein ausgestreckter Fuß brachte ihn zu Fall. Der Sturz wurde von dem dünnen Teppich kaum gebremst. Schon saß Colonel Hedgepath auf Bulls Rücken und setzte ihn mit einem Halbnelson außer Gefecht. Ehe Bull überhaupt realisierte, was ihm geschah, ertönte bereits Virgils Siegesgeschrei.

Hedgepath verstärkte seinen Griff und sagte kühl: »Sprechen Sie mir nach, Colonel: ›Bull Meecham hat Menstruationskrämpfe‹!«

»Du kannst mich mal ...«, belferte Bull.

Virgil zog noch schärfer an und sagte: »Wie kommt es nur, Bull, daß ich dir immer fünf Schritte voraus bin?«

»*Yeah*«, stöhnte Bull, das Gesicht gegen den Teppich gepreßt. »Was muß das für eine mickrige Figur sein ... Einen einfach von hinten überfallen. Wieso bist du eigentlich nicht als Japaner auf die Welt gekommen, Hedgepath?«

»Was muß das für eine mickrige Figur sein ... Einfach einen Corporal vom Lokus reißen und den Kerl zur Sau machen, ehe er sich seine Hosen hochziehen kann?« Hedgepath' Stimme war bemerkenswert sanft.

»Du hast das gehört?«

»Kein Wort hab' ich gehört, Colonel John J. Jones.«

»Du hundsmiserabler Saukopf«, fauchte Bull, bevor er sich vor Lachen nicht mehr halten konnte. Der Colonel lockerte seinen Griff, rollte sich, kichernd wie ein Schuljunge, auf den Rücken und mußte nun seinerseits derart lachen, daß ihm nichts anderes übrigblieb, als seinen Gürtel zu öffnen und alle viere von sich zu strecken. Hedgepath bekam nicht mit, daß Bull sich aufrappelte und auf ihn losging. Ehe er seine Kampfbereitschaft wiederfand, hatte Bull ihn auf den Bauch gedreht, ihm den rechten Unterschenkel übers Gesäß gebogen und damit begonnen, den Fuß immer weiter nach unten zu drücken. Dies war Bulls Lieblingsgriff in den Ringkämpfen mit Virgil, die zu den regelmäßigen Unterbrechungen einer zwanzigjährigen Freundschaft gehörten.

»Wer ist der gottverdammt beste Kampfpilot im Marine Corps?« krähte Bull.

»Du hältst seinen Fuß in der Hand, du hinterhältiger Mistkerl.«

Bull bog den Fuß weiter in Richtung Rückgrat. »Ich bin kein brutaler Typ, Virgil«, sagte er in entschuldigendem Tonfall. »Du hast deshalb noch eine Chance, diese einfache Frage zu beantworten, bevor ich dir deinen dicken alten Latschen ins linke Ohr stecke. Also: Wer ist der gottverdammt beste Pilot im Marine Corps?«

»Colonel John J. Jones«, antwortete Virgil kichernd. Bull entließ Virgils Fuß aus seinem Griff, erhob sich und wartete, bis Hedgepath, der zuvor noch ausgiebig seine malträtierten Gliedmaßen massierte, ebenfalls aufstand. Nun standen sie einander gegenüber. Mit einemmal stürzte Bull sich auf ihn, umarmte ihn ebenso rauh wie herzlich, lupfte ihn vom Boden und schleppte ihn quer durch das Büro. Dann setzte er ihn wieder ab, nur um sich sogleich in einen getürkten Faustkampf einzulassen, der zu einem übertriebenen Spektakel mit weitausholenden Bewegungen und wilden Täuschungsmanövern wurde. Die beiden schlugen sich gegenseitig auf Haupt und Schultern, bis Virgil schließlich sagte: »Willkommen an Bord, Bull.«

»Sag mir bloß eins, Sportsfreund: Woher hast du gewußt, daß ich schon heute hier auftauchen würde?«

»Ich erfuhr, daß die Möbelpacker heute euer neues großes Haus in Ravenel einräumen, und da war mir klar, daß Lillian dich auf die eine oder andere Weise hinauskomplimentieren würde.«

»Wie geht's Paige?«

»Prächtig. Sie freut sich schon auf Lillian und die Kinder.«

»Hey, Virge. Wie gefällt dir das hier am Steuerknüppel von so 'nem dicken Mahagonischreibtisch? Kommst du überhaupt noch zum Fliegen?«

»Ich fliege echt mehr Mahagoni als die *F-8*. Aber um ehrlich zu sein: Es macht mir sogar Spaß. Ich bin da 'n bißchen anders als du. Mir steht er nicht automatisch, sobald ich ins Cockpit klettere. He – du siehst gut aus, Bull. Die Mittelmeerkreuzfahrt ist dir gut bekommen, was?«

»Das Fliegen war gut dort, ja. Nach einem Jahr Starten und Landen auf'm Träger kann ich im Notfall jetzt wahrscheinlich auf 'ner Streichholzschachtel landen.«

»Ich glaube, ich muß dir gratulieren. Du hast jetzt deine eigene Staffel. Ich weiß, da ist ein alter Traum in Erfüllung gegangen.«

»Du sagst es, Sportsfreund. Und du weißt natürlich auch, wo mich der Schuh drückt, Virgil, oder?«

»Varney.«

»Nun sei bitte mal so gut und sag mir, welcher Hurensohn im Pentagon mich ausgerechnet in Varneys Gruppe gestellt hat – und warum Varney damit einverstanden war!«

Virgil Hedgepath ging um den Schreibtisch herum und setzte sich.

Mit dieser wortlosen Geste, dachte Bull, ist Virgil plöztlich wieder ganz Vorgesetzter.

»Also, ich erkläre mir das folgendermaßen, Bull: In der Staffel gab es irgendwelche Schwierigkeiten. Du weißt ja, früher gehörte sie zu unseren besten, aber unter den letzten beiden Kommandanten ging's abwärts mit der Moral. Der Bursche, der es zur Zeit noch macht, Bill Curry, hat familiäre Probleme. War im Grunde auch nicht er, der den Karren in den Dreck gefahren hat, sondern sein Vorgänger, Bear Woods. Mein Gott, war der schlecht. Wenn du dem seine positiven Eigenschaften zusammenrechnest, bleibt unterm Strich 'ne schöne runde Null. Varney hat gute Aussichten auf 'n Generalsstern, ist aber clever genug, um zu wissen, daß er's nur schaffen kann, wenn er vorher die 367 auf Vordermann bringt. So einfach ist das.«

»Er kann mich nicht ausstehen, Virgil.«

»Immerhin – wenigstens eine menschliche Tugend. Ich hielt ihn schon für 'n totales Arschloch.«

»Spaß beiseite, Virgil. Meinst du wirklich, er läßt mich ungestört arbeiten?«

»Bestimmt. Er will, daß du gut bist, damit er gut aussieht. Varney ist nicht blöd. Er weiß, daß du mit Menschen umgehen kannst. Er mag dich zwar nicht, aber er weiß, daß du in diesem Fall die einzig richtige Kur bist. Es gibt 'ne ganze Reihe Starpiloten in der 367. Das einzige, was ihnen fehlt, ist 'ne straffe Führung.«

»Wir waren schon zusammen im Zweiten Weltkrieg, Varney und ich. Und da fingen die Scherereien ja auch an.«

»Hab' davon gehört, gerüchteweise.«

»Ich brauche eine gute Beurteilung von Varney. Du weißt ja, Virge, daß ich bei der letzten Beförderung übergangen wurde.«

»Da hat irgendeiner Mist gebaut, Bull, das war alles. Inzwischen haben sie's offenbar eingesehen, sonst hättest du keine Staffel bekommen. Sieh jetzt zu, daß du sauber bleibst, und hör auf, in der Toilette Corporals zu terrorisieren.«

»Du bist auch auf der Kandidatenliste für 'n Stern, was?«

»*Yeah.*«

»Du machst es, todsicher. Schaumschläger wie du werden immer befördert.«

»Nein, das stimmt nicht. Leute mit meiner Bildung, meinem Stil und meiner Klasse werden höchst selten befördert.«

»Ach, Scheiße, du und Varney, euch hat man doch von ein und derselben Nachgeburt geschnitten. Du mit deiner Vorliebe für Kunst und Literatur und Varney mit seinem Gequassel über Wein ...«

»Gegen einen anständigen Tropfen Wein ist nichts einzuwenden, Bull.«

»Laß dir eins sagen, Virge. Die Welt ist in zwei Hälften aufgeteilt, in Biertrinker und Weinschlürfer. Das heißt mit anderen Worten, in Biertrinker und Arschlöcher. Ich meine, bei dir sag' ich gar nichts, wenn du 'n paar Macken entwickelst. Wir beide kennen uns schon lange, und du hattest ja immer schon so 'ne halbschwule Ader. Aber dieser Varney! Weißt du, daß der Bursche jetzt angefangen hat, sich 'n englischen Akzent zuzulegen? Der England nächstgelegene Stützpunkt, auf dem er stationiert war, ist Arlington/Virginia.«

»Varney ist kein schlechter Kerl, Bull. Und außerdem bleibt dir keine andere Wahl. Du mußt dich mit ihm arrangieren. Er ist dein Vorgesetzter.«

Bull stand auf, begann erregt im Zimmer auf und ab zu gehen und hieb die linke Faust in die rechte Handfläche. »Das ist es ja, was ich einfach nicht begreife! Da bin auf der einen Seite ich, ein Mann mit den verflucht besten Führungsqualitäten im gesamten Marine Corps. Einer der besten, Virge, du weißt das. Gib mir einen Zug Marines, und Harlem ist innerhalb von drei Tagen für keinen Weißen mehr gefährlich. Gib mir eine Fliegerstaffel, und Havanna ist in ein paar Stunden flach wie ein Parkplatz. Ich bin gut, und ich weiß, daß ich gut bin, aber hier stehe ich und bin ein simpler Colonel, während du und Varney kurz vorm General steht. Ich sag' ja gar nicht, Virge, daß du das nicht verdient hättest, aber . . . du weißt schon, was ich meine.«

»Ich glaube, ich weiß, woher deine Schwierigkeiten kommen, Bull. Du bist einfach zu bescheiden, was deine eigenen Fähigkeiten betrifft. Dir fehlt es an Selbstvertrauen und Motivation. Wenn du nicht so ein stiller, schüchterner Junge wärst, Bull – du würdest bestimmt bei keiner Beförderung übergangen.«

Virgil Hedgepath warf den Kopf zurück und lachte. Ich und Bull Meecham, dachte er, wir unterscheiden uns wie Tag und Nacht, aber niemand im Corps ist mir lieber als er . . . Diese Zuneigung stand auf soliden Füßen, und Virgil fand es die selbstverständlichste Sache von der Welt, einen Mann zu schätzen, der ihm einst das Leben gerettet hatte. Zudem ergänzten sich ihre Persönlichkeiten. Bull beherrschte die Männer, die unter seinem Kommando standen, durch seine eindrucksvolle physische Erscheinung und die Kraft seiner Stimme. Daß Virgil auf seine Art dieselben Ergebnisse erzielte, blieb ihm stets unbegreiflich. Mit ruhiger, aber fester Stimme schaffte Virgil es, die Leute in einer Weise einzuschüchtern, wie es brüllenden Befehlshabern nicht einmal annähernd gelang; es war ein Geheimnis, das Bull nie enträtseln konnte. Hinter Virgils friedfertiger Fassade verbarg sich stahlhartes Eis. Bull setzte sich mit schierer Lautstärke durch; Virgil verstand es, seinen Blick oder seine Stimme gefrieren zu lassen. Der Erfolg war der gleiche. Bull war ein Kommandant, bei dem sich fiebrige Rastlosigkeit mit der Strenge eines Unteroffiziers und einem genialen Einfallsreichtum verband; Virgil dagegen verfügte über die natürlichen Instinkte eines Generals. Bull war ein hervorragender Ausbilder, Virgil hatte das Zeug, Divisionen zu befehligen.

Virgil Hedgepath beobachtete seinen besten Freund, der noch immer unruhig im Zimmer auf- und abging, und gestand sich ein, daß Bull nach wie vor der beste Ausbilder war, mit dem er jemals zu tun gehabt hatte.

»In einem Punkt hast du recht, Virge. Ich muß Varney auf meine Seite bekommen. Notfalls muß ich ihm sogar in den Arsch kriechen. Ich brauche ganz einfach diese Beurteilung von ihm.«

»Ihr seid Profis, Bull, alle beide. Vergiß das nicht. Ich geb' dir nur einen Rat: Halt dich bei Varney ein bißchen zurück. So wie ich es sehe, gibt's ein dickes Problem zwischen euch beiden ... Sag mal, Bull, hast du jemals die Rede zum St.-Crispin's-Tag gelesen? Shakespeare, *Heinrich V.*«

»O ja, natürlich, Virgil, sicher. Gerade kürzlich, an dem Abend, als ich endlich mit der Homer-Übersetzung fertig war ... Ach was, Quatsch mit Soße. Ich hab' Willie nur ein einziges Mal gelesen, den *Caesar* im Englischunterricht an der High School.«

»Du solltest dir die Rede ruhig mal zu Gemüte führen. Frag Mary Anne oder Ben, denen habe ich sie nämlich schon mal vorgelesen. Dein Problem ist, Bull, daß dein ganzes Leben eine einzige St.-Crispin's-Tag-Rede ist. Du schaltest nie ab. Für dich gibt es keine Berge und Täler, sondern nur Berge, und zwar ausnahmslos hochalpine Gipfel von Himalaya-Niveau. Varney ist ein ausgeglichener Mann – und dabei alles andere als ein schlechter Marine. Er ist gründlich, vorsichtig und hochbefähigt. Sicher, er hat auch 'n Haufen Scheiße im Hirn, aber wie dem auch sei: Du mußt dich auf seinen Führungsstil einstellen. Er ist eben eher der Typ des zivilen Konzernmanagers, nicht mehr der echte alte Marine-Pilot, der die Nacht über säuft, am Vormittag kotzt und am Nachmittag fliegt. Du mußt dich anpassen.«

»Hast schon recht, Virge. Ich glaub', ich fang sogar noch mit Wein an ... Ich bestech' ihn am besten gleich mit 'ner Pulle Manischewitz, sozusagen als Einstand ...«

»Das hat nichts mit Bestechung zu tun, Bull. Das ist eine grausame und ungewöhnliche Bestrafung. Nein, nein, verzichte auf den Wein.«

Bull grinste. »Du meinst also, es ist das beste, wenn ich gleich vor ihm in die Knie gehe und ihm ganz zurückhaltend unterm Schreibtisch einen blase, was?«

»Herrgott, Bull«, antwortete Virgil leise, »dich zu ändern ist wirklich ein Ding der Unmöglichkeit. Wir gehen zusammen einen trinken, wenn du bei Varney warst, okay? Wie wär's mit dem 'O'-Club, siebzehn Uhr?«

»Freu mich darauf, Virge.«

»Willkommen an Bord, Bull.«

Bull Meecham begab sich sofort zu Colonel Varney. Er betrat das Büro und salutierte unmittelbar vor dem Schreibtisch des Colonels, schlug akkurat die Hacken zusammen und wartete darauf, daß Joe Varney ihn als neues Mitglied seiner *Flying Group* begrüßte.

Aber Varney sah gar nicht auf. Er war vertieft in seine Papiere, als habe er eine Entscheidung über Leben und Tod zu treffen und könne auch nicht eine Sekunde seiner wertvollen Zeit erübrigen. Als er sich endlich bequemte, wenigstens den Blick zu heben, verharrte Bull bereits dreißig Sekunden in Habachtstellung vor ihm. »Augenblick noch«, brummte er mürrisch und widmete sich weitere sechzig Sekunden gelassen und konzentriert seinen Papieren. Man könnte meinen, der kleine Pimpf bereitet sich auf die Unterzeichnung der Unabhängigkeitserklärung vor, dachte Bull Meecham bei sich.

»Woran denken Sie, Colonel?« fragte Varney unvermittelt und sah zu dem Mann auf, der vor ihm stand. Varney hatte schmale, unauffällige Augen, die so grau waren, als stammten sie aus den Beständen des Marine Corps.

»Nichts, Sir«, antwortete Bull.

»Natürlich denken Sie an etwas, Wilbur«, erwiderte Varney und bediente sich dabei eines Vornamens, der nur sehr wenigen Angehörigen des Marine Corps bekannt war. »Und ich sage Ihnen auch, woran. Sie denken, wann hört dieser miese kleine Giftzwerg endlich auf, in seinen Papieren herumzuwühlen, und begrüßt mich, wie sich's gehört? Hab' ich recht?«

»*Yes, Sir*«, antwortete Colonel Meecham, »genau das habe ich gedacht.«

»Riskieren Sie keine Lippe bei mir, Wilbur. Das können Sie sich nicht leisten. Nehmen Sie Platz. Ich habe mit Ihnen zu reden, und zwar ausführlich.«

Bull setzte sich. Sein Blick fiel auf ein an der Wand hinter Varneys Schreibtisch hängendes Bild, das eine in zwei Reihen aufgestellte Staffel vor dem Hintergrund einer *Corsair* zeigte. In der zweiten Reihe standen er und Joe Varney Seite an Seite; sie hatten einander die Arme um die Schultern gelegt. Beide trugen sie auf dem Foto Sonnenbrillen, und keiner von beiden lächelte. Kampfpiloten lächeln nur selten auf Gruppenfotos.

»Wilbur«, fuhr Varney unter besonderer Betonung des Bull so verhaßten Vornamens fort, »Sie und ich, wir sind ungefähr gleichzeitig zum Marine Corps gekommen. Zweimal waren wir auf dem gleichen Stützpunkt stationiert, und dabei gab es jeweils böses Blut zwischen uns. Ist das richtig?«

»Jawohl, Sir«, stimmte Bull zu. Kniekehlen und Achselhöhlen wurden ihm feucht, und es war ihm nur allzu bewußt.

»Die dienstlichen und persönlichen Schwierigkeiten zwischen uns haben dazu geführt, daß wir kaum noch imstande sind, wie zivilisierte Menschen miteinander zu reden. Daraus ergibt sich unter den gegenwärtigen Umständen folgendes gravierende Problem: Da Sie unter meiner Führung Staffelkapitän werden und ich entschlossen bin, der beste Gruppenkommandeur des Marine Corps zu sein, müssen wir vergessen, was einmal war, und so tun, als hätte es zwischen uns beiden niemals irgendwelche Differenzen gegeben. Stimmen Sie mir darin zu, Wilbur?«

»*Yes, Sir.*«

»Es gibt da ein paar Dinge, Wilbur, die zu vergessen mir außerordentlich schwerfällt. Persönlich finde ich Sie zum Kotzen. Sie fragen sich daher bestimmt, warum ich Sie trotzdem als Staffelkapitän der 367 akzeptiert habe. Also hören Sie zu. Ich kenne eine ganze Reihe von Piloten, die nach meiner Überzeugung für diesen Job besser geeignet sind als Sie. Nur war von denen leider keiner verfügbar. Ich hab' mich bereiterklärt, mit Ihnen vorlieb zu nehmen, weil ich meine, der Einäugige ist unter den Blinden König. Die betreffende Staffel wird Ihnen unterstellt, weil ihr gegenwärtiger Kapitän nichts von Menschenführung versteht, ein mittelmäßiger Pilot, ein miserabler Organisator und außerdem Alkoholiker ist, kurzum eine einzige Schande für das Marine Corps. Diese Informationen sind natürlich streng vertraulich, Wilbur. Was nun Sie betrifft, so sind Sie ebenfalls eine Schande für das Marine Corps, und zum Alkoholiker fehlt auch nicht mehr viel. Aber Sie sind eine ganz ordentliche Führungspersönlichkeit und ein Teufelskerl von einem Piloten. Wie Sie mit Flugzeugen umgehen können, habe ich immer bewundert.«

»Danke, Sir.«

»Ich habe Sie nicht um Danksagungen gebeten, Wilbur«, fauchte Colonel Varney. »Sie halten den Mund und hören zu. Gewisse Ereignisse auf der Welt bringen es mit sich, daß Ihnen die Aufgabe zufällt, diese Staffel auf Vordermann zu bringen. Kuba ist eine heiße Kiste, sehr heiß sogar, wie ihnen bekannt sein dürfte. Wenn's ernst wird, stecken wir mittendrin. Und deshalb, Colonel, will ich, daß Sie diese Staffel auf Trab bringen. Ich will, daß Sie sich vor die Piloten hinstellen und ihnen mit einer Ihrer Cro-Magnon-Guadalcanal-Reden den Marsch blasen. Das ist die einzige Sprache, die diese jungen Kerle verstehen. In dieser Staffel gibt es ernsthafte Probleme mit der Disziplin – und diese Probleme erben jetzt Sie, Wilbur. Und obwohl ich Sie brauche, um die Disziplin der Staffel zu heben, hoffe ich zum Himmel, daß Sie es nicht schaffen werden. Ich werde Ihnen Tag und Nacht auf die Finger sehen und darum beten, daß Sie Mist bauen. Sobald Sie einen Fehler machen, trete ich Ihnen in den Hintern und schreib' Ihnen eine Beurteilung, die Ihrer Karriere den Rest gibt.«

Mit diesen Worten stieß sich Colonel Varney vom Schreibtisch ab und fixierte Bull Meecham mit finsterem Blick. Sein Gegenüber starrte ihn aus kalten, ausdruckslosen blauen Augen an. Varney musterte die Silberblätter auf Bulls starken Schultern. Der Körper des Mannes vor ihm strahlte Selbstvertrauen aus. Und noch immer umgab ihn jene Aura der Gewaltätigkeit, die bereits den jungen Bull Meecham ausgezeichnet hatte. Um die Taille und die Hüften herum war Bull etwas fülliger geworden, was jedoch seiner furchterregenden Erscheinung keinen Abbruch tat, sondern den Eindruck, den sie erweckte, eher noch verstärkte. Varney war sich jedoch auch darüber im klaren, daß die Silberadler an seinem eigenen Uniformkragen die Muskeln aller untergeordneten Offiziere im Marine Corps zur Impotenz verdammten.

Bull entging nicht, daß in den verächtlichen Blicken, mit denen Colonel Varney ihn musterte, auch heimliche Bewunderung lag. Er hat sich kaum verändert, dachte er und meinte den Mann, unter dem er das kommende Jahr über zu dienen hatte. Immer noch der gleiche Gockel wie früher. Immer noch dieselben tückischen Schlangenaugen. Aber auch er mußte sich eingestehen, daß Joe Varney als Marine eine beeindruckende Figur machte. Die Uniform paßte gut zu dem untersetzten, kräftigen Körper. Wenn Varney sprach, brachte er Kopf und Nase wirkungsvoll zur Geltung. Sein scharfgeschnittenes Adlergesicht durchfuhr die Luft, als wäre es eine Axt, die unmittelbar unterhalb der Augen einen unsichtbaren Holzklotz zerhackt.

Was Bull Meecham aber am meisten aufregte, war nicht so sehr Joe Varneys Erscheinung, als vielmehr sein aristokratisches Gehabe: die getrimmte, leicht britische Aussprache, die sorgfältig manikürten Fingernägel, das blutlose Lächeln, die wie selbstverständlich wirkende herablassende Art, das vornehme Getue des Aristokraten. Ein Fürst im Exil, dachte Bull, der sich schwertut, unterm Fußvolk zu leben. Ein gottverdammter Snob, der nie mehr aus dieser Haut herauskommt. Die Zusammenarbeit mit ihm versprach einen permanenten Belagerungszustand. Sie waren Feinde, die durch Verträge und Berufsethos zur Gemeinsamkeit gezwungen wurden.

»Noch etwas, Wilbur. Es versteht sich eigentlich von selbst, aber ich möchte es noch einmal ausdrücklich hervorheben. Lieutenant Colonels schlagen Colonels nicht ungestraft, sondern haben in diesem Fall sofort ein Disziplinarverfahren am Hals. Colonels verziehen keine Miene, wenn sie mit ihrem Vorgesetzten reden, sie widersprechen ihm nicht, ja sie denken nicht einmal schlecht von ihm. Um es auf Ihrem sprachlichen Niveau auszudrücken: Sie sind nicht den letzten Dreck wert. Vor allem dann nicht, wenn sie nicht befördert worden sind.« Varney lächelte bei diesen Worten, obgleich er Bull damit einen Stachel ins Fleisch trieb. Es war ein Frontalangriff, und Varney wußte genau, daß sein Gegner darauf nicht einmal mit einem Augenzwinkern reagieren durfte. »Aber Lieutenants prügeln gelegentlich andere Lieutenants, hab' ich recht, Wilbur?« fragte er.

Colonel Meecham antwortete nicht.

»Ich habe Ihnen eine Frage gestellt, Wilbur. Lieutenants prügeln gelegentlich andere Lieutenants, habe ich recht? Antworten Sie! Das ist ein Befehl.«

»*Yes, Sir.* Ist das alles, Sir?«

»Nein, das ist noch längst nicht alles. Ich wünsche, daß kein Mensch hier auf dem Stützpunkt irgend etwas erfährt von unseren früheren Auseinandersetzungen, Wilbur. Das bleibt unter uns. Nicht ein Sterbenswörtchen will ich darüber hören, nicht den Funken eines Gerüchts. Wenn mir irgend etwas zu Ohren kommt, dann sorge ich dafür, daß Sie auf schnellstem Wege aus dem Corps hinausfliegen, so wahr mir Gott helfe!« Er hielt inne, musterte mit kritischem Blick die Hände seines Gegenübers und sagte: »Putzen Sie sich die Fingernägel, Colonel. Ihre Pfoten sehen aus wie die eines Rekruten. Das ist alles.«

Colonel Meecham erhob sich und wandte sich zum Gehen. Bevor er die Tür erreichte, gebot Varney ihm noch einmal halt. »Übrigens, Wilbur«, sagte er und grinste, »willkommen an Bord.«

Es mußte am Einfallswinkel des Lichts liegen, vielleicht auch an der Art, wie der andere beim Lächeln das Gesicht verzog – auf jeden Fall bemerkte Bull in diesem Augenblick, daß Varneys Nase krumm war. Er hatte vollkommen vergessen, daß er selbst sie einst gebrochen hatte.

7

Über den Fluß vor dem Haus der Meechams donnerte ein Jet hinweg und ließ die Fensterscheiben erzittern. Bull erwachte und versuchte, den Flugzeugtyp am Geräusch zu identifizieren. Der Gesang der Maschinen war ein kräftiger Tenor, und Bull kam zu dem Schluß, daß es vermutlich eine *F-8* war, die da über den morgendlichen Himmel jagte, doch war er sich dessen nicht ganz sicher. Die Sonne schien bereits durch die blauen Vorhänge und erhellte das Zimmer. Bull drehte seinen Arm so, daß das Licht sein Handgelenk erreichte, und sah auf die Uhr. Es war gerade sieben. Er beschloß, seiner Familie noch eine Gnadenfrist von fünfzehn Minuten zu geben, bevor er sie aus den Federn warf. Es gab noch eine Menge zu tun in Haus und Garten; der freie Tag war gerade recht für Detailarbeit. Bull zog die Schublade des Nachttischchens auf, entnahm ihr eine Zigarre und zündete sie sich an. Eine lange, schlanke Rauchfahne stieg auf, verteilte sich an der Zimmerdecke und fiel gestaltlos wieder herab.

Lillian räkelte sich im Halbschlaf, nahm den Zigarrenrauch wahr und lächelte.

Der Rauch erfüllte das Zimmer und vermischte sich mit dem warmen Geruch des Wassers, der aus dem nur fünfzig Meter vor ihrem Schlafzimmerfenster dahinströmenden Fluß aufstieg und sich über die Marschen ergoß.

Colonel Meecham wußte die Bedeutung des Rituals für die Aufrechterhaltung der Truppenmoral in Krieg und Frieden zu schätzen. Ebenso wußte er, wie wichtig es war, daß seine Familie in der für sie fremden, neuen Stadt so schnell wie möglich ein Heimatgefühl entwikkelte. Eine Familie ohne Ritual und Ordnung war ein wurzelloser Stamm, der über kurz oder lang der Langeweile und der Anarchie ausgeliefert war. Da gab es dann trotzig gesenkte Köpfe, Schmollmünder und weinerliche Erinnerungen an die zurückgelassenen Freunde. Vor allem aber bewies ein derart jämmerlicher Zustand der Familie, daß der Herr im Haus seiner Führungsaufgabe nicht im erforderlichen Maße gerecht geworden war. Bei keinem Mitglied seiner Familie duldete Bull Meecham Trauer oder Bedauern über einen Umzug und dessen Folgen – genausowenig, wie er den Marines in seiner Staffel nachlassende Einsatzbereitschaft verzieh.

Er rasierte sich schnell, duschte und zog seinen ausgeblichenen Lieblingsdrillich an. Dann entnahm er einer Kommodenschublade sein Offiziersstöckchen, schnürte die hohen Kampfstiefel zu und marschierte schnurstracks ins Zimmer seines Sohnes Ben.

»Ta-*ta*-ta-ta-ta-, ta-*ta*-ta-ta-ta-«, blies er wie auf einem imaginären Signalhorn. »Aufstehzeit, Aufstehzeit! Morgenstund hat Gold im Mund. Erhebe dich, Soldat, und strahle. Stiefel an, sofort raus an Deck und ab in die gottverdammten Gräben. Die Japse stürmen das Lager!«

»Was?« Ben erwachte langsam aus dem Tiefschlaf. Dann fiel ihm ein, was hier gespielt wurde; er rollte sich vom Bett und fingerte nach einem Maschinengewehr. Sein Vater hatte sich inzwischen wieder davongestohlen und kroch in diesem Augenblick auf allen vieren in Matts Zimmer. »Wir müssen diese Kerle so schnell wie möglich auf Zack bringen«, schrie er Matt an. »Sonst merkt die japanische Artillerie noch vor dem Frühstück, wo unser Lager ist.« Er riß Matt das Kissen unter dem Kopf weg und warf seinen Jüngsten aus dem Bett. Matt kugelte über den Teppich. Er hatte nackt geschlafen.

»Der kleine Homo pennt nackt!« brüllte Bull. »Sieh zu, daß du deine Klamotten ankriegst, und dann in die Bereitschaftsstellungen, und zwar dalli, dalli!«

Und schon stürmte Bull ins Mädchenzimmer, schüttelte Karen und Mary Anne unsanft durch und kreischte: »Wenn die Frauen nicht sofort in die Gräben gehen, werden sie von den schmierigen Schlitzaugen vergewaltigt. Folgt mir unverzüglich zu der Anhöhe im Wohnzimmer!« Und schon war er wieder fort und stolzierte mit melodramatisch-elefantösen Schritten die Treppen hinunter.

»Ich wollte schon immer von einem schmierigen Schlitzauge vergewaltigt werden«, schrie Mary Anne ihm nach. »Ich hab' nichts gegen schmierige Schlitzaugen, und auch nichts gegen schmierige Nigger!« Sie drehte sich um, als wolle sie weiterschlafen.

»Du stehst besser auf«, sagte Karen.

»Ich hab' mir aus diesen kindischen Spielchen noch nie was gemacht«, antwortete Mary Anne.

Karen verließ das Zimmer und folgte ihrem Vater. Unterwegs begegnete ihr Matt; er hatte einen Besen geschultert.

»Was ist das denn, Matt?« fragte sie.

»Eine Bazooka«, antwortete ihr Bruder.

Im Wohnzimmer hatte Colonel Meecham mittlerweile den Kaffeetisch umgekippt und hielt mit wachsamem Blick Ausschau nach den ersten Truppenbewegungen.

»Sehen Sie was, Sergeant?« rief er seinem Sohn Ben zu, der sich hinter dem geblümten Sofa, auf dem Okra schlief, eingegraben hatte.

»*Yes, Sir!*« brüllte Ben, der in diesem Augenblick Matt und Karen erspähte, die auf Zehenspitzen die Treppe herunterkamen. »Da kommen dreihundert Mann Elitetruppen aus dem Kaiserlichen Leibregiment.«

»Nicht feuern!« befahl sein Vater. »Wart erst ab, bis du das Gelb ihrer Haut und die Schlitze an ihren buddhaverliebten Augen siehst.«

Schließlich feuerten die Marines doch, wie im Delirium. Sie mähten die erste Welle der anstürmenden japanischen Infanterie um, und allenthalben auf dem Schlachtfeld ertönten die Todesschreie Bonsai, Kamikaze und Minolta. Der Strand färbte sich tiefrot bei dem Gemetzel. Die beiden Marines, beseelt vom Mut und der Weisheit des Westens, hatten die ersten Todesgefahren dieser Schlacht siegreich bestanden.

»Töten Sie diese gelben Hurensöhne, Sergeant!« brüllte der Colonel durchs Schlachtgetümmel.

»Das sind keine Muttertagskarten, die ich ihnen da schicke«, gab Ben eiskalt zurück und schob ein neues Magazin in seine Automatic.

»Verdammt, Sarge, da kommen noch mehr. Hunderte sind's!«

»Sieht finster aus für uns, was, Colonel?«

»Sarge, ich wollte Ihnen nur sagen... Ich habe nie zuvor an der Seite eines so tapferen Mannes gekämpft.«

»Ich danke Ihnen, Sir«, antwortete Ben. »Und ich habe nie zuvor in meinem Leben an der Seite eines so großen Quatschkopfs gekämpft...«

Bevor Bull antworten konnte, attackierten vom Flur her Karen und Matt. »Da kommen sie!« bellte Bull. »Eine gelbe Horde, verdammt. Sieht ganz nach einem Kampf Mann gegen Mann aus. Stecken Sie das Bajonett auf, Sergeant.«

Die Horde durchbrach die ersten Linien. Matt brüllte: »Simba Barracuda, Simba Barracuda!« und sprang Ben an die Gurgel, um nur Sekundenbruchteile später von Bull Meecham durch einen blitzschnellen Stich mit einem messingnen Kerzenständer außer Gefecht gesetzt zu werden. Karen hielt sich noch zurück und lauerte im Flur.

»Du bist tot, Matt-Jap«, erklärte Colonel Meecham.

»Bin ich nicht«, erwiderte Matt. »Du hast mich bloß verwundet. Simba Barracuda. M. Meecham lebt.« Er nahm den Besenstiel wieder auf die Schulter und feuerte eine ganze Serie von Panzerfaustraketen in Bulls Zwerchfell.

»Verwundet! Du hast meinen Hintern erwischt«, sagte Bull. »Ich schlitz' dir deinen verfluchten gelben Bauch auf!«

»Deinem Bierbauch macht die Bazooka wohl nichts aus, was...?«

Im Eifer des hitzigen Wortgefechts mit dem Feind mißachtete Colonel Meecham ein klassisches Prinzip der Kriegsführung: Er entblößte seine Flanke. Karen erkannte ihre Chance sofort. Eine Abflußpumpe aus dem Badezimmer schwingend, brach sie aus ihrer Deckung im Flur hervor, stürzte sich auf ihren Vater, der immer noch mit Matt über dessen weitere Kriegsverwendungsfähigkeit debattierte, und bohrte ihm die Waffe ins Hinterteil.

»Ich habe Daddy erledigt«, krähte sie triumphierend. »Ich hab' ihn in den Hintern gestochen!«

»Du hast mich bloß verwundet«, fauchte der Colonel wütend zurück.

»Dann hast du mich auch bloß verwundet«, sagte Matt.

»Du bist tot, Matt-Jap«, antwortete Bull, »und ich bin verwundet. Ein echter Marine fällt erst, wenn sein Herz nicht mehr schlägt.«

»Mein Herz schlägt noch.«

Ben saß auf dem Sofa und krümmte sich vor Lachen. »Karen ersticht den großen Santini mit einem Pumpfix!« wieherte er – eine leichte Beute für Karen, die nun auch ihn durchbohrte. Ben leistete keinerlei Widerstand.

»Halt's Maul und kämpfe, du Affe!« brüllte Bull ihn an.

Mit »Simba Barracuda!« rammte Matt seinem Vater den Besenstiel zwischen die Rippen.

Die Schlacht tobte weiter, bis Mrs. Meecham die Treppe herunterkam. Sie war unterwegs zur Küche.

»Einsatz!« rief der Colonel voller Begeisterung. »Ein Marine-Regiment rückt an, um uns zu befreien!«

»Das Feinste, was Amerika zu bieten hat!« rief Ben. »Und genau im richtigen Augenblick!« Sein Vater summte die Hymne des Marine Corps.

»Warum müssen wir immer die Japse spielen?« quengelte Matt.

»*Yeah*, nie dürfen wir Marines sein«, fügte Karen hinzu.

»Ganz einfach – ihr seid eben nichts anderes als eine stinkige Japsenhorde«, sagte Ben grinsend und piekste Karen mit dem Kerzenhalter.

»Wenn ich Japaner bin, bist du auch einer«, konstatierte Matt. »Weil du nämlich mein Bruder bist.«

»Keiner von euch ist ein Japs«, entschied Colonel Meecham. »Das sind alles nur Manöver. Und da muß halt jemand die Rolle des Feindes übernehmen. Wenn ihr älter seid, dürft ihr auch mal Marines spielen. Aber bis dahin müßt ihr erst noch beweisen, daß ihr dieser Rolle überhaupt würdig seid.«

»Simba Barracuda«, sagte Matt; es war seine Form der Zustimmung.

»Was soll dieser ›Simba Barracuda‹-Quark?« fragte der Colonel.

»Matt hat sich das angewöhnt, während du fort warst, Pops«, erläuterte Ben. »Er glaubt, es läßt den Feind erblassen.«

»Jedesmal, wenn ich mich mit wem haue, brüll' ich ›Simba Barracuda!‹, aber wie! Das wirkt immer.«

»Bei mir kannst du ›Simba Barracuda‹ brüllen, bis du schwarz wirst«, sagte Bull. »Mich läßt das kalt.«

»Für solche wie dich hab' ich 'ne andere Taktik. Aber die kommt erst zum Einsatz, wenn die Kacke richtig am Dampfen ist.«

»Und wie sieht sie aus, Sportsfreund?«

»Ich sage ganz cool zu dem Typen: ›He, Mann, wenn du mir komisch kommst, dann kriegst du's mit Angelo Delucci zu tun.‹«

»Wer ist das?«

»Niemand, Dad. Aber alle haben Schiß, wenn Big Matt Angelo Delucci erwähnt.«

»Kapier' ich nicht, Big Matt«, erwiderte Bull. »Was ist an so 'nem Itaker schon dran?«

»Die wissen, wie man jemanden um die Ecke bringt, Pops. Du hast da drüben in Europa wohl nicht *Die Unbestechlichen* gesehen.«

»So ein gequirlter Blödsinn! Haha, Angelo Delucci!«

»Simba Barracuda!«

In diesem Augenblick betrat Mary Anne den Manöverschauplatz. Aus ihrer Miene sprach abgrundtiefe Verachtung. »Ist der Krieg jetzt vorbei, ihr Spinner?«

»Hoho«, spottete ihr Vater. »Da kommt Miss Hängerkleid, schlecht gelaunt wie eh und je.«

»Wen hat's denn heute morgen erwischt?« fuhr Mary Anne fort, als hätte sie Bull nicht gehört. »Die Japse oder die Armleuchter?«

»Ihr Auftritt bitte – Miss America!« jubilierte Colonel Meecham.

»Dad«, sagte Mary Anne, »ich schreibe ein Buch über dich.«

»Gut«, gab ihr Vater zurück und folgte ihr in die Küche, »du hättest kein faszinierenderes Thema finden können.«

»Hier, hör mal, der erste Satz: ›Am 12. Dezember 1946 kam ich als Tochter eines Ungeheuers zur Welt.‹«

»Das gefällt mir. Eine treffende Schilderung meiner einzigartigen Persönlichkeit.«

»Deine Persönlichkeit kann man nicht schildern. Dazu ist die englische Sprache einfach nicht wortreich genug.«

»Recht hast du, Mary Anne. Ich bin unergründlich wie die Schlitzaugen. Und gerade deshalb hochinteressant für einen Literaten, ganz ohne Zweifel. Du kannst mein Boswell werden.«

»Oho, das überrascht mich aber, Dad«, sagte Mary Anne und rückte sich einen Stuhl zurecht. »Woher kennst du denn Boswell?«

»Dein alter Vater weiß 'ne ganze Menge.«

»... und versteht sich vortrefflich darauf, sein Licht unter den Scheffel zu stellen, nicht wahr, Bull?« flötete Lillian.

»Man reiche mir mein Frühstück«, sagte Bull. Dann trommelte er unvermittelt mit den Fäusten auf seine Brust und schrie: »Das bin ich, Santini! Der große Santini! Soldat des Schicksals. Das Ungeheuer von Ravenel. Der Priester des Todes. Und der verflucht beste Pilot im ganzen Marine Corps.«

»Wieviel Zucker möchte denn das Ungeheuer von Ravenel in seinen Kaffee haben?«

»Überhaupt keinen! Ich bin kein Süßer und ich will auch keiner werden!«

8

Es war der zweite Samstag der Familie in Ravenel. »Heute geht's rund!« verkündete Colonel Meecham den Seinen. »Gemeckert worden ist genug, und außerdem hat es an der nötigen Einsatzbereitschaft gefehlt. Das Leistungsniveau der Einheit ist weit unter ihr potentielles Maximum gerutscht.«

»Wir sind keine Einheit, sondern eine Familie, Süßer.«

Es war noch über eine Woche hin bis zur feierlichen Kommandoübergabe. Bis dahin gab es für Bull Meecham kaum etwas zu tun. Er war wie vergiftet von dem Übermaß an freier Zeit, was ihn in einen wahren Unruherausch versetzte. Er bebte vor Ungeduld am ganzen Leib und war kaum noch imstande, einen ruhigen Gedanken zu fassen. Schon als er am frühen Morgen erwacht war, erfüllte ihn das unstillbare Bedürfnis, Befehle zu brüllen und ihre sofortige, reibungslose Ausführung zu fordern. Wie eine Kartographin hatte Lillian seit ihrer Ankunft in Ravenel die Launen ihres Ehemanns beobachtet. Sie hatte eine instinktive Begabung für die rechtzeitige Entschärfung der Lunte, die in ihm brannte. Heute, so sagte ihr der Instinkt, ist Gefahr in Verzug. So hatte sie ihren Kindern schon kurz nach dem Aufstehen mit verschwörungsgeübter Stimme erste Warnungen zugeflüstert: »Seid heute besonders fleißig, verhaltet euch still und seht zu, daß ihr eurem Vater nicht in die Quere kommt.«

Bull war unfähig, sich zu entspannen. Er gehörte zu jenen Männern, in deren Adern das Blut zu schnell fließt und deren Gehirn im Dunkeln zu glühen scheint. Ihre Augen sind stets auf der Hut, und ihr Körper ist, selbst wenn sie sitzen oder schlafen, unablässig auf dem Sprung und in Bewegung. Nur in seiner Arbeit fand Bull Meecham Erlösung, und nur im Corps konnte diese manische Umtriebigkeit in sinnvolle Bahnen gelenkt werden. Er war ein Mann ohne Hobbys, sah man einmal von den seltenen Gelegenheiten ab, da er seinen Sohn Ben in dieser oder jener Sportart zum Zweikampf herausforderte. Er half weder im Garten noch bei der Hausarbeit, er wusch den Wagen nicht und putzte keine Schuhe, nichts von alledem. Seine einzige Pflicht im Haushalt sah er darin, Befehle zu erteilen und Frau und Kinder zu immer neuen Höchstleistungen anzutreiben. Und die Aufgaben, die er sich für sie ausdachte, unterlagen stets der höchsten Dringlichkeitsstufe.

»Hört zu, ihr Schweinchen«, sagte er zu seinen Kindern, die auf der Stelle ihre Gabeln auf die Teller sinken ließen, die Hände im Schoß falteten und sich mit unergründlichen Mienen in ihr Schicksal fügten. Der Meecham-Nachwuchs verstand sich hervorragend auf die Kunst, den Vater mit Blicken von verblüffender Harmlosigkeit anzustarren.

»Um Punkt elf Uhr wird euer kommandierender Offizier den ersten Samstagvormittag-Stubendurchgang durchführen. Sobald die Hymne des Marine Corps auf dem Rasen vor dem Haus eures Kommandanten erklingt, steht jeder einzelne von euch vor der Tür seines Zimmers stramm. Ihr *werdet* eure Zimmer aufräumen. Ihr *werdet* das Badezimmer säubern. Ihr *werdet* eurer Mutter in jeder Beziehung helfen. Ihr *werdet* die Fahne grüßen. Ihr *werdet* mir sofort danach Bericht erstatten. Ihr *werdet* freudig bei der Sache sein, bis jede Einzelheit zu meiner vollen Zufriedenheit erledigt ist. Ihr *werdet* mich sofort davon in Kenntnis setzen, falls einer – oder eine – von euch es wagt, meine Gutmütigkeit auszunutzen, und den Versuch unternimmt, sich aus der Verantwortung zu stehlen. Noch irgendwelche Fragen, ihr Schweinchen?«

Sie sahen ihn unverwandt aus leeren Augen an. Sie hatten keine Fragen. Mutters Warnungen waren noch zu frisch.

Bull wandte sich an Lillian. »Möchte mein Einsatzoffizier den Schweinchen noch etwas sagen?« fragte er mit ausgesuchter Höflichkeit.

Lillian legte ihre Schürze ab, ging zum Tisch, hieb mit der Faust auf die Platte und fing an, ihren Gatten zu imitieren: »Ja, ich habe den Schweinchen noch einiges mitzuteilen. Erstens und vor allem: Ihr *werdet*. Zweitens: Ihr *werdet*. Drittens: Ihr *werdet*. Sobald ihr diese letztgenannte Aufgabe erfüllt habt, *werdet* ihr, *werdet* ihr, *werdet* ihr!«

Karen kicherte; es klang wie eine Handvoll Münzen, die man in die

Luft geworfen hat. Plötzlich lachten sie alle – Bull allerdings weniger herzhaft als die anderen. Dann hatte er schnell wieder Oberwasser.

»Okay, ihr Schweinchen, der Einsatzoffizier hat gesprochen, und ihr habt euern Lacher gehabt. Jetzt rauf mit euch in die Zimmer und aufgeräumt! Und zwar hurtig. Punkt elf erscheint Santini zur Inspektion. Danach kommt ihr wieder runter und helft eurer Mutter.«

»Was tust *du* eigentlich, Dad?« fragte Matt.

»Ich bin der Boß hier und habe über mein Tun und Lassen keine Rechenschaft abzulegen, verstanden, Mister?«

»Ich wette, du tust gar nichts«, platzte Matt heraus, ohne Lillians Warnsignale wahrzunehmen.

»Nein«, erwiderte Bull, »das ist nicht ganz richtig. Ich bin durchaus imstande, etwas zu tun, was vielleicht gar nicht mal so uninteressant ist für dich, mein Sohn. Wenn ihr nämlich nicht auf der Stelle nach oben verschwindet, könnte ich Gefallen daran finden, euch eure Visagen einzuschlagen.«

»Ich hab' meinen Toast noch nicht aufgegessen«, beschwerte sich Karen.

»Dazu hast du später auch noch Zeit. In Kürze ist Inspektion. Wir werden blitzsauber dastehen, wenn der General die Front abschreitet.«

Als die Kinder mucksmäuschenstill die Küche verlassen hatten, sprach Lillian Meecham in besänftigendem, flehentlichem Ton auf ihren Ehemann ein. »Bull, du steigerst dich wieder in etwas hinein, ich sehe es kommen, ganz nach Fahrplan. Du bist wegen dieser Staffel nervös und zappelig, als hättest du Hummeln im Hintern. Ich möchte bloß verhindern, daß du deine Unruhe an den Kindern ausläßt. Seit deiner Rückkehr bist du so lieb und gut – ich bin wirklich stolz auf dich. Du hast es bisher hervorragend verstanden, dein Temperament zu zügeln. Und du trinkst auch nicht mehr so viel.«

»Ich bin nicht nervös«, sagte Bull.

»Liebling, du hast die Persönlichkeit eines Preßlufthammers. Selbst leblose Materie kriegt bei deinem Anblick Herzklopfen. Bitte entspann dich doch ein wenig.«

»Ich bin entspannt. Ich bin total entspannt. Was soll ich denn tun? Ein Buch schreiben?« Bull langte nach einer Scheibe Speck.

Er verzehrte sein Frühstück in gewohnter Manier. Eine zweite Scheibe Speck wurde verstümmelt und mit der Gier eines Fleischfressers heruntergeschlungen. Bevor er die Spiegeleier auch nur eines Blickes würdigte, leerte er in einem Zug die Kaffeetasse. Dann erst kamen die Eier an die Reihe. Bull Meecham schnitt ringsum das Eiweiß ab, fuhr mit dem Löffel unter den zarten, zitternden Dottersack und expedierte auf diese Weise erst den einen, dann den anderen in seinen Mund. Den Maisbrei ließ er, einer uralten Gewohnheit in seiner neunzehnjährigen Ehe folgend, unberührt auf dem Teller und tat damit wortlos, aber unmißverständlich kund, daß die Südstaaten, in die er hineingeheiratet hatte, ihn nicht assimilieren konnten. Sämtliche Totems seiner unveränderlichen Abneigung gegen alles, was aus dem Süden kam, hätten sich in Säulen aus hartgewordenem Maisbrei meißeln lassen. Vom Tage ihrer Eheschließung an war es Ehrensache zwischen den beiden, daß Lillian Maisbrei servierte und Bull sich weigerte, ihn zu essen. Was als Alberei begonnen hatte, war längst zur rigorosen Zeremonie geworden, hinter der sich nicht nur heimliche Rivalität verbarg, sondern eine noch wesentlich tiefere, nahezu mythische Kluft, die keiner von beiden überwinden konnte.

»Ich stell' dir eines Tages einen Teller Maisbrei mit ins Grab«, hatte sie einmal zu ihm gesagt und über die Vorstellung gelacht.

»Dann begrab mich ja nicht lebendig«, hatte er geantwortet.

»Du bist ein furchtbarer Yankee, Bull. So viele Jahre lang lebst du jetzt schon im Süden, und noch immer hat der Süden nicht auf dich abgefärbt. Die Vornehmheit, die Würde ... keine Spur.«

»Ich mag Maisbrei nur, wenn er auf eine ganz bestimmte Weise zubereitet ist. Ich hab' das übrigens von 'nem alteingesessenen Südstaatler ...«

»Und das wäre?«

»Also erst mal schmeißt du den Mais in einen Pott und bringst ihn zum Kochen. Dann gehst du den Highway entlang, bis du 'n paar Ballen Pferdekacke findest – oder ›Straßenäpfel‹, wie ihr kultivierten Südler das nennt. Du sammelst die Dinger ein, trägst sie nach Hause und wirfst sie in den Pott mit dem Mais. Dann läßt du den Eintopf fünfzehn Minuten lang kochen – nicht mehr und nicht weniger. Wenn's dann soweit ist, schüttest du den Maiskram ab und frißt die Straßenäpfel.«

Nachdem er die beiden Eidotter unzerkaut heruntergeschlungen hatte, häufte Bull eine üppige Portion Orangenmarmelade auf zwei Scheiben Toast und verspeiste dieselben ebenso geräuschvoll wie genießerisch.

»Liebling«, sagte Lillian, »habe ich dir eigentlich jemals gesagt, daß du wie ein Schwein ißt?«

Bull sah auf und antwortete mit orangefarbenen Zähnen: »*Yeah*, ich hab' diese Meckerei schon so an die zehntausend Mal gehört.«

»Du kaust noch immer mit offenem Mund. Wenn du's je zum General bringen willst, wirst du dir auf jeden Fall anständige Tischmanieren angewöhnen müssen.«

»Ein guter Grund dafür, nicht General zu werden.«

»*Ich* wäre ganz gerne die Frau eines Generals.«

»Wird wohl nichts draus werden.«

»Nichts ist unmöglich.«

»Daß ich's zum General bringe, schon.«

»Mach jetzt den Mund zu!« befahl Lillian. »Dir beim Essen zuzuschauen, macht mich noch ganz krank.«

Bull lehnte sich weit zurück und rülpste ausgiebig; es klang wie ein tiefer Ton aus einer alten Tuba. Als die erwartete Zurechtweisung ausblieb, verzog er noch einmal das Gesicht, ließ seine Halsmuskeln spielen und brachte einen zweiten noch lauteren Rülpser hervor, eine Oktave höher diesmal und melodischer, wie eine Würdigung des soeben vollendeten Mahls. Er sah seine Frau zusammenzucken, und wie immer, wenn sie zusammenzuckte, schien ihr ganzer Körper davon in Mitleidenschaft gezogen zu werden. Sie sah von der Spüle auf, in der sie gerade das Geschirr abwusch, und ihr Blick fiel auf den Fluß, auf dem sich eine ganze Armada kleiner, schief dem jenseitigen Ufer zugeneigter Segelboote tummelte. Sie jagten alle auf die Brücke zu, die nicht mehr in Lillians Blickfeld lag. Es war ein strahlend heller Tag, das Wasser schimmerte grün, und es blies ein kräftiger Wind. Auf einmal füllte sich das ganze Küchenfenster mit den Booten der September-Regatta. Lillian war es, als betrachte sie ein Gemälde, das sich ständig vor ihren Augen veränderte.

»Die Segelboote sind so schön, Bull. Und der Fluß sieht aus, als wäre er voller weißer Schmetterlinge. Das ist eine Wettfahrt.«

Bull erhob sich und ging zum Fenster.

»Du meinst, da ist ein Rennen im Gange?« fragte er nach.

»Ja, natürlich. Während meiner High-School-Zeit war ich auch oft beim Segeln. Genauer gesagt, meine Freunde haben mich oft zum Segeln mitgenommen.«

»Hey«, sagte Bull, »da gibt's also doch einen Sport, für den du dich begeistern kannst. Segelregatten. Mensch, schau sie dir nur an. Mein Blut kocht ja schon vor Aufregung. Ich bin ein wahres Nervenbündel, so brennend interessiert mich der Ausgang dieses Rennens.«

»Du bist ein solcher Bauer«, sagte Lillian und wandte sich wieder ihrem Geschirr zu.

»Ja! Ja! Ja!« sagte Bull, schnappte sich die Morgenzeitung und verschwand Richtung Wohnzimmer. »Kümmer du dich nur um dein Geschirr!«

Wann immer Bull einen Raum verließ, befiel ihn reflexartig das Bedürfnis, einen Befehl zu hinterlassen. Es war, so glaubte er, ein wirkungsvoller Abgang für einen Offizier. Man mußte die Truppe auf Trab halten. Egal, wo er sich befand – Bull Meecham hinterließ grundsätzlich einen ganzen Rattenschwanz von Anweisungen.

Er saß jetzt in seinem Lieblingssessel und widmete seine Aufmerksamkeit der Lokalzeitung, der in Charleston verlegten *News and Courier*. Er hatte bereits mitbekommen, daß die Einheimischen das Blatt spöttisch als *Newsless Courier* bezeichneten, und sich diese verhunzte Fassung sofort zu eigen gemacht. Morgen für Morgen begleitete er die Zeitungslektüre mit unendlichen Tiraden; Lillian in der Küche hörte sie, und die Kinder oben im ersten Stock hörten sie auch.

»Hey, du Mistblatt, wo sind denn nun die Ergebnisse, he? Ach ja, hier, auf der Frauenseite, wie immer... Na los, White Sox, nun zeigt mal, was ihr könnt. Landis, wann verreckst du endlich, damit sich die Sox 'n besseren Mann fürs Mittelfeld holen können..? Ted, noch einmal, ja? Attaboy, Thumper, sagt ihnen, daß ihr zwei auch mit Bull Meecham geflogen seid. Killebrew bohrt schon wieder in der Nase...«

Nach intensivem Studium des Sportteils – er kannte jetzt den Spielverlauf, den Tabellenstand und die Leistungen der einzelnen Spieler aus dem Effeff – wandte er sich widerstrebend und voller Ingrimm der ersten Seite zu. Er hatte keinerlei Einfluß auf die Nachrichten, die dort standen; sie waren daher für einen Mann wie ihn, der das Leben am liebsten in symmetrische Quadranten und leicht zugängliche Randzonen aufgeteilt hätte, ein steter Quell der Entrüstung. Mit kampfbereitem Finger pochte er auf ein Foto Fidel Castros. »Schwules Bartgesicht, du, am liebsten würde ich dich mit 'ner *F-8* die Hauptstraße von Havanna runterjagen und dir Rauchringe um den Arsch blasen. Au weh, und dieser McNamara... Reduziert das Pentagon-Budget. Unfaßbar, daß mein Mann, daß Kennedy McNamara zum Verteidigungsminister machen konnte. Die Russen werden uns mit allem, was sie haben, angreifen, und wir schmeißen mit Steinen nach ihnen, weil McNamara so bescheiden war... De Gaulle...« – er sprach den Namen aus, als verursache es ihm physische Schmerzen –, »Herr im Himmel, wie konntest du nur so viele Idioten gleichzeitig auf die Welt loslassen?«

»Amen!« rief Lillian aus der Küche.

»Amen!« erscholl es auch von oben; er erkannte Mary Annes Stimme.

»An die Arbeit, Mary Anne!« brüllte er hinauf.

In diesem Augenblick klopfte es zaghaft an die Eingangstür. Bull erhob sich und öffnete. Vor ihm stand eine aristokratisch wirkende Dame mit blauen Haaren, sehr klein, elegant und alt. Auf den ersten Blick sah sie aus, als sei sie aus unterschiedlichen blauen und weißen Farbschattierungen zusammengesetzt. In einem ihrer dünnen Arme, an denen sich die Venen wie an einem Basrelief abzeichneten, trug die Dame einen Korb, im anderen eine braune Papiertüte.

»Guten Morgen, Sir«, tschilpte die Frau mit einer Stimme, die Bull an eine kleine ausgestorbene Vogelart erinnerte. »Ich wohne zwei Häuser weiter in dem alten Herrenhaus. Es ist ein unverzeihliches Versäumnis von mir, daß ich mich nicht schon früher bei Ihnen vorgestellt habe, doch war mein Doktor vergangene Woche der Meinung, ich läge im Sterben.«

»Das ist keine Entschuldigung«, sagte Bull.

»Das ist mir in der Tat bewußt, Sir, und ich könnte vor Scham im Boden versinken. Aber wie dem auch sei, ich habe Ihnen ein kleines Geschenk mitgebracht, um den Schaden wiedergutzumachen.« Die Dame überreichte Bull die Papiertüte.

Bull warf einen alles andere als zuversichtlichen Blick hinein, hielt einen Augenblick inne und sagte dann: »Madam, nichts mag ich lieber als Zucchini!«

»Das freut mich zu hören, Sir. Wenn ich mal wieder bei Ihnen vorbeischaue, werde ich Ihnen welche mitbringen, ich gebe Ihnen mein Wort darauf. Aber was Sie da in der Hand halten, ist Okra.«

Bull warf den Kopf zurück, lachte und bat die Dame, näherzutreten. »Kommen Sie herein und bleiben Sie ein wenig«, sagte er in übertriebenem Südstaaten-Akzent.

»Ich dachte schon, Sie wollten mich hier draußen stehenlassen. Diese Hitze ist ja mörderisch. Übrigens, Sir, mein Name ist Earline Grantham. Mit wem habe ich die Ehre?«

»Man nennt mich Bull Meecham, Madam. Ich bin Colonel draußen auf dem Stützpunkt.«

»Ja, ich hörte bereits, daß hier eine Militärfamilie eingezogen ist. Solche Dinge sprechen sich in dieser Nachbarschaft schnell herum. So sind Sie also ein Offizier bei den Marines, Mr. Bull?«

»Kampfpilot, Madam. Der beste im ganzen Corps. Wie war doch Ihr Name, Madam? Ich habe ihn vorhin nicht ganz mitgekriegt.«

»Mrs. Earline Grantham.«

»Earline, so, so.« Bull grinste. »Diese Namen hier im Süden amüsieren mich immer wieder. Earline, ja? Klingt, als ob man damit die Kurbelwelle ölen könnte.«

Mrs. Grantham hatte inzwischen ihr Strickzeug aus dem Korb geholt, und das Klickklack der Nadeln untermalte das Gespräch. »Earline war der Name meiner Großmutter, Sir«, antwortete die alte Dame. »Ist Bull ein traditioneller Name in Ihrer Familie?«

»Gut! Sehr gut, Earline, alte Kameradin, Sie sind okay ...« Und in Richtung Küche rief er: »Hey, Lillian, komm her und lern meine neue Freundin kennen!«

»Eine Sekunde, Schatz. Ich will mir gerade noch die Hände abtrocknen.«

»Mein Großvater war Offizier, Colonel. Major. Er starb für General Gray bei Antietam.«

»Vielleicht durch eine Kugel meines Großvaters. Im Ernst...«

»Dann hat Ihr Urgroßvater mutmaßlich auf seiten der Union gekämpft.«

»Auf seiten des Siegers, ja. Ihren Herrn Großvater hat es mutmaßlich auf seiten der Verlierer erwischt.«

»Mein Großvater starb einen ehrenvollen Tod. Er fiel im Kampf für eine Sache, von der er im tiefsten Grunde seines Herzens überzeugt war.«

»Mein Uropa wurde eingezogen.«

»Wo stammen Sie denn her, Colonel?«

»Windy City, USA. Aus dem größten Schweinchenschlachthof der Welt. Shy-cago, Illinois.«

Mrs. Grantham nickte. »Ja, das halte ich für sehr gut möglich.«

»Ich seh' mal nach, wo meine Frau bleibt, Early. Ich habe während des Krieges 'ne Südstaatlerin geheiratet. Auch sie hat 'n Urgroßvater, der auf seiten der Verlierer kämpfte und seinen Hintern auf der Walstatt zurückließ. Ihr zwei habt euch sicher 'ne Menge zu erzählen.«

Aber Lillian war bereits unterwegs. Sanft schloß sie die Tür zum Eßzimmer hinter sich, flog an ihrem Ehemann vorbei, ergriff mit ebenso vollendet wie natürlich wirkender Gestik Mrs. Granthams Hand und stellte sich vor. »Hallo, ich bin Lillian Meecham. Wie reizend, Sie kennenzulernen.«

»Mein Gott, wie schön Sie sind, mein Kind. Sie erinnern mich an mich selbst – in meiner Jugend.«

»Hast du das gehört, Liebling?« sagte sie, an Bull gewandt. »Das ist doch ein entzückendes Kompliment, nicht wahr? Dabei bin ich überhaupt nicht hübsch. Ich habe lediglich die ausgeprägten Züge meiner Mutter geerbt und verstehe ein bißchen was von Make-up.«

»Weißt du, Schatz, ich kenne Frauen, die sind wahrhaftige Make-up-Künstlerinnen und trotzdem häßlich wie die Nacht.«

»Wie reizend du das sagst.«

»Mein Name ist Earline Grantham, Lillian. Ich sagte diesem merkwürdigen Herrn hier mit dem Tiernamen... sagte Ihrem Gatten bereits, daß ich in dem alten Herrenhaus dort unten wohne, gleich beim

Landungssteg. Ich litt ein wenig unter dem Wetter, sonst wäre ich schon längst einmal vorbeigekommen. Ich habe Ihnen etwas mitgebracht, zum Einstand gewissermaßen ...« Sie reichte Lillian die Papiertüte, die Bull inzwischen auf den Tisch gelegt hatte.

»Oh, wie lieb, Okra! Das ist ja unser Leibgericht – gebraten, gekocht, gebacken oder roh. Wir könnten uns wirklich ganz und gar von Okra ernähren.«

»Ich hielt das erst für Kürbisse«, sagte Bull.

»Liebling, mußt du jetzt nicht die Kinderzimmer inspizieren? Sieh du da oben nach dem Rechten. Wir Frauen plaudern hier unten noch ein wenig.«

»Natürlich. Es war nett, Sie kennenzulernen, Early.«

»Ganz meinerseits, Sir.«

»Kommen Sie wieder, wann Sie wollen«, fuhr er fort und wandte sich zum Gehen. »Die alte Meecham-Villa steht immer für Sie offen.«

Er stapfte die Treppe hinauf. Der bärenhaft-schwere Gang diente den Kindern zur Warnung.

Im Schlafzimmer legte der Colonel seinen Drillich an, schnürte die Kampfstiefel, entnahm der obersten Kommodenschublade ein Paar blütenweißer Handschuhe, zog seinen Gürtel stramm und entdeckte schließlich in einem Schrankfach sein Offiziersstöckchen. Bevor er das Zimmer verließ, stellte er den Plattenspieler an, der unter seinem Nachttischchen stand, und setzte den Saphir auf die einzige Schallplatte, die weit und breit sichtbar war. Als die ersten Klänge der Marine-Corps-Hymne durch Zimmer und Flur hallten, brüllte er:

»Achtung! Auf die Posten! Sofort! Das ist ein Befehl. Ich wiederhole: Alle Mann auf ihren Posten!«

Ben packte einen Stapel Kleidungsstücke, stopfte sie unter die Matratze und versuchte mit den Händen, die entstandenen Unebenheiten auf dem Bett auszugleichen. Er zog das Laken gerade, bis es sich spannte wie ein Trommelfell. Noch ein rascher, kritischer Blick durchs Zimmer, dann riß er die Tür auf, nahm Habachtstellung ein und erwartete so das Kommen seines Vaters. Als der Chor der handfesten Tenöre bei *proud to bear the title* angekommen war, marschierte Colonel Meecham im Zimmer seines Sohnes ein. Das Offiziersstäbchen schlug den Takt, einen gleichmäßigen, unheilschwangeren Rhythmus, der etwas geradezu Gefräßiges hatte.

Der Colonel musterte die Haltung seines Sohnes mit einem Blick, in dem abgrundtiefer Haß auf jeden Anflug von Schlaffheit und Abscheu vor jedem Staubkorn lag. Haltung und Sauberkeit hieß die Parole, wenn Colonel Meecham eine Besichtigung durchführte.

»Die Schultern zurück!« bellte er. »Bauch rein! Augen geradeaus! Sieh mich nicht an, Boy, wenn du nicht gerade ein Rendezvous mit mir verabreden willst. Rücken gerade! Kopf zurück! Verdammt noch mal, du hast'ne Menge verlernt in den letzten zwölf Monaten.«

Er wandte sich von Ben ab und schritt auf den Schreibtisch zu. Seine herablassende Miene verriet, daß es ihn Überwindung kostete; es war, als habe er die lästige Pflicht, einer vom Aussterben bedrohten Tierart den Rest zu geben. Mit dem behandschuhten Zeigefinger fuhr er über die Schreibtischplatte und inspizierte daraufhin die Fingerspitze. Sie war so weiß wie zuvor. Nun zog er den rechten Handschuh aus und fingerte eine Vierteldollarmünze aus der Tasche seines Drillichs. Es war ein funkelndes, neues Stück aus dem kleinen Haufen Wechselgeld auf der Anrichte, speziell dazu ausgewählt, die Spannung der Laken und Decken auf dem Bett und somit die Qualität des Bettenmachens zu testen. Nie hatte Ben erlebt, daß sein Vater bei dieser Zeremonie eine glanzlose Münze benutzte. Bull flippte den Vierteldollar jetzt hoch in die Luft und beobachtete, wie er aufs Bett fiel: Es war nicht mehr als ein blut- und seelenloser Hüpfer.

»Dies Bett nennen Sie gemacht, Soldat?«

»*Yes, Sir*«, antwortete Ben.

»Gemacht?« brüllte Bull.

»*No, Sir.*«

»Also nicht gemacht?«

»Ich meine – ja, Sir.«

»Sie haben gar nichts zu meinen, Schweinchen. Bei der nächsten Inspektion springt die Münze mir ins Auge und blendet mich, verstanden?«

»*Yes, Sir.*«

Nun wandte Bull seine Aufmerksamkeit dem Kleiderschrank zu und überprüfte Schuhe, Bügel und Fächer.

»Der Mantel gehört ganz nach links, gefolgt von den Hemden und den Hosen. Nicht umgekehrt.« Er öffnete die Schublade. »Unterwäsche und Socken einfach reingepfeffert! Hier herrscht ja nicht die geringste Ordnung.« Socken und Unterwäsche flogen auf den Boden.

»Jetzt wollen wir mal sehen, wie es um Ihre militärtechnischen Kenntnisse bestellt ist«, fuhr Bull fort und pflanzte sich vor seinem Sohn auf. »Nennen Sie mir alle Flugzeugtypen, mit denen ich im Marine Corps schon geflogen bin.«

»Ich glaube, ich kann mich nicht an alle erinnern, Sir.«

»Ich hab' Sie nicht nach Ihrem Glauben gefragt, sondern Ihnen eine Frage gestellt, Sportsfreund.«

Ben hielt den Blick eisern auf seinen Fixpunkt gerichtet, das Kruzifix an der gegenüberliegenden Wand. Mit unsicherer Stimme begann er dann, die Flugzeuge aufzuzählen. Er dachte nicht an bestimmte Maschinen, sondern leierte Typ um Typ aus dem Gedächtnis herunter, wie sie ihm gerade einfielen.

»Sie haben zwei vergessen«, sagte Bull, »aber das waren Ausbildungsmaschinen, nicht ganz so wichtig.« Er wandte sich ab und musterte das Kruzifix. »Zwei Minuspunkte hier. Jesus hat Fußkäse.« Der Colonel brüllte vor Lachen; es hallte durchs ganze Haus. Wieder stolzierte er durchs Zimmer. Das Offiziersstöckchen richtete sich auf ein Buch, das auf dem Schreibtisch lag.

»Herschauen! Ist das ein Pornoroman?«

»Wie bitte, Sir?« fragte Ben und errötete tief.

»Ob das ein Porno ist? Ein Buch, mit dem Sie sich einen runterholen?«

»*No, Sir.* Das ist *Anna Karenina.* Ein russischer Roman. Wir haben ihn von Mom, Mary Anne und ich. Sie hat ihn uns empfohlen.«

»Richtig! Ein russischer Roman. Ich wollte nur Ihre Aufmerksamkeit testen. Glotzen Sie mich nicht so an, Mister – Augen geradeaus! Oder wollen Sie mit mir knutschen?«

»*No, Sir.*«

»Gut. Zurück zum Thema. Diese Romane, die eure Mutter euch empfiehlt, sind totale Zeitverschwendung. Sie haben keinerlei Bezug zur Realität und nichts Handfestes zu bieten. Sie bringen euch nicht weiter. Es mag dir komisch vorkommen, Sohn, aber weißt du, was das beste Buch ist, das ich je gelesen habe?«

»*No, Sir.*«

Bens Vater hielt inne und sah sich um; es war, als wolle er diese unschätzbare Information nicht in die falschen Hände fallen lassen. Schließlich sagte er: »Der Baltimore-Katechismus. Er beantwortet alle Fragen. Er ist sauber, kurz und bündig und geilt dich nicht auf. Diese Romane, die ihr zwei dauernd lest, sind hochgradiger Mist. Ihr solltet euch auf Klassiker wie den Baltimore-Katechismus konzentrieren.«

Bull Meecham machte eine Rechtswendung, marschierte zur Tür und strich mit dem Finger über den Rahmen. Der Finger war schwarz vor Dreck.

Wahrscheinlich fährt er mir noch mit'm Finger in den Hintern, um festzustellen, daß mein Rektum sauber ist, dachte Ben und wünschte einmal mehr, er hätte den Mut, seine Gedanken auch auszusprechen. Er wußte jedoch, daß ein komplizierter Selbstschutzmechanismus die

Dämonen in seinem Inneren daran hinderte, ihre oftmals recht gescheiten, aber auch schicksalsträchtigen Geistesblitze in Worte zu fassen.

Colonel Meecham stand wieder unmittelbar vor seinem Sohn. Ungläubigkeit zeichnete sein Gesicht; es war, als sei der Dreck am Türrahmen ein untrüglicher Hinweis darauf, daß alle Systeme versagt hatten und die Seele der Armee von einer tödlichen Krankheit befallen worden war. Volle zehn Sekunden verharrte Bull in dieser Position und starrte seinen Finger an, als entwickle sich auf dessen schmutzgeschändeter Kuppe vor seinen Augen ein Stigma.

»Ich glaube das nicht, Schweinchen, ich glaube das einfach nicht. Sag mir, das ist kein Dreck, Schweinchen...« Er hielt Ben den Finger vor die Augen. »Los, los, sag mir, das ist kein Dreck!«

»Das ist kein Dreck, Sir!« antwortete Ben.

»So? Und was ist es dann, Soldat?«

»Es ist Blut, Sir.«

»Blut?« wiederholte sein Vater. Eine Respektlosigkeit witternd, straffte sich sein Körper. »Wagen Sie es nicht, mich zum Narren zu halten...«

»Sir, gestern befand sich hier in diesem Zimmer ein Pilot der Navy. Ich bekam zufällig mit, wie er sagte: ›Colonel Meecham vom United States Marine Corps ist der allergrößte Hundsfott, der in diesem Lande Uniform trägt.‹«

Der Colonel starrte seinen Sohn an, hin- und hergerissen zwischen Ungläubigkeit und Wut. »Und was hast du darauf geantwortet, Schweinchen?«

»Gar nichts, Sir. Ich hab' ihm sofort in die Fresse geschlagen.«

»Recht so. Guter Mann. Sie haben die Inspektion mit fliegenden Fahnen bestanden.«

★

Colonel Meecham hatte die Besichtigung der anderen Zimmer gerade abgeschlossen, als Mary Anne zu Ben ins Zimmer kam. In melodramatischer Übertreibung hielt sie sich den Bauch. »Du hast nichts dagegen, wenn ich dir deine Bude vollkotze, oder?« fragte sie.

»Hör zu, Mary Anne«, antwortete Ben. »Ich habe für das kommende Jahr nur ein Ziel: Ich will überleben. Und ich will das schaffen, ohne daß er mit mir als Mop den Boden aufwischt. Solange es mir erspart bleibt, Abend für Abend von ihm niedergeschlagen zu werden, spiele ich diese kleinen Spielchen alle mit. Nach der Vorstellung heute morgen habe ich den Eindruck, daß du diese Lektion erst noch lernen mußt.«

»Er hat bloß gebrüllt, nicht geschlagen. Ich halte seine Spielchen leider nur für entsetzlich ennuyierend.«

»Was heißt das – ›ennuyierend‹?« fragte Ben.

»Du bist ein armer Trottel, Bruderherz. Durch das lange Basketballtraining leidest du an Gehirnschwund. Meine intellektuelle Brillanz wächst ins Unermeßliche, während du allenfalls deine Hakenwürfe verbesserst. Wenn ich in Stockholm meine Nobelpreisrede halte, Benny-Bär, dann darfst du hinter mir stehen und ein paar Hakenwürfe vorexerzieren.«

»Was heißt denn jetzt ›ennuyierend‹?«

»Schlag's nach. Ich bin bei den Vorbereitungen auf meine große literarische Karriere auf dieses Wort gestoßen. Du brauchst nur in meine Fußstapfen zu treten.«

»Nee, da gibt's einfachere Methoden«, sagte Ben. Er packte Mary Anne und warf sie aufs Bett. »Entweder du sagst es mir, oder ich hocke für den Rest des Tages auf deiner Birne.« Mit den Knien preßte er Mary Anne die Arme auf die Matratze, dann nahm er ihr behutsam die Brille ab. »Meine Güte, da ist mehr Glas drin als im Teleskop auf dem Mount Palomar.«

»Wenn du mich nicht sofort losläßt, spuck' ich dir ins Gesicht.«

»Du brauchst deinem Lieblingsbruder nur zu sagen, was ›ennuyierend‹ heißt.«

»Ich formuliere es in einem Satz, du Trampeltier. ›Ben Pickelfresse Meecham benimmt sich oft ennuyierend, wenn er seine charmante Schwester zwingen will, ihm ein Wort zu erklären.‹«

»Das reicht mir nicht, charmante Schwester.«

Mary Anne sah zur offenstehenden Tür hinaus, lächelte ihren Bruder lieb an und kreischte plötzlich: »He, Mama, Ben will mich bumsen!«

Ben hielt ihr den Mund zu und lauschte auf rachsüchtig dröhnende Schritte auf der Treppe. Als er sich wieder umdrehte, kicherte Mary Anne unter seiner Hand.

»Sag mal, willst du, daß ich ermordet werde, Mary Anne?«

»Na ja, so'n bißchen pervers ist das ja schon mit dir da auf mir drauf. Mir ist speiübel.«

»Was? Bloß, weil ich auf dir draufsitze?«

»Nein, Ben, ich mußte nur gerade an die Worte eines bedeutenden Mannes denken. ›Gar nichts hab' ich geantwortet, Sir. Ich hab' ihm sofort in die Fresse geschlagen.‹«

»Ich spiele halt mit. Du siehst ja, daß ich diesmal ohne gebrochene Knochen davongekommen bin.«

»Er erwischt dich schon noch«, sagte seine Schwester. »Er erwischt dich immer.«

★

Als Bull die Treppe herunterkam, stand Lillian im Portal des Hauses und verabschiedete sich von Earline Grantham. Earlines Abgang war nicht ohne eine gewisse Eleganz, und wer ihr dabei zusah, mußte den Eindruck gewinnen, daß sie sich immer mit Eleganz und Symmetrie verabschiedete.

Lillian sprach gerade. »Wenn Sie das Mädchen am Montag vorbeischicken könnten, wäre ich Ihnen sehr dankbar, Earline.«

»Sie ist wunderbar. Sie arbeitet hart, trinkt nicht und ist so ehrlich, wie ein Sommertag lang ist.«

»Und Sie meinen wirklich, daß sie kommt?«

»Sie wird kommen. *Good-bye,* Colonel. Es war mir ein Vergnügen.«

»Wir sehen uns wieder, nicht wahr?« rief Bull ihr nach. Er äffte ihre Aussprache nach, doch genügte ein strafender Blick Lillians, um ihn zum Schweigen zu bringen. »Ich habe ein Hausmädchen engagiert«, sagte sie. »Die Frau eines Staffelkommandanten kommt ohne Hausmädchen nicht aus.«

Aber Bull hörte ihr nicht mehr zu. Er stand am Rand der Veranda und starrte auf die baufällige Garage neben dem Haus. Zwar hatte ihn die Inspektionstour davor bewahrt, in Raserei zu verfallen, doch lastete noch immer der albdruckhafte freie Samstag auf ihm, das gähnende Nichts des Ruhetags, der noch nicht zu Ende war. Seine Welt lag brach, und die Dämonen in ihm, kaum zu bändigende Flaschengeister, spielten ihm übel mit. Er rief Lillian; er wolle ihr etwas zeigen.

»Dein stinkfauler Sohn hat den Basketballkorb noch nicht aufgehängt. Sag ihm, er soll sich sputen, sonst kriegt er was aufs Haupt.«

Lillian, die ihre eigenen Strategien verfolgte und sich dabei ausschließlich auf ihren Instinkt verließ, ignorierte die Beschwerde ihres Ehemanns. »Die Frau eines Staffelkommandanten kommt ohne Hausmädchen nicht aus.«

9

Am darauffolgenden Montag erschien eine Stunde nach Einbruch der Morgendämmerung eine rundliche, kräftige Frau auf dem Anwesen der Meechams und wartete an der Treppe zum Hintereingang auf die ersten Lebenszeichen im schlafenden Haus. Kaum größer als einsfünfzig, hatte sie auffallend muskulöse Oberarme mit dicken, knotigen Bizeps; die Unterarme waren von harten Sehnen und hervorstehenden Adern gezeichnet. Der Gesamteindruck erinnerte an einen aus seiner gewohnten Umgebung gerissenen bebrillten Sumo-Ringer. Ihre Haut war vom dunklen Ebenholzton der Flachland-Schwarzen. Reglos saß sie auf der Treppe und betrachtete den Fluß. Ihr Ausdruck war ruhig und unergründlich. Die Falten in ihrem Gesicht lagen in jenen Regionen, in denen gemeinhin der Kummer seine Spuren hinterläßt.

Die Frau saß noch immer auf der Treppe, als Bull Meecham zur Hintertür hinausstürmte. Er wollte zum Stützpunkt, um weitere Informationen über die Staffel zu erhalten, die er in Kürze kommandieren sollte. Er hielt inne, bevor er die erste Treppenstufe betrat, und starrte den dunklen Buddha an, der ihm den Weg versperrte. Mit keiner anderen sozialen Gruppe Amerikas hatte Bull Meecham derartige Schwierigkeiten schon bei der kleinsten Anrede wie mit Schwarzen aus den Südstaaten. Er wußte einfach nicht, was er zu diesen Menschen, die für ihn so mysteriös waren wie Kinder, sagen sollte. Da ihm in ihrer Gegenwart grundsätzlich nichts einfiel, verlegte er sich regelmäßig auf die vertraute großsprecherische Selbstbeweihräucherung.

»Platz da für einen Kampfpiloten!« tönte er.

Die Frau drehte sich um und sah Colonel Meecham an. »Was mein' Sie, Käpt'n?« frage sie.

»Ich bin der große Santini«, sagte Bull, schlug sich mit der Faust auf die Brust und lächelte unsicher. Er wußte, daß er sich wie ein Idiot benahm, sah aber in diesem Stadium des Gesprächs keine Möglichkeit zu einem geordneten Rückzug.

»Ich hab' noch nie für 'ne Italienerfamilie gearbeitet.«

»Sehe ich aus wie ein Italiener, Madam?«

Die Frau musterte ihn aus kohlschwarzen, tiefliegenden Augen. »Glaub' schon«, sagte sie schließlich.

»Rein irisch, Madam. Nichts Niedrigeres fließt durch meine Adern.«

»Schätz', ich bin so rein wie der Käpt'n«, sagte die Frau, worauf Bull sich bemüßigt fühlte, den Kopf zurückzuwerfen und in polterndes Gelächter auszubrechen. Die Frau stand auf und trat dem Colonel gegenüber.

»Sie sind in der Tat eine solide Frau, Madam. Ja, ich meine das ganz ehrlich, als Kompliment. Sie sehen grundsolide aus, rundum.«

»Ich kann zuhau'n wie 'n Mann. Hat mein toter Mann jedenfalls immer gesagt. Zu den anderen Boys auf sei'm Krabbenkutter.«

»Also, ich schlage mich nicht so gern mit Frauen, Madam. Mit den Männern, mit denen ich zu tun habe, können Sie es nicht aufnehmen. Ich bin beim Marine Corps – aber das haben Sie vermutlich an meiner Uniform ohnehin erkannt.«

»Woll'n Sie mir auf die Schultern hau'n?« fragte die Frau.

»Wie bitte, Madam?«

»Woll'n Sie mir auf die Schultern hau'n? Hab' früher manch'n gut'n Dollar gewonnen, wenn Männer sich mit mir gehau'n ha'm.«

»Nein, nein, Madam. Ich könnte Sie verletzen, irgendwelche inneren Blutungen hervorrufen.«

»Los, Mann, wiss'n Sie, mit wem Sie re'n. Blut'n? Sie fang' an un hau'n Arrabelle auf die Schultern.« Mit diesen Worten stieg sie die Stufen zum Hintereingang hoch und befand sich nun auf gleicher Höhe mit dem Colonel. Bull erkannte sofort, daß er in dieser erstaunlich gebauten Person die Kampfeslust entfesselt hatte. Er ballte die Faust und versetzte ihr einen leichten Schlag auf die Schultern.

»Hey, das ist ja steinhart«, bemerkte er in aufrichtiger Bewunderung.

»Jetz ich«, sagte die Frau. Ihre Augen funkelten.

»Sie wollen mich schlagen?« fragte Bull. »Okay, Madam, aber passen Sie auf, daß Sie sich nicht weh tun.«

»Eine Stufe runter«, befahl sie, und Bull tat, wie ihm geheißen.

Die Frau spuckte auf ihre rechte Faust und verrieb die Spucke mit der linken Hand. Bull mußte an sich halten, um nicht vor Lachen herauszuplatzen. Die Faust erhoben bis knapp unter das Kinn, ging die Frau ein paar Schritte zurück, bis sie das Geländer der Veranda erreichte, stieß sich dort ab, hüpfte wie ein Kugelstoßer vorwärts, schnellte im strategisch optimalen Moment vom Boden ab – und landete einen präzise plazierten Schlag auf Bulls Schulterbein, genau an jener Stelle, wo der Arm ansetzte. Es stand für Bull außer Frage, daß er, hätte ihn nicht das Geländer daran gehindert, im Augenblick des Treffers das Gleichgewicht verloren hätte und hinabgestürzt wäre. Ein stechender Schmerz durchfuhr seinen Arm und lähmte die malträtierte Schulter. Er rang nach Atem.

»Hab' in mein' Le'm mit viel Männern gekämpft«, erklärte die Frau. »Un' auch welche geschlag'n.«

»Schlagen nennen Sie das?« fragte Bull, der unter brennenden Schmerzen seine Haltung wiederfand. »Ich dachte, Sie wollten mir wirklich was Neues zeigen.«

»Soll ich noch mal zuhau'n?«

»Nein, nein, ich mache mir Sorgen um Ihre Hand. Wenn Sie sich verletzen, kommt die Justiz und sagt, ich muß für alle Arztkosten aufkommen.«

»Paß auf, daß du keine inneren Blutungen bekommst, Dad!« rief Ben aus einem Fenster im ersten Stock und lachte.

»Verschwinde, du Affe!« brüllte Bull, bevor er sich wieder der Schwarzen zuwandte und sagte: »Sind Sie auf der Suche nach ein bißchen Kleingeld, Madam?«

»Sie woll'n mir was geb'n?« fragte die Frau zurück.

»Die Kranken und Bedürftigen können immer auf meine Hilfe zählen, Madam. Hier haben Sie 'nen Dollar. Damit können Sie sich ein paar Wassermelonen kaufen und kommen ein paar Tage über die Runden.«

»Danke, Käpt'n.«

»Ja – und nun können Sie gehen. Ich nehme an, Sie sind auf 'ner kleinen Betteltour hier im Viertel. Ganz gute Jagdgründe, wenn ich mich nicht irre. Ich würde das ganz genauso machen, wenn ich davon leben könnte.«

»Sind ganz gute Jagdgründe hier auf der Treppe«, sagte die Frau. »Wart' ich hier auf Mrs. Meech'm, daß sie runterkommt und die Tür aufmacht – und mach'n Dollar damit. Ich bin Arrabelle Smalls, Käpt'n, Ihr neues Hausmädchen. Sie wer'n Arrabelle noch kenn'ler'n, weil sie hart arbeit', un das sag'n alle hier, Weiße un Farbige, wen Sie auch frag'n.«

»Quatsch«, schnaubte Bull. »Ich hab' mich längst mit den Leuten unterhalten. Alle haben mir gesagt, daß Arrabelle Smalls die faulste, nichtsnutzigste Schlampe ist, die unter Gottes weitem Himmel herumläuft.«

»Mach'n Sie mir nichts vor, Käpt'n. Mit kei'm ha'm Sie über Arrabelle gesproch'n, außer vielleicht mit'n drögen Dusselkopp, der so was über Arrabelle erzählt.«

»Nun ja, daß Sie ein netter Mensch sind, hat niemand von den Leuten bestritten«, sagte Bull und rieb seine Schulter. »Sie meinen bloß alle, Sie seien stinkfaul.«

»Wer hat so'n Unfug über mich erzählt?«

»Jeder, mit dem ich hier in der Stadt darüber gesprochen habe.«

Lillian Meecham öffnete die Hintertür, streckte ihre Hand zum Gruß aus und sagte: »Guten Morgen! Sie müssen die Dame sein, die Mrs. Grantham uns schicken wollte. Ich bin Lillian Meecham. Und der Herr, der sich gerade seine Späßchen mit Ihnen erlaubt, ist Lieutenant Colonel Bull Meecham, mein Ehemann und der Kapitän dieses sinkenden Schiffs.«

»Ich muß jetzt abhauen, Sportsfreunde. Nett, Ihre Bekanntschaft gemacht zu haben, Madam. Ach ja, Earline Grantham sagte uns noch, daß Sie 'n paar Jahre im Knast saßen. Wegen Stehlens von Tafelsilber aus anständigen Häusern.«

»Miss Earline hat nichts gesagt über Stehl'n«, antwortete Arrabelle.

»Man gewöhnt sich an seine Frechheiten oder auch nicht, Arrabelle – eins von beiden.«

»Frecher Bursche von ei'm Mann«, sagte Arrabelle, und auf einmal erhellte ein breites Grinsen ihr Gesicht. Lillian schloß daraus, daß Arrabelle diese erste Begegnung mit Bull Meecham großen Spaß gemacht hatte.

»Wie lautet denn Ihr voller Name, Darling?« frage Lillian.

»Ich bin Arrabelle Smalls. Ich war verheirat' mit Moultrie Smalls, bis er mit sei'm Krabbenkutter im Sturm vor St. Catherine's Island versunk'n ist, vor drei Jahr'n.«

»Oh, wie schlimm! Das tut mir entsetzlich leid.«

»Wir alle müss'n an was ster'm irgendwann.«

Lillian bat die Frau in die Küche und bot ihr einen Platz an. »Setzen Sie sich doch. Ich mache uns schnell einen Kaffee.«

»Ich steh'«, sagte Arrabelle.

»Bitte setzen Sie sich, Arrabelle. Wir werden bald so gut miteinander befreundet sein, daß es keine Art ist, wenn Sie bei unserer gemeinsamen Tasse Kaffee morgens stehen und ich sitze. Aber nun erzählen Sie mir doch: Wo haben Sie denn bisher gearbeitet?«

»Gibt nich viel Plätze, wo Arrabelle noch nich gearbeit' hat in ihr'm Le'm. Hab' fünf Jahr' Austern geknackt, aber Mr. Peeples kauft sich 'ne Eiserne Hand, und über dreißig Girls steh'n auf der Straße un hab'n für den Kerl zwanzig Jahr' gearbeit' un' noch länger. Davor hab' ich Krabb'n geköpft, wenn Moultrie Smalls mit sei'm Kutter heimkam. Mach' ich heut' noch, manchmal. Sie könn' meine Hand nich seh'n, so schnell arbeit' ich. Un ich hab auch gearbeit' als Hausmäch'n un 'ne Menge weiße Kinder großgezog'n für ihre Mamas. Herr im Himmel, ich hab' sie großgezog'n un lieb'n sie mich heut' noch heiß dafür! Hobie im Restauran in der Stadt is eins von mein' Babys. Un der Pred'ger in der Baptistenkirch' auch. Un seine Frau. Als junges Mächen hab' ich Tomat'n gepflückt un Gurk'n un Bohn' un Baumwolle – alles was gepflückt wird. In den Hoover-Jahr'n, als ich 'n junges Ding war, hab' ich alles gemacht, um über die Rund'n zu kommen. Mein Mann, der Moultrie, hat'm Nerz nachgestellt, un'm Waschbär un'm Otter un die Felle verkauft, oft für'n bloß'n Nickel.

War 'ne harte Zeit, diese Waschbär-un-Possum-Hoover-Jahre. Für weiße Leut' auch.«

»Für die Weißen in Alabama kann ich das nur bestätigen, Arrabelle. Was nehmen Sie in den Kaffee?«

»Viel Sahne un 'n gestrichen' Löffel Zucker.«

»Haben Sie Kinder, Arrabelle?«

»Hab' 'n fein' Jung'. Sie könn' ihn seh'n in der Hauptstraße, wo die Läd'n alle sind. Er verkauft Blum' an die Leute, die in die Stadt komm'.«

»Der mit dem Maulesel?« fragte Lillian. »Der die Blumen vom Karren aus verkauft?«

»Ja, das is er. Das is mein Sohn. Toomer, der Blum'boy. Achzehn Jahr' steht er schon in der Passage un macht er kein schlechtes Geld mit sein' Blum' un Kräuter un Honig. Oh, wir ha'm alle keine Angst vor harter Arbeit, meine ganze Familie nich.«

»Das erkenne ich schon an Ihren Händen, Arrabelle«, sagte Lillian und senkte den Blick, um sie anzusehen. Es waren zerfurchte, ledrige Hände, markant wie Handschuhe. »Und harte Arbeit wartet auf Sie auch hier bei uns«, fuhr sie fort. »Genauer gesagt: auf uns beide, Sie und mich. Das Haus hier ist alt und es wären einige Reparaturen fällig. Wir wollen aber nichts reparieren, sondern begnügen uns mit ein bißchen Make-up hier und da, wo das alte Mädchen die ersten Flecken und Runzeln zeigt.«

»Riech'n immer 'n bißchen, diese alt'n Häuser«, sagte Arrabelle und hob ihre Nase von der Kaffeetasse.

»Das ist die Feuchtigkeit. Die Sonne kommt nicht unter diese breiten Veranden. Können Sie auch kochen?«

»Herr im Himmel! Alles was fließt, kann Arrabelle koch'n! Un wenn's nich fließt, kann sie's immer in'n Pott werf'n un mit 'n Kalbsfuß un 'n bißchen Grünzeug heiß mach'n.«

»Genau so eine Köchin habe ich gesucht. Kann sein, daß wir Bull ein- oder zweimal die Woche ausgehen lassen müssen – aber vielleicht gewöhnt er sich ja sogar noch an die Küche des Südens, bevor er alle Zähne und Haare verloren hat und in die Kiste kommt.«

»Wenn die Krabbenfischer heimkomm' mit Krabb'n un Fisch, dann lassen Sie mich koch'n für Sie un die Familie. Nichts is so gut wie Krabb'n mit 'ner Menge Zwiebel und brauner Soße.«

»Wann können Sie anfangen?«

Arrabelle hob das linke Bein, um Lillian ihren Fuß zu zeigen. »Das sin meine Arbeitsschuh'. Hab' Toomer, mein' Jung'n, gesagt, er soll mich mit sei'm Karren heimbring', so um fünf.«

»Wohnen Sie weit von hier?«

»Gar nich. Ich wohn' unt'n in Paradise, gleich hinterm Knast, wo fast alle Farbige wohn', wenn sie nich drauß'n wohn' auf den Inseln. Mein Jung' holt seine Mama gern ab, wenn er kann. Sie könn' mein' lieb'n Jung' dann kenn'lern', wenn er kommt.«

★

Am Nachmittag nahm Ben die Eßzimmer- und Küchenstühle mit nach draußen und stellte sie in Abständen von jeweils einem knappen Meter in gerader Linie auf die gepflasterte Garagenzufahrt. Dann holte er seinen Basketball und dribbelte um die Stühle herum, schlängelte sich geschickt an den unbeseelten Verteidigern vorbei, träumte in Gedanken von dichtbesetzten Arenen und hatte schon den frenetischen Jubel der Zuschauermassen im Ohr. Er schwitzte stark, als Okra plötzlich zu bellen anfing. Als er aufsah, bemerkte Ben einen von einem Maulesel gezogenen Karren, der gerade um die Ecke gebogen war und sich nun in gemächlichem Tempo dem Haus der Meechams näherte. Ben hatte den Blumenverkäufer schon mehrfach gesehen – immer, wenn er in der Stadt gewesen und die River Street entlanggeschlendert war. Er hatte gehört, wie der junge Mann seine helle Stimme erhob und ein Lied in die sengende Glut der Augustsonne schickte. Aber er hatte sich nie die Mühe gemacht, ihn sich näher anzusehen und seine Züge zu studieren. Der Schwarze war für ihn einfach ein Teil der Landschaft gewesen und hatte ihm nicht mehr Interesse abgenötigt als eine Ladenfront oder eine Balustrade. Nun, da Arrabelle zum Haushalt gehörte, hatte der Blumenverkäufer auch einen Namen – Toomer Smalls. Und als der Karren jetzt näherrollte, bekam er auch ein Gesicht.

Toomer war klein, wie seine Mutter. Seine Haut war tiefschwarz, und die hohen Wangenknochen verliehen seinem Gesicht und seiner gesamten Erscheinung einen düsteren, grüblerischen Adel. Am rechten Fuß trug er einen orthopädischen Schuh. Als er den Karren neben Ben zum Stehen brachte, beugte er sich kniend weit nach vorne, die Zügel locker in der Hand. Seine Augen verrieten Neugier – und daß er sich über irgend etwas amüsierte.

»Das is so ungefähr die häßlichste K-K-Katze, die ich je gesehen hab', weißer Boy«, sagte er zu Ben und deutete mit einem kleinen, dicken Finger auf Okra.

»Und was da deinen Karren zieht, ist so ungefähr die häßlichste Kuh, die *ich* je gesehen hab'«, erwiderte Ben.

»Is keine Kuh. Is 'n K-K-Kriegsschiff und 'n Sieger im K-K-Kentucky Derby.«

»Für mich sieht das wie 'ne Kuh aus«, sagte Ben, dem jetzt auffiel, daß der andere bisher noch kein einziges Mal gelächelt hatte. »Aber der hier ist keine Katze. Das edle Tier ist Rin-Tin-Tin, der Film-, Fernseh- und Bühnenstar.«

»Un ich hab' noch nie 'n weißen Boy mit'm B-B-Basketball um 'ne Reihe Stühle dribbeln seh'n. Un ich hab' schon 'ne M-M-Menge ver-r-rückte weiße Boys geseh'n.«

»Du hast noch nie 'n weißen Jungen gesehen, der auch nur halb so gut dribbeln kann wie ich. Du heißt Toomer, nicht wahr?«

»So hat meine M-M-Mama mich genannt.«

»Ich heiße Ben Meecham, Toomer. Ich wohne hier. Heute morgen habe ich deine Mama kenngelernt. 'ne nette Frau, wirklich...«

»Hat auf je'n Fall 'n fein' Jung' großgezogen«, sagte Toomer und lachte nun endlich über das ganze Gesicht. Von der Ladefläche des Karrens holte er einen Strauß welker Blumen, der in Spanisches Moos gewickelt war, reichte sie Ben und sagte: »Gib die Blumen d-d-deiner Mama, wenn sie nach Hause kommt.«

»Sie mag frische Blumen eigentlich viel lieber...«

»Bist'n Döskopp, weißer Boy. Gib ihn'n 'n bißchen Wasser, und sie erh-h-holen sich wieder. Wer'n so frisch, wie ich sie heut' mor'n gepflückt hab'.«

Arrabelle und Lillian traten zur Haustür heraus. Lillian trug ein weißes Sommerkleid und Sandalen. Ihre zarte, gebräunte Haut wirkte selbst im heißesten Sommer kühl und frisch. Die Zugbrücke, die zu den Inseln hinüberführte, öffnete sich gerade für einen zweimastigen Schoner. »F-f-frag' mich, wer mein Boot geklaut h-h-hat«, sagte Toomer und zwinkerte Ben zu.

»Miss Meecham«, sagte Arrabelle, »das is mein Sohn, Toomer Smalls.«

»Das Vergnügen ist ganz auf meiner Seite, Toomer. Ich habe dich schon oft gesehen, unten in der Stadt. Ich wollte schon immer mal vorbeischauen und mich mit dir unterhalten, aber da kam dauernd irgendwas dazwischen.«

»Wie geht's Ihnen, Ma'am?« antwortete Toomer und wandte den Blick von Lillian ab.

»Toomer hat mir diese Blumen für dich gegeben, Mom«, sagte Ben und gab ihr den welken Strauß.

»Toomer, das ist ja entzückend! Das kann ich nicht annehmen. Ich werde sie dir bezahlen.«

»Nein, Ma'am. Ich hätt' sie sowieso über die B-b-brücke gekippt auf dem Heimweg. Sie b-b-brauchen nur ein bißchen Wasser.«

»Sie sind schön, wirklich sehr schön, Toomer«, sagte Lillian.

»Sehen fast echt aus, nicht wahr, Mom«, kommentierte Ben.

»Pssst, Ben, laß diese Dummheiten. Außerdem wird's Zeit, daß meine Stühle wieder ins Haus kommen. Was glaubst du, was passiert, wenn es zu regnen anfängt?«

»Toomer zücht' all seine Blu'm auf sei'm eigenen Land drü'm hinter der Brücke«, sagte Arrabelle. »Hübscher Fleck, die viel'n Blum', aber eine Schande, wo der Junge schläft bei der Nacht! Baut sich kein anständiges Haus. Ich kann Ihn' nich mal sag'n, wo er schläft, macht mich ganz krank.«

»Toomer, wie kann ich mich für diese Blumen erkenntlich zeigen? Darf ich dir übers Wochenende einen Apfelkuchen backen?«

»Hier, Mrs. M-m-meecham, nehm' Sie noch ein'«, erwiderte Toomer und holte noch einen in Moos gewickelten Strauß von der Ladefläche.

»Warum wickelst du die Blumen in Spanisches Moos ein?« fragte Ben.

»Hält die F-f-feuchtigkeit besser als alles andre«, antwortete Toomer.

»Was machst du dies Wochenend', Junge?« fragte Arrabelle.

»F-f-fischen, oben am Fluß, Krabben und Garnelen. V-v-vielleicht sogar Fische.«

»Bring mir 'ne schöne Flunder mit, Junge, die mach' ich dann zurecht für diese Familie hier. Un 'n paar Pfund Krabb'n.« Sie wandte sich an Ben. »Warst schon mal fisch'n, Ben?«

»Im Salzwasser noch nicht.«

Lillian mischte sich unvermittelt in das Gespräch. »Toomer«, sagte sie, »darf Ben dich begleiten und ein bißchen zuschauen? Auf diese Weise könnten meine Stühle heil bleiben ... Und er kennt ja hier im Ort noch niemanden. Da käme er mal ein bißchen raus. Sein Daddy ist ein Yankee, weißt du, der hat ihn nie zu irgendwelchen Aktivitäten draußen in der Natur angeregt, wie Jagen oder Fischen zum Beispiel. Als ich ein junges Mädchen war, haben die Männer in meiner Familie ihre Freizeit immer draußen in den Wäldern verbracht, soweit es irgend ging. Ben weiß ja gar nicht, was es heißt, ein Mann aus dem Süden zu sein.«

»Willst du denn mit, D-d-dribbelboy?« fragte Toomer.

»Natürlich«, sagte Ben und ließ den Basketball auf der Zeigefingerspitze kreiseln. Es gelang ihm, dreißig Sekunden lang die Balance zu halten, und er genoß die Aufmerksamkeit der drei Zuschauer, die wie gebannt auf den Ball starrten und darauf warteten, daß er Bens Kontrolle entglitt.

»Sie brauch'n nur Toomers olle Stiefel zu seh'n, un Sie wissen schon, der Boy war drauß'n in 'n Wäldern«, sagte Arrabelle.

»Ich z-z-zeig' dir was am S-s-samstagabend, was du nich verg-g-gessen wirst. S-s-samstag is Vollmond, Mama, oder nich?«

»Das will ich mein', Junge, oder 's is aus mit der Welt, eh' du dich versiehst.«

»Letzte Nacht, Mama, da hab' ich 'n Stern vom Himmel fall'n sehn, un ich dachte, der fällt mir g-g-gleich auf'n Kopf. Hat mir furchbar Angst gemacht.«

»Tut mir immer weh, da drinn', wenn ich so 'n Ding seh'«, klagte Arrabelle und schlug sich auf die Brust.

»Wieso, Arrabelle?« fragte Lillian. »Sternschnuppen sind doch was Schönes.«

»Sin keine Sterne, Miss. Sin Trän'n vom Jesuskind, das weint übers Sün'nbabel hier unten auf der Welt.«

Die schwarze Frau kletterte auf den Karren und nahm Platz neben ihrem Sohn.

»Wirst ganz sch-sch-schön alt, Mama«, spöttelte Toomer.

Arrabelle reagierte darauf, indem sie eine Hand zur Faust ballte und ihrem Sohn einen unsanften Schlag auf die Schulter versetzte.

»D-d-das ist die größte Schlägerin im ganzen Land«, erwiderte ihr Sohn und schüttelte die Zügel. Langsam setzte sich der Maulesel in Bewegung, ratterte mit quietschenden Rädern über den Rasen der Meechams und schließlich über einen Bordstein. Dann verschwand er auf dem kleinen Weg, der zur Eliot Street führte.

»Ist dir was aufgefallen, Sohn?« fragte Lillian Ben, während sie dem Karren nachblickten. »Wir haben so lange auf Stützpunkten und in Städten gelebt, daß wir ganz vergessen haben, was der Süden eigentlich ist.«

»Und was ist er?«

»Du siehst ihm gerade nach«, sagte seine Mutter. »Aber was dich betrifft, Mister, ich rate dir, die Stühle ins Haus zu bringen, bevor dein Vater heimkommt.«

★

Als Ben am Samstagnachmittag in die River Street einbog, hörte er schon von weitem Toomers Stimme, eine schwermütige sommerliche Klage in den Ohren der letzten Ladenbesucher, die um diese Stunde noch ihre Einkäufe erledigten.

Es klingt wie die Stimme eines Priesters bei einer Totenmesse, dachte Ben. »Oh, seht die schönen Wildblumen, die schöne Rose, die duftenden Narzissen, seht den guten Honig, die reifen Beeren, die schönen Wildblumen. Seht die Blumen, die Kräuter, den süßen Sirup.«

Ben fiel auf, daß Toomer beim Singen nie stotterte.

Er überquerte die Straße und half, die an diesem Tag unverkäuflichen Kräuter, Topfpflanzen und Honigtöpfe auf den Karren zu laden. Nur zwei Blumensträuße waren übriggeblieben. In einem Pappkarton, den er aufladen wollte, scheuchte er ein halbes Dutzend gottverlassener großer Krabben auf. »Ich wußte gar nicht, daß du auch Krabben verkaufst, Toomer.«

»Verkauf' alles, was die Leute k-k-kaufen woll'n, Dribbelboy.«

Kurze Zeit später waren sie unterwegs. Das Gespann rollte die River Street entlang und nahm Kurs auf die Brücke. Toomer hielt sein Gefährt strikt auf der rechten Seite, dicht an den am Straßenrand parkenden Autos, um den fließenden Verkehr nicht aufzuhalten. An der Granville Street blieb der Esel stehen, wandte sich dann nach rechts und trottete auf die Brückenauffahrt zu. Auf einer Coca-Cola-Kiste neben der Benzinzapfsäule vor Fogle's Gemischtwarenhandlung saß ein Junge mit feuerroten Haaren und rief Toomer zu: »Hey, T-t-toomer, w-w-wie g-g-geht's d-d-dir? W-w-wohin f-f-fährst d-d-du?«

Toomer winkte nur kurz, schüttelte die Zügel und trieb den Maulesel an. Sie erreichten die Brückenauffahrt und blickten hinab auf den bronzefarbenen Fluß.

»Wer war das, Toomer?«

»Der Junge? Niemand. Heißt Red Pettus un lebt m-m-mit sein' Familie d-d-drüben auf der Insel, nich weit w-w-weg von mir. 'ne Familie wie H-h-hühner, die Pettus'. B-b-brüten überall hier in der G-g-gegend. Red ärgert m-m-mich immer weg'n mei'm G-g-gestotter. R-r-regt mich immer auf, aber is nich so schlimm mehr. Als er k-k-klein war, k-k-kam er oft rüber. Hat von mir g-g-gelernt, wie man 'n Netz ausw-w-wirft. Red und sein' F-f-familie hass'n ein' schwarzen M-m-mann bloß, weil er schwarz is, un wenn ich ihn' sag', J-j-jesus mag nich diese Hasserei von Schwarz un Weiß un so, un die W-w-welt is 'n S-s-sün'nbabel voll Haß un Z-z-zank... R-r-red lacht nur, un ich mein', 's lauf'n g-g-genug Weiße 'rum, die die Schwarz'n hassen un Schwarze, die die Weiß'n hassen. Aber R-r-ed läß' mich h-h-hübsch in Ruhe, meistens. Is 'n m-m-mieser K-k-kerl, weil er kenn's nich anners. F-f-früher kam er oft rüber, wenn ich 'n paar Tage beim F-f-fisch'n war, un hat mein' H-h-hunde gef-f-füttert.«

»Macht er das heute auch noch?«

»Nein, Mann. D-d-du läß auch nich 'n W-w-wolf auf Schafe auf-p-p-passen, nich'? Red hat mir was geklaut. 'n Gew-w-wehr, das mir mein D-d-daddy geschenkt hat. Ich bin gleich rüber zu sein' D-d-daddy, aber sein D-d-daddy hat mich raus'schmissen.«

»Warum?«

»Sagt zu mir, N-n-nigger ha'm nichts, was sein Junge ha'm will, un er will zum V-v-vater im Himmel b-b-beten, wenn ich mich mit mei'm schwarz'n H-h-hinnern un mei'm schlecht'n Esel wieder ver-p-p-pißt hab'.«

Toomer drehte sich um und langte von der Ladefläche die beiden übriggebliebenen Blumensträuße. Er bat Ben, für einen Augenblick die Zügel zu halten, erhob sich und rief: »Yooo, Mr. Harper!« Aus dem winzigen, achteckigen Brückenwärterhäuschen oberhalb der Straße trat ein hagerer Mann in Khaki-Arbeitskleidung und lehnte sich über ein stählernes Geländer. Als der Wagen vorbeiratterte, warf Toomer ihm die beiden Sträuße zu. In einer Wolke aus fallenden Blütenblättern fing der Mann sie auf.

»Wie war's Geschäft heute, Toomer?« rief Mr. Harper von oben herab.

»'ne g-g-glatte Million verdient, h-h-heute. Un Sie?«

»Ich hab' die Southern Railroad gekauft. Bis Montag, Toomer!«

Nach der Brücke bog der Karren rechts ab in die erste geteerte Seitenstraße. Sie führte zunächst durch einen dichten Wald, der jedoch nach einer Weile von ausgedehnten Feldern mit Tomaten unterbrochen wurde, die selbst in den wildesten und unzugänglichsten Winkeln der Insel gediehen. Nach ungefähr anderthalb Kilometern bog der Maulesel erneut von der Straße ab und schlug einen von tiefen Wagenspuren durchzogenen Pfad ein, der parallel zu einem großen, umgepflügten Tomatenfeld zum Fluß hinabführte. Kurz darauf erreichten sie eine Art Bogengang, der von Eichen mit tiefhängenden Ästen gebildet wurde. Die untersten Zweige waren überkrustet und behangen mit weichen Moos-Stalaktiten, und Ben und Toomer mußten sich niederbeugen, um nicht von ihnen gestreift zu werden. Als Ben aufsah, passierte der Karren gerade ein Dutzend Bienenstöcke, die jeweils zu sechst zu beiden Seiten des Weges aufgestellt waren. Mit einemmal stürmten von allen Seiten Hunde auf das Gefährt ein, in allen Größen und Gestalten, und hinten im Wald schlugen weitere an. Zwei besonders agile Tiere sprangen auf die Ladefläche, gesellten sich mit einem Satz zu Toomer und Ben auf dem Kutschbock und schleckten ihnen das Gesicht ab. Toomer schob sie fort.

»Wieviele Hunde hast du denn, Toomer?« fragte Ben. Er sah jetzt Collies, Boxer, Terrier, Labradors und die verschiedensten Zwischenformen.

»S-s-sechsun'zwanzig bei der letzten Z-z-zählung«, antwortete Toomer.

»Wo kriegst du die alle her? Und warum hast du so viele?«

»Die m-m-meisten find' ich auf der Straße. Wenn M-m-marines versetzt wer'n, blei'm die H-h-hunde oft zurück. M-m-manchmal sin sie h-h-halbtot, wenn ich sie finde.«

»Ganz schön teuer, die alle zu füttern, was?«

»M-m-meinst du, das weiß ich nich'? Dah-h-hinnen, unner der D-d-decke is 'n Fünfzich-Pfund-Sack mit F-f-futter drin. D-d-die Hunde fast'n nich'.«

»Und lassen sie die Bienenstöcke in Ruhe?«

»W-w-wenn nich, dann höchsens einm-m-mal nich«, lachte Toomer. »B-b-bienen sin g-g-gute Lehrer.«

»Wo ist denn dein Haus, Toomer?«

»V-v-vor deiner Nase«, sagte Toomer.

Das »Haus« war ein ausgedienter Schulbus ohne Räder. Seine Achsen ruhten auf dunklen Blöcken aus Aschezement, und die gelbe Grundfarbe war mit einem merkwürdigen Eierschalenweiß übertüncht. Das Wappen von South Carolina schimmerte noch durch. Zur Linken erstreckten sich Blumenfelder; sie mochten ingesamt anderthalb Hektar umfassen und waren eingezäunt. Die Luft war gesättigt vom Duft der Blüten und des Flusses, der ungefähr dreißig Meter hinter dem Bus vorbeiströmte und durch eine Lichtung sichtbar war.

Die nächste Stunde verbrachte Ben damit, Toomer bei verschiedenen Arbeiten zu helfen: Sie fütterten die Hunde, führten den Maulesel auf die Weide und entluden den Karren. Ben trug einen auffallend schweren Korb in den Schulbus. Er wußte nicht, was sich darin befand, denn der Inhalt war mit einer dichten Lage aus Spanischem Moos bedeckt. Als er den Korb auf dem kleinen Tisch neben dem Holzofen absetzte, packte Toomer das Moos und warf es aus dem Fenster. Zum Vorschein kam ein ansehnlicher Haufen Austern.

»H-h-hab' heut' 'n bißchen H-h-honig gegen Missus Auster getauscht«, sagte er. »H-h-hast du schon mal Austern g-g-gegessen?«

»Roh?« fragte Ben.

»W-w-wie sonst? Wenn du M-m-missus Auster kochst, verliert sie ihr'n Cha-cha-charakter.«

»Nee, da laß mich mal lieber aus dem Spiel, Toomer. Aber iß ruhig soviel, wie du willst, das macht mir nichts aus.«

»Ich mach' dir eine auf. M-m-mann, 'ne Auster im M-m-mund, un du schmeckst d-d-das Meer, un 'n Fluß, un das M-m-marschland un'nen K-k-krabbenkuttter. Mann, du b-b-beißt in 'n Stück vom L-l-land hier.« Er fuhr mit der Klinge seines Taschenmessers zwischen die Schalen. Nach einer flinken Rechtsdrehung aus dem Handgelenk knackte die Auster auf, und eine glitzernde, durchsichtige Flüssigkeit spritzte auf Toomers Hand. Nicht ohne ein gewisses Pathos setzte er die Schale an den Mund und schlürfte sie aus. »G-g-gut! Das is gut, w-w-weißer Boy. Wenn ich mir M-m-missus Auster knacke, muß ich immer an meine K-k-kinderzeit denken un an mein' P-p-papa un Käpt'n Bimbo. W-w-war der erste K-k-kutter, auf dem ich gearbeit' hab'. K-k-komm, ich knack' dir auch eine. Sin g-g-gut.«

»Warum arbeitest du denn nicht mehr auf einem Krabbenkutter, Toomer?«

»D-d-dieser Hinkfuß. B-b-blieb in 'ner Winde hängen. Hat mich 'n paar Zeh'n gek-k-kost'.«

»Au, das muß ja furchtbar weh getan haben.«

»K-k-kannst mir glau'm, Boy, au was h-h-hab' ich geschrien un' so. Hier, M-m-mund auf un lass' sie runterrinn'n...« Er kippte den Inhalt einer Austernschale in Bens Mund.

Die Auster traf Bens Zunge, ein warmes, salziges Etwas von der Konsistenz ausgespuckten Rachenschleims. Im ersten Augenblick glaubte Ben, er müsse sich übergeben, doch dann schaffte er es irgendwie, das Tier hinunterzuwürgen.

»G-g-gut, was?« sagte Toomer und öffnete die nächste Auster. »Du b-b-brauchs 'ne ganze M-m-menge. Von 'ner einzelnen Auster wird nich mal 'n S-s-sandfloh satt.«

Diesmal schluckte Ben schneller, als handle es sich um seinen eigenen Speichel. Geschwindigkeit, so dachte er, ist das Geheimnis hinter der rätselhaften Selbstfolter, der sich manche Menschen unterziehen, wenn sie sich diese rohen, wabbeligen Muscheltiere einverleiben. Er wurde einfach das Gefühl nicht los, zwischen Schalen geborgenen Rotz zu schlucken. Doch bereits nach der zweiten Auster verspürte er einen angenehmen Nachgeschmack im Mund, der ihn an seine Kindheit erinnerte – an die Heimfahrt im Kreise der Familie nach einem langen Tag am Strand. Es war der Geschmack von Salz und Sonne, milder Gischt und in den Brechern gelöstem Sand. Dennoch war er irgendwie erleichtert, als er sah, wie Toomer sein Taschenmesser zusammenklappte, den Bus verließ und ihn mit einem Wink aufforderte, ihm zu folgen.

»Du muß jetz den G-g-grau'n kenn'lern'«, sagte Toomer.

»Wer ist der Graue?«

»Komm mit raus un du wisst'n sehn. Ihr müßt F-f-freunde wer'n, oder der G-g-graue friß dich auf, w-w-wenn ich mal wegseh'. Da hinnen isser. K-k-komm raus, Hund. Ich s-s-seh' dich.«

Am Waldrand stand ein riesiger, magerer Hund und fixierte Ben mit kalten, grünen Augen und gebleckten Zähnen. Ben hielt das Tier für eine Kreuzung aus Dänischer Dogge und Deutschem Schäferhund. Ein einziger Blick genügte, um zu erkennen, daß der unbestrittene König des Rudels vor ihnen stand.

»Warum ist er so wild?«

»Er mag W-w-weiße nich so gern.«

»Das ist ulkig. Okra kann Farbige auf den Tod nicht ausstehen.«

»Yeah, aber euer k-k-kleiner, mieser K-k-köter kann nur 'n bißchen b-b-bellen, nich wa? Der Graue hätt' dich schon zu H-h-hackfleisch verarbeit', wenn du nich mit m-m-mir un 'nem Maulesel gekomm' wärst.«

»Alle Hunde hätten das wahrscheinlich getan, oder?«

»Nein. Die m-m-meisten sin gute Hunde. Nur der Graue nich. Ich hab' noch 'n paar annere, die auf dich losgeh'n, wenn sie F-f-feuer gefang' ha'm. Ich seh' zu, d-d-daß sie hier auf'm Grunstück blei'm. P-p-paar sin mir schon abgeknallt w-w-wor'n.«

Langsam kam der graue Hund näher. Den Kopf erhoben und leicht abgewinkelt, rückte er seitwärts auf Toomer vor, behielt dabei aber Ben stets im Auge. Die anderen Hunde wichen respektvoll zur Seite, machten Platz für den Einzug des Grauen in den Kreis seiner wimmelnden Zunft. Als der Graue Toomer erreichte, richtete er sich auf und senkte den Kopf, um sich von dem schwarzen Mann kraulen zu lassen. Doch ein Auge blieb unbeirrbar auf Ben gerichtet.

»Hier, Mann, g-g-gib ihm 'n K-k-keks.«

Ben streckte die Hand aus, aber seiner Geste fehlte der Mut. Zwischen Zeigefinger und Daumen hielt er den Hundekuchen und hatte für den Fall, daß der Graue mehr an seinem Unterarm als an der angebotenen Speise interessiert wäre, sein gesamtes Körpergewicht auf den zurückgestellten linken Fuß verlagert.

»Du hast Angs vor d-d-dem klein' Hund.«

»Und ob ich die habe!«

Der Hund nahm jetzt die Vorderpfoten von Toomers Schultern und näherte sich Ben. Er war voller Argwohn, eine einzige Drohung. Und nahm dann Ben mit merkwürdigem Feingefühl den Hundekuchen ab, ohne seine Haut auch nur zu berühren.

»Du t-t-tust so, als ob du'n Allig-g-gator fütters, B-b-boy«, sagte Toomer und lachte.

»Ich hab' noch nie einen so bösen Hund gesehen.«

»Was r-r-red'st du da für'n B-b-blech, Mann?« antwortete Toomer, während der Graue ihm das Gesicht abschleckte. »Der is nich böse, der hat bloß V-v-vorurteile.« Hinter ihm, und unterhalb der riesigen

Eichen, die sich über das Wasser neigten, war bereits die Sonne verschwunden, war hinabgetaucht unter den westlichen Horizont, und Ben konnte über Toomers Schulter hinweg einen Streifen tiefen, kalten Goldes erkennen, der den Fluß durchschnitt und quer über dem Marschland kleine Teiche und Tümpel erstrahlen ließ. Ein Blaureiher fischte am Ufer, und ein Segel leuchtete vor dem flimmernden Grün der Marsch. Toomers Hunde sammelten sich um die beiden Männer, kabbelten sich – und wahrten dabei stets sicheren Abstand zu dem Grauen.

In dieser Nacht nahm Toomer Ben mit auf den hölzernen Flußkahn und steuerte ihn durch kleine Creeks, einen Fluß und breiten Sund, bis sie schließlich eine der einsamsten Inseln jener Kette erreichten, die das Festland vom offenen Meer abschirmt. Sie landeten auf der Rückseite der Insel. Im Schein einer Laterne vertäute Toomer das Boot am Ufer. Sie folgten einem Waldpfad und gelangten nach einer Weile in ein mit Strandhafer überwachsenes Dünengelände. Ben, der sich dicht hinter Toomer hielt, schloß aus der Richtung, die sie eingeschlagen hatten, und dem immer näher rückenden Tosen der Brandung, daß Toomers Überraschung in unmittelbarem Zusammenhang mit dem Atlantischen Ozean stehen mußte.

Er versuchte mit allen Tricks, von Toomer zu erfahren, warum sie hierher gekommen waren, an diesen wilden, brodelnden Strand, aber er erhielt keine Antwort. Toomer starrte indessen unverwandt in die Brandung. Der Vollmond hing niedrig über dem Meer, eine blanke Münze, die ihren Silberglanz auf das Wasser warf.

Gegen elf Uhr deutete Toomer schließlich auf eine bestimmte Stelle in der Brandung. Ben folgte der Richtungsangabe, sah aber zunächst nichts. Dann entdeckte er plötzlich den massigen Körper einer Seeschildkröte, die mühsam aus dem Wasser kroch und sich schwerfällig den Strand hinaufschob. Toomer packte Ben am Arm und legte die Finger auf die Lippen. Gemeinsam beobachteten sie, wie die Schildkröte sich einen geeigneten Platz aussuchte und eine bestimmte Stellung einnahm, die sie dazu befähigte, mit den Rückenflossen ein Loch zu graben – den Brutkasten für ihre künftige Nachkommenschaft. Erst als sie bereits begonnen hatte, ihre Eier abzulegen, erhob sich Toomer und begab sich in merkwürdig elegantem Humpelschritt zu der Schildkröte.

»Das ist die größte, die ich je gesehen hab, Toomer«, schrie Ben. »Wieso sind wir nicht gleich runtergegangen?«

»Weil M-m-mama sonst gar nich nach Hause gekommen w-wwäre«, antwortete Toomer. Er beugte sich hinter der Schildkröte nieder und fing vier Eier auf, die gerade, eines nach dem anderen, ins Loch fielen. »Wir b-b-behalten diese v-v-vier für uns zum Essen, un lassen M-m-mama den Rest. Un komm nich zu nah an M-m-mamas Kopp ran, B-b-ben. Sie kann dir ganz übel in 'n Arm b-b-beißen.«

»Die weint ja!«

»H-h-haste schon mal geseh'n, wie 'ne F-f-frau 'n Baby kriegt? Das t-t-tut weh.«

»Über dieses Trumm sollte mein Alter mit seinem Wagen mal drüberfahren. Er würde glatt im Straßengraben landen.«

»Die M-m-mama macht keine Ausflüge außer diesem hier. S-s-sie wurde schon an diesem S-s-strand gebor'n un mag ihn so g-g-gern, dassie zurückkommt un hier ihre B-b-babys hat.«

Toomer packte seinen Rucksack aus. Wenig später flackerte ein Lagerfeuer auf. Während die Schildkröte ihre Eier im Sand vergrub, ihre Spuren verwischte und wieder zurückkroch ins Meer, bereitete Toomer Kaffee und Maisgrütze, briet Speck und die Schildkröteneier. Auch hatte er vier Austern mitgebracht. Er öffnete sie, und Ben schlürfte die beiden, die ihm zugedacht waren, vor dem glühenden Feuer aus. Es fiel ihm diesmal viel leichter, zumal er mit dem Kaffee nachspülen konnte.

»So wohl wie jetzt habe ich mich seit unserer Ankunft in dieser stinkigen Stadt noch nie gefühlt, Toomer.«

»F-f-fein. Auf dem H-h-heimweg stech'n wir uns noch 'n paar F-f-flundern anner Sandbank hier in der N-n-nähe. Wenn der G-g-graue dich heut' nacht nich frißt, dann zeig' ich dir morg'n früh, wie man 'n Honig aus'm B-b-bien'stock holt.«

»Mich bringst du erst gar nicht in die Nähe von den Bienen«, sagte Ben.

»Mr. Bee is'n Gentleman. Solang' ihm nichs get-t-tan wird, solang' tut er ei'm auch nichs. Sch-sch-schöne Nacht, weißer Junge, nich wa?« Toomer lag auf dem Rücken und blickte hinauf zu den Sternen.

Auch Ben legte sich jetzt hin. Er dachte an seine Mutter, und wie recht sie doch manchmal hatte. Daß sie ihn mit Toomer hinausgeschickt hatte, soviel war ihm klar, lag zu einem großen Teil an seinem Vater und den vielen Dingen, die er als Sohn eines Kampfpiloten nicht mitbekam. Irgendwo hier draußen in der Nacht, da ruhte im zitternden Fleisch der Austern, im würzigen Geschmack der Krabben, im Hinkebein des Blumenboys und in den Eiern der großen Schildkröten, die im mondübergossenen Wasser Kurs auf den Sand nahmen, um zu gebären, das Geheimnis des Marschlands.

10

Für die Meecham-Kinder war es, als bestünden die Wochen vor der feierlichen Kommandoübergabe aus lauter Samstagen. Um es mit Mary Anne zu sagen: Es war einfach zu viel Vater im Haus. An einem Dienstagnachmittag – die Augusthitze lastete über der Stadt wie ein Leichentuch – zitierte Colonel Meecham Ben und Matthew zum Auto und gab an, er wolle mit ihnen zum Stützpunkt fahren.

»Wieso fahren wir raus zur Air Base?« fragte Matthew.

»Weil ich gesagt habe, daß wir zur Air Base fahren«, antwortete sein Vater.

»Ohne besonderen Anlaß?« fragte Ben vorsichtig.

»Doch, Sportsfreunde, ich habe einen besonderen Anlaß. Ich will euch mit 'ner Handgranate 'n paar Äpfel vom Kopf donnern. Und jetzt rein mit euch in den Wagen!«

Unterwegs eröffnete Colonel Meecham seinen Sprößlingen in ruhigem, didaktischem Ton, daß sie beide dringendst eines Haarschnitts bedürften.

»Ihr seht langsam etwas verlottert aus. Eure Mutter hat euch während meiner Abwesenheit nicht rechtzeitig zum Friseur geschickt. Ihr müßt immer an den alten Marine-Corps-Spruch denken: ›Haar ist die Zierde der Frau, aber die Schande des Soldaten.‹«

»Wir sind keine Soldaten«, sagte Matt.

»Ihr seid auch keine Frauen«, antwortete Bull.

»Wir haben doch gerade vor zwei Wochen einen gekriegt, Dad«, greinte Ben.

»Wie dem auch sei«, fuhr Bull fort, »von heute an gilt wieder das alte Regiment. Der alte Geist des Marine Corps. Von heute an werden die Haare wöchentlich einmal von einem qualifizierten Corps-Friseur gestutzt. Wenn euch das nicht paßt, habt ihr Pech gehabt, denn ich habe euch nicht um eure Meinung gebeten. Ich sage euch lediglich, was Sache ist.« Er warf in einer urtümlichen, herrischen Gebärde den Kopf hoch und fügte hinzu: »Der große Santini hat gesprochen!«

Wenn Santini beschworen wurde, war Widerspruch zwecklos, das wußten die beiden Jungen. Und sie wußten auch, daß jedes weitere Wort zu diesem Thema gefährlich war. Von allen Kriegsschauplätzen, auf denen man Bull Meecham entgegentreten konnte, war das Automobil der riskanteste. Es war ein abgeschlossener Raum mit beschränkten Fluchtwegen. Sicher, da gab es Türen, aber deren Wert nahm mit zunehmender Geschwindigkeit rapide ab. Für einen eventuellen Showdown fehlte außerdem Lillian Meecham. Immer wieder hatte Ben Matt und seinen Schwestern eingetrichtert, Bull unter keinen Umständen anzugreifen, herauszufordern oder zu ärgern, wenn Mutter sich nicht mindestens in Rufweite befand. Er hatte über die Jahre feuergehärtete Strategien entwickelt, und als Strategen, als ihren Clausewitz, sahen ihn auch seine Geschwister. Deshalb verhielt sich Matthew jetzt auch still. Wenig später erreichten sie das Haupttor des Fliegerhorsts von Ravenel.

Als sie die PX-Läden betraten, fragte Bull seine Söhne: »Habt ihr beide eure Ausweise dabei?«

»*Yes, Sir*«, sagte Ben.

»Zeigt sie mal her. Ich will sehen, ob sie nicht schon abgelaufen sind.«

»Sie laufen immer erst nach zwei Jahren ab«, sagte Matt.

»Her damit!«

Bull studierte die beiden Ausweise und begann zu lachen. »Das sind ja grandiose Fotos von euch zweien!«

»*Yeah*, Dad«, sagte Ben. »Das Marine Corps scheut keine Kosten für diese Ausweise. Diese Fotos kosten sie mindestens fünf Cents pro Million.«

»Sie dienen nur zur Identifikation«, sagte Bull.

»Es gibt in der ganzen Welt keinen einzigen Menschen, der mich anhand dieses Fotos identifizieren könnte, Dad.«

Beim Betreten des Friseursalons fiel Ben wieder ein, wie sehr er die Marine-Corps-Friseure haßte. Sie waren austauschbar von Stützpunkt zu Stützpunkt, wie Pfandflaschen. Grundsätzlich waren sie humorlose Zivilisten aus den niedrigsten Schichten des Südens, gerade mal imstande, eine elektrische Haarschneidemaschine zu bedienen. Irgendwie fingen alle diese Barbiere nach einer Weile an, sich furchtbar wichtig zu nehmen. Sie hielten sich für harte Burschen, die sich nichts gefallen ließen, weil sie Tag für Tag anderen harten Burschen, die sich nichts gefallen ließen, die Haare stutzten. Sicher, räumte Ben ein, waren Künstler ihres Fachs im Marine Corps nicht gefragt; das Corps verlangte Schlachter, Haar-Hasser, Feldschere, die für eine einheitliche Verstümmelung der Bataillone sorgten. In den Friseursalons des Marine Corps wurden die Köpfe der gesamten Basis handfest für Generalsvisiten und Truppenbesichtigungen zurechtgetrimmt.

Die ganze alte Abneigung kehrte zurück, als Ben sich in dem vom Eingang am weitesten entfernten Stuhl niederließ. Ein Jahr lang hatte er sich in Atlanta von zivilen Friseuren die Haare schneiden lassen. Er hatte den männlichen Duft von Puder und Rasierwasser, das Lachen und Schwadronieren alter Männer vor dem Hintergrund der surrenden

Schneidemaschinen, die Witze und Geschichtchen und das Flappen der Schuhputzlappen liebgewonnen. In Atlanta hatte er zum erstenmal in seinem Leben einem Friseur sagen können, wie er sein Haar geschnitten haben wollte, sich dann zurückgelehnt und die Prozedur an seinem Spiegelbild verfolgt, hatte gewartet, bis der Friseur seinen Nacken mit heißem Schaum ausrasierte und ihn schließlich auf dem Stuhl herumwirbelte wie einen kleinen König, um festzustellen, ob auch alles picobello war.

Jetzt aber spürte er rauhe Hände an seinem Hals. Der finster dreinblickende Mann vor ihm entsprach dem klassischen Klischee des Marine-Corps-Barbiers, genauso, wie er ihn sich vorgestellt hatte: ein verschlossenes, pockennarbiges Gesicht, ein verkniffener Mund. Die Hände des Mannes zitterten. Er legte Ben den Frisierumhang um und schnürte ihn so fest um den Hals, als wolle er seinen Klienten damit garrottieren. Ben fiel auf, daß er die nervöse Angewohnheit hatte, beim Ausatmen kleine Spucketröpfchen zu blasen, was man allerdings nur bemerkte, wenn er einem mit seinem Gesicht sehr nahe kam. Zufällig von einem Lichtstrahl durchbohrt, gewannen die winzigen, kaum wahrnehmbaren Tröpfchen einen merkwürdigen, fadenscheinigen Glanz und tauchten den Mund des Mannes in ein kurzlebiges, mißglücktes Farbspektrum. »Mir wird schlecht«, dachte Ben und bot sein Haupt zum Opfer dar.

Colonel Meecham hatte zuerst dem Friseur, der sich unweit des Ladeneingangs über Matt hermachte, genaue Instruktionen erteilt, nun schickte er sich an, auch Bens Peiniger über seine Wünsche in Kenntnis zu setzen. »An den Seiten bitte so kurz wie möglich, Mister«, sagte er zu dem Friseur, ohne seinen Sohn auch nur eines Blickes zu würdigen. »Die Koteletten rasieren Sie ab, total. Oben können Sie 'n bißchen was stehenlassen, für den Kamm, aber die Seiten kahl. Ihr findet mich in der Schwimmhalle, Ben.«

»Warum läßt du ihn nicht gleich meinen ganzen Schädel kahl rasieren, Dad?« sagte Ben noch, aber sein Vater war bereits außer Hörweite.

Kaum hatte Bull Meecham den Laden verlassen, wandte Ben sich an den Friseur und sagte in einer Stimme, von der er hoffte, sie würde markig klingen und keinen Widerspruch aufkommen lassen: »Die Seiten nur ein bißchen trimmen, Mister. Ganz dezent.«

»Dein Vater hat gesagt kahl, Kleiner«, antwortete der Mann mißgelaunt.

»Ja, das habe ich auch gehört«, erwiderte Ben und hob die Stimme, »aber wer bekommt denn hier die Haare geschnitten – ich doch wohl.

Und ich bin es auch, der am Ende zahlt. Also, Mister, die Seiten nur trimmen.«

»Dein alter Herr ist ein Colonel, Kleiner. Die Seiten werden kahl.«

»Und wenn er Ihnen aufgetragen hätte, mir Ohren und Nase abzuschneiden?« fragte Ben. »Sie hätten sie sofort abgesäbelt, nicht wahr?«

»Immer mit der Ruhe, Freundchen«, gab der Friseur zurück.

Der Apparat schnitt tiefe Schneisen in Bens Schopf. Ben sah ein, daß es kein Zurück mehr gab, und entspannte sich. Schließlich faßte er das Spiegelbild des Friseurs ins Auge – der schäbige Spiegel stammte aus Marine-Corps-Beständen – und begann erneut, auf den Mann einzureden. »Wissen Sie, was mir an Militärfriseuren so gut gefällt, Mister? Ihr Kerle seid einfach Top-class-Typen, echt. Die absolute Spitze unter dem zivilen Personal. Schick, aristokratisch, urban, unprätentiös.«

»Was redest du da, Freundchen?« fragte der Mann hinter einem Schauer aus Speicheltröpfchen.

Ben fand plötzlich Spaß an dem Thema. »Letztes Jahr wurde darüber eine wissenschaftliche Untersuchung durchgeführt, Sir. Wissen Sie, was dabei herauskam?«

»Du bist'n echter Klugscheißer, Freundchen.«

»Kann schon sein, aber Ihnen geht die Muffe, weil mein Daddy Colonel ist, hab' ich recht, mein Herr? Aber jetzt hören Sie sich erst mal an, was die Wissenschaftler herausgefunden haben. Sie haben sämtliche Amerikaner untersucht. Der Durchschnittsweiße hat einen IQ von einhundert. Der Durchschnittsneger einen von neunzig. Der Durchschnittsmongoloide liegt bei dreißig. Marine-Corps-Friseure – und das ist das eigentlich Interessante und Faszinierende an dieser Studie – Marine-Corps-Friseure haben einen Durchschnitts-IQ von einundzwanzig. Es heißt im übrigen, daß unter den Mongoloiden helle Aufregung herrscht, weil ihr Burschen ihnen so nahe kommt.«

»Ihr Rotzlöffel von Offizierskindern haltet euch wohl für was Besseres«, zischte der Mann und verstärkte den Druck der Schneidemaschine auf Bens Kopfhaut.

»Im Leichenhaus in der Stadt ist 'ne Stelle frei. Sie brauchen einen, der männlichen Kadavern die Säcke rasiert. Mit Ihren Talenten und Ihrer Persönlichkeit sind Sie 'n heißer Anwärter.«

»Deine Ohren sind voll Schmalz, Freundchen«, sagte der Friseur. »Hast du sie jemals gewaschen?«

Einen Augenblick später wirbelte er den Stuhl herum. Bens Haare waren jetzt so kurz wie die seines Vaters.

»Wieso haben Sie sie nicht bloß getrimmt, Mann, he? Was wäre da schon groß dran gewesen?«

»Der Colonel hat gesagt, kahl.«

»Ich gehöre aber zu den bösen Buben, die nach dem Friseurbesuch gerne noch ein paar Fasern oben auf dem Schädel haben, begreifen Sie das? Ein bißchen Zurückhaltung hätte Ihnen keinen Zacken aus der Krone gebrochen.«

»Zahlen bitte, Freundchen«, sagte der Mann, dem ein Speicheltropfen aus dem Mund schoß.

Matthew war es noch schlechter ergangen. Sein Haar war noch kürzer als Bens. Über die Schädelmitte erstreckte sich ein auf Bürstenschnitt gestutzter Streifen und trennte den Kopf in zwei Hälften.

»Du siehst aus wie der Letzte Mohikaner, Matt«, sagte Ben und grinste seinen Bruder an.

»Hoffentlich geht Dad bald wieder auf Kreuzfahrt ins Mittelmeer.«

Sie verließen den Frisiersalon und machten sich auf den Weg zur Schwimmhalle. Als sie an dem winzigen Juweliergeschäft vorbeikamen, in dem sich gerade ein Mann über eine Uhr beugte, sagte Ben zu seinem Bruder: »Du wirst heute noch was erleben, Matt, das versprech' ich dir. Du wirst sehen, wie ich Dad im Basketball das Fell über die Ohren ziehe. Und Dad als Verlierer – das ist ein unvergeßlicher Anblick. Er ist der schlechteste Verlierer auf der ganzen Welt – und natürlich auch der schlechteste Sieger.«

»Der macht dich fertig«, sagte Matt. »Es gibt keine Sportart, in der du ihn besiegen kannst.«

»Hör zu, Matt, seit drei Jahren trainiere ich fast täglich Basketball. Ich werd' bald achtzehn – und er wird immer älter. Wird Zeit, daß ich ihn endlich mal besiege.«

»*Yeah, yeah, yeah!*« protestierte Matt. »Seit Jahren immer die gleiche Leier, ich werd' ihn besiegen, ich werd' ihn besiegen. Kann ja sein, daß du irgendwann mal ganz gut bist und 'ne Chance hast – aber dann fängt er an, auf dich einzureden, und du ziehst den Schwanz ein, wie immer.«

»Nein. Auf dieses Match bereite ich mich seit einem Jahr vor. Bisher hat er mit seiner Einschüchterungstaktik Erfolg gehabt. Aber diesmal klappt das nicht mehr.«

»Es ist heute viel zu heiß, um Basketball zu spielen.«

»Was glaubst du, warum ich mir ausgerechnet den heutigen Tag ausgesucht habe, Brüderchen? Der zerläuft doch wie 'n Eis am Stiel da draußen.«

»Das ›-chen‹ kannst du dir sparen.«

»Okay, Indianer.«

»Du kannst dir *alle* Titel sparen.«

★

Die große Herausforderung war auf fünf Uhr nachmittags angesetzt. Ben fegte das Spielfeld – den zementierten Hof zwischen Hintereingang und Garage. Während Bull sich im Schlafzimmer umzog, versammelte sich der Rest der Familie am Spielfeldrand und begleitete Bens Aufwärmübungen mit aufmunterndem Beifall. Von jenseits der Freiwurflinie bediente Matt ihn mit Pässen. Ben dribbelte zweimal, täuschte einen Vorstoß zum Korb an, sprang dann aber hoch, und obwohl dem Sprungwurf die artistische Eleganz und der makellose Bewegungsablauf fehlten, der wahre Könner in dieser Sportart auszeichnet, war er gut genug. Als nächstes trieb er den Ball bis zum Korb, dribbelte langsam, schnellte dann hoch, wechselte in der Luft die führende Hand und ließ den Ball über seine Fingerspitzen in den Korb rollen.

Lillian saß vor der hinteren Terrasse in einem Korbsessel und spielte den Trainer. »Du darfst nicht auf ihn hören, Ben. Sobald du anfängst, auf ihn zu hören, hat er schon gewonnen. Konzentriere dich ganz auf das Spiel, auf *dein* Spiel, und zerbrich dir nicht den Kopf über ihn. Wenn du auf der Siegerstraße bist, fängt er mit faulen Tricks an. Achte nicht darauf, sondern konzentriere dich auf dein Spiel!«

Im Trainingsanzug mit der Aufschrift *United States Marine Corps* erschien Bull Meecham nun auf der Terrasse. Er verschränkte die Hände über dem Kopf und tänzelte auf und ab wie ein Boxer, bevor er in den Ring klettert.

»Buh, buuuh!« schrien seine Frau und seine Kinder.

»Bist du soweit, Dad?« rief Ben unter dem Korb hervor.

»Ich soll gegen dich spielen?« fragte Bull und kam im lockeren Schritt die Treppen herunter. »Du bist nicht Manns genug, um den großen Santini im direkten Duell herauszufordern.«

»Laßt mich doch mitspielen«, bat Matt.

»Nein, Matt, du verschwindest, setz dich meinetwegen unter 'nen Pilz«, sagte Bull, und Matt stürmte ins Haus, gefolgt von Mary Anne, die als einzige bemerkt hatte, daß er weinte. Ben warf seinem Vater den Ball zu. Bull dribbelte, dreimal links, dreimal rechts, ging nicht ohne eine gewisse Eleganz in die Knie und warf dann beidhändig. In hohem Bogen flog der Ball auf den Korb zu und wischte durchs Netz. Bull stieß einen selbstvergessenen, euphorischen Freudenschrei aus, der die Pfiffe seiner Frau vorübergehend zum Verstummen brachte. Er schaute Lillian an und sagte: »Der alte Knacker kann's noch, was, Petunia?«

»Der Wurf ging unter wie die Titanic, Dad«, spottete Ben.

»Trotzdem zählt er zwei Punkte, du Affe, oder?« blaffte Bull und setzte zu einem weiteren Bogenwurf an. Der Ball traf die Rückseite des Rings und sprang zu ihm zurück, ohne den Boden berührt zu haben. Mary Anne schlüpfte ohne Matt zur Hintertür heraus und setzte sich wieder neben ihre Mutter. Ein weiterer Wurf, und erneut zischte der Ball durchs Netz.

»Wie war's, Dad?« fragte Ben und warf ihm den Ball zu.

»Wenn du nicht sofort die Klappe hältst, dann merkst du, wie es ist, wenn einem 'ne Faust durchs linke Nasenloch fährt.«

Von den Rängen kreischte Mary Anne: »Bei dem kriegst du zwei Fäuste und 'n Bein durchs linke Nasenloch, Dad, so 'n Riechzapfen, wie der hat!«

»Ha, ha, sehr komisch«, fauchte Ben seine Schwester an.

»Was mich wirklich verwundert«, spöttelte Bull, »ist, daß Mami ihrem süßen, kleinen Bubi überhaupt erlaubt hat, so böse Sportarten zu treiben, während ich in Übersee war.«

»Hör nicht auf ihn, Ben!« rief Lillian. »Er fängt schon wieder an. Konzentrier dich auf das Spiel!«

»Heute werde ich dich schlagen, Dad, und zwar aus einem ganz bestimmten Grund.«

»Na, da bin ich aber gespannt, Sportsfreund.«

»Und zwar weil du ...« Ben machte eine Pause, um sicherzugehen, daß alle Anwesenden zuhörten, »... weil du langsam fett wirst.«

»Was sagst du da?« Bull hatte den Ball aufgefangen und hielt ihn nun in der linken Armbeuge.

Lillian in ihrem weißen Korbsessel krümmte sich vor Lachen.

»Nicht direkt fett, aber feist. Du wirkst irgendwie träge, Dad.«

»Wir werden gleich sehen, wer hier träge ist. Ich hab' dir immer gesagt, Junge: Gegen einen geölten Blitz ist für dich nichts zu holen.«

»'n geölter Blitz wiegt aber keine hundert Kilo.«

»Ich könnte dich zum Frühstück verzehren, du halbe Portion.«

»Gut gefrühstückt hast du auf jeden Fall.«

Bull warf erneut – und traf. Dann sah er Ben mit kalten Augen an. »Dein Mundwerk ist besser geworden seit meiner Abreise. Aber du bist und bleibst ein Mamakind. Dir fehlt nach wie vor der Killerinstinkt. Selbst wenn ich hundert Jahre alt wäre, würde ich dich psychisch noch fertigmachen. Und wenn ich vom Hals abwärts gelähmt wäre, würde ich dich im Wettspucken besiegen. Außerdem bin ich – und darin sind wir uns ja einig – ganz einfach ein wesentlich besserer Athlet als du.«

Er hat recht, dachte Ben. Die Söhne Bull Meechams lebten in dem

Bewußtsein, daß sie die sportliche Brillanz ihres Vaters nie erreichen würden. In allen Disziplinen fehlte ihnen seine unauslöschliche Wildheit, seine Gier nach Wettkämpfen aller Art. Es war nicht so, daß es ihnen an Kampfgeist gebrach, den besaßen sie ganz zwangsläufig; es fehlte ihnen lediglich die Fähigkeit, ihn auf eine höhere Ebene zu transponieren. Bei Bull Meecham verwandelte der unbedingte Siegeswille alle Wettkampfsportarten in eine furiose Kunstform. Der Wettkampf war die Rahmenhandlung, die Beteiligten schieden sich in Sieger und Besiegte. Bull Meecham war immer der Sieger. Er spielte Bingo mit derselben Besessenheit wie weiland sein letztes Basketballmatch am College. Im Kartenspiel mit Karen und Matt war er ebenso wild entschlossen wie damals in den Luftgefechten gegen japanische Kampfflieger über dem Pazifik. Egal, wie hoch der Einsatz war – Bull spielte stets auf Sieg. Ben hatte von seinem Vater die flinken Beine, die guten Augen und auch einen Großteil seines Kampfgeistes geerbt; was er nicht mitbekommen hatte, waren Bulls geniale Wettkampfbegabung, die offenen Nervenenden und Synapsen, die den Wettkampf von der Ebene des rein Sportlichen abhoben und in ein feuergehärtetes, auf dem unbedingten Willen zur Bestleistung beseeltes Glaubensbekenntnis verwandelten. Aber an diesem heißen Augusttag in Ravenel, South Carolina, in der Glut einer unbarmherzigen Sonne, glaubte Ben, eine große Ausgleicherin auf seiner Seite zu haben. Sie hieß Jugend.

Ben war eins achtundsiebzig groß und wog fünfundsiebzig Kilogramm; sein Vater maß einsdreiundneunzig bei hundert Kilogramm Gewicht. Bens Beobachtung, daß Bull in den letzten Jahren zugenommen hatte, entsprach den Tatsachen. Hüften, Bauch und Gesäß waren fülliger geworden, und er trug oft Trainingsanzüge, um die neuen, überflüssigen Pfunde zu verbergen. Bull Meecham war fest dazu entschlossen, sobald wie möglich wieder abzuspecken, denn nichts war ihm so sehr verhaßt wie dicke Marines.

Bull brauchte ungewöhnlich lange zum Aufwärmen, was Ben die Gelegenheit gab, seine Bewegungen genau zu studieren. Lillian rief ihrem Mann zu, er solle mit der »Verzögerungstaktik« aufhören, aber Bull ließ sich nicht aus der Ruhe bringen. Mit natürlicher Eleganz kurvte er über das Spielfeld. Er war nicht mehr so schnell wie früher, doch ließ seine Geschicklichkeit kaum etwas zu wünschen übrig. Seine Ballbehandlung war hervorragend für einen Mann, der seit Jahren nicht mehr aktiv spielte. Er war schwer, aber noch immer ein Tänzer, und als er nun aus den verschiedensten Winkeln den Korb anvisierte, kehrte die Geschmeidigkeit des alten Raubtiers fast von selbst zurück.

»Nun fangt endlich an«, sagte Lillian und klatschte in die Hände.

Aber Bull ließ sich nicht hetzen. Er trainierte in voller Konzentration den beidhändigen Wurf. Seine Hände, mit denen er einen Jet am blauen Himmel zu den abenteuerlichsten Freiübungen veranlassen konnte, waren von hoher Sensibilität und verrieten eine angeborene Sicherheit – Eigenschaften, die ihn zu einem exzellenten Außenspieler machten. Die guten Pilotenaugen, die auf feindliche Truppenbewegungen, Panzerkolonnen und Artilleriestellungen gedrillt waren, eigneten sich auch zur Abschätzung der Entfernung zwischen Händen und Korb, jenem heimlichen Kult um den metallenen Ring. Bei seinen beidhändigen Würfen wirbelte der Ball im Bogen auf den Korb zu und fuhr mit jenem pfeifenden Geräusch durchs Netz, das Musik ist in den Ohren der Spieler und Fans. Selbst wenn er die Ideallinie verfehlte, geschah es oft, daß der Effet des Balls am Ring erstarb und die Kugel nach ein- oder zweimaligem Hin und Her zwischen Brett und Ring doch noch ins Netz plumpste. Ben stand unter dem Korb und warf seinem Vater den Ball zu. Bull tänzelte im Halbkreis außerhalb der krakelig in den Beton geritzten Freiwurflinie und erzielte bei zwölf Versuchen acht Treffer. Eins ums andere Mal hob er den Ball nahezu auf Augenhöhe, bis es so aussah, als ruhe er auf seiner Nasenspitze. Dann visierte er den Ring an und ging in die Knie – um schließlich im immer gleichen Rhythmus hochzuschnellen und Körper, Arme und Ball in Korbrichtung abzustoßen, die Finger fächerförmig ausgebreitet, die Zeigefinger auf die Korbmitte ausgerichtet. Wie bei allen guten Spielern änderte sich der Bewegungsablauf bei Bulls Würfen nie; er war vielmehr längst in Fleisch und Blut übergegangen, zum Instinkt geworden, der seine Wurzeln in unzähligen Trainingsstunden im Knabenalter hatte. Und monoton, ohne jede Abwechslung, sagte er jedesmal, wenn der Ball seine Finger verlassen hatte, zu Ben: »Laß uns Ball spielen.«

»Seid ihr sicher, daß ihr euch nicht lieber noch ein bißchen länger aufwärmen wollt?« fragte Lillian. »Es dauert ja erst eine Stunde.«

»Ist euch beiden Spinnern eigentlich klar, daß es sich bei eurer Spielerei nicht gerade um ein welterschütterndes Ereignis handelt?« fügte Mary Anne hinzu.

»Ho, ho!« antwortete Bull. »Miss Leichentuch kommt und trägt Frohsinn in die Stube!«

»Du darfst ihn nicht frei zum Wurf kommen lassen, Ben«, instruierte Coach Lillian ihren Sohn. »Sieh zu, daß du ihn vom Korb fernhältst, und stör ihn rechtzeitig beim Wurf.«

»Daddy braucht auch ein paar Fans«, sagte Karen.

»Okay, dann bist du sein Publikum«, antwortete ihre Mutter.

»*Yeah,* Karen, feuere du nur Big Dad an, Pfiffe höre ich schon genug.«

»Du fängst an, Dad«, sagte Ben und bediente seinen Vater mit einem Aufpraller. »Wir spielen bis zehn, jeder Korb ein Punkt. Der Sieger muß zwei Punkte Vorsprung haben.«

»Zwei? Wieso reicht nicht einer?« protestierte Bull. »Wer zuerst zehn hat, gewinnt. Ganz abgesehen davon, daß es so knapp nicht wird, Sportsfreund.«

»Nach jedem Wurf mußt du hinter die Freiwurflinie zurück.«

»Und du, Affe, bleib nicht unterm Korb stehen, sonst schlägt dir einer meiner Treffer noch den Schädel ein.«

»Falls du überhaupt zum Treffen kommst.«

Ben kam näher, um seinem Vater den Weg abzuschneiden. Bull dribbelte sich bewußt vorsichtig an den Korb heran. Er wandte Ben den verlängerten Rücken zu, dribbelte erst nach rechts, dann nach links. Als Ben versuchte, um ihn herumzulangen und ihm den Ball abzunehmen, verhinderte Bull dies, indem er ihn mit dem freien Arm auf Distanz hielt. Es gelang ihm, Ben bis fast unter den Korb abzudrängen, wo er sich schließlich in einer schnellen, flüssigen Bewegung zu einem Hakenwurf hochschraubte. Der Ball touchierte das Spielbrett und landete im Netz.

»Eins zu null, Sportsfreunde!« rief Bull seiner buhenden Familie zu.

Ben ging mit dem Ball hinter die Freiwurflinie zurück. Er merkte, daß sein Vater nicht die Absicht hatte, ihn hautnah zu decken. So suchte er den geraden Weg zum Korb und setzte zu einem Sprungwurf an. Bull, auf dem falschen Fuß erwischt, rammte ihm im Sprung den Ellbogen in den Magen, aber der Ball saß.

»Er fängt schon wieder an mit seinen schmutzigen Tricks«, rief Lillian.

»Eins zu eins«, sagte Ben.

Jetzt war Bull wieder an der Reihe. Er dribbelte überhaupt nicht, sondern warf sofort, noch ehe Ben wieder richtig auf den Beinen war. In hohem Bogen flog der Ball auf den Ring zu, verfehlte ihn aber knapp. Ohne zu zögern, nahm Ben den Abpraller auf, dribbelte über die Freiwurflinie, änderte zweimal seine Richtung, täuschte seinen Vater mit einer Kopfbewegung und stürmte dann mit aller ihm eigenen Entschlossenheit auf den Korb zu. Zu seiner Überraschung war es ihm gelungen, sich vollkommen freizuspielen und den Ball mühelos im Netz zu versenken.

»Zwei zu eins«, rief er seinem Vater zu.

Das Spiel wurde härter. Bulls Gesicht war schweißüberströmt, und er traf Ben, als dieser versuchte, einen seiner Hakenwürfe abzublocken, mit dem Ellbogen unter dem linken Auge. Jedesmal, wenn Bull am Ball war, spielte er zunächst auf Zeit, dribbelte sehr vorsichtig und versuchte, den kleineren Ben rückwärts unter den Korb zu drängen. Ben seinerseits versuchte, an seinem Vater vorbeizukommen, wechselte oft das Tempo und entwischte ihm ein ums andere Mal. Bull, von seinem Sohn ausgetrickst oder überrannt, hechtete oft schwerfällig ins Leere.

»Ich lass' ihn verteidigen, bis ihm die Beine schwer werden und er mich nicht mehr stoppen kann«, hämmerte Ben sich ein. »Wenn seine Beine ihn im Stich lassen, kann er auch nicht mehr gut werfen. Er ist nicht in Form. Wenn ich ihn müde kriege, dreht er durch. Wenn er durchdreht, gewinn' ich.«

Das Spiel stand lange auf Messers Schneide. Beide Kombattanten versagten in Situationen, in denen sie unbedingt hätten punkten müssen, und erzielten Körbe, die allen Prinzipien des Spiels zuwiderliefen. Schließlich stand es neun zu neun unentschieden, und die Familienmitglieder außerhalb des Spielfelds richteten sich auf den Entscheidungskampf ein. Bull führte den Ball.

Ben deckte ihn hautnah und fuchtelte mit der linken Hand vor seinen Augen hin und her. Er wollte unter allen Umständen verhindern, daß sein Vater zu einem seiner beidhändigen Würfe kam. Immer wieder hatte er Bull während des Spiels bewiesen, daß er, der ältere, nicht mehr schnell genug war, um seinen jüngeren Kontrahenten auszuspielen. Bull keuchte, als arbeiteten Dampfmaschinen in seinen Lungen. Trockener Speichel fleckte seine Lippen, und der Schweiß floß in Strömen seinen Körper hinab. Er probierte es mit zwei halbherzigen Täuschungsmanövern, in der Hoffnung, Ben auf dem falschen Fuß zu erwischen und dadurch freie Bahn zum Korb zu bekommen, doch Ben ließ sich nicht abschütteln. Seine Brust berührte fast seines Vaters Bauch, ihr Schweiß vermischte sich, und beide spürten sie den Atem des anderen im Gesicht.

»Hast du jemals *Moby Dick* gelesen, Dad?« fragte Ben.

»*Shit, no*«, murmelte Bull, wirbelte herum und begann nun, niedrig und vorsichtig zu dribbeln. Zentimeter um Zentimeter rückte er näher an den Korb heran, während Ben wie eine Klette an seinem Rumpf zu haften schien. »Was soll die Frage, Sportsfreund?«

»Weil du mich irgendwie an den großen, dicken, fetten weißen Wal erinnerst.«

»Genau, genau!« schrie Lillian.

»Das Match ist gleich zu Ende, schätz' ich, Affe.«

»Da mußt du erst mal treffen«, antwortete Ben und lehnte sich mit seinem gesamten Körpergewicht gegen Vaters Rückseite, um den unvermeidlichen Durchbruch zum Korb mit anschließendem leichtem Hakenwurf zu verzögern.

»Leben Maden in totem Fleisch?« fragte Bull.

»Herrgott, Dad, das ist widerlich«, sagte Mary Anne.

»Kommt von seiner niedrigen Herkunft«, fügte Lillian hinzu und feuerte Ben an: »Mach ihn fertig, Ben. Halt die Arme hoch!«

Bull warf Lillian einen bösen Blick zu; auch die Art, wie er seine Mundwinkel verzog, verriet Verärgerung. Ben, dem nicht entgangen war, daß seines Vaters Augen für einen Sekundenbruchteil nicht ganz bei der Sache waren, trat einen Schritt zurück, koppelte sich quasi ab wie ein Güterwagen vom anderen, so daß Bull ihn einen Augenblick lang weder sehen noch spüren konnte. Er versetzte seinem Vater einen Schlag auf die linke Hinterbacke und tauchte rechts um ihn herum. Bull, ohnehin schon verwirrt durch die plötzliche Preisgabe der Dekkung, spürte den Schlag, wandte sich in einer Reflexbewegung nach links und wechselte den Ball von der linken in die rechte Hand. Das war ein Fehler; er erkannte ihn sofort und wollte ihn rückgängig machen, doch da hatte Ben ihm den Ball bereits aus der Hand geschlagen und unweit des Aufganges zur Terrasse unter Kontrolle gebracht.

Die Zuschauerfamilie applaudierte begeistert. Alle spürten sie jetzt, daß Ben auf einmal eine reale Siegeschance besaß. Am äußersten Ende des Spielfelds stand er jetzt und forderte seinen Vater mit unmißverständlicher Gestik zur offenen Feldschlacht heraus.

»Gib's ihm, Ben!« schrie Matt. Seine Stimme verriet, daß er hinter der mit einem Fliegengitter versehenen Küchentür stand.

Ben führte eine regelrechte Posse auf. »Das bin ich, der große Bentini«, spottete er und dribbelte den Ball zwischen den Beinen. Er wollte seinen Vater beschämen, ihn dadurch herauslocken in die Spielfeldmitte und ihn dann umspielen. Er wußte inzwischen, wo seine Stärken lagen.

»Laß uns Ball spielen«, brummte Bull. Er war jetzt blutrot im Gesicht vor Wut. Seine Augen hatten sich verengt zu kalten, glitzernden Punkten, der unmittelbaren Vorstufe zur Raserei. Er war dabei, seinen persönlichen Rubikon zu überschreiten, und Lillian erkannte es sofort.

»He, ihr da«, rief sie. »Warum belassen wir's nicht einfach beim Unentschieden und erklären euch beide zum Sieger?«

»Ich habe gesagt, laß uns Ball spielen«, fauchte Bull noch eine Oktave tiefer und bedrohlicher.

»Warum kommst du nicht einfach her und holst dir den Ball,

großer Santini?« stichelte Ben, dem die Veränderungen, die sich in seinem Gegenspieler vollzogen, entgangen waren.

»Hör besser auf, Ben«, warnte Mary Anne. »Er hat schon wieder diesen Gesichtsausdruck wie unterwegs, wenn er Schildkröten totfährt.«

Ben dribbelte jetzt langsam auf seinen Vater zu. Er wechselte den Ball ständig zwischen der linken und der rechten Hand hin und her, um Bull zu einer falschen Gewichtsverlagerung zu provozieren. »Weißt du eigentlich, Dad, daß du noch nie von einem von uns besiegt worden bist, in keinem Spiel? Weder bei Dame noch bei Domino, auch nicht im Softball – nirgends ...«

»*Come on*, Mamasöhnchen«, flüsterte Bull. »Komm, kleiner Mamajunge, komm zu Papi Bull.« Rechte Hand, linke Hand, rechte Hand, linke Hand ... Der Ball trommelte auf den Zementboden. Ben wartete auf eine Attacke seines Vaters, und Bull hielt sich zurück, weil er den Vorstoß auf den Korb fürchtete. An der Freiwurflinie riskierte Ben einen Sprungwurf, visierte auf dem höchsten Punkt den Korb an, warf mit Gefühl aus dem Handgelenk heraus, die Finger zeigten auf den Ring. Im selben Augenblick, da der Ball davonwirbelte, hechtete Bull vorwärts und rammte Ben die Schulter in den Magen. Ben verlor das Gleichgewicht und stürzte. Er bekam nicht mit, wie der Ball sich ins Netz senkte, aber er hörte den Jubel seiner Mutter und seiner Schwestern und sah Matthew auf der Terrasse einen Freudentanz vollführen. Er spürte, wie sein Vater, der auf ihn gestürzt war, sich langsam erhob, erstmals in seinem Leben vom eigenen Sohn geschlagen. Ben stieß einen Jubelschrei aus und sprang auf, nur um sofort von seinen Geschwistern und Lillian umzingelt zu werden. Sie schlugen ihn auf die Schultern, umarmten und küßten ihn.

Lillian und Matt versuchten Ben hochzuheben, aber er war zu schwer für sie, und so fielen sie alle drei zusammen lachend ins Gras. Die einsame, rotgesichtige, schwitzende Gestalt, die unter dem Korb stand und den Freudentaumel der Familie stumm beobachtete, hatten sie völlig vergessen. In Bull aber kochte die Wut eines Mannes, der noch nie in seinem Leben klein beigegeben hatte. Nur Mary Anne sah ihn in seiner Einsamkeit, und sie ging zu ihm, um ihn zu trösten.

»Du hast gut gespielt, Dad«, sagte sie.

»Verschwinde!«

»Du hast nur ganz knapp verloren«, fuhr Mary Anne fort, ohne auf die lebensgefährlichen Vorzeichen zu achten.

»Verschwinde, sonst schlag' ich dir jede Sommersprosse einzeln aus der Visage!«

Mary Anne nahm die Hände vors Gesicht und setzte die Brille ab. Sie sah ihren Vater an, und ihre Augen füllten sich mit Tränen. »Das war gemein, Daddy«, sagte sie. »Du hattest dazu nicht die geringste Veranlassung.« Sie lief fort, verschwand in Richtung Vorgarten.

»Hey, Affe!« rief Bull seinem Sohn zu. »Gewonnen hast du erst bei zwei Punkten Vorsprung.«

Mit einemmal war es still im Garten. Ben sah seinen Vater an und sagte: »Du hast gesagt, ein Punkt reicht.«

»Ich habe meine Meinung geändert. Los, auf geht's!« Bull hob den Basketball auf.

»Oh, nein, Bull!« protestierte Lillian und ging mit entschlossenen Schritten auf ihren Gatten zu. »Du wirst den Jungen nicht um seinen Sieg betrügen.«

»Wer, zum Teufel, hat *dich* etwas gefragt?« erwiderte Bull und funkelte seine Frau an.

»Wer hier wen etwas gefragt hat, ist mir gleichgültig. Er hat dich offen und ehrlich besiegt, und ich werde nicht zulassen, daß du ihm diesen Sieg wieder nimmst.«

»Komm aufs Spielfeld, Mamakind«, sagte Bull und unterstrich die Aufforderung mit einer unmißverständlichen Gebärde. »Wir spielen das Spiel jetzt zu Ende.«

Ben setzte sich in Bewegung, doch die Stimme seiner Mutter ließ ihn nach wenigen Schritten innehalten.

»Du bleibst hier, Ben Meecham. Untersteh' dich, ihm zu folgen.«

»Geh doch gleich zu deiner Mami und versteck dich unter ihrem Rock, Mamajunge, he!«

Bull war drauf und dran, wieder Herr der Lage zu werden. Er hatte eine Phase böswilliger Gelassenheit erreicht, die Lillian nicht richtig zu interpretieren wußte.

»Mama, ich trete gegen ihn an«, sagte Ben.

»Nein, das tust du nicht«, antwortete seine Mutter in einem Ton, der keinen Widerspruch duldete. Dann wandte sich Lillian an ihren Ehemann und sagte: »Er hat dich besiegt, großer Marine. Er hat den großen Marine vor aller Augen besiegt, in einem wundervollen Kampf. Ja, es war einfach wundervoll. Und nun kann der große Marine es nicht ertragen, daß ihm sein kleiner Sohn auf dem Basketballfeld den Rest gegeben hat.«

»Verschwinde, Lillian. Hau ab und verschwind im Haus, sonst helf' ich dir nach.«

Bull schubste Lillian aufs Haus zu, drehte sie um und versetzte ihr einen raschen, bösartigen Tritt ins Gesäß.

»Hör auf, Dad!« rief Ben. »Hör sofort damit auf!«

»Hör auf, Mama zu treten«, schrie nun auch Karen.

Er trat sie wieder, immer wieder. Mit jedem Tritt trieb er sie näher an die Hintertreppe heran. Schließlich rannte Lillian davon, auf die Küche zu. Bull hätte sie noch einmal getreten, doch da stürzte Ben zwischen die beiden. Die Fliegengittertür schlug zu, und Lillian war außer Sicht. Vater und Sohn standen einander gegenüber; Bulls Gesicht war zu einer furchterregenden Fratze verzerrt.

Ben zitterte unwillkürlich am ganzen Leib.

»Du spielst hübsch gern den Sieger, was, Dad?« sagte er und versuchte, seiner Stimme einen möglichst beiläufigen, souveränen Ton zu verleihen, was ihm jedoch nicht gelang. Angst schwang in seinen Worten mit.

Bull kam näher, bis ihre Nasen einander fast berührten. Ben erinnerte sich, daß militärische Ausbilder ihren Rekruten auf diese Weise auf den Pelz rückten.

Bull bohrte ihm den Zeigefinger ins Kinn. »Wenn du frech wirst, Affe, dann tret' ich dir in den Hintern, daß du hochkant hinauf ins Schlafzimmer fliegst zu deiner Mami, da könnt ihr Jammerlappen dann gemeinsam jaulen. Und jetzt zurück auf den Platz. Du verteidigst, ich greife an. Du brauchst zwei Punkte Vorsprung.«

»Nein, Dad, ich verteidige nicht mehr. Ich habe gewonnen.« Bens Stimme war kurz vor dem Umkippen. Ihm war zum Heulen zumute, und Bull merkte es.

»Genau, Mamakind!« brüllte er. »Fang du nur an zu heulen. Ich will dich heulen sehen!« Er schrie jetzt, was seine Lungen hergaben. Es war eine Kasernenhofstimme, eine Stimme, die Jetmotoren übertönte und noch im Schlachtgetümmel zu hören gewesen wäre. Bull packte den Basketball und warf ihn Ben an die Stirn. Ben drehte sich um und ging die Treppen hinauf, aber Bull folgte ihm im Gleichschritt und warf ihm in regelmäßigen Abständen von drei Stufen den Basketball an den Kopf. Jedesmal, wenn der Ball vom Schädel seines Sohnes zurückprallte, rief er: »Heulen, heulen, heulen!« Ben marschierte durch die Küche und das Eßzimmer. Nicht einmal hob er die Hände, um seinen Kopf zu schützen, nicht einmal duckte er sich, um den Ball ins Leere fallen zu lassen. Er ging und ging und bemühte sich mit allen Geisteskräften, die er zu mobilisieren imstande war, nicht zu heulen. Es war das einzige, was er von diesem Erlebnis behalten wollte: das Wissen, nicht geweint zu haben. Er wollte seinem Vater zeigen, daß er Mut und persönliche Würde besaß. Sein Haar war nach dem Friseurbesuch vom Vormittag bürstenkurz, sein Kopf verletzlich, hilflos, verabscheuenswert. Ben wußte, daß die Tortur, sobald er sein Zimmer erreicht hatte, vorüber sein würde, und daß ihm dann die ganze Nacht über Zeit blieb, über die Symbolik seines langen Marsches nachzudenken: über die Köpfe von Söhnen und den Stolz von Vätern, über Sieger, Verlierer und die Gesichter getretener Ehefrauen, über Familien in Angst und Samstage unter der Herrschaft des großen Santini – nur jetzt und hier, in diesem Flur, auf diesen Treppen darf ich nicht weinen, *darf ich nicht weinen.* Dann sah er die Tür zu seinem Zimmer und begann zu rennen. Er spürte, daß Bull von ihm abließ, ihn freigab. Er war benommen, in seinem Kopf dröhnte es. Dann fiel der Sohn des Kampfpiloten vornüber aufs Bett, weil er ahnte, daß er die Tränenflut nur noch im kühlenden Weiß des Kopfkissens würde zurückhalten können. Im Türrahmen stand sein Vater und sagte mit einer Stimme, die jeder im Haus hören und verstehen konnte: »Du bist meine Lieblingstochter, Ben. Ich schwöre es zu Gott, du bist mein süßes, liebstes kleines Mädchen.«

Ben drehte sich um, geblendet von Wasser und Licht. »*Yeah,* Dad«, fauchte er zurück, »und das kleine Mädchen hat dich eben nach Strich und Faden fertiggemacht.«

Krachend fiel die Tür ins Schloß.

11

An jenem Abend hörte Ben einen Basketball auf und ab springen. Er hob den Vorhang neben seinem Bett und sah seinen Vater im Licht der Außenbeleuchtung auf den Korb werfen. Bull übte Sprung- und Hakenwürfe, Dribbeln und Sternschritt. Es war zehn Uhr. Seit dem Ende des Spiels herrschte im Haus absolute Stille. Bull war nach der Auseinandersetzung mit Ben verschwunden und erst zum Abendessen wieder heimgekehrt. Auch bei Tisch war das Schweigen nicht gebrochen worden, und das Klirren des Bestecks auf den Tellern schien bisweilen ohrenbetäubend. Ben war nicht zum Abendessen erschienen; er hatte seiner Mutter ausrichten lassen, er sei krank. Während des Essens hatte Bull Zeitung gelesen und nicht einen einzigen Versuch unternommen, ein Gespräch in Gang zu bringen. Aus langer Erfahrung wußte er, daß er nach jeder seiner unerwarteten Gewaltchoreographien von Frau und Kindern auf unbestimmte Zeit mit Schweigen bestraft wurde. Nach dem Abendessen waren die Kinder, mit Leichenbittermienen und ohne ihr Schweigegelübde gebrochen zu haben, wieder auf ihre Zimmer gegangen. Hätte ihr Vater sie etwas gefragt, so hätten sie mit »*Yes, Sir*« oder »*No, Sir*« geantwortet oder ihm mit emotionsloser Stimme, die dem Schweigen näherstand als der zwischenmenschlichen Kommunikation, eine kurze, unverschnörkelte Antwort gegeben. Dumpfes Schweigen beherrschte auch nach Einbruch der Dunkelheit das Haus. Die Meecham-Kinder hatten eine besondere Begabung für die hohe Kunst des Vor-sich-hin-Brütens, ihre bei weitem wirksamste Waffe gegen den Vater. Ben lag auf dem Bett und starrte auf die rissige Geometrie des abblätternden Verputzes an der Zimmerdecke. In Bens Kopf spielten sich verwirrende Szenen ab, Kämpfe auf Leben und Tod zwischen ihm und seinem Vater, und er projizierte wilde Träume und Dramen auf die genarbte Zimmerdecke. In solchen Momenten schob Ben die Grenzen seines Hasses bewußt hinaus, und er wünschte sich, daß sein Vater ihn freigäbe, und sehnte sich nach der Freiheit, nicht mehr sein Sohn sein zu müssen. Jetzt hörte und sah er, wie sein Vater vor dem Hintergrund des unsichtbaren und von keinem Boot mehr befahrenen Flusses, dessen jenseitiges Ufer nur mehr an der gewundenen Lichterkette der Häuser erkennbar war, im Hof seine Körbe warf. Jeder im Haus vernahm das dumpfe Aufschlagen des Balles auf dem Beton und den harten Klang, mit dem er vom Korbrand abprallte. Vom Fenster aus begutachtete Ben den Hakenwurf seines Vaters. Die für einen so kräftig gebauten Mann erstaunlich leichte Eleganz der Bewegungen faszinierte ihn. Er hörte nicht, daß Lillian hinter ihm das Zimmer betrat.

»Wie fühlst du dich, Lieber?« sagte sie.

»Ganz okay, Mama«, antwortete Ben, ohne den Blick von seinem Vater zu wenden. »Und wie geht es dir?«

»Mein Hinterteil tut ein bißchen weh«, sagte sie, »aber die Nacht werde ich schon noch überleben.«

»Was Männer angeht, hast du wirklich einen fabelhaften Geschmack, ehrlich.«

»Red nicht so neunmalklug daher, Mister. Ich habe heute schon genug mitgemacht. Und denk dran, ich bin in dieser Familie der Stoßdämpfer. Ich krieg's von beiden Seiten. Ich bin zu einem permanenten Drahtseilakt verdammt.«

Ben setzte sich auf seinen Schreibtisch, stellte die Turnschuhe auf den Stuhl, löste die Schnürsenkel und machte sie wieder zu. Er schnürte seine Turnschuhe ebenso gedankenlos auf und zu, wie er mit den Augen blinkte. Ben hatte eine ganze Reihe solcher nervösen Ticks. Lillian machte sich Sorgen deswegen.

»Wenn er noch einmal so mit dir umgeht, Ben, dann verlasse ich ihn. Der Herr steh' mir bei, aber dann verlasse ich ihn.«

»Klar, Mama«, sagte Ben. »Das hat du letztes Mal auch schon gesagt. Das sagst du jedesmal. Seit meiner Geburt verläßt du ihn ununterbrochen.«

»Diesmal meine ich es ernst.«

»Letztes Mal war es dir auch ernst, und davor auch und davor auch. Mir ist es inzwischen egal, Mom. Ich kehr' dieser Familie dieses Jahr noch den Rücken. Hauptsache, ich schaffe es, bevor er mich in Stücke reißt.«

Lillian saß am Fußende von Bens Bett. Mit einer Eleganz, die beinahe fehl am Platze war, entnahm sie ihrer Packung *Lucky Strikes* eine Zigarette. Sie gab Ben die Streichhölzer und wartete, bis er unbeholfen ein Hölzchen entzündet hatte und ihr die Flamme vors Gesicht hielt. Sie berührte flüchtig seine Hand und inhalierte tief.

»Er arbeitet an seinem Jähzorn, Liebling. Er weiß, daß er das tun muß. Und wir müssen ihm dabei helfen.«

»Ich brauche ihm nicht zu helfen. Ich kann ihn nicht ausstehen. Nicht den kleinen Finger werde ich für ihn rühren.«

»Wenn du ihm nicht hilfst, dann wird es für Matt und die Mädchen nur noch schlimmer«, sagte sie und fügte hinzu: »Und für mich natürlich auch.«

»Ich will dir mal sagen, was ich gerade gedacht habe, Mama. Ich habe hier gesessen und gebetet, daß bald ein Krieg ausbricht.«

»Schäm dich, Ben. Das ist ja ganz abscheulich.«

»Nein, laß mich ausreden. Ich habe für einen ganz speziellen Krieg gebetet. Einen Krieg, bei dem nur die Piloten des Marine Corps zum Einsatz kommen. Der Gegner war mir ganz egal. Natürlich hab' ich an Kuba, Rußland und China gedacht. Aber dann kam ich zu dem Entschluß, daß ich, nur um Dad loszuwerden, sogar mit Frankreich, Monaco, dem Vatikanstaat und Florida zufrieden wäre. Es ist mir völlig gleichgültig. Ich will nur, daß irgend jemand diesem Land den Krieg erklärt, damit dieser King Kong da draußen endlich gegen jemand anders antreten kann als gegen seinen Sohn.«

»Du tust gerade so, als wenn er dich immerzu schlagen würde. Heute hat er dich seit seiner Rückkehr zum erstenmal hart angepackt. Bis heute hat er sich einwandfrei benommen, das mußt sogar du zugeben.«

»Klar, er war die Sanftmut in Person. Hör mal, Mom, ich weiß ja, daß er mich nicht jeden Tag prügelt. Aber weißt du eigentlich, daß ich jeden Tag mit der Möglichkeit leben muß, daß er mich schlagen könnte? Ich meine, wenn er wütend ist, dann geht er auf mich los. Heute bist du ihm in die Quere gekommen, und da hat er dir auch 'n paar verpaßt.

Aber seine Zielscheibe bin ich. Wenn er wütend ist, dann schießt er sich auf mich ein.«

»Er setzt hohe Erwartungen in seinen Sohn.«

»Und genau das finde ich merkwürdig, Mom. Es ist ja nicht so, daß ich ein jugendlicher Krimineller wäre. Ich schlitze keine Reifen auf und rauche keine Zigaretten. Als wir auf dem Stützpunkt wohnten, hatte ich kein einziges Mal Trouble mit der Militärpolizei. Ich war eben nicht wie Bill Poindexter oder Larry Kinston. Nicht ich habe damals den Strick über die Straße gespannt, der den Militärpolizisten, der auf'm Motorrad hinter ihnen her war, fast stranguliert hat. Ich kenne jetzt ungefähr tausend Marine-Corps-Kinder, und du weißt genauso gut wie ich, daß es kaum eine schlimmere Bande gibt. Ich bin nicht so wie die. Ich tu' keiner Fliege was zuleide, und trotzdem kriege ich immer und immer wieder eins drauf.«

»Ist schon gut, Ben«, sagte seine Mutter beschwichtigend. »Aber du weißt doch genau, daß er sich im Vergleich zu früher gebessert hat. Jetzt, wo er älter wird, wird er auch ein bißchen weicher. Als du noch jünger warst, waren seine Launen viel schlimmer. Soviel mußt du ihm schon zugute halten.«

»Es ist ein Wunder, daß ich überhaupt das Pickel-Alter erreicht hab'.«

»Sei nicht so flapsig gegenüber deiner Mutter. Wir sprechen hier über eine ernste Angelegenheit. Ich habe mit deinem Vater zusammen daran gearbeitet, wie er sein Temperament besser unter Kontrolle bekommen kann. Wir haben sogar gemeinsam dafür gebetet. Er hat sich gebessert, und darum geht es mir hier.«

»Es gab eine Zeit, da habe ich mir notiert, wann und warum er mich verprügelt hat. Das liest sich heute ganz schön merkwürdig. Im Oktober 1958 hat er mir eine gewischt, weil ich nicht schnell genug durchs Zimmer gelaufen bin, als ich ihm sein Bier brachte. Das Jahr darauf hat er mich verprügelt, weil ich in einem Baseballspiel dreimal ins Aus geschlagen hatte. Ein andermal hat er mich am Schlafittchen gepackt und meinen Kopf mehrfach gegen die Wand gedonnert. Damals hatte ich ihn versehentlich aufgeweckt, als er sich gerade von einem langen Nachtflug erholte.«

»Du übertreibst wieder. Ich kann mich an diese Vorfälle nicht erinnern.«

»*Yeah,* Mom. Du verteidigst ihn immer. Ich übertreib' immer. Ich erfinde immer alles. Schau dir die Narbe auf meiner Lippe an. Die stammt von damals, als ich einmal ganz schnell gerannt bin und mich dann, rein zum Vergnügen, auf Dads Faust gestürzt habe.«

»Hör mir mit diesem *›Yeah‹* auf, Mister. Das heißt *›Yes, Ma'am‹*. Und sei nicht so sarkastisch. Dieser Sarkasmus steht dir überhaupt nicht.«

»Tut mir leid, Mama. Ich bin eben sauer. Was er getan hat, war böse.«

»Ich will dir jetzt etwas sagen, Ben, und ich gehe davon aus, daß ich mit einem Jungen rede, der bald ein Mann sein wird. Du mußt verstehen, daß dein Vater in seinem Beruf stets unter enormem Druck steht. Den ganzen Tag über setzen seine Vorgesetzten ihn unter Druck, und wir beide wissen doch genau, wie schnell ihm der Kragen platzt, wenn etwas nicht so läuft, wie er es sich vorgestellt hat oder wenn ein Colonel wütend auf ihn ist.«

»Und warum schlägt er dann nicht den Colonel?« sagte Ben und löste seine Schuhbänder wieder.

»Jetzt redest du Unsinn.«

»Nein, ganz und gar nicht«, sagte Ben und sah von seinen Schuhen auf. »Warum muß *ich* es ausbaden, wenn so'n blöder Oberst ihm eine reinwürgt? Dad baut Mist bei einem Einsatz in Cherry Point, und ich krieg' eine gewischt, wenn er nach Ravenel zurückfliegt. Er kriegt einen schriftlichen Rüffel aus Washington und regt sich dann über mich auf, weil ich angeblich zu heftig atme, wenn er nach Hause kommt. Also, was mich betrifft, ich bin am ersten Juni weg von hier. Dann wird Mary Anne die Zielscheibe sein.«

»Gib mir noch mal Feuer, Liebling.« Als er ihr das brennende Streichholz hinhielt, schaute sie ihren Sohn direkt an, der jedoch senkte schnell die Augen. »Dein Vater«, sagte sie, »hat eine Menge guter Seiten.«

»Klar, Mom. Und zwar die Knöchel seiner linken Hand.«

»Sei nicht immer so vorlaut, mein Lieber. Du und Mary Anne, ihr laßt euch immer auf Wortgefechte mit dem Rest der Welt ein, und das steht euch beiden nicht gut zu Gesicht. Vor allem läßt du eins völlig außer acht, Ben, etwas sehr Wichtiges. Dein Vater liebt dich sehr.«

»Ha!« Ben lachte. »Großartig, wie er mir immer wieder seine Liebe beweist.« Seine Stimme verlor ihre Schärfe, klang auf einmal erschöpft und milde. »Mama, dieses Gespräch haben wir bereits zigmal geführt. Es beginnt immer damit, daß du ihn verläßt. Und es endet damit, daß du mir seine guten Seiten aufzählst. Daß er doch nur das beste für seine Kinder will. Wie sehr er uns alle liebt und welche Opfer er für uns bringt. Weißt du auch, was ich weiß, Mama? Er liebt sein Marine Corps, und zwar viel mehr als uns.«

»Das muß er auch, mein Sohn. Das ist seine Pflicht, sein Beruf. Alle Männer sind so.«

»Nein«, sagte Ben scharf. »Das stimmt nicht. Glaubst du etwa, daß Dupree Johnsons Vater seine Tankstelle mehr liebte als seine Familie? Oder daß Robbie Chambers' Vater seinen Konditorladen mehr geliebt hat als seine Frau oder seine Kinder?«

»Das ist doch dummes Geschwätz. Du hast doch gar keine Ahnung, was in deinem Vater vorgeht. Ich dagegen weiß es genau.«

»Keiner kennt ihn wirklich, Mama. Keiner. Er ist ein Schauspieler. Er spielt die Rolle des Marines. Und die des Ehemannes. Und die des Vaters spielt er auch. Wenn ich es mir so überlege, dann ist Dad der einzige Mensch auf der ganzen Welt, für den selbst das Menschsein eine Rolle ist.«

»Da irrst du dich, mein Sohn«, sagte Lillian und starrte in das bläuliche Rauchwölkchen, das sie quer durchs Zimmer geblasen hatte. »Von der Sorte gibt es eine ganze Menge.«

»Aber sein wahres Geheimnis ist, daß er immer dieselbe Rolle spielt. Immer die alte Leier, immer dieser Kampfpilotenscheiß. Ich gehe jede Wette ein, daß er, wenn er mit dir allein ist, dieselbe Show abzieht.«

»Ohne euch Kinder und unsere Differenzen in punkto Disziplin wäre unsere Ehe rundum glücklich. Alle unsere Auseinandersetzungen drehen sich um die Kinder.«

Erneut löste Ben seine Schuhbänder und fing an, sie noch enger als vorher wieder zuzuschnüren.

»Du schnürst dir noch das Blut ab«, sagte Lillian, aber Ben zog und zog.

»Liebst du Dad, Mama?« fragte Ben seine Mutter, und Lillian sah, daß er rot geworden war.

»Natürlich liebe ich euren Vater. Er ist schließlich mein Mann.«

»So meine ich das nicht. Ich will wissen, ob du ihn wirklich liebst, also so, daß du mit niemand anderem zusammensein wolltest?«

»Was Gott zusammengefügt hat, das soll der Mensch nicht scheiden. Ich bin sehr zufrieden. Euer Vater ist ein treusorgender Ernährer unserer Familie, und er behandelt mich gut.«

»Ich finde, daß er dich ganz scheußlich behandelt.«

»Manchmal reißt ihm der Geduldsfaden, aber an mir gleitet das ab wie Wasser vom Rücken einer Ente. Ein paar rauhe Worte haben noch nie jemanden umgebracht.«

»Und wie steht es mit rauhen Fäusten, Mama? Wie ist es denn, wenn er dich schlägt?«

Lillian schwieg eine Weile. Sie hielt inne, damit ihr Sohn genügend Zeit hatte, ihr noch eine Zigarette anzuzünden.

»Du rauchst viel zu schnell, Mama.«

»Wie kommst du nur darauf, daß dein Vater mich schlägt?« fragte Lillian und sah Ben in die Augen. »Er schlägt mich nie.«

»Mann, Mama, und ich Idiot hab' doch wirklich gedacht, er hätte dich heute abend in den Hintern getreten!«

»Das war doch nicht der Rede wert. Einen Mann, der mich schlägt, würde ich verlassen.«

»Ich hab' aber gesehen, daß er dich schlägt«, sagte Ben, der nun standhaft ihren Blick erwiderte.

»Du bist heute ein wenig durcheinander, Ben«, sagte Lillian. »Das ist alles nur Einbildung. Euer Vater hat mich während unserer gesamten Ehe nicht ein einziges Mal geschlagen.«

»Ich kann mich aber an mindestens drei Fälle genau erinnern.«

»Du übertreibst mal wieder, Ben«, erwiderte Lillian und lachte, um die gespannte Atmosphäre etwas aufzulockern. »Deine Phantasie geht manchmal mit dir durch, ich schwör's dir.«

Ben ging zur Kommode und kramte aus der untersten Schublade ein T-Shirt militärischer Herkunft hervor, das mit eingetrockneten Blutflecken überzogen war. »Als Dad dich vor zwei Jahren zusammengeschlagen hat, Mom, hab' ich dich in meinen Armen gehalten, und du hast geweint. Es war an einem Freitag nach dem Dämmerschoppen, und er kam nach Hause und sang ›Stille Nacht‹, was reichlich merkwürdig war, denn es war schon März. Du hast ihn an der Tür abgefangen und mit ihm geschimpft, weil er Gin getrunken hatte. Du hast gesagt, Gin löse in seinem Körper bestimmte Vorgänge aus, durch die er außer Rand und Band gerate. Und da fing er an, dir ins Gesicht zu schlagen. Ich kam dazwischen und versuchte, ihm die Beine wegzuziehen, worauf er auf meinen Kopf eindrosch. Dann kam Mary Anne und fing an zu schreien. Dann ist er fortgegangen. Dir lief das Blut aus der Nase, und so hab' ich mir dieses T-Shirt versaut. Ich hab' es behalten, Mama, als Beweisstück. Das Blut hier auf dem Hemd ist dein Blut, Mama. Dein Blut.«

»Er hat mich nie geschlagen«, wiederholte Lillian.

Ben schlug verärgert, fast in Verzweiflung, die Hände über dem Kopf zusammen. »Dann bin ich wohl ein Lügner.«

»Das habe ich nicht gesagt.«

»Doch, das hast du. Ich habe gesagt, daß er dich geschlagen hat. Du sagst, er hat dich nicht geschlagen. Also bin ich ein Lügner und bleibe einer.«

»Du übertreibst, mein Sohn.«

»Nein, ich lüge. Ich lüge gern. Wenn ich lüge, geht es mir gleich viel besser. Ich komme vom Lügen gar nicht mehr los.«

»Du bist durcheinander.«

»Ich nicht, Mama. Ich bin nur einer von den Scherzkeksen, denen es Spaß macht, wenn sie einen Basketball zwanzig- bis dreißigmal auf den Kopf gedonnert kriegen. Noch schöner ist's freilich mit 'ner Bowlingkugel.«

»Ich warne dich, Mister, werd' mir nicht frech. Ich mag das nicht, Ben. Ich mag es einfach nicht.«

»Tut mir leid, Mama.«

»Ich bin hier, weil ich auf deiner Seite stehe und weil ich dir Gelegenheit geben wollte, ein bißchen Dampf abzulassen. Aber du mußt auch Verständnis dafür haben, wie schwer es ist, den Frieden zwischen euch und eurem Vater aufrechtzuerhalten. Ich will ja nur, daß in meinem Haus Friede herrscht. Friede und Ruhe und Harmonie. Harmonie macht alles so viel leichter. Nichts ist mir so zuwider wie Zwietracht.«

»Letztes Jahr gab es keine Zwietracht, Mama. Da war Dad in Übersee. Es war das schönste Jahr in meinem Leben. Warum verläßt du ihn nicht einfach?«

Lillian überlegte einen Augenblick lang und sagte schließlich: »Euretwegen.«

»Würdest du das wohl noch einmal wiederholen? Ich dreh' gleich durch, aber ich will trotzdem sicher sein, daß ich dich richtig verstanden habe.«

»Ich verlasse euren Vater nicht aus Rücksicht auf euch. Ich weiß, was es heißt, in einer kaputten Familie aufzuwachsen. Ich weiß, wie schrecklich das sein kann. Ich habe mir geschworen, daß meine Kinder nie durchmachen sollen, was ich habe durchmachen müssen.«

»Nun, auch ich habe einen Schwur getan«, sagte Ben langsam und gesetzt. »Meine Kinder sollen nie das durchmachen, was ich habe durchmachen müssen.«

»Also, ich an deiner Stelle«, erwiderte Lillian scharf, »ich würde mir erst mal klarmachen, wie gut es mir geht. Andere Kinder sind längst nicht so privilegiert wie du. Es gibt Kinder, die haben nicht einmal genug zu essen. Andere kränkeln vor sich hin, wieder andere haben kein Dach über dem Kopf. Und dann gibt es noch welche, die von ihren Eltern gehaßt werden.«

»Und einige Kinder haben Diabetes«, sagte Ben, »und andere Lepra, ein paar werden von Tigern gefressen, ein paar ohne Arme geboren, andere vom Blitz getroffen. Und dann gibt es noch die, die statt Klopapier Blätter benutzen.«

Lillian lachte in sich hinein. »Du bist ihm ja so ähnlich, in so vielen Dingen.«

»Wem?«

»Deinem Vater.«

»Sag bloß so etwas nicht«, sagte Ben, und es klang, als hätte er Schmerzen.

»Ich sehe ihn in deinem Gesicht. In deiner Sprechweise. In deinem Gang. In deinen Gesten. Er ist ein Teil von dir.«

»Mach nur so weiter, Mom. Das ist 'ne Aufforderung zum Selbstmord.«

»Paß auf, was ich dir jetzt sage. Das, was heute passierte, ist in fünf Jahren völlig ohne Belang. Wenn du später einmal zurückschaust, wirst du deinen Vater besser verstehen können. Alles, was er tut, tut er nur aus Liebe zu dir und weil er will, daß du der Beste bist.«

Ben begann, im Zimmer herumzutanzen, und sagte: »Ich liebe dich, Ben. Schlag ins Gesicht. Ich will, daß du der Beste bist. Tritt. Ich finde dich Klasse, Ben. Treppe runter. Ich will, daß du Spitze bist, Ben. Kinnhaken. Meine Liebe zu dir spottet jeder Beschreibung, Ben. Tritt in die Niere.«

»Hab du nur deinen Spaß. Aber da ist noch etwas, das du unbedingt wissen solltest. Euer Vater kann ohne mich nicht leben. Er liebt mich sehr. Er betet mich an.«

»Andere Männer liegen dir zu Füßen, wenn du es darauf anlegst. Sie tun es ohnehin schon.«

»Dein Vater ist mein Mann.«

Sie nahm Bens Hände in die ihren und versuchte, ihm in die Augen zu schauen, aber Ben wandte den Kopf ab. Im Hof hämmerte noch immer der Basketball. Bull übte gerade den beidhändigen Distanzwurf. Lillian half Ben auf und führte ihn zum Fenster. Gemeinsam sahen sie Bull zu, der unentwegt seine Körbe warf und den Ball wieder auffing. Eine Minute verging, ohne daß einer von ihnen etwas sagte. Schließlich brach Lillian das Schweigen: »Hast du jemals gehört, daß dein Vater sich bei irgend jemandem für irgend etwas entschuldigt hätte?«

Ben schüttelte den Kopf. »Ich habe noch nie gehört, daß er zu jemandem ›Entschuldigung‹ gesagt hätte.«

»Hat er auch noch nie«, sagte Lillian. »Ich kenne ihn besser als du, besser, als du ihn je kennen wirst. Weißt du, warum er heute abend da unten seine Korbwürfe übt?«

»*No, Ma'am.*«

»Es ist ein Eingeständnis. Er gibt zu, daß die Kluft sich schließt. Daß er trainieren muß, wenn er dich noch schlagen will. Es fällt ihm sicher nicht leicht, das einzugestehen. Er gibt zu, daß er älter wird.«

»Das ändert überhaupt nichts.«

»Davon bin ich überzeugt, Ben. Weil du nämlich immer noch wütend bist.« Lillian ging zur Tür. »Er weiß, daß du ihn hörst, und das ist der eigentliche Grund für sein spätes Training da unten. Du hast einen merkwürdigen Vater, Ben, aber auf seine Art und Weise sagt er dir dort unten ›Es tut mir leid, Ben. Das, was ich getan habe, war falsch.‹«

12

Colonel Meecham saß an seinem Schreibtisch und genoß die ersten Momente seines Daseins als Kapitän der Fliegerstaffel 367 des Marine Corps. Er war zum erstenmal seit der Übergabezeremonie allein, und in seinem Kopf hallten noch immer die machtvollen Klänge der Marine-Corps-Hymne und der stolze Takt im Gleichschritt vorbeimarschierender Männer nach. Die Erinnerung an die im Wind flatternden Standarten und die zur Ehre des neuen Kommandanten nach rechts schnappenden Köpfe erfüllte ihn mit echter Genugtuung. Einen Augenblick lang hatten ihn der Pomp der Flaggen und die Freude über die traditionelle Parade, die diesmal zu seinen Ehren stattfand, mit einer gewissen Scheu erfüllt.

Seine Familie hatte auf der Tribüne neben ihm gestanden. Söhne und Töchter hatten sich wie eine militärische Einheit aufgereiht und die ihnen zugefallenen kleinen Aufgaben blitzsauber und mit Bravour ausgeführt. Lillian Meecham hatte einen glänzenden Eindruck gemacht und der Familie, die durch Drill und die auf ihr lastende Verpflichtung zum Gehorsam wie eine Maschine funktionierte, einen gewissen Charme verliehen. Es hatte alles geklappt. Das Kommando war auf ihn übergegangen. Allerdings litt er nun, da er das Kommando übernommen hatte und ein alter, quälender Traum in Erfüllung gegangen war, unter einer Art geistiger Leere, die deutliche Züge einer Antiklimax trug. Er hatte sich so lange danach abgestrampelt, so viele Jahre Klimmzüge am Bauch der Bestie gemacht, sich so oft gegen mittelmäßige Beurteilungen gewehrt und gegen Gerüchte, er sei für ein solches Kommando zu unstet und zu hitzköpfig, daß die Erfüllung des Ziels ihm jetzt weniger wirklich erschien als der Kampf darum und der lange Weg dorthin. Es war paradox, und es gab nichts, das Bull Meecham so aus der Fassung zu bringen vermochte wie paradoxe Situationen. Hier und heute, so wie er da an seinem Schreibtisch saß, war er Kommandant einer Kampffliegerstaffel, doch betrog ihn der Geist der Stunde mit einem billigen Taschenspielertrick um die Süße der Genugtuung. Der Honig des Triumphs hinterließ nur Trokkenheit auf seinen Lippen, und ihm blieb lediglich die Erinnerung daran, wie er sich in Gedanken diesen großen Augenblick ausgemalt hatte.

Schließlich dachte er: Ich bin ein Marine, kein beschissener Philosoph.

Er verlangte Sergeant Latito. Wenig später stand ein gebräunter, grauhaariger Mann vor dem Schreibtisch, dessen Gesicht aussah, als sei auf seinem rauhen Terrain ein Krieg ausgefochten worden.

»*Yes, Sir*«, sagte der Sergeant.

»Sind alle Piloten über die heutige Einsatzbesprechung informiert worden, Sergeant?« fragte der Befehlshaber.

»*Yes, Sir*, alle Piloten und Offiziere werden sich um zwölf Uhr dreißig im Konferenzraum einfinden.«

»Gut gemacht, Sergeant. Wo sind Sie übrigens her?«

»Aus Brooklyn, Sir«, erwiderte der Mann.

»Jude, nicht wahr?« fragte der Colonel, ohne eine Miene zu verziehen, jedoch mit einem gewissen Schalk im Auge.

Der Sergeant bemerkte es nicht.

»*No, Sir*, ich bin Italiener. Mein Vater kam vom alten Kontinent herüber.«

»Ihr Vater kam aus Israel, oder? Es ist doch kein Verbrechen, Jude zu sein, Latito. Kein Grund, sich dessen zu schämen.«

»Bitte den Colonel um Entschuldigung, Sir. Aber ich schwöre, daß ich Italiener bin.«

»Jetzt hören Sie mal her, Sergeant«, sagte der Colonel mit gesenkter Stimme und einem stahlharten Blick, aus dem jegliche Heiterkeit verschwunden war. »Wenn es mir gefällt, Sie für einen Juden zu halten, dann sind Sie gefälligst einer. Wenn ich Ihnen befehle, statt Pizza Matzen zu essen, dann wird nicht lange gefackelt. Ich wünsche, daß die Männer unter meinem Kommando widerspruchslos ausführen, was ich ihnen sage. Besonders mein bester Sergeant.«

»Sir«, blubberte der Sergeant, »ich bin aber sehr stolz darauf, Italiener zu sein.«

»Sarge, dann lernen Sie eben, stolz auf Ihre jüdische Herkunft zu sein, das ist genauso leicht. Sie können abtreten.«

»*Yes, Sir.*« Der Sergeant salutierte.

Als der Sergeant sich bereits umgedreht hatte, rief Colonel Meecham ihm nach: »Macht Ihre Frau eine gute Lasagne, Latito?«

Der Sergeant hielt inne, nahm Haltung an und erwiderte, ohne sich umzudrehen: »Die allerbeste, Sir. Wenigstens in dieser Gegend hier.«

»Wenn sie das nächste Mal Lasagne macht, würd' ich mich über eine Extraportion sehr freuen.«

»Geht in Ordnung, Sir«, sagte Latito lächelnd. »Geht in Ordnung.«

★

Pünktlich um zwölf Uhr dreißig begab Bull Meecham sich zur ersten Begegnung mit den Offizieren seiner Staffel ins Konferenzzimmer. Einige von ihnen kannte er von früheren Kommandierungen und von anderen Flugplätzen, und den meisten war er schon in den Tagen vor seiner Amtseinführung begegnet. Es war jedoch das erste Mal, daß er sie als Einheit ansprach.

Zwölf Jahre lang hatte er an dieser Rede gefeilt. Er hatte die Stärken und Schwächen der Kommandanten, unter denen er diente, genau studiert, und seine Beobachtungen hatten ihm als Rohmaterial für die Rede gedient, die er dereinst vor Männern, die zu ihm als ihrem Vorgesetzten aufsahen, halten würde. Er hatte sich seine Theorien über Befehl und Gehorsam, seine Liebe zu den ältesten Traditionen des Corps und seine Pflichtauffassung so oft und selbst noch in Krisen immer wieder vorgebetet, daß im Grunde nichts schiefgehen konnte. Alles, was er am Tag X sagen würde, soviel stand fest, entsprang harter Erfahrung, war die natürliche Quintessenz seiner Jahre im Marine Corps und seiner Auffassung vom Soldatentum.

Er begann mit seiner Ansprache, war sich bewußt, daß er die Barrikade erreicht hatte und sie erklomm, und daß er diesen Augenblick kein zweites Mal in seinem Leben erfahren würde – der Kommandant sprach, ohne schriftliches Konzept, aber aus seinem tiefsten Innern, seinem härtesten und heiligsten Kern.

»Männer«, hub er an, »ihr habt von nun an das Privileg, unter dem gemeinsten, härtesten und lautesten Staffelkapitän im Marine Corps zu dienen.« Er hielt inne, ließ seinen Blick von Mann zu Mann schweifen und setzte hinzu: »Unter mir.« Es war wie ein Knurren. »Des weiteren habt ihr das Privileg, dem besten Staffelkapitän zu dienen ...« Erneute Pause, dann: »Wieder mir. Ich befinde mich in einer besonderen und außerordentlich glücklichen Position. Ich bin Kapitän einer Staffel, die über die gottverdammt besten Piloten verfügt, deren Ärsche je den Sitz eines Jets gedrückt haben. Und falls ihr nicht die besten Piloten im Marine Corps seid, falls ihr nicht die besten Piloten der Welt seid, dann werdet ihr es nach sechs Monaten mit mir als Kapitän sein. In den nächsten zwei Monaten werdet ihr fliegen wie nie zuvor. Ihr werdet mit euren Jets Dinge anstellen, die ihr nie für möglich gehalten hättet. Ihr werdet zu großen Experten in Bereichen der Fliegerei, von deren Existenz ihr bisher nicht mal geträumt habt. In den nächsten beiden Monaten werdet ihr ein paar harte Nüsse zu knacken haben, Männer, aber ihr werdet so verflucht gut fliegen, daß ihr darüber Frau und Kind und die Tatsache, daß die White Sox den Ligapokal gewinnen, vergeßt. Und ich will nicht, daß ihr mich lediglich als euren Befehlshaber betrachtet. Ihr sollt zu mir aufsehen wie zu einer Art Gott. Wenn ich euch etwas sage, dann spurt ihr, als käme es direkt aus dem brennenden Busch. Wenn ich niese, dann niest ihr gefälligst auch. Sollte ich leprakrank werden, dann will ich ein paar Nasen abfallen sehen. Wenn ich mir den Arsch putze, dann will ich die Hand jedes einzelnen Piloten zum Säubern seines Rektums nach unten wandern sehen. Wir sind Mitglieder der stolzesten und elitärsten Kampftruppe der Weltgeschichte. Auf dem gesamten Erdball gibt es keine Macht, die uns jemals das Wasser reichen oder uns im Kampf besiegen kann, niemanden, der uns daran hindern könnte, unsere Pflicht zu tun, oder imstande wäre, uns den Sieg streitig zu machen. Wir sind Marines. Kämpfer des Marine Corps. Kampfpiloten des Marine Corps. Marine-Corps-Krieger. Marine-Corps-Killer. Wir werden unsere Uniformen immer mit Stolz tragen. In allem, was wir als Staffel tun, werden wir die Traditionen des Corps hochhalten. Als Befehlshaber dieser Staffel sage ich euch, daß diese Staffel im Marine Corps innerhalb von dreißig Tagen bereits zur lebenden Legende wird, und zwar weil ich die härtesten, fliegenden Hundsfötte auf der ganzen Welt befehligen werde, andernfalls beginnt das große Arschtreten hier auf der Air Base.« Er brüllte jetzt; sein Gesicht war gerötet, und seine Augen fixierten nur die unbedingte Rechtschaffenheit seines Ziels. Die Männer seiner Staffel saßen da wie gelähmt. Niemand gab auch nur den geringsten Mucks von sich, es gab kein Räuspern oder Husten, keinerlei Unruhe. Gelangweilt waren sie nicht.

»Also. Ich erwarte Gehorsam und hingebungsvolles Pflichtbewußtsein. Aber: Es gibt einen bestimmten Typ von Marine, den ich nicht ausstehen kann.« Alle Anwesenden spitzten die Ohren. »Keiner soll an meinen Fürzen schnüffeln! Aus Furzschnüfflern werden, falls sie nicht zufällig unter mir dienen, Generäle. Wenn ihr Eier ablecken wollt, dann kauft euch einen Beutel Murmeln, denn eierlutschende, speichelleckende, furzschnüffelnde Hurensöhne sind mir verhaßter als alle Russen im Kreml zusammen.« Bull Meecham sah sich im Raum um. Er hatte sich in Fahrt geredet. Der Rhythmus seiner eigenen Vortragskunst, das Fieber und die Rechtschaffenheit seiner Botschaft rissen ihn mit. »Ihr, Männer, steht jetzt unter dem Kommando von Bull Meecham. In späteren Zeiten werdet ihr sagen: Das waren unsere besten Zeiten im Marine Corps. Wenn einer meiner Piloten Mist baut, dann reiß' ich ihm ein Pfund Fleisch aus dem Arsch. Aber auch, wer von außerhalb versucht, einem meiner Männer in die Suppe zu spucken, kriegt es mit mir zu tun. Wir sitzen im gleichen Boot, Männer. Wir sind Mitglieder der Werwolfstaffel 367 und werden in die Geschichte eingehen. Ich möchte Sie, Gentlemen, als Mitglieder der besten Staffel, die es je gegeben hat, willkommen heißen.«

Mit einem »Okay« unterbrach er den Rhythmus seiner Rede; der Hauptteil der Ansprache war vorüber. »Noch ein paar allgemeine Fragen. Hat jemand aus dieser Staffel eine Ivy-League-Schule besucht?«

Ein Pilot im hinteren Teil des Raumes hob seine Hand, hob sie so zögernd, als hisse er die weiße Fahne der Kapitulation.

»Und auf welchem College waren Sie, Lieutenant?« fragte Colonel Meecham.

»Cornell, Sir«, erwiderte der Lieutenant.

»Cornell!« brüllte der Colonel.

»*Yes, Sir,* Cornell«, antwortete der Lieutenant und war sich seiner Sache schon längst nicht mehr so sicher.

»Stolz darauf, Sohn?« fragte der Colonel.

»*Yes, Sir.*«

Aller Augen richteten sich auf Colonel Meecham, der auf den Fußballen wippte und den Mann mit unverhohlen drohendem Blick ansah.

»Scheiiiße«, fauchte er. »Das ist meine Ansicht über die gesamte Ivy League! Die Ivy League ist genau das, woran unser Land heute krankt. Cornell! Cornell! Cornell ist eine Schule für Memmen und Schwule. Lieutenant, ich befehle Ihnen, mich vergessen zu machen, daß Sie diese Schule je besucht haben. Und zwar indem Sie der fliegende Tiger dieser Truppe werden. Habe ich mich deutlich genug ausgedrückt, Lieutenant?«

»*Yes, Sir*«, rief der Lieutenant.

»Also gut«, sagte der Colonel, »gibt es hier jemanden von der Marineakademie?«

Wiederum hob sich eine einsame Hand aus der versammelten Pilotenschar.

»Und in welcher Klasse waren Sie, Mister?« fragte der Colonel.

»Jahrgang siebenundfünfzig, Sir«, erwiderte der junge Captain und stand stramm.

»Das ist ja nett, Captain. Reizend. Eine Schule für Gentlemen, ohne Frage. Und warum sind Sie nicht wie der Rest Ihrer Kameraden mit den Pelikanen geflogen?«

»Ich wollte zu den Besten gehören, Sir.«

»Brav. Aber Sie sollten auf der Hut sein. Pelikane von der Marineschule haben die Angewohnheit, ihre Ringe in der Nase zu tragen. Bilden sich ein, daß sie blaues Blut haben. Bilden sich ein, daß ihre Kacke nach Chanel Nummer fünf riecht. Normalerweise kommen sie im Marine Corps nicht ganz so gut zurecht. Das ist Ihnen doch bekannt, Marine?«

»Davon habe ich gehört, Sir.«

»In meinen Augen ist die Navy der Käse zwischen den Zehen des Marine Corps. Nur im Krieg stehen Corps und Navy auf derselben Seite, das ist der einzige Anlaß. Ansonsten lassen wir die Pelikane in ihren eigenen Gewässern fischen. Also, Männer, ihr fliegt mit Bull Meecham im Auge des Sturms. Dies ist die Geburtsstunde der 367. Gemeinsam werden wir sie zur besten Staffel machen, die es je gegeben hat. Wenn ihr ein Problem habt, dann kommt zu mir, und gemeinsam werden wir dem Miststück den Garaus machen. Abtreten.«

Die Piloten verließen den Raum. An ihrem federnden Gang und ihrer Lebhaftigkeit erkannte Bull, daß ein Teil des Problems um die Moral der 367 bereits gelöst war. Mit ihm, Bull Meecham, kamen frisches Blut und frischer Wind in die Truppe – und ein Schuß vom alten Corps-Geist. Ich bin, dachte er, genau das, was der Doktor verschrieben hat.

Es klopfte an der Tür. Ein etwas zu kurz geratener Captain, der in seiner Fliegerkombi nicht gerade martialisch aussah, ging auf den Schreibtisch des Colonel zu und salutierte.

»Captain Johnson meldet sich wie befohlen, Sir«, sagte der Captain mit kastratenhaft hoher Fistelstimme.

Colonel Meecham sah dem kleinen Mann unverwandt in die Augen, bevor er das Wort ergriff. Der Captain hielt dem Blick stand.

»Ich möchte Ihnen zwei Fragen stellen, Captain«, sagte der Colonel. »Erstens: Wie ist es Ihnen gelungen, mit einer solchen Stimme aus Quantico herauszukommen? Die Ausbilder müssen Ihnen doch die Hölle heiß gemacht haben.«

»Haben sie auch, Sir. Als mein Infanteriezug die Schule absolvierte, sagte mir einer der Ausbilder, eine solche Stimme hätte er noch bei keinem Rekruten gehört.«

»Ich dachte schon, Ihre Frau wäre Bauchrednerin und hielte sich draußen auf dem Gang versteckt.«

»*No, Sir.* Das ist meine Stimme.«

»Die nächste Frage, Captain. Wie groß sind Sie?«

»Einsfünfundsechzig«, erwiderte der Mann.

»Quatsch, Captain. Ein einsfünfundsechzig großer Mann wäre neben Ihnen ein Riese.«

»Ich habe einen leichten Knochenbau, Colonel.«

»Sie müssen die Knochen eines Kanarienvogels haben«, sagte der Colonel. »Ich will Ihnen mal meine Theorie über kleine Männer erläutern, Captain, und danach sagen Sie mir, was Sie davon halten.« Er lehnte sich zurück und betrachtete den vor ihm stehenden Mann nachdenklich und nicht ohne Bewunderung. »Rühren, Johnson. Nehmen Sie Platz.«

Captain Johnson setzte sich auf den Stuhl vor Bull Meechams Schreibtisch, und es sah aus, als könne er gerade noch über die Platte lugen.

»Zeigen Sie mir einen Kerl, der kleiner als einssiebzig ist, Johnson, und ich zeige Ihnen, in neun von zehn Fällen, einen Hundsfott. Meiner Erfahrung nach tragen kleine Männer ein Kreuz von der Größe eines Flugzeugträgers mit sich herum. Sie verfluchen das Leben, Gott und jedermann, nur weil sie Zwerge sind. Sie treten dem Marine Corps bei, um einmal in ihrem Leben stolz und hart zu sein. Nichts gefällt ihnen besser, als in Uniform herumzustolzieren, mit ihren Flugzeugführerabzeichen anzugeben und so zu tun, als wären ihre Schwengel genauso lang wie bei allen anderen. Ich nehme kein Blatt vor den Mund, Johnson, und ich kann Ihnen sagen, daß ich auf die kleinen Kerle immer besonders gut aufpasse, weil ich weiß, daß sie mit ihren niedrig hängenden Pfoten nur darauf warten, mir mal ordentlich die Eier zu quetschen. Was halten Sie von meiner Theorie?«

Der kleine Mann kräuselte die Lippen und kniff einen Moment lang die Augen zusammen. Er antwortete nicht sogleich. Der nimmt meine Theorie nicht auf die leichte Schulter, dachte der Colonel bei sich.

»In meinem Fall«, sagte der Captain schließlich, »liegen Sie mit Ihrer Theorie im großen und ganzen richtig. Ich trat dem Marine Corps bei, weil ich mir beweisen wollte, daß ich allem gewachsen bin, was das Marine Corps mir auftischt. Für sportliche Lorbeeren war ich immer zu klein, und meine Stimme war schon immer viel zu hoch, um ernstgenommen zu werden. Also habe ich mich ins Zeug gelegt, um der beste Pilot im Corps zu werden.«

Der Colonel lächelte und sagte: »Deswegen habe ich Sie auch zu mir beordert. Sowohl der letzte Kapitän als auch sein Stellvertreter haben mir gesagt, daß Sie der beste Nachwuchspilot der Staffel sind. Ich wußte nicht, wer dieser Johnson war, und wenn ich ihn hätte identifizieren sollen, dann wäre meine Wahl bestimmt nicht auf Sie gefallen.«

»*Yes, Sir*«, antwortete der Captain, »ich verstehe. Und deswegen bin ich auch entschlossener denn je, der beste zu sein.«

»Bis das geschieht, müssen Sie sich noch eine Weile gedulden, Captain«,. erwiderte Colonel Meecham grob.

»Verzeihung, Sir?«

»Sie sind in dieser Staffel der zweitbeste Pilot, Johnson. Mit dem besten reden Sie gerade.«

»*No, Sir*«, antwortete der Captain, ohne die Miene zu verziehen. »Ich bin nach wie vor der beste.«

»Haben Sie gehört, was ich gesagt habe, Johnson? Ich sagte, daß ich der beste bin.«

»Sie sind hier der zweitbeste, Colonel«, gab der Captain zurück.

»Ha, ha!« brüllte der Colonel. »Sie hochnäsige, quiekende Rotznase. Wir werden uns prächtig verstehen, mein Sohn. Ich ziehe den Hut vor Leuten, die sich nicht an den Karren pinkeln lassen. Natürlich müssen wir 'mal zusammen fliegen, damit ich sehe, was Sie drauf haben.«

»Mit Vergnügen, Sir. Habe schon gehört, daß Sie gut sind.«

»Da können Sie Gift drauf nehmen, Captain. Abgemacht. Anfang nächster Woche steigen wir auf, dann werd' ich mir mal angucken, ob Sie einen Jet genauso beherrschen wie Ihr Mundwerk.«

»Es wird mir ein Vergnügen sein, Sir«, sagte der Captain und nahm Haltung an.

Der Colonel lächelte immer noch und sagte: »Es war ein Vergnügen, mit Ihnen zu reden, Johnson. Ich mag Ihre Einstellung. Das ist eine gute Einstellung. Eine wahrhaft gute Einstellung für so ein mickriges Gestell. Guten Tag.«

»Guten Tag, Sir.«

Nachdem Johnson das Büro verlassen hatte, ging Colonel Meecham zum Fenster und spähte durch die Jalousie auf die Jets, die mit hochgeklappten Flügelspitzen vor dem Hangar standen. Er dachte über Captain Johnson nach, diesen famosen Piloten, der mit Leib und Seele Marine war, es aber wegen seiner Stimme im Marine Corps nicht sehr weit bringen würde. Eine solche Stimme kann die Männer nicht mitreißen, dachte Colonel Meecham. Sie dringt nicht in ihre Herzen und kann sie nicht in den Kampf schicken. Eine solche Stimme ist nicht imstande, in einem Mann den Wunsch nach dem Tod zu erwecken, kann ihn nicht an einen Platz abkommandieren, wo er sterben muß. Gary Johnson mag ein guter Pilot sein, aber ein guter Marine wird aus ihm nie werden. Dazu braucht man Männer.

Er zog die Jalousie zu, ging zu seinem Schreibtisch zurück und rief mit lauter, selbstsicherer Stimme nach Latito: »Kommen Sie sofort her, Latito, sonst hetz' ich Ihnen den Rabbi auf den Hals.«

13

Wie gründlich sich Ben und Mary Anne auch auf den Albtraum vorbereiteten – nichts vermochte das Unbehagen zu mindern, das sie beim Eintritt in eine neue High School überkam. Sie hatten Spekulationen darüber angestellt, wie sich eine Kindheit und Jugend unter lauter fremden Leuten in der amerikanischen Armee auf die Persönlichkeit des einzelnen auswirken mochte, und waren zu zweierlei Ergebnissen gelangt: Entweder besaß man verborgene Fähigkeiten, die es gestatteten, Charakterfestigkeit vorzutäuschen, auf verschworene Cliquen einheimischer Teenager von sich aus zuzugehen, die richtigen Worte zu finden, ein gewinnendes Lächeln aufzusetzen und sich so in den Lebensfluß der High School einzufädeln – oder aber man verbrachte peinvolle Tage, in denen man, ans Licht gezerrten Troglodyten gleich, durch die Schulflure schlich. Bei Ben und Mary Anne dauerte es grundsätzlich Monate, bis es ihnen gelang, ihre angeborene Schüchternheit zu überwinden – die in Wahrheit nichts anderes war als die halsstarrige Weigerung, sich selbst in ihrer ganzen Verletzlichkeit preiszugeben. Sie hatten Angst: Angst davor, ausgelacht oder zur Zielscheibe des Spotts zu werden oder gar sich unfreiwillig noch stärker zu isolieren, indem sie zum Beispiel den strategischen Fehler begingen, sich dieser feindseligen, gnadenlosen Welt, in der Halbwüchsige sich in den kleinen Greueltaten und nichtigen Grausamkeiten der Erwachsenen üben, allzu früh aufzudrängen. Mindestens drei Monate zogen jedesmal ins Land, bis sie allein ihren Haß aufs morgendliche Aufwachen vergessen konnten.

Jahr für Jahr hielt Lillian ihnen vor dem ersten Schultag eine heitere Rede, die immer wieder ein einziges Thema variierte: »Ich finde, ihr seid wahre Glückspilze. Ihr seid ständig auf Reisen, gewinnt neue Einsichten, lernt die unterschiedlichsten Denk- und Handlungsweisen kennen, ja, ihr lernt sogar, wie man Bekanntschaften anknüpft und sich dabei von der besten Seite zeigt. Ich an eurer Stelle würde mir an meinem ersten Schultag Mitschüler aussuchen, die ich gern näher kennenlernen möchte. Dann würde ich hocherhobenen Hauptes auf sie zugehen und ihnen erzählen, daß ich noch neu hier bin und gerne einen Freund oder eine Freundin hätte. So würde ich das jedenfalls machen. Gewiß, ich stecke nicht in eurer Haut, aber ich würde mir, statt mit gesenkten Augen herumzuschleichen, sagen: Dies ist ein neuer Tag, und ich werde mit jedem, der mir über den Weg läuft, Freundschaft schließen.«

»Ich schleiche sehr gerne mit gesenkten Augen herum«, pflegte Mary Anne zu antworten.

»Ich auch«, pflichtete Ben ihr dann bei.

Beide wußten aus Erfahrung, wie die Zeit der Freundelosigkeit zu enden pflegte: Eines Tages würde ein überaus häßliches oder überaus unglückliches Wesen den neuen Mitschüler wahrnehmen und ihm mit zögernden, unsicheren Gesten seine Freundschaft anbieten – zu keinem anderen Zweck, als der eigenen unerträglichen Einsamkeit ein Ende zu bereiten. Eine Zeitlang hatte man dann ein häßliches, unbeliebtes Kind zum Freund. Dadurch lernte man schließlich jemanden kennen, den man viel lieber mochte, so daß die ursprüngliche Freundschaft allmählich abbröckelte und zur qualvollen Erinnerung verblaßte. An einer neuen Schule konnte man gar nicht anders, als sich einen Freundeskreis auf den einsamen Kadavern jener unglückseligen Mädchen und Jungen aufzubauen, die ihre Freundschaft genau zu dem Zeitpunkt anboten, da einem keine andere Wahl blieb. War das Schuljahr erst einmal halb vorüber, so hatte der Neue schon halbwegs sicheren Grund unter den Füßen. Dann fing er an, seine Flügel auszubreiten, es dem Halbmond gleichzutun und seine volle Größe anzustreben. Hatte er dann endlich sein Gleichgewicht wiedergefunden und ging zögernden Schrittes auf jene zu, die er sich bislang wohlweislich und in der panischen Angst, sie könnten einen Blick auf sein wahres Selbst erhaschen, vom Hals gehalten hatte, ja, hatte er sich endlich einigermaßen beruhigt und labte sich an der Erkenntnis, daß er kein Fremder mehr war, daß er beinahe dazugehörte – dann kam garantiert der Marine mit neuen Befehlen nach Hause und verkündete, die Familie müsse im Juni wieder woanders hinziehen.

Die John C. Calhoun High School war ein dreistöckiges Gebäude aus rotem Backstein, vor dem das Standbild des namengebenden Politikers aus South Carolina mit knochigem, dreißig Zentimeter langem Finger auf den Fluß wies, der einen Winkel von neunzig Grad um die Schule beschrieb. Das Gebäude selbst war mit einer Fassade im Kolonialstil und einer eleganten Kuppel ausgestattet. Um den jährlichen Zuwachs an Marine-Kindern unterzubringen, die die Erweiterung des Luftwaffenstützpunktes in die Stadt schwemmte, waren zwei Seitenflügel angebaut worden, die ein langer, parallel zum Hauptgebäude verlaufender, überdachter Gang miteinander verband. Auf der freien, rechteckigen Fläche zwischen Anbauten, altem Schulgebäude und Gang blühten Blumen um einen steinernen Springbrunnen, der nicht funktionierte. Die Turnhalle grenzte an den östlichen Flügel der Schule, und ein jeglichen Rasen entbehrendes Football-Feld aus Klumpen gefurchten, rissig harten Lehms bildete die Grenze des Schulgeländes im Norden. Sowohl das Standbild von Calhoun als auch das Portal der Schule schauten flußabwärts, und wenn man sich auf die Vordertreppe setzte, konnte man dem dichten Strom von Booten und Lastkähnen zusehen, der sich, vorbei an Sand- und Austernbänken, auf dem Binnengewässer dahinwälzte.

Ben und Mary Anne, aus ihrer zweisamen Niedergeschlagenheit Stärke und Trost beziehend, schritten gemeinsam durch die Gänge der Calhoun High. Beiden gemeinsam war auch das Gefühl, daß ihnen eine Zeit maximalen Ausgestelltseins bevorstand, in der ihre Fehler und Makel in umgekehrt proportionalem Verhältnis in Vergessenheit versanken. Paranoia war stets die erste Krankheit, mit der man es an einer neuen Schule zu tun bekam. Ben und Mary Anne hatten das Gefühl, sie stünden im Mittelpunkt des Interesses – doch in Wirklichkeit schenkte man ihnen keinerlei Beachtung.

Bens Klassenlehrerin, Mrs. Troutman, war eine große, schwerfällige Frau, deren Gesicht, wiewohl sie beständig lächelte, eine grausige Traurigkeit ausstrahlte. Ein Hauch von Tragik schien sie zu umgeben. Sie hatte eine große, recht angenehme Nase, mit der sie in unregelmäßigen Abständen die Luft beschnupperte wie ein Kalb im Schlachthof, das Blut wittert. Sie gab außerdem in der letzten Schulstunde amerikanische Geschichte und Sozialkunde, wobei sie Wort für Wort aus dem Lehrbuch vorlas und nur an jenen Stellen, wo der Verfasser des Textes einen besonders wichtigen Punkt zur Sprache brachte, kurz innehielt und ihren eigenen Kommentar hinzufügte. Ben war von Anfang an klar, daß die Machenschaften im Klassenzimmer sie viel mehr interessierten als die sumpfigen Niederungen regionaler und bundesstaatlicher Politik.

Am ersten Schultag hatte Mrs. Troutman sich vor der Klasse aufgepflanzt und eine Begrüßungsansprache gehalten. »Ich bin Mrs. Troutman«, eröffnete sie würdevoll. »Ich heiße euch in den geheiligten Hallen der John C. Calhoun High School willkommen. Die Neuen an dieser Schule, und aus meinen Unterlagen geht hervor, daß zwei oder drei von euch tatsächlich neu hier sind, möchte ich in unsere Traditionen, die wir in Ehren halten, einweihen. In der Eingangshalle befindet sich ein in den Boden eingelassener, von der 1960er Abiturklasse großzügig gespendeter Quader mit einem C darauf, das den Stolz auf unsere sportlichen und schulischen Leistungen wecken soll. Dieser Stein mit dem C darf von niemandem betreten werden. Denkt bitte daran, denn wenn ihr von einem unserer hünenhaften Football-Spieler dabei erwischt werden solltet, gibt's ein böses Erwachen. Weiter ist zu sagen, daß ihr als Schüler der höchsten Klasse das Privileg genießt, bei der Essensausgabe bevorzugt zu werden, so daß ihr euch nicht anstellen müßt. Ich werde jetzt ein Handbuch über die Schule austeilen, in dem fast alle diese Informationen noch einmal nachzulesen sind. Solltet ihr irgendwelche Fragen haben – meinen Jungen und Mädchen aus der 4B stehe ich jederzeit zur Verfügung.«

Sie hielt inne, räusperte sich, und ihr Tonfall nahm einen noch ernsteren Klang an: »Der erste Punkt der Tagesordnung gilt den Wahlen zu den Klassenämtern. Ich will euch nicht verhehlen, daß ich in dem Rufe stehe, herausragende Klassen zu leiten. Die 4B war von jeher die beste, die 4B ist die beste und wird stets die beste bleiben. Daher ist es auch besonders wichtig, nur die besten Leute in die verschiedenen Ämter zu wählen. Nun bitte ich um einen Moment Ruhe, damit ihr alle darüber nachdenken könnt, wer eurer Meinung nach den besten Klassensprecher für die 4B abgeben würde. Das muß nicht unbedingt der beliebteste Klassenkamerad oder die beliebteste Mitschülerin sein. Mitunter sind es die ruhigsten Zeitgenossen, die die besten Klassensprecher abgeben. Denkt nun also in Ruhe darüber nach, wer die Interessen der 4B am besten vertreten könnte. Ich weiß, daß dies keine leichte Entscheidung ist. Die Eigenschaften eines guten Klassensprechers sind meiner Meinung nach folgende.« Ihre Stimme wurde jetzt immer leiser. Doch unverdrossen flüsterte sie ihre Botschaft weiter: »Mut, Besonnenheit, Aggressivität, Loyalität gegenüber der 4B, Nächstenliebe, Glaube, die Fähigkeit, schwierige Situationen zu meistern, und Hoffnung.«

Nein, widersprach Ben insgeheim, kein einziger Klassensprecher hat jemals eine einzige gute Eigenschaft besessen. Die anderen Schüler wurden unruhig und sahen sich in der Klasse um, forschten in den Augen der anderen nach untrüglichen Anzeichen für Führungsqualitäten.

Schließlich ergriff Mrs. Troutman wieder das Wort: »Ich habe gerade meine Unterlagen durchgesehen und mit Entsetzen und Enttäuschung festgestellt, daß nur ein einziger Junge in dieser Klasse überhaupt den für Klassenämter notwendigen Notendurchschnitt hat.«

»O Gott!« stöhnte Ben und machte sich auf das Schlimmste gefaßt.

»Erforderlich ist ein C-Durchschnitt, und Benjamin Meecham ist der einzige Junge dieser Klasse, der die entsprechenden Noten hat.«

»Benjamin!« hörte Ben einen Jungen aus den hinteren Reihen gackern.

»Also gut, ich werde mich nicht in die Wahlen einmischen. Aber ich denke doch, daß zumindest ein Junge für jedes Amt nominiert werden sollte, sonst haben wir nur Mädchen auf allen Posten. Würde Benjamin Meecham sich wohl erheben, damit sich alle in der Klasse einen Eindruck von ihm machen können? Oh, da bist du. Willkommen an der Calhoun High, Benjamin. Also, das ist er. Seht ihn euch genau an.«

Ben fühlte, wie die Röte aus den Nagelhäuten seiner Zehen aufstieg, durch seinen ganzen Körper schoß und zum Angriff auf seine Haarspitzen ansetzte. Die anderen glotzten ihn an, als wäre er eine Urinprobe.

»Ich nominiere Benjamin für die Wahl zum Klassensprecher der 4B. Werden noch weitere Kandidaten vorgeschlagen?«

Ben erzählte Mary Anne später, es sei eine wahre Sternstunde in seiner Schülerlaufbahn gewesen. In schneller Folge war er bei sämtlichen Wahlen zum Klassensprecher, zum Vize-Klassensprecher, Schriftführer, Schatzmeister, Ordnungshüter und Schülerratsvertreter sowie zu deren Stellvertretern geschlagen worden. Das Demütigendste an all diesen Niederlagen war jedoch die Tatsache, daß er keine einzige Stimme für sich hatte verbuchen können. Nicht einmal die neuen Schüler hatten für ihn gestimmt.

»Wer will denn schon ein Pickelgesicht zum Klassensprecher«, hatte Mary Anne gesagt.

»Darum ging's gar nicht, Schwesterlein. Die waren einfach der Meinung, ich besäße keinerlei Führungsqualitäten.«

★

Am Donnerstag ihrer zweiten Woche an der neuen Schule kamen Ben und Mary Anne nach dem Mittagessen um die Ecke des überdachten Gangs und wurden unversehens von einer Woge aus Leibern erfaßt und mitgerissen zu einem unsichtbaren Drama hin, das stark nach Gewalt roch. Ein hochaufgeschossener, sommersprossiger Junge mit orangeroten Haaren, die er mit viel Brillantine nach hinten gekämmt hatte, hielt einen kleineren dunkelhaarigen Jungen im Schwitzkasten, und die Menge machte sich über dessen Befreiungsversuche lustig.

»Laß mich los, Red«, bettelte der Kleinere.

»Sammy, du und ich, wir sind doch jetzt gute Kumpel, stimmt's?« sagte Red.

»Stimmt, Red. Warum läßt du mich dann nicht los?«

»Ich möchte ja gerne, Sammy. Du brauchst bloß zu sagen, was ich dir befohlen habe.«

»Das sag' ich aber nicht«, antwortete Sammy.

»Dann drück' ich dir eben deinen mickrigen kleinen Judenhals zu«, sagte Red und verstärkte seinen Griff. »Nun sag's schon, Sammy. Sag's, bevor ich die Geduld verliere.«

»Heil Hitler«, sagte der Junge leise.

»Lauter, du Judenbengel«, forderte der andere. »Jeder hier soll hören, wie sehr du den guten alten Adolf liebst.«

»Heil Hitler«, sagte der Junge etwas lauter.

»Immer noch nicht laut genug, Sammy«, sagte Red, zwinkerte und lachte der Menge zu.

Mary Anne drehte sich zu Ben um und sagte grob: »Hilf dem Kleinen, Ben!«

»Um Himmels willen, Mary Anne. Nichts wie weg von hier! Er läßt ihn sowieso gleich los.«

»Wenn du ihm nicht hilfst, muß ich's eben tun«, sagte sie und fing an, sich einen Weg durch die Menge zu bahnen.

»Verdammt noch mal, Mary Anne, laß das«, flehte Ben. »Wir gehen jetzt den Flur lang und stecken unsere Nasen nicht in andrer Leute Angelegenheiten.«

»Der Kleine wird hier vor aller Augen gedemütigt«, sagte Mary Anne und drängte sich weiter durch. »Er weint schon.«

Einzelne Schluchzer drangen unter der Jacke des Rothaarigen hervor, und Ben wurde klar, daß er sich schnell entscheiden mußte. Mary Anne würde versuchen, Red die Augen auszukratzen, und Ben würde Schwierigkeiten haben, seinem Vater zu erklären, wieso er sich auf die Seite von Vorsicht und Besonnenheit geschlagen hatte, während seine Schwester eine Lanze für Ehre und Mut brach und mit ihren Fäusten auf einen Rowdy losging. Mary Anne war viel mutiger als Ben, was seiner Meinung nach jedoch darauf zurückzuführen war, daß sie noch nie eine aufs Maul gekriegt und keine Ahnung hatte, wie weh das tat.

Ben riß Mary Anne am Arm zurück und sagte, als er sich an ihr vorbeidrückte: »Dafür hast du eigentlich eine Tracht Prügel verdient, du Miststück.«

»Heil Hitler«, hörte man Sammy wieder.

»Irgendein Lehrer in Sicht, Lee?« fragte Red einen seiner Freunde.

»Nee, ich steh' Schmiere«, erwiderte Lee.

»Also, Sammy. Eins noch, dann lass' ich dich los. Sag: Ich liebe Jesus Christus.«

»Laß ihn in Ruhe«, hörte man eine Stimme.

Red blickte auf und sah Ben, der ihn wütend anstierte. Ein paar von Reds Freunden schoben sich am Rand der Menge entlang auf Ben zu. Ben stellte fest, daß Red gute fünf Zentimeter größer war als er selbst, dafür aber bestimmt acht Kilo weniger auf die Waage brachte. Natürlich, dachte Ben, Red hat zehn oder zwanzig von seinen Kumpanen hier, da hat er in dieser Schlacht gleich einen Gewichtsvorteil von mehreren tausend Pfund.

»Was bist denn du für'n Scheißerchen?« brummte Red.

»Laß den Jungen los und such dir einen, der dir ebenbürtig ist.«

»Und was, wenn ich ihn nicht loslasse, du Blabla?« sagte Red, der merkte, daß er einen Teil der Zuschauer an diesen Newcomer verlor.

»Wenn du meinen Freund Sammy nicht in Ruhe läßt, Red, darfst du uns gleich allen erzählen, wie sehr du Martin Luther King liebst«, sagte Ben. Damit hatte er die Lacher auf seiner Seite.

»Und du glaubst, das schaffst du, Blabla? Was willst du überhaupt hier? Bist du auch so'n Judenbengel?«

»*Yeah*, Red. Ich bin auch so'n Judenbengel. Und ich seh's gar nicht gerne, wenn andere Judenbengel von rothaarigen Punks gepiesackt werden.«

»Das is'n Marine-Balg!« rief jemand Red zu. »Der ist kein Jude.«

»Stimmt das, Twinkie, bist du'n Marine-Balg?« fragte Red.

»*Yeah.*«

»Ich hasse Marine-Bälger, Twinkie.«

»Wart's ab, gleich wirst du sie noch viel mehr hassen«, gab Ben zurück.

»Wie wär's mit 'ner Faust im Maul?« fragte Red.

»Das is' ein ganz Edler, Red. Versetz ihm einen Tritt in den Hintern«, sagte einer hinter Ben. Erst jetzt nahm Ben die Stimmen von Reds Verbündeten wahr, die wie Satelliten um das Kampffeld kreisten.

»Zeig's ihnen, Ben!« schrie Mary Anne. Inzwischen stand sie direkt hinter ihm.

»Wer ist denn deine fette Freundin, Twinkie?«

»Das ist meine Schwester, du rothaariger Furz, und wenn du noch mal was über sie sagst, dann können sie dich hinterher mit dem Mop vom Boden wischen.«

»Gib's ihm, Red!« rief jemand. Red hatte inzwischen von Sammy abgelassen und konzentrierte sich nun völlig auf Ben. Sammy entwand sich Reds Umklammerung und verschwand, ließ Ben mit der drohenden Menge allein. Red und seine Freunde fingen an, Ben zu umzingeln. Mary Anne wurde in die Zuschauermenge zurückgedrängt. Dann bekam Ben einen Stoß von hinten. Er drehte sich um und stieß seinen Angreifer zurück. Im gleichen Moment griff Red in seine Gesäßtasche und zog ein Klappmesser heraus. Als Ben sich wieder umdrehte, hatte er plötzlich das blanke Messer an der Kehle.

Lillian hatte eine Erkenntnis von unschätzbarem Wert an Ben weitergegeben, die ihm nun, da er die Messerspitze an seinem Kehlkopf spürte, unversehens in den Sinn kam: »Sollte es dir je passieren, daß ein Junge aus dem Süden ein Messer gegen dich zieht, dann kannst du sicher sein, daß er damit umzugehen weiß.« »Red«, sagte Ben, »Red, altes Haus, du hast diesen Kampf soeben gewonnen.« Das Adrenalin brannte in seinem Magen wie zwei Zuflüsse, die sich in einen Strom ergießen. Irgendeiner hatte ihn von hinten gepackt und ihm die Arme auf den Rücken gedreht.

»Nein, mein Sieg ist noch nicht ganz komplett, Twinkie. Du hast mich echt sauer gemacht, und dafür wirst du mir 'ne hübsche Zeitlang blechen. Jetzt sag mal schön laut und deutlich: ›Ich habe eine fette, häßliche Schwester.‹«

»Nein!« sagte Ben.

Da gellte plötzlich eine Stimme aus der Menge: »Lehrer, Lehrer!« Es war Mary Annes Stimme. Blitzschnell war das Messer verschwunden. Bens Arme wurden losgelassen. Er wirbelte herum und sprintete durch die Menge.

»Keine Spur von Lehrern!« rief eine Stimme hinter Ben.

Red begriff, daß er übertölpelt worden war, und drängte sich durch die Menge, die nun aufgeregt durcheinanderquirlte, weil sich manche nach vorne zum Tatort schoben, andere sich jedoch flugs aus dem Staub machten. Ben fand Mary Anne, die auf dem grasbewachsenen Rechteck neben dem überdachten Gang auf ihn wartete. »Du mußt ihn unbedingt vermöbeln, Ben. Wenn Dad herausfindet, daß einer das Messer gegen dich gezogen hat und du dich nicht gewehrt hast, bringt er dich um.«

»*Yeah*, weiß ich, Mary Anne. Und wenn du mich noch einmal in so was reinziehst, dann...«

»Er kommt!« brüllte Mary Anne. Ben grabschte sich das Geschichtsbuch, das Mary Anne für ihre erste Nachmittagsstunde mit sich herumtrug. Kaum hatte er sich seinem Gegner zugewandt, sah er Red schon wieder unheilvoll nach dem Messer greifen. Ohne zu überlegen und mit einer Geschwindigkeit, die Red völlig unvorbereitet traf, knallte Ben ihm das Geschichtsbuch an den Kopf. Der Wurf war so betäubend, daß das Echo über den ganzen Gang hallte. Ein großer Junge mit wulstigen Lippen, der in Reds Kielwasser ebenfalls Jagd auf Ben machte, bekam das Geschichtsbuch mitten ins Gesicht; seine Nase platzte auf wie eine überreife Frucht, und das Blut quoll ihm übers Gesicht. Eine Faust traf Ben an der Seite, genau unterhalb des Ohrs. Er taumelte gegen einen Stahlpfosten, der die Gangüberdachung trug. Sein Angreifer wollte sich schon wieder auf ihn stürzen, da wurde er von Sammy zu Fall gebracht, der ihm auf den Rücken gesprungen war und auf seinen Hinterkopf einhieb. Red, der sich eben wieder aufrappeln und in die Schlägerei eingreifen wollte, bekam es unvorbereitet mit Mary Anne zu tun, die ihm das Gesicht zerkratzte. Verdutzt und begriffsstutzig kam er auf die Knie und stieß Mary Anne beiseite. Ben sah sie in die Hecke vor dem Klassenzimmerfenster stürzen. Er versetzte Red einen weitausholenden, zweiten Hieb, der so prachtvoll auf seinem Schädel landete, daß er mit dem Gesicht nach unten auf den harten Betonboden prallte. Damit war es mit Reds Gewalttaten für diesen Vormittag vorbei. Zwar stürzte sich Mary Anne noch einmal auf ihn und versetzte ihm, ehe Ben beruhigend auf sie einwirken konnte, einen Tritt in die Rippen, doch niemand trat vor, um für Red in die Bresche zu springen.

Plötzlich wimmelte der Gang von Lehrkräften, die die Kinder grüppchenweise umdirigierten und den Verkehrsstrom wieder in geordnete Bahnen lenkten. Als Mrs. Troutman Ben erspähte, hörte er sie kreischen: »Oh, nein, ausgerechnet einer von meinen Jungs!« Zwei ehrfurchtgebietende Arme schlossen sich von hinten um Ben. Lehrer, deren Gesichter Ben noch nie gesehen hatte, halfen Red vom Beton auf. Einer zerrte Sammy vom Rücken des Jungen herunter, der Ben die Faust ins Gesicht geschlagen hatte.

Dann vernahm Ben eine Stimme hinter sich: »Wer sind Sie denn, mein Sohn?«

»Ich heiße Ben Meecham, Sir. Ich bin neu hier.«

»Das ist ja nett, Mr. Meecham. Ich bin Ihr Rektor«, flüsterte ihm die Stimme ins Ohr.

★

Das Büro des Rektors entpuppte sich als vollgestopfte, farblose Zelle, ein von der Bibliothek abgeteilter Raum, dessen Trennwand ein gläserner Trophäenschrank bildete, der von der vergoldeten Ausbeute der vergangenen dreißig Jahre schier zu bersten schien. Er war in bürokratischem Vorkriegsgrau getüncht. Die Wand hinter dem Schreibtisch des Rektors war über und über mit Fotografien bepflastert, auf denen ein großer schlanker Mann mit geschmeidigen, langgestreckten Muskeln und rotblondem Haar in den unterschiedlichsten sportlichen Posen eingefangen worden war. Auf einem Bild warf er gerade einen Football.

Auf einem anderen führte er mit einer Hand einen Strafstoß aus. Doch auf den meisten Aufnahmen lugte er hinter zwei Boxhandschuhen hervor, duckte sich in der für diesen Sport typischen Haltung, die Arme vor dem Körper und schlangengleich zum Schlagabtausch bereit. Ben saß auf einem Stuhl vor dem Schreibtisch. Zum erstenmal in seinem Leben war er aus disziplinarischen Gründen ins Rektorat zitiert worden, und die Umstände, die dazu geführt hatten, waren nicht eben erfreulich. In seinem Kopf jagten sich die Lügen und Entschuldigungen, die er seinem Vater für seine Teilnahme an der Schlägerei auftischen wollte. Gegen den Kampf an sich hatte Bull garantiert nichts einzuwenden, wohl aber dagegen, daß Ben nicht genug Schläue bewiesen hatte und erwischt worden war. Ben hielt sich über Wasser, indem er sich vorstellte, wie er Mary Anne mit einem Stück Stacheldraht erwürgte oder ihr wie ein Azteke das Herz herausschnitt und es vor ihren Augen verspeiste, noch ehe sie das Bewußtsein verlor.

Die rachelüsternen Bilder schwanden im nämlichen Augenblick, da John Dacus sein Büro betrat und sich an den Schreibtisch setzte. Der Rektor besaß eine blonde, natürliche Anmut, die ihn jünger erscheinen ließ, als er in Wirklichkeit war. Seine Stimme war von beruhigender Würde und sein Lächeln entwaffnend sanft. Er war die ältere, mächtigere Version des Mannes auf den Bildern. Milde, aber beharrlich strahlte sein Körper ruhige Kraft und unterschwellige Macht aus. Ben wurde schlagartig klar, daß Dacus ein Mann von geradezu ehrfurchtgebietender Kraft war. Er studierte Bens Zeugnisabschriften, die eine kleinwüchsige, blutleere Frau aus dem Sekretariat herübergebracht hatte.

»Sie sind Sportler, Mr. Meecham«, sagte Mr. Dacus, ohne von den Abschriften aufzusehen.

»*Yes, Sir*«, erwiderte Ben.

Das Telefon klingelte. Mr. Dacus nahm den Hörer ab, gab grunzende Einsilbigkeiten der Zustimmung und der Verneinung von sich, legte auf.

»Das war der Arzt, Mr. Meecham. Sie haben Lee Wicks ein gebrochenes Nasenbein verpaßt. Der Doc meint, Red sei soweit in Ordnung, will aber noch ein paar Röntgenaufnahmen abwarten, bevor er ein endgültiges Urteil fällt. Okay, an dieser Schule sind Schlägereien weder erwünscht noch gestattet. Sie haben sich da mit einigen Jungen von jenseits der Brücke eingelassen, und das ist so ungefähr der wüsteste Haufen weißer Burschen im ganzen Bezirk. Die haben mir von der ersten Klasse an das Leben sauer gemacht. Sie haben übrigens einen ganz beachtlichen Geschichtsbuchschwinger, mein Sohn. Nun mal eine wichtige Frage. Red sagte mir, Sie hätten den Streit vom Zaun gebrochen. Stimmt das?«

»Nicht unbedingt, Sir.«

»Ich war dran schuld, Mr. Dacus«, rief eine Stimme vor der Tür, und Mary Anne kam herein. »Ich habe Ben dazu gebracht, einzugreifen und diesem Jungen zu helfen.«

»Und wer sind Sie, junge Dame?« fragte der Rektor, den ihre Einmischung amüsierte.

»Mary Anne Meecham, Sir. Ich bin Bens Schwester, und wenn hier jemand für das alles bestraft werden muß, dann ich, weil ich Ben nämlich gesagt habe, daß ich dem armen Jungen helfe, wenn er es nicht tut, und Ben wußte, daß Dad ihn abmurkst, wenn ihm je zu Ohren kommt, daß ich mich in einen Kampf gestürzt habe, um jemandem zu helfen, während Ben das Weite suchte. Doch wenn Sie mich fragen, dann sollte keiner von uns was auf den Hut kriegen, weil diese garstigen Widerlinge es nicht besser verdient haben. Aber ich war schuld, ich habe angefangen. Ich habe Ben dazu gezwungen.«

»Oh«, meinte der Rektor. »So einfach ist das also Ihrer Meinung nach.«

Mr. Dacus lehnte sich in seinem Stuhl zurück, legte die Füße auf den Tisch, griff zum Telefon, wählte eine einzige Ziffer und sagte, als abgehoben wurde: »Mrs. Whitlock, schicken Sie mir doch bitte die Unterlagen von Mary Anne Meecham herüber.« Er bedeckte die Muschel mit der Hand und fragte: »In welcher Klasse sind Sie, Miss Meecham?«

»In der dritten, Sir.«

»Sie ist in der dritten Klasse, Mrs. Whitlock. Vielen Dank für Ihre Mühe.« Er legte den Hörer auf die Gabel. »Mir will scheinen, diese Meechams sind eine ganz außergewöhnliche Familie . . .«

Bevor er seinen Satz beenden konnte, wurde energisch an der Tür geklopft. Es war Sammy. »Sammy, was kann ich für Sie tun, mein Freund?« fragte der Rektor.

»Mr. Dacus, ich muß Ihnen sagen, daß dieser Junge hier meinetwegen auf Red losgegangen ist. Red hat mal wieder seine alte Hitler-Schau abgezogen, und er hier hat dem ein Ende gesetzt. Also, Mr. Dacus, Sie und ich, wir wissen ja beide, daß ich Red und seine Bande in der Luft zerrissen hätte, wenn ich erstmal so richtig in Rage geraten wäre. Ich war schon fast soweit.«

»Da hat Red aber Glück gehabt, daß Sie nicht in Rage geraten sind, Sammy. Übrigens, Sie sollten zum Christentum übertreten. Keine

Religion ist es wert, daß man soviel einsteckt wie Sie«, scherzte Mr. Dacus.

Sammy lächelte und sagte: »*Yeah*, mein Name klingt ja auch echt christlich. Sammy Wertzberger. Damit führe ich bestimmt jede Menge Gojim an der Nase herum.«

Mr. Dacus wandte seinen Blick wieder Ben zu. »Wo haben Sie denn gelernt, mit einem Geschichtsbuch zu kämpfen, Mr. Meecham? Haben Sie etwas gegen Fäuste?«

»Ich hätte meine Fäuste ja eingesetzt, Sir, aber er hat ein Messer gezogen.«

»Sind Sie sicher?« fragte der Rektor, und zum erstenmal klang Zorn mit.

»*Yes, Sir.* Er hat es mir an die Kehle gesetzt.«

»Du hast Glück gehabt, daß er es nicht benutzt hat. Red Pettus ist gemeingefährlich«, sagte Sammy zu Ben.

»Dieser elende, verdammte Pisser«, sagte Mr. Dacus. »Ich habe ihm verboten, noch einmal an meiner Schule ein Messer zu ziehen. Sind sonst noch irgendwelche Messer zum Vorschein gekommen, oder war das das einzige? Hat Wicks auch eins gezogen?«

»*No, Sir*«, antwortete Ben. »Nur Red.«

»Na, das wär's denn. Er wird für den Rest des Schuljahres suspendiert.«

»*No, Sir,* tun Sie das nicht«, bat Ben. »Er wollte doch bloß angeben. Ich glaube nicht, daß er auch zugestoßen hätte.«

»So, glauben Sie nicht«, sagte der Rektor. »Der liebe kleine Red hat erst vor zwei Jahren einem Jungen das Gesicht zerschnitten, und zwar ziemlich übel. Sechs Monate lang war er in einer Besserungsanstalt. Das Wichtigste, was Sie in dieser Stadt wissen müssen, Mr. Meecham, ist, daß Sie sich mit keinem anlegen dürfen, der mit Nachnamen Pettus heißt. Diese Familie ist die bösartigste von allen am oberen Flußlauf. Jedes Kind, das mit diesem Namen behaftet ist, tut mir leid, denn das heißt, daß es die bedauernswerteste Kindheit durchmacht, die sich vorstellen läßt. Trotzdem kann ich nicht die Hände in den Schoß legen und zusehen, wie er die anderen Schüler in Stücke schneidet. Nein, Mr. Red Pettus hat ausgespielt.«

»Es ist gefährlich, sich mit einem Pettus anzulegen«, sagte Sammy, an Ben und Mary Anne gewandt. »Aber noch gefährlicher ist es, sich mit dem kämpferischen Sammy Wertzberger anzulegen. Habt ihr gesehen, wie ich diesem Heisley-Aas im Nacken saß und erbarmungslos auf seinen Schädel eindrosch? Habt ihr gehört, wie die Menge mir zujohlte, baß erstaunt über meine Kräfte?«

Alle lachten. Zum erstenmal, seit er dieses Zimmer betreten hatte, fühlte Ben sich nicht mehr so angespannt. Allmählich faßte er Vertrauen zu Mr. Dacus' inhärentem Gerechtigkeitsgefühl, zu seiner Auffassung von Fairneß; die Stimmung im Raum war von seinem feinsinnigen, leichten Humor geprägt.

Da sagte der Rektor: »Sie sind suspendiert, Mr. Meecham. Sie ebenfalls, Miss Meecham. Und auch Sie, Mr. Wertzberger.«

Wie ein vom Donner gerührtes Dreigestirn starrten sie ungläubig auf Mr. Dacus. In Bens Kopf blitzte das Bild seines Vaters auf.

»Sir«, sagte Ben. »Könnten Sie sich für meine Schwester und mich vielleicht eine andere Strafe ausdenken?«

»Uns zum Beispiel in einen Teich voller Piranhas werfen oder uns die Fingernägel ausreißen lassen?« schlug Mary Anne vor.

»Es ist doch nur für einen Tag. Ich brauche Zeit, um mit Reds kleiner Bande zu reden, bevor Sie wieder zur Schule kommen. Ich will vermeiden, daß die Ihnen morgen auflauern. Auch heute nach der Schule sollten Sie sich vorsehen. Ich weiß, was in den Köpfen dieser Jungs vorgeht«, sagte Mr. Dacus ernst.

»Woher wissen Sie denn, was die denken, Mr. Dacus?« fragte Mary Anne.

»Weil meine Mutter eine geborene Pettus war, meine Kleine«, erwiderte Mr. Dacus. »Red ist ein entfernter Vetter von mir.«

Ben sagte: »Wir machen uns Sorgen wegen unseres Vaters, Sir. Wenn er herausfindet, daß wir suspendiert sind, dann könnte ich mich mit Judas Ischarioth persönlich geprügelt haben, und es würde doch nichts nützen.«

»Ich werde Ihren Vater anrufen und ihm die Sache erklären. Wenn ich ihm die ganze Geschichte erzähle, wird er schon Verständnis dafür haben. Überlassen Sie ihn nur mir. Nur nach der Schule sollten Sie vorsichtig sein. Jetzt gehen Sie wieder in Ihren Unterricht und machen Sie sich keine Sorgen wegen Ihres Vaters. Ich erzähl' ihm die Geschichte mit dem Messer.«

»Ich werde mein erstes Kind nach Ihnen nennen, Mr. Dacus«, sagte Mary Anne.

»Ich nenne mein erstes Kind nach Judas Ischarioth«, meinte Sammy.

»Danke, Mr. Dacus«, sagte Ben und wandte sich zum Gehen.

»Willkommen an der Calhoun High School, Bruder und Schwester Meecham«, sagte der Rektor, erhob sich und schlug Ben freundschaftlich auf die Schulter. Sie schmerzte noch immer, als um drei Uhr das Glockenzeichen die Schüler freigab wie der Startschuß die Athleten auf der Rennbahn. Auch an der Calhoun High School – so wie an allen anderen Schulen, die er bisher besucht hatte – waren Bens Gedanken in der letzten halben Stunde nicht mehr bei der Sache. Statt dessen konzentrierte er sich auf die Fluchtenergie, die jedem Schüler wie Licht entströmt, die bald mit den Händen zu greifen, ja, beinahe schon atomar zu nennen war, eine Energie, die jede Lehrkraft in der Zeit von vierzehn Uhr dreißig bis fünfzehn Uhr berücksichtigen mußte.

An diesem Tag ließen sie sich Zeit auf dem Heimweg. Ihre Gespräche drehten sich ausschließlich um den Kampf, und sie waren stolz darauf, eingegriffen und Sammy geholfen zu haben. In der River Street blieben sie vor jedem Schaufenster stehen und fabulierten über die extravaganten Einkäufe, die sie, sobald sie ihre erste Million in der Tasche hatten, tätigen wollten.

»Ich will einen Diamanten für meinen Bauchnabel«, sagte Mary Anne vor dem Schaufenster des Juweliers Liebman.

»Der muß dann aber so groß wie ein Volleyball sein. Dein Nabel ist riesig. Ich hab' mal gesehen, wie Okra über deinen Bauch gelaufen ist und außer Sichtweite geriet, kaum daß er auf deinen Bauchnabel stieß.«

»Sehr witzig, Fäkalienvisage.«

Auf dem Weg nach Hause passierten sie das Palmetto Kino, vor dem sie die Plakate mit den kommenden Attraktionen studierten, Sarah Postons Textiliengeschäft, den Buchladen, in dem kaum ein Buch zu finden war, den Friseur, dessen Laden in Wirklichkeit eine Billard-Halle war, und die in einer alten renovierten Villa untergebrachte Bank. Es war Ben, der am Lawn – dem weiten, mit weißen, säulenverzierten Häusern umgebenen Rasenplatz, nach dem die Gegend, in der sie wohnten, benannt war – zuerst das Zuschlagen von Autotüren hinter ihnen vernahm. Als er sich umdrehte, erblickte er vier Jungen, die einem 1955er Ford entquollen. Einer von ihnen war Red Pettus.

»Lauf zu, Mary Anne«, sagte Ben, da er sah, daß der Wagen seines Vaters in der Zufahrt zum Hause stand. »Hol Dad her, schnell.«

Mary Anne ließ ihre Schulbücher fallen und rannte mit erstaunlicher Geschwindigkeit auf ihr Haus an der gegenüberliegenden Ecke des Lawn-Rechtecks zu. Ben ließ ebenfalls seine Bücher fallen und wandte sich seinen Gegnern zu, die inzwischen zu ihm aufgeschlossen hatten.

»Die Bücher läßt du lieber nicht fallen, Twinkie. Sonst kannst du nämlich nicht kämpfen«, zischelte Red. »Dachte heute mittag schon, du wolltest mich mit 'ner Lesefibel aufhalten.«

»Red, mit dir habe ich überhaupt kein Hühnchen zu rupfen.«

»Ist er das, Brüderchen?« sagte ein grobschlächtiger Bursche mit eng beieinanderliegenden Augen. Er unterzog Ben einer gründlichen

Musterung und postierte sich dann links von ihm mit einer Vorsicht, aus der blanke Ungeduld sprach. Er war Anfang zwanzig, und seine Hände waren schwielig von harter Arbeit. Auch er hatte rotes Haar, das jedoch, verglichen mit dem von Red, dunkler und nicht so schreiend war.

»*Yeah*, Mac. Das ist der Twinkie, okay. Du hast also kein Hühnchen mit mir zu rupfen. Ich habe aber ein großes Huhn mit dir zu rupfen, ein sehr großes Huhn«, sagte Red und griff wieder nach seinem Messer. »Du bist schuld, daß sie mich von der Schule geschmissen haben, Twinkie, gleich fürs ganze Jahr.«

»Steck das Messer weg, Red. Entweder nimmst du die Fäuste oder gar nichts«, monierte sein Bruder. Red ließ das Messer in die Gesäßtasche gleiten und ging auf Ben zu. Die beiden anderen Burschen, die bislang keinen Mucks getan hatten, bezogen Posten hinter Ben und warteten ab, bis Red oder sein Bruder losschlugen.

»Mensch, Red, gleich drei Kerle zur Verstärkung gegen mich! Du bist mir vielleicht ein Hasenfuß«, sagte Ben.

»Ich könnte dich in Stücke reißen, Twinkie.«

»Warum tust du's dann nicht, du Karottenkopf? Mann, so was von häßlichen Haaren! Sieht aus, als hätte dir wer auf den Kopf geschissen.«

»Los, Jungs, den machen wir jetzt fertig, und dann nichts wie weg«, sagte Reds Bruder. »Dieses Mädchen hat wahrscheinlich schon die Polente alarmiert.«

Eine Faust brannte sich von hinten in Bens Nierengegend, und er sank in die Knie. Ein weiterer Hieb traf ihn genau auf den Wangenknochen. Er hechtete nach Reds Beinen und brachte ihn zu Fall. Blindlings schlug und trat er um sich, bis er einen Schlag in den Solarplexus kassierte, der ihn mit dem Gesicht nach unten aufs Pflaster warf, wo er tränenüberströmt und nach Luft schnappend liegenblieb.

Der Kombi rollte rückwärts aus der Zufahrt vor dem Haus der Meechams, kam in gemäßigtem, keinerlei Aufsehen erregendem Tempo die Eliot Street herunter, beschleunigte dann beim Überqueren des Lawn auf siebzig Stundenkilometer und kam zwischen den Kombattanten und dem auf der Straße geparkten 55er-Ford zum Stehen. Zwei Männer in Fliegerjacken sprangen heraus, entledigten sich dabei ihrer Jacken und ließen sie hinter sich auf den Boden fallen, während sie auf Ben zugingen, der nun nicht mehr kämpfte, sondern sich, um den durch die Fäuste und Tritte entstehenden Schaden möglichst geringzuhalten, abwehrend zusammengekrümmt hatte.

Ben hörte, wie sein Vater sagte: »Welche beiden willst du, Virgil?«

»*Shit*, Bull, ich will sie alle vier umbringen. Geh du wieder heim und mach uns ein paar Drinks. Vielleicht komm' ich ja ins Schwitzen.«

»Nein, Virge, das wär' nicht fair. Ein bißchen was will ich auch von dem Vergnügen haben. Wenigstens einen von denen will ich kaltmachen.«

Die vier Burschen sahen sich nach allen Seiten nach einer Fluchtroute um, da kam Reds Bruder zu der Einsicht, daß ihre Rettung aus der zunehmend auswegloser erscheinenden Zwickmühle in einem Schlichtungsversuch lag. Er streckte Bull die Hand entgegen und sagte mit aufrichtigem, jedoch unsicherem Lächeln: »Ich hab' nichts gegen das Marine Corps. Nein, Sir. Ich hab' das Marine Corps immer bewundert und respektiert.«

»Mächtig nett von Ihnen, Sir«, sagte Bull und ergriff die Hand. »Und ich habe das unbestimmte Gefühl, daß Ihr Respekt vor dem Marine Corps in den nächsten Minuten noch himmelhoch wachsen wird.« Bull nahm die Hand des Jungen in einen zangenähnlichen Griff, bis der versuchte, sie ihm zu entziehen. Daraufhin quetschte ihm Bull die Handknochen zusammen, unablässig den Druck verstärkend, bis der Bursche seinen Freunden zuschrie, sie sollten ihn von Bull befreien. Der wartete jedoch seelenruhig den richtigen Moment ab und versetzte ihm dann einen Schwinger mit der Linken, so daß der Knabe wie von einem Schuß getroffen zurücktaumelte. Hätte Bull seine Hand losgelassen, so wäre er gestürzt.

Ben, der allmählich wieder Luft bekam und jeden Atemzug als ein Geschenk von unschätzbarem Wert empfand, stützte sich auf ein Knie und beobachtete den Kampf mit schmerzumnebelten Augen. Er sah Colonel Hedgepath wie einen Boxer in Deckung gehen und sich im Zickzack den beiden Jungen nähern, die Ben von hinten angegriffen hatten. Einer der beiden schlug wie wild nach dem Colonel, der einen Schritt zurücktat und zu einem Tritt ausholte, der voll in der Leistengegend landete. Daraufhin schlug er den anderen Jungen überlegt und ohne überflüssige Schnörkel mit zwei Hieben in die Magengegend und zwei Schlägen ins Gesicht zu Boden.

Red umkreiste Bulls Rücken und pirschte sich vorsichtig heran. Er griff nach seinem Messer, besann sich aber eines besseren und warf sich gegen die Beine des Colonels. Bull stolperte, kam aber nicht zu Fall. Statt dessen hob er ein Bein und ließ seinen Schuh mit voller Wucht auf Reds Handgelenk krachen. Mittlerweile hatte Ben sich wieder aufgerappelt und Mut geschöpft. Die schmerzenden Stellen fühlten sich taub an, und seine Wut verdichtete sich zu weißglühender Hitze, die sich, als er auf den kauernden Red losging, in einem leisen, tierähnlichen Klagelaut Luft machte. Er hob ab und landete mit den Knien voran auf Reds Rücken, dem langsam, als sei er ein aufgeblasenes Gummitier, der

Atem aus der Lunge entwich. Alle vier Angreifer lagen nunmehr in unterschiedlichen, Schmerz und Niederlage symbolisierenden Verrenkungen im Gras. Bull und Virgil, wie Schulbuben hin- und hertänzelnd, beschworen einen nach dem anderen, sich wieder zu erheben und weiterzukämpfen. Schließlich fiel Bulls Blick auf ihr Auto, das hinter seinem auf der Straße stand. Er lief darauf zu und sprang mit einem Satz auf die Motorhaube. Dort hopste er auf und ab, mit jedem Sprung eine neue Beule hinterlassend, lauthals untermalt von Virgils Hurrageschrei und dem Krachen berstenden Stahls. Auf dem Dach des Fords setzte er seinen Tanz fort und hinterließ dort die stählernen Fußspuren seiner wüsten Trampelei. Zum Schluß- und Höhepunkt sprang er schließlich noch auf dem Kofferraum herum und von dort auf den Boden. Noch immer von der dämonischen Energie besessen, die die Schlägerei in ihm freigesetzt hatte, riß er Red und seine Kumpane vom Boden und prügelte sie einzeln zu ihrem Wagen.

»Wenn ihr Punks euch noch ein einziges Mal mit meinem Jungen anlegt«, brüllte Bull, »dann können sie euch bröckchenweise über die ganze Stadt verteilt zusammenklauben!«

★

Nach dem Abendessen kamen Ben und Mary Anne noch einmal herunter, um den Erwachsenen gute Nacht zu sagen.

»Wie geht's meinem Patenkind?« wollte Virgil Hedgepath wissen.

»Dem tun alle Knochen weh«, antwortete Ben.

»Eins sag' ich dir, Virgil. Ich hab' noch gar nicht gewußt, daß Mary Anne so flink ist«, sagte Bull. »Sie hat doch tatsächlich die hundert Meter von Ben bis nach Hause in weniger als drei Minuten geschafft.«

»Es wird dir nicht entgangen sein, Poopsy, daß mich dein pubertärer Humor nicht die Bohne amüsiert. Ich selbst betrachte mich von A bis Z als die Heldin dieser Episode. Ihr wart bloß die Hilfstruppen, die eigentliche Heldentat hab' ich vollbracht.«

»Schön, Mary Anne, dann muß ich mich also bei dir für den vergnüglichsten Nachmittag bedanken, den ich seit vielen Jahren verbracht habe. Dabei fällt mir übrigens ein, Bull, wie wir nach dem Krieg das erste Mal Landgang hatten, als unser Träger in San Francisco festmachte«, sagte Virgil.

»In diesen anderthalb Wochen müssen wir uns ungefähr mit der halben Pazifikflotte rumgeprügelt haben«, sagte Bull.

»Mir will scheinen, daß auch mein Patensohn seine Fäuste zu gebrauchen weiß, wenn's nötig ist.«

»Mr. Dacus, euer Rektor, hat mich heute angerufen, Ben. Er hat mir von dem Juden erzählt, dem du und Mary Anne aus der Patsche geholfen habt. Ich war richtig stolz auf euch. Jetzt wird es sich in eurer Schule schnell herumsprechen, daß mit dem Feuer spielt, wer sich mit den Meechams anlegt. Jede Wette drauf!«

Lillian und Paige Hedgepath gesellten sich zu ihren Männern. Lillian setzte Bull und Virgil Kaffee vor und gab noch einen Schuß irischen Whiskeys in jede Tasse.

»Ich habe gerade versucht, Paige zu überreden, daß sie zu dem Kaffeekränzchen kommt, das ich im Dezember für die Frauen der höheren Offiziere geben will, Virge. Du mußt sie zu Hause noch bearbeiten, und ich lege jeden Monat eine Novene ein.«

»Liebes«, sagte Paige, »weder Gott noch Virge Hedgepath bringen mich dazu, an einem dieser unsäglich langweiligen Kränzchen teilzunehmen, bei dem lauter dämliche Weiber rumsitzen und die Falten in den Gesichtern der anderen zählen.«

»Hinter jedem erfolgreichen Offizier der Marines steht eine ergebene und klaglose Gattin«, witzelte Virgil.

»Mein Kaffeeklatsch wird aber anregend sein, Paige. Und deswegen liegt mir auch soviel daran, daß du kommst.«

»Ich habe Sie immer bewundert, weil Sie nie zu diesen läppischen Dingern gehen, Mrs. Hedgepath«, sagte Mary Anne.

»Du darfst dich jetzt von allen verabschieden, Süße«, sagte Lillian kühl zu ihrer Tochter. »Und du auch, Ben, mein boxender Sohn, den zu einem Gentleman zu erziehen mir leider nicht gelungen ist.«

»Mann, Mama! Ich war ein Opfer der Umstände. Das hab' ich dir doch schon lang und breit erklärt.«

»Ja, das hast du. Du hast erklärt, daß du dich den lieben langen Tag wie eine Bestie aufgeführt und nichts als Streit gesucht hast. Ich hätte eigentlich gedacht, ich hätte dich so erzogen, daß du dich etwas zivilisierter benimmst als ein Schimpanse.«

»Hölle und Teufel«, sagte Bull zu Virgil. »Soviel Zivilisation wär' mir direkt zuwider.«

»In dir steckt offensichtlich mehr von deinem Vater als ich angenommen habe«, sagte Lillian. »Und jetzt gute Nacht, ihr zwei. Es war ein langer Tag.«

Mary Anne küßte Colonel Hedgepath auf den Mund. »Gute Nacht, dämonischer Geliebter«, sagte sie. »Gute Nacht, Godzilla«, sagte sie zu ihrem Vater. »Gute Nacht, Paige. Glauben Sie nicht auch, daß ich alt genug bin, Sie beim Vornamen zu nennen? Schließlich sind wir doch beide erwachsene Frauen.«

»Nein, zum Teufel«, schrie Bull.

»Das ist respektlos«, sagte Lillian vorwurfsvoll.

»Wenn wir unter uns sind, dann kannst du mich Paige nennen, Mary Anne. Und du auch, Ben. Gib mir noch einen Gutenachtkuß, Ben.«

»Okay, Mrs. Hedgepath.«

»Recht so, Goldjunge. Sammle noch ein paar Pluspunkte, bevor du ins Bett gehst«, sagte Mary Anne. »Gute Nacht, Paige.«

»Herrje noch mal! Soll ich's dir schriftlich geben? Für dich ist das immer noch Mrs. Hedgepath«, sagte Bull.

»Pssst, Bull«, fuhr Paige ihn an. »Gute Nacht, ihr beiden. Ben, wann brennen wir miteinander durch und heiraten?«

»Bald. Sehr bald«, sagte Ben lächelnd. Sein ganzer Körper tat ihm weh, und ein plötzlicher, stechender Schmerz durchfuhr ihn, als er mit seinen aufgesprungenen Lippen lächelte.

»Das sind zwei prächtige Kinder«, sagte Virgil, nachdem Ben und Mary Anne den Raum verlassen hatten.

»Sie müssen immer noch zurechtgeprügelt werden«, sagte Bull.

»Quatsch, Bull«, brauste Paige auf. »Sei dankbar für das, was du hast. Du kannst verdammt froh darüber sein.«

»Du weißt doch, daß unsere Kinder euch sozusagen als Ersatzeltern betrachten, Paige«, sagte Lillian leise. »Das ist doch was wert.«

»Ist es auch«, sagte Paige Hedgepath, den Tränen nah. »Es bedeutet mir mehr als alles andere.«

14

Bulls Verstand, eine rationale Struktur, die immer dann, wenn er einen Fehler im System entdeckte, einem aus Analyse, Veränderung, Verfall, Auffrischung und Insulininjektionen bestehenden Prozeß unterworfen wurde, legte sich einen Schlachtplan zurecht mit dem Ziel, der beste Staffelkapitän in der Geschichte des Marine Corps zu werden. Er spürte körperlich, daß der Krieg mit Kuba unvermeidlich war, und spornte die jungen Piloten, die seiner Meinung nach kurz vor ihrer ersten Feuerprobe standen, stärker denn je dazu an, ihre Fähigkeiten zu vervollkommnen. Er wußte genau, was einen guten Kommandanten ausmacht: All die Kniffe, Prozeduren, Anforderungen und gelegentlichen Kunststückchen, derer man sich bedienen muß, um die Moral der Truppe hochzuhalten und den höheren Chargen angenehm aufzufallen. Das meiste davon entsprach ohnehin seiner Natur, den Rest würde er sich, wenn es drauf ankam, aneignen. Drei Wochen nach Übernahme des Kommandos hatte er mit jedem Untergebenen aus seiner Staffel persönlich gesprochen und wußte nun etwas aus dem Privatleben eines jeden. Seine Fähigkeit, den Allgegenwärtigen zu spielen, war schier unbegrenzt, und so erschien er beispielsweise auf dem Flugfeld, wenn er eigentlich damit beschäftigt sein sollte, die Ausgangspässe fürs Wochenende zu unterschreiben. Sein Vorgehen war simpel. Man hatte ihm bei der Übernahme der 367 deren Probleme vermacht, und er war fest entschlossen, alle Schwierigkeiten, seien sie nun technischer oder geistiger Natur, binnen kurzem zu exorzieren. Wenn ihm das nicht gelänge, sagte er seinem Stellvertreter, würde »die Staffel dafür bluten«. Ein Teil des Kommando-Überbaus, der sich im Laufe einer langen Karriere gebildet hatte, war nicht so leicht kleinzukriegen und hatte nach wie vor Einfluß auf den Colonel in seiner Rolle als Kommandant. So sagte ihm sein Gefühl – und worauf oder auf wen es, vielleicht von einer Fußnote aus dem *Marine Corps Officers' Guide* einmal abgesehen, zurückzuführen war, wußte er nicht –, daß ein Kommandant des Marine Corps gute Kontakte zur Zivilbevölkerung seines jeweiligen Stützpunkts unterhalten sollte. Ihm war aufgefallen, daß keiner der anderen Staffelkapitäne diese nebensächliche Verantwortung je erwähnt hatte, aber nachdem er einmal darauf gestoßen war, nahm er die Fährte auf und suchte nach einer befriedigenden Lösung. Auf jene spezielle Beachtung von Details, jenen außergewöhnlichen Elan beim Streben nach Perfektion war es zurückzuführen, daß Bull an jedem Wochentag morgens einige Zeit in Hobie's Restaurant verbrachte.

Hobie Rawls war der Bürgermeister von Ravenel, ein Koloß, der aus allen Nähten zu platzen schien. Sein Grill war der Sammelplatz aller Männer am Ort, die gerne den Verkehr auf der River Street beobachteten oder den neuesten Klatsch zu einem Zeitpunkt hören wollten, da er noch mager und sehnig war und auf seinem Weg von Mund zu Mund noch keinen Speck angesetzt hatte. Bull wußte, daß es in jeder Stadt ein Hobie's gab, einen Sammelpunkt für alle verdorrten und taufrischen Pharisäer, die sich aus Leidenschaft zusammenfanden und die das lautere Bedürfnis beseelte, über alles, was in ihrer Stadt vorging, auf dem laufenden zu bleiben.

Für einen Fremden war es keine leichte Aufgabe, Stammgast bei Hobie zu werden. Die Männer, die den Grill in den frühen Morgenstunden bevölkerten, waren nicht nur dort, sondern auch in der Stadt selbst Stammgäste – ihre Familiennamen fanden sich auf Straßenschildern und an Denkmälern. Sie bildeten eine geschlossene und grandios intolerante Brüderschaft. Bull jedoch war in ihren inneren Zirkel vorgestoßen, indem er einfach eines Morgens um Viertel nach sieben in der Grillstube aufgekreuzt war. Routine brachte bei der Schar, die jeden Morgen bei Hobie ihren Kaffee schlürfte, das Eis am allerbesten zum Schmelzen.

Das Restaurant hatte Bull sogleich gefallen. Es war unprätentiös, maskulin, mit nautischem Schnickschnack dekoriert und immerzu vom Duft gebratenen Specks erfüllt. Die Wände waren von oben bis unten mit Fotografien von Krabbenkuttern und Fischern mit ihren grandiosen Makrelen- und Schellfischfängen bepflastert. An einer Seite stand eine Reihe von jeweils zwei einander gegenüberstehenden, lederbezogenen Bänken mit hoher Rückenlehne und einem Tisch in der Mitte, an der gegenüberliegenden die lange Theke mit zwölf Barhockern. Ein riesiger geschliffener Spiegel gewährte jedem, der auf den Hockern Platz nahm, den uneingeschränkten Überblick über die ganze Grillstube. An jenem Tag, da er sich der Stammkundschaft anschloß, suchte sich Bull einen Platz in der Mitte der Theke aus.

Mehrere Männer hatten sich nach ihm umgedreht und ihm kurz zugenickt, als er durch die Tür trat. Er unterwarf die Speisekarte einer genauen Prüfung und lauschte der Unterhaltung, die bei seinem Eintritt unterbrochen worden war und nun fortgesetzt wurde. Er staunte über die Behäbigkeit ihrer Sprechweise; die Wörter schienen aus ihren Mündern zu kriechen und schwer wie Steine auf den Boden zu fallen.

»Habt ihr den Film, den sie jetzt im Palmetto spielen, schon gesehen?« wollte Cleve Goins, der Autoersatzteilhändler, wissen, ohne daß seine Frage an einen bestimmten Gast gerichtet gewesen wäre. Niemand antwortete ihm, trotzdem fuhr Cleve fort: »Wo wird diese verfluchte Welt noch enden? Kann mir das einer sagen? Nackte Busen quer über die ganze Leinwand! Meine Frau bat mich, ihr die Augen zuzuhalten. Ich hab' Wyatt Gosnell gesagt, daß ich keinen Fuß mehr in sein Kino setze, bevor er nicht ordentliche Unterhaltung für die ganze Familie bringt.«

»*Yeah*, muß ganz schön schlimm gewesen sein«, meinte Ed Mills, der Postbote. »Wyatt hat mir erzählt, daß du den Film gleich zweimal von A bis Z gesehen hast.«

»So was hat er bestimmt nicht gesagt, Ed.«

»Diesen Film hättscht du dir auch nicht entgeh'n lassen, wenn er in Rot-Schina gelaufen wär'«, zischelte Johnnie Voight in seinen Kaffee.

»Ich hab' gehört, daß sie 'n ollen Cleve vier- oder fünfmal von der Leinwand wegziehen mußten, weil er immerzu hingerannt is, um das Zeug besser sehen zu können«, sagte ein anderer Mann.

»Lügner. Ein Doktor der Medizin und lügt wie so'n Nigger-Feldarbeiter«, gab Cleve zurück. »Wollte euch damit bloß sagen, daß man was gegen den Schund tun muß, der in dieser Stadt gezeigt wird. Da war eine Szene, also wirklich, da hab' ich gedacht, der Held besorgt es ihr vor meinen eigenen Augen. Der war am Hin- und Her- und Auf- und Abmachen, sag' ich euch, stöhnte wie 'ne Wildsau, die versucht, was zu landen.«

»Der Herr steh' uns bei«, klagte der Doktor. »Kann nicht einer in Cleves Laden rübergehen und einen Vergaser oder so kaufen, damit wir uns dieses gottlose Geschwätz nicht mehr anhören müssen?«

»Dachte bloß, ihr Jungs interessiert euch dafür«, sagte Cleve beleidigt.

»Um wieviel Uhr fängt der Film denn an?« fragte Ed. Alles lachte, außer Cleve, der sich in seiner moralisch-empörten Haltung gefiel.

Hobie Rawls, ein ausufernder Körper in weißer Schürze, näherte sich Colonel Meecham und fragte, ob er bestellen wolle.

»*Yes, Sir,* gerne«, antwortete Colonel Meecham. »Ich hätte gerne zwei Spiegeleier mit Speck, Dotter leicht gebräunt, eine Tasse Kaffee und Bratkartoffeln.«

»Sorry, Colonel. Wir servieren nur Maisbrei. Ist so Brauch hier unten.«

»Keine Bratkartoffeln, was? Wie schade«, sagte Colonel Meecham.

»Wo sind Sie her?« fragte der Arzt, der zwei Hocker rechts von Bull saß.

Bull schaute auf und antwortete dem Spiegelbild des Arztes: »Aus Chicago, Doc.«

»Und Sie sind gerade erst hierher versetzt worden?« fragte Hobie.

»Ich bin schon eine Weile hier. Ich bin der Kapitän der 367 drüben auf dem Luftwaffenstützpunkt.«

Ed Mills meinte: »Mir scheint, ein Mann, der Jets fliegt, sollte auch Maisbrei vertragen.«

»Wenn jemals eine Hungersnot ausbräche, dann hätte ich auch nichts gegen Maisbrei«, antwortete der Colonel.

Ed unterzog das Gesicht des Colonels einer eingehenden Musterung. »Sie leben in dem alten Haus der Hugers drüben am Lawn?« fragte er.

»*Yep,* jedenfalls denk' ich mir, daß es das alte Huger-Haus ist. Ein Namensschild ist nicht dran.«

»Sie heißen Meecham. Seit ungefähr zwei Wochen bringe ich Ihnen die Post.«

»Das ist eine Eigenheit dieser Stadt, Colonel. In diesem Ort kann man nicht furzen, ohne daß es wie Donner töst. Ich bin Zell Posey. Sollten Sie mal 'nen Rechtsanwalt brauchen, stehe ich gerne zur

Verfügung.« Posey war ein eher unauffälliger, dünner Mann mit empfindsamen Augen und einer Beinschiene. Dies waren die ersten Worte, die er sprach.

»Danke, Sir. Ich heiße Bull Meecham, und ich werde an Sie denken, sollte sich die Gelegenheit ergeben. Übrigens, Ed«, sagte er zu dem Postboten, der auf dem ersten Hocker an der Tür saß, »wie lange tragen Sie hier schon die Post aus?«

»Schon dreißig Jahre schmeißt er jetzt anderer Leute Post durcheinander«, ließ sich ein rotgesichtiger Mann mit Habichtnase aus einer der Nischen vernehmen.

»Du springst mit den Haaren deiner Kunden nicht anders um, Pride«, konterte Ed.

»Kilgo kann das Haupthaar eines Mannes ganz schön durcheinanderbringen«, stimmte Cleve zu.

»Na, Cleve, bei dir kann von Haupthaar ja wohl kaum die Rede sein«, sagte Kilgo.

»Die alte Lady Medusa geht zu keinem anderen als zu Pride Kilgo«, fügte der Doktor hinzu.

»Hören Sie nicht auf die, Colonel. Ich bin ein Meister meines Faches. Ein Künstler«, sagte Kilgo. »Was ich allerdings von unserem Doc hier nicht behaupten kann. Ich kannte mal einen Mann, der mit einer halb abgehackten Fingerkuppe zu Doc Ratteree kam und dem er dann den Arm bis zum Ellbogen abgesägt hat. Und ich schwöre bei allem was mir heilig ist, daß es auch noch der falsche Arm war.«

»Selig seien die Schwachen im Geiste«, stöhnte der Arzt.

»Manch einer ist kerngesund in die Praxis vom ollen Doc gelaufen und mit einem Tuch überm Gesicht wieder rausgetragen worden«, sagte Cleve.

»Verdammt, Cleve, als deine Frau im vorigen Jahr Lungenentzündung hatte, hast du das Maul nicht so weit aufgerissen.«

»Schon in Ordnung, Doc«, krächzte Ed Mills. »Ein oder zwei Leute haben Sie in Ihrer Laufbahn bestimmt vor dem sicheren Tod gerettet, dafür leg' ich meine Hand ins Feuer. Und wenn ich den ganzen Tag hier sitzen bleibe, fallen mir vielleicht sogar ihre Namen ein.«

»Hoyt Simms' Leben hat er auf jeden Fall gerettet. Indem er nämlich dafür gesorgt hat, daß seine Frau die Operation nicht überlebte.«

Hobie rief hinter der Theke hervor: »Wenn einer von euch Gentlemen Kaffee will, Pfoten hoch!«

»*Yeah*, glaube nicht, daß es Hoyt noch einen einzigen Tag mit dieser Frau ausgehalten hätte.«

»Warum hat der Doc Mrs. Simms denn operiert?«

»Hat er doch gar nicht«, sagte Ed Mills. »Er hat eine Blutsenkung gemacht, und dabei ist sie dann verblutet.«

»Der Herrgott segne sie auf ihrem Weg zur Hölle.«

»Er hat Stinky Sanders, den Bestattungsunternehmer, zum reichsten Mann der Stadt gemacht, Colonel«, meinte Hobie Rawls und ließ Kaffee aus einer dampfenden, kugelförmigen Glaskanne in Bulls Tasse fließen.

»Stinky gibt dem Gauner zehn Prozent von jedem Steifen, den er ihm zum Ausbluten verschafft«, sagte Cleve, heilfroh darüber, daß er nicht mehr selber im Kreuzfeuer stand.

»Das ist eine gottverdammte Lüge«, protestierte Ed Mills in säuerlichem Tonfall, »und ich nehm's mit jedem auf, der so was über unseren Doc sagt. Unter zwanzig Prozent für 'n Steifen macht er's nicht.«

»Hobie«, rief ein für Bull unsichtbarer Mann aus der hinteren Sitzecke, »mit den Eiern stimmt was nicht. Die schmecken ja heute!«

»Schick sie halt in die Küche zurück. Sachen von solcher Tragweite sollte man Hobie nicht durchgehen lassen.«

»Colonel, ich glaub', ich sollte Sie warnen«, sagte Ed Mills von seinem Platz auf dem ersten Hocker. »Jimbo Punt pflegte auf eben dem Hocker, auf dem Sie jetzt sitzen, täglich ein Ei zu verspeisen. Vor weniger als einem Jahr ist er tot umgefallen. Blutvergiftung. Dabei war der Junge keine zwölf Jahre alt.«

»Im Fluß ertrunken is er, und er war achtzehn«, verbesserte Hobie.

Die mit einem Lederriemen an den oberen Türangeln befestigten Glöckchen bimmelten, und eine kleine, dünne Frau, der eine Zigarette senkrecht aus dem Mund hing, trat ein. Die Schwerkraft war drauf und dran, ihre Gesetze bei der langen, sich an die Zigarette klammernden Asche anzuwenden. Den Gesichtszügen der Frau entnahm Bull eine Geschichte von zu viel Koffein und Nikotin und noch etwas anderem, das, was immer es sein mochte, weitaus schlimmer war. Die tiefen Furchen wirkten redlich verdient. Sie wählte den Hocker neben Ed Mills und bölkte Hobie um Kaffee an. Obwohl sie die einzige Frau in der Grillstube war, schien sie sich dessen nicht bewußt zu sein. Auch hatte ihr Eintreten das Gefühl der Brüderlichkeit, das in dem frühmorgendlichen Geplänkel mitschwang, keineswegs beeinträchtigt.

»Wenn das nicht Bertha Grimmitt ist – bist seit 'ner halben Ewigkeit nicht mehr hier gewesen!« schrie Cleve Goins.

»Halt die Klappe, Cleve«, erwiderte Bertha langsam mit einer starken Stimme, deren blecherner Klang noch lange nach Beendigung eines Satzes raumfüllend war. »Dich hab' ich noch nie ausstehen können.«

Bull dachte: Ich wette, das wird dem guten Cleve das Maul stopfen.

»Holladihooooo«, blökte Cleve statt dessen.

»Wo hast du denn deinen Besen geparkt, Bertha?« ließ sich eine Stimme aus einer der mittleren Nischen vernehmen.

»Ihr Jungs laßt Miss Bertha gefälligst in Frieden«, sagte Hobie.

»Schon gut, Hobie«, sagte Bertha, »diese Burschen kratzen mich nicht.«

»Größere Wahrheit ward nie gesprochen.«

Nach zwei großen Schlucken aus ihrer Kaffeetasse verkündete sie den Männern in der Grillstube – und Bull fiel auf, daß die Kerle bei Hobie sich von ihr die Stichworte geben ließen – folgendes: »Schön, mal wieder im Verein der Schlappschwänze zu sein und zu hören, wie sich die versammelten Schlappschwänze das Maul zerreißen, als wär' noch ein bißchen Saft und Kraft in ihnen.«

»Ach, die Königin der südlichen Weiblichkeit«, seufzte der verkrüppelte Mann an dem der Küche nächstgelegenen Ende der Theke. Das war Zell Posey, der Rechtsanwalt, und Bull erkannte an seinem Tonfall, daß böses Blut zwischen den beiden war.

»Ich hoffe, ich habe Seine Majestät nicht beleidigt, indem ich ihn dem Schlappschwanzverein zurechne.«

»Mich beleidigt, Madam?« gab Posey mit majestätischer Entrüstung zurück. »Wo ich doch kaum wahrnehme, daß es Sie überhaupt gibt.« Zells Stimme war ein einziges Wehgeschrei. Sein Gesicht war edel, wie von bekümmerter Aristokratie geformt.

»Das kommt daher, daß du deine Nase so hoch trägst. Deshalb guckst du nie auf den Boden und siehst uns gemeine Läuse dort rumkriechen.«

»Laß gut sein, Bertha«, ließ sich eine Stimme vernehmen. »Zell hat blaues Blut in den Adern. Deswegen trägt er die Nase so hoch.«

»*Yeah*, weiß ich«, sagte Bertha. »Der muß seine Nase so hoch tragen, damit er die Engelkacke wittern kann.« Sie ließ ihre Augen über die Theke schweifen und sah, wie Colonel Meecham in dem Maisbrei herumstocherte, den Hobie gegen seinen Willen auf seinen Teller gehäuft hatte. Er genoß seine Rolle als stummer Zuhörer bei Wortgefechten mit einer gewissen Schärfe, ja sogar Boshaftigkeit. Bull hörte, wie Bertha sich an ihn wandte: »Wie ich sehe, hat der Verein der Schlappschwänze ein neues Mitglied. Colonel, ich bin Bertha Grimmitt. Die nette Blumenfrau um die Ecke.«

»Bull Meecham, Ma'am«, antwortete er und salutierte vor ihrem Spiegelbild.

»Haben Sie Kinder?« fragte sie.

»Vier, Ma'am«, antwortete er.

»Endlich mal kein Schlappschwanz, und das ausgerechnet bei Hobie! Kommt hier mindestens ebenso selten vor wie 'n guter Witz«, lachte sie.

Hobie fragte: »Hab'n Sie Kinder, die auf die High School gehen?«

»Yep. Zwei, Hobie. Und einer davon wird der Star der Basketballspieler von Ravenel.«

»Was Sie nicht sagen«, erwiderte Hobie. »Meine Tochter kommt dieses Jahr in die letzte Klasse.«

»Ihr Marines vermehrt euch wie die Karnickel. Ich kenn' da drüben auf der Insel einen Sergeant, der hat elf Kinder, fast alles Jungen«, sagte Cleve.

»Nehmen Sie es diesen Philistern nicht übel, Colonel«, ließ Zell sich vernehmen. »Ich versichere Ihnen, daß der Mist, den Sie heute früh hier gehört haben, die Bürger von Ravenel in keinster Weise repräsentiert. Es gibt hier etliche distinguierte Damen« (feindselige Verneigung gegen Bertha) »und Herren, die sich durch ihr kulturelles Bewußtsein auszeichnen.«

»Also sprach der schlappste aller Schwänze unter den Menschenkindern. Ein fossilisierter Klotz voller Farne und Fischskelette«, sagte Bertha durch ihren Zigarettenrauch hindurch.

»Hier gibt es weder Kultur noch Finesse. Das ist es, was ich an diesem Restaurant hasse«, sagte Zell.

»Warum glaubst du wohl, daß wir herkommen, Zell?« erwiderte Ed Burns, der ihm gegenübersaß.

Colonel Meecham stand auf, um zu zahlen. Mit einem Blick auf seinen Maisbrei sagte er: »Das ist der schlimmste Haferschleim, den ich je gekostet habe.«

»Das ist Eis aus Georgia«, sagte Doc Ratteree.

»Jedesmal, wenn ich Maisgrütze esse, fällt es mir wie Schuppen von den Augen, warum der Süden den Krieg verloren hat.«

»Sie kommen wieder, Colonel?« sagte Hobie.

»Ihr Burschen werdet alle Hände voll zu tun haben, wenn ihr mich wieder loswerden wollt«, antwortete Bull. »Mir hat's gefallen.«

»Machen Sie den Russen heute die Hölle heiß, Colonel!« rief Bertha, als er das Restaurant verließ.

Er trat in das gedämpft grelle Licht der River Street hinaus, die sich daran machte, die Trägheit des Morgengrauens abzuschütteln. Es war ein schwülheißer Septembertag und die Luft drückend genug, um von jedem, der sie einatmete, ihren Preis zu fordern. Noch ehe der Colonel seinen Wagen erreicht hatte, wurde er von einer Stimme zurückgehalten. Er drehte sich um und sah Zell Posey auf sich zuhinken.

»Colonel«, sagte Zell, sobald er ihn eingeholt hatte, »ich wollte Ihnen nur sagen, wie sehr ich den Mut und die Professionalität des Marine Corps bewundere.«

»Vielen Dank, Mr. Posey.«

»Im Zweiten Weltkrieg habe ich versucht, dem Marine Corps beizutreten, aber sie hatten anscheinend keine Verwendung für einen Einbeinigen. Ich wollte wirklich in den Reihen des Corps kämpfen. Ganz bestimmt«, sagte er und sah an dem Colonel vorbei auf die Straßenbiegung. »Das Bein habe ich als Kind bei einem Bootsunfall verloren. Ich meine, Sie sollten das wissen.«

Bull wurde unruhig wie jedesmal, wenn sich jemand einer äußeren Schutzschicht entledigte und etwas sehr Persönliches enthüllte. Er interessierte sich, wenn es nicht um seine eigene Familie ging, nicht die Bohne für die Leichen, die andere Leute im Keller hatten. Doch Zell fuhr mit seinen Enthüllungen fort, bis Bull, seiner Rolle als Beichtvater überdrüssig, felsenfest behauptete, nun endlich zur Arbeit zu müssen.

»Natürlich«, sagte Zell. »Nur eins noch, Colonel. Berthas Gerede brauchen Sie nicht ernst zu nehmen. Sie meint es nicht so.«

»Weiß ich«, sagte Bull. »Das ist vielleicht 'ne Nummer.«

»Sie war einmal meine Frau«, sagte Zell, machte kehrt und ging zu seinem Büro.

15

Drei Wochen nach Schulbeginn kam Bull eines Abends pünktlich nach Hause, nämlich genau zu dem Zeitpunkt, da Lillian das Abendessen auftrug. In ihrer gesamten Laufbahn als Ehefrau eines Marines war es ihr nicht gelungen, ihren Mann so weit zu erziehen, daß er ihr Bescheid sagte, wenn er Überstunden machte oder überhaupt nicht nach Hause kam. Bull wusch sich die Hände über dem Küchenbecken, trocknete sie an einer von Lillians Schürzen ab und gesellte sich zum Tischgebet zu seiner Familie. In Vorfreude auf das Abendessen rieb sich der Pilot unablässig die Hände und haspelte das Gebet dermaßen schnell herunter, daß nur eine äußerst nachsichtige Gottheit so etwas wie Dankbarkeit aus dem Wortschwall heraushören konnte. Danach rief Bull in seinem Überschwang: »Essen fassen, Truppe!«, griff sich ein Stück Braten von der Platte und biß, noch ehe es seinen Teller berührt hatte, auch schon hinein.

»Bull, Liebster«, sagte Lillian, »da sind gerade solche merkwürdigen, neuen Instrumente erfunden worden. Gabeln nennt man sie.«

»Richtig«, pflichtete Bull ihr bei und fingerte unverdrossen an seinem Braten herum. »Und außerdem gibt es noch diese komischen, altmodischen Instrumente, Hände geheißen. Die funktionieren viel besser.«

»Du könntest dich wenigstens vor den Kindern etwas zusammennehmen.«

»Nun mach mal 'n Punkt, ja!« brauste Bull auf. »Ich hab' einen schweren Tag im Büro hinter mir, hab' mich für den Bestand der Demokratie in der Welt stark gemacht. Ich hab' Hunger.«

»Ich werde wohl an deinem Ende des Tisches einen Trog bauen lassen, dann kannst du deinen Kopf in einen großen Haufen Pampe stecken.«

»Mama meint, du frißt wie ein Schwein, Daddy«, sagte Karen. »Sie will dir nur anständige Tischsitten angewöhnen.«

»Ich hab' mir sagen lassen, daß es Schweinen sauübel wird, wenn sie mit Dad am gleichen Tisch essen«, sagte Mary Anne.

»Okay, okay«, seufzte Bull, legte das Fleisch auf seinen Teller und griff gespielt vornehm nach einer Gabel. »Kann ich bitte 'mal die Coquille Saint Jack haben.«

»Ich will ja nur, daß die Kinder ein gutes Vorbild haben.«

»Die essen doch unglaublich manierlich.«

»Aber nur, weil ihre Mutter zufällig eine kultivierte Frau ist.«

»Die sich unter allen Männern einen verdammten Prinzen ausgesucht hat«, grinste Bull. »Wenn sich einer von der Schweinebande dumm anstellt, dann brauchst du es mir nur zu sagen, und ich verpasse ihnen was.«

»Darum geht es nicht.«

»Lillian, ich bin gut aufgelegt. Ohne Witz, Liebling. Und wir wissen doch alle, wie selten das ist.«

»Amen«, sagte Ben leise.

»He, ich hab' eine große Überraschung für dich, Sportsfreund«, sagte er zu Ben.

»Warum habe ich nur plötzlich Schluckbeschwerden?« sagte Ben zu Mary Anne und verdrehte die Augen. »Was denn, Dad?«

»Ich habe mich heute nachmittag im Klub mit Lieutenant Colonel Matthews unterhalten.«

»Auf die Idee, mich anzurufen und mir zu sagen, daß es später wird, bist du aber nicht gekommen.«

»Du kannst dich doch noch an seine Tochter Ansley erinnern, aus New River?«

»*Yes, Sir*«, antwortete Ben.

»Nun ja, seit zwei Jahren geht sie mit diesem Football-Spieler von der High School, mit diesem Jim Don Cooper. Ja, und der Colonel und seine Frau wollen diesem netten, kleinen Verhältnis einen Riegel vorschieben, indem sie Ansley zwingen, mit anderen Jungen auszugehen. Kurz und gut, diesen Samstagabend bist du mit Ansley Matthews verabredet.«

Zehn Sekunden lang war nichts anderes zu vernehmen als das Klirren von Silber auf Porzellan.

»Sag ihm, Mama, daß ich nicht hingehen werde«, sagte Ben schließlich.

»Aber vielleicht macht es dir Spaß. Ansley ist ein liebes Mädchen.«

»Ein Team international bekannter Wissenschaftler befaßte sich letztes Jahr mit einer Untersuchung über Ansley Matthews und kam zu dem einstimmigen Schluß, daß sie eine Idiotin ist«, sagte Mary Anne.

»Also, du gehst«, sagte Bull im eiskalten Tonfall einer endgültigen Entscheidung.

»Dad«, sagte Ben und schaute seinen Vater an, »du kannst mich foltern oder umbringen oder sonst was. Aber bitte zwing mich nicht zu dieser Verabredung am Samstagabend. Sag Colonel Matthews, ich hätte Leukämie oder Hämorrhoiden im Endstadium. Egal was. Aber ich kann diese Verabredung nicht einhalten.«

»He, du hast doch noch nie eine Verabredung mit einem Mädchen gehabt, Bürschchen. Dabei bist du fast achtzehn. Langsam denke ich, daß du vielleicht so'n Homo bist.«

»Bull, du solltest dich schämen, so was zu deinem Sohn zu sagen«, brauste Lillian auf.

»Als ich in deinem Alter war«, führte Bull aus, »da mußten sie mich mit Gewalt von den Mädchen wegzerren.«

»Der hat noch nie richtig getickt«, erklärte Mary Anne ihrem Bruder.

»Ich hab' in dieser Stadt noch kein Mädchen getroffen, mit dem ich ausgehen möchte«, sagte Ben.

»Ben ist voriges Jahr, als du in Europa warst, oft mit Mädchen ausgegangen«, log Lillian.

»Blödsinn, der hat in seinem ganzen Leben noch kein Mädchen angefaßt«, sagte Bull.

»Ich glaube schon, daß du recht hast, Dad«, sagte Mary Anne und nippte von ihrem eisgekühlten Tee. »Ich bin auch der Meinung, daß Ben ein Homo ist. Manchmal ertappe ich ihn, wie er dich ganz merkwürdig anschaut.«

»Ich gehe nicht mit Ansley aus«, sagte Ben.

»Moment mal, Schweinchen. Ich hab' dich nicht gefragt, ob du mit Ansley ausgehen willst oder nicht. Ich hab' dir lediglich mitgeteilt, daß du mit ihr auszugehen hast. Die Verabredung ist bereits getroffen. Diesen Samstagabend um neunzehn Uhr wirst du sie abholen. Du wirst pünktlich sein, und du wirst dir einen vergnügten Abend machen, andernfalls werde ich dir höchstpersönlich den ganzen Tag vermasseln.«

»Ich glaube, den Matthews liegt vor allem daran, daß Ansley zur Abwechslung mal mit einem netten, ordentlichen Jungen ausgeht, Ben«, sagte Lillian.

»Bei Eltern ist Ben sehr beliebt. Nicht bei den Mädchen, aber bei den Eltern«, sagte Mary Anne. »Es ist gerade so, als wenn sie ihre Töchter mit dem jungen Zimmermann Jesus losschickten.«

»Es ist genau wie damals, als du mich zu diesem Kirchentanz oben in Arlington mitgenommen hast, Dad«, sagte Ben. »Da hast du mir das häßlichste Hemd und die allerhäßlichste Krawatte gekauft, die je hergestellt worden sind, und hast mich gezwungen, zu dieser Hopserei zu gehen, obwohl ich keine Menschenseele dort kannte.«

»Und dann hast du dich königlich amüsiert.«

»Ganz und gar nicht. Ich bin durch die Eingangstür gegangen und schnurstracks zur Hintertür wieder raus. Dann bin ich drei Kilometer bis zur nächsten Bücherei gelaufen, hab' dort zwei Stunden lang gelesen, bin zur Kirche zurückgegangen, durch die Hintertür rein und vorne wieder raus, wo du immer noch gesessen und auf mich gewartet hast. Und dann hab' ich dir erzählt, daß ich keinen einzigen Tanz ausgelassen hätte. Wenn ich dir jetzt diese Geschichte erzähle, Dad, dann gehe ich natürlich davon aus, daß du mich nicht für etwas verdrischst, was ich vor zwei Jahren angestellt habe.«

»Es macht mir nicht das geringste aus, dich für was übers Knie zu legen, was du vor zwei Jahren ausgefressen hast.«

»Still, Bull«, mahnte Lillian. »Und versuch doch wenigstens, dich nicht zu benehmen, als verlörest du jeden Moment den Verstand. Ben, du mußt das so sehen: Wir kennen die Matthews jetzt seit langem, und du tust dieser Familie nur einen Gefallen. Eileen macht sich große Sorgen wegen dieses Jungen, mit dem Ansley geht.«

»Sollte sie auch. Jim Don sieht dem Java-Menschen täuschend

ähnlich«, sagte Mary Anne. »Aber das ist eigentlich ungerecht. Im Grunde genommen sieht er mehr wie eine Mischung aus dem Java-Menschen und Dad aus.«

»Könnt ihr euch vorstellen, was los wäre, wenn ich das gesagt hätte?« fragte Ben seine Eltern. »Ich würde jetzt schon durch die Lüfte segeln, direkt auf den Mars zu. Die Mädchen in dieser Familie dürfen sich alles herausnehmen.«

»Mary Anne, was soll ich tun, damit du dich größerer Achtung deinen Eltern gegenüber befleißigst?« fragte Lillian in einem Ton, als bereite ihr allein der Zwang, diese Frage stellen zu müssen, betäubenden Schmerz.

»Eine Maulschelle würde reichen«, stellte Bull fest.

»Entschuldige dich bei deinem Vater, mein Fräulein.«

»Es tut mir leid, daß ich die Ähnlichkeit zwischen dir und dem Java-Menschen bemerkt habe, Dad.«

»Schnurstracks in dein Zimmer, gnädiges Fräulein, und zwar so lange, bis dir die Bedeutung des Wortes Respekt klar ist«, forderte Lillian.

»Erlaub mir doch, sie zu schlagen«, sagte Bull lächelnd. »Du unterschätzt die Macht der Faust, Lillian.«

»Gentlemen verhauen keine Damen, Liebster. Das tun nur Bestien«, stellte Lillian fest.

Mary Anne stand von ihrem Stuhl auf und ging zu ihrem Vater hinüber. »Mom hat recht, Dad. Wenn du mich schon haust, dann versuch wenigstens, mir nur die Backenzähne auszuschlagen, damit mein Colgate-Lächeln nicht vermasselt wird.«

Bull röhrte vor Lachen, packte sein Bratenstück mit den Fingern und aß weiter.

★

Am Samstagabend fuhr Ben den Dienstwagen seines Vaters behutsam bis vor das Haupttor von Freedom Bay, dem Gebäudekomplex von Capeheart, in dem die auf der Air Base stationierten Marines wohnten. Das Auto war ein 1951er Plymouth aus fünfter Hand, das von einem Staffelkapitän der 367 an den nächsten weitergereicht worden war. Zwei riesige, runde Plaketten mit dem grotesk sabbernden Werwolf, Symbol des historisch verbürgten Draufgängertums der Staffel, klebten auf den Autotüren. Im Dunkel schimmerten die Plaketten barbarisch orange. Lillian weigerte sich strikt, dieses Auto zu fahren, mit der Begründung, sie käme sich darin wie ein leibhaftiges Reklameschild für Vampirfilme vor. Ben hatte zwar um den Kombi gebeten, doch Bull war nicht von seiner Meinung abzubringen, der Plymouth sei ein gutes Gesprächsthema und werde bei Bens erster Verabredung mit einem Mädchen das Seine tun, um das Eis zu brechen.

Der Wachhabende salutierte, als er das Abzeichen auf der vorderen Stoßstange des Wagens bemerkte. Ben, der die Sonnenschutzblende heruntergeklappt hatte und sich auf seinem Sitz so groß wie möglich machte, nickte ihm mit maßlos übertriebener Herablassung zu und sagte, seinen Vater imitierend: »Guten Abend, mein Sohn.« Er freute sich wie ein frischgebackener Lieutenant, wenn man vor ihm salutierte.

Ben lächelte, als er in den Iwo Jima Boulevard einbog. Freedom Bay bestand aus einer Ansammlung von eintausend Backsteinhäusern, entworfen von einem Architekten, dessen Leidenschaft der Vervielfältigung galt. In den verschiedenen Stadien von Bulls Laufbahn hatten auch die Meechams in solchen Häusern gewohnt. Was Kleidung, Ideologie, Benehmen und Unterkünfte betraf, herrschte im Corps Uniformität. Zweimal in seinem Leben war Ben nach Hause gekommen und hatte sich überrumpelten Fremden gegenübergesehen, die ihn mit einer Mischung aus Angst und Empörung beäugten, bis das Rätsel gelöst war und ihm amüsierte Offiziersfrauen, die steif und fest behaupteten, nach Einbruch der Dunkelheit unterliefe ihnen der gleiche Fehler, den Weg nach Hause gezeigt hatten. Freedom Bay, dachte Ben, während er durch den Iwo Jima Boulevard kurvte, hat die architektonische Vielfalt und stilistische Ausgefallenheit einer Austernbank. Ein winziges, lebloses Bächlein bildete die einzige erwähnenswerte Demarkationslinie in dem gesamten Gebiet. Es war ungefähr so temperamentvoll wie Schleim, aber sein Bett markierte den Blechvorhang, der die Offiziere und ihre Familien von den Rekruten und deren Familien trennte. Sobald er den Bach überquert hatte, war Ben auch schon im Land der Offiziere, in seinem Heimatland.

Er holte Ansley Matthews im Command Circle ab, bezauberte ihre Eltern mit der liebenswürdigen Zungenfertigkeit, die ihn als Stammesangehörigen kennzeichnete. Dieser Marine-Offizierssohn war ein wahres Wunder des ersten Eindrucks. Kaum näherte sich ein Erwachsener, da entquollen ihm auch schon sämtliche altbewährten Höflichkeitsfloskeln. Gute Manieren gegenüber Marines und deren Ehefrauen waren Ben derart eingetrichtert worden, daß sie ihm längst in Fleisch und Blut übergegangen waren. Unterwürfigkeit fiel ihm leicht. Er fand in der Tat sogar Gefallen an der Wurmperspektive, die seine Servilität ihm ermöglichte. Im Wohnzimmer der Matthews hatte Ben brilliert und den Colonel samt seiner Frau mit den Kohorten seiner tadellosen Manieren geradezu überrannt. Am liebsten hätte er den ganzen Abend mit dem

Ehepaar Matthews in ihrem mit Plunder aus Okinawa vollgestopften Wohnzimmer verbracht, doch da kam auch schon Ansley herein, mit einer Miene, die ihren Wunsch, das Haus schleunigst zu verlassen, unmißverständlich zum Ausdruck brachte.

Ben beschlichen bei ihrem Anblick zwei Gedanken. Zum einen, daß Ansley viel zu hübsch war, um mit ihm auszugehen, und zwar vor allem deswegen, weil es sich um seine erste Expedition dieser Art handelte. Wie sie ihn so anstarrte, fühlte er sich wie eine Kröte. Zum anderen, daß Ansley noch weniger Lust zu diesem Rendezvous hatte als er. Ihr Gesicht war rot vor Wut und Resignation. Mit ihren Eltern wechselte sie kein einziges Wort, als sie das Haus verließen, während Ben das feindselige Schweigen auf beiden Seiten dadurch wettmachte, daß er sich von den Matthews geradezu überschwenglich verabschiedete.

Ansley stand, die Hände in die Hüften gestemmt, vor der leuchtenden Plakette der 367, starrte voller Abscheu auf die sabbernden Lefzen des Werwolf-Maskottchens und kreischte: »Keinen Schritt fahre ich mit diesem dämlichen, gräßlichen Ding am Auto! Du willst mich wohl zum Gespött der ganzen Schule machen? Es wird heute abend ohnehin schon peinlich genug für mich, da muß ich nicht auch noch in einem so abscheulichen Auto herumfahren.«

Ben hielt ihr die Wagentür auf. Ihm war dermaßen weich in den Knien, daß er jeden Moment befürchtete zusammenzuklappen. »Ein anderes Auto konnte ich heute abend nicht kriegen, Ansley«, sagte er.

Sie schüttelte den Kopf, knirschte mit den Zähnen und rutschte auf ihren Sitz. Als Ben um den Wagen herumging, schlotterte er so sehr, daß er sich fragte, ob er überhaupt würde fahren können.

Geschlagene fünf Minuten lang sprach Ansley kein Wort und beantwortete keine von Bens Fragen. Schließlich sagte Ben: »Hör zu, Ansley, wenn du willst, bringe ich dich wieder nach Hause. Du weißt doch, daß unsere Väter diese Verabredung eingefädelt haben.«

»Mein Vater hat mich dazu gezwungen«, sagte Ansley. »Ich habe einen festen Freund.«

»Ich weiß, daß du einen Freund hast. Mein Vater hat mich heute abend auch gezwungen. Willst du an einen bestimmten Ort?«

»Eher sterbe ich, als daß ich in diesem Auto irgendwohin fahre.«

»Bist du gerne Cheerleader?« Ben wechselte das Thema, dankbar, daß sie nun wenigstens seine Fragen beantwortete.

»Nichts auf der Welt tue ich lieber«, sagte sie, sah Ben an und fragte: »Warum spielst du eigentlich nicht Football? Groß genug bist du doch.«

»Ich mag Football nicht.«

»Wenn du nicht Football spielst, dann bist du an dieser Schule eine Null.«

»Du spielst doch auch nicht Football.«

»Das sollte wohl ein Witz sein.«

»Ich spiele Basketball.«

»Basketball zählt nichts. Absolut gar nichts. Jim Don spielt Basketball, und das ist der einzige Grund für mich, Cheerleader zu sein. Weißt du, er ist Kapitän der Football-Mannschaft. Dich habe ich noch nie bei einem Footballspiel gesehen. Wo sitzt du denn normalerweise?«

»Bin noch nie bei einem gewesen.«

»O Mann, vom Schulgeist biste ja wohl nicht gerade beseelt, was, Ben? Mein Vater versucht, mich und Jim Don auseinanderzubringen. Aber das wird ihm nicht gelingen. Ich hoff' nur, daß Jim Don uns heute abend nicht über den Weg läuft. Der hat mal einen Jungen, mit dem ich ausgegangen bin, zusammengeschlagen.«

»Na, wunderbar«, sagte Ben und schaute unwillkürlich in den Rückspiegel.

»Er ist wahnsinnig eifersüchtig. Aber süß ist er. Ich hoffe nur, daß er uns nicht sieht. Er hat mir gesagt, daß er heute abend ein bißchen rumfahren und nach uns Ausschau halten will.«

»Dann gehen wir eben irgendwo hin, wo er uns nicht sehen kann.«

»Oh, das geht nicht. Das geht nicht. Wir müssen unbedingt im Shack aufkreuzen. Mein Vater hat mir gesagt, daß ich dir zeigen soll, wo die ganze Gang so rumhängt. Jim Don hat einen neuen Impala. Letzten Sommer hat er Tomaten verpackt und genug Geld für eine ordentliche Anzahlung zusammengekriegt. Sind das Weejuns, die du da trägst?« fragte sie Ben.

»Wie bitte?« fragte Ben.

»Weejuns. Halbschuhe. Alle in der Schule tragen Weejuns.«

»Nee, das sind halt Schuhe. Ich weiß nicht, was für welche.«

»Und das ist ein Gant-Hemd, ja?«

»Vielleicht. Hat Mom gestern im PX gekauft.«

»Nein, dann ist es auch kein Gant«, sagte sie ungehalten. »Bei PX verkaufen sie die nicht, und außerdem hat es keine Schlaufe im Rücken.«

»Ist aber ein Hemd der Ivy League«, erbot Ben sich. »Mit Knöpfen am Kragen.«

»Na und?«

»Im Shack bin ich noch nie gewesen«, sagte Ben.

»Der ist gleich neben der High School der Farbigen. Da arbeiten die niedlichsten farbigen Jungs auf der ganzen Welt. Die werden vielleicht Augen machen, wenn ich mit dir ankomme.« Ansley drehte am Radio herum, bis sie die Stimme von Ape vom WAPE in Jacksonville ortete. »Jeder Wagen im Shack wird die Wellenlänge vom BIG APE eingestellt haben«, sagte sie und sang zur Musik mit.

Ben bog auf den Parkplatz ein, und Ansley rutschte so weit von ihrem Sitz, daß niemand mehr ihr Gesicht erkennen konnte, der von außen durchs Wagenfenster sah. Gedemütigt mußte Ben erkennen, daß die Leute lachten, sobald sie das Staffelemblem auf den Wagentüren sahen. Er suchte sich das einsamste und trostloseste Plätzchen aus, das er finden konnte, und fuhr rückwärts unter die überhängenden Zweige eines Baumes am hintersten Ende des Parkplatzes. Erst dann setzte sich Ansley wieder auf, brachte ihre Augen auf Fensterhöhe und musterte entschlossen die anderen Autos.

»Es macht dir doch nichts aus, Ben, wenn ich mal kurz meine Freundinnen begrüße. Dort drüben unter der Laterne parken ein paar Cheerleader mit ihren Freunden. Wenn Lewis kommt, während ich weg bin, dann bestell mir doch einen Cheeseburger ohne Zwiebeln, eine mittelgroße Cola und eine große Portion Pommes«, sagte sie und warf ihm durch das Fenster eine Kußhand zu. Sie wirkte schamlos erleichtert, Bens Gesellschaft entfliehen zu können.

Ben kurbelte das Fenster hinunter und lehnte seinen Arm auf die Tür. Er versuchte, seine Miene zu einer Maske aus Unbekümmertheit, Weltgewandtheit und Selbstbeherrschung erstarren zu lassen. Sein Magen jedoch fühlte sich an, als zerberste ein Schiff an unsichtbaren Klippen. Ben sah heimlich zu, wie Ansley von Auto zu Auto ging, sich mit ihren Brüsten auf die Arme anderer Jungen lehnte und mit einer erfahrenen Hemmungslosigkeit flirtete, die Ben von seinem Beobachtungsposten aus ekelhaft berechnend fand. Ihr Parfum hing noch im Wagen und attackierte ihn an den weichsten Stellen seines Knabentums. Er sah, wie sie vor einer Gesichtermenge, die ihm zur Hälfte bekannt war, auf seinen Wagen deutete, hörte ihr schrilles Gekicher und das Gelächter ihrer Kumpel; er drehte das Radio lauter. Noch einmal schaute er verstohlen zu ihr hinüber, sah, wie quälend hübsch sie war – ein kurvenreiches, gedankenloses Nymphchen, das die empfindungslosen Grausamkeiten und die kleinlichen Gemeinheiten der Halbwüchsigen perfekt beherrschte und in hämischen Bataillonen auf ihn losgelassen hatte. Ben fühlte sich, wie er so im Halbdunkel saß, von diesem Mädchen, das er beinahe sein Leben lang kannte, herabgesetzt und auf nicht wieder gutzumachende Weise beschädigt. Es überraschte ihn jedoch nicht. Er wußte instinktiv, daß sich Mädchen wie Ansley ihm stets entziehen würden, in sicherer Entfernung um ihn herumtänzeln, ihn hänseln und in ihren grausam gedankenlosen Kindercliquen im reinen Sauerstoff der ihnen zugemessenen Glanzzeit über ihn tuscheln würden. Ansley war Teil einer Aristokratie, die, zumindest im Augenblick, so dachte Ben, keine Eindringlinge duldete.

Als Lewis kam, ein hochaufragender Schwarzer mit ausdruckslosem Gesicht, bestellte Ben zwei Cheeseburger ohne Zwiebeln, zwei mittelgroße Cola und zwei große Portionen Pommes Frites. Er war dankbar, daß Lewis überhaupt den weiten Weg zu seinem Wagen gemacht hatte. Als die Cheeseburger kamen, warf Ben einen Blick zu Ansley hinüber, um festzustellen, ob sie nun, da ihre Bestellung eingetroffen war, zurückkehren würde. Doch sie rührte sich nicht von der Stelle. Ihre Finger wanderten verstohlen über die Nacken und Krägen der sie umringenden Footballspieler.

Dann sah Ben Jim Don Cooper in seinem Auto neben ihr anhalten. Er beobachtete, wie Ansley einstieg, eiligst über den Sitz zu Jim Don glitt und ihn ausdauernd und leidenschaftlich auf den Mund küßte. Sie redeten, knutschten herum, redeten wieder. Er sah, daß Jim Don sich auf seinem Sitz um hundertachtzig Grad herumdrehte und ihn angriffslustig anstarrte. Ist ja toll, dachte Ben, jetzt kommt er gleich rüber und haut mir eine in die Fresse, während ich hier in diesem Werwolf-Dienstwagen herumsitze. Jim Don verließ sein Auto jedoch nicht, sondern Ansley. Mit ihrem gezierten, provozierenden Gang kam sie auf Ben zu und flüsterte auf ihn ein, wobei sie sich mit Pommes vollstopfte.

»Ben, sei der süßeste Junge der Welt und laß mich den Rest des Abends mit meinem Freund verbringen. Eine der Cheerleader gibt eine Party am Stand, auf die wir gehen wollen. Es macht dir doch nichts aus, oder?«

»Nein, Ansley, es macht mir überhaupt nichts aus«, sagte Ben.

»Du bist richtig süß. Ich hab' Jim Don gleich gesagt, daß du uns gern aus der Patsche hilfst. Also, deinen Eltern erzählst du aber nichts davon, ja, Ben?«

»Nein. Kein Sterbenswort.«

»Okay. Tschüß dann. Und es war ganz toll mit dir heute abend. Wirklich, ohne Flachs. Du bist ein wundervoller Mensch. Und tausend Dank, daß du so verständnisvoll bist«, sagte sie und machte sich davon.

»Willst du deinen Cheeseburger denn nicht haben?« fragte Ben.

»Nein, den kannst du essen. Jim Don hat mir gerade noch einen bestellt«, sagte sie, machte kehrt und rannte zu dem Impala zurück.

Niemand schien dem Wagen nun, da er von Ansley Matthews verlassen war, noch Beachtung zu schenken; niemand schien von Bens bescheidenem Einsiedlerdasein nun, da er aus den Wolken der Buhlerei um die Gunst der Cheerleader gefallen war, noch Notiz zu nehmen. Die Blicke der Unbekannten spießten ihn nicht länger auf. Gott sei gedankt für den BIG APE-Sender in Jacksonville, der Ben mit derselben Gleichmut wie allen anderen Autos im Shack seine Lieder vorsang. Ben kaute auf seinem Cheeseburger herum und überlegte, was er mit dem angebrochenen Abend anfangen sollte; keinesfalls konnte er derart früh nach Hause kommen und sich einem Verhör durch seine Eltern oder den Hänseleien von Mary Anne aussetzen.

Er warf den Motor an, seine Augen brannten. Auf Wiedersehen, mein Cheerleader, mein erstes Rendezvous. Auf Wiedersehen, meine Colonel-Tochter, meine Herzogin mit den dunklen Wimpern, meine Schöne, meine braunäugige Königin. Auf Wiedersehen, meine Einstundenbraut, meine sechzig-Minuten-Liebe, meine Kaiserin mit den roten Lippen, meine Geliebte mit den Weejun-Schuhen. Warum nur liebe ich dich und deinesgleichen? dachte Ben. Warum bist du meine heimliche Liebe? Und dann, als er seinen Wagen an dem ihres Freundes vorbeisteuerte, als er sie ernüchtert noch einmal, ein letztes Mal anblickte, sah, wie sie über die Plakette lachte und mit den Fingern darauf wies, da endlich erkannte er, wer sie wirklich war, und verspürte ein starkes Bedürfnis, sich aus dem Fenster zu lehnen und seiner Feindin ein galantes *Au revoir* zuzurufen.

★

Kochend vor Wut kehrte er dem Shack den Rücken und fuhr Richtung Stadt. Er bemerkte nicht, daß hinter ihm ein Auto ausscherte und ihm folgte. Als er am National Cemetery an der Granville Street vorbeikam, hörte er, wie jemand ihm Hupzeichen gab. Ben fuhr rechts heran und äugte ins Innere eines schwarz-roten Rambler American, der neben ihm zum Stehen kam. Ben machte die Scheinwerfer aus und wartete, daß der Fahrer des Rambler sich zu erkennen gäbe. Der Rambler parkte vor ihm ein, und heraus sprang ein schmächtiger Junge, der in lachhaft übertriebenem Wiegeschritt auf ihn zukam.

»Wahrscheinlich glaubst du, daß ein echter Hengst vom Kaliber eines Sammy Wertzberger jeden Samstagabend mit einer anderen umwerfenden Puppe unterwegs ist, Ben. Aber wie das Schicksal so spielt: Ich muß mich erst mal von einem Film gestern abend im Drive-in erholen, wo mich eine süße Nymphomanin wieder und wieder vernascht hat.«

»Sammy! In meinem ganzen Leben bin ich noch nie so froh gewesen, einem Bekannten über den Weg zu laufen.«

»Hab' grade gehört, was Ansley Arschloch dir angetan hat. Erst dachte ich, du wärst schon weg, aber dann sah ich dich losfahren.«

»Ich kenne sie schon ewig. Die war mal richtig nett.«

»Warum kommst du nicht in mein jüdisches Unterseeboot auf den Kutschbock rüber, und ich zeig' dir die Stadt? Vielleicht können wir uns sogar noch die Spätvorstellung im Breeze-Kino angucken.«

»Klingt großartig.«

»Dann los, daß die Kacke dampft.«

»Danke, daß du mir gefolgt bist, Sammy.«

»Die Nacht ist noch jung«, sagte Sammy zu Ben. »Und es gibt Tausende von Frauen, die bloß darauf warten, uns beide in die Finger zu kriegen.«

16

In Ravenel gab es einen einzigen katholischen Priester. Er hieß Thomas Aquinas Pinckney und war ein dürrer, tuberkulöser, an die zwei Meter großer Mann, über den das Gerücht ging, er trinke bei der Wandlung zu viel vom Blute Christi. Als Father Pinckney die Tür des Pfarrhauses öffnete und sich, um nicht mit dem Kopf anzustoßen, unter dem Türrahmen duckte, war das erste, was er von dem neuen Colonel zu hören bekam: »Ich bin Colonel Bull Meecham, Father. Ich finde, es ist eine Schande, daß dieser Flecken keine katholische Schule hat. Und da Sie hier das Kommando führen, mache ich Sie persönlich dafür verantwortlich.«

»Boston?« fragte der Priester.

»Nein, Father, Chicago«, antwortete Bull.

»Treten Sie ein, Colonel. Wir werden etwas Sündiges trinken, während wir diese wichtige theologische Frage erörtern.«

Bei dieser ersten Begegnung hatte Bull die meiste Zeit zugehört, während der schwer geprüfte, energische Mann im Wohnzimmer auf- und abgegangen war und mit wohlklingender, tiefer Baßstimme gesprochen hatte, die unbedingte Aufmerksamkeit heischte und auch erhielt. Seine Gesten waren wild und theatralisch und entsprangen einer animalischen Ungeduld, die von seinem ganzen Körper Besitz ergriffen hatte. »Colonel«, rief er, »wissen Sie eigentlich, daß es in Rotchina mehr Katholiken gibt als in South Carolina? Und wissen Sie auch, daß die Barmherzigen Schwestern sich bis an die Grenzen des Menschenmöglichen verausgaben, um uns eine gütige Nonne zur Arbeit im Weinberg von Ravenel zur Verfügung zu stellen? Und verstehen Sie in Ihrer

Weisheit auch, Colonel, daß die Entscheidung des Bischofs über den Bau einer katholischen Schule in Ravenel von Zahlen abhängt? Gewiß, unsere Zahl wächst, aber was eine katholische Schule angeht, so trennen uns noch viele Jahre von einem solch ungeheuren Unterfangen.«

»Bitte vielmals um Entschuldigung«, sagte Bull, »aber das ist Quatsch.«

»Colonel, warum muß mir der Herr jedes Jahr zwei oder drei Marines schicken, die mir mit diesem Thema in den Ohren liegen? Warum straft Er mich?«

»Er möchte eben, daß Sie ihm eine katholische Schule errichten.«

»Und ich möchte Ihnen noch einen Drink richten«, sagte Father Pinckney und ging mit Bulls Glas zur Hausbar. »Früher in meinen Tagträumen, Colonel, in jenen hochtrabenden Hirngespinsten, denen man sich in der ersten Zeit nach der Priesterweihe hingibt, da habe ich mich als Kirchenfürsten gesehen, als hochverehrten Kardinal, in voller Würde womöglich, als Heiligtum in einer gotischen Kathedrale verwahrt und von ganzen Scharen sündiger Gemeindemitglieder angebetet. Nicht im Traum wäre mir eingefallen, ich würde mir dereinst verbale Schlammschlachten mit Marines und deren Ehefrauen über Lottospiele und katholische Schulen in diesem Hinterpfuikuckucksnest liefern müssen. Ich bin ein Priester mit einem Hang zu den großen Städten dieser Welt, dessen Los darauf fiel, in diesem tristen Kaff dahinzuvegetieren.«

Am gleichen Tag hatte Bull seine Söhne Ben und Matthew für die gesamte Dauer des Schuljahres als Meßdiener im Sonntagsgottesdienst um Viertel nach elf verpflichtet. Außerdem meldete er Ben und Mary Anne zum mittwochabendlichen Katechismusunterricht an, den die Confraternity of Christian Doctrine sponserte. Er erinnerte seine Kinder daran, daß er in seiner Eigenschaft als pflichtbewußter katholischer Vater dafür zu sorgen hätte, daß ihre Seelen in diesem einen Jahr, das sie außerhalb des katholischen Schulsystems verbrachten, nicht einrosteten. Nicht einmal Bens Argument, elf Jahre an einer katholischen Schule seien elf mehr als Jesus Christus selbst genossen hätte, konnte seinen Vater davon abhalten, seine beiden Ältesten zu den abendlichen Unterrichtsstunden in der St.-Philomena-Halle zu schicken, einem wiederauferstandenen viktorianischen Haus, das ausdrücklich für junge Katholiken in einer feindlichen protestantischen Umwelt gekauft und zum Klassenraum umgestaltet worden war. Die erste Stunde fand unter Leitung von Schwester Loretta Marie am letzten Mittwoch im September statt.

Das Gesicht der Nonne war so weiß wie Kerzenwachs zur Fastenzeit. Seine Fahlheit stand im krassen Gegensatz zu dem schwarzen Tuch, das ihren Kopf wie ein Schleier umrahmte. Ihre Stimme war von mißbilligender Monotonie. Gleichgültig, ob sie über Herodes' Hinschlachten von Kindern oder über die Auferstehung Christi von den Toten sprach, ihre Stimme drückte stets das gleiche Maß an unterschwelliger Mißbilligung aus. Wenn sie ging, stießen die Perlen ihres Rosenkranzes in gehemmtem, arhythmischem Ton aneinander. Ben hatte sie während des Gottesdienstes beobachtet, und ihr verkniffenes, blutleeres Gesicht und ihre vielleicht auf ungenügend geschmierte Gelenke zurückzuführende, steife Haltung hatten ihn dazu bewogen, respektvollen Abstand zu halten und ihr in großem Bogen aus dem Weg zu gehen. Sowohl Ben als auch Mary Anne waren Experten der charakterlichen Einschätzung von Nonnen und teilten sie in zwei deutlich unterschiedene, vollkommen unvereinbare Kategorien ein: die Lächelnden und die Vampire. Die Lächelnden waren Frohnaturen, die sich an den kleinsten und belanglosesten Geschenken des Lebens erfreuen konnten, die Kinder ebenso liebten wie ihre Lehrtätigkeit und Gott mit einer Schlichtheit und Aufrichtigkeit verehrten, daß man nur allzu gerne glaubte, Nonnen folgten einer Berufung. Die Vampire hingegen waren gräßliche, ausgetrocknete Frauenzimmer, die den Schleier genommen hatten, weil sie sich selbst nicht leiden konnten und weil sie glaubten, ihr Selbsthaß werde sich, wenn sie ihr Leben dem Erlöser weihten, in Güte und Milde verwandeln. Aber das kam nie vor. Das Kloster löste ihre Probleme nicht, sondern warf sie hundertfach zurück. Ihr Unterricht war im günstigsten Fall blutleer und harmlos, im schlimmsten Fall machte er das Leben ihrer Zöglinge zur reinsten Hölle. Bislang hatte Ben der Schreckensherrschaft zweier Vampire unterstanden. Der erste Vampir, Schwester Mary Patricia, hatte ihm, als er seine Mathematikhausaufgaben nicht ablieferte, Ohren und Nase mit einer Wäscheklammer zugezwickt und ihn einen ganzen Nachmittag lang damit sitzen lassen. Der zweite Vampir, Schwester Mary Bernadette, hatte ihm ihren Wollschal um den Kopf gewickelt und ihn gezwungen, die ganze halbstündige große Pause lang darin mit ihr auf- und abzugehen, wobei sein Kopf in völliger Dunkelheit an ihrem Busen ruhte, der voll, verboten und jungfräulich war. Er unterzog Schwester Loretta Marie einer kritischen Einschätzung, mit Augen, die jahrelang die Gewohnheiten und kleinen Sünden von Nonnen beobachtet hatten. Er fragte Mary Anne nach ihrer Meinung über die neue Nonne, die nun in ihr Leben getreten war. Sie antwortete nicht; sie streckte nur beide Arme in die Höhe und griff sich an den Hals.

Die Nonne begann den Unterricht mit dem Vaterunser und dem Eid auf die amerikanische Verfassung. In der Hand hielt sie eine kleine Rassel oder Klapper, die sie schüttelte, sobald sie die Klasse zum Aufstehen oder Hinsetzen aufforderte. Ihre Leidenschaft galt der Gleichzeitigkeit. Minutenlang ließ sie die Klasse simultanes Aufstehen und Hinsetzen üben, während sie ihre Klapper betätigte und das harmonische Auf und Ab ihrer neuen Zöglinge überwachte. Schließlich war sie befriedigt und ließ zum Abschluß der Prozedur ein letztes, wunderbar klangvolles Rasseln ertönen, das den Beigeschmack des Endgültigen hatte.

Ben und Mary Anne, die in der letzten Reihe saßen, schrieben sich Zettel, während Schwester Loretta Marie über die Gefahren der Rock'n'-Roll-Musik und des engumschlungenen Tanzens für die Seele psalmodierte. In ihrer krakeligen Handschrift, der selbst die lange Lehrzeit an katholischen Schulen nichts hatte anhaben können, schrieb Mary Anne an Ben: »Du hast einen riesigen Pickel auf der Nasenspitze. Alle starren darauf und lachen dich aus. Wirklich abscheulich.«

Ben schrieb zurück: »Es gibt Leute, die Sommersprossen niedlich finden. Ich nicht. Ich finde, sie sehen aus, als hätten Millionen Ameisen auf dein Gesicht gekackt.«

»Also, Klasse, aufgepaßt. Ihr zwei da hinten«, sagte Schwester Loretta, an Ben und Mary Anne gewandt. »Heute abend braucht ihr nicht mitzuschreiben. Ich muß eine äußerst wichtige Angelegenheit mit euch besprechen. Also, spitzt alle die Ohren. Ihr alle seid junge Erwachsene, und deswegen habe ich auch das Gefühl, daß ich mit euch reden kann wie mit jungen Erwachsenen. Ich habe mehrere Schüler und Schülerinnen dieser Klasse dabei beobachtet, wie sie nach Empfang der heiligen Kommunion in der Sonntagsmesse auf ihre Plätze zurückkehrten. Und was ich da erblicken mußte, hat mich, ehrlich gesagt, äußerst befremdet. Es kann dieser Klasse nur guttun, wenn ich sie daran erinnere, daß wir, sobald uns der Priester die Hostie aushändigt, das Fleisch und Blut unseres Herrn Jesus Christus auf unseren Zungen haben.«

Mary Anne kritzelte etwas aufs Papier, und Ben las: »Jesus Christus schmeckt eher wie Brot.«

»Du wirst für alle Ewigkeit in der Hölle schmoren«, schrieb er zurück und unterstrich das Wort ›alle‹.

»Ich will ja keine Namen nennen, aber es hat mich schockiert«, fuhr Schwester Loretta fort und schüttelte voller Abscheu den Kopf, »es hat mich buchstäblich schockiert zu sehen, wie gewisse Mitglieder dieser Klasse auf der Hostie herumkauten, als wäre sie ein Riegel Hershey-

Schokolade oder ähnliches. Eine einzige Frage dazu: Würde es euch gefallen, wenn man auf euch herumkaute?«

»Nein, Schwester«, antwortete die Klasse.

»Natürlich nicht. Und Jesus gefällt es auch nicht. Die Hostie soll uns auf der Zunge zergehen. Sie soll langsam schmelzen, und ihr solltet dabei an den Herrn denken, den ihr auf der Zunge tragt. Ihr wollt, daß Er so lange wie möglich auf eurer Zunge bleibt. Ihr wollt Ihn nicht hetzen, indem ihr grob auf Ihm herumkaut und Ihn schleunigst in den Magen schickt.«

»Jede Wette, daß Er lieber im Magen ist als dort, wo Er als nächstes hin muß«, schrieb Mary Anne, und Ben hielt sich mit einer Hand die Augen zu.

»Mehr habe ich all jenen, die den Herrn zerkauen, statt Ihn langsam auf der Zunge zergehen zu lassen, nicht zu sagen. Ich kann nur noch einmal betonen: Ich bin der felsenfesten Überzeugung, daß der Herr keinen Gefallen daran findet, wenn er von den Backenzähnen katholischer Jungen und Mädchen, die die Heiligkeit Seiner Gegenwart nicht zu schätzen wissen, zermalmt wird. Offen gesagt, konnte ich mich gerade noch zurückhalten – sonst hätte ich diesen Kälbern die Ohren lang gezogen, die ich wie wiederkäuendes Vieh vorbeitrotten sah. Die gebührende Art, die heilige Kommunion zu empfangen, ist folgende: Ihr füllt euren Mund mit Speichel, und in diesem Speichel löst sich der Leib des Herrn allmählich und herrlich auf, so daß ihr Ihn in eurer Seele, dem Tempel des Heiligen Geistes, ruhen lassen könnt.«

»Hilfe, ich ertrinke in Spucke!« schrieb Mary Anne. »Unterschrift: Jesus.« Doch Ben weigerte sich, das Geschriebene zu lesen; ihre Plänkeleien mit Gotteslästerungen waren ihm zutiefst unbehaglich.

»Schwester, Schwester!« Ein Junge aus den vorderen Reihen hob die Hand. Schwester Loretta klapperte, und er stand auf.

»Steh gerade, P. K. So ist es besser. Was willst du wissen?« fragte die Nonne.

»Schwester, manchmal klebt die Hostie an meinem Gaumen fest. Da klebt sie dann wie Fliegenleim, und ich kann kaum noch atmen. Wird der Herr wohl zornig, wenn ich die Hostie dann mit meiner Zunge vom Gaumen lecke? Das wird nämlich ganz schön unbequem da oben, ungelogen.«

Die Klasse kicherte. P. K. drehte sich um und lächelte voller Stolz, daß ihm eine Frage eingefallen war, die bei seinen Kameraden Gelächter auslöste. Für die Nonne war Gekicher gleichbedeutend mit Meuterei, und sie erstickte es mit einem frostigen Zusammenkneifen der Augen.

»Das ist eine gute Frage, P. K., eine Frage, die ernsthafte Überlegung erfordert. Weiß jemand unter euch etwas zu dieser besonderen theologischen Erwägung vorzubringen? Wie wär's mit dir, Fräulein Carters Marie Simon?«

»Arschkriecherin«, schrieb Mary Anne.

Ein hübsches Mädchen, das in einigen Kursen mit Mary Anne zusammen war, erhob sich und antwortete: »Ich glaube nicht, daß der Körper die Hostie vom Gaumen entfernen sollte. Wenn mir das passiert, dann lasse ich die Hostie in Ruhe und leide lieber, opfere sie den armen Seelen im Fegefeuer. Ich glaube, dieses Leiden ist das wenigste, was ich für unseren Herrn Jesus Christus tun kann, der so viele Leiden für mich auf sich genommen hat.«

»Zum Kotzen!« flüsterte Mary Anne in Bens Ohr. Bleistift und Papier waren mittlerweile vergessen, da Ben sich beharrlich weigerte, ihre Zettel zu lesen.

»Das ist eine ganz wunderbare Antwort, Carters. Genau die Antwort, die ich von dieser Klasse erwartet habe. Es kommt mir roh und ungezogen vor, die Hostie, nur weil sie unbequem ist, vom Gaumen zu schälen. Auch Christus hatte es am Kreuz unbequem. O ja, sehr unbequem war es für Ihn, als die Nägel Seine Hände und Füße aufrissen, die Dornenkrone in Sein Haupt stach.« Sie wandte sich dem Kruzifix zu, das über der Wandtafel hing, und aller Augen folgten ihrer unausgesprochenen Weisung. »Drei qualvolle Stunden lang hing Er am Kreuz und litt für uns. Für Carters, für P.K., für Andy, für Father Pinckney, für Schwester Loretta Marie – für alle Katholiken, die nach ihm kamen und noch kommen werden, auf daß wir im goldenen Königreich Gottes zu Seiner Rechten sitzen dürfen. O ja, Jesus hat gelitten, und das ist einer der Gründe, weshalb wir uns nie über die unbedeutenden Wehwehchen und Frustrationen in unserem Leben beklagen sollten. Wenn ihr das nächste Mal Kopfschmerzen habt, dann stellt euch vor, wie es wäre, wenn euch ein Nagel durch den Fuß getrieben würde.«

Eine ganze Weile starrte Schwester Loretta kläglich bewegt auf den Erlöser. Mary Anne hielt sich eine Hand vor den Mund und flüsterte Ben zu: »Wenn du das nächste Mal in der Nase popelst, dann denk daran, wie es wäre, wenn man dir einen Nagel durchs Nasenloch schlüge.«

Ben mußte lachen, und die gesamte Klasse wandte ruckartig die Hälse, als gehorche sie einem von Schwester Lorettas Klappergeräuschen. Die Entfernung des Bösen wollte sich niemand entgehen lassen.

»Vielleicht haben Sie die Güte, Mr. Meecham, und teilen der Klasse mit, was Sie an einer Kreuzigung so erheiternd finden.«

»Nichts, Schwester«, sagte Ben. »Ich habe nur an etwas Lustiges denken müssen, das vor ein paar Tagen passiert ist.«

»Dann laß die Klasse daran teilhaben«, forderte ihn die Nonne auf.

»Ich hab's schon wieder vergessen, Schwester«, stotterte Ben. Die Klasse lachte.

»Soso«, fauchte die Nonne. »Da Mr. Meecham sich nicht sonderlich für meinen Unterricht zu interessieren scheint, werde ich ihn zu einem kleinen Experiment benutzen, das ich mir ausgedacht habe. Es soll die Leiden Christi am Kreuze verdeutlichen. Eigentlich wollte ich es mir für eine andere Klasse aufheben, aber es könnte Mr. Meecham klarmachen, wie ernst ich diesen Katechismusunterricht nehme. Wenn du bitte nach vorn an die Tafel kommen würdest, Mr. Meecham.«

Ben warf Mary Anne einen letzten mörderischen Blick zu und ging nach vorn zu Schwester Lorettas Podest.

»Du bist ein großer, starker Junge. Mr. Meecham. Nun wollen wir mal sehen, wie stark du wirklich bist. Geh zur Tafel und dreh dich mit dem Gesicht zur Klasse. Und jetzt streck deine Arme aus. So weit du kannst, Mr. Meecham«, sagte die Nonne mit plötzlichem Ingrimm, »so weit, als würdest du ans Kreuz geschlagen. Ja, so. So ist es richtig. Nur noch eine Dreiviertelstunde, bis der Unterricht vorbei ist. Du wirst deine Arme so lange ausgestreckt halten. Und Arme beugen gilt nicht. Genau so wie jetzt, eine Dreiviertelstunde lang. Es wird nicht lange dauern, und Mr. Meechams Arme werden ihm schwer wie Blei vorkommen. Wer von euch paßt auf und gibt mir Bescheid, sobald Mr. Meecham die Arme beugt?«

»Ich, Schwester!« rief Mary Anne fröhlich.

»Danke, Miss Meecham. Es ziemt uns allen, uns zu erinnern, daß Jesus Christus seine Arme am Kreuz nicht beugen konnte, nicht wahr, Kinder?«

»Ja, Schwester!« erscholl es.

Die symbolische Kreuzigung weckte nicht eben Bens Sinn für Humor. An öffentlicher Bloßstellung und Verspottung lag ihm herzlich wenig. Daß seine Armmuskulatur bald zu schmerzen beginnen würde, war nicht einmal so schlimm. Viel schlimmer war die persönliche Entblößung, in die ihn sein Unbehagen und seine Verlegenheit vor den Augen der ganzen Klasse stürzen würden.

Monoton fuhr Schwester Loretta fort: »Aber unser heutiges Thema sollte eigentlich das Abendmahl sein, und dabei fällt mir eine wahre Geschichte ein, die ich vorigen Sommer aus dem Munde eines Benediktinerpaters vernahm, unter dessen Leitung in meinem Mutterhaus in Philadelphia eine Einkehr stattfand. Diese wahre Begebenheit trug sich in Frankreich zu, und ich meine, es geziemt uns allen, uns P. K.s Frage ins Gedächtnis zu rufen, während ich die Geschichte erzähle.«

»Mr. Meecham beugt die Ellenbogen!« meldete Mary Anne, die Hand geziert erhoben.

»Danke, Miss Meecham. Ich weiß, dein Bruder legt es nicht darauf an, daß ich um eine Unterredung mit eurem Vater ersuchen muß. Daher werde ich wohl auch den Unterricht bestimmt nicht noch einmal unterbrechen und ihn ermahnen müssen.« Dabei drehte sie sich zu Ben um und sah ihn an, als sei er die Sünde in Menschengestalt.

Ben deutete erbost mit den Mittelfingern seiner beiden unsichtbar festgenagelten Hände auf Mary Anne.

»Es war einmal ein böser kleiner Junge, der Pierre hieß und in einer winzigen Pfarrkirche im Süden Frankreichs zur Kommunion ging. Zu der Zeit, da diese Geschichte sich zutrug, hatte er gerade eine Todsünde begangen, nämlich vor dem Kirchgang ein reichhaltiges Frühstück zu sich genommen. Beim Abendmahl trat Pierre vor den Altar und empfing die heilige Kommunion. Statt jedoch zu seinem Platz zurückzugehen, verließ er die Kirche durch einen Nebenausgang und lief zum Friedhof auf der anderen Straßenseite. Dort nahm er die geweihte Hostie aus dem Mund . . .«

An dieser Stelle schnappte Carters Marie Simon vor Entsetzen nach Luft und ließ den Kopf auf die Bank sinken.

». . . und hielt die Hostie in seinen häßlichen, schmutzigen, ungewaschenen kleinen Händen. Er suchte nach einem Anzeichen dafür, daß dies tatsächlich das Fleisch und Blut unseres Erlösers sei. Er legte die Hostie auf einen Grabstein und zog ein Messer aus der Tasche. Dann schnitt er mehrmals mit dem Messer in die Hostie. Weiß irgend jemand von euch, was dann geschah?«

Zunächst herrschte betäubtes Schweigen, bis P. K. sich meldete, aufsprang und auch schon rief: »Gott hat den kleinen Bösewicht umgebracht!«

»Nicht doch, P. K.«, schnaubte die Nonne verächtlich. »Aber was dann passierte, ist fast genauso schlimm. Denn die Hostie fing an zu bluten. Zuerst war es nur ein dünnes Rinnsal, als hätte er an einer winzigen Ader geritzt. Pierre versuchte, das Blut mit seinem schmutzigen, verschleimten und zerknüllten Taschentuch zu stillen. Doch da blutete die Hostie nur noch stärker. Es war, als hätte er eine Arterie durchtrennt. Das Blut sprudelte nur so aus der Hostie und bedeckte den ganzen Grabstein. Pierre versuchte nun, es mit seinen Händen zu stillen. Schließlich legte er sich bäuchlings darauf. Doch nichts konnte dem Blutstrom Einhalt gebieten. Ehe Pierre sich's versah, quoll das Blut auch schon über die geweihte Friedhofserde und floß auf die Kirche zu. Im Wettlauf mit dem Blute Christi stürmte Pierre zur Kirche. Er riß das Portal auf und schrie nach dem Priester, der gerade am Fuße des Altars ein Gebet sprach. Die versammelte Gemeinde drehte sich um und gewahrte Pierre, wie er blutüberströmt und halb wahnsinnig von der Sünde, die er begangen hatte, dastand. Der Priester eilte auf Pierre zu, der ihn zum Friedhof lenkte und ihm währenddessen von seiner Tat berichtete. Der Priester näherte sich der Hostie, der Quelle des Blutes, und berührte sie mit seinen Händen. Das Blut war sogleich gestillt. Der Priester sah auf Pierre hinab und sagte bebend vor Zorn zu dem bösen Knaben: ›Du hast dich versündigt, Pierre.‹ Noch am gleichen Vormittag legte Pierre seine Beichte ab. Heute ist er selbst katholischer Pfarrer und steht der gleichen Gemeinde vor, in der er einst die Hostie entweihte.« Schwester Loretta hielt inne und holte tief Luft. »Ich hoffe, dies wird euch allen eine Lehre sein.«

»Das ist die schönste Geschichte, die ich je gehört habe«, seufzte Carters tief befriedigt.

»Passiert so was auch, wenn man die Hostie mit den Zähnen kaut, Schwester?« fragte P.K.

»Nicht jedesmal, P.K., das würde ich nicht behaupten. Aber es könnte jederzeit passieren, das wollte ich euch damit sagen. Die Wege des Herrn sind unerforschlich.«

★

Nach dem Unterricht gingen Ben und Mary Anne zu Fuß nach Hause, folgten den Biegungen der Straße, die wiederum den Biegungen des Flusses folgte, vorbei an wunderschönen erleuchteten Häusern mit schimmernden Kronleuchtern in menschenleeren Eßzimmern, durch einen düsteren Korridor aus hohen Eichen, vorbei an King Tuts Gebrauchtwagenhandel mit seinen bunten Wimpeln, die wie gefangene Schmetterlinge an dem hochgespannten Draht zappelten, an der Praxis des Zahnarztes vorbei, die auf der Marsch abgerungenem Gelände stand, vorbei an der alten Grundschule und an einer riesigen Marsch, die ihre Nasen mit weit draußen auf dem offenen Meer geborenen Gerüchen füllte und ihnen in der salzig-süßen Brise düster und flüssig wie Gold erschien. Sie gingen langsam und fühlten sich wohl in ihrer Zweisamkeit.

»Nachdem wir dich vom Kreuz nahmen, dachte ich eigentlich, Schwester Loretta würde dich für drei Tage zu Grabe legen«, sagte Mary Anne und verfolgte mit den Augen, wie ihr Bruder sich den Trizeps und die Schultermuskeln massierte.

»Eine Frage nur, Mary Anne«, sagte Ben ruhig. »Soll ich dir die Fresse polieren oder wär's dir lieber, wenn ich dich mit einem Gummischlauch durchwalke, damit du bloß innere Verletzungen davonträgst?«

»Dad würde dich umbringen, wenn du seiner heißgeliebten Mary Anne auch nur ein Haar krümmst.«

»Quatsch«, erwiderte Ben. »Der würde noch nicht mal merken, wenn ich dir die Nase aus dem Gesicht schnitte.«

»Wahrscheinlich hast du recht. Was keine Uniform trägt und keine Sprungwürfe kann, nimmt Dad einfach nicht wahr. Aber ich bin überzeugt, ich könnte dir einen großen Gefallen erweisen, wenn ich bei der operativen Entfernung deiner Nase mit Hand anlegte. Hast du dir das Ding mal im Spiegel angeguckt? Im Ernst, Ben, ist deine Nase entzündet?«

»Was meinst du mit entzündet?«

»Sie ist knallrot und ständig am Laufen. Meine Nase ist wenigstens nicht rot. Manche Leute behaupten, mit dieser Nase könntest du einen Job als Leittier einer Rentierherde kriegen«, sagte Mary Anne.

»Hör auf«, sagte Ben und wandte den Blick dem Fluß zu. »Dieses Spielchen wird allmählich langweilig.«

»Das heißt, ich habe gewonnen!« triumphierte Mary Anne. »Lieber Gott, wie kommt es, daß du mich so reichlich beschenkt hast? Mit Schönheit, Intelligenz, Ausgeglichenheit, Charme und umwerfendem Witz.«

»Und einer Million Sommersprossen«, fügte Ben hinzu.

»Du hast es grade nötig. Rennst dauernd mit der Clearasilflasche rum.«

»Pickel verschwinden wieder, Sommersprossen nicht.«

»Ich geh' jede Wette ein, daß du deine Pickel auch noch mit Siebzig hast. Du wirst nie in deinem Leben Pommes frites essen können«, sagte Mary Anne.

»Laß uns doch mal über was Gescheiteres reden«, sagte Ben.

»Okay, König Salomon, schieß los.«

»Was glaubst du, wie es später sein wird? Was werden wir deiner Meinung nach machen?«

»Ich werde auf jeden Fall eine Berühmtheit. Gleich mehrere Männer werden sich vor die U-Bahn werfen, weil ich ihre Heiratsanträge ablehne. Ich schreibe ein paar Bestseller, die die katholische Kirche natürlich auf den Index setzt, und meine Villa ist der Treffpunkt aller literarischen und gesellschaftlichen Größen des ausgehenden zwanzigsten Jahrhunderts. Du dagegen bist dann noch immer ein pickeliger Goldjunge, der seine Sprungwürfe übt.«

Sie bogen in die Eliot Street, durch die ihnen der Geruch tiefgründiger Gärten und das Bellen aufgestörter Hunde hinter flechten- und efeuüberzogenen Mauern folgte. Die überhängenden Bäume waren dicht mit Moos bewachsen, und die Kapelle aus Laub, durch die Ben und Mary Anne nach Hause schritten, nahm jedem Stern sein Licht.

»Mal im Ernst, Mary Anne. Was, glaubst du, wird wirklich aus uns?«

»Aus dir wird ein Pilot bei den Marines. Aus mir wird die Ehefrau eines schauderhaften Kerls. Ich werde Kinder haben und mir wünschen, ich wäre tot.«

»Aber warum? Warum muß das so kommen?«

»Weil es uns beiden auf die Stirn geschrieben steht.«

»Aus mir wird kein Marine, Mary Anne. Ich schwöre dir, daß aus mir keiner wird!« sagte Ben verbittert.

»Aber ja doch, bestimmt. Du gehst auf irgendein popeliges Südstaaten-College und nach dem Examen gleich ins Marine Corps. Dad wird deine Vereidigung persönlich vornehmen, und Mom wird lieblich und schön und voll Stolz dabeistehen. Im Laufe der Zeit werden sich schließlich alle deine guten Eigenschaften in nichts auflösen. Dann glaubst du den gleichen Zinnober wie Dad und wirst dich genauso aufführen wie er. Du bist und bleibst ein Goldjunge, ein blondhaariges Kind, angewiesen auf die Zuneigung deiner Mitmenschen, ihre Besorgnis, ihre Zustimmung. In diesem Punkt sind wir beide grundverschieden. Mir wurde Zustimmung stets verweigert, daher mußte ich lernen, ohne sie auszukommen. Aus diesem Grunde werde ich auch, bevor alles zu Ende geht, ein besserer Mensch sein als du.«

»Glaubst du, daß du oder ich jemals schreiben werden, Mary Anne?« fragte Ben.

Mary Anne dachte einen Moment lang nach und sagte dann: »Nein. Wir werden keine Bücher schreiben. Von so was redet man, wenn man noch jung ist, und vielleicht auch später noch, bis man schließlich stirbt. Du wirst Berichte über die körperliche Verfassung deiner Nachwuchs-Marines verfassen, und ich werde geistreiche Briefchen an die Lehrer meiner Kinder schreiben.«

»Aber ich gehe nicht zu den Marines, niemals! Nie im Leben, nie, nie, nie!« sagte Ben.

»O doch, das tust du«, sagte Mary Anne. »Bestimmt. Ganz bestimmt.« Sie überquerten die Grünflächen des Lawn. »Schon deshalb, weil die Wege des Herrn, wie die große Frau heute sagte, unerforschlich sind.«

17

Am elften Oktober, zur dunkelsten und kältesten Morgenstunde, rüttelte Bull Ben wach. Der Wecker auf dem Nachttischchen neben Bens Bett verriet die Zeit: vier Uhr. Bull befahl seinem Sohn, sich auf der Stelle anzuziehen und in der Küche zur Musterung anzutreten; andernfalls habe er mit einer Meldung zu rechnen.

»Warum weckst du mich so früh, Dad?« fragte Ben, schwang seine Füße aus dem Bett und tastete nach den Jeans.

»Wer wagt es, eine Entscheidung des großen Santini in Frage zu stellen? Abgesehen davon: Das fällt unter die höchste Geheimhaltungsstufe, *top secret*. Komm erst mal runter.«

Bull war in bester Stimmung, geradezu überschwenglich gut gelaunt. Ben kannte nur sehr wenige Menschen, die wie sein Vater aus dem Tiefschlaf aufwachen konnten und sofort ganz da waren. Bull brauchte keinerlei Anlaufzeit, kein wohliges Strecken und Räkeln, das nach Bens Überzeugung zu den schönsten Seiten des Erwachens zählte. Ben taumelte ins Badezimmer, als er Bulls Schritte auf der Treppe hörte. Das kalte Wasser im Gesicht konnte die tonnenschwere Last fehlenden Schlafs, die auf sein Gehirn drückte, kaum erleichtern. Das Licht im Badezimmer blendete ihn; er kam sich vor wie eine Fledermaus, die um zwölf Uhr mittags aus ihrer Höhle gescheucht wird. Auf der Treppe stieg ihm der Duft des Kaffees in die Nase, der unten in der Küche durch den Filter lief. Sein Vater saß in voller Uniform am Tisch und nippte an einer dampfenden Tasse. Auf dem Tisch lag ein großes, in Geschenkpapier gewickeltes Paket.

»Herzlichen Glückwunsch zum Geburtstag, mein Junge«, sagte Bull und mied Bens Blick.

»Oh, vielen Dank, Dad«, sagte Ben und stürzte sich auf das Paket. »Aber daß du mich nur, um mir mein Geburtstagsgeschenk zu geben, um vier Uhr morgens aus den Federn geholt hast, nehm' ich dir natürlich nicht ab.«

»Der Morgen fängt ja erst an. Der Boß hat große Pläne für deinen Geburtstag. Ich wollte, daß wir zwei allein sind, wenn du das Geschenk auswickelst.«

»Was ist das denn?« fragte Ben, hob das Paket hoch und wog es; es war vielversprechend schwer.

»Ein Trainings-BH«, sagte Bull und grinste in seine Kaffeetasse. »Mach es auf, Junge. Ich hab's lang genug für deinen achtzehnten Geburtstag aufgehoben.«

Ben riß das Papier auf und nahm den Deckel von der Schachtel.

Dann fiel sein Blick auf eine alte, lederne Fliegerjacke mit warmem Pelzkragen und dem Abzeichen der Red-Cobra-Staffel auf dem Ärmel. Ben nahm die Jacke heraus und hielt sie hoch. Der Geruch des Leders mischte sich mit dem Kaffeeduft.

»Und was mach' ich damit, Dad?«

»Zieh sie an. Sie gehört dir. War meine erste Fliegerjacke. Ich hab' sie im Zweiten Weltkrieg getragen, als ich mit den Cobras flog.«

Ben war inzwischen in die Jacke geschlüpft. »Sie ist wirklich hübsch.«

»Solche wie damals werden heute gar nicht mehr hergestellt. Sie ist ein Teil des alten Corps. Die Jacke verrät Klasse.«

»Ein tolles Geschenk, Dad, vielen Dank«, sagte Ben und sah seinen Vater an. Er zog den Reißverschluß der Jacke hoch, die ihm viel zu groß war, und fühlte sich irgendwie verwandelt und unverwundbar.

»Du darfst nur eins nicht vergessen, Ben: Es gibt Marines, die kastrieren dich, wenn sie dich in dieser Jacke durch die Stadt laufen sehen. Das ist keine x-beliebige Lederjacke. Ich möchte nicht, daß du sie in der Schule trägst oder sonstwo. Sie ist etwas Besonderes, das uns beide verbindet, dich und mich. Du kannst sie hier im Haus tragen oder abends.«

»Ich pass' schon auf.«

»Guter Soldat. Mein Gott, Ben, du bist achtzehn. Als ich vorhin auf dich wartete, mußte ich daran denken, wie es war, als du auf die Welt kamst. Bei deiner Geburt war ich in der Luft. Nach der Landung hörte ich bloß, daß deine Mutter ins Krankenhaus eingeliefert worden sei. Ich war wie von Sinnen. Mit hundertsiebzig bin ich zum Krankenhaus gerast. Drei Mannschaftswagen der Militärpolizei waren hinter mir her. Ich stürmte durch die Eingangshalle und hetzte die drei Treppen zur Entbindungsstation hoch. Und da steht dann plötzlich so ein komischer dünner Navy-Doktor vor mir und teilt mir mit, daß ich Vater eines feinen, gesunden Jungen bin. Ich hab' so laut gebrüllt, daß sie mich fast aus dem Krankenhaus geschmissen hätten. Auf dem Weg zu diesem Fenster hab' ich dann noch soundsoviele Krankenschwestern beiseite gestoßen, Kleinkinder über'n Haufen gerannt und bin mit Patienten zusammengekracht, die gerade auf dem Weg in den Operationssaal waren. Ich werd' das nie vergessen: Du hast gebrüllt wie am Spieß, und ich klopfe an diese Fensterscheibe und protze vor jedem, der vorbeikommt, daß soeben der härteste kleine Kampfpilot der Welt geboren sei. Und weiter renn' ich zu deiner Mutter und rechne schon damit, daß sie aussieht wie kalte Pferdescheiße, nachdem sie dich aus ihrem System gepreßt hat – und was seh' ich? Sitzt sie da in ihrem

Krankenhausbett und ist schöner denn je. Deine Mutter ist die einzige Frau der Welt, die zehn Stunden nach einer Entbindung wie's blühende Leben aussieht. Achtzehn Jahre ist das jetzt her, auf den Tag genau achtzehn Jahre. Ich war damals dreiundzwanzig, nur fünf Jahre älter, als du jetzt bist.« Bull Meecham betrachtete seinen Sohn mit neugewonnenem Interesse.

»Ich muß mich innerhalb der nächsten zehn Tage zur Musterung melden«, sagte Ben und rückte den Pelzkragen zurecht.

»Irgendwann nächste Woche komme ich mal etwas früher nach Hause und bringe dich hin«, sagte Bull. »Aber heute vormittag habe ich schon was anderes mit dir vor, was Besonderes.« Er blickte auf die Armbanduhr. »Komm, laß dir von mir eine Tasse Kaffee einschenken, dann müssen wir fahren. Was nimmst du in den Kaffee?«

»Mama läßt mich noch keinen Kaffee trinken.«

»Ich bin nicht Mama«, erwiderte Bull und schenkte ein. »Am besten trinkst du ihn schwarz. Anfangs wird er dir nicht schmecken, aber das ändert sich schnell. Männer, die Milch und Zucker in den Kaffee tun, waren mir immer irgendwie suspekt, genauso wie ich Leuten nicht traue, die sich Coca-Cola in den Bourbon schütten.« Er reichte Ben die Tasse und fügte hinzu: »Nimm sie mit, du kannst im Wagen austrinken.«

»Wo fahren wir hin?«

»Bist du Detektiv?« fragte Bull zurück. Dann fiel ihm wieder ein, daß sein Sohn Geburtstag hatte, und so sagte er: »Das gehört alles zu meiner Überraschung für dich. Und jetzt komm, wir müssen uns beeilen. Ich habe Sergeant Hicks gesagt, daß wir Punkt fünf vor Quartier B stehen.«

Auf der Fahrt zum Trainingscamp des Marine Corps auf Biddle Island trank Ben den heißen, bitteren Kaffee mit gespieltem Genuß. Bull fuhr durch die dunklen Straßen von Paradise, vorbei an windschiefen Hütten, von denen die Farbe abblätterte, an Läden mit schimmernder Coca-Cola-Reklame, in denen die Hunde herrschten. Bull redete und redete und rauchte eine Camel nach der anderen. Auf diesen Nachtfahrten mit seinem Vater überkam Ben ein ums andere Mal das Gefühl, er wisse nun, was sich hinter dem Erwachsensein verbirgt. Mit der Kraft einer Adrenalinausschüttung durchfuhr ihn eine Vorahnung von jenem glorreichen Tag, an dem er Bull von Mann zu Mann, als gleichberechtigter Freund, würde gegenübertreten können. Nur wenige Male hatte Bull seinem Sohn bisher Einblicke in seine Kreise gegeben und ihn ahnen lassen, was es bedeutete, in jener verschworenen Brüderschaft, in der er sich zu Hause fühlte, als Gleicher unter Gleichen betrachtet zu werden. Nun saß er hinter seinen Scheinwerfern und sprach, sprach ganz frei und locker vor sich hin, und urplötzlich überfiel Ben die Erkenntnis, daß Bull – zumindest in diesem Augenblick – vollkommen vergessen hatte, daß er mit seinem Sohn sprach.

»Ich kenne Sarge Hicks seit dem Koreakrieg. Wenn du mal einen waschechten Marine sehen willst, dann schau dir diesen Burschen gut an, Ben. Ein kleiner Wicht, aber gebaut wie ein Hydrant, kurz und stämmig. Ein Gesicht wie ein Mann, der gerne Krüppel verprügelt. Sieht aus wie ein berufsmäßiger Giftschlangenkiller. Ich hab' ihn kürzlich angerufen und gefragt, wann er mal wieder 'n Schwung Rekruten reinbekommt, und er sagte heute, also an deinem Geburtstag. Nun, dachte ich mir, das ist ja ein Zufall, und frage gleich noch, ob ich dich mit rausbringen kann, damit du mal siehst, wie er die Jungs auf Vordermann bringt. Ich habe ihm gesagt, daß er sich auf deine Verschwiegenheit verlassen kann, kein Wort also über das, was du siehst oder hörst, verstanden? Zu niemandem. Die jungen Burschen, die du heute sehen wirst, sind schon ein paar Tage dabei. Man hat ihnen die Haare gestutzt und sie in Uniformen gesteckt, aber heute werden sie zum erstenmal begreifen, was es heißt, ein Marine zu sein. Nach dem, was ich gehört habe, ist Hicks imstande, Rekruten zum Frühstück zu verspeisen. Ich hab' ihn gefragt, ob er die Kerle noch immer so zureitet wie neunzehnhundertachtundfünfzig. Er sagte, er würde mal darüber nachdenken – was bei Hicksie soviel heißt wie okay. Nur muß eben eins klar sein: Über alles, was wir heute früh zu sehen bekommen, herrscht absolutes Schweigen. Es ist geheim. *Roger?*«

»*Roger*«, antwortete Ben.

Der Wagen bewegte sich mit hoher Geschwindigkeit durch die Dunkelheit. An der Christuskirche bog er links ab und folgte dann der Biddle Creek Road, die am Fluß entlang zum Trainingscamp führte. Ben mußte wieder an die Fliegerjacke denken. Die lederne Fliegerjacke war im Jahr 1962 bereits ein Anachronismus. Längst war sie durch leichtgewichtige Nylonjacken ersetzt worden, denen der alte Glanz und die alte Romantik völlig abgingen. Die Lederjacke war ein Relikt aus den Tagen der *Corsair*, als Männer in Luftduellen um den Besitz winziger Südseeatolle oder den Luftraum über den grauen, bedrohten Kriegsflotten kämpften. Dennoch hatten viele Piloten die Lederjacken behalten – und zwar nicht nur der Tradition wegen, sondern auch aus ästhetischen Gründen. Die Lederjacke sah einfach besser aus als die Emporkömmlinge aus Nylon, und das gleiche galt natürlich auch für den Piloten, der sie trug. Eine Gruppe von Piloten in altmodischen ledernen Fliegerjakken sah aus wie eine wohlerzogene Motorradgang.

Ben verschränkte die Arme und spürte das rissige Leder zwischen seinen Fingern. Die Jacke war rundum angenehm. Die Veränderung, die sie in ihm bewirkte, war enorm; sie hätte nicht größer sein können, wenn er den seidenen Talar von Father Pinckney angelegt und, versunken ins Gebet, in einem ungesäuerten Stück Brot den Glanz und die Herrlichkeit Gottes hätte beben spüren. Die Jacke, die er trug, war ein Teil der Familiengeschichte, ein Fragment aus Bull Meechams Biographie, aus der Zeit vor Bens Geburt.

Ben steckte seine Nase in den Lederärmel und atmete Erinnerungen. Er erinnerte sich, wie er als Kind seinen Kopf in Vaters Jacke gewühlt hatte – in jenen Tagen, da er seinen Vater noch umarmen und streicheln durfte, da Vater derartige Zuneigungsbekundungen noch nicht für unziemlich erklärt hatte. Für alle Söhne von Marines kam irgendwann der Tag, da sich die Väter ihren Umarmungen entzogen. Die Männer mit der Fliegerjacke. Die starken Väter. Ben hatte sie alle vor sich, sah, wie sie das Haus, die vielen Häuser, betraten, in denen er gewohnt hatte. Sie hatten eine große Rolle in seinem Leben gespielt. Er sah sie in ihren ledernen Fliegerjacken, ihren dunklen Mänteln, und was sie gerade getan hatten, war etwas, was kleinen, unerfahrenen Menschen verwehrt war und außer ihnen nur Götter konnten. Soweit Ben sich zurückerinnern konnte, hatte er immer nur Spielkameraden gehabt, die mit ihren Vätern angaben. »Mein Vater arbeitet für die zweitgrößte Immobilienfirma in North Carolina.« Oder: »Mein Vater ist der wichtigste Rechtsanwalt in der Stadt.« Und Ben hatte darüber immer nur gelächelt. Mit der unglaublichen Herablassung eines Kindes, das weiß, daß es einen Wettkampf gewonnen hat, erzählte Ben dann den anderen, daß *sein* Vater schneller fliegen könnte als ein Vogel, daß er eine Armee in Brand setzen und eine Millionenstadt in Schutt und Asche legen könnte, so daß nur noch Erinnerungen übrigblieben. Lange verschüttete Erinnerungen beherrschten Ben auch, als sie das Eingangstor zum Biddle-Island-Trainingscamp passierten. Die Wache salutierte im plötzlichen Licht des Postenhäuschens, eine surreale, undeutlich konturierte Gestalt, und weiter ging es die Hauptstraße entlang, die hier über einen Damm durchs Marschland führte. Kilometerlang erstreckten sich hier die Sümpfe zu beiden Seiten der Straße. Wer die Absicht hatte, von Biddle Island zu fliehen, probierte sein Glück lieber am Fluß, im Gezeitenstrom und bei den Haien, statt hier, im flüsternden Herzen der Marsch. Trotz ihrer mütterlich wirkenden Üppigkeit war die Marsch, das hatte Ben von Toomer gelernt, ein Ungeheuer. Die hohen Riedgräser waren grüne Rasiermesser, die menschliches Fleisch in unzählige hauchdünne Scheiben zerlegen konnten. Die in der Marsch verborgenen Austernbänke waren scharf wie Äxte. Am schlimmsten jedoch war es, sich in der Marsch zu verirren. Wem dies widerfuhr, der lief Gefahr, seinen Orientierungssinn vollends zu verlieren. Ziellos irrte er im Kreis umher, verlor auf dem schlammigen Grund den Boden unter den Füßen, und die ewige Gleichheit des Landes, in welche Richtung er sich auch wendete, trieb ihn zum Wahnsinn. Ben fragte sich, wie viele junge Burschen aus den New-England-Staaten und dem Mittleren Westen schon in fiebriger Verzweiflung aus ihren Quartieren geflohen waren und versucht hatten, die Marsch zu Fuß zu durchqueren. Wie viele waren wohl zum Fluß gekommen, hatten am jenseitigen Ufer die Lichter von Ravenel blinken sehen und waren losgeschwommen, um dann, viel zu spät, zu erkennen, daß es keinen Schwimmer gibt, der der Kraft des Mondes und dem Ruf eines Ozeans, der seine Wasser zurückfordert, zu widerstehen vermag. Und sich dann vom Wasser hatten hinaustragen lassen, hinaus zu den schwarzen, rastlosen Brechern vor Prince Ashley Island, um dort, unerreichbar für Ausbilder und ungestört vom Terror des Lagerlebens, geräuschlos zu sterben. Ben wußte nicht, wie viele es gewesen waren. Er spürte wieder die Jacke und wußte, daß er einen Teil seines Vaters am Leib trug.

Sie parkten unter einer immergrünen Eiche unmittelbar vor den Kasernengebäuden. Neben ihnen erstreckte sich ein kilometerlanges Exerziergelände, das von einer Gebäudegruppe begrenzt wurde. Mit Mühe konnte Ben das zum Camp gehörige Einkaufszentrum erkennen. Bull schaltete die Scheinwerfer aus, zündete eine Zigarette an und reichte sie Ben. Dann steckte er sich selbst eine an und begann schweigend zu rauchen.

»Ich rauche nicht, Dad«, sagte Ben.

»Psssst! Nicht so laut! Im Grunde haben wir hier nichts zu suchen, Sportsfreund. Los, probier's. Wahrscheinlich hast du deiner Mutter im Laufe der Jahre schon 'nen ganzen Haufen Zigaretten stibitzt.«

»Nein, hab' ich nicht, wirklich. Ich dachte immer, du bringst mich um, wenn du mich beim Rauchen erwischst.«

»So ist es«, sagte Bull und grinste seinen Sohn an, der ohne jede Übung an der Zigarette herumfingerte. »Ich hätte dir den Tag zur Hölle gemacht. Nimm ein paar kräftige Züge... nein, warte 'n Moment, mach sie aus. Da kommt Hicks mit seinen Kerlen.«

Rufe und derbe Flüche ertönten in der Kaserne und drangen durch die geöffneten Fenster an die Außenwelt. Das einstöckige Gebäude war ein unverkennbares Beispiel für die militärische Architektur um 1945. Weitere Rufe, weitere Flüche entwichen den Fensteröffnungen und verloren sich irgendwo über dem dunklen Grund des Exerzierplatzes.

»Klingt wie bei uns, wenn du heimkommst«, sagte Ben.

»Ruhe!« brummte Bull, konnte jedoch ein halb unterdrücktes Kichern nicht vermeiden.

Inzwischen stürmten gehetzte Schatten aus dem Haupteingang der Kaserne. Hinter ihnen, im Innern des Gebäudes, ertönte aus unsichtbarem Munde eine Stimme von überzüchteter Brutalität.

»Das ist Hicks«, flüsterte Bull. »Einer der letzten großen Kannibalen. In den vergangenen Jahren hat man den Ausbildern verdammt auf die Finger gesehen. Viele sind inzwischen so zahm geworden, daß man meinen könnte, sie seien an Tante Fannys Lehrinstitut für höhere Töchter tätig.«

Das Gepolter der Schritte auf der Holztreppe ging unablässig weiter. Die Köpfe rasiert, die Nacken bloß und verletzlich, in Kampfstiefeln, Drillichhosen und neuen, blütenweißen Militär-T-Shirts ergossen sich die Rekruten in die Nacht und traten ohne Geschick und Finesse am Rand des Exerzierplatzes, keine sechs Meter vom Wagen der Meechams entfernt, zum Appell an. In der Tür erschien nun ein Ausbilder. Er trug einen markanten, wenngleich etwas albernen Hut, den er tief in die Stirn gezogen hatte. In der Hand hielt er ein Offiziersstöckchen, und um die Hüften hatte er Gurt und Revolver geschnallt. Böswilligkeit und Furchtbarkeit gehörten zur äußeren Erscheinung dieses Mannes, als wären sie Bestandteil der Uniform. Die personifizierte Heimtücke in seinem Ausdruck ließ Ben unwillkürlich einen Seitenblick auf seinen Vater werfen, um zu erkunden, ob sie sich nicht vielleicht doch in der Adresse geirrt hatten. Sergeant Hicks sah aus wie aus Beton gegossen. Die Uniform auf dem bulligen Körper wirkte wie ein billiger Anstrich. Sein Gang erweckte den Eindruck, als treibe er mit jedem Schritt einen verhaßten Feind näher und näher dem Abgrund zu.

Im Wagen zog Ben die Jacke aus, faltete sie zusammen und legte sie neben sich auf den Sitz.

»Könnt ihr mich hören, ihr Ärsche?« fauchte Sergeant Hicks mit einer Stimme, die aus seinen Eingeweiden zu kommen schien.

»*Yes*, Sergeant!« schrien die Rekruten wie ein Mann.

»Das ist gut, ihr Ärsche. Denn ich möchte, daß ihr mir heute morgen besonders gut zuhört.«

»Da ist er!« flüsterte im Wagen Bull seinem Sohn zu und deutete auf eine bestimmte Gestalt in den Reihen der strammstehenden, gesichtslosen Männer.

»Wer?« fragte Ben.

»Sergeant Blakeley«, antwortete Bull.

»Wer ist Blakeley?«

»Ein anderer Ausbilder. Der dritte von links in der vierten Reihe. Sein Gesicht ist kaum zu erkennen, aber er hat uns gerade zugewinkt.«

»Was tut er da?«

»Wirst du schon noch sehen.«

»Warum ist er angezogen wie ein Rekrut?«

»Wart's ab und halt die Klappe.«

Die Stimme von Sergeant Hicks brachte Ben ohnehin zum Schweigen. »Seht mich an, ihr Ärsche!« brüllte der Ausbilder. »Seht mich an, denn ich möchte heute morgen eure Glotzaugen sehen. Eins vorneweg: Ich kriege Magenschmerzen, wenn ich mit ansehen muß, wie eine Elitetruppe wie das United States Marine Corps von einem Haufen scheißefressender Mehlwürmer besudelt wird. Ich betrachte es daher als meine heilige Pflicht, so viele Furzblüten von euch, wie ich kann, wieder aus dem Corps rauszuschmeißen. Ich brauche euch Arschlöcher nur anzusehen – da reicht dann allein schon die Vorstellung von euch in der Uniform des Marine Corps, um von dem brennenden Verlangen gepackt zu werden, jedem einzelnen von euch abscheulichen Mißgeburten auf der Stelle den Hals umzudrehen.« Hicks machte eine Pause, holte Luft. Dann stolzierte er auf einen kleinen, rundlichen Rekruten zu, der in der ersten Reihe der zweiten Gruppe stand.

»Was meinen Sie, was der Sergeant gestern zum Abendbrot gegessen hat, Fettsack?«

»Der Rekrut weiß es nicht, Sergeant.«

»Würde der Rekrut dem Sergeant Glauben schenken, wenn letzterer ihm die Information zukommen ließe, er habe gestern abend mit Scheiße bestrichene Brötchen zu sich genommen?«

»Nein, Sergeant.«

»Wollen Sie Arschloch damit sagen, daß ich ein Lügner bin?«

»Nein, Sergeant.«

»Ich sage Ihnen, ich hab' Scheißebrötchen gefressen, und Sie stehen da und nennen mich vor dem versammelten Haufen der mir unterstellten Ärsche einen Lügner.«

»Nein, Sergeant.«

»Also, was habe ich gestern abend gegessen, Arschloch?«

»Mit Scheiße bestrichene Brötchen, Sergeant.«

»Was fällt Ihnen ein, Sie fette Made, Sie?! Sie abscheuliches Miststück. Wenn Sie es je wieder wagen, zu behaupten, ich fräße Scheiße, dann ramm' ich Ihnen diesen Stock hier so weit in Ihren Arsch, daß Sie meinen Ehering aus Ihrem Dünndarm pulen können.

Ich merk' mir Ihre Visage, Sie fetter Mehlwurm, darauf können Sie sich verlassen. Und wenn Sie dieses Camp hier lebend verlassen, hänge ich meine Uniform an den Nagel.«

Nun wandte Sergeant Hicks sich wieder an die Allgemeinheit. Die furchtbarste Stimme, die Ben bisher gehört hatte, war die seines Vaters gewesen, denn sie vermochte pro Dezibel das größtmögliche Entsetzen zu verbreiten. Verglichen mit dem Organ des Ausbilders jedoch war Bull Meechams Stimme selbst im höchsten Erregungszustand noch beruhigend und tröstlich. Und wenn es überhaupt etwas Grauenhafteres gab als Hicks' Gebrüll, so war es seine Flüsterstimme, der eine Art institutionelle Drohung, ja eine geradezu teuflische Grausamkeit innewohnte, die dem Gebrüll auf seinem Weg über den Exerzierplatz und durch die Reihen der kahlgeschorenen Männer abhanden kam.

»Bevor ihr Ärsche zum Marine Corps kamt, habt ihr wahrscheinlich alle schon mal was vom Zwischenfall am Penant Creek gehört«, bellte der Ausbilder. »Ich meine jene Geschichte, bei der ein übereifriger Ausbilder ein paar der ihm unterstellten Ärsche bei einem Gewaltmarsch hat absaufen lassen. Er wurde später aus dem Marine Corps entlassen. Persönlich, ihr Würmer, bin ich der Ansicht, dieser Sergeant hätte statt dessen die Ehrenmedaille des Kongresses verdient, das wollte ich euch wissen lassen. Jeder Ausbilder, der ein paar Ärsche ersäuft, die sonst nur eine Schande für das Marine Corps wären, ist der höchsten Ehre dieses Landes würdig. Habt ihr Würmer das kapiert?«

»*Yes, Sergeant.*«

»Gut, ihr Ärsche. Wir machen nämlich heute einen Ausflug zum selben Creek. Mit dem Unterschied, daß ihr euch vor dem Rüberschwimmen noch ein paar Klötze ans Bein bindet. Ich lasse jeden einzelnen von euch absaufen, ihr Ärsche, weil ich nicht der Mann bin, der mit Zeugen arbeitet. Habe ich mich verständlich ausgedrückt, ihr Ärsche?«

»*Yes, Sergeant.*«

Unvermittelt marschierte Sergeant Hicks auf die erste Reihe zu und begann, auf einen großen, gutgebauten Rekruten einzuschreien, der von der plötzlichen Attacke so überrascht war, daß er unwillkürlich einen Schritt zurückwich. »Sie bilden sich wohl ein, Sie seien was Besseres, Sie Schuft, was? Hocken rum und denken sich, wenn dieser fette Giftzwerg von einem Sergeant mir komisch kommt, zerleg' ich ihn in seine Einzelteile, nicht wahr? Hab' ich recht, Sie ausgewachsenes Miststück?«

»*No, Sergeant.*«

»Lügen Sie mich nicht an, Sie hirnloser Hygienebeutel. Gestern abend haben Sie zu Ihrem Stubenkameraden gesagt, Sergeant Hicks sei das größte Arschloch, das Ihnen je untergekommen ist. Stimmt's oder hab' ich recht, Sie Arsch?«

»*No, Sergeant.*«

»Sie meinen also, ich sei kein Arschloch, Kerl?« Die Stimme des Sergeants verdichtete sich wieder zum Flüstern.

»*No, Sergeant.*«

»So, und was bin ich dann? Halten Sie mich vielleicht für 'ne Ballerina? Für 'nen Geiger? Oder gar für einen verfluchten General der Army? Ich sag' Ihnen eins, Sie Arsch: Es ist mein Job, ein Arschloch zu sein. Das United States Marine Corps bezahlt mich dafür, daß ich vierundzwanzig Stunden am Tag, sieben Tage in der Woche und zweiundfünfzig Wochen im Jahr das größte Arschloch der Welt bin – und zwar bis an mein Lebensende. So, und jetzt sagen Sie gefälligst mir und den übrigen hier versammelten Scheißern, was der Sergeant ist.«

»Der Sergeant ist ein Arschloch«, sagte der Junge, wobei ihm beim letzten Wort die Stimme brach.

Das nun folgende Geröhre von Sergeant Hicks war derart dämonisch, daß es Ben in seinem anonymen Beobachtungsposten durch Mark und Bein fuhr.

»Sie Abschaum schlürfendes Urschwein, Sie! Wenn Sie mich noch einmal Arschloch nennen, dann schick' ich Sie in hundert Einzelsärgen zurück zu Ihrem Mamawurm. Sie und der Fettsack kriegen die nächsten paar Wochen über Sonderbehandlung. Ich werde . . .«

Irgend jemand in der Gruppe hustete heftig. Sergeant Hicks hielt mitten im Satz inne und trat einen Schritt zurück. Ungläubigkeit und Wut verzerrten sein Gesicht. Wieder und immer wieder hieb er das Offiziersstöckchen in die geöffnete linke Hand; das Klatschen war das einzige Geräusch, das Ben im Wagen hören konnte. Der angetretene Zug Rekruten verharrte in absolutem Schweigen und völliger Bewegungslosigkeit. Alle warteten sie auf den Zornausbruch des Ausbilders, auf die grausame kollektive Heimsuchung nach einem gemeinschaftlich begangenen Delikt. »Welcher von euch Ärschen hat hier gehustet?« flüsterte Sergeant Hicks unheilverkündend. »Ich will wissen, welcher von euch nichtsnutzigen Idioten die Unverfrorenheit besitzt, zu husten, während ich rede. Ich sag' euch eins, Ärsche: Kein Schwein in diesem gottverdammten Zug hustet, furzt, scheißt, pißt oder wichst ohne meine Erlaubnis. Ist das klar, ihr Ärsche?«

»*Yes, Sergeant.*«

Da wiederholte sich das Husten. Ben hörte es, und das Blut gefror ihm in den Adern. Er sah seinen Vater an, suchte Bestätigung, aber Bull saß nur zurückgelehnt auf seinem Sitz und lächelte. Die Vorstellung machte ihm offensichtlich Spaß.

»Ich hab' den Scheißkerl gesehen«, kreischte Sergeant Hicks. »Ich hab' ihn gesehen! He, Sie da, Sie Saftsack, vorgetreten! Jawohl, Sie. Sie! Her mit Ihnen, bevor ich Ihnen eigenhändig Ihre stinkenden Füße aus dem Kadaver rupfe.«

Der dritte Mann aus der vierten Reihe stürzte nach vorne und nahm zitternd vor Sergeant Hicks Habachtstellung ein. Hicks umkreiste den Mann, brummte etwas vor sich hin, schüttelte den Kopf und sagte schließlich: »Was soll ich mit dem Kerl tun, ihr Ärsche? Ich möchte fair sein. Ich versuche, mein Bestes zu geben und unter meiner Führung die besten Marines im ganzen Corps auszubilden. Aber ich muß euch Ärschen klarmachen, daß ich zu meinem Wort stehe. Ich habe euch gesagt, ihr tut keinen Atemzug ohne meine ausdrückliche Erlaubnis. Und dann der hier. Mir stinkt das, ihr Ärsche. Ich hab's satt. Und wenn mir etwas stinkt und wenn ich was satt habe, dann werde ich zum Amokläufer.« Seine Stimme wurde wieder lauter. »Ich will diesen Scheißkerl abknallen. Ich will diesen Scheißkerl abknallen, weil er eine Schande für das Marine Corps ist. Ich stech' ihm mit meinem Stöckchen hier die Augen aus. Ich verstümmele ihn. Ich hab' Ihnen verboten zu husten, Sie Arsch. Ich habe Sie gewarnt. Ich habe Ihnen untersagt zu husten. Und ich verplempere meine Zeit mit Ärschen wie Ihnen höchstens einmal.«

Ganz langsam ließ Sergeant Hicks sein Offiziersstöckchen aus der rechten Hand in die linke gleiten, öffnete sein Holster und zog die Pistole. »Ich hasse es, Ihnen das antun zu müssen, Sie Arsch, aber Sie haben es zu weit getrieben.« Und dann feuerte Hicks. Er jagte dem Rekruten ruhig und in genauer zeitlicher Abfolge, die einer gewissen brutalen Harmonie nicht entbehrte, eine ganze Salve in die Brust. Bull in seinem Fahrersitz schien von zwanghaften Zuckungen befallen zu sein. »Es ist Blakeley«, flüsterte er Ben zu.

Blakeley lag am Rande des Exerzierfelds, wand sich in Schmerzen und stöhnte entsetzlich. Langsam und außergewöhnlich beherrscht steckte Hicks die Pistole wieder in den Holster und brüllte dann: »He, Mehlwurm, Sie und der andere Arsch, vorgetreten, aber ein bißchen plötzlich!«

Die beiden Rekruten verließen ihre Reihen Hals über Kopf und nahmen vor Hicks Haltung an. Beide zitterten sichtlich am ganzen Körper. »Nehmen Sie diesen totgetretenen Wurm«, sagte Hicks und deutete auf Blakeley, dessen Brust inzwischen blutgetränkt war. »Nehmen Sie ihn und schmeißen Sie ihn da hinten in den Müllbunker.«

Die beiden Rekruten packten Blakeley an Armen und Beinen und schleppten ihn, so schnell sie konnten, hinüber zum Abfallcontainer hinter der Kaserne. Als sie am Wagen vorbeikamen, konnte Ben hören, wie Blakeley die beiden Rekruten anflehte: »Helft mir, bitte helft mir doch, ich bin nur verwundet.« Aber seine Leichenträger verloren keine Sekunde über seinem Gejammer. Sie schleiften ihn zum Müllbunker, öffneten die Stahltür und warfen ihn in die stinkende Dunkelheit, in der alte Konservenbüchsen rasselten und Glas zerbrach. Die Hilferufe des Schwerverletzten hallten an den ihn umschließenden Stahlwänden wider, doch der dicke Rekrut schloß schnell die Tür, und die beiden sprinteten, so schnell sie konnten, wieder zurück zu ihren angestammten Plätzen in Reih' und Glied.

»Gut gemacht, ihr Würmer. Sergeant Taylor wird euch jetzt zum Frühstück marschieren lassen. Ich bleib' noch hier und geb' diesem Arsch mit meinem Bajonett den Rest. Wäre unmenschlich, das arme Schwein noch länger leiden zu lassen.«

Wie aus dem Nichts tauchte hinter der Kaserne ein weiterer Ausbilder auf. Er brüllte ein paar zackige Befehle, und kurz darauf marschierte der Zug ab in Richtung Speisesaal. Keiner der Männer wandte den Kopf, nicht ein einziger sah zurück. Sergeant Hicks kam nun auf den Wagen zu. Das breite Lächeln auf seinem Gesicht schien ganz und gar nicht zu diesem furchterregenden Mann zu passen. Bull Meecham stieg aus, und die beiden schüttelten einander herzlich die Hand. Dann konnten sie sich vor Lachen nicht mehr halten und taumelten gegen die Kühlerhaube. Ben rannte zum Müllbunker und öffnete die Tür. Heraus kletterte Sergeant Blakeley. Er schälte sich aus seinem verschmierten T-Shirt und warf es zurück in den Müll. Er salutierte vor Colonel Meecham, warf Sergeant Hicks einen Handkuß zu und trottete ab in Richtung Kasernengebäude und Dusche. Als er an Ben vorüberkam, sagte er: »Ketchup ist klebriger als Blut, mein Sohn.«

Sergeant Hicks kam Ben entgegen.

»*Happy Birthday,* Ben!« sagte er.

»Vielen Dank, Sir.«

»Du bist jetzt alt genug für den Zug hier. Willst du dich gleich eintragen lassen? Ich seh' mal zu, was sich machen läßt...«

»*No, Sir.* Ich glaube, ich warte noch ein bißchen.«

»Ich habe im Wagen deine Jacke liegen sehen. Dein Vater sagt, er hat sie dir zum Geburtstag geschenkt. Du mußt dich mächtig ins Zeug legen, wenn du dem Marine, der sie vor dir getragen hat, das Wasser reichen willst.«

»Das mach' ich doch mit links«, antwortete Ben und grinste seinen Vater an.

»Du wirst dich nicht mehr daran erinnern, Ben – aber wir sind uns früher schon mal begegnet, und zwar auf dem Flugplatz in Cherry Point. Dein Daddy hat dich damals ab und zu mal mit rausgebracht. Er hat dich auf den Schultern herumgetragen, und du hast deinen Hintern an eben dieser Jacke gewetzt. Lange her, was Colonel?«

»So lange kommt es mir gar nicht vor, wenn ich Ihre Horrorfratze sehe, Hicksie. Die hat sich nicht verändert. Da packt selbst den Herrgott das blanke Entsetzen.«

»Gut, gut, ein paar von den jungen Kerlen haben nach der Vorstellung heute morgen die Hosen gestrichen voll. Übrigens, Ben, die Sache bleibt unter uns Pfarrerstöchtern, nicht wahr. Wenn sie von meinen hübschen Ausbildungsmethoden läuten hörten, würden sie mich an den Daumen aufhängen. Wegen meiner Spielchen mit den Ärschen bin ich immerhin schon mal degradiert worden.«

»Haben Sie mal Schwierigkeiten mit der Truppe gehabt nach so einer Vorstellung?« fragte Bull.

»Colonel, der Zug, den Sie gerade gesehen haben, wird nach der Ausbildung auf dieser Insel sämtliche verfügbaren Tapferkeitsmedaillen gewinnen. Die Burschen werden stahlhart sein und, wenn's drauf ankommt, die halbe russische Armee aufhalten. Nach dem Schauspiel von heute morgen meinen sie jetzt, sie befänden sich in den Klauen eines wahnsinnigen Killers. Das erleichtert mir meine Aufgabe ganz erheblich.«

»Ich halte den Mund, Sergeant«, sagte Ben.

»Gut. Prächtig. Wirklich prächtig.« Sergeant Hicks trat einen Schritt zurück, um Colonel Meecham zu salutieren.

»Entschuldigen Sie mich, Sir. Ich muß wieder zu meinen Ärschen, sie sozusagen enttraumatisieren. *Happy Birthday* nochmals, Ben.«

»Danke, Sergeant.«

Sie fuhren zurück nach Ravenel. Im Osten hellte sich langsam der Himmel auf. Finger aus rosa und malvenfarbenem Licht streiften den Horizont und wuchsen unmerklich mit jedem Augenblick. Bull fragte Ben nach seinem Eindruck vom »Frühsport« im Trainingscamp.

»Ich bin froh, daß ich kein Rekrut auf Biddle Island bin.«

»Ich möchte, daß du folgende Lehre aus den Ereignissen von heute früh ziehst«, sagte Bull. »Du sollst wissen, daß das Marine Corps auch ohne seine Offiziere ganz gut zurechtkommen würde. Viele von ihnen sind Schlappschwänze, sonst nichts. Ganz anders die Unteroffiziere. Diese Burschen sind die Crème de la crème. Ohne Sergeants gäb's kein

Marine Corps. Da gäbe es nur 'n Haufen Kerle in komischen grünen Anzügen.«

»Wieso bist du dann kein Sergeant, Dad?« fragte Ben.

»Ich bin einer«, sagte Bull. »Das ist mein Geheimnis. Ich bin einer.«

Bull ließ seinen Sohn am Hintereingang aussteigen und rief ihm, noch ehe er die Treppe erreicht hatte, nach: »Vergiß nicht, Affe, daß ich dich Punkt siebzehn Uhr im Club erwarte. Sag deiner Mama, daß wir um achtzehn Uhr dreißig wieder zu Hause sind, für ein kleines Abendbrot und den Geburtstagskuchen.«

»Also dann bis um fünf, Dad«, sagte Ben. »Und nochmals vielen Dank für die Jacke.«

»Ja, aber trag sie bloß nicht auf Maskenbällen. Du bringst deinen guten alten Vater in Teufels Küche, wenn dich die falschen Leute damit rumlaufen sehen.«

»Ich trag' sie nur im Haus. Darf ich sie Toomer zeigen?«

»*Yeah*. Toomer kann sowieso 'n X nicht von 'nem U unterscheiden. Alsdann, Sportsfreund. Um fünf im Club. In Anzug und Krawatte.«

Bull fuhr in die Stadt, um in Hobie's Restaurant noch einen Kaffee zu trinken. Seitdem er es sich zur Gewohnheit gemacht hatte, morgens vor Dienstantritt kurz bei Hobie's vorbeizuschauen, war ihm der Small talk mit den Leuten, die sich nach Öffnung des Lokals um sieben Uhr dort einfanden, regelrecht zum Bedürfnis geworden. Er wußte bereits, daß Ed Mills auf dem Barhocker neben der Tür über seiner ersten Tasse Kaffee sitzen und alle Nachfolgenden mit finsterer Miene und grimmigen Worten begrüßen würde. Daß die Ortsansässigen Bull nach einer kurzen Phase der Prüfung und Initiation akzeptiert hatten, erfüllte ihn mit großem Stolz.

★

Lillian war inzwischen aufgestanden und saß am Küchentisch. Sie las die *News and Courier* und trank gerade ihre erste Tasse Kaffee, als Ben leichtfüßig die Küche betrat.

»Na, Liebling, wie fühlt man sich mit Achtzehn?« sagte Lillian, erhob sich und küßte ihren Sohn auf die Wange.

»Gut. Ich darf jetzt ohne Zustimmung der Eltern heiraten, in South Carolina alkoholische Getränke kaufen und in jedem beliebigen Krieg, der auf uns zukommt, sterben. Dad meinte heute morgen, er rechne damit, daß ich mir entweder in Kuba, im Nahen Osten oder in Südostasien die ersten Orden verdienen werde.«

»Ich war gerade neunzehn, als du auf die Welt kamst, Ben. Mit achtzehn habe ich deinen Vater geheiratet.«

»Ich hoffe doch sehr, daß du schon achtzehn warst!«

»Psst, Süßer.«

»Es ist wirklich kaum zu glauben, Mama, daß du fast genauso alt warst wie ich jetzt, als du Dad geheiratet hast. Ich kann mir gar nicht vorstellen, jetzt schon verheiratet zu sein. Ich glaub', man schnuppert besser erst mal ein bißchen rum, bevor man sich zur Heirat entschließt.«

»Ich war bei unserer Hochzeit noch ein Kind«, sagte Lillian und wandte sich ihrem Kaffee zu. »Meine Mutter hätte das eigentlich wissen müssen, aber sie gehörte zu einer Generation, für die es gang und gäbe war, daß ein Mädchen den ersten Mann heiratete, der ihr echte Sicherheit bieten konnte. Du weißt ja, daß ich in Atlanta Heiratsanträge von jungen Männern bekam, die heute zu den reichsten und prominentesten Persönlichkeiten des Südens zählen. Aber damals herrschte Krieg, und niemand wußte, was die Zukunft bringen würde. Und da tauchte dann plötzlich dein Vater auf, der bestaussehende Mann, der je in dieser Uniform gesteckt hat. Und all diese Orden und Auszeichnungen! Außerdem war er der charmanteste Plauderer, der mir je begegnet war. Bevor ich deinen Vater kennenlernte, war ich immer der Meinung, kein lebendes Wesen auf dieser Welt wäre beredter als ein Südstaatler. Mutter war ein bißchen besorgt, weil Bull ein Yankee war, und als sie erfuhr, daß er katholisch ist, wäre sie beinahe gestorben. Aber Bull bezauberte sie noch schneller als mich. Seine Worte waren ganz Honig und Zuckerwatte, wenn er um jemanden warb. Ich glaube, Mutter hätte mich enterbt, wenn ich ihn nicht geheiratet hätte. In ihren Augen kann dein Vater bis auf den heutigen Tag nichts Falsches tun. Wenn ich mich je bei ihr über Bull beklage, dann bekomme ich zu hören, ich hätte keine Ahnung, was es heißt, einen schäbigen Mann zu haben. Ich solle meinem Glücksstern danken, daß ich nicht mit so einem Kerl geschlagen bin.«

»Wenn Oma in der Nähe ist, zieht Dad immer seine beste Nummer ab«, sagte Ben.

»Dein Vater ist einer der größten Schauspieler auf der Welt, Ben. Aber er ist ein Kinderdarsteller, und er hat sein Fach nicht ein einziges Mal gewechselt, seit wir uns kennen. Manchmal frage ich mich, was wohl aus deinem Vater geworden wäre, wenn er aus dem Marine Corps ausgeschieden und Versicherungsvertreter oder Autohändler geworden wäre. Ich frage mich, wie das sein Bild von sich selbst verändert hätte. Daß ein Kampfpilot ohne ein riesiges Ego nicht auskommt, sehe ich schon ein. Er braucht es, weil er ohne es in Lebensgefahr geraten kann.«

»Glaub' ich nicht, Mama«, erwiderte Ben, der plötzlich sehr ernst war.

»Doch, es stimmt, Ben. Jedesmal, wenn dein Vater mit seiner Maschine startet, besteht die Möglichkeit, daß er nicht mehr zurückkommt. Man muß immer damit rechnen, daß mit dem Flugzeug etwas nicht in Ordnung ist oder daß irgendein grauenhafter Unfall passiert. Ich glaube, dein Vater plustert sich deshalb immer so auf und tut, als sei er der größte Pilot der Welt, weil er damit etwas verbergen will. Er verbirgt seine Angst.«

Ben ging zum Herd und goß sich eine Tasse Kaffee ein.

»Was fällt dir denn ein heute morgen, Mister?« fragte seine Mutter. »In deinem Alter trinkt man noch keinen Kaffee.«

»Dad hat mir heute früh selbst welchen eingegossen«, antwortete Ben. »Ich hab' ihn schwarz getrunken.«

»Wenn du unbedingt Kaffee trinken willst, dann tu das woanders. In meinem Hause jedenfalls rührst du mir keinen an. Das Koffein ist nicht gut für dich.«

Ben schüttete den Kaffee zurück in die Kanne. »Weißt du, Mama, warum ich an diesen Kampfpiloten-Kram nicht glaube? Weil ich immer an Major Finch denken muß.«

»Du hast Lamar doch kaum gekannt. Er war ein großartiger Mann.«

»Immer wieder bekam ich zu hören, er sei der beste Pilot des Marine Corps. Er selbst aber hat darüber nie auch nur eine Silbe verloren. Er war ruhig, höflich – ein rundum netter Kerl. Billy Lamar hat mir erzählt, daß sein Vater weder getrunken noch geraucht oder geflucht hat und alles andere war als ein Angeber. Jeder konnte das bestätigen. Aber am besten hat mir gefallen, daß Major Finch Dad bei Luftkämpfen immer ausgetrickst hat. Wenn also Major Finch es nicht nötig hatte, zu saufen, anzugeben und seine Kinder zu malträtieren – warum können dann nicht auch Dad und einige seiner Marine-Kumpels darauf verzichten?«

»Major Finch war eine Ausnahme. Er hat sich nicht vom Mythos des Marine Corps verführen lassen.«

»Was meinst du damit?« fragte Ben.

»Dein Vater hat die Mythen des Marine Corps – oder das, was er dafür hält – vollkommen verinnerlicht und mit seiner eigenen Persönlichkeit verquickt. Manchmal benimmt er sich wie ein lebendes, atmendes Werbeplakat, mit dem das Corps Rekruten gewinnen will. Ich weiß nicht genau, wie er damals war, als ich ihn heiratete – ganz einfach, weil ich nicht mehr weiß, wie *ich* damals war. Ich glaube, das Ego bläht sich ganz furchtbar auf, sobald ein Mann beschließt, die Karriere im Marine

Corps zum Beruf zu machen. Hätte dein Vater irgendeinen zivilen Beruf ergriffen, wäre unser Leben ganz anders verlaufen. Major Finch brauchte das Marine Corps nicht. Er hatte das ruhige Selbstvertrauen eines Mannes, der an sich glaubt und keiner äußeren Strukturen zur Bekräftigung dieser Überzeugung bedarf.«

»Nein, Mama«, sagte Ben. »Bei Dad spielt das alles keine Rolle. Auch als Versicherungsvertreter wäre er um keinen Deut anders. Ich kann mir nur allzu gut vorstellen, wie er nach Hause kommt, die Tür eintritt und brüllt: ›Platz da für einen Versicherungsvertreter!‹ Er ist so, wie er ist, weil er gar nichts anderes sein kann.«

»Du irrst dich, Ben. Das Marine Corps ist eine stärkere Kraft, als du ahnst. Es ist imstande, einen dummen Kerl ohne Rückgrat in einen Haudegen zu verwandeln, der sich einbildet, er könne es mit den Armeen Gottes aufnehmen. Eine von Haus aus starke Persönlichkeit hält nach einer Weile im Marine Corps die Armeen Gottes für Kamikaze, weil sie die Chuzpe haben, den starken Mann herauszufordern. Ein kleines Ego wird vom Marine Corps in die Mangel genommen und zum Riesen gemacht, bei einem von vornherein großen tritt das Corps ein paar Schritt zurück und schaut, wie weit es noch wächst. Bei deinem Vater wächst es noch immer, obwohl ich mittlerweile das Gefühl habe, sein Ego überragt schon manche Gipfel der Alpen.«

»Na ja, für den alten Ben ist der Spaß nächstes Jahr vorüber.«

»Hast du dir schon überlegt, in welches College du möchtest?«

»Natürlich. Ich schwanke nur noch zwischen Harvard und Yale.«

»Sei nicht so albern.«

»Im Ernst, ich würde gern nach Chapel Hill, North Carolina, gehen.«

»Das ist unmöglich, und zwar aus zwei Gründen. Erstens ist es zu teuer für Studenten von außerhalb des Staates, und zweitens hat dein Vater damals, als er in Cherry Point stationiert war, gehört, es sei von Kommunisten unterwandert.«

»Das glaubt Dad doch von jedem College.«

»In diesem Fall hat er eine einwandfreie Quelle, nämlich General Whitehead. Sein Sohn war ein Jahr dort, bis die Kommunisten ihn davonjagten.«

»Der hat seine Prüfungen nicht bestanden, Mom. Außerdem weißt du genauso gut wie ich, daß General Whitehead ein Idiot ist. Und Dad meint das auch.«

»Wie dem auch sei, es ist zu teuer.«

»Wo soll ich dann hin, Mama?«

»Nun, falls es dir nicht gelingt, ein Basketball-Stipendium zu bekommen, kannst du es immer noch mit der Navy-Akademie versuchen.«

»Nein.«

»War ja nur eine Idee. Ich glaube, deine Noten sind ohnehin nicht gut genug.«

»In Englisch und Geschichte bin ich gut«, sagte Ben.

»Du kümmerst dich nur um die Fächer, die dir leichtfallen. Ohne Kampf und Anstrengung wird der Charakter nicht geformt. Würdest du in Mathematik und Physik, den Fächern, die dir zuwider sind, Einser nach Hause bringen, dann wüßte ich, daß in dir etwas steckt, etwas Starkes, Unbezwingbares, und daß du es im Leben zu etwas bringen wirst. Ich habe dir beigebracht, die Literatur und die Sprache zu lieben, aber ich frage mich oft, ob ich nicht ein bißchen übertrieben habe. Für einen Mann, der Pilot werden will, sind Mathematik und Physik einfach unerläßlich.«

»Wer hat hier was von Pilot werden gesagt, Mama?«

»Du brauchst es gar nicht extra zu erwähnen, Ben. Du bist ja damit aufgewachsen. Die einzigen Männer, die du gut kennst, sind samt und sonders Piloten. Ich glaube nicht, daß du Berufssoldat werden wirst, aber ein paar Jahre im Marine Corps würden dir sicher nicht schaden.«

Ben nahm den Fuß hoch und fing an, den linken Schuh aufzuknüpfen. »Manchmal, Mom, glaube ich, daß du das Marine Corps haßt. Und dann gibt es wieder Momente, da habe ich das Gefühl, du liebst es. Was stimmt denn nun wirklich?«

»Was willst du zum Frühstück, Ben? An deinem Geburtstag hast du freie Wahl.«

»Was stimmt denn nun?«

»Das Marine Corps ist immer gut zu uns gewesen. Es hat uns allen stets Sicherheit und Geborgenheit geboten. Wir haben niemals Hunger leiden müssen und stets ein sicheres Dach über dem Kopf gehabt. Ich kann mich nicht über das Marine Corps beklagen. Ich beklage mich lediglich manchmal darüber, was es meiner Meinung nach mit deinem Vater anstellt.«

»Mach mir 'n paar Spiegeleier mit Speck, Toast, Honig und gelbem Mais.«

»Sehr wohl, der Herr«, sagte Lillian und stellte den Herd an.

In diesem Augenblick betrat Mary Anne die Küche. Sie trug Pantoffeln und ihren grünen Bademantel. Ihr Gesicht war noch immer mit Restbeständen von Clearasil verschmiert, das sie am Abend zuvor aufgetragen hatte. In den Haaren saßen Lockenwickler.

»In Schönheit wallt sie, wie die Nacht«, zitierte Ben.

»Happy Birthday, Goldjunge«, sagte sie. »Achtzehn. Das ist alt, echt alt. Ehe du dich's versiehst, gehst du übern Jordan.«

»Wie kannst du nur so etwas Scheußliches sagen!« bemerkte Lillian, die gerade den Speck briet. »Wenn dir Bens Gefühle schon gleichgültig sind – was glaubst du, was du *mir* mit solchen Sprüchen antust?«

»Entschuldige, Mama. Ich bitte um Verzeihung. Es muß ja auch schlimm sein in deinem Alter... Bei jedem Atemzug dem Tod ins Gesicht zu sehen...«

»Ich hab' noch eine ganze Reihe schöner Jahre vor mir, Mädchen«, erwiderte Lillian ärgerlich.

»Ja, ein paar hast du wahrscheinlich noch.«

»Wieso wäschst du dir nicht das Gesicht und richtest deine Haare, bevor du zum Frühstück kommst? Eine Dame würde es nicht wagen, sich blicken zu lassen, bevor sie zumindest ihr Gesicht zurechtgemacht hat.«

»Sie gefällt mir irgendwie, Mama«, sagte Ben. »Nicht viele Kerle haben 'ne Schwester mit 'nem grünen Gesicht.«

»Das Clearasil braucht Zeit zum Wirken. Pickel vertreiben erfordert Geduld. Übrigens, Ben, weißt du, daß ich wahrscheinlich eines Tages deiner Beerdigung beiwohnen werde? Frauen leben nämlich durchschnittlich sieben Jahre länger als Männer.«

»Mary Anne, das reicht mir jetzt«, schimpfte Lillian.

»Sie zieht mich doch bloß auf, Mom«, sagte Ben.

»Nein, gar nicht. Ich mein's todernst. Es stimmt mich sogar traurig, Ben, obwohl du dein Leben damit verbracht hast, mich mit bösartigen Kommentaren zu verfolgen. Ich werde mein Bestes tun, um bei deiner Beerdigung nicht zu lachen.«

»Danke!« sagte Ben und lachte.

»Übrigens, *big brother,* ich hab' ein tolles Geschenk für dich.«

»Dad hat mir seine Fliegerjacke geschenkt.«

»Das sieht ihm ähnlich, dem alten Geizkragen, da bringt er deinen Geburtstag ohne Unkosten hinter sich. Ich hingegen habe mir das Geschenk von meinem erbärmlich niedrigen Taschengeld abgespart.«

»Dein Taschengeld ist auf jeden Fall höher als meines, als ich in deinem Alter war«, sagte Lillian.

Mary Anne ignorierte die Zurechtweisung. Sie wandte sich an Ben und sagte: »Dads Fliegerjacke ist bestimmt gut, um Fisch drin einzuwickeln. Und wenn wir mal Zeugen eines Mordes werden, können wir die Leiche damit bedecken.«

»Niemand hält diese Sprüche für komisch, Fräulein. Kein Mensch auf der Welt kann darüber auch nur milde lächeln.«

Der Duft nach gebratenem Speck, in zerlassenem Speck brutzelnden Eiern, Röstbrot, Kaffee und im Topf blubberndem Maisbrei erfüllte die Küche. Als alles fertig war, nahm Lillian Bens Teller und füllte ihn an einem von den anderen nicht einsehbaren Ort. Sie öffnete eine Schublade, holte eine kleine Schachtel heraus und entzündete ein einzelnes Zündholz. Als sie wieder hinter dem Herd hervorkam, steckten in den Eiern, im Toast und im Maisbrei brennende Geburtstagskerzen. Und während Ben die über seinem Frühstück flackernden Kerzen ausblies, sangen Lillian und Mary Anne gemeinsam *Happy Birthday*. Ben wußte, daß er auch in seinem Mittagbrot und zwischen seinen Schulbüchern Kerzen finden würde. Lillian hatte eine natürliche Begabung für die kleinen Rituale familiärer Feiern.

Ehe Ben sich auf den Weg zur Schule machte, drückte Lillian ihm einen Brief in die Hand. Er solle ihn lesen, wenn er Zeit dazu fände, sagte sie; es sei nichts Wichtiges, nur läge ihr eben daran, daß er dies und jenes wisse. Sie gab ihm den Brief wie beiläufig, ja mit so ostentativer Nonchalance, daß Ben sofort wußte, wie ernst ihr die Sache war.

In der zweiten Stunde – sie hatten gerade Französisch – öffnete Ben den Brief und legte ihn in sein Buch. Er las ihn, während einer seiner Mitschüler der französischen Sprache und einer Erzählung von Guy de Maupassant irreparablen Schaden zufügte. Der Brief war nicht sehr lang, doch schon nach den ersten Zeilen spürte Ben, daß ihm die Tränen kamen.

»Mein lieber Sohn, mein lieber Ben, mein guter Freund, der Du heute zum Mann wirst, ich möchte Dir etwas erzählen. Du bist das älteste meiner Kinder, das Kind, das am längsten bei mir ist. Ich wollte Dir ursprünglich ein paar Zeilen darüber schreiben, was es bedeutet, ein Mann zu sein, ein Mann in des Wortes tiefster und vollständiger Bedeutung. Ich wollte Dir schreiben, daß ich keine andere männliche Eigenschaft so sehr bewundere wie Sanftmut und Güte, doch dann fiel mir ein, wie sanftmütig und gütig Du bist, und so entschloß ich mich, etwas anderes zu schreiben. Ich möchte, daß Du zeitlebens Deinen edelsten Neigungen folgst. Ich möchte, daß Du Dich immer mit all Deiner Kraft für das Gute und Richtige einsetzt. Ich möchte, daß Du den Schwachen und Bedürftigen stets zur Seite stehst, so wie ich es Dich gelehrt habe. Ich möchte, daß Du immer tapfer bist und bei allem, was Du tust, und wo immer Du Dich befindest, weißt, daß mein Segen und meine Liebe Dich begleiten. Bewahre Dir Dein Gottvertrauen, Deine Demut und Deinen Humor. Überlege Dir Deine Lebensziele genau und laß Dich durch nichts und niemanden an ihrer Verwirklichung hindern. Ich habe in meinem Leben so manches Kreuz tragen und tiefe Täler der

Traurigkeit durchschreiten müssen, doch werde ich die Nacht, in der Du zur Welt kamst, nie bereuen. Ich glaubte vor Deiner Geburt, die Liebe und die Grenzen der Liebe längst zu kennen. In Wirklichkeit hatte ich keine Ahnung. Was Liebe ist, erfuhr ich erst im Laufe der vergangenen achtzehn Jahre, in den Jahren Deines Heranwachsens, und diese Erfahrung war Dein Geschenk an mich. Alles Gute zum Geburtstag, Mama.«

★

Als Ben am Nachmittag den Offiziersclub betrat, konnte er seinen Vater zunächst nicht finden. Es dauerte eine Weile, bis sich seine Augen an die Dunkelheit gewöhnt hatten. Er erkannte die Silhouetten der Piloten an der Bar: breite Schultern und kurzgeschorene Köpfe vor dem blassen Licht aus dem Speisesaal. Die Stimmen waren laut und männlich. Zur kargen Musik gegen Glas und Kristall klickender Eisstückchen suchte Ben die Konturen seines Vaters.

Ben trug einen dunkelblauen Anzug, den Lillian ein Jahr zuvor für zehn Dollar als Sonderangebot im PX-Laden erstanden hatte. Er war schon damals etwas zu klein gewesen. Inzwischen waren die Ärmel an den Handgelenken deutlich zu kurz, und zwischen Aufschlägen und Schuhen sah man zuviel Knöchel. Sein braunes Haar hatte er zurückgekämmt, doch wirkte die bescheidene Tolle aufgrund der etwas zu üppigen Brillantinedosis ein wenig glitschig. Weißliche Spuren am Hinterkopf verrieten, daß er das Gel dort nicht mit der gebührenden Sorgfalt verteilt hatte. Unreife sprach aus seinem Gesicht. Er musterte die Schatten, die alle an seinen Vater erinnerten, ohne zu ihm zu gehören. Langsam gewöhnten sich seine Augen an die Umgebung und begannen, die ersten Gesichter zu erkennen. Schließlich entdeckte er ganz hinten in der Ecke Bull Meecham und Colonel Hedgepath. Die beiden beobachteten ihn und amüsierten sich offenbar über seine Unsicherheit und sein linkisches Auftreten.

Colonel Hedgepath erhob sich, ging auf Ben zu und schüttelte ihm die Hand. »Herzlichen Glückwunsch, Patensohn!«

»Danke, Colonel.«

»Paige hat heute vormittag dein Geschenk bei euch vorbeigebracht. Und dann hat sie mit deiner Mutter vier Stunden lang getratscht. Sie rief mich vorhin an, um mir zu sagen, daß das Abendessen heute ein bißchen auf sich warten läßt. Okay, dachte ich mir, dann gehe ich noch kurz auf einen Drink in den Club. Mensch, ich werd' verrückt, Ben! Du bist achtzehn!«

»Was ist da schon dabei, Colonel?«

»Das heißt, daß ich achtzehn Jahre älter bin als damals bei deiner Taufe. Es zeigt mir, daß ich alt werde.«

»Setz dich, Junge«, sagte Bull. »Was willst du trinken?«

»Eine Cola bitte, Dad«, antwortete Ben.

»Das habe ich nicht gemeint«, erwiderte Bull. »Ich hab' dich heute nachmittag nicht zu Limonade und Brezeln herbestellt. Du bist jetzt achtzehn, und das heißt, daß du alt genug bist, um einen anständigen Drink zu dir zu nehmen. Hast du schon mal Alkohol getrunken?«

»Ab und zu mal einen Schluck Bier, wenn du mich hast nippen lassen.«

»Wie dem auch sei, es gehört zu meinen väterlichen Pflichten, dir beizubringen, wie ein Gentleman trinkt.«

»Ich glaub', du machst erst mal einen Fortbildungskurs bei mir, Bull, damit du auch weißt, worüber du sprichst«, sagte Colonel Hedgepath.

»He, Virge, warum verschwindest du nicht unterm Tisch und beißt ganz kräftig auf das dickste Ding, das du da unten siehst?«

»Ich hab' es satt, auf deinem großen Zeh herumzukauen, Bull.«

»Also, Sportsfreund, was darf's denn sein?« fragte Bull seinen Sohn, ohne auf Colonel Hedgepath' letzte Bemerkung einzugehen. »Was willst du trinken?«

»Mam wird durchdrehen, Dad«, warnte Ben.

»Dir ist wahrscheinlich aufgefallen, daß mir die Zähne klappern«, sagte Bull. »Ich falle vor Angst gleich in Ohnmacht.«

»Ben hat recht«, meinte Colonel Hedgepath. »Lillian wird das gar nicht gefallen.«

»Virge, mir ist vollkommen klar, daß Paige dir 'n Ring durch die Nase gezogen und 'n Griff auf den Arsch geschnallt hat. Aber es gibt unter uns Marines auch noch ein paar Männer, die Herr im eigenen Haus sind. Unser Wort ist Gesetz. Und ich habe beschlossen, meinem achtzehnjährigen Sohn beizubringen, wie man mit alkoholischen Getränken umgeht.«

»Die Basketball-Saison fängt bald an, Dad. Ich bin im Training.«

»Wenn der Junge nicht trinken will, dann zwing ihn nicht dazu, Bull«, sagte Virgil Hedgepath.

»Limonade gibt's hier, glaube ich, nicht«, spottete Bens Vater, »aber vielleicht liegt noch irgendwo 'n Lutscher rum.«

Ein Kellner näherte sich dem Tisch, an dem der Junge und die beiden Offiziere saßen. Mit einem lautlosen Fingerschnippen rief Ben ihn herbei. Er spürte die Blicke der beiden Marines und wußte genau, daß sie ihn einer Prüfung unterzogen, die irgend etwas zu tun hatte mit dem schildkrötenhaft langsam voranschreitenden Prozeß des Erwachsenwerdens. Er zögerte einen Augenblick und fragte dann: »Kann ich bitte die Speisekarte haben, Sir?«

Sein Vater und Colonel Hedgepath wieherten vor Lachen. Bens Wut über die Erniedrigung richtete sich jedoch vor allem gegen den Kellner, der ihn mit herablassender Toleranz straft, die er durch ein versonnenes Kopfschütteln zum Ausdruck brachte. Ben wartete nicht, bis sein Vater aufhörte zu lachen, sondern senkte nur die Stimme und sagte: »Dann bringen Sie mir bitte einen doppelten Martini *on the rocks* mit einer Scheibe Zitrone.«

Die Bezeichnung dieses Getränks war ihm von verschiedenen Partys zu Hause gut vertraut; seine Eltern luden ja des öfteren Bulls Pilotenkameraden zu sich ein. Aber anstatt das Gelächter der beiden Männer am Tisch zu stoppen, verstärkte die Bestellung es nur noch, und es entging Ben nicht, daß auch andere Marines inzwischen auf ihren Tisch aufmerksam geworden waren. Die Worte des Alkohol-Novizen machten die Runde.

»Weißt du überhaupt, was ein doppelter Martini ist, Sohn?« fragte Bull.

»Natürlich«, erwiderte Ben ein bißchen schnippisch, »den trink' ich doch dauernd, wenn ich mit meinen Freunden unterwegs bin.«

»Und woraus besteht er?«

»Aus Likör«, sagte Ben.

»Richtig«, antwortete Bull mit ernster Miene, »du hast natürlich immer schon getrunken, und nicht zu knapp. Schätze, ich bin bloß der alte ungläubige Thomas. Dachte ich doch eben glatt, du hättest nicht die geringste Ahnung, wovon du redest.«

»Da hast du dir ja 'n richtigen Alligator bestellt, Patensohn«, sagte Virgil und zwinkerte Ben zu.

»Wenn ihr zwei meint, daß ihr's vertragt, lass' ich euch mal kosten.«

»Ich bleib' bei meinem Kräutertee«, sagte Bull.

Der Kellner brachte den Martini an den Tisch und beobachtete Ben mit großer Aufmerksamkeit. Ben zappelte nervös hin und her. Er bemühte sich, möglichst erwachsen und alt auszusehen, hatte aber keine Ahnung, wie dies am besten zu bewerkstelligen sei.

»Hast du 'n Ausweis dabei, Kind?«

»Sicher, Kumpel«, antwortete Ben so markig er konnte, »natürlich hab' ich 'n Ausweis dabei.«

Der Kellner studierte das amtliche Papier sorgfältig. Dann fragte er: »Ist heute der Elfte?«

»Den ganzen Tag lang«, sagte Ben.

»*Happy Birthday,* Kind«, erwiderte der Kellner so laut, daß alle Anwesenden es mitbekamen.

Ben ergriff sein Glas und sah, wie sein Vater sich zu einer Ansprache erhob. »Gentlemen«, sagte er und wandte sich an alle in der Bar versammelten Marines, »entschuldigen Sie bitte die Unterbrechung. Aber ich würde gerne mit Ihnen zusammen auf das Wohl meines ältesten Sohnes anstoßen, der am heutigen Tag achtzehn Jahre alt wird. Er hat gerade seinen ersten Drink bestellt. Bevor er jetzt sein Glas leert, möchte ich ihm ein langes Leben wünschen, eine Frau, die so großartig ist wie seine Mutter, und einen Sohn, der ein genauso feiner Kerl ist wie er selbst. Auf meinen Sohn!«

Alle Marines prosteten Ben herzlich zu. Bull stieß mit Ben an, und Ben hob sein Glas und berührte damit das Glas seines Paten. Zum zweitenmal an diesem Tag kamen ihm fast die Tränen. Er sah Virgil Hedgepath an und merkte, daß Bulls Trinkspruch auch ihn tief bewegte. Virgil stand wie immer bei solchen Gelegenheiten der Schmerz der eigenen Kinderlosigkeit ins Gesicht geschrieben; er überkam ihn mit überraschender Heftigkeit, griff die Augen an und ließ die Gesichtsmuskeln erschlaffen. Ben fühlte sich ihm daher außerordentlich nahe – eine Verbundenheit, die er diesmal noch stärker empfand als sonst, trank er doch gerade seinen ersten scharfen Drink. Es war alles andere als leicht. Der Martini brannte auf der Zunge und im Hals. Ben kämpfte den Wunsch nieder, die Flüssigkeit quer über den Tisch zu spucken, versuchte, keine Miene zu verziehen und nicht nach Luft zu schnappen. Er brachte den ersten Schluck erfolgreich hinunter, lächelte und verspürte nicht ohne Staunen, wie ein ungekanntes Feuer seinen Magen entflammte und rapide von seiner gesamten Bauchhöhle Besitz ergriff. Schon bei der Vorbereitung auf den nächsten Schluck ahnte er, daß diese Feuersbrunst in seinem Magen der Schlüssel zu einem Geheimnis war und zumindest teilweise die Frage beantwortete, warum Männer einen so großen Teil ihres Lebens mit dem Herumhocken in diesen düsteren, abweisenden Räumlichkeiten verschwendeten. Und ebenso begann er zu begreifen, warum Lillian Meecham so viele Stunden ihres Lebens damit verbrachte, sich über Bulls leidenschaftliche Zuneigung zu Offiziersclubs und deren Bars Gedanken zu machen.

»Na, wie schmeckt's, großer Mann?« fragte Bull.

»Hab' schon bessere Sachen zu mir genommen«, antwortete Ben mit rauher Stimme, »aber es läßt sich trinken.« Er ließ einen zweiten Schluck die Kehle hinabrinnen und sagte sich insgeheim, daß jedes Wort, das er von sich gab, ohne Quellenzitat diversen Filmen entnommen war, die er irgendwann in seinem Leben einmal gesehen hatte. Der zweite Schluck war leichter. Und der dritte noch leichter.

»Ich würde mir an deiner Stelle etwas Zeit lassen, Ben. Das ist ein Drink für einen Mann.«

»Aus dem Grund hab' ich ihn mir ja bestellt, Virgil«, gab Ben zurück.

»Für dich immer noch Colonel Hedgepath, Mister«, bemerkte Bull.

»Ich dachte, wo wir so schön unter uns sind, Dad... Einfach dasitzen, 'n bißchen trinken, 'n bißchen reden. Ich meine, da muß das doch nicht immer so furchtbar streng zugehen, nicht wahr?«

»Wenn du mich Bull nennst, fliegen die Fäuste, mein Lieber.«

Ben nahm noch einen tiefen Schluck. »He, das ist toll«, sagte er und sah in die Runde. »Das ist wirklich toll.«

»Barmann!« rief Virgil. »Noch einen Drink für meinen Patensohn.«

»Was ist da bloß drin in dem Zeug?« sagte Ben und lachte.

»Likör«, antwortete Bull und stieß Virgil mit dem Ellbogen in die Seite.

»Das ist toll. Das ist wirklich toll.«

»Wie kriegst du ihn nachher an Lillian vorbei?«

»Au, verdammt«, sagte Bull, »uns steht ja nachher noch eine Familienfeier bevor.«

»An deiner Stelle würde ich den nächsten Drink nicht anrühren, Ben. Du wirkst, als hättest du jetzt schon genug.«

»Mensch, Virge, mir dröhnt ja noch nicht mal der Schädel«, sagte Ben und kicherte laut.

»Colonel Hedgepath heißt das, mein Sohn!«

»Für dich vielleicht, Dad. Für mich ist er der gute alte Virge, sonst nichts. Stimmt's Virge?« Zärtlich legte Ben den Arm um den Hals seines Paten.

»Richtig, Ben. Ben und Virge. Saufkumpane.«

»He, Dad, das ist doch toll«, sagte Ben. »Das ist doch wirklich toll.«

»Schmeckt dir wohl immer besser, he?« fragte Bull.

»Weißt du, was ich glaube, Dad?« sagte Ben und sprach nun auch dem zweiten Martini kräftig zu.

»Nein. Was?«

»Ich find' das toll. Ich find' das wirklich toll. Einfach so hier sitzen und mit den Marines ein'n heben! Ich find' das toll. Ich find' das wirklich toll. Komm, Dad, trink du auch noch einen. Und du auch, Virge. Das geht jetzt auf meine Rechnung.«

Zwanzig Minuten später wurde der achtzehnjährige Ben Meecham, ein junger Mann an der Schwelle zum Erwachsensein, auf den Schultern seines Vaters aus dem Offiziersclub der Air Base von Ravenel getragen. Als sie nach Hause kamen, war schon die Dämmerung hereingebrochen. Bull schleppte seinen Sohn vorbei an dessen Mutter und dessen Geschwistern, vorbei an der Geburtstagstorte und dem Tisch mit den Geschenken. In jener Nacht tobte zwischen Bull und Lillian ein langer, von beiden Seiten mit große Erbitterung ausgefochtener Ehekrach, doch Ben bekam von alledem nichts mit. Er bekam überhaupt nichts mehr mit – bis zum bösen Erwachen um die Mittagsstunde des darauffolgenden Tages.

18

Am 21. Oktober schrillte der Wecker Bull Meecham um drei Uhr morgens aus dem Bett. Obwohl er unruhig geschlafen hatte, rollte er sich sogleich auf den Fußboden und machte fünfzig Liegestütze, dann taumelte er ins Badezimmer. Lillian lauschte den schweren Atemzügen, unter denen er sich die letzten zehn Liegestütze abrang, und entsann sich der Jahre, da Bull ohne weiteres hundert geschafft hatte. Die Jahre hatten ihn Speck ansetzen lassen, sein Haar ausgedünnt und die Richtzahlen, an denen Bull seine körperliche Fitneß maß, drastisch reduziert.

»Wieviele hast du gemacht, Liebling?« rief Lillian aus dem Bett.

»Fünfundsiebzig«, gab Bull zurück.

»Möchtest du ein Frühstück?«

»Fehlanzeige, Sportsfreund.«

»Ich fühle mich aber besser, wenn ich dir vor einem so langen Flug ein schönes, warmes Frühstück gemacht habe.«

»Woher willst du wissen, daß ich einen langen Flug vor mir habe?« fragte Bull.

»Herzchen«, antwortete sie, »nirgendwo im Corps werden zuverlässigere Informationen gehandelt als auf dem Treffen der Offiziersfrauen. Unter den Mädchen heißt es, die 367 geht nach Kuba.«

»Der Generalstab sollte sich auch so ein Informationssystem anschaffen«, brummte Bull.

»Also hab' ich recht. Du gehst nach Guantanamo. Ist was im Busch?«

»Das ist geheim.«

»Willst du sagen, du traust deiner eigenen Frau nicht?« fragte Lillian spröde.

»Ich würde selbst Helen Keller nicht trauen – nicht einmal, wenn man ihr beide Arme abgehackt hätte.«

»Glaubst du, es gibt Krieg?«

»Lillian, ich kann darüber nicht reden. Es ist geheim.«

»Glaubst du, daß die Russen intervenieren werden, wenn wir Kuba angreifen?«

»Ich hoffe es«, antwortete Bull und schmierte sich Rasierschaum ins Gesicht.

»Aha!« rief Lillian, »dann ist es also doch Kuba!«

»Schraub deine Lautstärke runter, die Kinder könnten dich hören.«

»Matt behauptet, er habe schon mindestens ein Jahr lang keine Geheimnisse mehr an den Kreml verkauft.«

»*Yeah*, aber was ist mit Ben?« Bull grinste. »Die Russkis brauchen nur eine einzige Ehefrau oder einen einzigen Sprößling, der für sie arbeitet – und sie wüßten vierundzwanzig Stunden im voraus über jede Bewegung des Corps Bescheid.«

»Ist dir klar, Liebling, daß du, wenn's wirklich losgeht, noch heute in Kämpfe verwickelt werden könntest?«

»Ich werde mir ein paar Orden verdienen müssen, wenn ich's noch zum Oberst bringen will. So 'n Einsatz kann für meine Karriere entscheidend sein.«

»Ich mach' jetzt Frühstück. Ohne Frühstück ziehst du mir nicht in den Krieg.«

★

Lillian betrachtete Bull, der aufs unfeinste einen Teller voll Eier, Brötchen und Landschinken hinunterschlang, und nippte an ihrer Kaffeetasse. Sie trank den Kaffee schwarz.

»Denkst du eigentlich manchmal an die Männer, die du in der Schlacht umbringst, Liebling?« fragte sie in dem Versuch, ein Gespräch in Gang zu bringen.

»Was?« gab Bull zurück. Er war mit den Gedanken ganz woanders.

»Denkst du jemals nach über die Männer, die du umgebracht hast?«

»Fehlanzeige. Sinnlos, über tote Schlitzaugen zu heulen.«

»Denkst du nie dran, daß sie Frauen und Mütter haben? Und vielleicht auch Kinder? Oder daß sie vielleicht begeisterte Angler sind und gerne mal einen heben?«

»Wenn ich sie in die Luft gejagt habe, spielt das alles keine Rolle mehr, Lillian.«

»Ich wünschte, du würdest so etwas nicht sagen, Liebling. Es ist ein komisches Gefühl. Ich finde es irgendwie merkwürdig, daß ich mit einem Mann verheiratet bin, der vor menschlichem Leben so wenig Achtung hat.«

»Ich hab' eine ganze Menge Achtung vor dem menschlichen Leben –

solange es zwischen Atlantik und Pazifik nördlich von Mexiko und südlich von Kanada entstanden ist. Deshalb habe ich auch überhaupt nichts dagegen, über Kuba ein paar Bomben fallen zu lassen. Ich hab' in meiner gesamten Laufbahn noch nie ein Rundauge gekillt. Mein Spezialfach waren immer Schlitzaugen.«

»Manchmal denk' ich, du hättest einen hervorragenden SS-Mann abgegeben, Bull.«

»Garantiert«, bestätigte Bull.

»Das klingt ja, als wärst du auch noch stolz drauf.«

»Ich hab' diese Hunde immer bewundert. Das waren großartige Soldaten, teuflisch tüchtig. Die Deutschen waren mir verdammt viel lieber als die Japse. Kannst du dir vorstellen, wie's hier aussähe, wenn die Japse den Krieg gewonnen hätten? Wir müßten jeden Sonntag zum Tempel latschen und dem Buddha seinen rosa Hintern küssen. Und du kannst Gift drauf nehmen, daß ich lieber Deutsch lernen würde als dieses japsische Vogelgepiepse. Nein, mit den Deutschen, das wär' schon in Ordnung. Aber den Japsen mußten wir den Garaus machen, denn wenn die gewonnen hätten, dann ade Amerika und alles, was dazugehört. Du wirfst mir vor, ich hätte keinen Respekt vor menschlichem Leben – die Japse sind's, die keinen haben, und das muß daran liegen, daß sie gelb sind und geschlitzte Augen haben.«

»Und was ist mit den Juden, Schätzchen?« fragte Lillian, und ihre schönen blauen Augen starrten ihn befremdet an.

»Na gut, die Krauts haben eben ein paar Juden geröstet – und wenn schon. Es war schließlich Krieg. Wir haben dafür die Deutschen in Berlin und Dresden geröstet. Und die Japse in Hiroshima und Nagasaki. Und ich kann dir sagen, wir haben sie gebraten wie Spiegeleier, da wurde nicht lang gefackelt. Irgendwer ist in jedem Krieg dran. Die Juden haben's eben von den Krauts gekriegt. Im Krieg gibt's keine Moral, da gibt's nur Sieger und Verlierer und die, die sich den Arsch verbrennen.«

»Sie haben Frauen und Kinder abgeschlachtet wie Schweine. Sie wollten die Juden ausrotten, nur deshalb, weil sie Juden waren.«

»Na, und wenn schon. Juden sind wie ein Geschwür am Arsch. Schätze, daß der Hitler als kleiner Junge 'n großen Haß gekriegt hat auf alles, was einen großen Zinken und 'ne Judenkappe hatte und mehr Geld scheffelte, als er sich jemals vorstellen konnte.«

»Sein Ziel war es, einen Teil der Menschheit auszurotten, Liebling. Hörst du, Liebling? Verstehst du das, Liebling? Nimmt dein Kampfpilotenhirn das noch auf, Liebling? Was sagt denn dein

Gerechtigkeitsgefühl dazu, Liebling? Das muß dir doch zu Herzen gehen, Liebling, oder? Rührt das denn nicht irgend etwas in dir an, Bull Meecham?«

»Ja, du hast recht, Lillian. Es rührt mich«, sagte Bull ernsthaft. »Ich fühl's tief in mir drinnen. Ein kitzliges Gefühl. So 'ne Art gewaltiges Jucken um den Schließmuskel rum.«

»Ich weiß nicht, warum ich mir überhaupt noch die Mühe mache, ein Gespräch mit dir zu führen«, sagte Lillian wütend. »Jeder Versuch, bei dir irgendwelche menschlichen Regungen zu finden, ist von vornherein zum Scheitern verurteilt.«

»Von einem Kampfpiloten werden keine menschlichen Regungen erwartet. Er soll töten, sonst nichts. Du und alle anderen Schlappschwänze, ihr könnt fühlen, soviel ihr wollt. Ich kann das nicht. Ich habe eine Mission zu erfüllen. Punktum.«

»Wenn der Kampfpilot nichts empfindet, wie soll ich dann für den Kampfpiloten was empfinden können?«

»Weil das deine Mission ist. Deine Mission ist es, den Kampfpiloten zu lieben, ihm ein gutes Essen zu kochen, das Haus in Ordnung zu halten und überragende Kinder großzuziehen.«

»Worüber man mit dir auch spricht – du denkst nie weiter als bis zu deiner Nasenspitze. Dann gibst du's auf.«

»Na schön, Lillian, wenn du unbedingt willst, spiele ich mit. Solange ich denken kann, liest du Bücher über Hitler und über die Deutschen und was für üble Burschen das waren. Aber ich bin Realist. Ich glaube kein Wort, wenn ich so was lese, weil alle diese Schreiberlinge immer bloß anderen am Grind kratzen. Wenn Hitler den Krieg gewonnen hätte, stünde in allen Büchern nur, was für ein feines Kerlchen er gewesen ist und wie superprima es war, daß er alle Juden der Welt hat über die Klinge springen lassen. Aber ich frag' mich, was wäre, wenn er's tatsächlich getan hätte? Was wäre, wenn es heute keinen einzigen langnasigen Juden mehr gäbe? Was, glaubst du, wär' dann anders? Nichts. Gar nichts. Du würdest es nicht einmal merken. Das erinnert mich an das Geschwätz von den ausgestorbenen Wandertauben und Dodo-Vögeln. Wenn ich das Gejammer von diesen ewigen Musterknaben schon höre! Ich hab' noch nie auch nur einen Rattenfurz dafür gegeben, daß mir der Anblick einer Wandertaube entgangen ist. Und wenn Hitler jeden einzelnen Sabberjuden umgebracht hätte – auf mein Leben hätte das nicht den geringsten Einfluß. Die Welt kommt auch ohne sie aus.«

»Was ist mit den Marines? Würde die Welt auch ohne die Marines auskommen?«

»Es gibt keine Macht der Welt, die stark genug wäre, um die Marines auszurotten. Marines rotten ihre Feinde aus oder bringen sie so weit, daß sie sich wünschten, sie wären's.«

»Was mir an dir so imponiert, Bull, ist deine umfassende Menschenliebe. Manchmal, wenn du so daherredest, frage ich mich, wie es möglich ist, daß zwei Leute, die so verschieden sind wie wir beiden, es so lange miteinander aushalten.«

»Weil du so scharf auf mich bist.«

»Was mich aber am meisten ängstigt, ist, daß meine Kinder mal genauso werden könnten wie du.«

»Da müßten sie schon verdammt viel Glück haben.«

»Manchmal denk' ich, ich sähe sie lieber tot.«

»Keine Sorge, heilige Lillian«, sagte Bull höhnisch, »du hast Meecham-Blut mit so viel umfassender Menschenliebe verwässert, daß ich den Jungen in ein paar Jahren wahrscheinlich Seidenhöschen und Haarbänder kaufen muß.«

»Du hast vier großartige Kinder.«

»Hauptsache, die Jungen werden gute Soldaten und die Mädchen feine Fotzen für ihre Ehemänner.«

»Es gibt Zeiten, Liebling, da machst du mich einfach krank.«

»Ich sag's bloß, wie's ist. Ich könnte vielleicht feinere Worte dafür finden, aber das ist's, was ich mir für meine Kinder wünsche.«

»Untersteh dich, jemals wieder so unflätig über meine Töchter zu reden.«

»Okay. Red' ich über die Jungen. Sie haben nicht genug Mumm.«

»Sie haben viel zuviel Mumm, Süßer. Schließlich hast du sie groß gezogen.«

»Ich muß los. Varney macht um fünf eine Einsatzbesprechung, und vorher hab' ich noch was im Büro zu erledigen.« Bull erhob sich, den Blick auf seine Uhr geheftet.

»Wann startet ihr?«

»Geheimsache.«

»Kannst du mich von Guantanamo aus anrufen?«

»Fehlanzeige.«

»Wann kommt ihr zurück?«

»Kommt drauf an, wie lange der Krieg dauert«, sagte Bull grinsend. »Ich kann dich doch immer und jederzeit auf die Palme bringen, Lillian. Ich glaube, je älter wir zwei werden, desto leichter wird's.«

»Ich bin nicht mehr so belastbar wie früher, Bull. Ich werd' auch nicht jünger. Ich halte einfach nicht mehr soviel aus wie früher.«

Bull nahm sie in die Arme und küßte sie leicht und spielerisch.

»Manchmal spiel' ich den Menschenfresser bloß, damit du wütend wirst«, sagte er.

»Manchmal spielst du den Menschenfresser bloß, weil nichts anderes in dir steckt.«

»Wir sehen uns in Havanna, Kleines.«

»Also doch Kuba.«

»Schade, daß du keine Zigarren rauchst«, sagte Bull und ging zur Hintertür hinaus.

★

Im Bereitschaftsraum liefen die Piloten der 367 ziellos herum oder rutschten unruhig auf ihren Sitzen hin und her. Alle trugen bereits Fliegerkluft. Eine unerschütterliche Hochstimmung hatte von ihnen Besitz ergriffen, und die Stimmen der jüngeren Flieger troffen nur so von prahlerischer Tapferkeit. Vorherrschend waren jedoch eine Art besonnenes Profitum und eine ungewöhnliche Vertiefung in philosophische Spekulationen. Bull ertappte Captain Johnson bei der Lektüre von *High Flight,* der lyrischen Verherrlichung der Fliegerei. Er hatte den Text zwischen die letzten Seiten seines Flugbuchs geschoben. Bull zog ihn damit auf, aber ohne jede Boshaftigkeit.

Kurz vor fünf betrat Colonel Varney den Raum und wandte sich ohne Umschweife an seine Leute. Er sprach in jenem schneidenden Ton mit leichtem Oxford-Akzent, der wie ein Nagel über Bulls Trommelfell schabte. Bull wußte, daß Varney im Grunde gar keinen Anlaß für eine Rede an die Staffel hatte; er wollte lediglich teilhaben an der allgemeinen Aufbruchstimmung. Der heraufdämmernde Tag war immerhin vielleicht der Tag, an dem ein Krieg beginnen würde.

»Gentlemen«, begann Colonel Varney, »wie Sie mittlerweile vermutlich alle wissen, kam gestern ein Anruf vom Kommodore des Zweiten Geschwaders, der die Staffel 367 in vierundzwanzigstündige Bereitschaft versetzt. Diese Aktion kulminiert in dem bevorstehenden Einsatz. Um Punkt sechs wird die Staffel 367 aufbrechen und zwanzig Maschinen nach Gitmo überführen. Ankunft Gitmo um 2 Uhr 36. Bei der Ankunft in Guantanamo Bay erhalten Sie von der Navy-Aufklärung detaillierte Einsatzbefehle. Des weiteren wird Ihnen der Kommandant von Gitmo, Kapitän Bruce Webster, genaue Instruktionen erteilen. Ich brauche Sie, Gentlemen, über die Bedeutung dieser Mission nicht eigens aufzuklären. Sollte es zwischen Kuba und den Vereinigten Staaten oder zwischen der Sowjetunion und den Vereinigten Staaten knallen, so wird von dieser Staffel erwartet, daß sie sich Havanna kauft. Viel Glück, meine Herren.«

Er hielt inne, um Bull Meecham die Hand zu reichen.

»Viel Glück, Colonel.«

»Danke, Sir«, antwortete Bull, und die beiden Männer schüttelten sich die Hände.

Bull pflanzte sich genau an der Stelle auf, an der soeben noch Colonel Varney gestanden hatte, ergriff aber das Wort erst, als er sicher war, daß Varney das Feld geräumt hatte. »Männer«, sagte er, »diese Mission ist die Krönung eurer Ausbildung in Ravenel, ja man kann sagen, daß die gesamte Ausbildung, die wir genossen haben, auf diesen einen Moment zugeschnitten ist. Unsere Staffel ist nicht zufällig ausgewählt worden. Sie wurde gewählt, weil wir die Besten sind. Wenn ich so um mich blicke, erkenne ich, daß jeder einzelne von euch das Zeug hat, aus dieser Staffel eine absolute Spitzentruppe zu machen. Und als die besten Kampfpiloten im Corps sind wir auch die besten Kampfpiloten der Welt. Von nun an denkt nur noch daran, daß der Gong zur ersten Runde geschlagen hat und diese Staffel ein einziger K. O.-Schlag ist.

Wir begeben uns geradewegs in die Höhle der Löwen.

Man erwartet von uns, daß wir den Luftraum über Kuba sofort unter Kontrolle bekommen. Innerhalb kürzester Zeit nach Beginn unseres Einsatzes ist der Himmel über der Insel sauber. Ich wünsche, kein fliegendes Objekt mehr zu sehen, das größer ist als eine Möwe. Aber ich habe auch noch eine Warnung für euch: Werdet ja nicht übermütig! Wir sind zwar die besten Flieger der Welt, doch wäre es ein verhängnisvoller Fehler, den Feind zu unterschätzen. Die MIG ist ein verdammt gutes Flugzeug, und so mancher Marine-Corps-Pilot, der das bezweifelte, ist in den ewigen Jagdgründen gelandet. Die MIG ist in allen Bereichen zu Höchstleistungen imstande. Die Russen haben ausgezeichnete Piloten, und persönlich bedaure ich es sogar, daß wir so vielen von ihnen den Arsch abschießen müssen.«

Die Piloten jubelten. Es waren virile Urlaute, direkt aus Bauch und Herz.

»Für die jüngeren Piloten unter euch«, fuhr Bull fort, »hege ich eine Hoffnung.« Er faßte die Lieutenants und Captains ins Auge. »Ich hoffe, daß wir heute in den Krieg ziehen. Ihr seid Kampfpiloten, aber ihr seid sozusagen noch jungfräulich. Die einzige Möglichkeit, diesen Makel loszuwerden, ist echte Kampferfahrung. Eine Entjungferung ist blutig, aber ihr müßt Blut lassen und Blut lecken, um herauszukriegen, wie tapfer ihr wirklich seid. Momentan glaubt ihr, daß sich in eurer Magengrube ein Sturm zusammenbraut, und befürchtet, es sei die nackte Angst. Laßt euch von mir sagen: Es ist keine Angst – es ist bloß der Mangel an Erfahrung. Der Aufbruch heute morgen ist hoffentlich ein Aufbruch zu neuen Erfahrungen. Ich möchte mich in ungefähr sechs Monaten wieder vor euch hinstellen und zu euch sprechen können – und dann hängen an jeder Brust in diesem Raum silberne Sterne. Gentlemen, am heutigen Tag greifen wir in die Geschichte ein.«

Die Piloten stürmten aufs Flugfeld und zu offenen Hangars, die ganz im Zeichen der funkelnden, raubvogelhaften *F-8*-Jets standen. Mechaniker kletterten auf den Maschinen herum und checkten ein letztes Mal Triebwerke und Radar. Die Luft war schwer vom Geruch des Maschinenöls. Die Männer mußten sich anschreien, wenn sie sich über den ohrenbetäubenden Motorenlärm etwas zu sagen hatten.

»Woher stammen Sie, Corporal?« schrie Bull einem bartlosen Mann zu, der von der Tragfläche seines Flugzeugs herunterkletterte. Der Junge lächelte. Er kannte die Spielchen des Alten schon.

»Galena, Illinois, Sir.«

»Zweitbeste Stadt in Illinois, Corporal. Nach Chicago«, sagte Bull.

»Galena ist die beste, Sir. Bei weitem die beste.«

»Stellen Sie diesen Mann vor's Kriegsgericht«, sagte Bull zu Latito. »Das ist Ketzerei.«

★

Im ersten Büchsenlicht ließ Bull seine Maschine auf die Startbahn rollen. Als er sich umdrehte, sah er die *F-8*s in einer langen Reihe hinter sich herkommen. Die massierte Armada aus Düsenjägern hatte etwas Gieriges, Gefräßiges an sich, erinnerte an ein Rudel Haie, die Blut gerochen haben. Bull schob den Leistungshebel vor, spürte die Kraft des Feuers und wie der Jet unter ihm beschleunigte. Er hob ab, erhob sich in die weichende Nacht und sah zu seiner Rechten die schimmernden Lichter von Ravenel. Der Osten gebar die Sonne in einem vergänglichen Orange, das den Rumpf von Bulls *F-8* einen Augenblick lang in reines Gold tauchte.

Lillian stand auf der Terrasse im Obergeschoß. Sie sah und hörte, wie die Staffel dämonengleich über die Küste hinwegdonnerte und über dem grünen Feuer des Ozeans entschwand. Sie sah, wie sich die Navigationslichter jenseits von St. Catherine's Island über die Baumwipfel erhoben, sie hörte das Krachen der Nachbrenner und sah den Feuerstrahl der Jets, die dann zu einer Formation aufschlossen. Der Vorbeiflug der furchtbaren Flügelwesen bewegte sie jedesmal von neuem. Die erste Maschine steuerte ihr Mann; sie sah seine zielgerichteten Augen vor sich und wußte, daß er in diesem Augenblick reines Glück empfand.

Als die Jets sich hinter ihm formierten, bemächtigte sich Bull Meechams eine seltsame Vorstellung, fabelhaft in ihrer Unwahrscheinlichkeit, jedoch eine Illusion, deren Herrlichkeit er eine geschlagene Minute lang auskostete. Er stellte sich vor, ein Ruf würde ihn ereilen, ein Befehl in der Stimme eines subalternen Gottes mit kilometerlangen Dienstzeitstreifen auf dem Arm. Die Stimme eines Rächers müßte es sein, und sie würde die Staffel gegen die sowjetischen Schiffe dirigieren, die die Raketen nach Kuba brachten. Und er, Bull Meecham, er würde seine Jungs nach Südosten lenken, Längen- und Breitengrade genau berechnen und schließlich Kurs nehmen auf die unbewaffnete Flotte. Sein Leben lang hatte er davon geträumt, eine Flotte in Brand zu setzen, eine Armada in die tiefsten Tiefen des Meeres schicken zu können. Er sah es genau vor sich: das Feuer über dem Wasser, die Luft ein einziges albtraumhaftes Geschwader, das nach Belieben auf die hilflosen Schiffe hinunterstieß. Er wollte Löcher in Frachterrümpfe brennen und die Raketen den Ozeanen überantworten. Er wollte zuschauen, wie schwarze Wasser die kenternden Schiffe verschlangen, wollte sehen, wie sie das letzte Sonnenlicht atmeten, bevor das Wasser ihre Feuer löschte und sie ihre lange Reise in die schwarzen Berge antraten, ins unermeßliche dunkle Reich, das Gott nie schaut. Bull Meecham schaute es; er hörte den schrillen Klang berstender Schiffe und die Schreie russischer Soldaten.

Den ganzen Flug über ließ Bull seinen Phantasien freien Lauf. Er brauchte einen Krieg. Er brauchte ihn dringend.

★

Vor Schulbeginn versammelte Lillian ihre Kinder vor dem Hausaltar unter der Treppe im Vestibül. Sie entzündete die Kerzen neben Unserer Lieben Frau vom Kampfpiloten, und sie staubte das Modell der *F-8* ab, das Matt seinem Vater zu Weihnachten gebastelt hatte. Alle Kinder hatten, wie anbefohlen, ihre Rosenkränze mitgebracht.

Karen fragte: »Wofür beten wir, Mama?«

»Für einen besonderen Zweck«, sagte Lillian ungeduldig. Sie hatte es eilig.

»Für welchen besonderen Zweck? Wenn ich fragen darf«, sagte Mary Anne.

»Für den Frieden«, sagte Lillian und begann mit dem Glaubensbekenntnis.

19

Am frühen Abend des 10. November kleideten sich Bull und Lillian mit großer Sorgfalt für den Jubiläumsball des Marine Corps an, schweigend und jeder für sich auf seiner Seite des Schlafzimmers. Lillian saß im Slip vor ihrem Frisiertisch und trug vorsichtig ihr Make-up auf. Bull fragte sich, ob der weiße Anzug, der einst einem Neunzig-Kilo-Mann auf den Leib geschneidert worden war, auch noch dem Hundertzehn-Kilo-Mann paßte, zu dem er sich inzwischen entwickelt hatte. Beide, er und Lillian, benahmen sich, als seien sie ganz allein im Zimmer.

Der traditionelle Ball erfüllte Bull Meecham Jahr für Jahr aufs neue mit tiefem Stolz auf das Corps. Es war eine Nacht der Bestätigung, in der er sich auf beinahe mystische Weise mit jedem einzelnen verbunden fühlte, der je dem Motto *Semper fidelis* gefolgt war. Überall auf der Welt, das wußte er, waren Marines an diesem Abend in Stolz und Festtagsstimmung vereint – aktive Soldaten ebenso wie längst aus dem Dienst geschiedene, und sie feierten in großen oder kleinen Gruppen bis hin zum einsamen Wachsoldaten, der an einer unruhigen Grenze Posten schob. Sie alle, bis auf den letzten Mann, tranken an diesem Abend auf den Geburtstag des Corps. Bull Meecham ließ an diesem Tag traurigen Erinnerungen, die auf ihm lasteten, freien Lauf, gedachte der Namen und Gesichter all jener Piloten, die vor seinen Augen mit ihren brennenden Maschinen in den Pazifik gestürzt waren und dort einen gewaltsamen Tod gefunden hatten. Er dachte an alle toten Marines, die er gekannt hatte, die vertrauten Gesichter, und sah ihre reglosen, lächelnden Porträts vor sich, wie die Erinnerung sie eingefroren hatte – verlorene Geschwader kecker, draufgängerischer Piloten, vom Himmel geholt durch eine Welt, die sich am Blut junger Männer atzte. Er erinnerte sich jenes Marine-Bataillons in Korea, dem er auf dem Rückzug Luftunterstützung gegeben hatte, und er sah sie wieder vor sich, die toten Marines, ihre grotesk verzerrten Körper, erfroren im Schnee. Manchmal brauchte er nur die Augen zu schließen und konnte sehen, wie die Toten sich erhoben und aus dem Schnee stiegen, die Uniformen frisch gebügelt, die Stiefel auf Hochglanz geputzt, die Gewehre blitzblank, und dann marschierten sie an ihm vorüber, die verlorenen Bataillone unter Fahnen, die im Wind flatterten, und tanzenden Standarten, eine endlose Prozession, und sie kamen auf ihn zu und riefen ihn mit dem tierhaften Gebrüll, das entsteht, wenn viele Männerkehlen gleichzeitig die Stimmen erheben, ihre Augen nach oben gerichtet auf seinen Jet, und ihm, Bull Meecham, salutierend, während er im Sturzflug auf den allgegenwärtigen Feind niederfuhr. An diesem

Abend gedachte er aller toten Marines, die er jemals gekannt oder nicht gekannt hatte, und er liebte sie alle; in dieser Nacht bewegten ihn die Schönheit und der Verlust. Der Tod in der Schlacht war die einzige Poesie, die Bull Meecham fast zu Tränen rührte.

Er schloß den oberen Kragenknopf seines Hemdes. In seinen zwanzig Jahren im Marine Corps hatte er Jahr für Jahr an Gewicht zugelegt. Zuerst waren es nur ein paar Pfund pro Jahr, die selbst für ihn unsichtbar blieben. Doch seit einiger Zeit schwand die schlanke und ranke Gestalt seiner Jugend immer rascher. Er hatte begonnen, die alljährlich fällige medizinische Untersuchung mehr und mehr zu fürchten. Drei- oder viermal im Jahr unterzog er sich einer Eier-und-Hüttenkäse-Diät. Und da ihn seine Ungeduld hinderte, lange Kuren durchzuhalten, ging er zu radikaleren Methoden über, die schon fast an einen Hungerstreik erinnerten. Aber wie sehr er sich auch abmühte – die Speckrollen der mittleren Jahre legten sich wie Ringe um ihn und drohten den sportgestählten Körper zu besiegen, den Körper des Marines, auf den er so stolz war. Nicht etwa, daß er dick oder gar fett gewirkt hätte – keineswegs. Aber in der Präzision von Fotografien und Kragenknöpfen liegt eine harte Botschaft. Der Kragen seiner weißen Galauniform saß so straff, daß es beinahe eines Akts der Selbststrangulation bedurfte, um ihn zu schließen. Der Marine im Spiegel war fast eine Karikatur des trimmen, jugendlichen Piloten neben seiner *Corsair*, den das gerahmte Foto auf Lillians Frisierkommode zeigte. Der Marine im Spiegel öffnete den Kragenknopf wieder und würde ihn erst wieder schließen, wenn es absolut unumgänglich geworden war. Er mochte es nicht, wenn das Blut sich in seinem Kopf staute.

»Zu eng, Dickerchen«, hörte er seine Frau sagen.

»Nein, nicht zu eng«, fauchte er. »Eine Uniform soll gut sitzen. Sie soll nicht rumschwabbeln wie ein Nachthemd.«

»Mir paßt das Kleid, das ich zum ersten Jubiläumsball trug, noch heute.«

»Na und wenn schon.«

»Wegen so einem bißchen Übergewicht brauchst du nicht gleich so empfindlich zu sein, Bull«, neckte sie, »viele Menschen sind dick. Vielleicht liegt's an deinen Drüsen.«

»Hör auf zu quatschen, Lillian, und zieh dich an, sonst kommen wir zu spät zum Ball. Ich mein's ernst. Beeil dich!« Bull warf einen Blick auf seine Uhr.

»Hetz mich nicht, Bull. Ich möchte, daß du heute abend stolz auf mich und mein Aussehen bist. Ich hab' mir ein Kleid gekauft, mit dem könnte man Kriege gewinnen.«

»Nun mach schon.«

»Seit dem Trip nach Kuba bist du nicht gerade der angenehmste Zeitgenosse, Bull«, sagte Lillian, und ihre Stimme klang aufrichtig besorgt.

»Das ist auch nicht meine Aufgabe. Mein Job ist das Fliegen großer Vögel.«

»Dein Job ist es, dich zivilisiert zu betragen, wenn du heimkommst.«

Bull sah noch einmal in den Spiegel und sagte: »Spieglein, Spieglein an der Wand, wer ist der zäheste Ledernacken im Land?« Dann beantwortete er seine Frage selbst in angestrengtem Falsett: »Du, o großer Santini.« Und fügte mit seiner natürlichen Stimme hinzu: »Richtig beantwortet, Spieglein. Ich hätte dir aber auch deinen schimmernden Hintern versohlt, wenn du was anderes gesagt hättest.«

»Bull, Liebling, warum verschwendest du deine überschüssige Energie nicht darauf, dich ein bißchen mit den Kindern zu unterhalten? Seit deiner Rückkehr aus Kuba bist du ausgesprochen rabiat zu ihnen. Am Geburtstag des Marine Corps könntest du ihnen ruhig mal was Nettes sagen – schließlich soll heute der glücklichste Tag des Jahres sein für alle Marines und ihre Angehörigen.«

»Keine schlechte Idee, Sportsfreund. Mal sehen, wie sie auf einen feindlichen Überraschungsangriff reagieren.«

Bull zog aus der obersten Kommodenschublade ein Bajonett, das er in der Nähe eines Flugfelds auf den Philippinen auf der verwesenden Leiche eines japanischen Soldaten gefunden hatte. Des weiteren entnahm er der Kommode eine Kugelstoßerkugel, die ihm seine Frau einst zu Weihnachten geschenkt hatte; sie hatte insgeheim darauf spekuliert, er könne die tagsüber im Dienst aufgestauten Spannungen an diesem Sportgerät auslassen. Aus dem Schrank holte Bull ein Mamelukenschwert und zog es aus der Scheide; er hatte es am Tag seiner Ernennung zum Offizier erworben. Schließlich steckte er sich das Bajonett zwischen die Zähne, nahm die Kugel in die linke und das Schwert in die rechte Hand.

»Laß die Kugel hier, Bull Meecham«, sagte Lillian. »In Cherry Point, als du sie als Granate benutztest, flog sie geradewegs durch eine Fensterscheibe. Und sei vorsichtig mit den Kindern. Paß auf, daß du keines verletzt.«

Er grunzte sie an, ohne das Bajonett aus den Zähnen zu nehmen.

Auf leisen Sohlen näherte sich Colonel Meecham dem Lager, in dem seine Kinder saßen, fernsahen und während der Werbespots Hausaufgaben machten. Ben lag auf dem Fußboden, unter dem Kopf mehrere

Kissen. Mary Anne lag auf der Couch, die Haare auf Lockenwickler gerollt. Matt und Karen saßen in kissengepolsterten Sesseln, in den Händen ungeöffnete Bücher. Bull berechnete die Entfernung zwischen sich und Ben, dann stieß er die Kugel durchs Zimmer. Sie verfehlte Bens Kopf um höchstens anderthalb Meter und schlug ein Stück Verputz aus der Wand. Dann fegte der wilde Vater ins Zimmer und brüllte: »Torah, Torah, Torah!« Matt versuchte, sich in Richtung Küche abzusetzen, doch sein Vater schnitt ihm behende den Weg ab. Ben rollte sich zum Kamin, bewaffnete sich mit einem Schürhaken und hielt seinen Vater damit in Schach. Gleichzeitig rief er Mary Anne zu, sie solle sich mit einer Kohlenschaufel bewaffnen, und Mary Anne schrie zurück, sie werde sich nicht soweit erniedrigen, in einem der dämlichen Kriegsspiele ihres Vaters mitzuwirken.

»Wenn das ein richtiger Angriff wäre, hätt's euch alle schon weggeputzt«, verkündete Bull.

»Na und wenn schon«, sagte Mary Anne und schlug ein Buch auf. Matt hatte sich zum Kamin zurückgezogen und mit der Schaufel bewaffnet, die seine Schwester verschmäht hatte. Karen hatte die Kugel aufgehoben, hielt sie nun in den Händen und wartete darauf, daß ihr einer sagte, was sie damit tun sollte.

Als Bull klar wurde, daß Mary Anne keineswegs an der Bereitschaftsübung teilzunehmen gedachte, lüftete er mit der Schwertspitze ihren Rock bis über die Knie.

»Will mal einen Blick auf die teuren Seidenunterhöschen riskieren, die ich meiner süßen kleinen Mary Anne gekauft habe«, neckte er. »Für jeden Tag der Woche hab' ich ihr 'ne andere Farbe besorgt. O weh, heute trägt sie schwarz. Sie muß in Trauer sein.«

»Das ist 'n bißchen krankhaft, Popsy«, sagte Mary Anne und zog ihren Rock wieder herunter. »Ein ziemlich perverses Späßchen, meine ich.«

»*En garde,* Colonel!« rief Ben. Bull wirbelte herum und nahm seinen Sohn an. Sie duellierten sich mit gespieltem Ingrimm. Das Schwert klirrte gegen den Schürhaken und die Kohlenschaufel, denn Matt eilte seinem Bruder zur Seite. In der Ecke neben der Treppe wartete Karen, noch immer mit beiden Händen die Kugel umklammernd, auf ihre Befehle. »Gehen wir ihm an die Kehle!« rief Ben Matt zu.

»Simba Barracuda!« antwortete Matt.

Colonel Meecham machte ein paar Schritte rückwärts auf die Tür zu. Daß Karen dort stand, entging ihm.

»Gebt dem Feind was zu tun«, schrie er. »Ein guter Soldat wird dem

Feind alle Hände voll zu tun geben und sich nur zurückziehen, wenn der Rückzug letztlich den Sieg verspricht.«

Er stieß mit dem Schwert nach Ben und Matthew und trieb sie zu Karen zurück. Einer seiner Hiebe fuhr ungemütlich nahe an Bens rechtem Ohr vorbei.

»He, Dad!« rief sein Ältester warnend. »Du hast das vielleicht nicht gemerkt, aber das ist ein echtes Schwert, was du da in der Hand hast. Ich habe keine Lust, in dieser Schlacht ein Ohr zu verlieren!«

»Die Marines haben in ihrer langen Geschichte schon mehr als bloß Ohren verloren. Aber das hindert sie nicht daran, unablässig zu attakkieren, immer vorwärts zu drängen, ohne Rücksicht auf Leib und Leben.«

»Ja, genau«, warf Mary Anne von der Couch her ein. »Weil sie eine Bande dämlicher Idioten sind.«

»Was hast du gesagt, Fräulein Kadaver?« fauchte Colonel Meecham.

»Nichts.«

»Nichts was?«

»Nichts, Sir.«

»Klingt schon besser.«

Im gleichen Moment, da Colonel Meecham zu Mary Anne hinüberblickte, sah Karen ihre Chance gekommen. Mit beiden Händen, schwach, aber eben aus dem Hinterhalt, warf sie die schwere Kugel hoch, in der vagen Absicht, ihn auf der ihr abgewandten Seite seines Körpers zu treffen und dann zu behaupten, er sei von einer Artilleriegranate getötet worden.

»O Jesus, Karen!« schrie Ben auf.

Mit einem soliden Plumps landete die Eisenkugel auf Bulls linkem Schuh. Der Colonel stieß einen Schrei aus, der über die ganze Länge und Breite der Eliot Street zu hören war, sowie von einem Forellenfischer, dessen Boot unweit des Hauses im Fluß vor Anker lag. Hopsend, taumelnd ließ sich Bull auf die Couch fallen. Um ein Haar wäre er auf Mary Anne gelandet, die sich jedoch rasch der wilden Jagd ihrer Geschwister angeschlossen hatte und die Treppe hinaufstürzte. Eine Lampe fiel scheppernd zu Boden und tauchte das Zimmer in Halbdunkel. Bajonett und Mamelukenschwert lagen verloren neben der Couch. Bull, noch immer vor Schmerzen jaulend, versuchte seinen Schuh auszuziehen, um den Schaden begutachten zu können. Wut flammte auf, als er das Getrampel seiner auf dem Rückzug befindlichen Kinder vernahm und Mary Anne kreischen hörte: »Torah! Torah! Torah!« Doch an Verfolgung war nicht zu denken – nicht, bevor der Schmerz etwas nachgelassen hatte. Auf einem Fuß hopste er in die Küche, zog die Socke aus, rollte das Hosenbein seiner weißen Galauniform hoch, stellte den Fuß in den Ausguß und ließ kaltes Wasser über den verletzten Zeh laufen. Der Nagel verfärbte sich bereits blau.

Lillian war, als sie Bull hatte brüllen hören, in der ersten Überraschung zur Treppe gehastet, wo sie von ihren Kindern, deren stürmische Flucht keine Zeit für Erklärungen ließ, beinahe niedergetrampelt wurde. »Was ist passiert? Was ist denn los?« fragte sie, als die vier an ihr vorüberhetzten, erhielt aber keine Antwort, denn das hätte Zeit gekostet, und in den Adern der Meecham-Kinder herrschten in diesem Augenblick die Enzyme elementarer Existenzangst. Sie alle kannten nur ein Ziel: das vereinbarte Versteck. Lillian beobachtete, wie sie allesamt in Mary Annes Zimmer verschwanden. Daß ausgerechnet Karen die Meute anführte, erschien ihr besonders seltsam. Allein und ohne Vorwarnung betrat sie die Küche, um herauszufinden, was ihren Mann zu so markerschütterndem Geschrei veranlaßt hatte.

Sie fand ihn mit dem Fuß im Ausguß, den Oberkörper vornübergebeugt. Noch immer inspizierte er bei laufendem Wasser seinen Zeh.

»Fußpilz?« fragte sie.

»Ohhhhh!« klagte ihr Gatte zur Antwort.

»Ist es dein Herz?« fragte Lillian. Sie wußte, daß es nichts gab, was Bull so sehr fürchtete wie einen Herzinfarkt.

»*Yeah,* Lillian«, sagte er. »Ich wasch' mir das Herz in den Ausguß. Teufel auch, nein! Es ist der gottverdammte große Zeh!«

»Dein großer Zeh?« fragte sie und verhielt ein Kichern.

»*Yeah,* mein großer Zeh. Hätte ich keine Schuhe angehabt, so müßte dieser Zeh jetzt todsicher amputiert werden.«

»Wie ist das passiert?«

»Karen hat mich mit der gottverdammten Kugel getroffen.«

»Karen hat dich ... mit der Kugel getroffen?«

»Was ist los, Lillian, willst du's vielleicht schriftlich haben? Ja, sie hat mich mit der Kugel getroffen.«

»Du meinst, die große starke Karen hat den kleinen feinen Marine beim Kriegspielen am großen Zeh getroffen?«

»Sie hat dieses Scheißding aus drei Meter Entfernung auf mich geschmissen. Hätte sie mich am Kopf getroffen, so säß' ich jetzt schon zur Rechten des himmlischen Vaters.«

»Ich kann's kaum abwarten, General Hurley zu erzählen, warum du heute abend hinkst.«

»Wenn du auch nur ein einziges verdammtes Wort darüber verlierst, stech' ich dir die Augen aus.«

»Oh, General, es ist nichts weiter«, spottete Lillian. »Meine kleine Tochter hat mit ihrem Vater gerauft und ihn aus Versehen zum Krüppel gemacht. Aber Bull kommt schon wieder in Ordnung. Er muß nur lernen, sich mit Leuten seines Kalibers anzulegen.«

»Sehr witzig. Wie du siehst, sterb' ich schier vor Lachen.«

»Könntest du nicht mit *einem* Schuh auf den Ball gehen?« fragte Lillian.

»Klar kann ich das, Lillian. Ich kann mir auch 'n Bruchband umbinden und ein paar bunte Bänder an den Hintern hängen. Komm schon, hilf mir beim Gehen. Ich muß gehen können. Ich muß am Tisch meiner Staffel einen Toast ausbringen.«

Er legte den Arm um seine Frau, stützte sich auf sie und versuchte vorsichtig, seinen verletzten Fuß zu belasten. Lillian fing an zu lachen. Zuerst war es nur ein Kichern, das sich bald aber zu einem befreienden, unbewußten Gelächter steigerte. Ihr Lachen verbreitete sich im ganzen Haus wie eine bedrohte Melodie.

Die Kinder kauerten auf den Ästen einer Mooreiche, die sich vor Mary Annes Fenster erhob. Sie hörten das Gelächter ihrer Mutter und versuchten, es zu interpretieren. »Sie hat durchgedreht«, flüsterte Mary Anne den anderen zu, die höher geklettert waren als sie.

»Jetzt bringt er sie garantiert um«, sagte Matt. »Vielleicht sollten wir runtergehen und Mom retten.«

»Mich bringt niemand mehr von diesem Baum runter«, sagte Karen mehr zu sich selbst als zu den anderen. »Ich bleib' hier sitzen, bis ich sterbe.«

»In einer Viertelstunde müssen sie fort, Karen«, sagte Ben. »Sonst kommen sie zu spät auf den Ball.«

»Kann natürlich sein, daß sie vorher noch Dads Fuß amputieren lassen müssen«, sagte Mary Anne, »Colonel Hinkefuß Meecham.«

»Das ist kein Witz, Mary Anne«, sagte Karen wütend.

»Du kriegst dann die Trophäe, Karen. So wie ein Jäger, der Hirsche schießt. Du kannst dir Dads Zeh dann an die Wand hängen.«

»Er kommt schon wieder in Ordnung, Karen«, tröstete Ben.

»Hough, der Vollkommene hat gesprochen.«

Vom höchsten Ast ließ sich nun wieder Matthew vernehmen. »Ich glaube nicht, daß er sich wieder wohlfühlt, bevor er Karen nicht eigenhändig den Garaus gemacht hat.«

»Daddy hat mich noch nie geschlagen!« protestierte Karen.

»Weil du sein Augensternchen bist, mein liebes Kind«, sagte Mary Anne. »Du bist die hübsche, süße kleine Tochter, die er sich immer gewünscht hat.«

»Hätte ich die Kugel geschmissen, wäre Dad längst dabei, diesen Baum hier in Brand zu stecken, da wette ich sonstwas«, sagte Ben.

»Lacht Mom immer noch?« fragte Karen und lauschte angestrengt.

»So einfach lacht sich's nicht, wenn Dads Hände dir die Luft abdrehen«, meinte Mary Anne.

»Karen«, sagte Ben und sah hinauf zu dem Ast direkt über sich. »Warum hast du die Kugel eigentlich geschmissen? Nicht, daß ich meine, es sei eine dumme Idee gewesen. Im Gegenteil, eine so reine Freude hab' ich schon ewig lang nicht mehr erlebt. Aber es hat mich doch ziemlich überrascht, daß du sie *überhaupt* geschmissen hast.«

»Ich weiß es nicht. Ich hab' sie einfach geschmissen.«

Aus einem Fenster im Erdgeschoß drang erneut das Lachen ihrer Mutter. Still wie hängendes Obst verharrten die Kinder auf ihrem Baum und hörten zu. Dann lachte plötzlich auch ihr Vater. Sein scharfes Gespür fürs Lächerliche hatte die Oberhand gewonnen. Die Absurdität der Ereignisse, die dazu geführt hatten, daß er nun im vollen Glanz seiner Galauniform durch die Gegend hinken mußte, amüsierte ihn wider Willen. Sein Zeh hatte mittlerweile ein tiefes, wütendes Blaugrün angenommen, doch Zorn und Schmerz waren gleichermaßen zurückgegangen.

»Mein Gott, du bist ja beinahe wieder menschlich, Bull«, sagte Lillian lachend.

»Ich wette, die Bande kommt drei Tage lang nicht wieder raus aus ihrem Versteck«, antwortete er.

»Macht es dir denn gar nichts aus, daß sie Angst vor dir haben?«

»Zum Teufel, nein!« gab Bull zurück, während er behutsam den verletzten Fuß wieder in den Schuh schob. »Im Gegenteil. Wenn sie keine Angst vor mir hätten, würde mich das eher stören. Es ist meine Pflicht, darauf zu achten, daß sie die Angst vor mir nicht verlieren.«

»Aber das ist doch albern, und du weißt das auch.«

»Albern? So albern ist das gar nicht. Ein Wort von mir, und sie springen. Genau wie du.«

»Gehen wir«, sagte Lillian. »Eigentlich sollten wir jetzt schon bei der Staffel im Club sein, zu einem gemeinsamen Drink. Dann fahren wir zusammen zur Offiziersmesse.«

»Hetz mich nicht. Die werden schon auf ihren Kommandeur warten.«

»Hast du deinen Toast auswendig gelernt?«

»*Yeah*, großartige Rede. Ben und Mary haben mir dabei geholfen. Sprachlich sind die beiden ganz gut auf Zack.«

»Stammt die ganze Ansprache von den beiden?«

»Der Geist, der daraus spricht, ist meiner. Sie haben bloß den Wortlaut aufgeschrieben.«

»Aber der Wortlaut stammt von ihnen?«

»Ich hab's noch aufpoliert.«

»Nun komm schon, Bull. Mein Gott, sitzt diese Uniform eng. Du siehst aus wie ein Päckchen Schweinswürste.«

»Ich bin der hübscheste Schweinehund, der je im United States Marine Corps gedient hat.«

»Dann laß uns jetzt fahren, Hübscher, oder wir kommen noch zu spät zum Jubiläumsball.«

Arm in Arm schritten sie durch den Haupteingang, die Treppe hinunter und zur Garagenzufahrt. Bull öffnete seiner Frau die Beifahrertür. Während er zur Fahrerseite hinüberging, wandte sich Lillian dem Baum zu, in dem sich ihre Kinder verbargen, warf ihnen eine Kußhand zu und machte ihnen mit behandschuhten Fingern ein Siegeszeichen. Als das Auto auf die Straße rollte, hörten die Kinder sie noch einmal lachen.

Erst als nichts mehr vom Wagen zu sehen war, schob der Meecham-Nachwuchs das Fenster zu Mary Annes Zimmer auf und kletterte vom Baum wieder zurück ins Haus.

★

Die Offiziersmesse war mit Blumen, Papierschlangen und bunten Girlanden geschmückt und pulsierte vor Fröhlichkeit, als sich die Piloten und ihre Damen zum 187. Geburtstag des Marine Corps zusammenfanden. Gestecke aus Nelken und Chrysanthemen erfüllten die Luft mit ihrem süßen Duft, in den sich das Parfum der Damen und der Schweiß der ersten tanzenden Paare mischten und so der Stimmung in dem riesigen Saal etwas Ursprüngliches und Lustvolles verliehen. Mit Rosen und Farn umwundene Spalierstangen hoben sich drei Meter hoch an der Wand hinter dem Ehrentisch. Musik perlte leicht und luftig durch die Halle, und die Marines begannen im sanften Licht ihre funkelnden Damen vorzuführen. Hochgetürmte Frisuren beherrschten den Saal, Wimpern flatterten, und in vollen Cocktailgläsern klirrte das Eis. Es war eine Nacht der Mythen und Erinnerungen, eine Nacht raschelnder Gewänder, ausgiebiger Tänze und viel zu vieler geleerter Gläser – eine Nacht des Stolzes für die wildesten Krieger auf Erden, die sich in ihren weißen Galauniformen ausnahmen wie Raubvögel, denen aus heiterem Himmel ein schillernd buntes Gefieder gewachsen ist.

Pilotenfrauen in eleganten, langen Kleidern hingen am Arm ihrer Ehemänner und geleiteten sie durch den Saal, sorgfältig darauf bedacht, die richtigen Honneurs zu machen, stets auf der Hut, daß bei keinem höherrangigen Offizier samt Dame die erlesene Verbeugung und die angemessene Huldigung vergessen wurde, entschieden diese doch über die Karrieren der Ehemänner. Danach kehrten sie an die langen Tische zurück, wo jede Staffel unter ihrem eigenen Abzeichen saß, sorgten dafür, daß die Gläser stets gefüllt blieben, lachten und wurden allmählich auch selbst vom Geist des Abends durchdrungen.

Lillian stand inmitten einer größeren Gruppe von Ehefrauen der 367. Sie genoß ihre Rolle als Vertraute der Jüngeren und als Neidobjekt für die Gleichaltrigen. Während sie die Konversation über leicht gewelltes rhetorisches Gelände führte, sah sie sich unter »ihren Mädchen« um. Unschwer vermochte sie sie mit Hilfe gewisser Anzeichen in verschiedene Kategorien einzuordnen. Die täglichen Golfspielerinnen waren unzeitgemäß gebräunt und besaßen die harte Gelassenheit von Frauen, die die ersten neun Löcher schon allzuoft gespielt hatten. Sie vermochten ihre Rastlosigkeit dadurch nicht mehr zu zügeln und fühlten sich in den Kleinstädten, in denen das Marine Corps seine Stützpunkte errichtete, wie in der Verbannung. Lillian sah Frauen, die zuviel lächelten oder zuviel tranken – das waren die Frauen, denen die Männer befohlen hatten, sie sollten sich gut amüsieren. Dann gab es Frauen, die sich um sie drängten, über jeden ihrer Witze lachten, jeden ihrer Einfälle registrierten, und Lillian wußte: Dies sind die ehrgeizigen Frauen, die ihre Männer dazu antreiben, höhere Sprossen auf der Karriereleiter zu erklimmen. Viele Frauen paßten aber auch nicht in eine der üblichen Kategorien, doch das lag daran, daß sie ihre Zufriedenheit oder deren Gegenteil geschickt verbargen. Diese Frauen waren, wie immer ihre persönliche Geschichte im einzelnen aussehen mochte, nichts als Anhängsel, Rosen, die sich am Spalier hochrankten. Sie erfüllten an diesem Abend – wie an allen anderen Abenden – rein dekorative Funktionen; der Ruhm gehörte ihren Männern, und ihre Stärke erwuchs ihnen aus der Ermutigung, die sie in seinem Ausdruck lasen. Das Orchester spielte langsame Walzer, die Fahnen hingen nun in roten, goldenen und waldgrünen Parabeln von den Dachbalken, und Lillian schwatzte fröhlich mit den anderen Damen – den Freundinnen, den Kameradinnen, den Rivalinnen.

Später suchte sie ihren Mann und fand ihn, inmitten einer Gruppe von vier jungen Piloten aus der 367, die wie alle Piloten ihren Frauen entflohen waren, um übers Fliegen zu reden. Bull hatte bereits gewisse Artikulationsschwierigkeiten und demonstrierte gerade ein Flugmanöver, bei dem beide Hände die Rolle des Jets übernahmen. Piloten, die über die Rätsel und Geheimnisse des Fliegens debattieren, sprachen früher oder später alle mit den Händen. Lillian trat zu ihrem Mann, und sobald sich aller Augen auf sie gerichtet hatten, knickste sie und bat ihn um den nächsten Tanz.

★

Zur selben Zeit pflegten die Meecham-Kinder ihre eigene, streng geheime Tradition. Bereits zum drittenmal in Folge hielten sie ihre eigene Privatfeier zum Geburtstag des Corps ab. Wie die meisten Zeremonien war auch diese in ihrem Ursprung sehr einfach gewesen, doch jedes Jahr kam ein wenig mehr Pomp und Farbe hinzu. Die Rituale, entworfen von Mary Anne, wurden dichter, länger und reicher.

Ben entleerte eine Tüte voller Hundekot über einen großen Teller auf dem Wohnzimmertisch. Mary Anne bearbeitete den Kot mit einem Tortenheber aus dem Silberbesteck ihrer Mutter, bis er entfernte Ähnlichkeit mit einem Kuchen aufwies. Karen und Matt, die angeekelt die Nasen rümpften und dennoch ihre erstmalige Teilnahme am verbotenen Bacchanal genossen, verfolgten wie gebannt die Prozedur. Bisher hatten ihnen Ben und Mary Anne aus Furcht, die beiden Kleinen könnten sich verplappern, nicht gestattet, an der entarteten Version des Balls teilzunehmen.

»Haben wir auch genug Schei . . . benkleister?« fragte Karen.

»Ich glaub' schon«, sagte Ben. »Ich hab' die ganze Stadt abgegrast und alles aufgelesen, was ich finden konnte.«

»Was ist, wenn Dad uns erwischt?« fragte Matt.

»Wie sollte er?« gab Mary Anne zurück. »Er kommt ja nicht vor drei oder vier Uhr morgens heim. Außerdem feiern wir ja bloß den Geburtstag des Corps, genau wie er.«

»Mit ein paar Abweichungen«, korrigierte Ben. »Um auf unsere eigene Weise dem Corps für alles zu danken, was es für uns getan hat. Hast du die Kerzen, Karen?«

»Ja, aber in diesen abscheulichen Kuchen mag ich sie nicht stecken.«

»Wenn Dad uns dabei erwischt und sieht, wie wir uns über das Marine Corps lustig machen, läßt er uns zur Strafe alle davon essen.«

»Nun hab dich nicht so!« sagte Ben. »Wenn das alles wäre – also, ich würde mit Freuden ein Stück davon verzehren.«

Der Tisch war makellos gedeckt. Das Tischtuch aus Florentiner Spitze wurde von Lillian Meecham nur zu besonderen Gelegenheiten hervorgeholt. Mary Anne hatte feinstes Porzellan aufgedeckt und neben jeden Teller Silberlöffel mit Zierprägung sowie ein kristallenes Weinglas plaziert. In zwei Kandelabern brannten insgesamt zwölf neue, lange Kerzen. Strikte Förmlichkeit war das Motto des Abends. Der Kuchen war die einzige Obszönität in einer Atmosphäre strenger Etikette.

Die Abendgarderobe war dem individuellen Geschmack der Teilnehmer überlassen. Ben zog sich eine Badehose, seines Vaters Fliegerjacke, Taucherflossen und einen Indianer-Kopfschmuck an. Matt und Karen warfen sich aufs Geratewohl in Einzelteile verschiedener Sommer- und Winteruniformen. Ärmel und Hosenbeine, die ihnen viel zu lang waren, krempelten sie hoch, und die Uniformmützen setzten sie verkehrt herum auf. Mary Anne kleidete sich in rosa Strumpfhosen, Drillichjacke, Schirmmütze und ihres Vaters Suspensorium, das sie mit Kleenextüchern ausgestopft hatte. Nach vollendeter Kostümierung versammelten sie sich wieder im Wohnzimmer zur feierlichen Zeremonie.

Mary Anne rief »Aaaach-tung!«, und die Kinder standen stramm hinter ihren Stühlen.

Ben hatte den Plattenspieler aus dem Elternschlafzimmer geholt und legte nun die Hymne des Marine Corps auf. Dann begann er mit seiner Ansprache. »Guten Abend, Offiziere, Kollegen und Huren des Marine Corps.«

»Guten Abend, Sir.«

»Wir haben uns heute abend hier versammelt, um dem United States Marine Corpse* unsere Ehrerbietung zu erweisen. Wie Sie alle wissen, setzt sich der Marine Corpse aus den tapfersten Kämpfern zusammen, die jemals gelebt haben. Der Corpse kann in der Schlacht nicht fallen. Die strategischen Ziele des Corpse können ihm von keiner Macht der Welt streitig gemacht werden. Was jedoch nicht so allgemein bekannt ist und was zu feiern wir heute abend zusammengekommen sind, ist die Tatsache, daß der Marine Corpse zudem die größte Ansammlung von Fürzen und Arschlöchern ist, die sich jemals unter einer Flagge zusammengefunden haben.«

»Hört, hört«, lasen die anderen vom Manuskript ab, das Mary Anne geschrieben hatte.

»Wir werden nun die Marine-Corpse-Hymne singen. Sie wurde verfaßt von Mary Anne Meecham, der bezaubernden Tochter des bescheidenen, selbstlosen, peinlich schüchternen Kampfpiloten Bull Meecham, diesem wunderbaren kleinen Mann, der sich selbst ›Der große Santini‹ nennt. Mary Anne, du süße Kleine, würdest du bitte hierher scharwenzeln und diesen tapferen Soldaten hier deine Hymne vorführen?«

* Wortspiel: *Corpse* = Kadaver, Leiche. Anm. d. Übers.

In übertriebenem Südstaatenakzent antwortete Mary Anne: »Oh, mein Herr, ich bin so froh wie Süßkartoffelkuchen, daß ich euch großen, starken, hübschen Marines diese große, starke, hübsche Hymne beibringen darf. Also los, ihr starken, hübschen Honigkuchen und ihr starken hübschen Zuckerklöße, singt jetzt alle mit. Benjamin, würdest du bitte für deine liebste Schwester die Platte noch einmal auflegen?«

»Aber sicher, meine süße Schwester«, antwortete Ben.

»Alle zusammen jetzt, hört ihr? Laßt uns singen.«

»From the halls of Montezuma,
To the hills of Tennessee,
We're the biggest bunch of assholes,
That the world will ever see.

First to beat our wives and children,
Then to wipe their bodies clean,
May the whole damn Navy take a crap
On the United States Marines.«

★

Der verantwortliche Offizier gab ein Zeichen, und die Türen des Festsaals flogen auf. Eine Band marschierte ein und begab sich unter den Klängen des *Foreign Legion March* in die von den tanzenden Paaren inzwischen geräumte Mitte des Saals. Sie marschierte an den Offizieren und Damen der Staffel 367 vorbei bis zum anderen Ende des Raums, machte dort kehrt und kam zurück. Mit blitzenden Instrumenten intonierte die Band die Hymne des Marine Corps, und Bull nahm automatisch Habachtstellung an, weil ihn der Hauch der Geschichte anwehte. Lillian, ebenfalls hoch aufgerichtet, spürte ihre Tränen aufsteigen wie jedesmal, wenn sie starke Männer marschieren sah und das Lied ihres Herzens hörte. Der Ball würde noch weitergehen, das Mamelukenschwert würde den Kuchen zerteilen, der General seine Rede halten und der Tradition Genüge getan. Doch für Bull und Lillian war es die Hymne, die diese Nacht zur heiligen Nacht machte – für alle Zeiten.

Ben packte in seinem Zimmer Turnschuhe und Sporthose in einen blauen, mit einem Reißverschluß versehenen Beutel, den das weiße Wappen des Marine Corps zierte. Aus der obersten Kommodenschublade holte er zwei zu unregelmäßigen Kugeln geballte Paar Socken hervor, trat dann zwei, drei Schritte zurück und warf die beiden Sockenknäuel auf den geöffneten Beutel. Der eine Wurf saß, der andere ging daneben. Rasch holte sich Ben das Corpus delicti zurück, machte eine Kopftäuschung, deutete einen Dribbelversuch an, stieg dann trotz zweier ihn bedrängender Abwehrspieler hoch und ließ den Sockenball in den Beutel tropfen. Dann zog er den Reißverschluß zu.

»Na, heute ist es ja endlich soweit, Superstar«, sagte Mary Anne, die plötzlich in der Tür stand.

»Was soll das heißen?« fragte Ben.

»Erstes Basketballtraining. Heute wirst du zum allseits verehrten Goldjungen. Alle Kriecher dieser Welt werden zu dir aufblicken. Nach ein paar Spielen werde ich zur Berühmtheit, nur weil ich Ben Meechams Schwester bin. Das einzig Traurige, ja wirklich Tragische an der Geschichte, Ben, ist die Tatsache, daß es irgendwo hier in der Gegend einen armen Teufel gibt, der heute in dem Bewußtsein aufwacht, endlich geschafft zu haben, worauf er seit einem Jahr hinarbeitet. Ein Kerl, der meint, er könne ab heute die erste Geige spielen. Und er weiß bis jetzt noch nicht einmal von deiner Existenz.«

»Ich muß überhaupt erst mal in die Mannschaft kommen«, erwiderte Ben.

»Falsche Bescheidenheit ist dein schlimmster Fehler, großer Bruder. Du mußt noch lernen, daß Angeben Spaß macht. Ich gebe gerne an – nur hab' ich leider nichts, womit ich angeben könnte.«

In der Schule war Ben an diesem Tag völlig geistesabwesend. Er konzentrierte sich nicht auf seine Aufgaben und hörte nicht, was die Lehrer sagten. Mary Anne hatte recht. Ben wußte, daß die Tage des Exils fast vorüber waren und daß mit der ersten Ballberührung im Training die Einsamkeit der Vergangenheit angehörte. Seit Schulbeginn beherrschte der Gedanke an diesen Augenblick seine wachen Stunden. In allen Schulen, die er bisher besucht hatte, war die Erlösung des Neuankömmlings auf dessen Fähigkeit zurückzuführen gewesen, mit einem Basketball an allem und jedem vorbeizukommen. Trotzdem bedrückte ihn immer wieder das beklemmende Gefühl vor dem ersten, entscheidenden Schritt, der Aufnahme in die Mannschaft. Am meisten fürchtete er, im Korbwurf versagen zu können. Er hatte Angst, sein

Fingerspitzengefühl könnte ihn im Stich lassen, seine Fingermuskeln verkrampfen, der Trainer auf ihn aufmerksam werden und ihn jedesmal, wenn er den Korb verfehlte, mit seinem bösen Blick verfolgen. Die Vorstellung, er könnte beim ersten Training zehn, zwanzig, dreißig Sprungwürfe versuchen, von denen nicht ein einziger ins Schwarze traf, bereitete ihm Albträume. Auch die Stupidität der High-School-Sportlehrer machte ihm Sorgen, galt Basketball doch gerade hier unten im tiefen Süden der Vereinigten Staaten für viele von ihnen als knieschwaches, weinerliches Stiefkind ihres Berufs, mit dem man mehr schlecht als recht die dunkle Zeit zwischen der Football- und der Baseballsaison überbrückte. Alles war möglich beim ersten Training mit einem neuen Team, und ganz ohne Furcht war in der Zeit der Ausscheidungskämpfe kein einziger der Jungen.

Morgens beim Aufwachen, es war noch dunkel gewesen, da hatte Ben es bereits verspürt, jenes merkwürdige Flattern, die alten, unsichtbaren Urtierchen der Furcht, die sich an Wettbewerbs- und Prüfungstagen seines Magens bemächtigten. In der Düsternis der Morgenstunden waren die Gedanken und Bedenken gekommen: Was konnte nicht alles schiefgehen an so einem Tag! Es gab Dutzende von Gründen für ein Versagen. Der Gedanke, links liegengelassen zu werden, bereitete ihm physische Beschwerden, das Flattern in seinem Magen wuchs sich zum Brennen aus und erzeugte Übelkeit. Aber wie immer er es auch drehte und wendete – so richtig plausibel waren die Gründe nicht, ja eigentlich gab es kein vernünftiges Argument, das gegen seine Aufnahme in die Mannschaft sprach. Acht Jahre lang hatte er, wann immer sich die Möglichkeit bot, täglich hundert Sprungwürfe, hundert Korbleger und hundert Freiwürfe geübt. Ein ganzes Jahr über hatte er auf dem Hin- und Rückweg zur Schule linkshändig Dribbeln trainiert, weil Bob Cousy einmal gesagt hatte, ein guter Abwehrspieler müsse mit beiden Händen gleich gut dribbeln können. Der Hauptgrund für seinen Optimismus war jedoch geographischer Natur. Ravenel, South Carolina, war von den Hochburgen des Basketballsports in Amerika so weit entfernt, daß Ben die Vorstellung, ein Eigengewächs aus der Gegend könne es zu wahrer Meisterschaft bringen, vollkommen absurd erschien. Seine größte Sorge war denn auch, es könnte irgendeinen Marine-Corps-Sprößling aus Kalifornien oder Washington, D.C., nach Ravenel verschlagen haben, und dieser Bursche fiebere nun, genauso wie er selbst, dem ersten Trainingstag entgegen.

Auf Freiplätzen unweit von Washington hatte Ben seine ersten Basketball-Erfahrungen gesammelt. Sein Vater war damals im Pentagon stationiert gewesen. Drei Jahre lang, von der sechsten bis zur achten Klasse, hatte er auf den Sportanlagen neben dem Stadion von Alexandria, Virginia, bei erheblich älteren und stärkeren Jungen die Grundkenntnisse erworben. Zwei Jahre lang war er bei seinen Versuchen, den Ball über die Köpfe der Größeren hinwegzubefördern, Wälder aus Armen zu durchbrechen und Gegenspieler zu decken, die es als Geschenk des Himmels betrachteten, von ihm gedeckt zu werden, immer wieder erniedrigt, gehänselt und verspottet worden. Dennoch hatte er eine gewisse Anerkennung gefunden, denn nach jeder Demütigung, und mochte sie noch so schlimm gewesen sein, war er am folgenden Tag unverdrossen wieder zum Training zurückgekehrt. Schließlich war er eine Art Maskottchen geworden; die größeren Jungen mochten ihn, und er genoß den Bonus des kleinsten und jüngsten Spielers in der Gruppe. Auf jenem Platz in Alexandria machte Ben zum erstenmal die Erfahrung, daß er schnell war, dribbeln konnte und nicht zuletzt dank seines unermüdlichen Kampfgeistes manch einem Gegenspieler überlegen war. Er lernte Tricks, schnelles Zuspiel und Fast Breaks – kurz: Nach Beendigung seiner dreijährigen Lehrzeit beherrschte er das Spiel. Ein Zeichen für die kontinuierliche Verbesserung seiner Spielstärke war der Spitzname, den er sich verdiente: »das Wiesel«. Im letzten Jahr durfte er jeden Samstagmorgen auf dem Hauptplatz mitspielen. Es waren brutale, oft blutige Schlachten, die dort ausgefochten wurden, und die High-School-Boys akzeptierten ihn wegen seiner Ballbeherrschung. Auf jenen Spielfeldern gab es keine echten Verteidiger. Verteidigung war eine Frage der Annäherung; jeder versuchte, dem Gegenspieler hin und wieder weh zu tun, um ihm seine Grenzen zu zeigen. Zweimal mußte Ben am Samstagvormittag miterleben, wie Spieler mit Gehirnerschütterungen vom Platz getragen wurden. Das war Verteidigung. Als Ben an jenem Morgen erwachte, wußte er, daß kein Basketballspieler in Ravenel, South Carolina, durch die Feuertaufe jener Trainingsstätten gegangen war. Denn auf den Spielfeldern von Alexandria und Arlington sowie ganz allgemein im Gebiet der Hauptstadt Washington waren die meisten Spieler Schwarze. Die geschmeidigen, leidenschaftlichen Spielregeln, die Ben in jenen Jahren gelernt hatte, waren für ihn wertvoller als jedes professionelle Training, gleichgültig bei welchem Trainer. Selbst von seinem Vater hatte er das nicht lernen können. Ben wußte zudem, daß sich südlich von Alexandria, Virginia, weiße Jungen von schwarzen nichts beibringen ließen.

★

Am Nachmittag versammelte Trainer Otis Spinks alle Teamkandidaten auf den Zuschauerbänken. Die Spieler, die aufgrund ihrer Leistungen im vergangenen Jahr um ihren Platz in der Mannschaft nicht zu bangen brauchten, übten bereits Korbleger, warfen den Knaben auf den Zuschauerbänken gelegentlich arrogante Blicke zu, schätzten sie summarisch ab, und nicht selten lag Haß in diesen Blicken. »Viel Glück, ihr Frischlinge!« rief einer der Spieler und erntete damit Gelächter bei seinen Mannschaftskameraden. Ben sah auf und erkannte in dem Rufer Jim Don Cooper, den Kapitän des Football-Teams, der schon seit drei Jahren mit Ansley Matthews ging.

Trainer Spinks starrte auf einen Klemmhefter und nuckelte dabei an einer halbvollen Flasche R. C. Cola. Spinks' suchtartiges Verhältnis zu diesem speziellen Soft Drink war unter den Spielern ein beliebtes Gesprächsthema. Es hieß, daß der Trainer drei Sechserpackungen R. C. pro Tag konsumierte und mit zwei Päckchen Lucky Strikes würzte. Sein enormer Leibesumfang wollte nicht so recht zu dem ansonsten gut proportionierten Körper passen. Der Trainer rief nun die Teamkandidaten nach der Liste namentlich auf. Ben sah sich um und musterte die Gesichter der anderen, die alle so verloren wirkten wie er selbst. Seltsam, dachte er, ich kann mich an keines dieser Gesichter erinnern, obwohl ich den meisten Jungen auf den Fluren der Schule schon x-mal begegnet sein muß. Er empfand eine gewisse kumpelhafte Verbundenheit mit diesen Ausgestoßenen, die hier in der Turnhalle saßen, weil sie hofften, dort ihre Identität zu finden und ein wenig vom heimlichen Brot des Ruhms naschen zu können, das ihnen bisher versagt geblieben war. Alle hatten sie sich lange Zeit isoliert gefühlt, ausgeschlossen von jenen Bereichen, die im Mittelpunkt des Schülerlebens standen. Jeder einzelne der Jungen schien zu sagen: »Ich habe einen Namen und ein Gesicht, kann lachen und weinen. Könnt ihr mich sehen? Könnt ihr mich hören?« Und fast jeder, auch das bemerkte Ben, bebte vor Aufregung. Hände zitterten, Füße wippten und stichelten nervöse Tätowierungen auf den Hallenboden. Die Turnschuhe waren von blendendem, fast tragisch wirkendem Weiß, so frisch wie nasse Farbe. Die Schuhe waren funkelnagelneu; Ben konnte riechen, daß sie gerade erst ihren Originalverpackungen entnommen worden waren, und es überkam ihn eine gewisse Traurigkeit, als ihm einfiel, wie viele neue Paar Schuhe vergeblich angeschafft worden waren. Jungfräuliche Schuhe und soeben aus der Zellophanumhüllung gewickelte Wollsocken bestimmten die Szenerie. Auf den Bänken drängten sich zappelige, wurzellose, ruhmlose junge Burschen, dicke und dünne und linkische, allesamt beherrscht von unausgegorenen Träumen und der fast handgreiflichen, verzweifelten Sehnsucht, Teil einer wie auch immer gearteten Gemeinschaft sein zu dürfen.

Dann erhob Trainer Spinks seine Stimme zur Begrüßungsrede, und Ben hörte zu.

»Eigentlich bin ich Football-Coach, Boys«, sagte er, »das müßt ihr wissen. Basketball war im Grunde nie so ganz meine Sache, ich sag's euch, wie's ist. Wurde nach meiner Meinung für Kerle erfunden, die vorm Football zuviel Schiß haben. Ist mir auch immer irgendwie peinlich, 'n Haufen Jungs zu sehen, die in Unterwäsche rumlaufen und ihre Achselhöhlen zur Schau stellen. 'n hundertprozentiger Basketballexperte bin ich, ehrlich gesagt, nicht, aber ich hab' 'n paar Bücher drüber gelesen und mit 'n paar älteren Spielern geredet. Alles in allem, mein' ich, ist das ein ziemlich einfacher Sport.«

Trainer Spinks deutete auf einen blonden Jungen in der ersten Reihe und fragte ihn: »Steckst du ihn gerne in ein Loch, mein Sohn?« Die Mannschaft, die im Hintergrund noch immer Korbleger übte, lachte auf.

»Wie bitte, Sir?« fragte der Junge, total verwirrt.

»Ob du ihn gerne in ein Loch steckst? Ich steck' meinen gerne in 'n Loch.« Der Trainer zwinkerte den anderen Jungen zu und drehte sich nach den älteren Spielern um, die über den alten Witz grinsten. »Nun ja, so heißt das Spiel eben. Die Mannschaft, die die meisten Bälle ins Loch steckt, gewinnt. Wie ihr alle wißt, sind uns von der Vorjahresmannschaft 'n paar echte Cracks erhalten geblieben, und das heißt, es wird alles andere als ein Zuckerschlecken für euch, Jungs. Ich will euch nicht den Mut nehmen, aber da noch sieben Leute aus dem vergangenen Jahr dabei sind, können's nur drei von euch schaffen. Ich seh' mir jetzt mal an, was ihr bringt und wie gut ihr ihn ins Loch steckt. Besonders großgewachsene Kerle fallen mir ja nicht auf, wenn ich euch so anschaue, Mumford mal ausgenommen ...« Spinks deutete mit seiner R. C.-Flasche auf einen dünnen, blonden Jungen, der in der gleichen Reihe saß wie Ben und bei der Erwähnung seines Namens errötete. Alle in der Turnhalle sahen ihn jetzt an. »Und von Mumford weiß ich, daß er keine Rebounds kann, denn ich hab' ihn schon zweimal deswegen durchrasseln lassen.« Die Halle dröhnte vor Gelächter. Mumford stützte die Ellbogen auf die hohen Knie und starrte auf die Schnürsenkel seiner neuen Schuhe.

»So, nach'm Aufwärmen, Jungs, will ich dann erst mal seh'n, wie ihr euch gegen die Auswahl schlagt. Wenn ihr's mit denen nicht aufnehmen könnt, dann kommen in der Saison verdammt harte Zeiten auf euch zu. Auf dem Programm stehen zehn Spiele gegen Mannschaften aus Charleston und Umgebung, und die spielen allesamt Großstadt-Basketball. Und jetzt raus mit euch aufs Feld und führt mir 'n paar

Korbleger vor. Wenn ich euch Bescheid gebe, stellt ihr euch in der Platzmitte in zwei Reihen auf. Wir spielen dann 'ne Weile zwei gegen zwei, um zu sehen, wer von euch den Ball ins Loch kriegt. Und jetzt die Ärsche hoch und los!«

Die Jungen sprangen auf und trabten aufs Spielfeld. Ihre weißen Schuhe leuchteten, ihre Stimmen klangen schrill und hoch. Die Reihen formierten sich ohne Routine. Der erste Werfer verfehlte vor lauter Aufregung den Korb um fast einen Meter. Ben beobachtete Trainer Spinks und erkannte an dessen Miene, daß der Junge bereits abgeschrieben war. Alle Trainer waren gleich: Wer sich blamierte, blieb in ihrem Elefantengedächtnis gespeichert. Ben kannte den Unglücksraben nicht, doch war er fest davon überzeugt, daß dessen Tage im Team gezählt waren. Dann war er selbst an der Reihe. Er nahm den Paß auf, dribbelte zweimal, stieg dann hoch, ließ den Ball sanft gegen das Brett federn und sah ihn dann ins Netz plumpsen. Er spielte sehr vorsichtig, achtete auf seine Bewegungen und konzentrierte sich voll auf die Würfe. »Jawohl, mein Sohn! Leg ihn sanft ein, wie in 'n Eierkorb . . .«

Nach einer Weile wandte sich Trainer Spinks den erfahreneren Spielern zu und ließ sie eins gegen eins antreten. Den Verteidigern brüllte er Anweisungen zu: »Hintern runter, Cooper, wie 'n Hund, der Würmer aus 'm Dreck kratzt!« Ben, der auf seinen nächsten Rebound wartete, sah zu und beobachtete jeden einzelnen Spieler, suchte nach den untrüglichen Kennzeichen des Ausnahmetalents. Ben spielte schon lange genug Basketball, um andere Basketballspieler einschätzen zu können. Er erkannte sie, wie ein Zigeuner andere Zigeuner, ein Dieb andere Diebe erkennt. Es gab bestimmte Dinge, auf die man achten mußte, eine Art Bewegungssprache zum Beispiel, eine bestimmte Sprungfigur, die es zu entziffern galt, man tauschte Kennwörter aus und entschlüsselte den Code von Blicken. Zuerst achtete Ben immer auf den Gang. Alle guten Basketballspieler, die er im Laufe seines Lebens kennengelernt hatte, zeichneten sich durch ihren Gang aus. Sie schlenderten unbekümmert daher, wirkten manchmal geradezu linkisch, so als wollten sie ihre zukünftigen Gegenspieler bewußt irreführen. Sobald es jedoch die Converse*-Basketballstiefel angezogen und nach einem Ball gerufen hatte, verwandelte sich das Geschöpf mit dem komischen Gang in etwas Ätherisches, Fließendes. Der Tänzer in ihm erwachte. Wenn seine Hände den Ball berührten, ihn drehten und wendeten und sich an ihm erwärmten, fand alle Poesie, zu der ein Spieler fähig war, noch vor seinem ersten Angriff auf den Korb ein

* amerik. Sportschuhmarke

Ventil. War er nicht in Ballbesitz, verfiel er sogleich wieder in den charakteristischen Gang – also zum Beispiel, wenn er bei Auszeiten das Spielfeld verließ, wenn er auf die Freiwurflinie zuschritt, aber auch im Training, wenn er sich nach einem Übungswurf wieder in die Reihe stellte. Der Gang war ein unveränderliches Personenkennzeichen, wie ein Fingerabdruck. Ben überkam stille Freude, als er trotz aller Bemühungen bei keinem Spieler den Gang entdecken konnte.

Als nächstes wandte er seine Aufmerksamkeit den Handgelenken zu, dem Zurückfedern des Handgelenks nach dem Wurf, der im Fünfundvierzig-Grad-Winkel abgespreizten Wurfhand, dem auf die Korbmitte gerichteten Zeigefinger. Sein Vater zog gerne den Vergleich mit einer verwundeten Ente, doch Ben erinnerten Hand und Handgelenk in diesem Augenblick an eine zum Zustoßen bereite Kobra. Aus dem Handgelenk kam das Gefühl, das keinem guten Spieler fehlte. Ben konstatierte nur Annäherungswerte; im Grunde war unter den Spielern auf der anderen Spielfeldhälfte kein einziges überragendes Talent. Sie waren ganz ordentlich, nicht mehr. Ihre Haltung und ihr Gang verrieten, daß sie nicht zur allerersten Garnitur der Werfer und Rebounder gehörten, nicht einer unter ihnen besaß jene lockere Arroganz der Hochbegabten, die auf den Plätzen in und um Washington, D.C., so verbreitet war.

Ben studierte auch die individuellen Fähigkeiten der Mannschaftsspieler. Er hatte jetzt seinen Rhythmus gefunden: Rebounds holen, Vorlaufen zum Ende der Reihe auf der Gegenseite, Musterung der Feinde auf der anderen Spielfeldhälfte, Aufrücken, Applaus für die erfolgreichen Werfer, dann Sprint in Richtung Korb, Versenken des Balles im Netz und zurück auf den Beobachtungsposten. Kritisch beobachtete er Pinkie Taylors Balltechnik. Pinkie, der ungefähr so groß war wie Ben, aber viel schmaler als er, war im Team der vergangenen Saison Abwehrspieler gewesen. Seine blasse Haut wirkte fast durchsichtig, ein Eindruck, der durch das große, scharlachrote Muttermal am Hals noch verstärkt wurde. Sie kannten sich vom gemeinsamen Geschichtsunterricht, in dem Pinkie sich regelmäßig durch seine wahrhaft titanische Unkenntnis der amerikanischen Vergangenheit auszeichnete. Sein Intellekt war ein karges Feld, doch damit konnte Pinkie leben. Ein unerschütterliches Dauerlächeln sowie die unheimliche Begabung, Motorschäden an Lehrerautos reparieren zu können, sorgten dafür, daß er trotzdem ganz gut über die Runden kam. Er war ein unkomplizierter Typ. Wenn er bei einem Gehirnchirurgen unters Messer kommt, so hatte Ben sich einmal ausgemalt, wird sich herausstellen, daß sein Hirn dem Inneren einer Kartoffel gleicht. Nichtsdestoweniger verfügte Pinkie über einen recht guten Korbwurf und wußte mit seinen kleinen, flinken Händen jedem Gegenspieler das Leben schwerzumachen.

Jim Don Cooper, den Kapitän des Football-Teams und Linebacker der Verbandsauswahl, nahm Ben als nächsten unter die Lupe. Er war eins neunzig groß und über hundert Kilo schwer. Ein stark ausgeprägter Überaugenwulst verlieh seiner Erscheinung etwas Finsteres, Urmenschenhaftes. Ben hegte seit seinem ersten und einzigen Rendezvous mit Ansley Matthews eine tiefsitzende Antipathie gegen Jim Don. Oft hatte er ihn, eskortiert von Ansley und mit einem Schwarm von Pilotfischen im Kielwasser, welcher sich überwiegend aus drittklassigen Footballspielern zusammensetzte, die Schulflure entlangschreiten sehen; Jim Don war – zumindest in jenen Kreisen der Schülerschaft, die nicht mit Messern bewaffnet waren – gefürchtet wie kein anderer. In Turnschuhen dagegen war er furchtbar ungeschickt, und das Basketballfeld war so etwas wie sein privater Porzellanladen. Er spielte, als habe er noch immer Gras unter den Sohlen und Schutzpolster über den Schultern. Bei allem verriet sein Wurf ein überraschendes Fingerspitzengefühl. Jim Don konnte nicht springen, war aber aufgrund seiner Größe bei vielen Rebounds erfolgreich. In Shorts und Schuhen mit Gummisohlen wirkte er verletzlich und irgendwie deplaziert – wie ein Neandertaler, der sich im Jahrtausend geirrt hat.

Fraglos der beste Rebounder des Teams war Art »The Fart« Ballard. »Der Furz« war dürr bis zur Auszehrung, wuselig wie ein Eichhörnchen und ziemlich klein, verstand es aber aufgrund eines hervorragenden Sprungvermögens (wie man es eigentlich eher von großen, schlanken Spielern erwartet) den Ball gleichsam von oben ins Netz zu dunken. Sein Wurf war ebenso einfallslos wie technisch schwach, und dribbeln konnte er kaum – aber da er eben höher sprang als alle anderen, glich er diese Mankos aus. Schon am ersten Tag in der Calhoun High School war Ben aufgefallen, daß Arts Vorname immer nur mit dem Zusatz »The Fart« gebraucht wurde. Er gehörte einfach dazu. Sammy hatte gesagt, Art habe schon in der ersten Klasse mit diesem Spitznamen leben müssen – er hatte also Zeit genug gehabt, sich daran zu gewöhnen. Ben nahm sich vor, keinen seiner potentiellen Söhne dereinst Art oder Bart zu nennen.

Der einzige Teamspieler, den Ben näher kannte, war Philip Turner. Philip war der Vorsitzende der Schülervertretung und hatte die makellosen, feingeschnittenen Züge der anglikanischen Aristokratie. Im Englischunterricht bei Mr. Loring saß er direkt vor Ben. Sie hatten sich mehrfach miteinander unterhalten, doch war Ben für die Kreise, in denen Philip verkehrte, einfach nicht bedeutend genug. Zu einem wirklich ernsthaften Gespräch mit Ben hatte Philip sich bislang nicht herabgelassen. Er war stets tadellos gekleidet, sein volles, braunes Haar perfekt frisiert, sein Auftreten ernst und geradlinig. In der Schule umgab sich Philip mit der Aura bedeutungsschwerer Getriebenheit, so, als erwarte er jeden Augenblick ein R-Gespräch aus Moskau von Chruschtschow höchstpersönlich oder als habe er noch am selben Nachmittag die Entscheidung über die politische Anerkennung Rotchinas zu treffen. Daß er bei allen Lehrern vorbehaltlos beliebt war, führte zwangsläufig dazu, daß alle Schüler ihn haßten und beneideten. Er lachte oft, doch weniger aus originärer Freude über einen gelungenen Witz, wie es schien, als aus dem Glauben, es seiner guten Erziehung schuldig zu sein. Wirklich bemüht war er nur bei Dingen, von denen er sich künftige Vorteile versprach. So spielte er nur deshalb Basketball, weil er auf ein prestigeträchtiges Stipendium für eines der Ivy-League-Colleges spekulierte. Er war besessen von der Zukunft, von Ereignissen, die erst in zwei, vier oder zehn Jahren stattfinden würden. Wenn die Lehrer seiner ansichtig wurden, steckten sie die Köpfe zusammen und sagten: »Da geht der zukünftige Gouverneur von South Carolina.« Manchmal bekam Philip das mit; er errötete dann, stimmte aber insgeheim zu. Sein Vater, Marshall Turner, hatte sich aus kleinen Verhältnissen emporgearbeitet und war inzwischen eine gesellschaftliche Macht in Ravenel. Nach zwanzigjähriger Schufterei und ebenso langer rücksichtsloser Ausbeutung zahlreicher Kleinbauern war er zum ungekrönten König der Gemüsezüchter in den fruchtbarsten Anbaugebieten des Staates aufgestiegen. Obwohl Mr. Turner stets Trauerränder unter den Fingernägeln trug und selbst nie imstande gewesen wäre, das Image eines Mannes, der in seinem Leben viele Gurken gesehen hat, abzuschütteln, hatte er seine Frau dazu abgerichtet, ihrerseits die gemeinsamen Söhne zu Gentlemen abzurichten. Philip war der jüngste und prächtigste – und der, der am wenigsten nach seinem Vater geraten war. Als Basketballspieler war Philip, wie Ben feststellte, überwiegend Fassade. Sein Sprungwurf sah gut aus – ging aber meist daneben: Philip stieg hoch, die Beine kamen optimal zusammen, der Bewegungsablauf von Arm und Handgelenk war astrein – aber irgend etwas fehlte. Kein Wurf glich genau dem anderen, und es fiel Ben auf, daß Philip manchmal während des Werfens auf seine Füße sah. Er hatte Angst, sie kämen nicht richtig zusammen, fürchtete, die Ästhetik des Wurfs könnte nicht stimmen. Sein Körper war muskulös und attraktiv, eine stolze Erscheinung im Trikot des Teams, und doch war für Ben sofort klar, daß Philip der bei weitem schwächste Spieler unter den Anfängern des Vorjahres war. Auch wurde er von den anderen geschnitten. Keiner sprach auch nur ein Wort mit ihm.

Der Pfiff aus einer Trillerpfeife ertönte. Trainer Spinks befahl Bens Gruppe zur Mittellinie. Dort stellten sie sich in zwei Reihen auf und warteten auf ihren Einsatz gegen die Routiniers. Spinks ließ Pinkie und Jim Don zuerst Verteidiger spielen. Die sieben Spieler des Teams bildeten einen Kreis und faßten sich an den Händen, dann zerstreuten sie sich, selbstbewußt, einander aufmunternd. Pinkie und Jim ließen noch einmal die Hände aneinanderklatschen, dann aber konzentrierte sich Jim Don mit finsterem Blick auf die ersten beiden Kandidaten in den Reihen der Herausforderer, rümpfte verächtlich die Nase und sagte: »Na dann los, ihr Frischlinge!«

Die ersten beiden Gegner der Auswahlspieler waren übervorsichtig, dünnhäutig, sehr jung und voller Angst vor unerwarteten Patzern und Demütigungen. Der Junge aus Bens Reihe bekam von Trainer Spinks den Ball zugespielt, unternahm auf der rechten Seite einen zaghaften, fast apologetischen Dribbelversuch Richtung Korb, hielt dann unvermittelt inne und sah sich nach seinem Partner um. Pinkie war bei ihm, kaum daß er den Ball vom Boden aufgenommen hatte. Der Junge geriet in Panik und warf den Ball Jim Don Cooper direkt in die Arme. Ein Pfiff ertönte, die beiden Burschen rannten schnell wieder zurück und stellten sich hinten in ihren Reihen an. Pinkie und Jim Don sahen sich dem nächsten Herausfordererpaar gegenüber.

Während ein hochgewachsener, rothaariger Junge sich so ungeschickt, daß es weh tat, bis unter den Korb vorarbeitete, um dort von Jim Don rüde am Wurf gehindert zu werden, betrat in aller Ruhe Mr. Dacus die Turnhalle. Er stieg die Treppen zu den höhergelegenen Zuschauerbänken empor und beobachtete das Treiben auf dem Spielfeld. Ein Pfiff ertönte, jetzt war Ben an der Reihe.

Ein Blick nach links verriet ihm, wer sein Partner war: Mumford, der blonde Junge, den Spinks bereits zweimal hatte durchfallen lassen. Bevor der Trainer ihm den Ball zuwarf, rief Ben dem Jungen zu: »Ich heiße Ben. Wie heißt du?«

»Lyle«, lautete die schüchterne Antwort.

»Ruhe, ihr seid hier nicht auf 'ner Party«, fauchte Trainer Spinks und schleuderte Ben den Ball zu.

Ben konzentrierte sich jetzt auf Pinkie, der bereits Anstalten traf, ihn zu attackieren. Die anderen Auswahlspieler schrien bereits, putschten sich gegenseitig auf. Die neue Spielzeit hatte endlich begonnen, und sie brannten darauf, den Grünschnäbeln zu zeigen, wo's langging. Ben behielt Pinkie im Auge, rührte sich aber nicht. »Bewegung, Bewegung,

Boy!« befahl der Trainer. Langsam dribbelte Ben auf die rechte Hallenseite hinüber und rief seinem Mitspieler zu: »Unter den Korb, Lyle!« Der Junge stürmte unbeholfen auf den Korb zu, hautnah gedeckt von Jim Don, der Lyles Unternehmungsgeist zusätzlich durch einen hinterhältigen Ellenbogenstoß gegen die Brust bremste. »Los, los, Bursche, wir haben nicht ewig Zeit. Ich hab' dir nicht gesagt, daß du den Ball einfrieren sollst.«

Ben hatte nun viel Platz, um Pinkie auszumanövrieren. Er blieb weiterhin auf der rechten Spielfeldhälfte, dribbelte jetzt aber schneller und täuschte einen Durchbruch zum Korb an. Er wechselte die ballführende Hand, erwischte Pinkie auf dem falschen Fuß, dribbelte langsamer und ließ den Ball höher springen, so daß er fast in Pinkies Reichweite geriet. In diesem Augenblick hechtete Pinkie, wie Ben erwartet hatte, nach dem Ball. Ben ließ ihn aussteigen und nahm jetzt Kurs auf den Korb und Jim Don; er war schnell, verwirrend schnell für einen ballführenden Jungen, und die Initiative lag bei ihm. Jim Don stellte sich ihm entgegen, massig und bedrohlich kam er auf ihn zu. Ben stieg hoch, den Blick starr auf den Korb gerichtet, und riß den Ball mit beiden Händen nach oben, und dann sprang auch Jim Don, um den Angriff abzuwehren. Für kurze Zeit schienen die beiden Kontrahenten in der Luft zu hängen, synchron in einen Kampf verstrickt; dann aber, Sekundenbruchteile bevor Jim Don schwer mit ihm zusammenprallte, lupfte Ben den Ball unter den gewaltigen Armen seines Gegners hindurch zu Lyle, der frei unter dem Korb stand und ihn unbedrängt ins Netz befördern konnte.

Die Neulinge in der Spielfeldmitte tobten vor Begeisterung. Lyle wäre fast über Ben gestolpert. Er half ihm vom Boden auf und versetzte ihm einen anerkennenden Klaps aufs Hinterteil. Seine Miene verriet Verblüffung und Befriedigung. In der Auswahlmannschaft herrschte Weltuntergangsstimmung; man forderte Revanche. Der Pfiff der Trillerpfeife schrillte. Trainer Spinks nahm einen tiefen Zug R.C. und spuckte die volle Ladung gegen die graue Hallenmauer. Ben entdeckte Mr. Dacus auf der Tribüne und wurde von ihm mit dem »V«-Zeichen für *Victory* begrüßt. »Das war 'n Musterbeispiel von 'ner beschissenen Abwehr. Beschissen, beschissen, beschissen! Noch mal das Ganze. Dieselben vier. Aber diesmal 'ne arschsaubere Abwehr, wenn ich bitten darf!«

»Hey, Trainer«, sagte Jim Don, »lassen Sie mich gegen diesen Angeber-Frischling spielen.«

»Okay, aber los jetzt!«

Jim Don stand Ben schon fast auf den Füßen, noch ehe Trainer

Spinks diesem auch nur den Ball zugeworfen hatte. »Na, komm, Frischling! Komm nur, Frischling!« fauchte er Ben an. Sein Atem roch nach Erdnußbutter und Zwiebeln. Als er den Ball hatte, täuschte Ben sofort einen stürmischen Durchbruch zum Korb an und veranlaßte Jim Don dazu, überhastet rückwärts zu stolpern. Er fing sich jedoch rasch wieder und ging mit wutverzerrtem Gesicht erneut auf Ben los, der seinerseits nur lächelte.

»Arsch runter! Arsch runter!« rief Spinks, und Jim Don spreizte die Beine, beugte die Knie und streckte die Arme aus. »Na komm, Frischling«, raunte er Ben zu, »komm schon, Frischling, ich reiß' mir 'n Stück ab von dir, Frischling.« In einer einzigen, geschmeidigen Bewegung prellte Ben den Ball zwischen Jim Dons Beinen hindurch, befreite sich aus der Deckung, erwischte den Ball, ehe er ein zweitesmal aufgeprallt war, übersprintete Pinkie und legte den Ball mit der linken Hand in den Korb. Auf dem Rückmarsch zur Reihe, klapste er Jim Don auf den Po und sagte: »Ganz gut für 'n Anfang, Dickerchen.«

»Das war Yankee-Basketball, mein Sohn«, sagte Trainer Spinks zu Ben. »Und Yankee-Basketball wird hier nicht gespielt. Das nächste Mal wünsche ich nicht so viele Mätzchen zu sehen, kapiert?«

»*Yes, Sir*«, sagte Ben am Ende der Reihe.

»Hey, Trainer«, rief Jim Don, »wenn der Frischling mich noch einmal Dickerchen nennt, kriegt er 'ne Faust in die Gegend, wo früher mal seine Mandeln waren. Sagen Sie ihm das.«

»Halt's Maul, Jim Don, und runter mit 'm Arsch. Mich kotzt euer Abwehrspiel an.« Spinks ließ die Trillerpfeife ertönen.

★

Drei Tage später, an einem Donnerstagabend, fielen die letzten Entscheidungen. Am Schwarzen Brett vor seinem Büro hatte Trainer Spinks die Namen der erfolgreichen Neuzugänge ausgehängt. Einzeln oder zu zweit pilgerten die hoffnungsvollen Kandidaten zum Brett. Den meisten genügte ein schneller Blick, um festzustellen, daß sie nicht unter den Auserwählten waren. Sie kehrten zurück in die Umkleideräume, packten ihre Sachen und verschwanden, allein mit sich und ihrer tiefen Enttäuschung, in der Dunkelheit. Auch Ben ging zum Schwarzen Brett und inspizierte die Liste. Sein Name war vermerkt, aber irgendwie konnte er sich nicht richtig darüber freuen. Die Aspiranten waren ihm in der Zwischenzeit ans Herz gewachsen; sie waren ihm viel sympathischer als die Teamspieler. Auf dem Weg zurück zum Umkleideraum begegneten ihm Philip Turner und Pinkie und gratulierten ihm. Er bedankte sich, duschte und zog sich an. Vor der Turnhalle parkte eine ungewöhnlich große Zahl von Autos unter den Straßenlaternen, und als Ben an ihnen vorbeikam, regten sich die dunklen Schatten von Vätern, die in den Wagen saßen und auf das Urteil über ihre Söhne warteten, schoben sich ins Licht und grüßten ihn. In einem Fahrzeug saß ein Ausbilder vom Trainingscamp der Marines auf Biddle Island und hielt seinen schluchzenden Sohn in den Armen. Der nackte Schmerz des Knaben schien auch den Vater zu überwältigen. Seine Stimme klang brüchig, und er stammelte vor Hilflosigkeit, als er sagte: »Psssst, Eddie. Wir sagen Mama nichts davon. Wir sagen ihr ganz einfach, daß du dir den Knöchel verstaucht hast und deshalb nicht aufgestellt werden konntest. Ist doch gut, Eddie, ist doch alles gut. Am Wochenende gehen wir auf die Jagd, du und ich, nur wir beide ...« Ben bückte sich, um seine Schuhbänder fester zu zurren, und hörte den Jungen weinen. Es war der, der am ersten Trainingstag den ersten Wurf versiebt hatte. Überall am Rande der Straße herrschte an diesem Abend in der Abgeschiedenheit unbeleuchteter Limousinen und unter väterlichen Blicken tiefe Trauer. Zwar würde sie bald verfliegen, doch hier und jetzt war sie fast unerträglich.

Ben kam vorbei an Hobie's Restaurant und der kleinen Gasse, in der Toomer immer seine Blumen verkaufte, und er dachte in diesem Moment, wie schön es wäre, wenn alle Väter zurückgewiesener Söhne wie einst Bull Meecham die Sportanlagen und Turnhallen durchkämmen würden, um irgendwo einen Trainer zu finden, der ein ganz kleines bißchen vom Mysterium der Jugend verstand und davon, was es bedeutete, ein Junge zu sein. Hier in Ravenel gab es nur Trainer Spinks, und der verstand noch nicht einmal was vom Mysterium des doppelseitigen Angriffs. Er erreichte das Haus und stieg die Treppen hinauf. Er sah seine Mutter, Mary Anne, Matthew und Karen, die im Wohnzimmer auf ihn warteten. Langsam betrat er das Haus, einen traurigen, betrübten Ausdruck im Gesicht. Er hielt kurz inne, sah die anderen an und traf dann, ganz als ob er sich nicht mehr beherrschen könnte, Anstalten, mit gebeugtem Haupt die Treppe hinaufzuschleichen.

»Was ist passiert, Schatz?« fragte Lillian mit brechender Stimme und auf das Schlimmste gefaßt. »Ich hab' schon gehört, daß der Kerl als Trainer nichts taugt und auch sonst ein Vollidiot ist«, fuhr sie fort, während Ben ungerührt die Treppe weiter emporstieg. »Nun sag doch endlich, was geschehen ist, Ben. Wir brennen darauf!«

»Nichts ist geschehen«, antwortete Ben still und traurig. Dann sah er auf und fügte hinzu: »Außer, daß ich jetzt in der Mannschaft bin!« Und er machte kehrt, stürzte auf seine Mutter zu, und die ganze Familie schrie auf in grenzenloser Erleichterung.

21

Es war sechs Uhr abends am ersten Freitag im Dezember. Der klare, dunkle Himmel war sternenübersät. Der kalte Silberglanz des Mondes lag über dem Fluß wie ein schimmerndes Band, erhellte matt das spärliche, sterbende Grün der angrenzenden Salzmarsch, senkte sich sanft auf die Wälder, die das jenseitige Ufer säumten, und verrieselte dort im Flechtwerk der Äste, Zweige und Blätter. Der Mond brannte in dieser Nacht wie Metall.

Ben kam die Treppe herunter, die Sporttasche in der Hand. Sein zurückgekämmtes Haar war naß. Er hörte, wie Matthew im Hof Korbwürfe übte. Seine Mutter und seine beiden Schwestern saßen vor einem hoch auflodernden Kaminfeuer. Das Zimmer roch nach Eichenholz, nach Flammen und nach Dezember.

Ben sagte zu seiner Mutter: »Mama, ich brauche unbedingt eine neue Sporttasche. Die hier hast du in Henderson Hall gekauft, als ich in der ersten Klasse war. Das ist jetzt ungefähr eine Million Jahre her.«

»Dein Nachname lautet Meecham, Liebling«, erwiderte Lillian, »also weder Rockefeller noch Vanderbilt noch Carnegie. Weder hat dein Daddy Coca-Cola erfunden, noch habe ich neulich die Minen des Königs Salomo entdeckt.«

»Ich hab' dich nicht darum gebeten, mir eine *F-8* zu kaufen, Mama. Mehr als ein paar Dollar kostet so was doch nicht.«

»Wenn ich einmal nachgegeben habe, sag' ich bald zu allem ja und amen«, erwiderte seine Mutter.

»Warum packst du dein Trikot nicht in eine Papiertüte, Ben?« sagte Mary Anne. »Wir sind wirklich nicht die Rockefellers.«

»Wir haben jede Menge Unkosten, von denen ihr beide keine Ahnung habt. Außerdem versuchen euer Vater und ich, jeden Monat ein wenig Geld auf die hohe Kante zu legen.«

»Auf was spart ihr denn?« fragte Karen.

»Also«, erwiderte Lillian, »eigentlich geht das euch Kinder ja nichts an, aber wenn ihr mir hoch und heilig versprecht, es nicht herumzutratschen, dann sag' ich es euch: Euer Vater und ich sparen Geld für unser Traumhaus.«

»Traumhaus?« meinte Ben.

»Ja, Traumhaus. Seit meiner Hochzeit bin ich mehr als zwanzigmal umgezogen, und ich denke schon, daß ich nach Bulls Pensionierung ein Traumhaus verdient habe. Ich will ein exquisites, wunderbares Heim, eine richtige Sehenswürdigkeit. Ich weiß schon genau, wie es aussehen wird und wie ich es einrichte, sehe es direkt vor mir, ganz so, als stünde es schon. Ich trage seit über zehn Jahren die verschiedensten Anregungen aus *Better Homes and Gardens* zusammen. Eines kann ich euch sagen: Mein Traumhaus wird alles bisher Dagewesene in den Schatten stellen.«

»Heißt das, daß du uns keine Socken und keine Unterwäsche mehr kaufen kannst?« fragte Ben spöttisch. »Bloß wegen des Traumhauses?«

»Sei nicht so albern«, sagte Lillian.

»Warum legst du dir das Traumhaus nicht jetzt zu, damit wir Kinder auch etwas davon haben?« fragte Mary Anne.

»Das Traumhaus ist für euren Vater und mich. Wir haben es verdient. Liebreizend und hübsch wird es sein, und niemand darf im Traumhaus aus der Haut fahren, schlechte Laune haben oder sonstwie aus der Rolle fallen. Es wird ein Ort vollkommener Harmonie sein, und die Bewohner werden einander stets mit größter Zuvorkommenheit behandeln. Bull wird dann nicht mehr so unter Druck stehen. Und Marines werden generell ferngehalten, denn sie sind es, die in eurem Vater die niedrigsten Instinkte wecken. Niemand wird uns dort behelligen, nur wir beide, euer Vater und ich, werden im Traumhaus leben.«

»Ich muß los, Mama, wir haben doch ein Spiel«, sagte Ben.

»Wir haben noch mehr als eine Dreiviertelstunde Zeit, Liebling. Hetz nicht so. Wenn du weiter so hektisch bist, lande ich noch im Irrenhaus. Kommt, wir müssen noch beten.«

»Ach, du liebes bißchen«, seufzte Mary Anne.

»Halt die Klappe, Mary Anne«, sagte Karen. »Schließlich ist es das erste Spiel.«

»Ach so«, sagte Mary Anne sarkastisch. »Ja, wenn das so ist, bitte ich tausendmal um Entschuldigung, du kleine Arschkriecherin. Hätte ich doch bloß gewußt, daß wir fürs erste Spiel beten. Es gibt auf der ganzen Welt keine schlimmere Grobheit als ein Basketballspiel.«

»Dann kannst du ja zu Hause bleiben, Liebes«, sagte Lillian. »Es würde mir im Traum nicht einfallen, dich zu irgendwelchen Grobheiten zu zwingen.«

»Aber sie will doch unbedingt dabeisein«, sagte Karen.

»Das glaubst du«, sagte Mary Anne. »Ich gehe nur zum Spiel, um unserem goldenen Apoll bei seinen Sprungwürfen zuzusehen. Das ist ein Grund. Ehrlicherweise muß ich auch den zweiten, wichtigeren noch hinzufügen: Ich sehe halt gerne so viele nackte Jungenbeine.«

»Mary Anne!« sagte Lillian.

»Stimmt doch. Ich bin eben ehrlich und sage die Wahrheit. Aber der wichtigste Grund ist der, daß ich nichts mehr genieße, als oben auf der Tribüne zu sitzen und die Cheerleader aus vollstem Herzen zu hassen.«

»Du bist nur eifersüchtig, weil sie hübscher sind als du«, sagte Karen. »Wenn ich alt genug bin, werde ich auch Cheerleader, genau wie Mama.«

»Eifersüchtig auf Cheerleader? Ich?« schnaubte Mary Anne empört. »Etwa auf Ansley Matthews mit den perfekten Beinen und dem erbsengroßen Gehirn? Oder auf Janice Sanders mit dem perfekten Busen und dem bohnengroßen Gehirn? Oder auf Carol Huger mit dem perfekten Lächeln und dem Gehirn von der Größe eines Schokoladenbonbons? Vielleicht auf Sally Tomlinson, an der alles perfekt ist und deren Hirn höchstens die Größe des Augapfels einer Milbenlarve erreicht? Nein, eifersüchtig bin ich auf die nicht. Ich hasse sie nur aus tiefstem Herzen. Nichts ist schöner, als auf der Tribüne zu sitzen und sie alle zu verabscheuen. Die sind so abstoßend glücklich und begeisterungsfähig. So voller Schwung. Und hüpfen tun sie auch. Mädchen, die hüpfen, kann ich nicht ausstehen.«

»Einige von ihnen sind aber richtig nett«, sagte Ben.

»Höre ich da etwa die Stimme der Vollkommenheit?« sagte Mary Anne und legte eine Hand an ihr Ohr. »Ist er es, der sich am Honigtau gelabt hat? Ist er es, mein heiliger, mit Zuckerguß übergossener Bruder, der ausersehene Held des ersten Spiels? Der Schutzheilige der Sprungwürfe?«

»Laßt uns für Bens Erfolg im ersten Spiel beten«, sagte Lillian, ohne ihrer ältesten Tochter weitere Beachtung zu schenken.

Sie begaben sich zu der Nische unterhalb der Treppe, in der der Hausaltar stand. Lillian entzündete auf beiden Seiten der Muttergottes je eine Kerze. Dann kniete sie auf dem Teppich nieder und bedeutete ihren Kindern mit einer Handbewegung, das gleiche zu tun. Ben und Karen fielen neben ihrer Mutter auf die Knie, während Mary Anne hinter ihr blieb. Das Hellblau der Stola, den Unsere Liebe Frau vom Kampfpiloten trug, changierte im flackernden Licht der Bienenwachskerzen. Lillian betete laut: »Segensreiche Muttergottes, ich danke dir für meine Familie. Dank für ihre Gesundheit, ihre Intelligenz und ihre Fröhlichkeit.« Bei dem letzten Wort schaute sich Lillian nach Mary Anne um, die hinter ihr ärgerlich die Stirn runzelte. »Heute abend«, fuhr Lillian fort, »bitten wir um deine Fürsprache für Ben Meecham, der gegen die West Charleston High School antritt. Steh du ihm bei, so daß er viele Körbe wirft, gut spielt, stark verteidigt und das Spiel mit präzisen Pässen vorantreibt. Hilf ihm vor allem, fair zu sein, sich nicht erniedrigen zu lassen und der Familie Meecham Grund zu geben, auf ihn stolz zu sein. Wir lieben dich, Maria, und wir lieben deinen Sohn.«

»Und wir wollen den Kerlen von der West Charleston High eine ordentliche Abreibung verpassen!« rief Karen dem Heiligenbild zu.

»Karen, so kenn' ich dich ja gar nicht.«

»Keins von den Mädchen in meiner Klasse glaubt, daß Ben aufgestellt wurde. Die behaupten, sie hätten noch nie was von ihm gehört.«

»So was Albernes«, sagte Mary Anne, nahm ihre Brille ab und putzte sie mit einem Papiertaschentuch. Ihre Augen wirkten ohne die Brille verdutzt und geschwollen. Sie nahmen nur vage Umrisse wahr und mühten sich, die Schemen zu interpretieren. »Ich gehe jede Wette ein, daß die im Himmel Wichtigeres zu tun haben, als sich um so ein blödes Basketballmatch zwischen Ravenel und West Charleston High zu kümmern. Da gibt's zum Beispiel ein oder zwei Hungersnöte. Oder ein paar Kriege. Ich darf diese Familie hier daran erinnern, daß dieses doofe Spiel nicht das Wichtigste auf der Welt ist.«

»Da irrst du dich, Mary Anne«, sagte Ben. »Gott erschien mir letzte Nacht in Form einer Rückenlehne aus Plexiglas und sagte zu mir: ›In diesem Zeichen sollst du siegen. Und du, Ben Meecham, sollst deiner ältesten Schwester Mary Anne zum Zeichen deiner Würdigkeit mit einer stumpfen Machete die Kehle durchtrennen.‹ Also, Mary Anne, wenn du bitte mal mit in die Küche kommen würdest...«

»Ich habe die ärgsten Gotteslästerer großgezogen, die mir je begegnet sind«, sagte Lillian traurig.

»Das Beste kommt noch, Ben«, gab Mary Anne zurück. »Die Muttergottes ist mir in Form eines Pompons erschienen...«

»Hört sofort auf!« schrie Lillian.

»Das geht die ganze Zeit so, Mama«, sagte Karen. »Und wenn ich versuche, sie davon abzubringen, machen sie sich über mich lustig.«

»Ich habe mich in meinem ganzen Leben noch nie über dich lustig gemacht, so wahr mir Gott helfe«, sagte Mary Anne.

»Wo ist Dad?« fragte Ben.

»Euer Vater kommt direkt zum Spiel.«

»Oh, nein«, stöhnte Ben, »ist der etwa bei der *happy hour*?«

»Ja.«

»Fabelhaft. Einfach fabelhaft. Einsame Klasse. Einfach fabelhaft.«

»Er hat versprochen, allenfalls zwei Drinks zu sich zu nehmen.«

»Wahrscheinlich läßt er den Kellner zwei Badewannen vollschütten und nennt das dann zwei Drinks«, sagte Ben.

»Er hat es versprochen«, sagte Lillian und blickte auf die Uhr. »Wir müssen los. Wir gehen jetzt und machen West Charleston die Hölle heiß.«

★

Zehn Minuten später betrat Ben den überheizten Umkleideraum. In der Wärme schienen sich Gerüche zu intensivieren. Er roch Knöchelschützer, wochenalten Schweiß, feuchte, in vergessenen Spinden vor sich hin schimmelnde Handtücher, Fußpulver, Ammoniak und ungewaschene Socken. Es war ein allumfassender Fäulnisgeruch, den jeder Sportler bis an sein Lebensende wiedererkennen würde.

Auf der langen hölzernen Bank neben den Spinden der Schulauswahl hockten ein paar Spieler und unterhielten sich flüsternd über die Fete, die nach dem Spiel stattfinden sollte. Daß man vor einem Spiel im Flüsterton sprach, war ein sportliches Naturgesetz, sonst nichts. Normale Lautstärke hätte darauf hingedeutet, daß der betreffende Sportler sich ohne den gebührenden Ernst auf das kommende Spiel vorbereitete, und eine frivole, nicht von unbedingtem Siegeswillen beherrschte Gesinnung verraten. Der Spielertyp, den die Trainer schätzten, war der schweigsame Junge, der in der spannungsgeladenen Luft vor dem Spiel in der Kabine saß und die Stirn runzelte.

Ben öffnete seinen Spind, packte sein Trikot aus und starrte die neuen Converse-All-Stars-Schuhe an, die Bull ihm gekauft hatte, ohne der stahlharten Hüterin der Bücher, Lillian Meecham, davon zu berichten. Wenn es nach Lillian gegangen wäre, da war Ben sich ganz sicher, dann hätte er mit Klebeband und Frotteesocken spielen müssen. Eins muß ich Santini lassen, dachte Ben, er sorgt immer dafür, daß ich die besten Basketballschuhe habe. Ben verstaute die All Stars vorsichtig im Spind und setzte sich dann zu den Flüsternden auf die Holzbank.

»Kommst du heute abend zu der Fete, Meecham?« fragte Pinkie.

»Weiß noch nicht«, antwortete Ben.

»Mit wem gehst du eigentlich, Meecham? Ich hab' dich noch nie mit einem Mädchen gesehen«, sagte Pinkie.

»Ich taxiere erst mal das Angebot.«

»Ansleys Vater hat mir gesagt, daß die Verabredung mit Ansley dein erstes Rendezvous war«, sagte Jim Don Cooper und zog seine Trikothose hoch.

»Als wenn der das wüßte«, sagte Ben.

»Warum ziehst du dich denn jetzt schon um, Jim Don?« wollte Blease Palmer, ein Angreifer aus der zweiten Reihe, wissen.

»Weil er vor jedem Spiel erst mal eine Stunde lang auf dem Scheißhaus sitzt«, sagte Pinkie.

»Da entspann' ich mich am besten«, verteidigte sich Jim Don.

»Für den Siegestanz haben sie 'ne Nigger-Band angeheuert«, sagte Blease. »Die kriegen fünfundsiebzig Dollar. Das wird ordentlich fetzen.«

Art Ballard betrat mit einem breiten Grinsen auf dem Gesicht die

Kabine. Die langen Arme schlenkerten hin und her. »Gentlemen, Gentlemen, Gentlemen«, sagte er zur Begrüßung.

»Warum bleckst du die Zähne, Art the Fart?« fragte Jim Don.

»Du weißt wohl noch nichts?« sagte Pinkie. »Der hat nach dem Spiel eine Verabredung mit Susie Holtzclaw.«

»Aaaaaaaaaah!« riefen seine Mannschaftskameraden.

»Vielleicht park' ich heute unten am Fluß, damit ich bei den U-Boot-Rennen zugucken kann«, sagte Art.

»Wir wissen genau, worauf du scharf bist, du alter Zuchtbulle«, sagte Pinkie.

»Das ganze Spiel über wirst du mit'm Ständer rumlaufen«, sagte Jim Don und schmatzte mit seinen übergroßen Lippen. »Der gute alte Pinkie hier ist früher mit Susie gegangen, aber dann hatte sie keine Lust mehr, seinen Leberfleck abzuschlecken.«

»Laß den Leberfleck aus dem Spiel«, brauste Pinkie auf.

»*Yeah*, wir wollen doch lieber an das Spiel denken«, bemerkte Philip Turner. Niemand hatte ihn bemerkt, niemand ihn bei seinem Eintreten gegrüßt.

»Ich denk' aber lieber an die körperlichen Vorzüge von Susie Holtzclaw«, sagte Art theatralisch. Schließlich stimmte er eine leise, einfache Litanei an. »Nuckel, nuckel, nuckel, nuckel«, begann er zu singen. Andächtig schloß er seine Augen, tanzte im Kreis und hob die Hände über den Kopf, als wolle er die Götter, die über solche Angelegenheiten zu entscheiden haben, um Unterstützung anflehen. Pinkie und Jim Don tanzten im Takt zu Arts Gesang. Keiner der Spieler merkte, daß Trainer Spinks in der Tür stand und R.C. Cola aus einer frisch geöffneten Flasche trank. Ben sah ihn zuerst.

»Hallo, Trainer«, sagte er.

Art erstarrte bei der ersten Silbe des zweiten Wortes. »Guten Abend, Trainer«, sagte er. »Wir haben uns gerade darüber unterhalten, mit welcher Abwehr West Charleston heute gegen uns antritt.«

»Ich hab' euch Burschen doch schon gesagt, daß ich dieses Gerede vor einem Spiel nicht will. Ihr Kerls könnt immer nur an Mösen denken, dabei steht heute wirklich Wichtigeres auf der Tagesordnung... Ein Sieg über West Charleston zum Beispiel. Also, ich weiß ja, daß ihr Burschen scharf seid, bin ja selbst mal jung gewesen und mußte mir erst die Hörner abstoßen, wie jeder andere auch. Aber alles zu seiner Zeit und an der passenden Stelle. Hier und heute hat das Geschwätz über Mulattenmösen nichts zu suchen.« Er spie eine Portion R.C. in einen leeren, offenstehenden Spind und faßte Art scharf ins Auge. Nach einem großen Schluck R.C. fuhr er mit seiner Tirade fort:

»Ich hab' euch letztes Jahr bereits gesagt, was ihr zu tun habt, wenn euch der Hafer sticht. Ihr müßt auf 'ne bestimmte Art an eure Freundinnen denken. Nicht aufgedonnert in Spitzenhöschen und Seidennachthemdchen dürft ihr sie euch vorstellen, sondern mit Lockenwicklern und ohne Schminke. Im übrigen ist das Spiel der Mädchen bald rum, und wir rüsten uns besser für den Krieg. Heute abend ziehen wir in den Krieg, Männer. Wir treten gegen die West Charleston High School an, und die Burschen bilden sich ein, sie kommen hier runter, um ein paar Hinterwäldlern 'ne Tracht Prügel zu verabreichen. Die werden sich umschauen, diese Jungs aus der Großstadt. Wir werden sie ordentlich abseifen. Zieht jetzt eure Trikots an und kommt an die Tafel. Und daß mir keiner auch nur einen Ton von sich gibt.«

Sobald sie sich umgezogen hatten, versammelten sich die Spieler in einer kleinen Nische am Ende der Kabine, wo die Tafel hing. Links unterhalb der Tafel befand sich das neue Sprudelbad. Die Mannschaft nahm auf den knarrenden, grünen Faltstühlen Platz. Ben schnürte unablässig seine Schuhe auf und zu. Pinkie Taylor ließ seine Fingergelenke knacken. Jim Don war zum Zwecke der vor jedem Spiel üblichen rituellen Entleerung auf der Toilette verschwunden. Die unsichtbare Zuschauermenge röhrte mit gewaltiger, bedrohlicher Stimmkraft über einen von den Mädchen erzielten Korb. Die Nervosität der Jungen äußerte sich in Form eines schwachen Moschusgeruchs, als eine Glasur aus Schweiß unter Armen, in Kniekehlen und auf Handflächen. Der Pfiff einer Trillerpfeife ertönte. Die Menge johlte, und die Jungen hörten die entfernte, durch die Hohlziegelwand zusätzlich gedämpfte Stimme des Schiedsrichters, der ein Foul gegen eine Calhoun-Spielerin ahndete.

Und dann stürzte plötzlich der Manager durch die Doppeltüren, die aufs Spielfeld führten, und rannte atemlos in das kleine Büro von Trainer Spinks. »In fünf Minuten wird das Mädchenspiel abgepfiffen, Trainer!«

»Danke, Tommy«, lautete die Antwort. »Hol mir noch eine R.C.« Er schnipste dem Manager ein Zehncentstück zu. Kurz darauf schritt Spinks an die Wandtafel, die Augen auf einen acht mal dreizehn Zentimeter großen Zettel voller Statistiken geheftet. Sein Ausdruck war geschäftsmäßig und entschlossen. Eine Metamorphose hatte stattgefunden. Während der Vorbereitung auf das entscheidende Gespräch mit seiner Mannschaft wirkte Spinks geradezu nobel und militärisch diszipliniert. Er wuchs über sich selbst, seine R.C., seine Trillerpfeife und sein winziges Büro hinaus. Auf seinen Lippen formte sich eine Rede, die sich speiste aus Erzählungen und Filmen und unzähligen zerfledderten Exemplaren seiner Leib- und Magenlektüre *Sports Illustrated*.

Bevor er jedoch zu sprechen begann, nahm er ein Stückchen gelbe Kreide zur Hand und zeichnete fünf X und fünf O's an die Tafel. Die X verteilten sich auf die offensiven Spielzüge, die die Mannschaft zwei Wochen lang intensiv trainiert hatte. Spinks' Kreidezeichnung mit ihren geschwungenen und geschlängelten Pfeilen und mit den mit großer Sorgfalt aufgetragenen Buchstaben war ein wahres, ausgefeiltes Kunstwerk. Er besaß eine makellose und sehr feminine Handschrift, die mit dem Mann, von dem sie stammte, nichts zu tun zu haben schien. Seine Erläuterungen freilich trug er in dem harten Tonfall jener Trainer vor, die selbst einmal Sportler gewesen waren und in denselben Arenen versagt hatten, die sie später als Erwachsene beherrschten.

»Wir bleiben bei unserer Manndeckung, ganz egal, wie diese Schweinehunde angreifen. Wenn ich meinen Arm so hochstrecke« – er stieß die geballte Faust senkrecht nach oben – »dann will ich, daß ihr sie auf dem gesamten Feld Mann für Mann deckt. Setzt alles ein, was ihr habt – Ärsche, Ellbogen, alles. Wenn ich aufstehe und an meinen Gürtel fasse, dann haltet den Ball und verlangsamt das Spiel. Und wenn ich mir an die Eier packe, dann soll der Manager mit der Puderdose kommen, weil ich dann nämlich 'nen mächtigen Juckreiz habe.«

Die gesamte Mannschaft lachte, die Spannung wich wie Luft aus einem Reifen. Draußen ertönte der Summton, der einen Spielerwechsel anzeigte.

»Ich will, daß ihr hungrig seid, wenn ihr aufs Feld lauft. Ich will, daß ihr kurz vor dem Verhungern seid. Ich will, daß ihr euch an kurz angebratenen Charleston-High-School-Ärschen labt. Ich will, daß wir siegen, siegen, siegen, siegen. Ich will, daß wir haushoch gewinnen. Ich will, daß diese Schule stolz auf uns ist...« Seine Stimme überschlug sich. »Ich will, daß unsere Eltern stolz auf uns sein können, unsere Großeltern stolz auf uns sein können, unsere Vettern ersten und zweiten Grades stolz auf uns sein können, unsere Weiber stolz auf uns sein können, wir selbst auf uns stolz sein können. Habt ihr verstanden, was ich sage?«

»*Yes, Sir!*« kam die donnernde Antwort.

Urplötzlich wurde das Gesicht von Trainer Spinks weich. Form und Substanz lösten sich voneinander. Seine Augen schimmerten feucht, und sein Blick verklärte sich. »Lasset uns beten«, sagte er, und die Köpfe der Mannschaft senkten sich, als seien sie Marionetten, die alle an der gleichen Strippe hingen.

»O lieber Herr Jesus, wieder einmal treten wir vor Dich hin, um Deinen Segen zu erbitten und Deine Vergebung für unsere zahlreichen Verfehlungen Dir und unseren Mitmenschen gegenüber. Wir spielen heute abend gegen die West Charleston High School, o Herr, aber das brauche ich Dir ja nicht zu sagen, weil Du das schon zwei oder drei Millionen Jahre vor mir wußtest. Wir bitten Dich, gütiger Jesus, nicht um einen Sieg gegen West Charleston, sondern darum, daß es uns möglich sei, vor Gott, unserer Familie und unserem Land das Beste zu geben. Wir bitten Dich, Herr, daß wir, wenn Du es für angemessen hältst, ein oder zwei Punkte mehr erzielen als West Charleston, obwohl ich natürlich weiß, daß Trainer Warners ein gottesfürchtiger Mann und obendrein noch Diakon bei den Baptisten ist. Aber Du weißt so gut wie ich, o Herr, daß er einer der großmäuligsten Sowiesos ist, die jemals Socken getragen haben. Ich weiß natürlich, lieber Jesus, daß die anderen Spieler saubere Jungs sind und Du an ihnen Wohlgefallen hast. Wir wollen Dich auch um nichts Besonderes bitten, Herr, aber hilf meinen Reboundern, flink zu sein. Hilf Pinkie und Jim Don, daß sie nicht die Nerven verlieren. Und Philip und Art brauchen ein bißchen mehr Feuer unterm Hintern. Mach, daß Ben mit diesen verdeckten Pässen hinterm Rücken aufhört. Und bitte, Herr, steh dieser High School bei, falls ich auswechseln muß. Meine Reservespieler sind gute Jungs, tun sich aber teuflisch schwer damit, den Ball ins Loch zu befördern. Doch um was ich Dich wirklich bitten will, Herr, ist, daß all diese Jungs im Spiel des Lebens Spitze sind. Wenn sie Fehler machen, Herr, dann mußt Du pfeifen, denn Du bist der größte aller Schiedsrichter. Verhäng eine Auszeit und versammle sie zum neuerlichen Springball im Mittelkreis. Mach, daß sie nicht außer Rand und Band geraten, Herr. Wenn sie ein Spiel vermasseln, dann mußt Du sie kurze Sprints und Achter laufen lassen, aber laß sie nicht im Stich, o Herr. Geleite sie auf ihrem langen Weg zur Meisterschaft des Lebens. Amen.«

»Amen!« dröhnte das erleichterte Echo der Mannschaft.

»So, ihr bleibt jetzt hier sitzen und konzentriert euch auf das Spiel«, befahl Trainer Spinks. »Ich geh' mal raus und schau zu, wie die Mädchen eins auf die Nase kriegen.« Dann hielt er inne und sagte, als sei ihm dieser Gedanke gerade erst gekommen: »Wißt ihr eigentlich, warum ich mir die Spiele der Mädchen so gerne angucke? Ihr denkt wahrscheinlich, daß ich die Taktik oder so was beobachte. Irrtum. Ich seh' bloß gern die vielen Titten auf- und abhüpfen.«

Als er den Raum verlassen und sich die Doppeltür hinter ihm geschlossen hatte, flüsterte Pinkie: »Wenn diese Gebete noch länger dauern, dann hör' ich auf, an Gott zu glauben.«

Seine Mannschaftskameraden lachten.

Die Schlußsirene ertönte. Das Team bildete einen Kreis, die Spieler legten einander die Arme um die Schultern, lösten sich wieder und gingen im Gänsemarsch auf die Doppeltüren zu. Pinkie, der Mannschaftskapitän, durchbrach den Papierreifen, den die Cheerleader am Halleneingang hochhielten. Dreihundert Stimmen begrüßten das Team, das quer übers Spielfeld lief und sich in zwei disziplinierte Reihen auffächerte. Ben hörte und sah zunächst gar nichts. Er hatte diesem Augenblick seit seinem letzten Basketballspiel entgegengefiebert. Vor fünfzigtausend Sprungwürfen war seine Karriere in der Juniormannschaft der Atlanta High School zu Ende gegangen. Der Jubel der Menge teilte sich seinem Körper mit, drang durch die Haut in den Blutkreislauf, gleichermaßen sengend und kühlend. Er warf zwei Korbleger, bevor es ihm gelang, einzelne Gesichter in der Menge zu erkennen: Mr. Loring verkaufte an der Tür Eintrittskarten, Mr. Dacus saß am Tisch des Scorers, und die Meechams saßen in der ersten Zuschauerreihe, nicht weit von Trainer Spinks, der das Team beim Aufwärmen beobachtete. Matthew und Karen winkten Ben aufgeregt zu, versuchten um jeden Preis, seine Aufmerksamkeit zu erregen. Ben wußte jedoch, daß es sich nicht gehörte, bei einer so ernsten Angelegenheit wie dem Aufwärmen von den Familienangehörigen Notiz zu nehmen. Als er sich nach einem Korbwurf wieder hinten in der Reihe anstellte, zwinkerte er ihnen zu. Er fragte sich, wo sein Vater blieb.

In der letzten Tribünenreihe saßen die Jungen, die sich nicht für die Mannschaft hatten qualifizieren können. Durch die gemeinsame Erfahrung der Zurückweisung waren neue Freundschaften entstanden, eine Bruderschaft des Seelenleids, die sie niemandem hätten erklären können, am wenigsten sich selbst. Aber sie saßen nun beieinander, und ihre Träume waren angeschlagen, aber noch lebendig. In den Gesichtern der Burschen im Schultrikot erkannten sie sich selbst. Fuhr ein Sprungwurf präzise durch das Netz, so war es ihre Hand, ihre Phantomhand, die den Ball geführt hatte. Die Hallenmauer, an der sie lehnten, schien vor lauter Phantasie zu knistern.

Auf der anderen Spielfeldhälfte wärmte sich die Mannschaft von West Charleston auf. Ihre Trikots waren knallgelb. Ben suchte die Nummer fünf heraus, auf die Trainer Spinks ihn angesetzt hatte. Der Junge übte gerade Sprungwürfe. Es waren harte, kunstlose Würfe, die kaum einen Bogen beschrieben. Dann beobachtete er ihn beim Dribbeln, ein Mannschaftskamerad fungierte als Bewacher. Keine linke Hand, dachte Ben. Keine linke Hand. Der Junge hieß Rostelli und war der Sohn eines italienischen Restaurantbesitzers. Rostelli war einsneunzig groß, und Ben wußte, daß er bei so großen Bewachern mit seinen Sprungwürfen nicht lange fackeln durfte.

Ben hörte, wie jemand fragte: »Wer ist die Nummer dreizehn?« Er sah an sich hinab und erschrak fast, als er erkannte, daß er die Nummer dreizehn trug. Bis zu diesem Augenblick hatte er sich geistig nicht mit der Nummer dreizehn identifiziert. Er hatte um die Zweiundzwanzig gebeten, aber die war seit drei Jahren für Philip reserviert.

Die Cheerleader hüpften, tänzelten, stolzierten auf und ab, legten sich ins Zeug und benahmen sich im großen und ganzen, als wären sie gestorben und gerade in den Himmel gekommen. Ansley Matthews warf Jim Don bei jedem Blickkontakt Zeitlupen-Kußhändchen zu, von denen Ben auf ihrem Weg gepiekst wurde. Die Pompons zischten durch die Luft. Die Beine waren golden. Begierde lag in ihren Sprüngen.

Im Mittelkreis schüttelte Pinkie den beiden gegnerischen Mannschaftskapitänen die Hand. Einer von ihnen war Rostelli.

»Platz da für einen Kampfpiloten«, tönte eine vertraute Stimme unweit des Eingangs, wo Mr. Loring Eintrittskarten verkaufte. Ben drehte sich um und sah, wie sich sein Vater durch die Menschenmenge drängte. Er trug seine Fliegerjacke und war in Uniform. Auf der Tribüne verdrehte man die Köpfe und ließ ihn nicht aus den Augen. Bull stolperte am Spielfeldrand entlang, begrüßte Mr. Dacus mit Handschlag und blieb kurz stehen, um sich mit dem Rektor zu unterhalten. Die beiden Männer lachten – Bull ein bißchen zu laut.

»Was für'n Spinner ist das denn?« fragte Jim Don und fing einen Rebound auf.

»Das ist mein Vater, Jim Don«, fauchte Ben, »und daß du ihn Spinner nennst, das paßt mir nicht.«

Das Signal ertönte. Die Mannschaft rannte zur Auswechselbank hinüber und bildete einen Kreis um Trainer Spinks, der auf einem Bein kniete. »Ich will, daß ihr Burschen den Gegner auseinandernehmt. Haltet den Ball in den eigenen Reihen, bis ihr eine gute Wurfgelegenheit habt. Versucht, Meecham freizuspielen. Ben, du mußt diese Knaben auf Vordermann bringen. Und nun los, tretet den Kerlen in den Hintern und siegt für die gute alte Calhoun High.«

Die erste Fünf stürmte auf die Spielfeldmitte. Ben begrüßte einen riesigen, bärenhaften Angreifer und dachte: wieder so ein Linebacker, der sich als Basketballspieler verkleidet hat. »Nummer dreizehn ist meiner«, hörte er Rostelli sagen. – »Packen wir sie, diese Dorftrottel!« bemerkte der gegnerische Center, bevor er zum Sprungball gegen Art antrat. – »Meiner ist der Kerl mit der Scheiße im Gesicht«, rief ein Verteidiger namens Jones seinen Teamkameraden zu und deutete auf Pinkie, worauf dieser sofort zurückschoß: »Mein Gesicht geht dich 'n Scheißdreck an, Biberfresse!«

Art tippte den Ball zu Pinkie, der ihn rasch an Ben weiterspielte.

Rostelli war sofort bei ihm. Ben dribbelte in die Spielfeldmitte, sah, daß Philip unweit der Grundlinie seinen Bewacher mit einer Körpertäuschung versetzte, und paßte ihm unter den Armen Rostellis hindurch den Ball zu. Philip erzielte die ersten beiden Punkte des Spiels mit einem Korbleger; der Ball zischte geschmeidig durchs Netz.

»Nehmt Meecham raus!« hörte Ben seinen Vater vom gegenüberliegenden Spielfeld aus brüllen.

Rostelli dribbelte langsam mit der rechten Hand und rückte in die gegnerische Hälfte vor. Ben bedrängte ihn und zwang ihn dazu, die führende Hand zu wechseln. Er täuschte einen direkten Angriff auf den Ball vor, zog sich jedoch zurück, als Rostelli an den anderen Verteidiger weitergab. »Nächstes Mal, nächstes Mal«, sagte er zu sich selbst. Die Angreifer schirmten Jim Don und Art ab. Der Ball kam zurück zu Rostelli, und der dribbelte nach rechts hinüber, wieder war Ben bei ihm, bedrängte ihn, beobachtete ihn genau, spannte sich wie eine Bogensehne, paßte genau den Moment ab, da Rostelli den Ball in die linke Hand schieben wollte, schoß vor und tippte ihm die Kugel aus den Fingern, ohne sie ganz zu erwischen. Sofort jagte er ihr nach, doch Rostelli wich nicht von seiner Seite. Endlich gelang es Ben, den Ball unter Kontrolle zu bringen. Er dribbelte hinter seinem Rücken, brach dann zum Mittelkreis durch. Von links her drang Pinkies Warnruf an sein Ohr. Rechts fühlte er die Nähe Rostellis, doch er war jetzt schnell und wurde immer schneller, bis er spürte, daß er sich zum Korb hochschraubte. Der Ball rollte über seine Fingerspitzen. Im gleichen Augenblick war Rostelli über ihm, ein Arm krachte gegen seine Schulter, doch der Hechtsprung kam vergebens: der Ball tropfte ins Netz.

»Gute Aktion«, sagte Rostelli und streckte Ben die Hand entgegen, um ihm aufzuhelfen.

»Der Korb ist gut.« Der Schiedsrichter nickte bestätigend zum Scorer-Tisch. »Ein Freiwurf für Nummer dreizehn!«

»Verwarnung für dreizehn!« schrie Bull.

In der ersten Spielhälfte erzielte Ben achtzehn Punkte. Er sprühte geradezu vor Spielwitz und Geschick, wobei ihm zugute kam, daß ihm die Bewegungsabläufe längst in Fleisch und Blut übergegangen waren. Noch zweimal gelang es ihm, seinem Bewacher den Ball aus den Händen zu spitzeln und den Ball nach einem Dribbling über das gesamte Spielfeld behutsam in das auf das Plexiglasbrett gezeichnete Quadrat zu legen. Dreimal ließ er bei Rückwärtsdribblings Rostelli einfach stehen und brach durch, ehe der gegnerische Angreifer reagierte und ihn, den kleinen Mann, daran hindern konnte, in jenes Gebiet vorzustoßen, das gemeinhin die Domäne der Riesen war. Immer half ihm dabei die schnelle, den Gegner überraschende Bewegung, und alles fand statt in einem zeitlosen Grenzbereich, in aufgesplitterten Augenblicken, die später gedanklich nicht mehr zu rekonstruieren waren. Ben nährte sich vom Jubel der Zuschauer, dem Plankton des Applauses, der aufbrandete, wenn er den Ball führte, Pässe schoß oder den Korb anvisierte. Die Lungen leisteten Schwerarbeit, das Herz trommelte, und Vater beobachtete. Auf dem Spielfeld, das er liebte und zeitweise sogar beherrschte, fühlte Ben sich körperlos; er rannte sich die Lungen aus dem Leib und war dabei lebendiger und menschlicher, als er es je wieder sein würde. Jede Pore seiner Haut öffnete sich dem wirbelnden Spiel, nahm jede Schwingung wahr, jede Bewegung, jeden aufmunternden Zuruf, jedes raubtierhafte Gebrüll. Der Basketball war Teil seiner selbst, war nach jahrelangem Dribbeln um Bäume herum und zwischen Stuhlreihen hindurch, über Bürgersteige und vorbei an Brüdern, Hunden, Schaufenstern und Menschen, die ihn günstigstenfalls für einen geisteskranken Fanatiker hielten, zu einer Art Körperfortsatz geworden.

Und das jahrelange Zusammenleben mit dem Ball zahlte sich nun aus. Ben hatte seinen Tribut entrichtet und erntete nun die Früchte des Erfolgs. In dieser einen kleinen Disziplin war er der Triumphator. Und noch etwas kam hinzu: Diese Sportart mit all ihren Absurditäten und Unwägbarkeiten machte Ben glücklich. Das Basketballfeld war ein Testgelände für die eigene Entschlußkraft. Es gab ein Motiv. Es gab Ziele, Belohnungen und rasche Strafen für Versager. Das Leben reduzierte sich auf Spielregeln, es war ein existentielles Leben, ein Leben, das durch Vateraugen erhellt wurde.

Zur Halbzeit führte Calhoun mit dreizehn Punkten Vorsprung. In der Kabine stürzte Ben Eiswasser wie eine Droge in sich hinein. Der Schweiß war heiß auf seiner Haut. Seine Teamkameraden bearbeiteten ihn mit aufmunternden Puffen und Schlägen, bis ihm der Rücken und die Schultern weh taten. Draußen im Zuschauerraum drückte Bull dem Dirigenten der Band fünf Dollar in die Hand und erbat sich dafür die Marine-Corps-Hymne. Dann forderte er alle Anwesenden in seinem Tribünenabschnitt auf, sich zu erheben und gemeinsam mit ihm die Hymne zu singen. Lillian und ihre Kinder standen schweigend auf und begaben sich auf die gegenüberliegenden Ränge.

Zu Beginn der zweiten Hälfte war Ben gleich wieder mit zwei schnellen Sprungwürfen erfolgreich. Die Nacht zerrann in Sprints und gemessenen Schritten zur Freiwurflinie. Bei jedem Freiwurf ging ein Raunen durch die Menge, wenn Ben sich zuvor bekreuzigte. Er mußte daran denken, daß er im Land der ultrakonservativen Protestanten war, wo das Zeichen des Kreuzes phantasievolle Visionen von Landschaften heraufbeschwor, die rundum durchtränkt waren von den Wassern eines hartgesottenen Heilands. Als das Spiel endete, war Ben gerade auf der rechten Seite am Ball und bediente, als dessen Bewacher ihn angriff, den nun freistehenden Art mit einem verdeckten Paß.

»Angeber«, hörte er Bull sagen. Doch gleich darauf wurde er von seinen Mannschaftskameraden bestürmt und danach von der parfümierten, hysterischen Cheerleader-Herde. Während Ansley Matthews ihn küßte und Janice Sanders sich an seinen schwitzenden Arm hängte, erhaschte Ben einen Blick von Mary Anne, die ihn von ihrem Tribünenplatz aus beobachtete. Noch nie hatte er seine Schwester so traurig gesehen, aber da küßte Carol Huger ihn auf den Mund, und die Jungen, die nicht ins Team aufgenommen worden waren, scharten sich um ihn und begleiteten ihn in die Kabine.

Rebellisches Gebrüll ließ die Stahlwände der Spinde erzittern und kratzte an den Hohlziegelwänden. Väter säumten den dunklen Gang, der zu den Umkleideräumen führte. Sie rauchten Zigaretten und streckten ihre Arme nach den schwitzenden Silhouetten der vorüberhuschenden Sportler aus. Diese Art der Zuneigung bezog allerdings die Reservespieler nicht mit ein. Kein Vater rührte sie an, mochte auch der eigene Sohn vorbeikommen. Die Väter, deren Söhne auf dem Spielfeld gewesen waren, erfreuten sich im Spalier der Herren im Gang eines gehobenen Status. Für Ben wurde es ein Spießrutenlaufen zwischen lauter mannhaften Schulterhieben hindurch. Bull war nicht unter den Gratulanten. Ben rechnete damit, daß er draußen im Dienstwagen saß und sich eine detaillierte Spielkritik zurechtlegte.

Kaum hatte Ben die Kabine betreten, da lupfte Art ihn vom Boden und tanzte mit ihm von einem Ende des Raums zum anderen, wirbelte dabei im Kreis herum und sang das Schlachtlied der Calhoun High. Die Spieler pellten sich die verschwitzten Trikots vom Leib. Die Ersatzspieler, die nicht zum Einsatz gekommen waren, zogen ihre noch nach Waschpulver und Mutterhänden riechenden Trainingsanzüge aus. Mr. Dacus ging an der langen Bank entlang, verabreichte dem einen oder anderen Hintern einen Klaps und klopfte auf ein paar Schultern. »Jim Don, du bist keinen Pfifferling wert!« rief er dem hochgewachsenen Stürmer zu. »Artie, was ist denn in dich gefahren? Du hast gut gespielt heute.«

Art stellte Ben wieder auf seine eigenen Füße und begann einen Schattenboxkampf mit Mr. Dacus. »Haben Sie gesehen, wie himmelhoch ich heute abend gesprungen bin, Mr. D.? Ich bin so hoch gesprungen, daß ich mich wie 'n halber Nigger gefühlt habe.«

Mr. Dacus nahm Ben in den Schwitzkasten und sagte: »Du armseliges, verfluchtes Kerlchen! Wenn du nur lernen würdest, auf beiden Hälften des Feldes zu spielen, dann wär' die Sache geritzt. Arbeite an deiner Verteidigung. Ansonsten hast du prima gespielt.«

»Danke, Mr. Dacus.«

»West Charleston haben wir seit zehn Jahren nicht geschlagen«, schrie Pinkie.

»Echt super«, sagte Mumford.

»Du müßtest mehr Punkte machen, Philip«, hörte Ben Mr. Dacus sagen. »Du mußt den Korb suchen. Du behandelst den Ball, als ob er radioaktiv wäre.«

»Gute Pässe zu werfen befriedigt mich mehr, als Punkte zu erzielen, Mr. Dacus«, erwiderte Philip. »Und außerdem habe ich mich heute abend nicht besonders wohlgefühlt.«

»Bist du krank?« fragte der Rektor.

»*Yeah*«, antwortete Pinkie an Philips Statt. »Prinz Philip hat die Mongolische Zinch-Krankheit.«

»Was ist das denn, Pinkie?« fragte Ben.

»Alles, was er ißt, verwandelt sich in Scheiße«, sagte Pinkie.

Die Umkleidekabine explodierte förmlich vor Lachen, bis Jim Don schrie: »Okay, jetzt aber Ruhe hier, oder ich versohl' euch allen den Hintern!«

»Mir auch, Jim Don?« fragte Mr. Dacus.

»Nein, Mr. D., Sie lass' ich durch die Hintertür raus, bevor ich hier die ersten Schwinger austeile.«

»Meecham hat dreißig Punkte gemacht!« johlte der Manager.

»Herr im Himmel!« stöhnte jemand.

»Wer hat denn 'n bißchen Babyfett für mich, wenn ich meinen Körper gesäubert habe?« fragte Art.

»Philip hat was«, erwiderte Pinkie. »He, Prinz. Gibst du mir was von dem English-Leather-Dschungelsaft ab?«

»Warum besorgst du dir deinen Mist nicht selber?« gab Philip schnippisch zurück.

»Weil meinem Alten nicht der verfluchte ganze Staat von South Carolina gehört«, antwortete Pinkie.

»Schon gut, Pinkie, war nicht so gemeint.«

Ein Kofferradio, das auf den BIG-APE-Sender in Jacksonville eingestellt war, plärrte ein Lied von Peter, Paul and Mary durch den Umkleideraum. Dann bölkte BIG APE selbst. Die erste Dusche prasselte auf den gekachelten Boden, und Dampfschwaden waberten die Decke entlang und flossen die Wände hinunter. Ben war jetzt nackt. Er stand auf und ging mit langsamen Schritten in den Duschraum. Dort, wo sein Trikot auf dem Betonboden lag, bildete sich ein feuchter Fleck. Morgen würde ihm alles weh tun, das wußte er genau, denn er fühlte schon jetzt, wie der Muskelkater von seinen zittrigen, halbverkrampften Beinmuskeln Besitz ergriff. Der Körper forderte stets seinen Preis für die während eines Basketballspiels erduldeten Torturen.

Ben drehte eine Dusche auf und stellte sich unter das Wasser. Es war so heiß, daß er es gerade noch ertragen konnte. Der Schweiß wurde ihm binnen einer Sekunde vom Körper gebrannt. Er steckte seine Hand unter den Strahl und fühlte, wie das Blut durch seinen Körper raste. Es dauerte keine Minute länger, und sämtliche zehn Duschen waren in Benutzung. Der Dampf war so dicht, daß die Spieler zu schemenhaften, ätherischen Gestalten verschwammen. Nur ihre Stimmen waren nach wie vor laut und deutlich.

»Pinkie, T. C. O'Quinn hat gesagt, daß er deinen Ford an jedem beliebigen Wochentag und am Sonntag gleich zweimal hintereinander schlagen kann«, sagte Jim Don.

»Scheiße, meine Karre ist besser frisiert als jede Modepuppe. Wie schnell fährt O'Quinn denn?«

»Er sagt, er schafft hundertzwanzig.«

»Wenn das alles ist.«

»Aber im zweiten Gang.«

»Quatsch.«

»Scheiße. Pinkies Wagen kann auf einem Zehncentstück zum Stehen gebracht werden, und du kriegst noch neun Cent raus.«

»Wir reden aber nicht vom Stehenbleiben«, sagte Jim Don. »Wir reden über Geschwindigkeit.«

»Pinkies Wagen hat mehr Pferde unter der Haube als jeder John-Wayne-Film, und du und T. C. O'Quinn, ihr wißt das ganz genau«, sagte Art.

»Superscheiße«, sagte Mumford.

»Halt's Maul, Mumford!« schrie Jim Don. »Wer hat dich überhaupt gefragt? Du bist ja nicht 'mal beschnitten.«

»Hast du schon gehört, daß Pamela Wall 'nen neuen Erdenbürger ausbrütet?« sagte Art.

»Odum Bell wird sie auch so nicht heiraten«, fügte Pinkie hinzu. »Die geht ab nach Charleston, in dieses Heim.«

»Wenn ich gewußt hätte, daß sie nichts dafür nimmt, hätte ich meine Banane auch bei ihr versteckt«, sagte Jim Don.

»Stimmt schon, Pamela hat Beine wie Erdnußbutter«, meinte Art, »glatt und hübsch und leicht auseinanderzudrücken.«

»Hab' gehört, daß ihr Alter sie windelweich geschlagen hat, als er davon Wind kriegte.«

»Wenn er nur mich gefragt hätte. Soweit ich weiß, ist sie nur zweimal gebumst worden«, sagte Pinkie. »Einmal von der Football-Mannschaft und einmal von der Band.«

»Jim Don, hab' gehört, daß Lou Ellen Alston ganz heiß auf dich ist«, sagte Art.

»Vielleicht hab' ich ja Zeit, ihr 'n Stück von meinem Eins-A-dreißig-Zentimeter-Knüppel unterzujubeln.«

»Willst du sie etwa mit 'm Fuß vögeln?« fragte Pinkie. »Das ist außer deiner Nase der einzige Teil deines Körpers, der dreißig Zentimeter lang ist.«

»Meiner ist 'n ganzes Stück länger als der verschrumpelte Wurmfortsatz, den du da mit dir herumträgst«, gab Jim Don zurück.

»Du träumst, mein Junge«, sagte Pinkie. »Willst wohl 'nen Cadillac mit 'nem Volkswagen vergleichen, wie?«

Jim Don erwiderte: »Ich weiß, daß mein Schwengel größer ist als bei anderen Kerlen. Wäre ich nicht bestückt wie ein Zuchthengst, hätte ich Ansleys biologische Bedürfnisse keine drei Sekunden lang befriedigen können.«

»Du hast Ansley Matthews doch noch nie angefaßt, Jim Don«, sagte Pinkie.

»Jeden Zentimeter ihres Körpers hab' ich angefaßt«, antwortete Jim Don wütend. »Sie hat nicht eine einzige Sommersprosse.«

»Wenn ich mir vorstelle, wie du über Ansley Matthews steigst, wird mir ganz kotzübel«, sagte Philip.

»Stimmt das wirklich?« schnaubte Jim Don und imitierte dabei Philips stutzerhafte, aristokratische Sprechweise.

»Mach dir nichts draus, Philip«, sagte Artie. »Ansley läßt diesen Affen nicht an ihre Wäsche, noch nicht mal für 'nen kurzen Blick.«

»Mann, Jungs, wollt ihr mal hören, wie's war, als ich's mit der ollen Ansley zum erstenmal getrieben habe? Wir parkten unten am Strand, und ich bin so richtig schön auf ihr rumgerutscht. Eins führte zum anderen, und bevor ich mich versah, stieß meine große, haarige Banane in den Hügeln auf Gold und blies 'n Dixie. Hab' mich dann entschlossen, ihr 'n denkwürdiges Erlebnis zu verschaffen – war schließlich das erste Mal für sie. Ich hab' sie also nicht nur geknackt, sondern auch noch meinen Namen in ihre Supermöse geschrieben.«

»Warum hast du nicht ›James Donald‹ geschrieben?« unterbrach Philip.

»Weil ich Jim Don heiße«, antwortete er und fuhr in seiner Erzählung fort. »Zuerst malte ich ein großes J. Ein hübsches, verschnörkeltes J. Mit allen Häkchen und so. Dann schrieb ich ein kleines I und ein kleines M – wollte sie schließlich nicht zum Wahnsinn treiben, indem ich alles in Großbuchstaben schrieb. Trotzdem hab' ich sie ganz schön auf Touren gebracht. Sogar das D hab' ich klein geschrieben, um ihr 'n Gefallen zu tun. Und dann ein kleines O und ein N. War aber einfach zu viel des Guten für sie. Ich merkte, daß ich ihr mehr Zeit geben mußte, hab' dann aber doch 'nen Fehler gemacht. Mir fiel ein, daß ich den Punkt auf dem I vergessen hatte. Also bin ich noch mal zurück und machte ganz weit oben einen Punkt. Nun ja, meine Herrschaften, da fiel sie glatt in Ohnmacht. Ging mir ganz schön an die Nerven, weil ich im ersten Moment dachte, oh, Gott, was hab' ich denn jetzt gemacht? Hab' sie totgevögelt!«

Die Mannschaft johlte und schrie. »Alles Quatsch«, sagte Pinkie in dem allgemeinen Tohuwabohu.

»In den letzten zwei Jahren habe ich über zwanzig Weiber gevögelt, und jede einzelne davon war total high und hat um mehr gebettelt«, erklärte Jim Don.

»Das ist die größte Lüge, die mir je untergekommen ist«, sagte Pinkie.

»Wieviel Mädchen hast du denn schon genagelt, Albino?« fragte Jim Don.

»So um die zehn.«

»Zehn, meine Fresse«, sagte Jim Don. »Wieviel hast du denn gehabt, Art the Fart?«

»Zehn oder elf«, sagte Art, »genau weiß ich das nicht mehr.«

»Versuch's mit null, das ist leichter zu behalten«, sagte Philip und verließ den Duschraum.

»Wir bitten vielmals um Entschuldigung, Prinz Philip, daß wir so ordinär daherreden«, sagte Jim Don. »Wir Bauernlümmel unterhalten uns ab und zu eben gerne über Mösen, falls Seine Hoheit nichts dagegen haben. Im übrigen geh' ich jede Wette ein, daß du bis jetzt nicht weißt, wozu das Ding zwischen deinen Beinen außer zum Pinkeln sonst noch taugt.«

»Scheiße, Jim Don. Philip hat ja freie Auswahl. Die Mädchen stehen auf seinen kleinen reichen Hintern.«

»Und du, Meecham, wie oft warst du an der Reihe?« fragte Jim Don.

»Einmal«, log Ben instinktiv.

»Du bist wohl vom anderen Ufer, Meecham«, sagte Jim Don grob.

»Haste schon mal 'nen Nigger gevögelt, Meecham?« fragte Art.

»Nein.«

»Verdammt, Nigger zähl' ich gar nicht mit«, tönte Jim Don.

»Ich auch nicht«, pflichtete Art ihm bei. »Nur weiße Frauen kommen auf die goldene Liste. Bei den Schwarzen hab' ich längst die Übersicht verloren.«

Ben drehte die Dusche ab und ging halb blind durch die Dampfschwaden. Er fühlte sich sauber und herrlich müde. Wie sehr sich die Szenen glichen. Vor und nach dem Spiel unterhielt man sich über Mädchen. Ben kannte das Gerede und die Anmache, die Übertreibungen und Angebereien aus dem Dunstkreis der Adoleszenz schon seit Jahren – ein nicht enden wollender Anatomiekurs, der weder Rücksicht noch Ehrfurcht kannte, ein Geschwätz, das die diamantbesetzten Spitzen der Begierde stumpf werden ließ, die ihm sonst, wo immer er sich befand, durchs Fleisch fuhren. Beim Anziehen wurde ihm auf einmal klar, daß er sich nie so sauber und so schmutzig vorkam wie unmittelbar nach der gemeinschaftlichen Dusche. Das Kofferradio spielte immer noch. Er winkte Philip zum Abschied zu und trat in die kalte Abendluft hinaus – gefaßt auf eine Standpauke seines Vaters.

Als Bull seinen Sohn aus der Turnhalle kommen sah, warf er den Motor an. Er hatte während des Wartens eine Camel nach der anderen geraucht. Kaum hatte Ben die Wagentür geöffnet, da begann sein Vater auch schon mit ernster, schneidender Stimme die Spielkritik. Nie war es bisher anders gewesen, weder die Tonart noch der Inhalt der Rede überraschten Ben. Mit der Rechten hieb Bull auf das Armaturenbrett, um den Hauptargumenten mehr Nachdruck zu verleihen. Während der Fahrt schaute er mehr zu seinem Sohn hinüber als auf die Straße. »Eins sag' ich dir, Affe«, polterte er und ließ seine Faust auf das Armaturenbrett sausen, »wenn du dir, bloß weil du gegen diese Bubis dreißig Punkte erzielt hast, einbildest, du könntest jetzt College-Basketball spielen, dann wirst du noch dein blaues Wunder erleben. Ein guter College-Verteidiger hätte dich heute abend zur Sau gemacht. Ich weiß gar nicht, wo ich anfangen soll, so einen Bockmist hast du heute zusammengespielt! Mit deiner Verteidigung hättest du nicht mal beim Mädchenspiel 'nen Blumentopf gewinnen können. Und bei deinen Sprungwürfen kamen mir die Tränen. Wenn deine Mannschaft gepunktet hat, bist du ums Verrecken nicht mit zurückgelaufen. Und immer wieder hast du in den besten Wurfpositionen den Ball abgegeben an einen dieser Hampelmänner aus deinem Team. Wenn du bei diesem verdammten Spiel schon unbedingt mitmachen willst, dann spiel gefälligst auch verdammt ordentlich. Wenn dir das nicht paßt, gib dein Trikot zurück und versuch dein

Glück als zweiter Flötist in der Marschkapelle. Und jetzt verrat mir mal, worüber ich mich heute abend am meisten geärgert habe.«

Ben schwieg.

»Hast du 'ne Ahnung, Kerl? Weißt du's?«

»*No, Sir.*«

»Okay, dann sag' ich's dir. Du hattest diesen Knaben aus West Charleston umgesäbelt, und er lag auf der Schnauze. Und da gehst du zu ihm hin, reichst ihm die Pfote und hilfst ihm hoch. Das hat mich auf die Palme gebracht, und verflucht peinlich war's auch.«

»Was ist daran denn verkehrt?«

»Jetzt rede ich! Du hältst das Maul und hörst zu. Ich will dieses Musterknabengetue in dieser Saison nicht noch einmal sehen. Ich will, daß du wie ein wildes Tier spielst, und zwar vom Anpfiff bis zur Schlußsirene. Ich will Schaum vor deinem Mund sehen. Wenn ich dein Trainer wäre, hätte ich dich nach dieser Samariterszene aus dem Spiel genommen und dir die Hammelbeine langgezogen. Das nächste Mal, wenn du einen über den Haufen rennst, haust du ihm gleich noch dazu eins in die Fresse. Und sagst ihm, daß du ihm den Hals umdrehst oder ihm seine verdammte Niere rausrupfst, wenn er dir noch mal im Weg steht. Schwachsinnige Gefühlsduselei beim Basketball ist mir verhaßter als jedes zopftragende chinesische Schlitzauge. Vierzig Punkte hättest du heute abend machen können. Aber du warst eben nicht hungrig genug. Du hast zuviel von deiner Mutter in dir und nicht genug von Santini. Bist nicht Manns genug. Kapiert?«

»*Yes, Sir.*«

»Du hast mich also verstanden?«

»*Yes, Sir.*«

»Dann antworte auch wie ein Mann.«

»*Yes, Sir.*«

»Also merk's dir. Der edle Sportsmann ist tot. Das nächste Mal, wenn du einen umhaust, sorgst du dafür, daß er noch 'ne Weile liegen bleibt, sonst waren das Foul und die Verwarnung für die Katz. Ich interpretiere die Spielregel so: Du hast fünf Chancen, deinem Gegenspieler die Knochen zu brechen. Wenn ich früher jemanden über den Haufen gerannt habe, dann dankte der seinem Herrgott auf Knien dafür, wenn er ohne größere operative Eingriffe wieder auf die Beine kam. Ich hab' gespielt wie ein Tollwütiger.«

Schweigend fuhren sie durch Ravenel. Ben sah aus dem Fenster, ohne sich auf etwas Bestimmtes zu konzentrieren. Bull hatte seine Rede noch nicht beendet. Er gestikulierte mit der rechten Hand, bewegte seine Lippen, kniff die Augen zusammen, war selbst der einzige Zuhörer bei seinem wortlosen Monolog. Als sie zu Hause waren, machte Ben sich eiligst aus dem Staub. Er rannte die Treppe hinauf. Da rief sein Vater von unten hinter ihm her: »Also im großen und ganzen war es das beste Spiel, das ich bisher von dir gesehen habe!«

Die Familie hatte sich noch voller Begeisterung über Bens hervorragende Leistung in der Küche versammelt, um den Sieg zu feiern. Mary Anne schob einen zugedeckten Topf mit Puffreis auf dem Ofen hin und her. Matthew dribbelte auf dem Flur mit einem Gummi-Basketball und zielte wiederholt auf einen nur in seiner Einbildung existierenden Korb über der Eßzimmertür. Karen und Mrs. Meecham füllten Marmeladengläser unterschiedlicher Größe mit Coca-Cola.

Als Ben hereinkam, rannte Lillian auf ihn zu und gab ihm einen flüchtigen Kuß. Ben warf seine Tasche auf den Boden und nahm seine Mutter in die Arme wie ein Kind.

»Ein bißchen ödipal-pervers, diese Knutscherei, meinst du nicht auch, Pickelgesicht?« sagte Mary Anne.

»Du warst einfach wunderbar, Ben«, sagte Lillian. »Alle Leute um uns herum haben über dich geredet. Mit keinem Sterbenswörtchen hab' ich verlauten lassen, daß ich dich überhaupt kenne. Ich habe nur gesagt: ›So gut ist er nun auch nicht.‹ Und alle haben mir widersprochen. Als ich dann doch die Katze aus dem Sack gelassen hab', hätten sie sich schier umgebracht deswegen.«

»Ich habe neben Mary Helen Epps gesessen, Ben«, sagte Karen. »Sie wollte mir nicht glauben, daß du mein Bruder bist. Sagst du ›Hallo!‹ zu ihr, wenn ich sie morgen mit nach Hause bringe?«

»Nein, Karen, tut mir leid, aber ich kann doch nicht einfach von einer zur anderen gehen und ›Hallo!‹ sagen. Ein Mann in meiner Position muß schon ein bißchen wählerisch sein.«

»Kotz, würg«, sagte Mary Anne. »Die Geburt des goldenen Apoll.«

»Du bist doch nur neidisch, du Knallkopf!« schrie Matthew vom Flur her. »Ben ist ein Star, und du bist nichts weiter als ein Haufen widerlicher Sommersprossen.«

»Wenn du je 'n Meter Höhe erreichst, fordere ich dich zum Faustkampf heraus, Zwerg.«

»Mom, hast du das gehört?« schrie Matt.

»Laß mich runter, Liebling«, sagte Lillian zu Ben.

»He, laß die alte Dame stehen! Oder willst du dir einen Bruch heben?« sagte Bull, als er durch die Tür kam.

»Meinst du, ich wiege eine Tonne, Bull?« sagte Lillian und wandte sich an Mary Anne. »Du bist die ältere, Mary Anne. Ich kann daher erwarten, daß du vernünftig genug bist, Streitereien dieser Art mit deinem kleinen Bruder zu vermeiden.«

»Streiten die sich schon wieder?« wollte Bull von seiner Frau wissen. »Erlaub mir, ihnen das Maul zu stopfen. Dann machen sie wenigstens die Klappe nicht mehr auf.«

»Ben hat heute abend toll gespielt, nicht wahr, Dad?«

»Bei den Memmen hier unten mag er ja wer sein. Ein guter Yankee-Verteidiger hätte Hackfleisch aus ihm gemacht.«

»Aus mir kann man kein Hackfleisch machen«, sagte Ben.

»Nichts einfacher als das. Du hast eben nicht das Zeug zum Killer.«

»Hab' ich doch.«

»Würdet ihr beiden Killer wohl die Güte haben, eure brutalen Egos am Küchentisch niederzulassen und ein wenig Puffreis zu euch zu nehmen?« sagte Lillian.

Bull entnahm dem Barschrank eine Flasche George Dickel und füllte sein Glas. Er lehnte sich auf seinem Stuhl zurück und dachte noch einmal über das Spiel nach. Es hatte ihn merkwürdig berührt, obwohl er kaum hätte beschreiben können, warum. Bull hatte ein paar unausweichliche Einsichten über die Beschaffenheit von Vätern und Söhnen gewonnen, eine schwer ergründbare Lektion gelernt über das Verhältnis der Generationen zueinander. Er hatte an diesem Abend die Beine seines Sohnes beobachtet, als hätte er sie noch nie vorher gesehen. Es waren *seine* Beine; er hatte sie seinem Kind vererbt. Die schweren Oberschenkel, die kräftigen Waden, die merkwürdig runden Knie, die breiten Füße – die Beine der männlichen Meechams sowie einiger bedauernswerter weiblicher Meechams. Bull nahm einen großen Schluck und sah Ben an, der den Sportteil der *Charleston Evening Post* las. Er starrte ihn an, als studiere er die schattenhaften Konturen einer Luftaufnahme. Er hatte das Gefühl, daß er bei Ben in einem entscheidenden Punkt versagt hatte, daß es nicht gelungen war, seinem Sohn die naturgegebene Sanftheit, die Lillian ihren Kindern als dauerhaftes Erbe mit auf den Weg gegeben hatte, mit Stumpf und Stiel auszurotten. Bull wollte vor allem die Gabe der Wut an seinen ältesten Sohn weiterreichen, die Leidenschaft, andere Menschen zu bezwingen, ja zu demütigen. Er war davon überzeugt, daß diese Eigenschaft tief im Innern seines Sohnes durchaus angelegt war. Um den Kämpfer in Ben zu erwecken, müßten nur das Fleisch heruntergerissen und die Knochen bloßgelegt werden. Der Kämpfer lebte in den Knochen. Er lebte in dem unstillbaren Drang, über sich hinauszuwachsen und zu gewinnen. Bull nahm noch einen großen Schluck und begann, über die Vergangenheit zu reden.

»Bei meinem ersten Spiel in der High School für die Mannschaft von St. Mike verfügte die Gegenseite über einen Knaben namens Rosie Roselle, dessen beidhändige Korbwürfe in der ganzen Liga gefürchtet waren. Ich war erst im zweiten Jahr der High School und hatte noch nicht viel gespielt, doch der Trainer mochte die Art, wie ich spielte. Ihm gefiel, wie ich mich an den Kerlen, die ich bewachen sollte, festbiß. Er mochte, wie ich den Gegner anknurrte. Ich war damals noch richtig dürr, jung eben, und es sollte noch zwei, drei Jahre dauern, bis meine Muskeln voll entwickelt waren. Wie dem auch sei, wir spielten also gegen die Mannschaft von Roselle, und keiner war imstande, diesen Hurensohn vom Punkten abzuhalten.«

»Du befindest dich in der Gegenwart von drei Damen und zwei Gentlemen, Liebster«, mahnte Lillian.

»Jedesmal, wenn dieser Rosie warf, sauste der Ball durchs Netz. Ein gutes Auge hatte er, ein sehr gutes. In der Halbzeit kam Trainer Kelly – Benny Kelly – in der Kabine zu mir und sagte: ›Meecham, bist du Manns genug, um diesen Roselle zu stoppen?‹ Ich sah zu ihm auf und sagte: ›*Yes, Sir.*‹ Und er sah zu mir hinunter und sagte: ›Einen Dreck bist du, einen Scheißdreck, Meecham.‹ Und dann brüllte Kelly mich an: ›Du bist eine solche Memme, daß du noch nicht mal 'ne Tür am Quietschen hindern kannst, aber ich geb' dir trotzdem noch eine Chance.‹ Nun ja, als ich aus der Kabine kam, waren meine Augen blutunterlaufen. Vor dem Sprungball ging ich zu Rosie hin, knuffte ihn in den Bauch und sagte: ›Wenn du auch nur einen Punkt gegen mich machst, dann schlag' ich dich nach dem Spiel zusammen.‹ Von nun an klebte ich an ihm, als wäre er eine läufige Hündin. Ich atmete ein, wenn er ausatmete. Immer wieder zischte ich ihm zu, daß ich seine zweite Leibbinde wäre. In der Auszeit folgte ich ihm sogar auf die Bank. Ich sagte ihm, daß er nachts von mir träumen würde. In der zweiten Halbzeit erzielte er nicht einen einzigen Korb. Nach dem Spiel kam Trainer Kelly höchstpersönlich auf mich zu und drückte mir mitten auf dem Feld einen Kuß auf, vor mehr als dreihundert Leuten. Danach saß ich nie wieder auf der Bank. Ich wurde zum besten Spieler, den Benny Kelly je hatte.«

»Der Puffreis ist fertig«, rief Mary Anne. »Dad, erzähl mir doch noch mal, wie fabelhaft du warst. Bei dem Krach von dem Puffreis konnte ich deine Geschichte nicht hören.«

»Vor dem Essen sollten wir ein Gebet sprechen«, verkündete Lillian und senkte den Kopf. »Wir danken Dir, Herr, für Deine Segnungen. Wir danken Dir für den Sieg gegen West Charleston und dafür, daß Du es Ben ermöglicht hast, so gut zu spielen. O Herr, wir wollen aber besonders den guten alten Rosie Roselle in unser Gebet einschließen.«

»Armer Roselle«, sagte Ben traurig. »Ich wette, nach der Begegnung mit Meecham war er ein Wrack und hat sich nie wieder richtig erholt.«

»Ich frage mich, was aus dem armen Rosie geworden ist«, kicherte Mary Anne.

»Wahrscheinlich hat er sich längst umgebracht«, sagte Matthew.

»Armer, armer Roselle«, sagte Ben. »Armer Rosie Roselle.«

»Haltet die Klappe. Ich hab' das ernst gemeint.«

»Das Traurige an der Sache ist, Popsy«, sagte Mary Anne und verteilte ihren Puffreis auf die Schüsselchen, »daß ich wahrscheinlich die einzige in der Familie bin, die ahnt, wie wichtig dir diese Geschichte ist. Aber dir ist es ja völlig egal, wie gut ich dich kenne. Es ist schon traurig.«

»War nur eine Geschichte, Sportsfreunde. Sie bedeutet mir überhaupt nichts.«

»Und warum erzählst du sie uns dann zwanzigmal im Jahr, Liebster?«

»Weil ich ein Mensch bin, der in geschichtlichen Kategorien denkt.«

»Stimmt nicht, du schneidest nur gerne auf«, sagte Mary Anne.

»Armer Rosie«, gurrte Ben.

»Armer Rosie Roselle«, stimmten die anderen ein.

★

Bevor Ben ins Bett stieg, stahl Mary Anne sich in sein Zimmer. »Oh, mein Held, mein Weltmeister der Sprungwürfe. Erlaub mir, deine Füße zu berühren. Nein, deinen Füßen entströmt Leichengeruch. Erlaub mir, deine Goldlocken oder deine rote Triefnase zu berühren. Erlaub mir, deinen smaragdenen Bauchnabel zu berühren.«

»Raus mit dir, Mary Anne«, sagte Ben und grinste. »Berühmte Sportler bedürfen der Ruhe.«

»Natürlich. Sonst ist's aus mit den Sprungwürfen. Leg dich nur ruhig hin und mach Heia-heia. Deine kleine Schwester Mary Anne, diese nutzlose Null, wird dem großen Helden Wiegenlieder vorsummen, bis er grauenvolle Schnarchgeräusche von sich gibt.«

»Was hältst du davon, kleine Schwester, wenn ich dir deinen Mund durch 'ne Männerfaust ersetze?«

»Und was hältst du davon, wenn ich dir deine kleine Schwester durch einen Marine ersetze, Pickelfresse?«

»Du bist ein Feigling, Mary Anne«, sagte Ben. »Du kämpfst nicht wie ein Mann«, sagte Ben.

»Stimmt, Musketier. Ich glaube an die Klugheit. Kluge Menschen werden nicht gekränkt oder verletzt. Auch Vischnu ist auf der Seite der Klugheit.«

»Wer ist Vischnu?«

»Armer Tropf von einem Bruder. Seit Beginn der Basketballsaison befindet sich dein Hirn in einem unaufhaltsamen Zersetzungsprozeß. Vischnu ist der hinduistische Gott der Selbsterhaltung. Ich glaube an die Selbsterhaltung als die wichtigste aller Tugenden. Auf Helden fahr' ich nicht ab. Die denken an andere und machen allen möglichen Blödsinn, sterben zum Beispiel für andere und so. Ich denk' lieber an mich selbst. Bevor ich irgend etwas tue, frage ich mich immer erst: ›Was springt dabei für den mir liebsten Menschen heraus, die charmante und elegante Mary Anne Meecham?‹«

»Du hast wirklich ein paar Schrauben locker, Mary Anne. Eigentlich war das ja schon immer so, aber langsam hab' ich wirklich den Eindruck, du bist unheilbar krank.«

»Darüber habe ich noch nie nachgedacht, Ben, aber es muß schon schwer für dich sein. Ich meine, daß jeder in der Schule auf dich zukommt und zu dir sagt: ›He, bist du nicht der Bruder der genialen Schönheitskönigin Mary Anne Meecham?‹ Muß ganz schrecklich sein, das ganze Leben lang in meinem Schatten zu stehen.«

»Ganz abscheulich, Mary Anne. Aber ich tue mein Bestes, mit diesem schweren Los fertigzuwerden.«

»Du bist so was wie 'ne Warze auf meinem Hintern. Überall, wo ich hingehe, trag' ich dich mit mir herum. Ach, übrigens, Goldjunge: Hab' ich recht und du hattest Spaß daran, als diese schlampigen Cheerleader um dich herumhüpften?«

»Ganz und gar nicht, Mary Anne. Nichts hasse ich mehr, als wenn sich mir diese üppigen, prachtvollen Brocken Frauenfleisch an den Hals werfen. Häßliche Zwerge männlichen Geschlechts wären mir viel lieber gewesen.«

Mary Anne ging zum Fenster und starrte auf den Fluß hinaus. »Weißt du, Ben, wenn ich hier Freunde hätte, dann würde ich diese Stadt auch mögen. Ich liebe dieses Haus. Ich liebe den Fluß, die Bäume, die Abgeschlossenheit. Alles. Dies ist der schönste Ort, an dem wir je gelebt haben. Wenn ich Freunde hätte, dann würde ich nie aus dieser Stadt fortgehen wollen. Es wäre auch ein guter Platz zum Sterben.«

»Wieso sprichst du vom Sterben?«

»Weil ich dauernd übers Sterben nachdenke.«

»Warum?«

»Woran kann man denn sonst noch denken?«

»Ans Leben.«

»Hier zeigt sich der Hauptunterschied zwischen dir und mir, Ben.«

»Und der wäre?«

»Ich habe mehr Tiefgang.«

Am Montag nach dem Spiel gegen West Charleston blieb Ogden Loring vor Bens Pult stehen, nahm die Brille ab und begann, sie mit seiner seidenen, im Paisley-Muster bedruckten Krawatte zu säubern. Mr. Loring hatte ein empfindsames, rosiges Gesicht, auf dem sich die Augenbrauen, sozusagen als Ausdruck seiner beständigen Wißbegier, wie natürliche Fragezeichen ausmachten. Er war ein schmaler Mann mit schütterem, rotem Haar, und er kleidete sich elegant. Während er der Klasse Vorträge über Poesie oder schöne Künste hielt, rauchte er lange, dünne Zigaretten, die er einzeln einem silbernen Etui in seinem Jackett entnahm. Wenn er etwas an die Tafel schrieb, benutzte er gelbe Kreide. Wenn er geistesabwesend und von einem Thema besessen und mitgerissen war, dann schrieb er mit der Zigarette und rauchte die Kreide. Das Gelächter und die Spötteleien seiner Schüler quittierte er mit verlegenem Charme und einer zu Herzen gehenden, erstaunten Anmut. Bull Meecham hatte Ogden Loring bei einem Elternabend kennengelernt und diesen Mann zu Hause mit einer einzigen Bemerkung abgetan: »Ein Mann, der einen solchen Pipikram wie Englisch unterrichtet, kann nichts anderes als ein Waschlappen sein.« Aber Ben war widerwillig zu der allmählichen Überzeugung gelangt, daß Ogden Loring der beste Lehrer war, den er je gehabt hatte.

Der Anfang war schwierig gewesen. Die Erziehung an katholischen Schulen kam in gewisser Weise einer Ausbildung in einem fremden Land gleich. Nonnen und Priester übten über ihre Klassen eine absolute Herrschaft aus, in der jeglicher Widerspruch unmöglich war. Ben hatte in den Kellern von Bestattungsunternehmen mehr Muckser gehört als in manchen Mathematikstunden, welche eiskalte Frauen erteilten, die an den Bankreihen entlangfegten und mit ihren Nonnengewändern antarktische Winde aufwirbelten. Ben war es gewohnt, daß Schweigen herrschte, wenn er von Fenstern und Wandtafeln umschlossen war. Lernen war etwas Abstraktes, das sich unter den starren, strengen Blicken einer katholischen SS vollzog, die in den Klassenzimmern seiner Jugend auf- und abmarschiert war. Eine der Nonnen, Schwester Sankt Anna, war eine immens gütige Frau und die beste Lehrkraft gewesen, die er je vor Ogden Loring gehabt hatte, aber selbst ihr Unterricht glich einer Vorhölle, in der die Kinder hilflos durch die Roßbreiten ihrer unterdrückten Energie trieben. Sämtlichen Nonnen und Priestern, die Ben je unterrichtet hatten, allen Marines samt ihren Ehefrauen, die Ben je geliebt und beigestanden hatten, wäre bei der Teilnahme an Ogden Lorings Englischstunden schon nach einer Minute klar gewesen, daß sie sich auf Feindesgebiet gewagt hatten. Seine einführenden Worte zu Beginn des Schuljahres hatten gelautet: »Ich bin ein eigentümlicher Mensch«, und unmittelbar darauf hatte er begonnen, seine Behauptung zu beweisen, indem er sich auf eine odysseische Irrfahrt von geradezu dämonischer Intensität begab. Wann immer die Schüler sein manisches Königreich betraten, vernahmen sie Musik, die aus einem Stereogerät hinter seinem Tisch erscholl. Manchmal war es klassische Musik: Brahms, Beethoven, Saint-Saëns oder Bach. Ein anderes Mal waren es von Odetta gesungene Neger-Spirituals oder von Joan Baez, Pete Seeger, Cisco Houston oder Woody Guthrie interpretierte Folksongs. Eine ganze Woche lang spielte Mr. Loring Rock'n'Roll, begann mit Bill Haley und setzte seinen unorthodoxen historischen Überblick mit Buddy Holly fort, bis die Reihe, bei Roy Orbison angekommen, unvermittelt abbrach. Ben schenkte der Musik bis zur ersten Klassenarbeit des Schulhalbjahres kaum Beachtung, dann aber hatte sich ein Viertel der Fragen auf die in den ersten zwei Wochen gehörte Musik bezogen. Während Ben sich sein leeres Hirn zermarterte, spazierte Mr. Loring durchs Zimmer und las allenthalben herumliegende Papierröllchen auf. Als der Test vorüber war, herrschte eine unverhohlen feindselige Atmosphäre in der Klasse. Ogden Loring nutzte den Moment, um aufgeräumt zu verkünden, daß die Antworten auf sämtliche Testfragen auf den Papierröllchen unter ihren Pulten verzeichnet gewesen wären und daß ihnen die Benutzung dieser versteckten Hilfen freigestanden hätte. »Hummerjane«, hatte er gesagt, »Idigoten, die im Tal der Todesschatten leben. Stellt euch auf eure Umgebung ein. Erkennt, was um euch herum vorgeht. Haltet Augen und Ohren offen.«

Bei anderer Gelegenheit hatte er die Lösungen in dunkle Ecken des Schwarzen Bretts gepinnt. Hängte er irgendwo den Druck eines Gemäldes aus dem Louvre oder dem Prado auf, das er auf einer seiner Sommerreisen nach Europa erworben hatte, dann konnte man sicher sein, daß das Bild in irgendeiner Form in der nächsten Klassenarbeit vorkam. Als Jim Don Cooper ein Klagelied darüber anstimmte, daß er der Literatur rein gar nichts abgewinnen könne, ließ Mr. Loring die Cheerleader vor der Klasse antreten und ekstatische Jubelschreie auf Charles Dickens, William Faulkner und J. D. Salinger ausbringen. Anstelle von Schulbüchern abonnierte er für seine Letztkläßler *Atlantic Monthly, Harper's Bazaar* und die Sonntagsausgabe der *New York Times*. »Protozoen«, pflegte er seiner Klasse mitzuteilen, »ich will euch ein paar Stimmen aus der Welt dort draußen vorstellen, bevor das Leben seine Klauen in euch gräbt.«

Er war ein glänzender Redner, der Antiquitäten mit in die Schule brachte und leidenschaftlich und hinreißend über die Erlesenheit von Waterford-Kristall oder über die vergilbte Brüchigkeit von Erstausgaben referierte. Zwei seiner Bücher waren von Oscar Wilde signiert. Seine *Tess von d'Urbervilles* war eine limitierte, von Thomas Hardy signierte Ausgabe.

Die Klasse hörte sich pro Monat eine Oper an – machte zumindest den Versuch, sie aus dem Donnergetöse der Stöhner und kaum unterdrückten Flegeleien aus den letzten Reihen, die von Sportlern bevölkert waren, herauszuhören. Ogden Loring schien es jedoch unerheblich, ob seine Klasse an seinem Unterrichtsstoff Gefallen fand oder nicht; er schrieb lediglich Tests über alles, was in seinem Unterricht geschah. Mit hundertprozentiger Sicherheit gab es jeden Freitagnachmittag einen Dreihundert-Wörter-Aufsatz als Hausaufgabe; außerdem teilte er dann seine aus jeweils zwanzig Wörtern bestehenden Vokabellisten aus, um sie am folgenden Dienstag abzufragen. »Guten Morgen, Unhelden«, hatte er eines Montagmorgens die Stunde begonnen, »ich glaube an die Oligarchie« – und dreißig Stifte hatten hastig ein Schriftgebilde erzeugt, das das Wort »Oligarchie« annähernd widergab, denn allen war klar, daß es irgendwann einmal in irgendeinem Test auftauchen würde.

Freitags zeigte er oft Dias von seinen Reisen durch Europa und verweilte liebevoll bei den ländlichen Szenen aus England. »Ogottogottogott«, seufzte er dann mitunter. »Liebliches England. Liebliches, sanftes England. Liebliches, trauriges, sanftes England.«

»Loring ist plemplem«, erscholl dann eine Stimme aus der Dunkelheit.

Er zeigte Dias von einer Corrida in Spanien, und wenn der Stier fiel, wurde Lorings Stimme zu einem Röcheln. Und bei der Schilderung von Manoletos Tod, den er in Spanien ausgiebig recherchiert hatte, war er den Tränen nah gewesen. Mittwoch nachmittags begaben sich drei Mädchen aus der Klasse zu ihm nach Hause, wo er sie in die Mysterien der französischen Kochkunst einführte, was ihnen als Unterricht angerechnet wurde. Diese Pluspunkte waren der Wurstzipfel, den er vor der Nase seiner trägen Adepten schwenkte. Für jedes gelesene Buch erteilte er eine unbestimmte Zahl von Pluspunkten und schrieb geheimnisvolle Eintragungen in sein Notenbüchlein, die in jenen entscheidenden Nächten, in denen er die Leistung jedes Schülers beurteilte, irgendwie zu Buche schlagen mochten.

Wirklich bewundernswert war es, daß Ogden Loring die öffentliche Meinung von Ravenel, South Carolina, nach deren einstimmigem Urteil er zumindest als halbverrückt galt, völlig kaltließ.

In jeder Unterrichtsstunde wurde Ogden Loring zur Zielscheibe von Schmähungen und höhnischen Bemerkungen. Er ertrug Gift und Galle spuckende Schüler, die bei anderen Lehrern keinen Mucks taten oder tun wollten. Zunächst war Ben entsetzt, und zwar sowohl über den Mangel an Respekt diesem Mann gegenüber als auch über seine Fähigkeit, sämtliches Vitriol, mit dem ihn seine Schüler überschütteten, zu ignorieren. Tag für Tag bestanden die ersten Minuten des Unterrichts aus Salven harter Kritik, die auf Mr. Loring abgefeuert wurden, der mit seiner rundlichen und angreifbaren Gestalt am Stehpult lehnte. Dies gehörte zur Routine wie der Treueeid auf die amerikanische Verfassung. Manchmal parierte er die Attacken, schlug mit Verbalinjurien um sich, hänselte die Angreifer oder brüllte sie wutschnaubend an, aber meistens lächelte er nur über die allmorgendlichen Schlachten und hörte Schülern zu, die sonst im Unterricht nie den Mund aufmachten, sich jetzt aber an der Hatz beteiligten. Die erstaunlichste Entdeckung war in Bens Augen jedoch die umwerfende Erkenntnis, daß Ogden Loring der beliebteste Lehrer an der Calhoun High School war. Er hatte beobachtet, wie Jim Don Cooper eines Tages nach dem Training beinahe auf Art the Fart losgegangen war, nur weil dieser eine abfällige Bemerkung über Mr. Loring gemacht hatte. Er wußte, daß Sue Ellen Rogers an Mr. Lorings mittwochnachmittäglichen Kochkursen teilnahm. Einem Jungen, der an die Fäuste und Schwielen katholischer Schulen gewöhnt war, schien dies äußerst merkwürdig. Doch bald erfuhr er aus den Gesprächen mit Sammy und Emma Lee, daß Ogden Loring ein Kerl aus echtem Schrot und Korn war, eine ehrliche Haut, ein wahres Erbstück; zehn Jahre lang war sein Ruf in der Stadt ausgebrütet worden, von Bruder zu Bruder, von Schwester zu Schwester hatte man ihn weitergegeben. Der Weg ins Leben führte durch Ogden Lorings Unterricht; er gehörte zum Ruhm und Glanz, zur Schlacke und zum Kies der High School.

Ein nicht enden wollender Strom ehemaliger Schüler klopfte jede Woche bei ihm an, tristes Treibgut aus Männern und Frauen, die vom Leben jenseits der Schulmauern gekostet und es für unzulänglich befunden hatten. Aus ihren Augen sprach Versagen, und sie kamen zu Ogden Loring zurück wie Schiffe, die nach einem sicheren Hafen Ausschau halten. Viele Jahre im Feuerofen menschlicher Erfahrung dauert es, bis man die sanften Menschen, denen man im Auge des Sturms begegnet, schätzen lernt. Fast täglich klopften sie bei Ogden Loring an – ein Mann in Uniform, eine Frau mit zwei oder drei geschrubbten, vor Sauberkeit glänzenden Kindern, und die ehemaligen Schüler stürzten sich mit ausgebreiteten Armen auf den nervösen, unscheinbaren Mann, der tief errötete und den die Tatsache, daß sie sich seiner erinnerten und ihn besuchten, beinahe zu Tränen rührte.

Im Laufe der ersten beiden Wochen nach Schulbeginn war Ben zu Mr. Dacus gegangen, um sich über Ogden Loring zu beschweren. Mr. Dacus hatte ihm geduldig zugehört und dann vorgeschlagen, noch einen Monat zu warten, bevor er ein endgültiges Urteil über die Qualität von Ogden Lorings Unterricht abgäbe. Hielte Ben nach Ablauf dieses Monats Loring noch immer für einen schlechten Lehrer, so wolle er, Mr. Dacus, Ben persönlich den Hals umdrehen und ihn von der Schule schmeißen.

»Kleiner«, hatte Mr. Dacus gesagt, »es kommt nicht oft vor, daß einem ein Heiliger über den Weg läuft. Du kennst einen. Und er hat die geniale Begabung, Burschen wie dir etwas beizubringen. Also Marsch zurück in seinen Unterricht, und wenn du erst einmal herausgefunden hast, daß Og der beste Lehrer ist, den du jemals hattest, dann darfst du wiederkommen und dich bei mir entschuldigen.«

Es dauerte Wochen, bis Ben die durch die Englischstunden des kraftlosen, hypernervösen Mannes driftenden Strömungen und Gegenströmungen einigermaßen durchschaute und sich eine Einstellung zurechtgezimmert hatte, mit der es sich für den Rest des letzten Jahres vor dem Abitur leben ließ. Als Ogden Loring mit brennenden Augen seinen Blick über die vor ihm sitzenden Schüler hatte schweifen lassen, traurig sein Haupt geschüttelt und gesagt hatte: »Es ist wirklich schade. Schade, daß nicht wenigstens ein paar von euch zumindest zehntausend Bücher gelesen haben. Dann könnten wir uns vielleicht endlich miteinander unterhalten«, da hatte sich Ben nichts auf der Welt sehnlicher gewünscht, als vor Ogden Loring zu sitzen, zehntausend Bücher im Kopf, die in seinem Gedächtnis glühten wie Rubine, und ein Gespräch mit ihm zu führen, das keinerlei Beschränkungen oder willkürliche Grenzen kannte. O wie gern wollte Ben Meecham diesen Mann beeindrucken, ja geradezu betören mit einem Feuerwerk brillanter Bilder und messerscharfer Metaphern aus den berühmtesten Werken sämtlicher Jahrhunderte! Ben war, ohne sich dessen bewußt zu sein, von einem einzigen Satz geködert worden – einem von Tausenden, die Loring im Laufe des Jahres gleichsam fallenließ, in dem unerschütterlichen Glauben, das Leitmotiv seines Unterrichts sei eine intellektuelle Entdekkungsreise. Jedem Schüler blieb es selbst überlassen, ob er ihn auf der ganzen oder nur auf einem Teil der Reise begleitete. Es war eine Frage der persönlichen Neigung und Wahl und des angestrebten Notendurchschnitts.

Nachdem er seine Brille geputzt hatte, setzte Mr. Loring sie wieder auf und starrte Ben unstet an. Bis dahin war der Tag für Ben ein Tag ungeschmälerten Triumphes gewesen: Mit einem einzigen Basketballspiel hatte er sich einen Namen gemacht, ein Gesicht und eine Identität gewonnen. Er kostete die Situation aus; zu viele Monate lang war er unbemerkt durch die Gänge der Calhoun High School geschlichen.

»Ich nehme an, du hältst dich jetzt glatt für ein Wunderkind, nicht wahr, Hummerjan?« sagte Mr. Loring.

»Bitte vielmals um Entschuldigung, Sir«, erwiderte Ben.

»Ich wette, du hast dich heute morgen vor den Spiegel gestellt und dir selbst anhaltend applaudiert. Gib's schon zu, Kretur. Nun, da du im Basketball die größte Kanone bist, hältst du dich wohl für das Salz der Erde.«

»No, Sir.«

»Eine Sportskanone!« höhnte Mr. Loring. »Ein Muskelanbeter? Ein Vertreter in Sachen Geschwindigkeit? Es ist einfach absurd. Ja, absurd. Ich, Mr. Meecham, reiße mich fast in Stücke und mühe mich nach bestem Wissen und Gewissen, einen Gelehrten aus dir zu machen, nur um eines schönen Abends zu entdecken, daß du eine dämliche Sportskanone bist. Ein Bewohner von miefigen, ekelhaften Umkleidekabinen, trainiert von hirnlosen Schimpansen, die sich Coach schimpfen. Sagenhaft! Ich glaube, ich falle in Ohnmacht. Vielleicht sterbe ich auch. Oder singe dem Herrn ein Lied. Ich finde, es ist wunderbar, daß du dich für so wunderbar hältst.«

»Wenn Ben weiter so gute Arbeit leistet, dann kommen wir dieses Jahr in die Ausscheidung zur Landesmeisterschaft«, sagte Philip Turner, der genau vor Ben saß.

»In die Ausscheidung zur Landesmeisterschaft!« japste Mr. Loring. »Ich werde wohl mein Leben aushauchen, wenn wir nicht bis in die Ausscheidung kommen. Ja, da will ich auch hin. Ich muß unbedingt in die Ausscheidung.«

»Sie wissen doch, was ich meine, Mr. Loring«, sagte Philip.

»In der ganzen Stadt heißt es, daß Sie 'n gewaltigen Vogel haben, Mr. Loring«, sagte Sue Ellen Rodgers.

»Stimmt«, ließ sich Jim Don Cooper aus der letzten Reihe vernehmen. »Mein Daddy will den guten alten Loring mit bloßen Händen umbringen. Ihn solange würgen, bis ihm die Augen aus seinem häßlichen, kahlen Schädel ploppen.«

»Meine Mama sagt, daß der olle Loring hinter Schloß und Riegel gehört und daß man den Schlüssel in den Pazifik schmeißen soll«, sagte Sue Ellen.

Ein durch nichts aus der Ruhe zu bringender Mr. Loring antwortete Sue Ellen bedächtig und würdevoll: »Nur weil meine Schüler mich lieben, kann ich in dieser öden Stadt bleiben und im Augenblick ihrer Geburt auf nicht wiedergutzumachende Weise geschädigte Kreaturen in *King's English* unterrichten. Ich verweile an diesem Ort, weil ein paar von euch Idigoten diese Klasse mit der vagen Vermutung verlassen werden, daß vielleicht doch ein winziger Unterschied zwischen einem Verb und einer Zündkerze besteht.«

»Ich will aber richtiges Englisch lernen, Mr. Loring«, sagte Philip. »Wir haben dieses Jahr noch keinen einzigen Satz analysiert. Ich mach' mir langsam Sorgen wegen der Zulassung zum College.«

»*Yeah,* wir tun nichts anderes, als millionenschwere Wörter auswendig zu lernen, die ich noch nicht mal aussprechen kann«, sagte Sammy Wertzberger.

»Stell dich nicht dümmer, als du bist, Samuel. Natürlich kannst du die Wörter aussprechen, und eines Tages werden sie dir mal sehr nützlich sein«, schimpfte Emma Lee Givens.

»Ooooh, uuuh. Die Tochter Gottes hat gesprochen«, sagte Pinkie. Emma Lee Givens war die streng blickende, bebrillte Tochter eines Predigers der *Assembly of God.* Sie hatte ein hübsches Gesicht, und ihr Sinn für Humor war weit besser ausgebildet, als sie vor dem Großteil ihrer Klassenkameraden zugab. Sie saß Sammy gegenüber und machte keinen Hehl daraus, daß sie ihn zum Schießen fand. Ben hatte von Philip erfahren, daß sie von den Letztkläßlern mit riesigem Vorsprung dazu auserkoren worden war, die Schulabschlußrede zu halten; Philip selbst war ihr einziger halbwegs ernst zu nehmender, wenngleich weit abgeschlagener Konkurrent gewesen.

»*Yeah,* warum müssen wir solche hochtrabenden Wörter lernen? Wir mit unserer durchschnittlichen Hirnmasse. Wir sind doch keine Genies wie Emma Lee und Philip«, sagte Sue Ellen.

»Weil ihr verbale Liliputaner seid«, rief Mr. Loring. »Und weil ich es diktatorisch und willkürlich so bestimmt habe, und weil ihr ohne diese Wörter euer Abschlußzeugnis nicht bekommt.«

»Ich werde Sie einkerkern, Loring. Und dann werde ich Sie dezimieren«, schrie Jim Don unter Zuhilfenahme der einzigen beiden Wörter aus der Vokabelliste, an die er sich erinnern konnte.

»Kummer befällt mich, wenn ich über Ihre Idiosynkrasien nachsinne, Loring«, rief Pinkie stolz.

»Hören Sie nicht auf sie, Mr. Loring. Die können Ihnen nicht das Wasser reichen«, sprach Emma Lee Givens im Brustton der Überzeugung.

»Du klingst wie ein Brief an die Epheser, Emma Lee. Wofür hältst du dich eigentlich?« brauste Sue Ellen auf.

»Nicht für eine deiner Freundinnen, Sue Ellen«, erwiderte Emma Lee bedächtig.

»Immer nimmst du dieses Objekt in Schutz!« rief Carol Huger vom anderen Ende des Klassenzimmers.

»Ich mag ihn«, sagte Emma Lee, »und ich wäre dir sehr verbunden, wenn du ihm die Möglichkeit geben würdest, mich zu unterrichten. Und euch.«

»Danke, Emma Lee«, sagte Mr. Loring. »Aber du brauchst mich nicht vor diesen armen Kreturen in Schutz zu nehmen.«

»Ich habe die gestrige Hausaufgabe nicht verstanden, Mr. Loring«, sagte Sammy. »Und wenn ein Gelehrter meines Kalibers sie nicht versteht, dann leuchtet jedem ein, daß sie sehr kompliziert sein muß.«

»Samuel«, flüsterte Emma Lee laut genug, daß auch Ben es verstehen konnte, »du weißt doch ganz genau, daß du dir die Hausaufgabe nicht einmal angeguckt hast.«

»Kretur«, sagte Mr. Loring und wandte sich wieder Ben zu, »du hältst dich heute morgen für ganz phantastisch. Du glaubst, du wärest der größte Glücksfall, der dieser High School jemals zugestoßen ist, nicht wahr? Gib's schon zu, damit wir endlich mit dem Unterricht anfangen können. Was hast du dir gedacht, als du heute morgen in den Spiegel geschaut hast?«

»Er ist der Star«, verkündete Sue Ellen, und Ben zuckte zusammen. Er empfand einen leichten Stich und eine exquisite, verzehrende Freude.

»Der Star?« dröhnte Mr. Loring. »Der Star? Liebes bißchen. Der Herr steh mir bei. Der Star? In meiner Klasse. Der olle Og Loring unterrichtet einen Star! Und ich dachte, Stare gehören zur Fauna und zwitschern in den Bäumen. Ich hatte keine Ahnung, daß sie sich in Klassenzimmern herumdrücken. Ich dachte, sie wären himmlische Vögel, die die Menschen erfreuen. Ich dachte, sie könnten in freier Natur, vielleicht durch ein Fernglas, beobachtet werden. Allein der Gedanke, daß ich hier vorne stehe und einen Star betrachte, der keine drei Meter entfernt sitzt! Wie überwältigend! Was hast du dir gedacht, als du heute morgen in deinen Spiegel geschaut hast? Warst du überrascht, einen Star zu sehen?«

»Ich habe mir überhaupt nichts gedacht, Mr. Loring. Ich habe mir selbst lang anhaltend applaudiert.«

Nachdem er gelacht, sich geräuspert und seine Brille ein zweites Mal geputzt hatte, begann Ogden Loring mit dem Unterricht.

»Hummerjane, Unhelden, Star«, begann er, »heute werde ich damit fortfahren, euch zu beweisen, daß das Unterrichten eine Kunstform ist.«

23

Nachdem Schwester Loretta ihren Katechismusunterricht nun zum zweitenmal mit der Ermahnung geschlossen hatte: »Und vergeßt nicht, daß euer Körper der Tempel des Heiligen Geistes ist«, nachdem sie auch auf die letzte Zusammenkunft der *Confraternity of Christian Doctrine* vor den Weihnachtsferien nur in gedämpft ehrfürchtiger Tonlage verwies, zogen Ben und Mary Anne – seit langem erfahren im Entschlüsseln der geheimnisvollen Wege der Nonnen – den Schluß, daß in den Kulissen das bocksbeinige Thema Sex seines düster-lüsternen Auftritts harrte.

Auf dem Heimweg unterhielten sie sich über die Wahrscheinlichkeit ihrer Vermutung. »Es gibt überhaupt keinen Zweifel«, sagte Mary Anne, »die gute Loretta Lou wird uns den Ernst des Lebens um die Ohren hauen. Diese alte ›Euer Körper ist der Tempel des Heiligen Geistes‹-Leier ist ein todsicheres Anzeichen dafür. Selbstverständlich bin ich verstört, weil mein Tempel Sommersprossen hat.«

Ben meinte: »Ich wette, daß der Heilige Geist diesen schäbigen Tempel, den du für Ihn hast, überhaupt nicht mag.«

»Immer noch besser, als im Tempel der Pickel zu leben.«

»Ich wette, daß sie Father Pinckney anschleppen werden, um mit uns Jungs zu reden, und daß Schwester Loretta die Mädchen übernehmen wird«, sagte Ben.

»Diesen scheußlichen Film über die Menstruation habe ich jetzt viermal und den noch scheußlicheren über die Geburt mindestens dreimal gesehen.«

Am Vortag des nächsten Katechismusunterrichts jedoch wurde Ben nach der Messe um Viertel nach sechs Ohrenzeuge einer Auseinandersetzung zwischen Father Pinckney und Schwester Loretta. Obwohl die Sonne bereits einen schwachen Schimmer über den Rand des östlichen Horizonts warf, war es noch dunkel, als Ben die Kerzen auf dem Altar löschte und plötzlich die Stimme von Father Pinckney vernahm.

»Ich werde es nicht tun, Schwester. Nicht einmal dann, wenn sämtliche Barmherzigen Schwestern in ihren geballten, donnernden Bataillonen nonstop vierundzwanzig Stunden täglich darum beten. Es ist mir peinlich, Schwester. Ich hab's schon mehrmals versucht, aber es ist mir einfach peinlich. Ich bin ein überaus sensibler Mann und bar jeglicher Erfahrung auf dem betreffenden Gebiet, und ich werde mich nicht vor zwanzig jungen Burschen blamieren. Gütiger Gott, Schwester, die wissen doch mehr als ich!«

»Aber vom katholischen Standpunkt aus wissen sie nichts. Sie wissen nicht, was sündig ist und was nicht.«

»Und ich auch nicht, Schwester. Ich auch nicht.«

»Aber natürlich, Father. Sie hören doch ihre Beichten.«

»Ich werde es nicht tun, Schwester. Ich werde diese lockergliedrigen Satyrn nicht in Sex unterrichten. Ich werde ihnen statt dessen aufgeben, die drei göttlichen Tugenden auswendig zu lernen.«

»Wenn Sie darauf bestehen, Father, sich vor Ihren Aufgaben zu drücken, dann muß ich es eben selbst machen.«

»Schwester, gute Schwester, barmherzige Schwester«, hatte Father Pinckney gesagt, während Ben bewegungslos und mit einem gewissen Schuldgefühl, als lausche er einer Unterhaltung himmlischer Gestalten, neben dem Altar verharrte, »Sie haben da an einen wunden Punkt gerührt, denn es stimmt fürwahr, daß ich mich vor zu vielen meiner Aufgaben drücke. Aber Sie müssen mir glauben, daß ich Ihrem Ansinnen nicht entsprechen kann. Ich weiß einfach nicht, was ich diesen Teenagern über dieses delikateste aller Themen sagen soll.«

»Ich weiß, was ich zu sagen habe«, sagte die Nonne düster.

»Dann sagen Sie es, liebe Schwester. Sagen Sie es, und Gott mit Ihnen.«

Am nächsten Abend, dem Beginn der kältesten Nacht des Jahres, betrat Schwester Loretta den Raum und begann den Unterricht mit einem Gebet um Keuschheit, das sie aus einem schwarzen Buch ablas. Dann verkündete sie, daß eine examinierte Krankenschwester aus dem Marinehospital oben auf die Mädchen warte, um mit ihnen im kleinen Kreis zu sprechen, und daß sie selbst die Jungen über ein Thema belehren werde, das für sie alle im späteren Leben von großer Wichtigkeit sei. Die Mädchen erhoben sich und wurden aus dem Raum geführt; sie kicherten und schauten sich schüchtern nach den Jungen um, von denen ein paar miteinander tuschelten, während die Schritte der Mädchen auf der Flucht vor den Blicken der Jungen, in deren Köpfen verbotene Vorstellungen herumspukten, auf der Treppe widerhallten; und eine plötzliche Traurigkeit überkam sie, als sie dem Gang ihrer durch das Geheimnis des Blutflusses gefangenen und geheiligten Kameradinnen ins Exil lauschten. Ben verstand nicht, warum seine Mutter, seine Schwester und ihre Freundinnen bluteten und Schmerzen und Krämpfe hatten. Dieses Anderssein war eine unüberbrückbare Kluft, die sie trennte. Sobald die Mädchen im oberen Klassenzimmer zur Ruhe gekommen waren, begann Schwester Loretta mit ihrer Ansprache an die Jungen.

»Heute abend«, sagte sie mit zitronensaurer Stimme, »möchte ich mit euch über das Thema Sex reden.« Das Wort »Sex« sprach sie mit sichtbarer Abscheu aus, als wäre es Bestandteil einer sehr bitteren und unappetitlichen Sprache. »Ich werde jetzt mit euch reden, als wäret ihr junge Männer. Erwachsene junge Männer. Wenn einer von euch das Gefühl haben sollte, er müsse bei dem, was ich zu sagen habe, lachen oder es wäre ihm peinlich, dann steht es ihm frei, den Raum zu verlassen.«

Aller Augen ruhten auf Schwester Loretta; niemand rührte sich, und nicht ein einziger Junge unternahm den Versuch, die Aufmerksamkeit eines anderen zu erregen.

»Also, die meisten von euch denken wahrscheinlich, daß alle Nonnen Gesichter haben, mit denen sie Uhren zum Stehen bringen können, und daß sie überhaupt keinen Geschlechtstrieb haben. Das stimmt nicht. Alle Menschen haben sexuelle Triebe, weil alle Menschen Tiere sind. Nonnen und Priester jedoch haben sich dem Andenken Jesu Christi vermählt und geweiht; mit der Ablehnung dieser Triebe haben sie das allerhöchste Opfer dargebracht, damit sie dem Herrn besser dienen können. Sie haben sich geläutert, damit ihre Gebete dem Herrn ein größeres Wohlgefallen sind. Ihr Lohn wird später kommen und er wird weit größer sein, weil sie dieses Opfer gebracht haben. Ihr Platz im Himmel wird ein höherer sein als der jener, die den Versuchungen und läppischen Begierden des Fleisches erlegen sind.«

Ihre Stimme war blutleer und ihre Augen wirkten erschöpft und leblos, als wären die Kapillargefäße, von denen sie gespeist wurden, mit dem Staub katholischer Jahrhunderte angefüllt, aus denen sie ihre Nahrung und Stütze bezog.

»Selbstverständlich dürft ihr nicht vergessen, daß Sex schön ist. Er ist Gottes Methode, die Art zu erhalten. Aber er ist nur schön, wenn er zwischen zwei Menschen stattfindet, die im Angesicht Gottes von einem Priester ordnungsgemäß verheiratet worden sind. Aufgrund des heiligen Aktes des Geschlechtsverkehrs kommen Kinder auf die Welt. Sex in der Ehe ist nur heilig, wenn er um der Fortpflanzung willen geschieht. Wenn er aber zu animalischem Vergnügen dient, dann ist es eine Sünde und Gott und seiner keuschen Mutter nicht wohlgefällig.«

Zwei Jungen in den vorderen Reihen begannen, unbeherrscht zu kichern. Es waren P.K. Hill und Gilbert Fewell. Beide waren in der zweiten Klasse, und beider Gesichter hatten im Laufe von Schwester

Lorettas Ausführungen eine feine Nuance der Farbe Scharlach angenommen. Sie versuchten, ihr Gelächter mit den Händen zu ersticken, aber das machte die Sache nur noch schlimmer und die beiden noch verzweifelter, während die Nonne sie wütend anstarrte – mit einem Blick, dem Gletscher, Tundrazonen und der Grund der Ozeane innewohnten.

»Kinder kichern über die ernstesten Themen, Mr. Hill und Mr. Fewell. Wenn ihr darauf besteht, euch wie Kleinkinder aufzuführen, dann schlage ich vor, daß ihr Händchen haltet. Nur zu. Haltet Händchen, dann fahre ich fort.«

Die beiden Jungen sahen erst einander an und danach die Nonne. Es kostete sie sichtlich Überwindung, sich gegenseitig bei der Hand zu halten, und wieder erröteten sie, als die anderen in Gelächter ausbrachen.

Dann kam Schwester Loretta zum Wesentlichen. »Es gibt wahrscheinlich einige Jungen hier, die nachts mit sich spielen. Hand an sich legen. Ich bin sicher, daß ihr wißt, was ich meine.«

Schwester, dachte Ben voller Haß auf sie, ich weiß genau, was Sie meinen.

»Denkt stets daran, daß euer Körper der Tempel des Heiligen Geistes ist und daß ihr, wenn ihr Hand an euch legt, gleichzeitig das Haus Gottes entehrt. Wissenschaftler nennen diese üble Angewohnheit Masturbation, aber der treffendere Ausdruck heißt Selbstschändung«, sagte sie und stierte in das Kollektivgesicht der Jugend, die vor ihr saß und Qualen litt. »Selbstschändung«, wiederholte sie. »Denkt nur an dieses eine Wort, und ihr werdet nie wieder in Versuchung kommen, so etwas zu tun. Gott weiß, wenn ihr euch selbst mißbraucht. Er beobachtet euch. Er sieht euch dabei zu. Es erzürnt Ihn. Es erzürnt Ihn dermaßen, daß Er Seine Mutter, die Heilige Jungfrau Maria, an Seine Seite ruft, um sich dieses grauenvolle Schauspiel anzusehen. Dann ruft Er Seine Engel und alle Heiligen im Himmel, damit sie euch ebenfalls zusehen. Abertausend Heilige und Engel beobachten euch rund um die Uhr. Und sie richten ihr besonderes Augenmerk auf euch, wenn ihr nachts allein seid. Sie sehen die schmutzigen Dinge, die ihr mit euren Händen da unten anstellt. Der gesamte Himmel: Gott, Jesus, der Heilige Geist, die selige Mutter, die Seraphim und alle übrigen Engel schreien ihren Haß auf euch hinaus, stimmen in einen Chor ein und singen, daß sie euch verabscheuen, während sie zugucken, wie ihr euch zur Schau stellt und euch mit euren schmutzigen Handlungen schwächt.«

Während Ben dem von Schwester Loretta beschriebenen Bild mit lähmendem Entsetzen lauschte – wie die gesamte himmlische Bevölkerung über einen mickrigen Burschen geifert, der sich in der Abgeschlossenheit seines Zimmers einen runterholt und keine Ahnung hat, daß er dabei von der versammelten himmlischen Zivilisation beobachtet wird –, dachte er an sich selbst, seine Sündhaftigkeit, seine Unschuld. Niemand hatte ihn jemals auf seinen Eintritt in die Arena eines katholischen Erwachsenwerdens vorbereitet. Beharrlich hatte er stets einen großen Bogen um jene Cliquen gemacht, die die Umkleidekabinen mit ihrem großspurigen, neunmalklugen Geschwätz heimsuchten, an dem teilzunehmen sein feingeschärftes Moralgefühl ihm verbot. Niemand hatte ihm gesagt, daß je etwas anderes als Urin aus seiner Harnröhre schießen würde. Bis zu jener wundersamen Nacht, da er erwachte, bebend und erfüllt von einem Wohlgefühl, das sich bald in göttlichen Wahnsinn verwandelte, ganz so, als wenn Gott selbst in sein Innerstes gefahren wäre, seine Quelle erobert hätte. Als heißes Sperma sich in seine Hand entlud, war Ben verblüfft und erschreckt gewesen und hatte gefürchtet, er könne verbluten. Er war ins Badezimmer gerannt. Dort sah er es dann, und obwohl es ihm immer noch ein Rätsel war, kamen ihm doch Gesprächsfetzen aus den Umkleideräumen in den Sinn und Absätze aus verbotenen Büchern, und es fiel ihm wie Schuppen von den Augen: Er war ein Lebensspender. Die folgende Stunde hatte er damit verbracht, sein Sperma zu untersuchen und es – mittlerweile abgekühlt, eingedickt und getrocknet – einer Analyse unterzogen; das weiße, aus inneren Strömen geförderte Gold, seinen rätselhaft vibrierenden Körper und die Erkenntnis, daß tief drinnen in diesem Körper ein süßer, dunkler Engel lebte.

Doch dann hatten sich die Nonnen und Priester seiner bemächtigt. Von Jahr zu Jahr legten sie größeren Wert auf die Sexualerziehung. Die meisten Jungen aus Bens Bekanntschaft lachten über das, was die guten Schwestern und Priester über Sex zu sagen hatten. Nicht so Ben. Als Schwester Marie Daniel verkündete, Masturbieren führe zu Kräfteverfall, fühlte Ben sich sogleich unglaublich müde und unsäglich erschöpft. Als sie Warzen, Pickel und Irrsinn als direkte Folgen unaufhörlicher Masturbation aufzählte, schaute Ben auf die Warzen an seinen Händen, errötete durch die Pickel auf seinem Gesicht und spürte, wie Irrsinn und Verwirrung die Grenzen seiner Psyche durchbrachen. Und eben diese Schwester Marie Daniel hatte vor einer Klasse voller Jungen zitiert: »Wenn dir aber dein rechtes Auge Ärgernis schafft, so reiße es aus und wirf's von dir. Wenn dir deine rechte Hand Ärgernis schafft, so haue sie ab und wirf sie von dir. Es ist dir besser, daß eins deiner Glieder verderbe und nicht der ganze Leib in die Hölle fahre.« Aber Ben war klar gewesen, daß sie nicht Augen und Hände meinte, und das ganze Jahr über, das er unter ihrer Fuchtel verbrachte, wurde er unablässig von der Vorstellung verfolgt, sein Penis würde zur Ehre Gottes gekappt. Wenn es nach Schwester Marie Daniel ginge, da war sich Ben ganz sicher, so hätte sie jedem katholischen Jungen, der ihr in die Hände fiel, Blutegel angesetzt und dort belassen, bis jeder Penis blutleer gesogen war, ein schlaffer, vertrockneter Hautsack, der mühelos abgeknipst und aus ihrem Klosterfenster geworfen werden konnte. Die Nonnen könnten ihre Vespern in einem penisübersäten Garten beten, und die traurigen Leichen der Knabenglieder wären ihnen eine stete Erinnerung, daß die Hölle kein Anrecht auf diese Burschen hatte – zumindest nicht ihrer fleischlichen Sünden wegen.

Schwester Lorettas Stimme schlug in seine Gedankenwelt ein, und er wandte sich wieder ihren Worten zu.

»Auch der Teufel beobachtet euch bei der Selbstschändung. Nur, daß er Freude daran hat und es ihn glücklich macht. Denn es ist das einzige, was seinen Schmerz in der ewigen Qual und Verdammnis lindert oder ihm Vergnügen bereitet. Er lacht und ruft alle anderen Dämonen herbei, Millionen von kreischenden, heulenden, fledermausköpfigen Männern und Frauen, deren unrettbar verlorene, gemarterte Gesichter für die Dauer eines Moments freudig aufleuchten, wenn sie sehen, wie ihr den Tempel des Heiligen Geistes – euren kostbaren Körper – mißbraucht und entweiht. Aber behaltet meine ursprüngliche Aussage im Auge. Sex ist sehr schön. Allerdings nur, wenn er zwischen zwei von einem Priester im Angesicht Gottes rechtmäßig getrauten Menschen und zum Zwecke der Fortpflanzung stattfindet. Habt ihr verstanden?«

»Ja, Schwester«, erwiderte die Klasse.

»Habt ihr irgendwelche Fragen?«

»Nein, Schwester«, antwortete die Klasse schnellstens.

»Die Jungfrau Maria ist es, die euch in Zeiten der Versuchung beistehen kann. Betet oft zu ihr. Betet, daß sie euch hilft, keusch zu werden. Betet zu ihr, wenn ihr unreine Gedanken habt. Stellt euch eine Muttergottes in euer Zimmer. Und eine Statue von Jesus und Joseph und von anderen Heiligen. Stellt sie so auf, daß ihre Augen auf euer Bett fallen. Laßt sie über euch wachen und euch mit ihren sündlosen Augen eine Mahnung sein. Verwahrt euren Rosenkranz auf dem Nachttisch, damit ihr ihn zur Hand habt, wenn nachts der Teufel umgeht.«

Keinen Mucks taten die dreckigen kleinen Masturbierer, die im fortgeschrittenen Stadium geistig-seelischer Leichenstarre vor ihrer

Katechismuslehrerin saßen. Jeder fühlte sich von Schwester Loretta direkt angesprochen, fühlte, daß sie nur zu ihm und über ihn sprach, daß sie sie kannte, die verruchten Geheimnisse seines Schlafzimmers, in dem er zwischen befleckten Bettüchern ausharrte und den wütenden Drachen seiner Sexualität bekämpfte, der sein Haupt aus einer verbotenen, nicht einsehbaren Höhle erhob. Und wenn es einst so leicht gewesen war, gut zu sein, ein Christ zu sein, keine fremden Götter neben Ihm zu haben, nicht des Nächsten Haus zu begehren, nicht zu töten, nicht des Nächsten Weib zu begehren oder Ehebruch zu begehen: wo es so einfach gewesen war, ein priesterähnliches Leben zu führen, da herrschte jetzt diese verheerende Bestie, deren Hufe ihre Spuren in die Knabenseele gruben, vorwärts gepeitscht von einem dämonischen Reiter, der ungerührt auch unter den strengsten Blicken von Jesus und Maria weiterjagte, ein Reiter, der Gott selbst niedertrampeln konnte, wenn es nur spät genug und der Himmel voller Sterne und der Knabe allein war und das Verlangen in ihm tobte, das mit dem Anschwellen einsetzte und das er ebenso fürchtete wie liebte.

Wenn wirklich der Teufel dafür verantwortlich war, wenn tatsächlich der Leibhaftige in Ravenel, South Carolina, anno Domini 1962 von der empfindlichen Geographie in Bens Leistengegend Besitz ergriffen und sein Territorium in dieser umkämpften Zone abgesteckt hatte; wenn Ebbe und Flut seiner herrlichen Männlichkeit wahrhaftig das einzige Rüstzeug des Fürsten der Finsternis waren, dann hatte er in der Tat eine außerordentlich schlagkräftige Waffe entwickelt. Denn manchmal überkam es Ben. In seinem Kopf summten die Gesichter und Körper der Mädchen, denen er auf dem Gang begegnete, die in der Klasse neben ihm saßen, die in Geschäften, Kinos, auf Ausflügen und auf der Leinwand sein Leben ebenso schnell wieder verließen, wie sie es betreten hatten. Er hatte nie ein Mädchen berührt, nie Händchen gehalten, noch bestand die Aussicht, daß er es in nächster Zukunft tun würde; bei Nacht aber schritt er wie ein König durch ein Reich aus Licht und Fleisch, wo sich Brüste seinem Mund näherten, Schenkel sich öffneten und Beine ihn im Mondscheinsakrament des Eindringens und der Hingabe umschlangen, das Blut zu Kopfe stieg, das Herz raste und alle Frauen seine Geliebten, seine Begleiterinnen, seine Beute waren. Über ihm starrte die Heilige Jungfrau in wütendem Alabaster auf ihn herab, der Christus am Kreuz heulte auf, als triebe ihm Ben einen weiteren Nagel in den Leib, und die feurigen Scharen und sternefunkelnden Geschwader der Engel beweinten den Sündenfall milliardenfach, wunderschön und silbertönend.

Sie weiß Bescheid, dachte Ben bei sich, sie weiß es, und diese

Lektion gilt mir, mir und keinem anderen. Hat Father Pinckney ihr von meiner Beichte erzählt? Wahrscheinlich beraten sie sich miteinander. He, Schwester, haben Sie eigentlich gewußt, daß Ben Meecham sich nachts öfter einen runterholt? Schlimm, nicht wahr? Ich war selbst überrascht, vor allem, wenn man bedenkt, wie oft er zur Kommunion geht und daß er Meßdiener ist.

Ben fühlte sich wie tot, und seine Gedanken schweiften ab, hinüber zu den Hügeln von Alabama, wo die Verwandtschaft seiner Mutter ihm, wenn er mit Lillian zu Besuch war, unter vier Augen flüsternd ihre persönlichen Ansichten über den Katholizismus darlegte. Die Hügelbewohner hatten sich eine verworrene, doch sinnliche Mythologie zurechtgelegt, um sich diesen Hokuspokus zu erklären, den Lillian sich wegen ihrer Heirat mit diesem Piloten aus dem Mittleren Westen zu eigen gemacht hatte. Bens Großtante erzählte ihm die Wahrheit über Priester und Nonnen. »Die sind anders als man denkt. Man erzählt sich, daß der Priester, wenn man katholisch heiratet, die erste Nacht mit der Braut verbringt, während der Bräutigam gefesselt und auf den Altar gebunden betet. Und ich habe auf meinen Autofahrten nach Atlanta mit eigenen Augen gesehen, wie zwei oder drei Nonnen um die Friedhofsmauern kreisten und für die Knochen der gemordeten Kinder beteten, mit denen Priester sie geschwängert hatten. Ich habe ihr Wehklagen vernommen. Wenn du älter bist, dann nehmen wir dich mit zur *New Zion Baptist Church* am Fluß und bitten Bruder Catlett, dich mit dem Blut des Lamms zu waschen.«

Nun verteilte die mit dem Blut toter Kinder gewaschene Schwester Loretta die Hausaufgaben für den nächsten Unterricht im Januar. »Lernt die drei göttlichen Tugenden Glaube, Hoffnung, Liebe auswendig. Ihr findet sie im Verzeichnis der Gebete hinten in eurem Katechismus. Ich habe das Gefühl, daß wir heute viel geschafft haben. P.K. und Gilbert brauchen jetzt nicht mehr Händchen zu halten, es sei denn, ihr wollt so nach Hause gehen.«

Die Klasse lachte, mit Ausnahme von Gilbert, P.K. und Ben. »Ihr könnt jetzt gehen. Ich wünsche euch ein frohes und gesegnetes Weihnachtsfest.«

24

Heiligabend. Die Ebbe entzog dem Fluß das Wasser. Es war windstill, die Luft war kalt, und in den moosigen Prielen spiegelte sich das Licht der Sterne, die darauf warteten, daß der helle Mond, der erst die halbe

Höhe am Himmel erklommen hatte, noch weiter stieg. Eine Gruppe von Weihnachtssängern der *Blood of His Son Baptist Church* sang sich von Haus zu Haus, ein Chor aus dunklen Stimmen, der von einem Ende der Stadt zum anderen zog; Licht von zahlreichen Kerzen blinzelte und tanzte auf den Veranden. Die Lieder der Sänger sprachen von erneuernder Kraft, und ihre Gegenwart lockte die graue Aristokratie des Ortes aus den ein wenig zurückgesetzt um den Lawn gelegenen Villen. Man winkte zu den Sängern hinüber und rief ihnen etwas zu, und ihre lächelnden Gesichter glänzten in Sternenschein und Kerzenschimmer, während sie von der Geburt Gottes sangen.

Die Meechams bereiteten sich auf die Christmette vor. Mary Anne und Ben, beide schon in voller Montur, knieten vor dem Weihnachtsbaum und schüttelten die mit ihren Namen versehenen Geschenke.

»Sind das alle Geschenke?« fragte Mary Anne.

»Du weißt doch, daß Mom und Dad die meisten erst herunterbringen, wenn wir schon im Bett sind«, antwortete Ben.

»Natürlich weiß ich das. Ich kann dir sogar genau sagen, wo jedes einzelne Geschenk in diesem Haus versteckt ist.«

»Woher willst du das wissen?« forderte Ben sie heraus.

»Weil ich ganz schön herumgeschnüffelt habe. Aufklärungszüge unternommen. Informanten bestochen. Wenn's um Geschenke geht, bin ich sehr wißbegierig.«

»Das kannst du laut sagen!«

Sie hob ein kleines Päckchen auf, schüttelte es in dem Bestreben, daraus auf seinen Inhalt schließen zu können, balancierte es auf der Handfläche, wog es und analysierte es mit der Sachkenntnis einer sich rasant entwickelnden menschlichen Gier.

»Was ist denn da drin?« fragte sie. »Der kleine Teufel tut ja keinen einzigen Mucks!«

»Das ist ein Zäpfchen. Es ist von mir, in Liebe«, sagte Ben.

»Sehr witzig, Pickelgesicht«, gab sie schnippisch zurück. »Nein, es ist wahrscheinlich ein Brillantring. Fünf oder mehr Karat. Wahrscheinlich von einem Fremden, der mich von weitem erblickt hat. Ein schüchterner Milliardär, den der Anblick meines Körpers rasend gemacht hat.«

»Dann muß er aber nicht nur ein schüchterner, sondern auch ein potthäßlicher Milliardär sein.«

»Nur weiter so, Sprungwerfer«, sagte Mary Anne, »und ich fahr' das schwere Geschütz auf.«

»Was kannst du mir schon anhaben?«

»Oh, dir direkt nichts, ich würde bloß zu Daddylein raufgehen und ihm erzählen, daß ich gesehen hab', wie du an Mamis Unterwäsche auf der Wäscheleine herumgeschnüffelt hast.«

»Das würdest du nicht tun!« schrie Ben.

»Keiner läßt sich ungestraft mit der großen Mary Anne ein. Das ist der reinste Selbstmord. Denn niemand auf der Welt kämpft so gemein wie sie.«

»Du bist genau wie Dad«, sagte Ben.

»Das habe ich vor kurzem in einem Buch gelesen. Über so ein armes, altes Scheusal, das seine Nase in Mamas olle Schlüpfer steckte. Also, wenn ich Dad erzählen würde, ich hätte dich dabei erwischt ...«

»Er würde mich glatt umbringen, und die Sache wär' erledigt. Ohne zu fackeln«, sagte Ben.

»Genau. Ich rate meinem goldigen Bruder also zu höchster Vorsicht, sobald er es mit seiner einzigartigen, aber bescheidenen Schwester zu tun hat.«

»Ich habe ein Geschenk für dich, von dem ich glaube, daß es dir gefallen wird, Mary Anne. Du beschwerst dich doch dauernd über deine Sommersprossen, und da habe ich dir ein paar Liter Wasserstoffsuperoxyd besorgt. Du mußt es dir nur über den Kopf kippen und hast garantiert am ganzen Körper keine einzige Sommersprosse mehr. Außerdem natürlich weder Nase, Ohren noch Lippen.«

Karen und Matthew stürzten ins Zimmer und schnurstracks auf die Geschenke unter dem Baum zu. Hinter ihnen kam Mrs. Meecham, berückend in ihrem gelben Kleid, das rote Haar zu einer modischen Frisur hochgesteckt. An Hals, Handgelenken, Ohren sowie über ihrer linken Brust prangte ihr bester Schmuck. Ben und Mary Anne starrten sie unverwandt an. Es gab Momente, da ihnen Lillians Schönheit einfach die Sprache verschlug.

»Der Königin meine untertänigste Ehrerbietung«, sagte Ben schwungvoll.

»Danke, Liebling«, strahlte Mrs. Meecham, knickste und warf ihrem Sohn Kußhändchen zu. »Das ist nur ein alter Fummel, der sich noch in meinem Schrank fand. Es ist schon Ewigkeiten her, daß ich mal was Neues oder Aufregendes zum Anziehen gekriegt habe.«

»Stört es dich eigentlich nie, Mama, daß deine Kinder wie Kröten aussehen?« fragte Mary Anne.

»Damit meinst du ja wohl nur dich selber, Mary Anne«, sagte Karen.

»Ich habe die allerliebsten Kinder auf der ganzen Welt. Ihr seid alle schön, jedes auf seine Weise«, sagte Lillian. »Mary Anne, du hast nur nie kapiert, daß du viel hübscher wärst, wenn du dich ein bißchen zurechtmachen würdest. Es kostet Zeit und Mühe, hübsch zu sein.

Nimm mich, zum Beispiel: Ich habe nur ein durchschnittliches Gesicht, aber über die Jahre habe ich ein paar professionelle Tricks gelernt, die mich hübscher aussehen lassen, als ich in Wirklichkeit bin. Als Mädchen war ich so schlaksig und linkisch wie alle anderen auch, aber ich wußte, daß ich mich aller verfügbaren Mittel bedienen mußte, und da habe ich mir gesagt: ›Also, Lillian, du bist genauso hübsch wie diese Mädchen aus dem Nordwesten, aus Atlanta‹, und weißt du was? Es hat bereits genügt, daß ich es gesagt und gedacht habe. Weil ich mich selbst hübsch fand, wurde ich auch hübsch. Und wenn du dich für häßlich hältst, dann wirst du auch häßlich, glaube mir. Meiner Meinung nach entstehen sogar Depressionen allein dadurch, daß man an deprimierende Sachen denkt. Ich habe das Gefühl, daß alles gleich besser wird, wenn man positiv denkt. Außerdem ist es eine Frage des guten Geschmacks, nur über glückliche Dinge zu reden.«

»Hast du mir guten Geschmack beigebracht, Mama? Oder ist das auch ein so professioneller Trick, den ich noch nicht kenne?« wollte Mary Anne wissen.

»Guten Geschmack kann man niemandem beibringen. Er läßt sich nicht einfach im Laden erwerben oder an einem College erlernen. Entweder man hat ihn oder man hat ihn nicht. Er wird in direkter Linie von Generation zu Generation weitervererbt, aber nicht jeder in der Familie bekommt etwas davon ab. Das ist das gleiche wie mit hohen Wangenknochen. Euer Vater wird nie guten Geschmack haben, und ich werde nie Mangel daran haben. Ihr könntet mir alles Blut bis auf den letzten Tropfen abzapfen, und meine Überreste wären noch immer voll meines angeborenen guten Geschmacks. Randvoll bin ich damit.«

»Ich hab' ihn auch, Mama. Ich weiß, daß ich ihn habe. Ich habe ihn von dir«, sagte Karen.

»Natürlich hast du ihn, Süße.«

»Wo ist die Kreatur aus der schwarzen Lagune?« sagte Ben und wechselte das Thema.

»Red am Heiligabend nicht so über deinen Vater. Schäm dich«, schalt Mrs. Meecham. »Euer Vater ist im Badezimmer.«

»Das heißt, daß er vor drei Tagen da nicht wieder rauskommt«, sagte Matt.

Karen fragte mit sehr ernster Miene: »Was macht dieser Mann denn da so lange?«

»Er macht groß«, sagte Mary Anne zartfühlend.

»Er scheidet aus, Karen, und zwar so ungeheure Mengen, wie sie seit prähistorischen Zeiten, da die Dinosaurier ihre Geschäfte machten, nie wieder auf Erden gesehen wurden«, sagte Ben.

»Ben!« mahnte Lillian.

»Du hast keinen guten Geschmack«, sagte Karen zu ihrem älteren Bruder.

»Hast du mal von der Badezimmerluft geschnuppert, wenn er fertig ist?«

»Riecht, als wenn ihm was hinten reingekrochen und dort gestorben wäre«, sagte Mary Anne.

»Es ist wahrhaftig schockierend, so etwas aus dem Munde einer jungen Dame aus dem Süden zu hören«, rief Lillian aus, doch ein schwaches Lächeln strafte ihre aufgesetzte Strenge Lügen.

»Das ist geschmacklos«, sagte Karen und blickte beifallheischend auf ihre Mutter.

»Ich wette, wenn du neben dem Klo ein Streichholz entzündest, sobald er sich erhebt, würde das ganze Haus explodieren«, sagte Ben.

»Psst, Ben, sonst hört er dich noch«, sagte Lillian. Sie warf einen schnellen Blick auf die Treppe und lauschte auf Bulls schweren Tritt. »Ich gehe jetzt nach oben und versuche, ihm ein bißchen Beine zu machen.«

»Nimm am besten eine Gasmaske mit«, sagte Ben.

»Geschmacklos, Ben, geschmacklos«, zirpte Karen.

»Karen«, sagte Mary Anne und behielt dabei ihre Mutter im Auge, die soeben die oberste Stufe erklomm, »auch du wirst noch entdecken, daß schlechter Geschmack viel mehr Spaß macht als guter. Guter Geschmack ist stinklangweilig.« Dann wandte sie sich an Ben und sagte: »Ben, kannst du dich noch erinnern, wie wir in diesem kleinen Haus mit nur einem Klo wohnten? Droben in North Carolina, gleich außerhalb von Cherry Point?«

»Meine Blase schreit schon bei der bloßen Erwähnung auf.«

»Dann will ich Karen und Matt die Geschichte erzählen. Sie waren damals zu klein, um sich an diesen berühmten Vorfall zu erinnern. Dieses Haus hatte, wie gesagt, nur ein einziges Klo, das Dad jeden Sonntagmorgen mit Beschlag belegte. Er knödelte und las die Zeitung und hielt sich so lange darin auf, daß es uns wie Wochen vorkam. Vor der Tür stand der Rest der Familie Schlange, schrie vor Schmerzen und bat inständigst, Dad möge sich beeilen. Er jedoch blieb grunzend sitzen und drohte, uns umzubringen, sollten wir uns weiter beklagen. Aber Kinder haben nun mal noch nicht die gestählten Muskeln entwickelt, die sie hindern, auf langen Reisen oder an langen Sonntagvormittagen in die Hose zu pieseln. Und eines schönen Sonntagmorgens konnte es der gute Ben hier – jawohl, unser prächtiger, heldenhafter Bruder, unser Superstar, der typisch amerikanische Goldjunge, den wir alle lieben – einfach nicht mehr länger aushalten. Will sagen, dieser Junge mußte mal pinkeln, und zwar dringendst. Das Wasser stand ihm sozusagen bis zum Hals und seine Stimme war ein einziger Klageruf, mit dem er unseren Vater anflehte, sich von seinem Thron zu erheben und wieder in den Kreis der Familie zurückzukehren. Schließlich kam die gute, alte Mom auf den rettenden Einfall.«

»Gute, alte Mom«, meinte Karen.

»Genau, die gute, alte Mom, die Königin des guten Geschmacks. Sie brachte einen leeren Milchkarton an und sagte Ben, er solle sein Geschäft da reinmachen. Gesagt, getan. Doch dann stand Ben vor einem Dilemma: Was sollte er mit diesem peinlichen Karton anstellen? Nach reiflicher Überlegung beschloß er, das Ding in den Kühlschrank zu stellen, bis Dad herauskam. Dann wollte er den Pipikarton herausnehmen und ins Klobecken entleeren, das derzeit noch vollständig von Dads Hintern ausgefüllt war. Doch der kleine Benny hatte ein kurzes Gedächtnis, und nachdem er seine Blase erleichtert hatte, ging er ins Freie und spielte mit seinen Freunden. Ben war damals ein bißchen dumm. Als Papilein aus dem Badezimmer kam, stand ihm der Sinn nach einer Portion Cornflakes ...«

»O Mann!« brüllte Matthew.

»Das glaub' ich nicht, Mary Anne. Das hast du dir ausgedacht.«

»Jawohl, liebe Kinder, seid ein bißchen respektvoller und erlaubt eurer über alles geliebten Schwester fortzufahren. Nun ja, Daddy geht also zum Kühlschrank und greift sich diese Verpackung, von der er meint, sie enthalte schöne, frische Milch. Dann geht er zum Schrank, holt sich ein Schüsselchen und Cornflakes. Das nächste, was der Familie zu Ohren kommt, kann nur als ein Schrei höchster Abscheu bezeichnet werden. Ben fällt der Karton wieder ein, und er kommt genau in dem Augenblick in die Küche gerannt, da unser Vater auf den Küchentisch kotzt. Er greift nach der Verpackung und rennt zur Tür hinaus. Dad ihm hinterher. Junge mit Packung Pipi rennt um sein Leben. Mann kotzt, während er Jungen jagt. Mann fängt Jungen. Karton Pipi ergießt sich auf Boden. Mann drückt Gesicht des Jungen in vergossenes Pipi, bis Frau Jungen rettet. Es war eine der großartigsten Familienszenen, seit es Familien gibt«, schloß Mary Anne.

»Herrgott, unglaublich!« atmete Matthew aus.

»Ich war dem Tode nahe«, sagte Ben in Erinnerung an den Vorfall.

»Klappe«, flüsterte Mary Anne, »sie kommen.«

Die Eltern kamen die Treppe herunter, Lillian tänzelnden Schrittes, ihrer Schönheit bewußt und voller Stolz. Ihr Mann folgte, zog seine Krawatte zurecht und fühlte sich sichtlich unbehaglich in seiner vollen

Zivilistenmontur. Er bemerkte, daß seine Kinder bei seinem Eintritt plötzlich verstummten, und hielt das für ein gutes Zeichen. Er mochte es, wenn es still wurde, sobald er ein Zimmer betrat. In seinen Augen war Schweigen ein präzises Meßinstrument für Respekt. Ein Sergeant hatte ihm einmal berichtet, allein das Gerücht, er sei im Anmarsch, hätte eine ganze Messe verstummen lassen. Bull hatte dies prompt als eines der größten Komplimente aufgefaßt, die man ihm je gemacht hatte.

Es war inzwischen Viertel nach elf. Die Augen der Meecham-Kinder brannten vor Aufregung über die mit Weihnachtspapier getarnten, geheimnisvollen Geschenke. Die Erinnerungen an vergangene Bescherungen schwebten durchs Zimmer wie reichgefiederte Vögel und setzten sich auf die aromatisch duftenden Zweige des unter seiner Lamettalast ächzenden Baumes, den die Familie gemeinsam geschmückt hatte. Am Heiligabend wurden im Hause der Meechams traditionell keine Kämpfe ausgefochten. An diesem Tag durfte das Glück überfließen, alle Zimmer unter sich begraben, alle Gesichter beherrschen und das turbulente Königreich des Kampfpiloten ungestört regieren. Glückseligkeit war sozusagen der Tagesbefehl.

Am Heiligabend durften die Kinder überdies ihren Vater necken, ohne daß es zu plötzlichen Explosionen oder unvorhersehbaren Zornesausbrüchen kam. Eine Gelegenheit, die sie weidlich nutzten.

»He, Dad«, sagte Ben grinsend, »wie lange war der Baum denn schon tot, als du ihn erstanden hast?«

»Was meinst du mit tot, Sportsfreund? Das ist doch ein wunderbarer Baum.«

»*Yeah,* Ben«, sprang Mary Anne ihrem Bruder bei. »Eine Menge Leute wären froh über einen braunen Baum.«

»Seid dankbar für diesen Baum, meine Lieblinge«, sagte Mrs. Meecham. »Es gibt viele Kinder auf der Welt, die dieses Weihnachten keinen Weihnachtsbaum haben. Denkt nur an die armen Kommunistenkinder und an die armen Juden.«

»Also, einen solchen Baum zu haben ist schon fast, als hätte man gar keinen«, sagte Ben.

»Quatsch, das ist ein perfekter Baum«, sagte Colonel Meecham abwehrend. »Das war der beste Baum des ganzen Angebots.«

»Das liegt wohl am Rande der Wüste Gobi«, sagte Mary Anne.

Karen meinte: »Dieser Baum ist auf der anderen Seite kahl. Der hat nicht mehr als zwei Äste.«

»Dies ist der prächtigste Baum, den wir je hatten. Der Obermacker hat gesprochen. Und jetzt will ich nichts mehr hören. Wir müssen um dreiundzwanzig Uhr dreißig in der Kirche sein.«

Sie gingen zu Fuß zur Kirche, vorbei an den großen Häusern, die am Rande des Lawn lagen; sie sangen dabei Weihnachtsliederfetzen mit ihren unmusikalischen Meecham-Stimmen und lachten über jeden kleinsten Witz. Ben gab vor, einen Basketball die Straße entlang zu dribbeln, und sein Vater tat, als decke er ihn. »Verteidigung!« schrie Lillian ihrem Mann zu und brach in einen merkwürdigen, anmutigen Tanz aus, der eine Reihe von Drehungen und Sprüngen mit prekären Landungen auf hohen Absätzen enthielt und das vorgebliche Basketballspiel zum Erliegen brachte, da sich die Augen sämtlicher Familienmitglieder auf die drehende, ungestüm der Kirche zutanzende Figur richteten, deren gelbes Kleid hoch über die Knie hinaufrutschte. Sie tanzte nur selten für ihre Familie, und die Familie ihrerseits vergaß oft, daß sie bis zu ihrer Heirat mit Lieutenant Meecham Ballettstunden genommen hatte. Doch wenn sie einmal tanzte, dann mit einer katzenähnlichen Anmut und einer kontrollierten Wildheit, die insgeheim in ihrem Körper überlebt hatte. Im Nu beteiligte sich die gesamte Familie an Lillians Tanz. Sie sprangen, schrien und rasten an den parkenden Autos und den seltsamen Schatten der Palmen vorbei. Selbst Bull Meecham hüpfte in dem Versuch, es seiner Frau gleichzutun, wie ein Faun herum. Der verrückte, unbändig glückliche Tanz währte bis zur Kreuzung Cobia und Pinckney Street und fand, als die neugriechische Silhouette der *Infant of Prague Church* in Sicht kam, durch Bulls Knurren sein Ende: »Ruhe! Ruhe. Wir wollen doch nicht, daß Gott uns hier rumhampeln sieht.«

Father Pinckney begann die Messe um Mitternacht. Der Priester sprach die lateinischen Wendungen gedehnt und legte ihnen mehr Gewicht bei, als er das im normalen Gottesdienst tat, pointierte sie in sonor-dramatischem Tonfall. Vor größerem Publikum bemühte Father Pinckney sich, seinen Südstaatenakzent zu verbergen, dennoch strahlte sein Heimatstaat Tennessee selbst auf lateinisch und durch den Weihrauch hindurch aus jedem Wort, das er sprach.

Der Altar war mit großen, duftenden Blumengebinden geschmückt und von brennenden, schlanken weißen Kerzen in sechs Kandelabern erleuchtet. Die Gewänder des Priesters schimmerten im weiß-goldenen Jubel der Kirche, die die Geburt ihres Erlösers feierte. P.K. Hill schwenkte den Weihrauchkessel, und der Wohlgeruch, der federleicht der goldenen, an einer Kette befestigten Kugel entquoll, füllte die Kirche mit einem Duft, den Ben ebenso, wie er ungesäuertes Brot mit dem Geschmack Gottes verband, mit dem Geruch Gottes identifizierte. Ben und Matthew waren Meßdiener und trugen die besonderen Fest- und Feiertagen vorbehaltenen roten Gewänder. In Bens Ohren klangen die lateinischen Erwiderungen bei Nacht würdevoller, vor allem, wenn sie von einem Chor und einer Gemeinde begleitet wurden, die die Kirche bis auf den letzten Platz füllte. Links vom Altar war eine Krippe aufgebaut. Aus dem Augenwinkel konnte Ben das Christuskind sehen; über ihm hing der erwachsene Christus in seiner Todespein. Gottes Geburt und Gottes Sterben, zusammengefaßt in diesem einen Moment kurz nach Mitternacht, beherrschten die Aufführung des christlichen Mysteriums durch einen versoffenen Priester aus Tennessee, einen beim Sprechen des Confiteor sich tief verneigenden Jungen und eine Kirche voll betender Menschen in Ravenel, South Carolina.

Am Heiligabend glaubte Ben mehr denn je an Gott, und in dieser Nacht wandte er sich jedesmal von dem unbeugsamen Mann am Kreuze ab, glaubte nicht mehr an den Herrn der Hölle, den Fanatiker des Feuers, den räuberischen Schöpfer und göttlichen Fleischfresser, der Menschen und Engel in Dunkelheit und Zerstörung, Schmerz und endloses Feuer stürzte. In dieser Nacht gab Ben sich dem Kind hin, nicht dem Zimmermann, den man an das Holz genagelt, das er zuvor, ehe ihm befohlen ward, unter den Juden zu wandeln, bearbeitet hatte. Das Kind würde niemanden in die Flammen schicken. Ben wußte es, fühlte es, hoffte darauf.

Er wandte seinen Körper dem Priester und der Altarmitte zu. Bei den Worten, die ihn – obwohl gesprochen in einer ausgestorbenen Geheimsprache – jedesmal bewegten, schlug er sich feierlich an die Brust: Mea Culpa, Mea Culpa, Mea Maxima Culpa. Durch meine Schuld, meine Schuld, meine große Schuld. Ben hatte das Gefühl, Gott sei durch tote Sprachen leichter zu beeinflussen als durch solche, die durch täglichen Gebrauch beschmutzt waren.

Schwester Loretta Marie betete in der ersten Reihe, mit steif verkniffenem Gesicht vor lauter Gebetsanstrengung. Ihre Lippen bewegten sich mit rasender Schnelligkeit. Den Rosenkranz an sich gedrückt, sagte sie jedes »Gegrüßet seist du, Maria« mit solch verzweifeltem Ernst auf, als werfe sie mit Ambossen nach den Himmelspforten. Ihre Gebete hatten nichts Weiches. Sie entquollen einer dürren, unglücklichen Stelle in ihrem Innern, den öden Wüsteneien einer verletzten Seele, gepeinigt von der Grausamkeit der Welt, die kein Erbarmen mit ihren häßlichen Frauen kannte. Sie betete angestrengt und mit grimmig geschlossenen Augen.

Colonel Meecham stand mit verschränkten Armen am rückwärtigen Ausgang der Kirche und ließ seine Gedanken schweifen. In der Kirche setzte er sich nie zu seiner Familie. Statt dessen stand er hinten Wache, zum unverhohlenen Leidwesen der Platzanweiser. Dort pflegte er teils zu beten, teils nachzudenken. Zunächst betete er für die Kampfpiloten seiner Staffel, daß Gott sie in Seinem hohen Herrschaftsbereich behüten möge. Dann pflegte er Gott für seine Familie zu danken. Er betete in Formeln, die Trommelschlägen gleich sein Gehirn durchdröhnten. Er betete für den Präsidenten, den Kommandanten des Marine Corps und für andere Männer in den höchsten Rängen des Corps. Manchmal leierte er gedankenlos die halbe Kommandokette herunter, bevor sein Gebet eine andere Form annahm. Manchmal dachte er über das Verhältnis zwischen Katholiken und dem Militär nach. Gute Katholiken geben auch gute Soldaten ab, dachte er. Ein Soldat hat seinem Befehlshaber frag- und klaglos zu gehorchen. Die Katholiken auch. Gott ist der Oberkommandant und der Papst Sein oberster Sergeant. Gott sagt dem Papst, was Er getan haben will, und der Papst erläßt ein entsprechendes Gebot. Die Kirche ist das Gebäude, in dem die Gesetze verwaltet werden. Die Kirche und das Pentagon ähneln sich in dieser Hinsicht. Ich bin der Befehlshaber der 367. Gott ist der Befehlshaber des Universums. Wir tragen beide eine ähnliche Verantwortung. O Herr, mach, daß ich mich der Staffel, die ich kommandiere, würdig erweise, und bitte, gib mir die Möglichkeit, Castro zu töten.

In der Mitte des Gottesdienstes überkam Ben die Vision von Ansley Matthews, die nackt vor ihm stand. Beim Evangelium bestieg er sie und drang tief in sie ein; ihre Brüste waren weich und nachgiebig unter ihm, ihre Lenden feucht vor Verlangen nach ihm und ihr Geruch der starke Geruch, den eine Frau in Bens Vorstellung in der Hitze der Vereinigung ausströmte. Sein Penis versteifte sich unter dem Meßdienergewand. Ansleys Zunge bohrte sich in sein Ohr; sie flüsterte seinen Namen, schrie ihn endlich, als er sie in die Phantomschulter biß. »*Fuck me! Fuck me!*« kreischte ihr Geist ihm in einer Sprache zu, die weder tot war noch jemals aussterben würde.

Während der gesamten Dauer von Father Pinckneys Weihnachtspredigt wütete Ansley in Bens Kopf wie eine Folterherrin; Ansley die Nackte, die ihn begehrte, in Technicolor. Ben bekam die Predigt nur bruchstückhaft mit, obwohl er sich redlich Mühe gab, die verbotene und doch so berückende Fata Morgana durch Konzentration auf die Worte des Priesters aus seinem Geist zu verbannen. Einmal sah er, wie Father Pinckney auf die Statue der Mutter Gottes wies und sagte: »Nur Maria, die Mutter Gottes, konnte sowohl die weiße Rose der Jungfräulichkeit als auch die rote Rose der Mutterschaft tragen.« Ben kämpfte noch immer gegen das Trugbild an, als er mit Matt zu den für die heilige Wandlung benötigten Meßkännchen hinüberging. Als er den Wein in den Abendmahlskelch goß, sah er, wie sich Ansleys Brüste aus dem

Kelch hoben, seinem Gesicht entgegen, und damit alle Gedanken an Erlösung, allen Irrglauben an Heiligkeit auslöschten. Er sog an einer nicht vorhandenen Brustwarze, sabberte auf den Hals eines Mädchens, mit dem er noch kaum ein Wort gewechselt hatte, beging eine Sünde, die sich im unkontrollierten Kosmos unter seiner Schädeldecke abspielte.

Einmal, da hatte er eine Idee gehabt. Sie kam fast einer Sünde gleich. Der Papst könnte ein Gebot erlassen. Er könnte Masturbation zum Gebet machen, zu einem Sakrament. Er könnte es Selbstliebe nennen und uneingeschränkten Ablaß für ihre religiöse Ausübung veranlassen. Wenn er das täte, so hatte Ben gedacht, dann würde Ben Meecham im Walzerschritt ins Reich Gottes hineintanzen. Sollte es ein Sakrament werden, so glaubte Ben, zum Hohenpriester zu werden, Kardinal des Aufwärtsstreichs und Papst des verschwendeten Samens.

Der Jesus am Kreuz starrte auf Bens erigierten Penis, der wie ein Stein aus seiner Mitte wuchs. Das Jesuskind erhob sich aus der Krippe und deutete auf Bens Gürtel. Dann hob Father Pinckney die heiligsten Finger im Staate Tennessee, hielt ein weiße Hostie empor, wisperte die alten, toten Gebete und glaubte an das allergrößte Geheimnis, glaubte, daß das Brot, das Kind und der angenagelte Zimmermann eins seien. Die Schellen erklangen in Bens Hand, sein Penis welkte dahin, Ansley Matthews gab seinen Körper frei, und Ben wandte sich mit der Heftigkeit eines katholisch erzogenen Jungen im betäubenden Wirbelsturm seines Glaubens dem Augenblick zu, da das Brot zum Licht wurde.

Father Pinckney hielt Brot in seiner Hand. Father Pinckney hielt Gott in seiner Hand. Dreimal erklang das Schellengeläut. Das Brot erzitterte. Ben schaute auf und glaubte.

Die Hostie wand sich in Krämpfen wie ein Fötus, pulsierte kraftvoll in neuem Blut. Arterien brachen zu den stärksten Weizenkörnern durch, wo die Seele Gottes Wurzeln schlug, wo ein neues Herz, älter als die Zeit, stärker als alle Nationen, Gottesblut in die winzigsten Adern des Brotes pumpte. Im Christuskorn bildeten sich Zähne, und weiche, ungesäuerte Nägel kratzten an Father Pinckneys Fingern. Ein Mund formte sich in der Stimme des Brotes zum Schrei. Im Mondfeuer von Sakristeien zum Leben erweckte Augen, die Zeugen bei der Geburt der Welt gewesen waren, kämpften gegen den Griff des Priesters ums Sehen. Im vollkommenen Rund der Hostie begannen Lungen die weihrauchschwangere Luft einzuatmen, die gleichen Lungen, die die Schwärze des Nichts, den Sauerstoff der Schöpfung und das Feuer gegossener Sterne geatmet hatten; allesamt geschaffen von Händen, die groß genug waren, ganze Milchstraßen zu ordnen. Langsam wuchs

Gott in den Händen eines Priesters; im Schoß seiner Hände wuchs Christus. Mensch und Gott lebten tief im Brot, tief im Korn. Und Ben Meecham glaubte.

Sobald sie von der Christmette nach Hause gekommen waren, wurden die Kinder zu Bett geschickt. Lillian kam herein, um Ben einen Gutenachtkuß zu geben, und flüsterte ihm zu: »An deiner Stelle würde ich mir nicht zuviel von diesem Weihnachtsfest versprechen. Wir haben eine Menge unerwarteter Ausgaben gehabt, und da du dieses Jahr aufs College gehst – also, ich wollte dich nur warnen, daß es ein sehr mageres Weihnachten sein wird. Ein sehr mageres Weihnachten.«

»Klar, Mom«, sagte Ben lächelnd, »das sagst du jedes Jahr.«

»Nun, denk dran. Ich will dir nur eine Enttäuschung ersparen. Ich kann mich noch heute daran erinnern, wie enttäuscht ich als kleines Mädchen war, wenn das Christkind mein Haus übersprang.«

»Ich bin zu alt, um ans Christkind zu glauben.«

»Bist du nicht«, sagte Lillian. »Du solltest immer an Dinge und Menschen glauben, die dir Vergnügen bereiten. Was hast du davon, wenn du sie mit einem Achselzucken abtust?«

Im gleichen Augenblick war Bull aus dem Bodenfenster aufs Dach geklettert. Seit Ben denken konnte, hatte Bull jeden Heiligabend die Dächer von Wohnmobilen, Nissenhütten und Häusern erklommen, um das Gelächter des Weihnachtsmannes und die Geräusche von Rentieren nachzuahmen.

»Ho! Ho! Ho! Ho!« bölkte Bull vom Dach hinab.

»Hol die Knarre, Mama! Auf dem Dach treibt sich ein Perverser rum«, rief Mary Anne aus dem Nebenzimmer.

»Psst, Süße, laß deinem Daddy den Spaß. Hast du die Plätzchen und die Milch für den Weihnachtsmann rausgestellt?«

»Das hab' *ich* gemacht, Mama«, antwortete Karen.

»Zieht Daddy wieder seine Rentier-Schau ab?« fragte Matthew aus seinem Zimmer.

»Muh! Muuhuuh! Muuh!« scholl es vom Dach herab.

»Warum muht Daddy wie eine Kuh, wenn es doch Rentiere sind?« wollte Karen wissen.

»Kühe und Rentiere gehören zur gleichen Familie«, erklärte Lillian. »Genauer kriegt er's nicht hin.«

»Muuhuuh, muuh«, grölte das Rentier wieder.

»Auf, Dasher, Donner und Comet und all ihr Typen mit den komischen Namen!« rief Bull vom Dach herunter. »Hü-hott, ihr geilen Hurenböcke!«

»Bull!« mahnte Lillian. »Reiß dich zusammen.«

»Muuuuuhuuuuh«, antwortete er.

»Gute Nacht, Kinder. Das Christkind muß jetzt an die Arbeit. Und vergeßt nicht, was ich euch gesagt habe. Es wird ein mageres Weihnachten, also seid nicht enttäuscht.«

»Gute Nacht, Mama«, riefen Lillians Kinder ihr nach, als sie in ihr Zimmer ging und begann, die Geschenke aus ihrem Versteck zu holen.

Um fünf Uhr morgens fühlte Ben eine Hand an seiner Schulter. Er erwachte langsam und mühselig. Er reckte und streckte sich und rieb sich den Schlaf aus den Augen und einen Traum, der auf Nimmerwiedersehen verschwand. Als sich seine Augen an die Dunkelheit gewöhnt hatten, erkannte er Mary Annes Silhouette.

»Wie kannst du nur schlafen?« fragte sie.

»Ach, weiß ich nicht«, antwortete er und sah auf die Uhr neben dem Bett. »Ich bin ein bißchen exzentrisch. Einer von diesen komischen Typen, die morgens um fünf noch gerne schlafen.«

»Ich bin zu aufgeregt, um noch schlafen zu können. Du glaubst ja gar nicht, wie viele Geschenke unter dem Baum sind.«

»Die kann ich mir angucken, wenn ich wach bin«, gähnte Ben und vergrub seinen Kopf unter dem Kopfkissen.

Mary Anne gab sich jedoch nicht so leicht geschlagen. »Ich lasse dich nicht weiterschlafen«, erwiderte sie.

»Dann möchte ich dich daran erinnern«, sagte Ben, dessen Stimme zerknautscht unter dem Kissen hervordrang, »daß ich dir eine gehörige Abreibung verpassen könnte, ich bin nämlich viel stärker als du.«

»Früher hast du mit mir die ganze Nacht durchgewacht«, sagte sie.

»Weiß ich, Mary Anne. Da war ich noch klein. Hab' an den Weihnachtsmann geglaubt und Milch und Plätzchen für ihn auf den Kaminsims gestellt.«

»Karen und Matt sind unter dem Weihnachtsbaum.«

»Gut«, seufzte Ben, »du kannst ihnen sagen, daß ich in ungefähr sechs Stunden auch runterkomme.«

»Du kommst jetzt. Sie haben mich geschickt, damit ich dich wecke«, sagte sie.

»Ich bin müde, Mary Anne«, erwiderte Ben, »aber trotzdem, habe mich fabelhaft mit dir unterhalten. Ich fühle mich dir nach dieser frühmorgendlichen Unterhaltung innigst verbunden. Jetzt paß nur auf, daß du dir beim Rausgehen nicht den Hintern an der Tür stößt.«

»Okay, okay«, sagte sie und nickte traurig mit dem Kopf. »Aber ich zähl' dir jetzt deine sämtlichen Geschenke auf, damit du später beim Auspacken keine einzige Überraschung mehr hast.«

»Laß das sein!« wimmerte Ben.

»Laß mal sehen«, neckte sie. »Matt hat dir einen Satz Tennisbälle gekauft und Karen hat...«

»Schon gut, verflucht noch mal, ich steh' schon auf.«

»Das klingt schon besser, Pickelgesicht.«

Sie schlichen durch den Flur, am Elternschlafzimmer vorbei und die Treppe hinunter. Matt hatte die Lichter am Baum angezündet. Ben schaute verdutzt auf die unter dem Baum gestapelten Geschenke, einen Riesenhaufen aus silbernem und goldenem Weihnachtspapier, verziert mit grellfarbenen Geschenkbändern. Wieder einmal, dachte er, hatten die Eltern, Kinder der Weltwirtschaftskrise, das Elend vergangener Feiertage wettgemacht, indem sie ein kleines Vermögen für ihre eigenen Kinder ausgegeben hatten. Die Geschenke bildeten eine fast meterhohe Mauer, aus deren Mitte der Baum herausragte. Die Strümpfe, die von der Kaminumrandung herabhingen, waren prall wie Würste und randvoll. Die Kinder, wie hypnotisiert von den auf sie einstürmenden Farben, starrten mit weihnachtlicher Gier, so rein wie Engelshaar, auf den Haufen Geschenke.

»Ist das nicht wunderschön, Ben?« sagte Karen.

»Wunderschön«, stimmte er zu, »einfach wunderschön.«

»Das ist mein Geschenk für dich, da ganz oben«, sagte Karen zu Ben.

»Das werd' ich zuerst auspacken, Karen.«

»Das Riesending da hinten ist für mich«, sagte Matt.

»Ist das größte Paket von allen.«

»Ich weiß auch, was drin ist«, sagte Mary Anne.

»Was denn, Mary Anne? Sag schon!« drängte Matt. »Ich kann's gar nicht abwarten.«

»Es ist ein Chemiekasten«, sagte Mary Anne.

»Warum hast du mir das gesagt?« Matt schrie fast. »Jetzt ist es doch keine Überraschung mehr. So was Gemeines!«

»Dann frag eben nicht, wenn du's nicht wissen willst«, gab Mary Anne zurück.

»Ich kann's kaum abwarten, bis du mein Geschenk auspackst, Matt«, sagte Karen.

Dann sprach Mary Anne: »Wißt ihr, was mir an Weihnachten so gefällt? Wirklich gefällt? Die ganze Zeit höre ich die Leute über den Geist des Schenkens reden. Daß Geben seliger sei denn Nehmen. Das glaube ich überhaupt nicht. Ich habe mich einer kritischen Selbsteinschätzung unterzogen und bin zu dem Ergebnis gekommen, daß ich den Geist des Nehmens liebe. Ich bekomme viel lieber was, als daß ich etwas gebe. Ich hasse es, Sachen zu verschenken. Ich hasse es, für andere Geld auszugeben, das ich für mich selbst ausgeben könnte. Ich hasse es, wenn andere sich auf Geschenke stürzen, die nicht für mich sind. Ehrlich gesagt, wäre es mir am liebsten, wenn alle Geschenke unter dem Baum dort mit einem Kärtchen ›Für Mary Anne, in Liebe‹ versehen wären. Weihnachten ist die Zeit des Nehmens. Ich mag Geschenke. Alle möglichen Geschenke. Manche Leute sammeln Briefmarken, Münzen oder Antiquitäten. Und ich? Ich sammle am liebsten Geschenke. Ich liebe Geschenke. Und zwar mehr, als ich es je ausdrücken könnte. Ich habe gehört, wie die gute Schwester Loretta nach dem Katechismusunterricht sagte, sie befürchte, das Christfest habe nichts mehr mit Christus zu tun. Das macht mich richtig glücklich. Von mir aus könnte Christus ganz abgeschafft werden. Dann bekäme ich nämlich mehr Sachen geschenkt.«

»So was Selbstsüchtiges habe ich überhaupt noch nie gehört«, sagte Matt.

»Ach, wirklich, Matt-Zwerg?« zischte Mary Anne. »Wenn das so ist, dann können wir ja unter dem Baum nach deinen Geschenken stöbern und sie jemand anderem geben. Das wäre dann echte Freigiebigkeit, und wir wüßten endlich, was echte Weihnachtsstimmung ist. Wenn jemand sagt, er findet Geben besser als Nehmen, dann heißt das nur, daß er ein widerlicher Schleimscheißer ist.«

»Manchmal bist du ein riesiges Arschloch, Mary Anne.«

»Der Kleine lernt das Fluchen«, sagte Mary Anne.

»Okay, Schluß mit dem Gequatsche«, sagte Ben und wischte das Thema mit einer lässigen Handbewegung vom Tisch. »Wird langsam Zeit, Mom und Dad zu wecken.«

»Jetzt gleich«, quiekte Karen.

»Ich verlange eine Entschuldigung«, sagte Mary Anne.

»Wofür denn?« wollte Ben wissen.

»Dafür, daß Matt-Scheusal mich ein riesiges Arschloch genannt hat«, sagte sie, verschränkte ihre Arme wie ein Buddha und schob das Kinn vor.

»Entschuldige dich, Matt«, sagte Ben. »Sag ihr, daß sie kein riesiges Arschloch ist. Sag ihr, sie ist ein winziges Arschloch.«

»Sehr witzig«, meinte Mary Anne. »Aber ich bestehe auf einer Entschuldigung.«

»Herrgott noch mal, Mary Anne. So wie du Matt aufziehst und ihm das Leben schwermachst, da ist es einfach dumm, von ihm auch noch eine Entschuldigung zu erwarten.«

»*Yeah*, besonders, wo du so'n riesiges Arschloch bist«, sagte Matt.

»Ich bin äußerst sensibel. Es gehört nicht viel dazu, meine Gefühle zu verletzen. Du kannst diesem Liliputaner da sagen, daß ich mich nicht vom Fleck rühre, bevor er sich nicht entschuldigt hat.«

»Was ist ein Liliputaner, Ben?« fragte Matt.

»Ein ganz toller Typ, Matt. Warum sagst du ihr nicht einfach, daß es dir leid tut, Matt? Sonst bläst sie tagelang Trübsal.«

»Tut mir leid«, sagte Matt kraftlos.

»Deine Entschuldigung ist keineswegs angenommen, Schleimscheißer. Aber für den Augenblick will ich's dabei bewenden lassen.«

»Ich hatte sowieso die Finger auf dem Rücken gekreuzt«, gab Matt zurück.

Mary Anne erhob sich und rannte auf die Treppe zu. »Wer oben als letzter ankommt, ist halb farbig!« schrie sie.

Von diesem Moment an gehorchten sie dem ungeschriebenen Gesetz vergangener Weihnachtsfeste. Das Ritual hatte begonnen.

Sie rannten die Treppe hinauf; ihre bloßen Füße trommelten auf das Holz, ihr Gelächter verkündete ihre Ankunft vor der Schlafzimmertür der Eltern. Sie stürzten in den Raum wie Guerillakämpfer, sprangen aufs Bett und entzogen den träumenden Körpern ihrer Eltern Decken und Plumeaus. Colonel Meecham fluchte. Karen zerrte an seinen Armen, während Ben versuchte, seine Beine aus dem Bett zu hieven. Bull erwischte ihn, als er nicht auf der Hut war, und stieß ihn in den offenstehenden Kleiderschrank mit den Uniformen. Matt sprang seinem Vater mit einem Satz auf die Brust und versuchte, Bull durch diese Attacke aus dem Bett zu ziehen. Es dauerte nicht lange, da segelte Matt aus dem Bett und landete auf dem Boden. Lillian war bereits aufgestanden und zog sich Bademantel und Hausschuhe an – Vorbereitung auf das noch vor Morgengrauen zu vollziehende Ritual unter dem Baum.

Alle vier Kinder machten sich mit vereinten Kräften an ihrem Vater zu schaffen. Sie attackierten ihn von allen Seiten, rangen um die Herrschaft über einen Arm oder ein Bein, versuchten, ihn aus dem Bett zu werfen. Wie jedes Jahr mußte er zuerst auf dem Boden gelandet sein, bevor sie überhaupt daran dachten, nach unten zu gehen. Schließlich hangelte sich Ben im gleichen Augenblick auf Bulls Rücken, da Mary Anne ein Stück von seinem Ohr zu fassen bekam. Mary Anne zwickte es kräftig. Ben stieß vom Kopfende des Bettes nach, Karen grunzte unter der Last der Beine, und Matt hatte den Kopf unter den Hintern seines Vaters geschoben und brüllte: »Simba Barracuda!« Langsam und schwerfällig rutschte Colonel Meecham Zentimeter um Zentimeter aus dem Bett.

»Wer wagt es, den großen Santini zu attackieren?« röhrte es vom Boden her.

»Santinis Kinder!« kreischte Mary Anne.

»Was wünschen Santinis Kinder?«

»Sie möchten ihre Geschenke öffnen, o großer Santini«, sagte Karen.

»Dann muß ich zuerst eine Frage stellen«, sagte Colonel Meecham, der einen Moment lang ernst klang, dann aber in jauchzendes Geheul ausbrach: »Wer ist der Größte von allen?«

»Der große Santini!« kreischten seine Kinder im Chor.

»Wer ist hier König?«

»Der große Santini!«

»Wer ist Herr über alles, was er sieht?«

»Der große Santini!«

»Wer ist der größte Kampfpilot aller Zeiten?«

»Der große Santini!«

»Wer sieht alles, hört alles, weiß alles?«

»Der große Santini!«

»Dann gebietet Santini seinen Kindern, sich unter dem Baum zu versammeln«, sagte Colonel Meecham gespreizt. »Der Santini wird sich ankleiden, sich zum Weihnachtsbaum begeben und gegen fünf Uhr fünfunddreißig Geschenke austeilen. Aber Santini braucht eine Tasse Kaffee, bevor er anfangen kann.«

Am Fuße der Treppe drückte Lillian jedem ihrer Kinder einen langen Feiertagskuß auf und wünschte ihnen frohe Weihnachten. Mary Anne flitzte in die Küche und goß heißen Kaffee, den sie schon vor drei Stunden gekocht hatte, in zwei Tassen. Matthew hechtete mitten in den um den Baum gestapelten Haufen und bedeckte sich mit Geschenken, bis er fast nicht mehr zu sehen war.

»Nicht, Matt«, sagte Lillian. »Warte, bis dein Vater dir ein Geschenk aushändigt.«

»Ich will sie nur auf mir fühlen«, meinte Matt von unten.

»Beeil dich, Daddy«, bettelte Karen, die am Fuße der Treppe stand.

»Santini läßt sich nicht hetzen«, erklang eine Stimme.

Endlich nahm Colonel Meecham die Treppe in Angriff, mit bedächtigen Schritten, langsam wie eine Schildkröte, ganz offenkundig in der Absicht, die Ungeduld seiner übermütig begierigen Kinderschar noch zu steigern. Er trug seinen frischgewaschenen und gebügelten Drillich. Seine Orden funkelten im Widerschein der Christbaumlichter. Er trug seine Fliegerjacke und seine Inspektionsschuhe.

Mary Anne brachte ihm eine Tasse Kaffee, während er es sich in seinem Sessel in der Nähe des Baumes gemütlich machte. Lillian trank ihren Kaffee bereits. Bull bedankte sich bei seiner Tochter in übertriebenem Südstaatendialekt und nippte an seinem Kaffee. »Zu heiß«, sagte er traurig. »Ich muß warten, bis er abkühlt.«

Matthew lief zu seinem Vater und begann, in die Tasse zu pusten. »Wird schon abkühlen, Dad.« Er blies wild drauf los, so daß der Kaffee aus der Tasse spritzte.

»Zieh Leine, Kerlchen«, befahl Colonel Meecham. »Die Natur wird beizeiten das Ihrige tun, verstanden? Mit deinen rotzigen Bazillen könntest du mir einen Krebs oder sonst was anhängen. Hab' ich mich laut und deutlich genug ausgedrückt, Mister?«

»*Yes, Sir.*«

Gute dreißig Sekunden lang saß Colonel Meecham nachdenklich in seinem Sessel und starrte unsäglich traurig in seinen dampfenden Kaffee. Endlich nippte er vorsichtig daran. Er schmatzte mit den Lippen, schüttelte in heiterer Zustimmung den Kopf, schnurrte und nippte erneut. Seine Kinder applaudierten. In kleinen Schlucken trank er seinen Kaffee, geziert wie eine Debütantin und langsam wie ein Achtzigjähriger. Er genoß ihn, stöhnte vor Begeisterung, pries ihn mit glucksendem Hühnergegacker und entzückten Aufschreien. »Ich habe schon überall in der Welt Kaffee getrunken, in zwei Kriegen, vor und nach Schlachten, auf Landurlaub in exotischen Häfen, und ich muß zugeben, daß dies die beste Tasse Kaffee ist, die ich je an die Lippen gesetzt habe. Lieber eine gute Tasse Kaffee trinken als Moskau bombardieren.«

»Ich muß aber 'n Geschenk aufmachen«, platzte Matt heraus.

»Nicht, bevor dein Vater es dir ausgehändigt hat«, sagte Mrs. Meecham.

»Ich fange bald an, Matt«, gähnte sein Vater und weidete sich an der Spannung, »gleich nach meiner zweiten Tasse Kaffee.«

»Buh!« heulten seine Kinder einstimmig. »Buuuh, Santini!«

Doch Mary Anne grapschte sich die Tasse und sprintete in Rekordzeit zur Küche. In weniger als einer halben Minute war sie zurück; Colonel Meecham probierte, dann schüttelte er bedauernd das Haupt. »Er ist einfach zu heiß«, sagte er.

Ohne Zögern ließ Mary Anne einen Eiswürfel in den Kaffee plumpsen. Die Geschwister applaudierten ihrer weisen Voraussicht.

Die zweitlangsamste je durch eines Menschen Kehle geflossene Tasse Kaffee leerte sich unter den versammelten, unverwandt auf Colonel Meecham ruhenden Blicken der Kinder endlich doch. Mit einem abschließenden, deutlich vernehmbaren Klappern setzte er die Tasse auf der Untertasse ab. Wahllos griff er sich eines der Geschenke unter dem Baum. Er tat, als hätte er Mühe, den Namen zu entziffern.

Er kniff theatralisch die Augen zusammen. Er bat um eine Lupe. Dann sagte er: »Für Karen, vom Christkind.«

Seine Frau, die mittlerweile unter dem Baum Platz genommen hatte, sagte: »Ich hoffe, ihr seid nicht enttäuscht. Es wird ein mageres Weihnachtsfest werden.«

Es hatte begonnen. Das Austeilen der Geschenke an seine Familie, eigenhändig vorgenommen von Bull Meecham an seinem besten Tag. Im Jahre des Herrn 1962 unter der Herrschaft Santinis.

25

Einen Tag nach Weihnachten holte Sammy Wertzberger Ben am frühen Abend ab. Zügig fuhr er mit ihm durch Ravenel und auf den Highway nach Charleston. Sammy trug ein neues Gant-Hemd, einen Gürtel aus Krokoleder, Weejuns, einen englischen Trenchcoat, Hosen ohne Aufschlag und Gold-Cup-Socken. Er hatte sich eine Überdosis English Leather verabreicht, so daß Ben sein Fenster hinunterkurbelte, um dem übermächtigen Duft etwas von seiner Intensität zu nehmen. Es war das erste Mal, daß Ben an Sammy eine solche Fügsamkeit gegenüber dem Modediktat wahrnahm.

»Okay, was für eine Weihnachtsüberraschung hast du denn für mich?« fragte Ben, als sie Ravenel County hinter sich gelassen hatten und im gespenstischen Zwielicht über einen Damm flitzten, an dem noch die Schleusen einer alten Reisplantage zu erkennen waren.

»Ich will's dir jetzt noch nicht sagen, mein Sohn. Ach, zum Teufel damit!« sagte Sammy. »Als mein Weihnachtsgeschenk an dich darfst du, wann immer du willst, von jetzt an bis zum Schulabschluß mit meinem Lümmel spielen.«

»Danke, Sammy. Kann ich jetzt gleich anfangen?«

»Nee, ich will ihn hier im Auto nicht rausholen. Sonst ruft noch irgendein vorbeikommender Fahrer bei der Autobahnpolizei an und schwört Stein und Bein, daß er zwei Männer beim Kampf mit einer Anaconda beobachtet hätte.«

»Wohin fahren wir eigentlich?«

»Deinen Dank kannst du dir aufsparen, bis ich dir alles erzählt habe. Ich, Sammy Wertzberger, habe für uns beide in Charleston ein Rendezvous mit zwei gutaussehenden College-Studentinnen arrangiert.«

»College-Studentinnen!« japste Ben.

»Genau, mein Sohn. Verdammt hundertprozentige Zweitsemester, echte College-Studentinnen.«

»Kennst du sie?«

»Nee. Aber das ist eine lange, verwickelte Geschichte. Meine Mutter kennt da eine Frau in Charleston, mit der sie in Winthrop ein Zimmer geteilt hat, und die kennt eine Frau, die eine Tochter hat, die über Weihnachten eine Freundin mit nach Hause gebracht hat. Sie sind in der ganzen Zeit in Charleston nicht ein einziges Mal ausgegangen. Und genau an dem Punkt treten die Superhengste Sammy Wertzberger und Ben Meecham auf den Plan.«

»Ich bin noch nie mit einer College-Studentin ausgegangen«, sagte Ben.

»Teufel auch, du bist noch nicht mal mit einer Schülerin ausgegangen. Aber das müssen wir ihnen ja nicht auf die Nase binden. Ich denk' mir, daß wir uns heute abend eher erfahren geben. Wie echte Männer von Welt. Wenn du bei College-Studentinnen landen willst, dann kannst du dich nicht wie irgendein dahergelaufener Schüler benehmen.«

»Auf dem Gebiet bist du wohl Experte, was, Sammy?« grinste Ben.

»Wer zuletzt lacht, lacht am besten, mein Sohn. Wenn du deinen Kopf heute abend in dem Riesenbusen deiner Partnerin vergräbst und sie um mehr bettelt, dann darfst du dich daran erinnern, daß es der zuvorkommende Sammy war, der dir das vermittelt hat.«

»Wie heißen die Mädchen?«

»Meine heißt Alicia West, deine Becky Bonham. Denk bloß, Ben, das sind College-Studentinnen, mein Sohn. Studentinnen. Daß die anders als Schülerinnen sind, brauch' ich dir ja wohl nicht zu sagen. Das sind ausgewachsene Frauen. Die sind rumgekommen. Die haben einen ungeheuren sexuellen Appetit, genau wie du und ich. Will sagen, ungeheuren Appetit auf den Vollzug der bösen Tat. Du verstehst schon, was ich meine.«

»Das habe ich auch über Studentinnen gehört«, sagte Ben. »Nicht viel Herumgefackel. Die wollen möglichst schnell zum Wesentlichen kommen. Ich hab' sogar gehört, daß sie beleidigt sind, wenn du ihnen nicht auf die Pelle rückst.«

»Nun ja, ein paar sind ganz schön schüchtern, Ben. Wie andere Frauen auch«, sagte Sammy. »Die brauchen eine starke, erfahrene männliche Hand, die ihnen zeigt, wo's langgeht. Andere wiederum sind einfach frigide, und der Mann muß den Stier bei den Hörnern packen, ja fast grob werden. Darum habe ich auch meine ganz persönliche Technik entwickelt. Die Böhmische-Berge-Methode.«

»Was ist das denn?«

»Nun ja, Berufsgeheimnisse plaudere ich nicht so gern aus, aber da du mein bester Freund bist, weihe ich dich ein. Es kann also folgendermaßen beginnen. Also, das ist jetzt rein hypothetisch, verstehst du?«

»Natürlich«, erwiderte Ben.

»Während der gesamten Vorstellung im Drive-in-Kino behandelst du das Mädchen nett und zuvorkommend. Du kümmerst dich um sie. Du gibst ihr Feuer, kaufst ihr Coca-Cola und Popcorn und sagst ihr, wie schön sie bei Mondschein aussieht. Sehr höflich, sehr beherrscht. Und dann, wenn sie sich in falschem Sicherheitsgefühl wiegt, wenn sie dir traut und weiß, daß du sie als Person respektierst und sie nicht ihres Körpers wegen eingeladen hast, dann deutest du auf eine Filmszene; und wenn sie dann aufschaut, also genau in dem Moment, greifst du ihr mit der Hand unters Kleid und steckst ihr deinen Zeigefinger in die Spalte.«

»Sehr zuvorkommend, sehr beherrscht«, sagte Ben und schaute auf den Mond, der das schwarze Wasser des Edisto River erleuchtete, während sie mit über hundert Richtung Charleston fuhren. »Übrigens, Sammy«, sagte er an seinen Freund gewandt, »so 'n Blödsinn hab' ich in meinem ganzen Leben noch nie gehört.«

»Das ist kein Blödsinn. Das ist die Böhmische-Berge-Methode. Keine Frau kann ihr widerstehen.«

»Hast du sie schon mal angewandt, Sammy? Sei ehrlich. Hast du sie jemals angewandt?« fragte Ben.

»Nein.«

»Und woher weißt du dann, daß sie funktioniert?«

»Weil ich viel rumgekommen bin, mein Sohn. Das ist eine Strategie, die im Laufe der Zeit gereift ist. Judenbengel wie ich studieren die Verführungskunst seit Jahrhunderten, weil wir nämlich wissen, daß die kleinen Goj-Mädchen sich ihre Stars and Stripes für ihre blonden Ehemänner aufbewahren.«

»Daher also die Böhmische-Berge-Methode«, sagte Ben.

»Es gibt natürlich Variationen!«

»Natürlich.«

»Jetzt kommt eine meiner Lieblingsversionen. Du holst ein Mädchen ab, in Ordnung?«

»In Ordnung«, sagte Ben.

»Du wirst ihren Eltern vorgestellt und benimmst dich wie ein perfekter Gentleman. Erzählst ihnen, daß du klassische Musik und Gedichte magst und wie gerne du ins Museum gehst. Dann eskortierst du das Mädchen mit verträumten Augen zur Tür hinaus. Du sprichst mit weicher, wohlmodulierter, zurückhaltender Stimme. Du hältst ihr die Autotür auf und berührst sie sachte am Ellenbogen, während du ihr beim Einsteigen behilflich bist. Du gehst langsam um den Wagen herum auf die Fahrerseite und ziehst deine Lederhandschuhe aus. Du steigst ein, und dann stürzt du dich blitzartig quer durchs Auto auf sie, hältst ihre Arme fest und reißt ihr das Höschen vom Leib.«

»Sehr wandlungsfähig, diese Böhmische-Berge-Methode.«

»Es ist ein ganzer Lebensstil, mein Sohn«, sagte Sammy. »Nichts weiter als die Anwendung von Strenge in Verbindung mit dem Überraschungsmoment. Wenn du erst einmal mit der Böhmischen-Berge-Methode angefangen hast, gibt es kein Zurück mehr. Um sie richtig anzuwenden, muß man ein Genie auf dem Gebiet der Liebeskunst sein, und genau an diesem Punkt trete ich auf den Plan.«

Er bog in eine ländliche Tankstelle ein, ließ Ben bei laufendem Motor zurück, verschwand in den schwach erleuchteten Tiefen des Ladens und kam mit zwei gefüllten Papiertüten wieder zurück.

»Hier ist ein bißchen flüssiger Mut«, sagte Sammy und reichte Ben ein Budweiser.

»Ich bin aber im Training«, protestierte Ben.

»Und von einem einzigen Bier furzt du dir 'ne Niere raus? Trink schon«, befahl Sammy und setzte die Fahrt auf dem Highway Nummer siebzehn fort. »In einer halben Stunde sind wir da, und ich habe dich immer noch nicht richtig auf den Abend vorbereitet.«

»Was muß ich denn sonst noch wissen?«

»Jede Menge. Um einen Gefallen möchte ich dich bitten, Ben.«

»Klar, Sammy.«

»Versprich mir, daß du nicht lachst.«

»Versprochen.«

»Wenn du doch lachst, kann ich dann das gesamte Blut deiner christlichen Kinder zu entsetzlichen jüdischen Zeremonien benutzen? Red glaubt, Juden tun so was.«

»Hab' ich auch schon gehört.«

»Stimmt auch. Die kleinen Finger und Zehen von Christenkindern reichen wir als Vorspeisen auf Tabletts herum. Nein, im Ernst. Du hast versprochen, nicht zu lachen. Also ich habe Alicia West nicht meinen richtigen Namen genannt, als ich sie anrief.«

»In Ordnung. Hab' nichts dagegen. Welchen Namen hast du denn angegeben?«

»Rock.«

»Rock!« brüllte Ben.

»Du hast versprochen, nicht zu lachen.«

»Ich lach' doch gar nicht. Ich brülle.«

»Rock Troy.«

»Rock Troy!« brüllte Ben noch lauter.

»Mach nur. Lach ruhig. Schütte dich jetzt aus, denn wenn sie ins Auto steigt, will ich kein Geschrei und Gejohle hören, wenn sie den guten Rock Troy auffordert, seine Hose aufzuknöpfen.«

»Rock Troy«, wiederholte Ben.

Sammy nahm einen langen Zug aus der Bierflasche, dann noch einen. »Du kannst dir vorstellen, wie heiß ein Mädchen darauf ist, mit einem Kerl namens Sammy Wertzberger auszugehen. So kriegt das Ganze ein bißchen mehr Klasse. Mehr als ein einmaliges nächtliches Abenteuer wird das sowieso nicht. Ach ja, noch einen kleinen Gefallen.«

»Du hast dem anderen Mädchen gesagt, ich hieße Hymie Finkelstein«, sagte Ben lachend.

»Das wäre gar keine schlechte Idee gewesen. Nein. Ich habe Alicia gesagt, daß ich ein Eins-A-Verteidiger im Basketballteam bin. Was dagegen?«

»Geht in Ordnung. Du und ich, wir sind zusammen in der Verteidigung. Das ist okay. Mir gefällt die Vorstellung.«

»He, danke, Ben. Das ist eine von meinen Lieblingsphantasien. Du kannst mir übrigens noch einen Gefallen tun. Bitte. Irgendwann heute abend, und den Zeitpunkt überlasse ich dir, könntest du deinem Mädchen sagen, und zwar laut genug, damit Alicia es auf dem Vordersitz auch mitkriegt: ›Beim Basketball deuten die Leute immer auf Rock Troy und sagen: Möcht' nur wissen, was dieser verflixte kleine Zauberkünstler als nächstes macht.‹«

»Klar, mach' ich.«

»Das wird eine Sternstunde für mich. Wahrscheinlich lege ich einfach den Kopf ans Polster und sonne mich in meinem Ruhm. Übrigens, da fällt mir ein: Bist du mit *Fiesta* für Mr. Lorings Englischunterricht schon durch?«

»*Yeah*, hab' ich am ersten oder zweiten Ferientag gelesen.«

»Ich kann mir denken, daß der gute Jake dich ein bißchen an den weltläufigen, wenn auch zynischen Sammy Wertzberger erinnert hat.«

»Nein, aber er hat mich an den verflixten kleinen Zauberkünstler Rock Troy erinnert.«

»Hurensohn.«

»Im Ernst. Jake hat mich sehr an dich erinnert, Sammy. Besonders in dem Teil, wo's darum geht, keine Eier zu haben. Wie hat dir Cohn gefallen?«

»Keine Frage, Hemingway hat die Juden gehaßt. Teufel noch eins,

Ben, die ganze gottverdammte Welt haßt die Juden. Da saß ich, las das Buch und konnte selber diesen Cohn nicht ausstehen. Ich komme bloß nicht dahinter, was die alle gegen die Juden haben.«

»Liegt nur daran, daß sie geizig sind, daß ihre Köpfe eine komische Form haben und daß sie mit häßlichen Judennasen rumlaufen«, sagte Ben, lehnte sich hinüber und knuffte Sammy in die Rippen.

»Es stimmt schon, was mein Vater sagt, Ben. Gott sei gedankt für die *schwartze*. Wenn sie die *schwartze* nicht hätten, dann würden sie über die Juden herfallen. Wenn's keine Nigger gäbe, mein Vater bliebe keine fünf Minuten in Ravenel.«

Wiederum fuhren sie über einen Fluß, und Ben fragte sich, wie viele Flüsse und Salzwasserläufe man wohl auf der Fahrt durch die Tiefebene über den Highway Nummer siebzehn überquerte. Dieser Fluß hier verströmte den tiefen, wilden Geruch morastigen Wassers. Zur Linken ragten Zypressen empor, ein pechschwarzer Bach voller faulender Wintervegetation verlief parallel zur Straße.

»Und jetzt zum letzten Test, bevor wir die Mädchen abholen, Ben«, sagte Sammy. »Du tust, als wärest du mein Mädchen, also Alicia, und ich zeige dir, wie ich meine Lektion aus *Fiesta* zu meinem Vorteil anwende. Mr. Loring wäre stolz auf mich.«

»Wie meinst du das, ich soll so tun, als wär' ich Alicia? Soll ich Händchen mit dir halten?«

»Nein. Tu einfach, als wärst du Alicia und stiegest gerade ins Auto. Du hast eine Verabredung mit dem aufregendsten Mann deines Lebens. Das ist ein seriöser Test. Du stellst mir Fragen und tust wirklich, als wärst du ein Mädchen.«

»Oh, Rock«, sagte Ben mit hoher Fistelstimme, rutschte über den Sitz und schlang die Arme um Sammy, »bitte fahr mich schnell irgendwohin und bums mir mein College-Hirn aus dem Leib.«

»Nee, im Ernst, mein Sohn«, sagte Sammy und schlug Bens Arm beiseite. »Besser, ich fang' an«, sagte er, griff in die Tasche seines Trenchcoats und zog eine Schachtel Zigarren heraus.

»Zigarren!« machte Ben, noch immer mit mädchenhafter Stimme.

»El-Producto-Zigarren, meine Liebe«, sagte Sammy weltmännisch. »Die lass' ich mir aus Spanien importieren.«

»Zigarren riechen gräßlich und bä-bä«, flötete Ben.

»Auf meinen häufigen Reisen durch Europa habe ich festgestellt, daß europäische Frauen nicht weniger Zigarren rauchen als Männer.«

»Wenn Mami wüßte, daß ich El-Producto-Zigarren rauche, würde sie tot umfallen«, mimte Ben.

»Vermutlich warst du noch nicht allzuoft mit Männern aus, die sich wie meinesgleichen an der europäischen Lebensart orientieren, Alicia. Von mir kannst du viel lernen.«

»Warst du wirklich schon in Europa, Rock?«

»Ha! Ob ich in Europa war! Frag mich mal, wie oft ich schon da war«, sagte Sammy und steckte sich mit dem Zigarettenanzünder aus dem Armaturenbrett eine Zigarre an.

»Wie oft warst du schon in Europa, Rock?«

»Vier-, fünfmal. So genau weiß ich das nicht mehr.«

»Warst du auch im lebenslustigen *Pari*, Rock Troy?« fragte Ben-Alicia atemlos.

»Ob ich schon im lebenslustigen *Pari* war«, wiederholte Sammy verächtlich. »Alicia, meine Süße, ich habe das lebenslustige *Pari* erfunden. Aber hier, Alicia, probier eine El-Producto. Nur keine Bange. Diese Zigarren habe ich mir aus Barcelona, Spanien, kommen lassen. Den Mann, der sie herstellt, hab' ich kennengelernt, als ich mit Ernest Hemingway bei den Stierkämpfen war.«

»Du kennst Ernest Hemingway persönlich?«

»Papa?« gab Sammy erhaben und mit so dramatischer Geste zur Antwort, daß die Zigarrenasche bis zu Ben stob. »Er ist wie ein Vater zu mir. Er hat mir alles an Wissenswertem über Stierkämpfe und Großwildjagden beigebracht. Und selbstredend alles über Frauen.«

»Darf ich mich auf dein Gesicht setzen, Rock?« japste Ben und brüllte vor Lachen.

»Du fällst aus der Rolle. Das ist unfair«, schimpfte Sammy.

»Und was war das Aufregendste, was du in Europa gemacht hast, Rock?« sagte Ben-Alicias Stimme.

»Ich glaube, das war, als Papa und ich in Pamplona beim El-Producto-Festival mit den Stieren liefen. Durch die Straßen dieser uralten Stadt zu laufen, die tobenden Bullen im Rücken, dazu die jungen Señoritas, die uns von ihren Balkonen aus Taschentücher zuwarfen. Die Aufregung rührte daher, daß wir dem Tod ins Angesicht schauten. Jawohl, dem *Tod am Nachmittag*.«

»Mensch, Sammy, das machst du wirklich prima. Im Ernst. Das ist einsame Klasse.«

Sie fuhren über die Ashley-River-Brücke und hielten sich parallel zum Fluß, bis sie die Broad Street erreichten. Die Mädchen wohnten in der ruhigen, eleganten Altstadt im Süden. Die Kirchturmspitzen von St. Michael schimmerten im leichten Dunst, der vom Fluß aufstieg. Die Häuser, an denen sie vorbeifuhren, waren die exquisit schlichten und aufs Kunstfertigste gearbeiteten Überbleibsel einer ausgestorbenen Gesellschaft. Sammy parkte das Auto vor einem Haus in der Tradd

Street. Bevor sie ausstiegen, klatschten sie einander in die Handflächen, schlugen sich gegenseitig auf die Schultern und strichen mit fahrigen Fingern ihr Haar zurück. Sammy betätigte einen bronzeglänzenden Türklopfer, der gefällig an die Eichentür schlug.

Ein Schwarzer in dunklem Anzug öffnete. »Ist einer von Ihnen ein gewisser Herr Troy?« fragte der Mann und las den Namen von einem kleinen weißen Kärtchen ab.

»Das bin ich«, sagte Sammy.

»Miss West bedauert zutiefst. Aber der Verlobte von Miss Bonham ist heute unerwartet eingetroffen, in Begleitung seines Zimmernachbarn aus Yale. Miss West hat versucht, mit Ihnen in Ravenel Kontakt aufzunehmen, aber unter der angegebenen Nummer kannte niemand einen Mr. Rock Troy.«

»*Yeah*, hatten wahrscheinlich die falsche Nummer oder so. Vielen Dank, ja. Ich weiß Ihre Mühe zu schätzen. Grüßen Sie Alicia von mir. Vielleicht klappt's ein andermal.«

Sie kehrten zum Auto zurück. Keiner der beiden sprach ein Wort. Dann fingen sie an, unbeherrscht zu kichern. Ihr Gekicher hielt an, setzte sich durch mehrere Bars in Charleston fort und war, als Rock Troy Ben zu Hause in Ravenel absetzte, noch immer nicht verstummt.

26

Am frühen Freitagnachmittag klingelte in Bulls Büro das Telefon. Als er den Hörer abnahm, hörte er am anderen Ende der Leitung die Stimme von Lieutenant Colonel Cecil Causey. Causey war Kapitän der Staffel 234, welcher der Ruf vorauseilte, seit fünf Jahren zu den besten *F-8*-Staffeln des gesamten Marine Corps zu gehören. Die 367 und die 234 standen in einem scharfen Konkurrenzkampf um die Trophäe, mit der die besten Flieger der Ravenel Air Base ausgezeichnet wurden. Bulls Staffel hatte noch einen langen Weg vor sich, falls sie die 234 einholen und überflügeln wollte, und Bull war sich dieser Tatsache durchaus bewußt. Neben starker Rivalität bestimmte aber auch ein enges Zusammengehörigkeitsgefühl das Verhältnis zwischen den beiden Staffeln – und dies nicht nur, weil von beiden derselbe Flugzeugtyp geflogen wurde, sondern auch, weil Bull Meecham und Cecil Causey die denkbar besten Freunde waren.

Sie waren im Koreakrieg miteinander geflogen, und Bull hatte große Achtung vor dem Kommandanten und vor dem Piloten Causey. Cecil, ein begabter Erzähler und unermüdlicher Trinker, hatte seine über alle

Zweifel erhabene Tapferkeit als Pilot mehrfach unter Beweis gestellt. Einmal hatte er den Schleudersitz seiner in Brand geratenen Maschine erst betätigt, als sich unter ihm das Meer und nicht mehr eine dichtbesiedelte Stadt befand. Drei Viertel seines Körpers hatten bei dem Crash schwere Verbrennungen davongetragen. Eine der am ärgsten in Mitleidenschaft gezogenen Körperpartien war sein Gesicht. Man hatte ihn aus dem Wasser gefischt und dann in die plastische Chirurgie eingeliefert. Man entfernte die Hälfte seiner Nase und einen Großteil seiner rechten Gesichtshälfte. Das neue Gesicht, mit dem sie ihn ausstatteten, machte ihn zu einer finsteren, verwegenen Erscheinung. Die rechte Hälfte blieb unbeweglich; Causey war ein Meister des halben Ausdrucks, des halben Lächelns, des halben Stirnrunzelns, denn alle mimischen Nuancen endeten an der unsichtbaren Grenze, die die lebendige Hälfte seines Gesichts von der toten trennte. Bull meinte, Colonel Causeys zerschmolzenes und neugeformtes Gesicht sei für einen Kampfpiloten des Marine Corps optimal; Lillian dagegen ließ sich nicht von der Überzeugung abbringen, daß die Ärzte hier einen netten Mann mit einem Durchschnittsgesicht mit Hilfe moderner medizinischer Kunstgriffe in eine groteske Figur verwandelt hatten.

»Meecham«, belferte Colonel Causey in die Sprechmuschel seines Telefons, »hier ist Lieutenant Colonel Causey, der Kommandant der härtesten und besten Fliegerstaffel, die je für das United States Marine Corps Einsätze geflogen hat.«

»Nein«, erwiderte Bull mit tonloser Stimme, »es muß sich um ein Versehen handeln. Sie können unmöglich Colonel Causey sein, den kenn' ich nämlich. Der Causey, den ich kenne, ist der Kommandant der mit Abstand schlaffsten, feigsten und abgefucktesten Staffel in der Geschichte der Fliegerei. Sie, Sir, sind zweifellos ein Hochstapler. Allerdings sind Sie zufällig mit dem Kommandanten der besten Fliegerstaffel der Welt verbunden worden. Was kann ich für Sie tun?«

»Du niederträchtiger Hurensohn, Bull«, gab Colonel Causey zurück und lachte dabei. »Spaß beiseite, aber ich möchte dich um einen Gefallen bitten. Letzte Woche, als du nach Yuma abkommandiert warst, hab' ich Lillian 'nen Besuch abgestattet und dabei bedauerlicherweise meine besten Schuhe unter ihrem Bett stehenlassen. Wärst du vielleicht so lieb, sie mir so schnell wie möglich zurückzugeben?«

»*Yeah*, ich erinnere mich, Lillian hat mir davon erzählt. Sie sagte, sie hätte den Kerl mit dem kürzesten Schwanz im Marine Corps gevögelt, und da hab' ich natürlich gleich an dich gedacht. Wie geht's denn so, Mr. Nasenlos?«

»Ganz gut, Bull, danke. Aber jetzt hör mal zu: Wie wär's, wenn wir uns heute abend im Club treffen würden. Jeder mit seiner Staffel, zum Dämmerschoppen sozusagen. Da können die Jungs ein bißchen Dampf ablassen, 'n bißchen miteinander saufen, 'n bißchen aufeinander schimpfen, vielleicht auch 'n paar kleinere Keilereien austragen. Alter Marine-Corps-Stil, du verstehst schon. So wie in den alten Tagen, als wir beide jung waren.«

»Was soll das heißen – *wir beide*? Verglichen mit dir, Mr. Nasenlos, bin ich ein junger Springinsfeld.«

»Wir könnten mit 'nem kleinen Wettsaufen anfangen«, antwortete Causey.

»Bist du sicher, daß deine Jungs überhaupt wissen, wie man ein Bierglas anfaßt, Mr. Nasenlos? Wär's nicht besser, wir fingen mit Muttermilch an oder so was, damit den armen Kerlchen nicht übel wird?«

»Bier ist schon das richtige, Bull. Aber sag deinen Leuten, daß sie diesmal ohne Nylonstrümpfe und geschminkte Lippen aufkreuzen sollen, weil heute nachmittag um fünf 'n paar echte Marines die Bar betreten werden.«

»Gute Idee, Cecil, wirklich prächtig. Ich ruf' meine Jungs zusammen und bring' sie in Stimmung für heute abend. Und was die Keilereien betrifft: Sollen wir beide den ersten Boxkampf austragen?«

»Ja natürlich! Tolle Idee. Kannst du dich noch an unseren letzten Kampf erinnern, neunzehnhundertachtundfünfzig unten in Rosey Roads? Endete doch damit, daß ich auf deiner Visage saß, oder?«

»Nein, nein, da hab' ich dir auf die Nase gehauen und mir fast die Hand dabei gebrochen. Kein Aas hatte mir gesagt, daß die Quacksalber, die dir den neuen Zapfen verpaßt haben, mit Zement arbeiten. Aber gut, Cece, fangen wir an und zeigen diesen jungen Lieutenants, wie man's macht, okay? Übrigens, kommt Varney um die Zeit auch in den Club?«

»Fehlanzeige. Meine Späher haben bereits berichtet. Er und die meisten anderen höheren Dienstränge haben sich heute früh zu einem Treffen mit dem Großen Kahuna in Cherry Point verfügt. Sie beraten wahrscheinlich über eine wahnsinnig wichtige neue Kampagne zur Förderung der Zahnhygiene unter den Piloten. Du weißt ja, wie das geht bei denen. Jeder Pilot, der sich nicht zweimal am Tag Zahnseide durchs Gebiß zieht, kommt vors Kriegsgericht.«

»Haha!« lachte Bull, »Mensch, Cecil, du hast mir gefehlt. Wo hast du nur die ganze Zeit gesteckt?«

»Am Steuerknüppel meines G. M. S., und zwar seit der Kubakrise. Everett meint, wer mit 'm Großen Mahagoni Schreibtisch so gut umgehen kann wie mit 'ner *F-8*, sollte keine Staffel mehr kommandieren. Ich bin froh, wenn ich zehn Flugstunden die Woche rausschinden kann, Bull, ehrlich. Du erinnerst dich an die Zeiten, als sechzig, siebzig Stunden die Regel waren, nicht wahr?«

»Stimmt, aber das war das alte Corps, Mr. Nasenlos, das alte.«

»*Yeah*, Bull. Du und ich – wir beide sind die letzten Überlebenden einer großen Rasse.«

»Ich bin der letzte Überlebende einer großen Rasse. Du bist deren letzte Mißgeburt.«

»Wie geht's Lillian und den Kindern?«

»Danke der Nachfrage. Die Truppe macht sich, glaub' ich.«

»Hab' von Ben in der Zeitung gelesen. Ein Splitter vom alten Holz scheint's, zumindest, was Basketball angeht.«

»So gut wie das alte Holz ist er nicht.«

»Kann ich bestätigen, Bull. Ich kann mich noch an das Spiel gegen West Point erinnern. Du warst damals im Team von Quantico.«

»Ja, ich hab' zweiunddreißig Punkte gemacht an dem Abend und ihren Forward Saleesi zum Nachtisch verzehrt.«

»Nee, das war umgekehrt, und du hast nur zwei Punkte gemacht.«

»Schweinehund!«

»Bull, dein Ego hat noch immer die Ausmaße eines Schlachtschiffs. Aber wie dem auch sei, sorg dafür, daß deine Spitzenhöschen-Piloten pünktlich im Club sind. Sollen schließlich auch mal mit Männern saufen dürfen, die echtes Haar am Schwanz haben. Eins noch, Bull: Ich wollte dich um einen Gefallen bitten.«

»Raus mit der Sprache, Cecil, du weißt, ich tue alles für dich«, antwortete Bull mit unvermitteltem Ernst.

»Ich hab' da einen Lieutenant in der Staffel, eine echte Nulpe ... Mir wär's recht, wenn der Bursche mal eins aufs Dach bekäme von deinen Leuten. Kann ruhig für 'ne kleine Weile dienstuntauglich sein, sagen wir mal, für die nächsten zehn Jahre.«

»Wie heißt er, und wie sieht er aus?«

»Beasley heißt er. Und du erkennst ihn auf den ersten Blick. Er trägt ein Halstuch, einen Sam-Brown-Patronengurt und ein Bowiemesser. Ich sorg' dafür, daß er seinen Revolver mit Perlmuttgriff daheim läßt.«

»Mach mir nichts vor, Cecil«, stöhnte Bull. »Wer abends im Club so 'n Scheiß trägt, muß entweder der beste Pilot auf der ganzen Welt sein oder aber die dicksten Eier im Südosten der Vereinigten Staaten haben.«

»Sollte man meinen, nicht wahr? Wir schließen schon Wetten drauf ab, ob Beasley zuerst sich selbst oder einen von uns umbringt. Der Bursche ist drauf und dran, der größte Bruchpilot aller Zeiten zu werden.«

»Wie viele Maschinen hat er verloren?«

»Drei bisher. Und das, obwohl er erst seit vier Jahren beim Corps ist. Bei einem Crash ist er gleich beim Start ausgestiegen.«

»Ist das etwa der Typ, dem letzten Dezember bei Jacksonville das Triebwerk ausfiel?« fragte Bull.

»Eben derselbe. Beasley.«

»Hab' von ihm gehört, Mr. Nasenlos. Soweit mir bekannt, steigt der schon aus, wenn plötzlich greller Mondschein auf seine Tragflächen fällt.«

»Was ich will, Bull, ist folgendes: Ich möchte, daß einer deiner Männer ihm mal klarmacht, daß er nicht bei allen lieb Kind ist. Ich könnte ohne weiteres auch jemanden aus meiner Staffel dazu bewegen, ihm einen Denkzettel zu erteilen, aber du weißt ja, das ist ein bißchen problematisch. Außerdem hab' ich 'nen gewissen Bammel...«

»Wie das, Mr. Nasenlos?«

»Jedesmal, wenn ich den Beasley sehe, krieg' ich Zustände. Es kotzt mich an, wenn ich ihm bloß beim Atmen zuschaue. Der schnauft mir meinen Sauerstoff weg, denke ich. Oder meinen Kindern. Ich hab' es satt, den Kerl atmen zu sehen, Bull. Ich krieg' schon 'nen Haß, wenn er nur mit der Wimper zuckt. Ist dir auch schon mal so 'n Typ begegnet?«

»*Yeah*«, sagte Bull, »ich weiß bloß nicht mehr, wer es war, warte... Ach ja, ich erinnere mich. Mir ging's genauso, als ich *dich* kennenlernte.«

»Tut gut, mit dir zu reden, Bull. Ich sehe dich dann um fünf mit deinen Leuten. Aber was ich dir noch sagen wollte: Ich bekam kürzlich mit, wie Everett sich über deine Staffel äußerte. Er sagte, es sei unglaublich, was du aus der 367 gemacht hättest.«

»Wär' schön, wenn Varney das gesagt hätte und nicht Everett.«

»Everett sagte das zu Varney, mein Guter. Und jetzt sei so gut und hau Beasley für mich in die Pfanne und hol um Gottes willen endlich meine Schuhe unter Lillians Bett hervor.«

»Okay, bis fünf dann, Mr. Nasenlos. Aber du mußt mir auch einen Gefallen tun. Als Ausgleich für Beasley.«

»Und der wäre?«

»Zieh dir 'ne Tüte übern Schädel. Ich möchte nicht, daß meine jungen Piloten Angst vor deiner Horrorfratze bekommen.«

»Ich kann's kaum abwarten, dir eins aufs Haupt zu geben heute abend. *Over and out*, Mistkerl.«

»Hervorragend«, antwortete Bull.

Er legte den Hörer zurück auf die Gabel, schmunzelte voller Vorfreude auf das zu erwartende Spektakel und rief dann schneidig nach

Sergeant Latito. »Hebe, kommen Sie mal fix her, und zwar ein bißchen plötzlich. Ihr Skipper bedarf Ihrer Hilfe.«

»*Yes, Sir,* Skipper«, antwortete Sergeant Latito, der mit einem Klemmhefter in der Hand eilfertig zur Tür hereinstürmte.

»Holen Sie mir Captain Brannon her. Er soll so schnell wie möglich in mein Büro kommen. Und trommeln Sie alle Offiziere für Punkt drei zu einer Besprechung im Bereitschaftsraum zusammen.«

»*Yes, Sir.*«

»Und noch etwas sehr Wichtiges, Latito«, fuhr Bull fort, und der Anflug eines unterdrückten Lächelns stahl sich in seine harten Gesichtszüge. »Wußten Sie schon, daß die Klitoris eines weiblichen Dinosauriers genau einskommanullzwei Meter lang war?«

»*Yes, Sir.* Faszinierend, Sir«, antwortete Latito. »Ich sprach gerade mit Gillespie, Sir. Er meinte, daß der Schaden an der Radaranlage ihres Vogels größer ist als anfänglich berichtet wurde.«

»Sagen Sie Gillespie nur, daß sein Vorgesetzter Montagmorgen in aller Frühe starten will.«

»Er hat seinen besten Mann drangesetzt.«

»Ist das Harter?«

»*Yes, Sir.* Harter ist einer der besten Radarfachleute im Corps.«

»Und wieso ist er dann bloß Gefreiter?«

»Schlechte Führung, Colonel. Außerdem ist er häufig betrunken und läßt sich immer wieder auf Schlägereien mit Unteroffizieren ein.«

»Tüchtiger Marine, wie's scheint. Sehen wir zu, daß wir Harter 'n paar Streifen verschaffen. Die Leute, die an meinem Vogel arbeiten, sollen glücklich sein.«

»*Yes, Sir.* Ich hole jetzt Captain Brannon. Er wird so schnell wie möglich hier sein.«

»Eins noch, bevor Sie gehen, Sarge: Sie sind der lebendige Beweis für das alte Sprichwort, daß ein guter Sergeant der heimliche Kapitän der Staffel ist. Sie sind der beste Ihres Schlages, der mir bisher untergekommen ist – und das, obwohl Sie bloß ein gottverdammter Jude sind.«

»Ich danke Ihnen, Sir.«

Zehn Minuten später stand Captain Brannon vor Bulls Schreibtisch. Er war zwar nicht so groß wie Colonel Meecham und wirkte auch sonst weniger imposant und dominierend als sein Vorgesetzter, doch hätten die knotigen Muskelpakete, aus denen sich sein Körper zusammensetzte, jedem Schauermann im Hafen Ehre gemacht. Seine ganze Erscheinung hatte etwas Bedrohliches: Die düsteren, kaffeebraun überhauchten Augen, die Kieferpartie, die sich als aggressives Vorgebirge darbot. In seinem Ausdruck lag die Unbekümmertheit und Anmaßung des Raubtiers, und niemand hätte in seinem Auftreten auch nur den Schimmer von Kultur oder Reife erkennen können. Sein Körper war fleischgewordene Gewalt, beherrscht von einer urtriebhaften Angriffslust, die Männer vergleichbarer Größe dazu veranlaßte, ihm mit äußerster Vorsicht zu begegnen.

In ihrem ersten Gespräch unter vier Augen nach dem Kommandowechsel bei der 367 hatte Bull Brannon gefragt, warum er ausgerechnet im Marine Corps Karriere machen wolle.

»Ich bin zum Corps gegangen, um einen Beitrag zur Verteidigung des weißen Amerika gegen jede Art von ausländischer Aggression leisten zu können, Sir.«

Bull betitelte ihn prompt mit dem Spitznamen »White America«, was Brannon – zur Freude seines Vorgesetzten – furchtbar ärgerte.

Tag für Tag rannte Brannon fünf Kilometer durchs Gelände, bearbeitete verbissen den Punchingball in der Turnhalle und boxte ein paar Runden. Während der Mittagspause rammte Brannon mit Hilfe eines Schlaghammers, den er im Kofferraum seines Jaguar XKE stets mit sich zu führen pflegte, regelmäßig einen riesenhaften Eisenpfosten unweit des Stabsgebäudes in den Boden, bis er kaum noch zu sehen war. Dann zog er ihn mit seinen Pranken wieder heraus. Das Ritual wiederholte sich so lange, bis Brannon der Meinung war, er habe seinen Körper ausgiebig genug bestraft. Rekruten erzitterten bei seinem bloßen Anblick; Offiziere fürchteten seinen Jähzorn, und selbst Bull hatte keinerlei Interesse an einem direkten Kräftevergleich mit Butch Brannon.

Captain Brannon stand vor dem Schreibtisch und wartete auf seine Instruktionen. Daß ausgerechnet dieses bewundernswerte Prachtexemplar von Mann nur ein höchst mittelmäßiger Pilot war, hielt Bull für eine verzeihliche Schwäche des lieben Gottes.

Zweimal hatte Bull sich im Manöver auf einen Trainingskampf mit Brannon eingelassen, und beide Male war sein Eindruck der gleiche: Butch Brannon war entweder ein inkompetenter Pilot oder ein Feigling. Es gab Bereiche der Flugkunst, deren Schwellen Brannon entweder nicht überschreiten konnte oder nicht wollte.

»Rühren, Captain«, sagte Bull und lehnte sich bequem in seinem Sessel zurück. »Ärgern Sie sich immer noch über den Spitznamen, den ich Ihnen verpaßt habe?«

»Mir haben Spitznamen nie gefallen, Sir.«

»Und woher kommt der ›Butch‹?«

»So heiße ich wirklich, Sir. Der Name steht auf meiner Geburtsurkunde.«

»Nun, ich bin eben Ihr Vorgesetzter und habe eine Vorliebe für Spitznamen. Sie werden sich also an den Spitznamen, den ich für Sie ausgesucht habe, gewöhnen müssen. Habe ich mich deutlich genug ausgedrückt, White America?«

»*Yes, Sir.*«

»Hervorragend. Und nun hören Sie zu, Butch, ich habe einen Job für Sie. Eine kleine Säuberungsaktion, die Sie in ein paar Sekunden erledigt haben dürften. Das Zielobjekt trägt ein Halstuch, ein Bowiemesser und einen Sam-Brown-Patronengurt. Es handelt sich um einen Piloten der 234, also aus Colonel Causeys Haufen. Dieser Beasley läuft seit einiger Zeit herum und behauptet mit stolzgeschwellter Brust, er könne Sie jederzeit fertigmachen, Butch. Unter seinen Pilotenkameraden laufen schon die ersten Wetten...« Bull faßte Brannon scharf ins Auge. »Und so, wie's aussieht, sind Sie krasser Außenseiter.«

»Ich könnte dem Kerl alle Knochen brechen, Sir.«

»Das meinen *Sie*, Butch, das meinen *Sie*... Ich hab' ja gesehen, wie Sie da draußen jeden Tag Ihren Eisenpfosten bearbeiten. Sie hämmern drauflos, als ob Sie sich auf den Tag vorbereiten wollten, an dem die Kreuzigung wieder eingeführt wird. Nur – ich hab' Sie nie in einem echten Kampf gesehen. Es gibt 'ne Reihe von Leuten, die meinen, daß Sie permanent an Muskelkater leiden, Butch. Sie trauen Ihnen einfach nicht zu, daß Sie im Ernstfall auch so drauf sind.«

»Aus diesem Beasley mach' ich jederzeit Kleinholz, Sir. Und aus den anderen Kerlen, die das Maul so weit aufreißen, genauso.«

»Na ja. Wir treffen uns um fünf mit den Leuten von der 234 im Club. Da wird's hoch hergehen, und vielleicht passiert sogar irgendwas. Für den Fall der Fälle möchte ich, daß Sie sich an Beasley erinnern.«

»*Yes, Sir.*«

»Eins noch, Captain: Ich habe mich kürzlich mit meinem Stellvertreter über Sie unterhalten. Wir stimmen darin überein, daß Sie weit besser führen, wenn Sie sich dieses dämliche Grinsen abgewöhnen würden, das Sie ständig zur Schau tragen.«

»*Yes, Sir*«, antwortete der Mann mit finsterer Miene.

»Es ist mein Ernst, Butch. Sie bauen nämlich zuviel Mist, sorgen dauernd für Unruhe und haben nichts als Unfug im Kopf. Es wird Zeit, daß Sie vernünftig werden, Mann. Wir sind hier im Kriegsgeschäft und können uns einen Harpo Marx am Steuerknüppel eines Kampfflugzeugs einfach nicht leisten.«

»Sie belieben zu scherzen, Sir, nicht wahr?« fragte Brannon, und auf seinen spartanischen Zügen begann sich ein Lächeln abzuzeichnen.

»Ich beliebe überhaupt nichts!« brüllte Bull, dem die Rolle des humorlosen Vorgesetzten immer großen Spaß machte. »Ich habe Ihren fettärschigen, abgeschlafften Corpus schon seit längerem auf dem Kieker, Brannon, und ich befehle Ihnen hiermit, mehr auf Ihre physische Verfassung zu achten! Sie finden diesen Babyspeck vielleicht niedlich, Brannon, aber Sie sind ein Marine, und als Marine haben Sie – wie wir alle – ein Image aufrechtzuerhalten!«

»Ich achte auf meine Verfassung, Sir. Ich bin in besserer physischer Verfassung als jeder andere hier im Team, Sir, und ich kann Ihnen das auch beweisen, wenn Sie es wünschen.«

»Ich wünsche, daß Sie meine Worte ernster nehmen als bisher, Captain. Ich wünsche, daß Sie sich niemals – und dies ist ein Befehl! – daß Sie sich niemals einbilden, ich sei sarkastisch oder wolle Sie schikanieren. Der Grund dafür, White America, ist der, daß ich mit meiner Meinung nie hinter'm Berg halte.«

»*Yes, Sir.* Ist das alles, Sir?«

»Bis heute nachmittag, Captain. Sobald ich sehe, wie man Beasley aus dem Club trägt, geht alles, was Sie saufen, auf meine Rechnung.«

★

Vor dem vereinbarten Treffen im Club ließ sich Bull mit zu Hause verbinden. Am Apparat war Mary Anne.

»Rock Hudson hier«, sagte Bull. »Ich bin gerade in Hollywood und wollte um Mary Anne Meechams Hand anhalten!«

»Was willst du, Poopsie?«

»Ich verbitte mir dieses ›Poopsie‹«, befahl Bull. »Wo ist deine Mutter?«

»In der Stadt, beim Einkaufen.«

»Wann kommt sie zurück?«

»Hat sie nicht gesagt, Daddy-Liebling.«

»Was macht Ben?«

»Oh, unser Superheld pflegt der Ruhe, um nächste Woche den großen Star spielen zu können.«

»Gut, dann macht keinen Lärm. Er muß topfit sein.«

»Aber selbstverständlich, Poopsie! Ich würde mich zu Tode grämen, wenn unser Goldjunge nicht topfit wäre. Ich glaube, ich würde alle Schuld bei mir suchen.«

»Manchmal bist du eine echte Klugscheißerin, Mary Anne. Sag

deiner Mutter, daß ich nach Dienstschluß noch mit meinen Leuten in den Club gehe.«

»Wenn Mama dich nach Dienstschluß anruft, mußt du für alle im Club 'ne Runde schmeißen, nicht wahr, Poopsie, mein Lieber? Ich leg' ihr gleich 'nen Zettel hin, damit sie's ja nicht vergißt.«

»Ich bin stinksauer, wenn sie das tut«, brummte Bull ungehalten. »Sag ihr das. Abgesehen davon: Was macht die Schule?«

»Prima, Poopsie, ganz prima«, antwortete Mary Anne. Als sie fortfuhr, wußte sie bereits, daß ihres Vaters Gedanken längst ganz woanders waren. »Algebra, Amerikanische Geschichte, Französisch – ich versage in allen drei Fächern.«

»Gut, sehr gut«, erwiderte Bull. »Mach so weiter. Gute Noten sind das einzige, was für ein Mädchen wirklich zählt. Sag deiner Mutter, daß wir uns heute abend beim Spiel sehen. Das ist ein Befehl, von dem ich erwarte, daß er ausgeführt wird.«

»Oh, zitter-zitter... *Yes, Sir. Bye-bye,* Rock Hudson.«

Mary Anne summte eine tonlose, irgendwie in ihrem Gedächtnis hängengebliebene Melodie vor sich hin, als ihr Vater den Hörer auflegte. Sie blätterte im Telefonbuch, bis sie die Nummer des Offiziersclubs der Ravenel Air Base gefunden hatte, und markierte sie mit einem Stift.

★

Wenn gegen fünf Uhr nachmittags (Ostküstenzeit) sich der Januarhimmel verdunkelt, wenn das wöchentliche Soll erfüllt ist, die Nation sich in Sicherheit wiegt, der Feind sich ruhig verhält, die Flügel der Jets hochgeklappt und die Sturmgewehre geölt sind, wenn kein bedrohlicher Schatten die Radarschirme trübt und die Panzer in ihren Verschlägen stehen – in jenem vom Lichte der sinkenden Sonne regierten Augenblick erweisen die Streitkräfte der Vereinigten Staaten von Amerika allgemein, und Marine-Corps-Piloten im besonderen, den Gesetzen des Feierabends ihre Reverenz und wenden ihre Aufmerksamkeit alsbald dem ernsten Geschäft des Trinkens zu. Überall in jenem soldatenreichen Land sammeln sich die Kämpfer am Freitagabend um die Bars aus dunklem Mahagoni, Druiden des kalten Kriegs, verschworene Männergesellschaften, die ein gemeinsames, gewaltsames Schicksal vereint. Und sie heben die Gläser und bringen wortgewandte Trinksprüche aus auf ihre Waffengattung und ihr Heimatland.

Bull Meecham achtete darauf, daß keiner seiner Piloten dem regelmäßigen Dämmerschoppen am Freitagnachmittag fernblieb. Es war nicht nur ein Ritual, das den Corpsgeist und die Kameradschaft innerhalb der Staffel stärkte, sondern auch eine Gelegenheit, Dampf abzulassen und ein wenig Spannungen abzubauen – Spannungen, die aus dem nie ausgesprochenen Wissen resultierten, daß jedesmal, wenn ein Pilot mit seiner Maschine vom Boden abhebt, der Tod als blinder Passagier auf der Tragfläche sitzt. Bull selbst war besessen von der Furcht, er könne eines Tages in seinem Flugzeug sterben, doch verstand er sich darauf, diese Furcht sorgfältig zu verbergen. Er wußte, daß der Tod im Cockpit in vielerlei Gestalt auftreten kann – sei es als Warnlicht auf dem Armaturenbrett, als plötzliche Veränderung des Motorengeräuschs, als verklemmtes Ruder oder als Zugvogel. Für Bull war der Tod eine Frage von Zentimetern und exakt ablesbar wie die Skala im lidlosen Auge eines Meßgeräts. Er konnte diese seine Empfindungen weder Lillian noch den Kindern erklären, da er fürchtete, sie mit solchen Gedanken zu erschrecken, doch irgendwann einmal wollte er es ihnen sagen: Der Tod eines Piloten war Augenblickssache. Er hatte verwundete Jets mit der gleichen Unerbittlichkeit vom Himmel stürzen sehen, mit der ein Pfeil von einer starken Bogensehne nach vorne katapultiert wird. Für Bull hatte der Tod inzwischen durchaus Menschengestalt, und es gab Momente – etwa beim nächtlichen Landeanflug auf einen Flugzeugträger –, da er seine Gegenwart unmittelbar spürte, ein dunkler, vornübergebeugter Reiter auf der Tragfläche, ein kalter Fremdling, der auf den Flügeln und in der Magengrube hauste. Doch jetzt lachten sie alle über die Angst und den Tod und bestellten eine weitere Runde. Die *happy hour* am Freitagnachmittag war eine Gelegenheit, die Spannung aus sich herauszuschreien, neuen Mut zu schöpfen und sich vom Enthusiasmus anderer Männer anstecken zu lassen, die ihr Leben ebenfalls der Fliegerei verschrieben hatten. Als Bull seinen Wagen auf den Parkplatz vor dem Offiziersclub steuerte, sah er auch andere Piloten eintreffen, viele von ihnen in kleinen Gruppen, alle in ihren Fliegerjacken. Die Erde hat sie wieder, dachte er, für einen weiteren Freitagnachmittag ... Sie sind vom Himmel gestiegen, um die Bruderschaft der Fliegenden hochleben zu lassen, eine unversehrte Bruderschaft, die anderen, geringeren Männern, die keine Flügel haben, verschlossen bleibt. Der Freitag verdüsterte sich, und die Sonne neigte sich über El Toro, als Bull Meecham den Offiziersclub betrat.

In einem großen Nebenzimmer, das unmittelbar an die Bar anschloß, saßen die Piloten der Staffeln 367 und 234 an getrennten Tischen, und jede Gruppe beanspruchte eine Zimmerhälfte für sich. Die beiden großen Tische befanden sich in der Mitte des Raums, und auf beiden standen je vierundzwanzig eisgekühlte Flaschen Coors-Bier. Die Piloten hatten sich an der Bar mit Drinks versorgt und kamen langsam in Stimmung. Die ersten Schmähungen flogen hin und her.

»He, 367«, ließ sich eine Stimme vernehmen, »ich hab' gehört, einem von euch haben sie letzte Woche die Gebärmutter rausoperiert.«

»Richtig!« schoß Major Reynolds, Bulls Stellvertreter, zurück. »Wie sich herausstellte, war es Ihre Frau, Kamerad. Hatte sich Ihren Fliegeranzug angelegt. Wir erkannten sie an ihrem Schnurrbart.«

»Wieso kauft ihr Fotzen von der 367 euch nicht 'ne Packung Binden und überlaßt diese Räumlichkeit hier den echten Kampfpiloten?«

»Wenn wir hier abhauen, hält niemand mehr die gute alte 234 von 'ner Gruppenwichserei ab. Deshalb!«

Schließlich erhob sich Cecil Causey, pfefferte eine Zwanzigdollarnote auf den Tisch und verkündete: »Captain Clifford Strait von der 234 hat den haarigsten Arsch aller Piloten hier im Raum. Eine Runde für alle, wenn's nicht stimmt.«

»So ein Blödsinn!« knurrte Bull.

»Er hat recht, Colonel«, bestätigte Captain Johnson. »Strait hat 'n richtigen Affenarsch.«

»Das ist mir bekannt, Johnson«, antwortete Bull mit lauter Stimme. »Sein Greifdaumen ist das einzige Merkmal, das ihn vom Affen unterscheidet. Für den Rest der 234 gilt im übrigen genau dasselbe.«

»*Shit!*« sagte Captain Brannon. »Ich kenne 'n Haufen Affen, die nie im Leben zur 234 gehen würden, weil sie noch 'n Funken Stolz im Leibe haben.«

»Ich kenn' einen, der war sich nicht zu gut dafür«, ertönte es aus den Reihen der 234.

»Wo ist denn dieser Strait?« fragte Brannon. »Mit meinem Arsch nimmt er's nicht auf. Her mit ihm!«

Am Tisch der 234 erhob sich Captain Strait und stolzierte nach vorne. Er erweckte den Eindruck, als blicke er auf eine lange und erfolgreiche Karriere in dieser Art von Wettkampf zurück. Er hatte einen dunklen Teint und schwarze Haare und war einer der Männer, die zu jeder Tageszeit aussehen, als könnte ihnen eine Rasur nicht schaden. Langsam löste er seinen Gürtel und ließ die Hose fallen. Brannon tat synchron desgleichen. Dann fielen die Unterhosen, und beide Männer bückten sich, um ihren Allerwertesten der sorgfältigen Inspektion und unverhohlenen Neugier der beiden Staffeln zu überlassen. Schon bald erfüllte röhrendes Gelächter den Raum. Es kam von der 234.

»Verglichen mit Straits Hintern ist Brannons Arsch 'ne spiegelblanke Glatze«, sagte Causey zu Bull. »Die erste Runde geht auf dein Konto.«

»Geht in Ordnung«, erwiderte Bull, der genau wußte, daß die

Piloten beider Staffeln schon begierig auf seine Antwort warteten. »Gut zu wissen, daß die 234 auch was kann. Die Kerle können weder fliegen noch vögeln noch trinken – doch wenn's um behaarte Arschlöcher geht, sind sie Spitze, alle Achtung. Aber kommen wir nun zu den ernsten Dingen, das heißt zum Wettsaufen. Ich muß allerdings sagen, jetzt wo ich Straits Arsch gesehen hab', mein' ich, wir sollten eher ein Bananen-Wettfressen veranstalten – mit Strait als erstem Starter.«

Ein Barmann betrat das Nebenzimmer. Er trug einen Telefonapparat mit einer langen Verlängerungsschnur und ging direkt auf Bull Meecham zu. »Ihre Frau, Colonel«, sagte er.

Explosionsartig fegte ein Jubelschrei durchs Zimmer, und alle Piloten drängten zur Bar, um sich die just gewonnene freie Lage abzuholen. Cecil Causey führte die Meute an. »Für mich einen *Wild Turkey on the rocks*!« brüllte er.

Bulls Gesicht war rot angelaufen, als er den Telefonhörer entgegennahm, und er spuckte wutentbrannt aus. »Verdammt noch mal, Lillian, was fällt dir ein, mich um diese Zeit hier anzurufen? Bist du verrückt geworden?«

»Poopsie«, antwortete Mary Annes Stimme, »ich wollte dich bloß kurz anrufen, um dir zu sagen, wie sehr ich mich über deine Liebe und Zuneigung freue! Mein ganzes Leben werde ich einzig und allein dem edlen Ziele widmen, mich der blinden Verehrung, die du mir erweist, würdig zu zeigen.«

»Mary Anne, dieser lausige Streich hat mich mehr als fünfzig Dollar gekostet«, sagte Bull und mühte sich, nicht die Beherrschung zu verlieren. »Ich gebe dir einen guten Rat: Hau ab. Und zwar sofort. Verschwinde am besten südwärts, in die Sümpfe. Denn wenn ich dich erwische, breche ich dir jeden Knochen einzeln.«

»Poopsie, weißt du was?« fuhr Mary Anne fort. »Ich glaube, ich bin verliebt. Ich glaube, ich werde einen Ubangi-Neger heiraten.«

»Wenn ich dich erwische, wirst du nicht mehr in der Lage sein zu heiraten. Weder einen Ubangi noch sonstwen.«

Die ersten Piloten kehrten von der Bar zurück. Sie lachten noch immer über den Vorfall. Daß die Ehefrau eines Colonels am geheiligten Freitagnachmittag ihren Gatten anrief, war ein höchst seltener Fauxpas. Normalerweise waren es die Frauen junger Lieutenants, denen dieser grauenvolle Verstoß gegen die Etikette unterlief. Bull packte Cecil am Ärmel und drückte ihm den Hörer in die Hand. »Es handelt sich nicht um meine Frau, sondern um meine Tochter«, sagte er. »Komm her, Cecil, sprich ein paar Worte mit Mary Anne.«

Die Piloten lachten. »Aber natürlich!«

»Hallo?« sagte Colonel Causey.

»*Hi,* Colonel Causey, hier spricht Mary Anne. Bitte tun Sie so, als ob Sie mit meiner Mama sprächen. Mein Bruder und ich planen diesen Streich schon seit langem.«

»Das stimmt, Colonel. Hier ist Ben, ich bin am anderen Apparat, oben im ersten Stock.«

»Hallo, Lillian! Wie geht es dir, meine Liebe?« säuselte Colonel Causey voller Zuvorkommenheit. Sein bewegliches Auge huschte von Pilot zu Pilot. »Er soll Papierhandtücher, Haarklammern und Zigaretten mitbringen, ja, ich verstehe... Und was? Nein, Lillian, das kann ich ihm nicht sagen, wir sind doch befreundet. Und wir beide auch, ja. Aber wenn du darauf bestehst... Mach's gut, Liebling.« Cecil legte den Hörer auf und stellte das Telefon ab. Seine einseitig gerunzelte Stirn ließ ihn sehr bedrückt erscheinen; es sah aus, als trage er an einer schweren Last.

Mit Grabesstimme sagte er dann: »Lillian hat mich gebeten, Colonel Meecham heute abend einen Piloten der 234 als Begleitung mitzugeben. Sie hat offenbar in den letzten ein, zwei Jahren keinen gehabt. Sie hat ausdrücklich betont, daß sie mit meinem Piloten nichts Unmoralisches im Sinn hat. Sie möchte lediglich ihre Hand... daneben ruhen lassen und von jenen Tagen träumen, da Bull ihn noch hochgebracht hat.«

Dreißig Sekunden lang brüllten und tobten die beiden Staffeln vor Lachen. Das fröhliche Beisammensein nahm mit rasch anschwellender Menge der Getränke immer mehr den Charakter eines steinzeitlichen Gelages an. Mehrere Piloten hielten bereits in beiden Händen gefüllte Gläser. Andere entschwanden ebenso oft wie unauffällig in Richtung Bar und ließen dort nachfüllen. Bull und Cecil lieferten sich einen Sparringskampf und landeten beide verhaltene Treffer am Körper des Gegners. Nach einer Weile ließen sie voneinander ab: Der Wettkampf der Biertrinker begann.

»Sind Ihre Piloten bereit, Colonel?« fragte Cecil Causey förmlich.

»Sie sind es, Colonel«, erwiderte Bull.

Ein neutraler Lieutenant von einer *A-4*-Staffel öffnete schnell und gewandt die Flaschen. Die beiden Staffelkapitäne würden den Wettkampf eröffnen, gefolgt zunächst von ihren Stellvertretern und danach vom jeweils jüngsten Lieutenant. Die wahren Schlachtrösser sparte man sich für die letzte Runde auf; die vierte Startposition war ein Ehrenposten, der dem besten Säufer der Staffel vorbehalten blieb.

Die Spielregeln waren einfach. Sobald ein Teilnehmer seine Flasche geleert hatte, knallte er sie auf den Tisch und räumte den Platz für den nächsten Piloten. Jeder Kontrahent hatte sechs Flaschen auszutrinken. Die Staffel, die als erste ihre vierundzwanzig Flaschen geleert hatte, wurde zum Sieger erklärt – vorausgesetzt, die vom Schiedsrichter in einem Schnapsglas zusammengekippten Bier- und Schaumreste liefen nicht über.

»Wenn einer kotzt, hat die andere Staffel gewonnen!« rief Bull und übertönte dabei den Lärm.

»Wenn einer von meinen Jungs kotzt, leckt er's selber wieder auf«, sagte Cecil.

»Von meinen Jungs kotzt keiner, es sei denn, er schaut aus Versehen in deine kaputte Visage«, spottete Bull.

Captain Brannon nahm seinen Ehrenplatz als Spitzensäufer ein und rief Captain Strait, der inmitten der Zuschauer saß und an einem Drink nuckelte, zu: »He, Affenarsch, wieso trinkst du nicht bei den Männern mit?«

»Lassen Sie ihn in Ruhe, White America«, brummte Bull, »Strait ist Spezialist. Er tritt nur zu Arschhaar-Wettkämpfen an.«

Major Reynolds, Bulls Stellvertreter, erteilte Lieutenant Snell, dem Benjamin der 367, der gerade erst die Pilotenausbildung hinter sich hatte, letzte Anweisungen. Snell gehörte erst seit knapp einem Monat zur Staffel, und er war sichtlich nervös, weil er schon nach so kurzer Zeit in solch einen Wettkampf geschickt wurde.

»Kopf zurück, Luftröhre zu, dann ganz einfach das Bier fließen lassen. Nicht schlucken! Und ja nicht atmen dabei!«

»Ich war in einer Studentenverbindung, Sir«, sagte Snell.

»Wen interessiert das schon?« bemerkte Captain Brannon.

»Geben Sie unserem Baby moralische Unterstützung, Butch«, sagte Reynolds.

»Wenn wir verlieren, Baby«, sagte Butch, »bin ich stinksauer.«

»Colonel«, sagte Bull, noch immer förmlich, zu Cecil, »wenn einer Ihrer Piloten während des Wettbewerbs aufs Klo muß, geht einer von meinen Jungs mit und hält ihm 's Händchen.«

»Wirklich nur 's Händchen?«

»Achtung, Kampfpiloten!« rief der *A-4*-Pilot. Bull und Cecil packten ihre erste Flasche. Im Augenwinkel erkannte Bull auf einmal Beasley. Er hatte ihn bisher nicht gesehen – es war ihm ein Rätsel, warum. Beasley stand auf einem Tisch, den er von irgendwoher herangezogen hatte, und feuerte die saufenden Gladiatoren seines Teams an. Sein Gesicht war faltenlos; es wirkte unschuldig, ja keusch, eine Botticelli-Figur in der Fliegerjacke. Seine Stimme war tragend und übertönte die allgemeine Dissonanz, das männlich-rauhe Gebrumm der anderen.

Aber es war nicht Beasleys Stimme gewesen, die Bulls Aufmerksamkeit erregt hatte, sondern seine Kleidung – das Halstuch unter der Fliegerjacke, der im Zickzackmuster seinen Oberkörper schmückende Patronengurt, das Bowiemesser und, gleichsam als Krönung des Ganzen, eine Von-Richthofen-Fliegerkappe aus dem Ersten Weltkrieg. Bull sah nun Butch Brannon an. Der Daumen des Piloten wies unmißverständlich nach unten.

»Werfen Sie die Motoren an!« Die Stimme des *A-4*-Piloten schallte durch den Raum. »Fahren Sie auf die Rollbahn und . . . heben Sie ab!«

Bull leerte seine erste Flasche eine volle Sekunde schneller als Colonel Causey und räumte dann rasch das Feld für Reynolds, der, als sein unmittelbarer Gegner zur Flasche griff, bereits drei tiefe Züge Vorsprung hatte. Die beiden Staffeln tobten, waren aber noch steigerungsfähig: Mit jeder weiteren geleerten Flasche und jedem neuen Kontrahenten, der mit gespannten Nackenmuskeln den Flüssigkeitspegel sinken ließ wie die Quecksilbersäule eines abrupt in kaltes Wasser getauchten Thermometers, schwoll der ohnehin schon ohrenbetäubende Lärm weiter an. Schon bald bedeckten Schaumflocken die Oberlippen der acht Kämpen, und dünne Bier- und Speichelrinnsale spannten sich wie Fäden aus Licht zwischen den Mündern und den Fliegerjakken. Die Lieutenants erhielten die lautesten Hosiannas, denn allen Veteranen war klar, daß an den Lippen der jüngsten Teilnehmer die Entscheidung über Sieg oder Niederlage fiel. Als wirksamste Waffe der 367 erwies sich in dieser schaumigen Olympiade jedoch der gewaltige Zug Butch Brannons. Jedesmal, wenn Butch eine Flasche in Angriff nahm, entfuhr den Piloten der 234 ein vernehmbares, ungläubiges Zischen.

Die 367 bewahrte ihre knappe Führung, und Beasley wurde immer aufgeregter. Er legte die Arme auf den Rücken wie angepfeilte Tragflächen und machte dabei Geräusche wie das Rattern einer Bordkanone. Im Stakkato feuerte er imaginäre Salven auf die Piloten, die seine Kameraden beim Saufen zu übertrumpfen drohten.

Die 367 gewann mit einem einzigen Bier Vorsprung. Der *A-4*-Schiedsrichter goß die Reste aus den vierundzwanzig Flaschen in einem Schnapsglas zusammen, und es floß kein Tropfen über den Rand. Die siegreiche Staffel stimmte einen Triumphgesang an, Pfiffe gellten durch die Luft, Händeklatschen und rebellische Rufe erfüllten den Raum. Streng förmlich, aber auch durchaus mit einem Sinn fürs Zeremonielle, in tadelloser soldatischer Haltung und mit ungebeugtem Stolz schritt Colonel Causey auf Bull Meecham zu und goß ihm den Inhalt der letzten ungeleerten Flasche über den Schädel.

Es war wie ein Stichwort. Bull versetzte Cecil einen Boxhieb in die Magengrube und rammte ihm die Schulter gegen den Brustkasten. Der Colonel fiel hintüber, rutschte über den Tisch und stürzte zu Boden. Im selben Augenblick gingen Lieutenants auf Lieutenants und Captains auf Captains los, denn man griff in der Eröffnungsphase einer Massenschlägerei instinktiv zuerst einmal nach einem Gegner gleichen Dienstrangs. Aber schon nach kurzer Zeit hielt sich niemand mehr an solche feinen Unterschiede, vielmehr dominierte nun der einfache Wunsch, einen denkwürdigen Treffer zu landen und das Handgemenge möglichst unbeschadet zu überstehen. Jeder erkennbare Unterkiefer war Ziel von Fausthieben, jeder freie Arm versuchte, sich aller wahrnehmbaren Angreifer zu erwehren. In unregelmäßigen Abständen zerschellten Bierflaschen. Zwei Captains stürzten über einen Stuhl, der unter ihrem Gewicht zersplitterte. Ein Mann im Zentrum des Geschehens brüllte auf und versuchte verzweifelt, die Arme freizubekommen, um den Kerl, der ihn in den Oberschenkel biß, aufs Haupt schlagen zu können...

Bereits in den ersten Sekunden des Gefechts hatte Captain Brannon den jungen Beasley von seinem Tisch gezogen, auf dem jener noch immer Tiefflugeinsätze übte, und hatte versucht, ihn mit seinem Halstuch zu erdrosseln. Manche Piloten wurden nur deshalb in die Schlägerei verwickelt, weil sie zu nahe an den Sog geraten waren. Der stellvertretende Kommandant der 234 ertappte sich dabei, wie er seinem eigenen Rottenflieger in die Genitalien boxte. Über eine unbenutzte Bar im hinteren Teil des Zimmers flog ein menschlicher Körper und ward nicht mehr gesehen. Bull und Cecil hatten sich unter den schwersten Tisch gerollt und beobachteten von dort aus die Keilerei, ohne selbst vom Sturm erfaßt zu werden. Dabei prügelten sie sich auch selbst – freilich ohne einander weh zu tun. Mit mal dem einen, mal dem anderen in der Oberlage, und untermalt von dissonanten Geräuscheffekten, sah es so aus, als seien sie in einen Kampf auf Leben und Tod verstrickt. Einmal bekam Bull von einem Amok laufenden Captain der 234, der inzwischen auf alles, was sich bewegte, eindrosch, einen Tritt gegen die Schläfe verpaßt. Mit einer Entschuldigung befreite er sich gerade lange genug aus Cecils Umarmung, um den Captain mit Hilfe einer quer über den Mund gezogenen Rückhand auf ein nicht näher definierbares Knäuel von Fliegerjacken stürzen zu lassen. Danach tauchte er sofort wieder ab, zurück zu Cecil unter den Tisch. Die beiden Colonels kicherten wie Schuljungen.

Die Schlacht dauerte insgesamt keine anderthalb Minuten. Die Sirenen von näher rückenden Einsatzfahrzeugen der Militärpolizei sorgten für einen raschen Waffenstillstand. Mit ein paar scharfen Befehlen brachte Bull die Seinen wieder zur Raison, während Cecil die Lieutenants dazu abkommandierte, Kehrbesen zu besorgen, und den Offizieren befahl, sich selbst und den Kameraden das Blut abzuwischen.

»Laßt sofort alle Scherben, alle demolierten Stühle und alle von den Kämpfen der 367 zur Strecke gebrachten Toten verschwinden«, rief Bull.

Und Cecil fauchte seine Männer an: »Wenn die Militärpolizei hier auftaucht, befindet sich dieser Raum in inspektionsfähigem Zustand und jedermann sitzt an der Bar und amüsiert sich bei einem guten Drink.«

Blutende Piloten verschwanden in Richtung Toilette. Andere kehrten mit dem Besen scheppernde Scherbenhaufen zusammen. Zwei Piloten schleppten einen bewußtlosen Kameraden zur Hintertür hinaus.

»Wer ist das?« fragte Cecil einen seiner Lieutenants.

»Captain Beasley, Sir. Ihn hat's ganz schön erwischt.«

»Er muß auf dem gebohnerten Fußboden ausgerutscht sein, Colonel, glauben Sie nicht auch?« fragte Bull.

»Zweifellos, Colonel«, erwiderte Cecil, »der Boden ist höllisch glatt.«

Als die Militärpolizisten eintrafen, sahen sie sich einer klassischen Szenerie gegenüber: Piloten umschwärmten die Bar, die Gläser in der Hand, und sie fühlten sich sichtlich wohl in der Gesellschaft der anderen, genossen die Kameradschaft. Die Militärpolizisten sahen sich nach den befehlshabenden Offizieren um und fanden sie, Zigarren schmauchend, an der Bar. Die beiden Colonels waren ganz offensichtlich in ein Gespräch vertieft, an dem auch ein gutgewachsener Captain beteiligt war. Der Mann trug ein Halstuch, ein Bowiemesser, einen Patronengurt und eine Fliegermütze aus dem Ersten Weltkrieg.

Typische Flieger, dachten die Militärpolizisten. Im Grunde gar keine echten Marines. Einfach disziplinlos. Eine Gruppe von Piloten hatte sich um das zur Bar gehörige Klavier versammelt und sang das Lied ihrer Staffel. Wenig später sangen alle anwesenden Kameraden mit. Sie tranken einander zu mit erhobenen Gläsern und steigerten sich bei den letzten vier Zeilen zu einem vollmundigen Chor:

»Nun hebet alle die Gläser geschwind
Und hemmet der Tränen Fluß.
Wir trinken auf die, die gestorben sind,
Und den nächsten, der sterben muß.«

27

Bull Meecham hatte eine Schwäche für Hobie's Restaurant. Besonders gut gefiel es ihm dort in den frühen Morgenstunden, bevor noch die Sonne Zeit gefunden hatte, die tiefen Winterschatten zwischen den Gebäuden in der River Street mit ihren Strahlen zu durchdringen. Obwohl sich die Stimmung bei Hobie's allenfalls durch ihre äußerliche Gelassenheit von anderen Lebensbereichen unterschied, fühlte Bull sich dort ausgesprochen wohl. Sein Stammplatz war der mittlere Barhocker, und den steuerte er unbeirrt jeden Werktagmorgen an, tauchte ein in eine Atmosphäre, die von warmen Holzfarben, Frühstücksgerüchen und einem Fenster beherrscht wurde, in dessen Blickfeld sich dem unaufdringlichen Beobachter an jedem beliebigen Tag die lebendige Fauna Ravenels und seine Gegenwartsgeschichte präsentierte. Seit über sechs Monaten war Bull jetzt Stammgast, und wenn er sich gegen sieben Uhr zehn auf den Weg machte, war er sich der zeremoniellen Handlungen, die Minuten zuvor dort stattgefunden hatten, vollauf bewußt. Rituale hatten bei Hobie's fast den Stellenwert göttlicher Gesetze und wurden von jedem Gast strikt respektiert.

Wenn Hobie Rawls Punkt sieben die Tür aufsperrte, betrat als erster Ed Mills das Restaurant. Die beiden Männer nickten einander zu – eine stumme Begrüßungszeremonie, die sich seit zwanzig Jahren nicht geändert hatte. Ed nahm Kurs auf den Hocker neben dem Fenster und setzte sich, wobei er sich leicht nach rechts neigte, obwohl er seinen Postsack gar nicht dabeihatte. Zum ungeschriebenen Gesetz dieser Szene gehörte es, daß keiner der beiden Männer sprach, bevor Ed nicht seine erste Tasse Kaffee getrunken hatte.

Exakt fünf Minuten nach sieben verkündete die Türglocke die Ankunft von Zell Posey. Der einbeinige Rechtsanwalt schritt mit steifer Würde zur Tür herein. Nach ihm stellten sich Johnnie Voight, Cleve Goins und Doc Ratteree ein, wenngleich in stets wechselnder, vom Zufall und von Launen bestimmter Reihenfolge.

Bull parkte seinen Dienstwagen an jenem Morgen vor der Bank, sechs Läden vor Hobie's. Er trug seine dunkelgrüne Winteruniform, deren Hosengürtel er nun strammzog. Es war der erste Dienstag im Monat Februar, und Bull konnte seinen Atem aufsteigen sehen.

»Guten Morgen, ihr Maisbreifresser!« röhrte er durch das Lokal und marschierte zu seinem Stammplatz.

»Oh, Jesus, da kommt Douglas McArthur«, bemerkte Ed Mills.

»Wie geht's, alter Grinser? He, Ed, dein Gesicht strahlt immer wie die Sonne selbst, aber bloß, weil du so 'n bescheuertes Südlicht bist.«

»Früher war 's richtig gemütlich hier, Hobie«, lamentierte Ed, »da kam man rein und trank in aller Ruhe und Gemütlichkeit seinen Kaffee. Aber seit der General in der Stadt ist . . .«

»Guten Morgen, Colonel«, sagten ein paar andere Männer.

»He, Doc!« sagte Johnnie Voight, an den Arzt gewandt. »Ich hab' schon seit ungefähr einer Woche einen ganz furchtbaren Husten. Haben Sie 'n fachmännischen Rat für mich?«

»Bei dir hilft nur ein operativer Eingriff in die weiße Gehirnsubstanz, gottseliger Dummkopf, der du bist.«

»Doc ist bloß sauer, weil Willis Taylor kürzlich in seiner Praxis erstickt ist«, sagte Hobie, während er Bull Kaffee einschenkte. »Der Doc hat ihm nämlich bei 'ner Halsuntersuchung den Zungenspatel zu weit in den Rachen geschoben.«

»Übrigens – kommt von euch Jungs heute abend jemand zum großen Spiel?« fragte Bull.

»Was für 'n Spiel?« fragte Ed Mills zurück.

»Findet heute abend ein Spiel statt?« fragte Doc Ratteree lächelnd.

»Ich weiß von gar nichts«, sagte Hobie.

»Okay, Sportsfreunde, macht's mir nicht zu schwer. Aber kommt rechtzeitig, wenn ich euch 'n Sitz im Umkreis der Familie freihalten soll. 'n paar Piloten von meiner Staffel kommen auch.«

»Sieht Ben eigentlich 'ne Chance für Calhoun?« fragte Cleve.

»Chance? Die verputzen die anderen heute bei lebendigem Leibe.«

»Peninsula bringt aber 'n paar ganz schön lange Kerle mit«, fügte Johnnie hinzu.

»Zell, du hast den Jungen vom General noch nie spielen sehen – oder?« fragte Hobie.

»Ich hab' mir aus diesen Publikumssportarten nie was gemacht.«

»Er zieht die Oper und das Ballett vor«, spöttelte Cleve.

»Zell ist eben ein kultursinniger Mann.«

»Würde dir nichts schaden, heute abend zu dem Spiel zu kommen, Zell«, sagte Bull. »Du fängst langsam an, nach Bücherregalen zu stinken. Du hängst schon zu lange in deiner Kanzlei rum.«

»Kennen Sie den alten Poyster aus der Eisenwarenhandlung, General?« fragte Ed.

»Der hockt doch morgens manchmal auch hier rum, nicht wahr?« erwiderte Bull.

»*Yeah*, dieser Flachskopf mit den zwei A-Löchern für die Augen. Kürzlich war er hier, und was hat er nicht alles gequasselt, von wegen wie gut Peninsula wäre und wie sie Calhoun das Fell über die Ohren ziehen würden . . .«

»Und was hast du daraufhin gesagt, Ed?«

»Ich ließ ihn erst mal reden, und dann ging ich zu ihm hin und sagte: ›He, Poyster, wie wär's mit 'ner kleinen Wette für das Peninsula-Calhoun-Match.‹ Er sieht mich 'n bißchen komisch an und sagt: ›Wieviel setzt du ein, Mills?‹ Ich seh' ihn auch an und sage, ohne mit der Wimper zu zucken: ›'n glatten Hunderter.‹ Fragen Sie die Leute hier im Raum. Jeder wird Ihnen bestätigen, daß ich nichts als die reine Wahrheit sage, frisch aus dem Neuen Testament...«

»Genau. Hat er gemacht«, bestätigten einige Stimmen.

»Und was hat Poyster geantwortet?« fragte Bull.

»Der hat die Notbremse gezogen an seiner Starkstromfresse.«

»Und was hättest du gemacht, wenn er die Wette angenommen hätte?«

»Da wäre für den Stuhl, auf dem Ed sitzt, 'ne Spezialreinigung fällig gewesen«, sagte Cleve Goins und lachte.

»Also, dann macht's gut, Jungs, bis heute abend. Ich muß jetzt gehen und dafür sorgen, daß unsere freie Welt erhalten bleibt.«

»He, Colonel«, schrie Slinkey. »Wann atomisieren wir endlich Moskau, Havanna und Peking? Läßt sich doch eines Tages sowieso nicht vermeiden, also warum noch lange fackeln?«

»Hast recht, Slinkey. Ich schicke heut' nachmittag drei Lieutenants hin, die erledigen das schon. Blödsinn, noch länger zu warten.«

★

Am Nachmittag kam Bull überpünktlich nach Hause. Er war so aufgeregt wegen des bevorstehenden Spiels gegen Peninsula, daß er sich auf den nervtötenden Verwaltungskram, der ihm in seiner Rolle als Staffelkapitän mehr Ärger bereitete als alles andere, überhaupt nicht mehr konzentrieren konnte. Als er gegen vier Uhr durch die Hintertür das Haus betrat, fand er seine Familie in der Küche versammelt. Arrabelle unterhielt sie mit Geschichten von ihrem verstorbenen Ehemann. »Mein Moultrie hat immer hat geabeit'. Fra'n Sie, wen Sie woll'n, un es wird Ihn' keiner sa'n, daß Moultrie Smalls sich je vo 'ne Abeit gedrückt hat. Oh, mein Mann hatte viele Jobs wähend der Hoover-Jahr', wie ha'm wir die gehaßt, die Hoover-Jahr'! Hätt'n wir nich 'n Fluß gehabt un die Krabb'n un die Fisch' – Arrabelle wär' jetz nich hier un könnt' euch nichts erzähl'n, Folks...«

»Die Küche ist dreckig«, sagte Bull streng, kaum daß er eingetreten war.

»Was sag'n Sie da, Captain?« fauchte Arrabelle hinter dem Herd hervor. »Die Küche is spie'lblank. Wovon re'n Sie ein'tlich?«

Bull blieb ihr die Antwort schuldig und setzte seine Inspektion der kritischen Winkel im Eßzimmer fort. Hier und da fuhr er mit dem Zeigefinger über die Möbel. Schließlich kehrte er in die Küche zurück und ließ sich mit einem schweren Seufzer auf einem Stuhl nieder. »Das ganze Haus ist ein einziger großer Müllplatz.«

»Käpt'n, Sie re'n bloß. Sie quass'ln bloß, weil Ihn' 's Quass'ln Spaß macht.«

»Hören Sie nicht auf ihn, Arrabelle«, warf Mary Anne ein. »Dad ist manchmal furchtbar pubertär.«

»Zeit zum Geh'n, sowieso. Seh' euch wied'r mit der Sonne.«

»*Bye-bye*, Arrabelle«, sagte Lillian.

»Bestellen Sie Toomer 'n schönen Gruß von mir«, rief Ben, während das Hausmädchen zur Hintertür hinausging. Dann übte er an der Küchenwand drei imaginäre Sprungwürfe.

»He, du Affe, setz dich hin«, sagte Bull zu ihm. »Kein Grund, dich vor dem Spiel zu verausgaben. Oder geh rauf und leg dich noch 'ne Weile aufs Ohr. Ich ruf' dich, wenn wir fahren müssen.«

»Wie es sich traf, Liebling«, sagte Lillian, »führten wir gerade ein sehr angenehmes Gespräch mit Arrabelle. Und dann bist du reingeplatzt und hast sie beleidigt.«

»Großartig«, erwiderte Bull. »Red ruhig weiter, aber verschone Ben mit deinem Geschwätz. Er soll sich voll und ganz auf das Spiel konzentrieren. Ich hab' gehört, daß heute abend 'n Haufen Beobachter von den College-Teams unter den Zuschauern sind.«

»Ich find' das ganz entspannend, Dad«, sagte Ben. »Einfach hier sitzen und quatschen.«

»Wer hat dich was gefragt? Rauf mit dir in die Koje, aber 'n bißchen plötzlich. Ich hab' dich nicht um Wortmeldung gebeten.«

Kaum hatte ihr Ältester den Raum verlassen, sagte Lillian: »Ich glaube, Bull, du bist nervöser als Ben.«

»Das ist *das* Spiel, Lillian. Das Spiel des Jahres. Wenn er heute Mist baut, dann qualifiziert sich Calhoun nicht für das Turnier, und er kann seine Hoffnungen auf ein Stipendium in den Schornstein schreiben. Ich wünsche daher, daß die Familie jetzt das Maul hält und sich ebenfalls auf das große Spiel konzentriert.«

»Wie schön es ist, dich einmal schon so früh am Tage hier zu haben«, sagte Lillian sanft.

»Ich habe die ganze Nacht kein Auge zugetan, weil ich dauernd an das große Spiel denken mußte«, sagte Mary Anne. »Und heute morgen erwachte ich schweißgebadet und hatte Fieber. Und drei verschiedene Sorten Krebs. Und 'n leichten Tollwutanfall.«

»Wo ist die Zeitung?« fragte Bull, ohne auf die Bemerkung seiner Tochter einzugehen. »In der Abendausgabe soll ein großer Vorbericht stehen.«

»Im Wohnzimmer«, antwortete seine Frau. »Soll ich dir einen Drink machen und ihn dir bringen lassen?«

»Einverstanden. Aber jetzt Schluß mit dem Gesabbel und volle Konzentration auf das große Spiel.«

»Daddy, ich habe in Englisch eine Eins geschrieben«, sagte Karen. »Möchtest du den Aufsatz lesen?«

»Nee, gib ihn deiner Mutter«, stöhnte Bull und verließ die Küche.

»Gut, Kinder, ich schlage vor, ihr geht jetzt alle an eure Hausaufgaben, so daß ihr rechtzeitig fertig seid, bevor wir gehen müssen«, sagte Lillian und schickte Matthew und Karen auf ihre Zimmer. »Bring aber deinem Vater bitte noch seinen Drink, Liebling«, fügte sie hinzu und drückte Karen ein Kristallglas in die Hand.

»Ich habe die Aufgaben schon in der Schule gemacht«, sagte Mary Anne. »Ich glaub', ich gehe ins Wohnzimmer und lese ein bißchen.«

»Ich würde mir das an deiner Stelle noch einmal genau überlegen«, erwiderte Lillian in warnendem Ton. »Du mußt irgendwann die Zeichen erkennen und interpretieren lernen ...«

»Die kenn' ich doch längst. Es sind klare Zeichen eines psychopathischen Killers. Sie sind immer da, du brauchst ihn nur anzusehen. Auf die Interpretation kommt es da wirklich nicht mehr an.«

»Pfui, Mary Anne! Du bist manchmal richtig unverschämt.«

»Du sagst mir doch immer, ich soll mich darum bemühen, meinen Vater besser zu verstehen. Und daß ich nie versuche, unter seine rauhe Schale zu sehen.«

»Dazu würde ich mir aber einen geeigneteren Zeitpunkt aussuchen. Manchmal steckt unter der rauhen Schale noch eine viel rauhere Schicht.«

»Weißt du, daß Dad und ich, seitdem ich auf der Welt bin, noch nie ein vernünftiges Gespräch miteinander geführt haben?«

»Daran bist du genauso schuld wie er, Mary Anne.«

»Er kennt mich überhaupt nicht – und ich kenne ihn nicht.«

»Dein Vater hat dich sehr, sehr lieb, Mary Anne. Allen Leuten erzählt er, wie gescheit du bist.«

»Wirklich?« fragte Mary Anne mit unverkennbarer Freude.

»Aber natürlich. Er gibt an mit dir.«

»Mir sagt er nie, daß er mich für gescheit hält.«

»Wahrscheinlich denkt er einfach nicht dran«, meinte Lillian und sah ihre Tochter an. Ihr Blick hatte etwas Abschätzendes, die Augen waren kalt. Als sie weitersprach, war sogar die Temperatur ihrer Stimme gefallen. »Wie wär's, wenn du jetzt hinaufgingest und dir was Hübsches zum Anziehen raussuchtest? Irgendwas Nettes mit Spitzen, damit du heute abend beim Spiel gut aussiehst.«

»Ich will aber nichts Nettes mit Spitzen anziehen. Ich trage lieber was ganz Scheußliches und Altmodisches.«

»Ich wollte es dir eigentlich ersparen, Mary Anne, aber du zwingst mich ja förmlich dazu«, fuhr Lillian fort. Sie sprach jetzt im Flüsterton, und da ihre Stimme obendrein noch zitterte, lag Konspiration in der Luft. Lillian liebte Verschwörungen – echte ebenso wie eingebildete. »Dein Bruder Ben kam gestern zu mir und bat mich, mit dir einmal darüber zu reden, wie du dich anziehst.«

»Ben?« fragte Mary Anne. Sie starrte ihre Mutter aus zusammengekniffenen Augen an. Ihr Blick war voller Zweifel.

»Ja.«

»Wieso hat er nicht mit mir darüber gesprochen?«

»Er wollte dich nicht verletzen. Aber er hat mir gesagt, daß es ihm furchtbar peinlich ist, wenn du in diesem schlampigen Aufzug in die Schule oder zu seinen Basketballspielen kommst. Er meint, du solltest ein bißchen mehr auf dich halten. Er fühlt sich – und was ich dir jetzt sage, Mary Anne, bleibt strikt unter uns, denn Ben hat mir das Versprechen abgenommen, dir nichts davon zu erzählen – er fühlt sich also zutiefst erniedrigt, wenn er dich in diesen sackartigen, zerknitterten Fetzen, die dir offenbar so sehr gefallen, in die Turnhalle kommen sieht.«

»Das hat Ben nicht gesagt, Mama. Das sind ausschließlich deine Worte.«

»Ben hat mich gestern darauf angesprochen.«

»Hat er nicht. Selbst wenn ich splitterfasernackt in die Turnhalle käme – Ben wäre das egal. Weißt du, ich kenne Ben um vieles besser als du. Ich kenne ja sogar dich besser als du selbst. Und Ben würde so etwas nie sagen. Du dagegen schon, und du hast es ja gerade auch gesagt.«

»Auf jeden Fall denkt er es, Fräulein Neunmalklug. Und du solltest es dir ruhig einmal zu Herzen nehmen. Wenn du so wenig Selbstachtung besitzt, daß du nicht einmal ein bißchen Make-up auflegen und dir ein paar gutsitzende Kleider anziehen kannst, dann darfst du dich auch nicht wundern, wenn deine Geschwister sich deiner schämen. Zu meiner Zeit wäre ein junges Mädchen eher auf der Stelle tot umgefallen, als sich in einem solchen Aufzug auf die Straße zu wagen. Du hast doch eine recht hübsche Figur, Mary Anne, aber du versteckst sie, anstatt sie durch die Kleidung ein wenig zu betonen. Das ist doch vollkommen unnatürlich. Deshalb habe ich auch solche Angst, daß du nie einen einigermaßen anständigen Mann ergattern wirst.«

»Ich hoffe, ich werde nie so einen Mann ergattern wie den, den du dir ergattert hast.«

»Immer mußt du so besserwisserisch, hochnäsig und frech sein! Denk dran, daß ich es war, der du deine Liebe zum Lesen und zur Literatur verdankst. Leider habe ich dir nie beigebracht, daß du mit deiner Besserwisserei und deiner Fähigkeit, andere Menschen mit Worten zu verletzen, nicht angeben sollst. Männer empfinden das als ausgesprochen unattraktiv.«

»Dämliche Marines finden das unattraktiv.«

»Mein liebes Kind, ich kenne die Männer. Ein Mann ist ein Mann, und ein Mann, der kein Mann ist, taugt nichts. Die Hauptaufgabe der Frau besteht darin, bewundernswert zu sein, alles andere ist nebensächlich. Attraktive Kleidung mit dem Ziel, die Aufmerksamkeit der Männer zu erregen, ist Teil des Spiels.«

»Ich mag es nicht, wenn dämliche Jungen mich anglotzen.«

»Jede Frau liebt es, mit bewundernden Blicken bedacht zu werden«, antwortete Lillian hart. »Oder zumindest sollte sie es.«

»Ich nicht. Das ist mir einfach zu pervers.«

»Wie dem auch sei – wenn ich du wäre, was freilich nicht der Fall ist, würde ich mich schon um Bens willen nett anziehen. Er ist sehr ungehalten.«

»Ich dachte, wir wären uns darüber einig, daß Ben kein Wort darüber verloren hat, Mama.«

»Raus jetzt mit dir!« befahl Lillian. »Ich habe lange genug versucht, aus dir eine Dame zu machen. Es ist nichts als Zeitverschwendung gewesen. Karen setzt alles daran, einen möglichst guten Eindruck zu machen. Sie hört auf meinen Rat.«

Mary Anne traf Anstalten, in Richtung Wohnzimmer zu verschwinden, hielt dann aber plötzlich inne, rückte ihre Brille zurecht, drehte sich um und sah ihre Mutter an. Sie atmete tief durch – es klang wie ein Seufzer – und sagte: »Du hast Karen viel lieber als mich, Mama.«

»Das ist nicht wahr«, gab Lillian zurück. »Ich habe alle meine Kinder gleich lieb. Ich liebe euch aus unterschiedlichen Gründen, aber unterm Strich habe ich euch alle genau gleich lieb.«

»Weißt du auch, warum du mich nicht magst, Mama?« fragte Mary Anne.

»Möglicherweise wärst du ohne deine ständige Besserwisserei überall beliebter«, schimpfte Lillian. »Für eine Frau ist es am besten, wenn sie nicht so viel weiß.«

»Du magst mich nur deshalb nicht, weil ich nicht hübsch bin. Das ist der Grund.«

»Eine so dumme, stupide und bösartige Behauptung habe ich in meinem ganzen Leben noch nicht gehört!«

»Es stimmt aber. Du weißt einfach nicht, was du mit einer häßlichen Tochter anfangen sollst. Häßlichkeit widert dich an.«

»Halt jetzt sofort den Mund, Mary Anne! Halt den Mund, sonst schlage ich dir ins Gesicht, daß du quer durchs Zimmer fliegst! Es ist hinten und vorn gelogen, was du da behauptest! Ich bin nicht so oberflächlich! Ich bin nicht so oberflächlich, und ich lehne es ab, mir solche entsetzlichen, hinterhältigen Lügen anzuhören. Ich habe es nicht leicht gehabt. Mein Leben war wirklich alles andere als ein Zuckerschlekken. Keine einzige meiner Hoffnungen und Erwartungen hat sich erfüllt, keine! Ich habe immer an das Gute geglaubt, bin immer davon ausgegangen, daß jeder Mensch von Natur aus nett und zuvorkommend ist. Man muß nur lernen, das Schöne in den Dingen zu erkennen, und ich habe das gelernt. Ich bin imstande, im häßlichsten Mann der Welt einen Fürsten zu sehen, ich schwöre es. Das ist das Ergebnis einer guten Erziehung.«

»Wenn ich den häßlichsten Mann der Welt sehe, bekomme ich Mitleid mit ihm«, sagte Mary Anne, »und zwar, weil ich weiß, was es bedeutet, häßlich zu sein.«

»Schönheit ist rein oberflächlich.«

»Nein, das ist falsch. Schönheit geht unter die Haut. Schönheit ist überhaupt das Allerwichtigste auf der Welt.«

»Du bist genau wie dein Vater«, keifte Lillian. »Genau wie dein Vater! Manchmal kann ich es überhaupt nicht mehr begreifen, daß du auch mein Kind bist! Sollte ich jemals deinen Vater verlassen, nehme ich die anderen drei mit. Dich lasse ich bei ihm.«

»Das hast du mir schon gesagt, als ich ein kleines Mädchen war, Mama, und nicht nur einmal. Du hast mir damit furchtbare Angst gemacht. Aber heute läßt es mich völlig kalt.«

»Wieso?«

»Weil du ihn nie verlassen wirst.«

»Du bist das widerlichste Kind, das mir je begegnet ist.«

»Du hast mich nie gemocht.«

»Sag das ja nicht noch einmal! Ich komme mir niedrig und gemein vor, wenn du so etwas sagst, und darauf legst du es ja auch an.« Lillian begann zu weinen. »Geh jetzt! Verschwinde! Ich will dich nicht mehr sehen und nicht mehr an dich denken! Wo du auch hingehst, fühlen sich die Menschen unglücklich. Ich möchte an etwas Schönes denken.«

»Dann denk doch an das große Spiel.«

»Geh und sprich mit deinem Vater. Probier ruhig, ob du ihn auch so zur Verzweiflung treiben kannst wie mich.«

Erhobenen Hauptes verließ Mary Anne die Küche, und doch wirkte ihr Abschied eher wie ein Rückzug, ein unwiederbringlicher Verlust. An den Herd gelehnt, schluchzte Lillian tonlos vor sich hin, beruhigte sich aber bald und wandte ihre Aufmerksamkeit wieder dem Abendessen zu. Mit einem unnatürlichen Lächeln im Gesicht rührte sie im Gemüsetopf: Sie zwang sich, an schöne Dinge zu denken.

Mary Anne setzte sich auf einen Sessel, der ihrem Zeitung lesenden Vater direkt gegenüber stand. Sie angelte sich eine alte Ausgabe der *Saturday Evening Post* aus dem Ständer neben ihrem Sessel und begann sie durchzublättern, wobei sie immer wieder abschweifte und verstohlene Blicke auf ihren Vater riskierte. Tief in ihrem Herzen war sie seine stille Verbündete, eine Art fünfte Kolonne, die ihn bei seinen hartnäckigen Attacken auf die ihm von Lillian ständig vorgehaltenen vergitterten Wappenschilder des Alten Südens stets unterstützte. Sobald Bull in Hörweite war, sprach Lillian vom *Old South*, als handele es sich dabei um einen ihr in der letzten heroischen Proklamation des Kongresses der Konföderierten persönlich zugeeigneten Privatgarten.

Schließlich sah Mary Anne auf und traf die bewußte Entscheidung, zum erstenmal in ihrem Leben mit ihrem Vater ein vernünftiges Gespräch zu führen.

»He, Dad, wieso magst du mich eigentlich lieber als deine anderen Kinder«, begann sie in der Hoffnung, ihn durch Humor ein wenig aufzulockern.

»Laß den Quatsch, Mary Anne, ich lese gerade den Sportteil«, antwortete Bull nicht unfreundlich. Die Zeitung in seiner Hand zitterte nicht einmal.

»Du liebst mich ja heiß und innig, Dad«, fuhr Mary Anne fort. »Es ist fast inzestuös. Daß Väter sich von ihren Töchtern physisch angezogen fühlen, ist in der Literatur gar nicht so selten. Interessant, was?«

»He, Lillian«, schrie Bull Richtung Küche, und die Zeitung sank auf die Höhe seiner Nase, »deine Tochter fängt an, hier herumzuspinnen. Komm, schleif sie in die Küche und gib ihr 'n paar Teller zu waschen.«

»Ich möchte mich mit dir unterhalten, Dad«, sagte Mary Anne, »mit dir allein, unter vier Augen. Ein Gespräch zwischen Vater und Tochter. Entblößen wir unsere Seelen und lernen wir uns kennen.«

»Ich will überhaupt nicht, daß du mich kennenlernst. Ich bin gerne rätselhaft. Wie ein chinesisches Schlitzauge.«

»Darf ich dir ein paar Fragen stellen, Dad? Wirklich nur ein paar.«

»Schieß los!« Bulls Kopf war noch immer hinter der Zeitung verborgen.

»Was war das bisher traurigste Ereignis in deinem Leben?«

»Di Maggios Rücktritt vom aktiven Sport.«

»Was ist dein Lieblingsbuch?«

»Der Baltimore-Katechismus.«

»Welche historische Persönlichkeit schätzt du am höchsten?«

»Die Jungfrau Maria.«

»Und wer kommt an zweiter Stelle?«

»Der größte und tapferste Kampfpilot aller Zeiten – Bull Meecham«, verkündete Bull. Dann machte er eine weit ausholende Bewegung mit dem Arm; es reichte ihm ganz offensichtlich. »Okay, Mary Anne, das Spiel ist zu Ende. Geh jetzt und strick Kinderschühchen für dein erstes Baby oder so was. Du gehst mir langsam auf den Wecker.«

»Hey, Dad?« fragte Mary Anne.

»Vamos. Sayonara. Adios. Au revoir. Und jetzt mach, daß du rauskommst!«

»Bin ich eigentlich eine Meecham, Dad? Können Mädchen überhaupt echte Meechams sein? Mädchen ohne Sprungwürfe? Oder bin ich vielleicht nur eine primitive Form von Meecham? Wie in der Biologie. Mary Anne, die einzellige Meecham. Oder ich bin vielleicht auf einer höheren Stufe. Mary Anne, eine Meecham vom Stamme der Hohltiere...«

»*Yeah,* Mary Anne, du bist von einfacher Meecham-Form. Du bist ein Mädchen. Und jetzt raus mit dir! Ich verliere langsam die Geduld. Ich gebe dir noch eine Gnadenfrist und ignoriere dich ganz einfach. Ich höre dir nicht mehr zu und gebe dir auch keine Antwort mehr.« Bull verbarg sich einmal mehr hinter Schlagzeilen.

Mary Anne stand auf und fing an, ihren Vater in seinem Sessel zu umkreisen; es war ein bemüht-täppischer Tanz, der immer temperamentvoller wurde. Was als dramatische Spiegelfechterei mit dem Ziel, des Vaters Aufmerksamkeit wiederzugewinnen, begann, wandelte sich alsbald in eine traurige Tarantella jungmädchenhafter Verzweiflung, untermalt von einem Singsang. »Hallo, Dad«, girrte sie und kitzelte ihn im Vorüberschweben unter dem Kinn. »Hallo, Dad, ich bin es, deine unsichtbare Tochter. Du kannst mich nicht sehen, aber ich bin immer da, bin immer da, Daddylein. Ich versteh' nichts von Haken- und Sprungwürfen. Ich kann nicht dribbeln und entscheidende Punkte erzielen. Aber ich bin immer da, juhu! Dad, ich bin es! Ich bin mein Geist, ja, ich bin Mary Anne, das Geistermädchen, das wahrhaftige Hausgespenst. Ich bin immer da, schwebend, unsichtbar, ungehört, und niemand spricht von mir. Dad? Dad?«

»Schluß jetzt, Mary Anne!« bestimmte das hinter der Zeitung verborgene Gesicht im Befehlston. »Du bist wohl total vom Affen gebissen heute.«

Mary Anne kniete nieder und umschlang die Knie ihres Vaters. Ihre Geste blieb ohne Reaktion.

»Dad, ich muß dir was ganz Wichtiges sagen«, brachte Mary Anne hervor, noch immer in jenem eigentümlichen Singsang. »Ich bin schwanger, Dad. Ja, wirklich, Dad, es stimmt tatsächlich! Ich bin schwanger.«

Sie hielt inne, wartete darauf, daß die Zeitung unter die Augenhöhe herabsank. Bull las gerade einen Bericht über das Spiel Celtic gegen Knickerbocker, das erst in der Verlängerung entschieden worden war.

»Dad, du hast mich nicht verstanden. Ich bin schwanger. Ich bekomme ein Kind.«

Mary Anne richtete sich wieder auf und setzte ihren Tanz um den Sessel fort. Dieses Mal zupfte sie ihren Vater an den Ohrläppchen und zauste sein Haar. »Ich bin schwanger, Dad. Ich trage dein Enkelkind unter dem Herzen.«

»Hör auf, an mir rumzufummeln, Mary Anne. Geh in die Küche und hilf deiner Mutter das Abendessen zuzubereiten. Ich möchte jetzt endlich in Ruhe diese gottverdammte Zeitung lesen.«

»Ich bin schwanger von einem Neger, Daddy, einem riesigen, zottelhaarigen Neger mit wulstigen Lippen. Er heißt Rufus. Hast du mich verstanden, Daddy? Dein Schwiegersohn ist ein Neeeeeeger! Du hast bald ein kleines, milchkaffeefarbenes Enkelkind, das ›Opa‹ zu dir sagt. Eigentlich wollte ich dir davon nichts erzählen, Dad, aber da wir nun mal beschlossen haben, keine Geheimnisse mehr voreinander zu haben, fühle ich mich so frei, dir auch mitzuteilen, daß Rufus Pazifist ist. Pazifist und Homosexueller. Aber du wirst ihn liebgewinnen, wenn du ihn erst richtig kennst. Zwerge machen es einem leicht, sie liebzuhaben, vor allem, wenn sie verkrüppelt und geistig zurückgeblieben sind.«

»Halt die Schnauze, Mary Anne, und geh an deine Hausaufgaben«, sagte ihr Vater.

»Ich geh' ja schon, Dad«, erwiderte sie. »Aber du sollst wissen, daß ich jetzt weiß, wie es hinter deiner rauhen Schale aussieht.« Sie hatte bereits die erste Treppenstufe erreicht und sprach jetzt wieder mit normaler Stimme. »Ich kann durch sie hindurchsehen, Dad. Und ich durchschaue dich, Dad, das sollst du auch noch wissen. Ich allein. Nur ich.«

★

Ben lag oben in seinem Zimmer auf dem Bett und wartete darauf, von seinem Vater zum Abendessen gerufen zu werden. Er lag auf dem Rücken und warf einen Basketball an die Zimmerdecke, immer und immer wieder. Sein Handgelenk machte ihm vor wichtigen Spielen immer den meisten Kummer. Wenn sein Handgelenk ihn im Stich ließ, dann fehlte der Touch, und er war gezwungen, die hochgewachsenen Korbspieler der gegnerischen Mannschaft mit schnellen Vorstößen auszumanövrieren, und dabei wurde allzuoft der Spielfluß gestört.

Leise öffnete sich die Tür. Es war Karen. »Darf ich reinkommen, Ben?« fragte sie.

»Aber natürlich, Karen«, antwortete er, obwohl ihr Besuch ihn etwas verwirrte. Nun, da sie sein Zimmer betrat, wurde ihm auf einmal klar, wie selten er und Karen unter vier Augen miteinander gesprochen hatten. »Wie läuft's denn so in der Schule?« fragte er.

»Gut. Ich bin die Drittbeste in der Klasse.«

»Na prächtig, Karen.«

»Weißt du, was passiert ist, Ben?«

»Keine Ahnung.«

»Ich hab' diese Woche meine erste Periode gehabt. Das heißt, daß ich jetzt eine Frau bin – jedenfalls hat Mama das gesagt.«

Ben ließ wieder den Basketball steigen, warf insgesamt dreimal und achtete darauf, daß sein Handrücken nach jedem Wurf eine Parallele zur Zimmerdecke bildete.

»Was für Noten hattest du denn im letzten Zwischenzeugnis, Karen? Nach dem, was Mama sagte, müssen die ja echt gut gewesen sein.«

»Mama sagt, daß ich jetzt Kinder bekommen kann. Das geht erst, wenn du regelmäßig die Periode hast.«

»Hast du schon mit Mary Anne über diese . . . Sache geredet?« fragte Ben.

»Ja. Sie hat mir gesagt, daß dich das auch interessieren wird.«

»*Yeah*, Karen. Ich find' das toll. Und außerdem find' ich es nett, daß du mir davon erzählt hast. Bist du schon eingestimmt auf das große Spiel heute abend?«

»Fast alle Mädchen in meiner Klasse haben ihre Periode schon längst. Ich hab' schon gedacht, ich kriege sie nie.«

»*Yeah*, muß 'n echt blödes Gefühl gewesen sein.«

»Ich hab' versucht, mit Matt darüber zu sprechen, aber der hatte keine Ahnung, worum es ging, und ist einfach davongelaufen. Manchmal ist er noch ein richtiges Kind.«

»*Yeah*, armer, alter Matt.« Ben ließ den Basketball auf der Spitze seines Mittelfingers rotieren. »Hör zu, Karen, es ist super, sich mit dir so zu unterhalten, aber ich muß mich momentan wirklich total auf das Spiel konzentrieren.«

»Ich bringe ein paar Mädchen aus meiner Schule mit. Wir sitzen direkt unter der Anzeigetafel. Kannst du uns zuwinken, wenn ihr euch einspielt?«

»Gerne. Ich muß nur 'n bißchen aufpassen, damit Dad und Trainer Spinks nichts davon mitbekommen.«

»Meine Freundinnen wollen dich nach dem Spiel kennenlernen. Meinst du, das klappt?«

»Mich kennenlernen? Fußvolk aus deiner Babyklasse? Sicher, Karen. Ich find' das zwar ziemlich albern ...«

»Sie wollen, daß ich ihnen Autogramme von dir besorge.«

»Hör auf«, sagte Ben und grinste.

»Nein, wirklich, sie haben mich drum gebeten.«

»Du spinnst. Du machst mir was vor. Das darf doch nicht wahr sein.«

»Ich mach' dir gar nichts vor. Ich habe ihnen versprechen müssen, die Autogramme heute abend zum Spiel mitzubringen.«

»Was wollen die denn damit? Ich meine, ich find' das echt lächerlich.«

»Du bist eben der Star. Hier ist Papier.«

»Muß ja 'n Riesenverein sein, Karen. Und sie haben einen guten Geschmack, die Mädchen. Wie heißen sie denn?«

»Cynthia Waters, Mary Helen Epps ...«

»Okay«, sagte Ben, nahm einen Stift zur Hand und las die Worte, die er auf die Zettel schrieb, laut mit. »Für Cynthia, die schönste Frau, die meine Augen je schauen durften. In Leidenschaft, Dein Ben Meecham ... Für Mary Helen, der kein menschliches Wesen auf Erden das Wasser reichen kann. In inniger Verehrung, Dein Ben Meecham.«

»Vielen Dank, Ben. Das wird ihnen gefallen. Bis zum Abendbrot dann.«

»Bevor du gehst, Karen ...«, sagte Ben, erhob sich und ging zum Fenster. »Weißt du eigentlich ... oder, laß es mich so ausdrücken. Ganz einfach. Du sagtest vorhin, daß du jetzt Kinder haben kannst. Weißt du eigentlich, wie man Kinder kriegt und wie das alles funktioniert und so?« Ben spürte, daß er von Kopf bis Fuß errötete – eine Farbveränderung, die innerhalb von Sekunden den gesamten, eins achtundsiebzig großen Körper erfaßte. Zum erstenmal in seinem Leben hatte Ben das Gefühl, Schamröte müsse quantitativ meßbar sein.

»Natürlich weiß ich das«, sagte Karen unverblümt. »Kinder kriegt man durch Geschlechtsverkehr mit einem Mann.«

»Uff... ja, es war toll, mit dir zu reden, Karen. Bis nachher dann. War wirklich super.«

»Bis nachher, Ben.«

»Moment, Karen...«

»Ja.«

»Herzlichen Glückwunsch zum Frausein.«

»Toll, was?« sagte Karen und verließ das Zimmer.

★

Der Spätnachmittag verging über einer Reihe von Zufallsbegegnungen, ruhigen Gesprächen und verhaltenen Machtproben. Alles stand unter dem Vorzeichen der absoluten Ruhe, die Ben angeblich brauchte, um sich in die richtige Kampfstimmung gegen die Invasoren von der Peninsula High School zu bringen. Lillians gehauchte und nahezu unhörbare Ankündigung, das Abendessen sei fertig, wurde von Karen flüsternd ihrem Vater übermittelt und dann im Stil einer Nonne, die die Nachricht vom Tod eines Mönchs zu überbringen hat, den Geschwistern zugetragen. Bewundernswert leise und leichtfüßig stieg sie die Treppe empor.

»Ist das alles, was ich bekomme?« fragte Ben, als er sich zu den anderen an den Eßtisch setzte.

»Deinen Speisezettel vor dem Spiel bestimmt dein Vater, Liebling«, sagte Lillian.

»Toast und Tee reichen mir aber nicht«, widersprach Ben.

»Du darfst nur was Leichtes essen, sonst kotzt du alles wieder raus«, erklärte Bull.

»He, Dad, weißt du, was ich kann?« fragte Matthew.

»Augenblick, Matt, ich spreche gerade mit Ben. Ich glaube, ihr könnt bei diesem Gegner Tempo machen. Sie spielen Mann gegen Mann, und das liegt dir. Gleich zu Spielbeginn würde ich versuchen, durch die Mitte zu gehen, um zu sehen, was sie draufhaben. Wenn jemand versucht, dich zu stoppen, gib den Ball ab.«

»Weißt du, was ich kann, Dad?« wiederholte Matt.

»Halt deine Pferde im Zaum, Matt. Wenn ihr ihren großen Mann, diesen Sanders, möglichst früh im Spiel in Foulprobleme bringen könnt, seid ihr fein heraus. Und was diesen kleinen Pimpf in der Abwehr betrifft, Peanut Abbott...« Bull überprüfte den Namen des Spielers in der Zeitung. »Ja, so heißt der Zwerg. Hör mal, was hier steht, er hat gesagt: ›Meecham kann von Glück reden, wenn er einen einzigen Korb erzielt. Wir drehen ihm das Wasser ab.‹ Wie gefällt dir das, he? Das bringt dein Blut in Wallung, wie?«

»*Yes, Sir.*«

»He, Dad . . .«, sagte Matt.

»Was, zum Teufel, willst du denn, Matt?«

»Nun laß ihn doch mal zu Wort kommen, Bull«, sagte Lillian.

Aller Augen richteten sich nun auf Matthew, der jedoch wider Erwarten nichts sagte, sondern vom Tisch aufstand und aus dem Vorratsschrank eine Dose Pfirsiche holte. Er stellte sie auf den Tisch, an seinen Platz. »Ich kann eine ganze Dose Pfirsiche in weniger als sechzig Sekunden leeressen.«

Einen Augenblick lang herrschte verdutztes Schweigen.

»Woher weißt du das?« fragte Lillian schließlich.

»Ich habe trainiert.«

»Ach, deshalb verschwinden meine Pfirsiche immer.«

»Ich wette fünfzig Cents darauf, daß du es nicht kannst«, sagte Mary Anne und ließ zwei Vierteldollarmünzen auf den Tisch klimpern.

»Mir war diese Sportart bisher völlig unbekannt«, bemerkte Ben.

»Sie wurde ja auch erst von mir erfunden«, antwortete Matt.

»Du verdirbst dir das Abendessen, Matt«, warnte Lillian.

»Ist der Saft mit eingeschlossen?« fragte Karen.

»Natürlich«, sagte Matt. »Der Saft kommt zum Schluß. Der Saft ist mein Spezialgebiet.«

»Wieso fängst du nicht mit Baseball an oder so was, Matt?« fragte Bull, spießte drei Scheiben Roastbeef gleichzeitig auf seine Gabel und langte nach der Bratensoße.

Mary Anne stand auf und fand im Ausguß einen Büchsenöffner. Würdevoll entfernte Matt den Deckel von der Dose und setzte sich, bewaffnet mit einem riesigen, Lillians Tafelsilber entnommenen Löffel, in Positur.

»Wer nimmt die Zeit?« fragte er.

»Ich«, bot Mary Anne sich an und sah auf ihre Armbanduhr. »Noch zehn Sekunden. Noch fünf. Und los!«

Ein leises Plätschern begleitete Matt, der nun mit so hingebungsvollem Saugen und Schlürfen geviertelte Pfirsiche in sich hineinzuschaufeln begann, daß sogar sein Vater vorübergehend die Gabel ruhen ließ und dem kurzweiligen Intermezzo zusah. Matt kaute die Pfirsiche nicht, er schluckte sie im Stück, wie lebendige Goldfische mit unversehrten Gräten und Eingeweiden. Saft troff ihm über Kinn und Hals, tropfte auf den Tisch und verklebte seine Haare. Mit zunehmender Dauer des Spektakels nahm der Geräuschpegel zu, denn Matt konnte nicht umhin, während des Essens zu atmen. Als ihm Pfirsichsaft aus der Nase lief und er bereits zweimal gewürgt hatte, erhob sich Lillian und entschuldigte sich dezent. Ihren Sohn focht das nicht an. Mit außerordentlicher Geschwindigkeit und großer Ausdauer schlabberte er die Pfirsiche in sich hinein. Nach Mary Annes Ruf »Noch zehn Sekunden!« nahm er die Dose in beide Hände, hob sie hoch, stülpte sie um und stürzte den Saft mit ungeheurer Heftigkeit herunter. Sein Adamsapfel arbeitete mit und bewegte sich rhythmisch wie ein Metronom. Einen Wimpernschlag, bevor Mary Anne »Zeit!« rief, schmetterte er die leere Dose auf den Tisch, woraufhin er von seinen Geschwistern eine zwanzigsekündige stehende Ovation erhielt. Bull schüttelte bloß den Kopf und wandte sich wieder seinem Roastbeef zu, nur um wenig später noch einmal aufzublicken, dem triumphierend grinsenden Matthew ins Gesicht zu sehen und zu sagen: »Mein Gott, ich ziehe in meinem Haus den künftigen Weltrekordler im Pfirsichfressen heran.«

★

Gegen halb sieben hatte Ben seine Sachen gepackt und wartete gestiefelt und gespornt in seinem Zimmer auf den Ruf seines Vaters, der zum Aufbruch mahnen würde. Er kniete vor dem Kruzifix nieder, das in seinem Zimmer hing, und sprach ein Gebet, für das er sich noch im selben Augenblick schämte. Sobald er sicher war, daß es in vollem Wortlaut Gottes Ohr erreicht hatte (von dem er annahm, es sei so groß und schwarz wie eine Milchstraße), widerrief er es, doch fehlte dem Widerruf die Inbrunst des Originalgebets. Ben hatte für seinen eigenen, persönlichen Erfolg gebetet. Die Mannschaft mochte verlieren, übel verlieren sogar, aber er selbst wollte und brauchte unter den leidenschaftslosen Blicken der Spione von den College-Teams eine überzeugende persönliche Leistung. Das Gebet war ihm wie eine Obszönität von den Lippen gekommen.

Hufgetrappel klang von draußen her an sein Ohr. Ben sah zum Fenster hinaus und erblickte Toomer, der auf der betonierten Fläche hinter dem Haus gerade seinen Eselskarren zum Stehen brachte. Ben ergriff seine Sporttasche und stürmte die Treppe hinunter. Als er die Hintertür erreichte, bekam er gerade noch mit, wie Toomer Lillian die Blumen überreichte, die er tagsüber nicht verkauft hatte.

»Toomer, das ist ja ganz reizend, daß Sie an mich gedacht haben. Ich stelle sie gleich ins Wasser und schmücke dann später den Eßtisch damit. Wollen Sie denn wirklich kein Geld dafür?«

»Nein, M-m-ma'am. Ich h-h-hab' sie extra für Sie b-b-behalten.«

»Ben, schau einmal, was Toomer mir mitgebracht hat! Hast du jemals etwas so Entzückendes gesehen?«

Die gute Mama, dachte Ben, sie bringt es fertig, die Leute mit absoluten Nichtigkeiten glücklich zu machen, darin ist sie unschlagbar.

»Toomer, ich glaube, ich muß Ihnen nächste Woche ein paar Süßkartoffelfladen backen. Ich bringe sie Ihnen dann vorbei.«

»N-n-nein, Ma'am, nich n-n-nötig«, antwortete der Mann lächelnd.

»Ich hab' Sie nicht um Erlaubnis gebeten, Toomer. Ich habe Ihnen nur gesagt, daß ich Ihnen nächste Woche die Fladen bringe. Möge der Herr mir die Augen ausstechen, wenn ich mich nicht an mein Versprechen halte.«

Sie eilte ins Haus, um die Blumen noch mit Wasser zu versorgen, bevor die Familie sich auf den Weg zur Sporthalle machte. Ben ging hinunter zu dem Esel und sah zu Toomer auf, der schon wieder auf dem Kutschbock saß. Die dunklen Augen sahen ihn freundlich an. Ben war peinlich berührt, denn ihm fiel in diesem Augenblick ein, daß er sich seit Beginn der Basketballsaison kein einziges Mal mit Toomer getroffen hatte.

»Hey, weißer Junge!« sagte Toomer.

»Hast 'n netten Esel da bei dir«, antwortete Ben.

»Is' k-k-kein Esel, weißer Junge. Is 'n K-k-kriegsschiff un der schnellste Muli von Ravenel C-c-county.«

»Also, ich hab noch nie so 'n häßlichen Maulesel gesehen wie den da.«

»So? Sch-sch-schätze, ich hab' auch noch n-n-nie so 'n häßlichen weißen Jung' gesehen wie d-d-dich.«

Ben sprang zu Toomer auf den Wagen, setzte sich neben den schwarzen Mann und boxte ihm freundschaftlich auf den Arm. »Mensch, wie geht's dir denn so, Toomer. Hab' dich echt vermißt.«

»N-n-nich schlecht. Hab' in 'er Z-z-zeitung gelesen, du biss'n g-g-großes Licht jetz. K-k-keine Zeit für 'ne kleine J-j-jagdpartie auf Mrs. Auster am W-w-wochenende?«

»Wir haben am Freitag ein Auswärtsspiel.«

»W-w-wochenende is nur ein T-t-tag für dich, w-w-wie?«

»Am Samstag bin ich mit Sammy Wertzberger unterwegs. Am Sonntagvormittag ist Kirche. Wie wär's mit Sonntagnachmittag?«

»G-g-geht in Ornung.«

»Ich wünschte, du könntest mich heute abend spielen sehen, Toomer.«

»B-b-bin doch kein Idiot, w-w-weißer Junge. N-n-nur 'n verrückter

Nigger s-s-stolziert so einfach zwischen so viel sch-sch-schlechtekleideten Weißen umher. Aber d-d-du zieh ruhig 'ne Schau ab h-h-heut am'd, weißer Junge. Z-z-zeig ihn', was 'ne Hake is.«

»Mach' ich, Toomer. Dank' dir fürs Vorbeikommen.«

»Un spiel nich zu g-g-gut heut am'd, weil sons h-h-has du keine Zeit m-m-mehr für Toomer.«

»Das ist Quatsch, Toomer, das weißt du selbst.«

»Runer von mei'm K-k-karren, weißer Junge!«

»Sieh zu, daß dieser verdammte Esel hier aus dem Hof verschwindet, bevor ich die Polizei hole, Blumenboy.«

★

Im Umkleideraum lagen an diesem Abend die Nervenenden offen. Philip Turner kotzte in ein von Mops und Eimern umgebenes Spülbecken der Hausverwaltung. Trainer Spinks löschte eine Zigarette, indem er sie in eine eben geöffnete Flasche R.C. Cola steckte. Art the Fart kämmte sich fünfzehn Minuten lang die Haare, setzte sich dann in Erwartung der letzten Besprechung vor dem Spiel hin, nur um sich kurz darauf mit der Bemerkung, er habe vergessen, sich die Haare zu kämmen, wieder zu entschuldigen. Ben knüpfte sich, ohne sich seines Tuns auch nur im geringsten bewußt zu sein, ununterbrochen die Schnürsenkel auf und zu. Schließlich hatten sich alle umgezogen, Trainer Spinks' letzte Brandrede über sich ergehen lassen und warteten nun vor einem schwarzen Loch aus angehaltener Zeit, und jede einzelne Sekunde wog schwer unter der goldflüssigen Last der Spannung.

»Wir müssen von Anfang an das Heft in der Hand behalten«, rief Jim Don.

»*Yeah!*« riefen sie alle unisono.

»Die sind das Gras, und wir sind die Rasenmäher«, fügte Art hinzu.

Auf einmal entstand Unruhe. An der Tür zum Umkleideraum gab es eine Rangelei, man hörte die schrille Stimme des Managers in vergeblichem Protest. »Ben!« dröhnte eine andere Stimme. »Ben, wo bist du?«

Gedemütigt und mehr als nur ein wenig erzürnt antwortete Ben: »Hier hinten, Dad.«

Herein marschierte Colonel Meecham, rotgesichtig, bombastisch und voluminös. Erst jetzt fiel Ben auf, daß sein Vater nach der Rückkehr vom Dienst keine Zivilkleidung angelegt hatte. Bull schritt an mehreren Spielern vorbei zu seinem Sohn.

»Vier verschiedene Colleges haben heute abend Beobachter

geschickt. Vier Colleges! Du mußt heute den Vogel abschießen, Junge, die Burschen suchen einen Top-Werfer.«

»Um Himmels willen, Dad, geh jetzt und setz dich zu Mama. Wir versuchen uns auf das Spiel zu konzentrieren!«

»Ich will dich ja nur in die richtige Stimmung bringen, Ben. Da sind Leute draußen, die dich beobachten, Junge. Vierzig Körbe heute abend wären gerade richtig.« Colonel Meecham war nicht mehr imstande, seine Ekstase zu verbergen.

»Wir helfen Ben schon dabei, Colonel«, sagte Pinkie.

»Bravo, Pinkie. Ihr alle sollt heut abend zu Topform auflaufen. Da draußen sitzt die größte Zuschauermenge, die diese Schule je auf die Beine gebracht hat. Die Leute schreien sich die Lunge aus dem Leib. Die Cheerleaders sind so begeistert, daß sie... daß sie durch ihre eigenen Arschlöcher springen.«

Ben roch den Bourbon im Atem seines Vaters und konnte die schlanke Silhouette der Silberflasche sehen, die sich unter der Fliegerjacke abzeichnete. Er wußte nicht genau, wieviel sein Vater getrunken hatte, aber er erkannte die Zeichen: Bull näherte sich einem Zustand, den seine Frau, seine Söhne und seine Töchter in leidvollen, kampfreichen Jahren zu fürchten gelernt hatten.

»Bis später dann, Dad«, sagte Ben.

»Diese Kerle meinen, sie seien hart im Nehmen«, fuhr Bull fort, und es klang schon fast wie ein Lallen. »Haut ihnen gleich am Anfang ein paar in die Fresse, Sportsfreunde, damit sie wissen, daß ihr es ernst meint. Gegen ein Rudel Wildschweine wie die hilft nur eins: Blut. Wenn ihr Schwäche oder Angst zeigt, nehmen sie euch auseinander.«

»Danke, Dad«, sagte Ben, nahm seinen Vater beim Arm und geleitete ihn zum Ausgang. »Bis später.«

An der Tür flüsterte Bull ihm ins Ohr: »Du mußt spielen wie eine alte Revolverkanone, Ben. Ein Schuß nach dem anderen...«

»Okay, Dad, okay. Jetzt geh und setz dich zu Mama.«

»Ein großer Ballspieler läuft gegen starke Teams immer zu Hochform auf.«

»Ich auch, Dad. Ehrenwort.«

Als Ben zu den anderen Spielern zurückkehrte, grinsten diese über die unverkennbare Blamage, als die er seines Vaters Eindringen ins verbotene Reich eines Umkleideraums in der Atmosphäre vor einem großen Spiel empfinden mußte. Trainer Spinks war alles andere als erbaut.

»Tut mir leid, Leute. Dad regt sich bei so was immer furchtbar auf.«

»Das nennst du Aufregung?« sagte Art. »Meiner war schon seit drei Tagen nicht mehr auf dem Scheißhaus.«

»Ich auch nicht«, sagte Pinkie.

»Junge, Junge«, bemerkte Jim Don, »dein Alter ist ja schon ganz schön voll.«

»Nein, Jim Don, das stimmt nicht. Er ist einfach aufgeregt.«

»Meinst du etwa, ich wäre nicht imstande, einen Besoffenen zu erkennen?« konterte Jim Don.

»Halt's Maul, Jim Don«, fuhr Pinkie wütend dazwischen. »So reden wir nicht über unsere alten Herren.«

Eine ganze Weile herrschte Schweigen. Zwei Spieler verschwanden, um sich den Mund auszuspülen. Ben beugte sich zu Pinkie hinüber und fragte: »Wo ist eigentlich dein Vater, Pinkie? Ich hab' ihn bisher bei keinem Spiel gesehen. Ist er heute da?«

»Er wurde im Sommer vor zwei Jahren von einem Wasserskiboot halbiert«, sagte Pinkie.

»O Gott. Es tut mir leid, Pinkie.«

»Konntest du doch nicht wissen.«

In den nun folgenden Augenblicken vergaß Ben das bevorstehende Spiel und dachte statt dessen über seine unheimliche Fähigkeit nach, stets die falsche Frage zu stellen. Man hätte sie auch als geniale intuitive Begabung bezeichnen können. Die Fähigkeit manifestierte sich zumeist, wenn er nervös war, nicht wußte, was er sagen sollte oder aber sich aus gesellschaftlicher Konvention heraus verpflichtet fühlte, das Wort zu ergreifen. Immer wieder, soweit er sich zurückerinnern konnte, war es vorgekommen, daß er bei wildfremden Menschen mit einer einzigen Frage haargenau den wunden Punkt traf. Fragte er zum Beispiel: »Haben Sie sich den Knöchel verstaucht?«, so antwortete der Gesprächspartner: »Nein, ich hinke, weil ich als Kind Polio hatte.« Lautete Bens Frage: »Wo ist denn deine Mutter?«, so kam als Antwort: »Sie ist gestern abend an Krebs gestorben.« Absoluter Höhepunkt seiner Karriere als Fettnäpfchentreter war ein Vorfall während eines Baseballspiels in der Knabenliga gewesen. Ein Junge, den Ben nicht kannte, war am Schlagen, und es war für jedermann ersichtlich, daß er stilistisch nicht gerade ein Meister war. In einem jener seltenen Momente, da der Engel über den Sportplatz fliegt und Zuschauer und Spieler gleichermaßen schweigen, hatte Ben gebrüllt: »Hey, kann jemand dem Burschen vielleicht mal beibringen, wie man schlägt?« Ben hörte, wie die Zuschauer betroffen den Atem anhielten, und er wußte noch im selben Moment, daß ihm ein Gang durchs Feuer bevorstand. Der Drache tiefster persönlicher Betroffenheit erhob sein Haupt am Schlagmal, wo der fremde Junge stand, der nun sagte: »Komm doch her und bring's mir bei, du Klugscheißer.« Und hielt seinen linken Arm hoch, der in einem verletzlichen, mit dünner Haut überspannten, kegelig zulaufenden Stumpf endete.

Von jener Stunde an trug er das Bild des Armstumpfs im Geiste mit sich herum wie einen Talisman, der alle zukünftigen Fehleinschätzungen verhindern sollte. Nur – es klappte einfach nicht. Drückte jemanden irgendwo der Schuh, gab es im Leben eines anderen ein schmerzvoll gehütetes Geheimnis, verbarg sich etwas hinter einem Lächeln oder eine Grimasse – mit einer einzigen, ebenso unschuldigen wie deplazierten Frage brachte Ben es an die Öffentlichkeit. Seine Treffsicherheit war bestechend. Die denkbar schlimmste Frage im denkbar ungeeignetsten Moment blieb seine Spezialität. »Wieso haben Sie keine Kinder?« fragte er Mr. und Mrs. Smith, und eine eisige Stimme antwortete: »Unsere Kinder kamen bei einem Brand ums Leben.« Auf solche Antworten gab es keine gute oder angemessene Replik mehr. Da welkte man nur noch dahin.

Die Sirene beendete das Spiel der Mädchen, und die schrille Stimme des Managers scheuchte das Team in die Halle. Auf einmal kam Bewegung in die Mannschaft, und wie immer, wenn Athleten gemeinsam ins Schweinwerferlicht der Arena und unter die Augen des Publikums treten, bemächtigte sich ihrer der Geist einer verschworenen Bruderschaft. Urplötzlich tauchten sie auf im gleißenden Licht, im Blickfeld der achthundert Augen, die sich in Erwartung ihres Sieges hier versammelt hatten. Ohne zu denken, Gewohnheitstieren gleich, warfen sie sich ein. Und jeder einzelne der Jungen trank nach Kräften von dem Applaus, mit dem das Publikum seinen Auftritt überschüttete. Ben fühlte sich, als sein Name gerufen wurde, wie ein Gesalbter.

Bull und Lillian saßen in der vierten Reihe oberhalb des Zählertischs. Neben ihnen hatten Paige und Virgil Hedgepath sowie mehrere andere Piloten der väterlichen Staffel Platz genommen. Hinter ihnen saßen Ed Mills, Cleve Goins, Hobie Rawls, Johnnie Voight, Dr. Ratteree und Zell Posey. Unterhalb der Anzeigetafel und rechts daneben erspähte Ben Karen und ihre Freundinnen; im gleichen Augenblick, da er sich einen freien Ball schnappte, winkte und blinzelte er ihnen zu. Matt und Mary Anne konnte er nirgends in der Menge entdecken.

Im Mittelkreis machte sich ein kurzgewachsener, untersetzter, rattengesichtiger Bursche an Ben heran, packte ihn am Gürtel und raunte ihm zu: »Du machst heute abend keinen einzigen gottverdammten Punkt, Meecham, denn ich klebe heute an dir wie der Gestank an der Scheiße.«

»Ich bin nicht Roselle, Peanut«, antwortete Ben.

»Was?«

Keine Mannschaft, gegen die Ravenel im Verlauf der Saison angetreten war, hatte so hochgewachsene Spieler in ihren Reihen wie Peninsula. Sanders, ihr Center, war einsfünfundneunzig groß, beide Angreifer über einsneunzig. Art wirkte gegen Sanders unterernährt und hatte beim spieleröffnenden Sprungball keine Chance.

Sanders tippte den Ball zu Peanut Abbott, so wie in jedem Spiel seiner Mannschaft während der vergangenen Saison. Nur daß diesmal Ben Meecham ahnte, wohin der Ball kommen sollte. Sobald die beiden Center abgesprungen waren, verließ Ben schon seine Position. Im selben Moment wie Abbott erreichte er die Stelle, an der der Ball landete, brachte ihn unter Kontrolle und stürmte auf den gegnerischen Korb zu. Abbott blieb an seiner Seite, doch dann wirbelte Ben, rückwärts dribbelnd, um ihn herum, sprintete zum Korb und erzielte die ersten beiden Punkte des Spiels. Explosionsartig tiefes, kräftiges Triumphgeheul erfüllte die Halle.

Peanut führte den Ball. Er war durcheinander, ärgerte sich über sich selbst und brannte darauf, den peinlichen Fehler wiedergutzumachen. Bull sah nun Ben eine Finte durchführen, die er seinem Sohn selbst beigebracht hatte.

Ben tat so, als wolle er in die Abwehr zurücktraben, behielt dabei aber seinen nervösen Bewacher Abbott genau im Auge. Der lief schnell zum Einwurf und sah sich nach dem anderen Abwehrspieler um, der unweit der Freiwurflinie auf den Ball wartete. Alle Spieler auf dem Feld orientierten sich in die entgegengesetzte Richtung, bis Ben, als der Ball Abbotts Finger verließ, zurückschoß, die Kugel auf ihrem Flug zwischen den beiden Abwehrspielern sauber abfing und nach einem einzigen Dribbling ins Netz legte. Es war sein zweiter Korb innerhalb von elf Sekunden.

Danach nahm das Spiel realistischere Dimensionen an. Sanders' Angriffsspiel war ebenso elegant wie instinktsicher, eine Augenweide für die Zuschauer. Seine Würfe verrieten Klasse und artistisches Geschick. Dreimal hintereinander war er mit Sprungwürfen aus der Drehung erfolgreich. Das Spiel wurde schneller. Jim Don war mit einem Tip-in erfolgreich; Abbott traf, als Ben einmal nicht schnell genug zurückgelaufen war. »Zurück mit dir, Meecham, du Pflaume!« hörte er seinen Vater schreien.

Philip holte zwei Punkte mit einem Sprungwurf aus der Distanz. Sanders ließ Art aussteigen und schraubte sich in die Höhe zu einem Dunking. Auf der anderen Seite ließ Ben Abbott stehen, Sanders sprang hoch, um seinen Wurf abzublocken, doch Ben schlenzte den Ball zu Art, der unbehindert abschließen konnte.

Gegen Ende des ersten Viertels fing Ben zweimal einen Paß desselben gegnerischen Angreifers ab, jagte quer über das ganze Feld und traf, obwohl er beide Male von Peanut Abbott gefoult wurde. Sanders beantwortete Bens Vorstöße im Gegenzug jeweils mit einem rasanten Hakenwurf, der sich im hohen Bogen in den Korb senkte.

Gegen Mitte des zweiten Viertels hatte Ben eine Phase, in der er besser Basketball spielte als je zuvor in seinem Leben, ja er spielte im Grunde genommen jenseits seiner eigenen Leistungsgrenze. Dreimal war er mit wütenden Attacken erfolgreich, zweimal davon trotz eines Fouls von Sanders. Dann flogen zwei seiner Sprungwürfe in den Korb, und bei zwei unmittelbar aufeinander folgenden Breaks bediente er Philip beziehungsweise Art mit Bodenpässen. Kurz vor der Halbzeit nahm er Abbott beim Dribbeln den Ball ab und erzielte zwei Punkte mit einem spektakulären Rückwärts-Korbleger nach einem Dribbling hinter dem Rücken, das man eher im Zirkus erwartet hätte.

Doch so sehr Ben sich auch mühte – in Wyatt Sanders und dessen schnörkelloser Kompetenz fand er seinen Meister. Sanders war ganz einfach so gut, wie er sein mußte. Wenn Ben beim Verlassen des Spielfelds – sei es zu einer Auszeit oder am Ende eines Viertels – an Sanders vorbei zur Seitenlinie ging, versetzte dieser ihm einen Klaps auf den Hintern. Das war jetzt schon mehrere Male passiert, und Ben war sich der Bedeutung dieser Botschaft durchaus bewußt. Im sportlichen Wettkampf gibt es Momente, da zwei Athleten erkennen, daß die Entscheidung über Sieg oder Niederlage einer Mannschaft im wesentlichen vom Ausgang ihres privaten Duells abhängt. Wenn Bens und Sanders' Blicke sich begegneten, kam es zum stummen Austausch gegenseitiger Anerkennung. Mit zunehmender Spieldauer wurde diese Beziehung enger, und der unmittelbare Wettbewerb zwischen den beiden gewann an Schärfe. In der wilden Entschlossenheit, mit der sie um den Sieg kämpften, kam der Respekt vor den Talenten des jeweils anderen zum Ausdruck; sie ehrten einander in der Konkurrenz. Es war ein besonderes Gefühl, eine Art Zärtlichkeit, wie sie in der bittersüßen Bruderschaft der Athleten nur höchst selten vorkam.

Zur Halbzeit hatte Ben in diesem besten Spiel seines Lebens einundzwanzig Punkte erzielt. Sanders' Ausbeute – in einem der besten Spiele seines Lebens – lag bei sechzehn Punkten. Calhoun lag um sechs Punkte hinter Peninsula zurück, doch Sanders war, nachdem er gegen Ende des zweiten Viertels einen Vorstoß Bens regelwidrig gestoppt hatte, bereits mit drei Fouls belastet.

Die Strategie, die Trainer Spinks während der Pause entwickelte, war überraschend plausibel. Er wollte, daß Ben Sanders unmittelbar herausforderte, um auf diese Weise möglichst rasch das vierte und fünfte Foul zu provozieren. Hatte Sanders erst einmal das Spielfeld verlassen, wäre sein Team, so meinte Spinks, unrettbar demoralisiert. Es kam also alles darauf an, Sanders im dritten Viertel so schnell wie möglich zu eliminieren.

Vor dem Sprungball zur zweiten Halbzeit packte Abbott einmal mehr Bens Gürtel und sagte: »Du machst in der zweiten Hälfte keinen gottverdammten Punkt mehr, Meecham.«

»Laß mich los, Abbott. Ich hab' dir schon einmal gesagt, daß ich nicht Rosie Roselle bin.«

»Wart's nur ab!«

Sanders brachte den Sprungball problemlos unter Kontrolle und tippte ihn zu dem rothaarigen Verteidiger, der auf der Position neben Abbott spielte. Der Mann dribbelte zurück in sein eigenes Rückfeld und hielt Ausschau nach Sanders, der sich freizuspielen versuchte. Als Sanders zur Freiwurflinie durchbrach, paßte der Rothaarige zur Mitte. Der Ball kam ziemlich langsam, so daß Jim Don ihn erfolgreich abfangen konnte. Ben stürmte sofort auf den Korb zu. Er mußte sprinten, um Jim Dons langen Paß zu erreichen, und war, als er den Ball fing, gezwungen, noch im gleichen Moment zu werfen. Gefühlvoll ließ er die Kugel steigen, verlor dabei aber das Gleichgewicht und taumelte kopfüber gegen die Klappstühle und die darauf sitzenden Zuschauer, während der Ball zunächst auf dem Ring entlangrollte und schließlich wieder ins Feld zurückfiel.

Erst als er sich an den Schultern eines Mannes und einer Frau festhalten konnte, gelang es Ben, die Kontrolle über seinen Körper wiederzugewinnen. Im gleichen Sekundenbruchteil, da er sich umdrehte, traf ihn Peanut mit dem Unterarm am Hinterkopf. Die Wucht des Schlages riß Ben vom Boden; er stürzte über zwei Klappstuhlreihen und landete auf einem kleinen Mädchen, das sofort zu schreien anfing und erst aufhörte, als hilfreiche Arme Ben aus den Stuhltrümmern hievten.

Ben konnte nur noch verschwommen sehen, und es fiel ihm schwer, einen bestimmten Punkt in dem plötzlich entstandenen Chaos im Auge zu behalten. Einer der Schiedsrichter hielt Jim Don davor zurück, mit den Fäusten auf Peanut Abbott loszugehen. Der Lärm war ohrenbetäubend. Doch Ben, der noch immer nicht ganz zu sich gekommen war, hatte auf einmal ein kristallklares Bild vor sich: Sein Vater hatte sich von seinem Sitz erhoben und kam auf ihn zu – massiv, außer sich vor

Wut und irgendwelche Wörter brüllend, die Ben nicht verstehen konnte. Und dann war Bull auch schon über ihm und schrie: »Mach diesen kleinen Mistkerl jetzt fertig oder wage es nicht, heute abend nach Hause zu kommen! Ich versohle dir den Arsch, wenn du ihn jetzt nicht fertigmachst, hast du mich verstanden, mein Junge?«

Und Ben nickte. Der Schiedsrichter sprach Ben wegen des an ihm begangenen absichtlichen Foulspiels zwei Freiwürfe zu, und Ben hörte, wie Peanut Abbott verwarnt wurde. Er spürte die Hände seiner Mannschaftskameraden auf seinen Schultern. »Bist du okay?« fragten sie. Ja. Ja, ich bin okay. Er antwortete wie durch einen Dunstschleier, der mal zu hell und mal zu dunkel war. Trainer Spinks nahm eine Auszeit, damit sich die Gemüter abkühlen konnten und Ben etwas mehr Zeit zur Erholung hatte. Bull folgte Ben in den Kreis, der sich nun um den Mannschaftsführer bildete. »Mach ihn fertig. Ich bleibe hier, bis du ihn umgenietet hast.« Dann spürte Ben das Wasser, das ihm der Manager in einem Schöpflöffel reichte, auf den Lippen und goß sich den Rest über den Kopf, in sein Gesicht. Er schloß die Augen und warf den Kopf zurück, als jemand ihm die Ammoniakkapsel vor die Nase hielt. »Bist du okay, Kollege?« fragte Trainer Spinks. – »Ja, ich bin okay.« – »Mach den Pimpf fertig!« brüllte sein Vater neben der Spielertraube, »oder ich schlag' dich kurz und klein.«

Er ging zur Freiwurflinie. Der Nebel in seinem Kopf begann sich langsam zu lichten. Der erste Freiwurf ging daneben. Der zweite auch. Ein Blick auf die Seitenlinie verriet ihm, daß sein Vater ihm folgte; Bull lief vor der ersten Zuschauerreihe auf und ab. Sein Gesicht war zu einer bösen Fratze verzerrt. »Fer-tig-ma-chen, fer-tig-ma-chen!« rief er im gleichbleibenden Rhythmus. Ben fing einen für Abbott gedachten Paß ab, rannte seinem Gegenspieler auf und davon und legte den Ball in den Korb, an der Außenlinie begleitet von Bull, der hinter ihm, seinem eigenen Sohn, her war, ihn verfolgte. »Mach ihn fertig, verdammt noch mal, oder wag dich nicht nach Hause!« Die Stimme seines Vaters klopfte wie ein Eispickel an Bens Trommelfell; er hörte nur sie und sonst keine andere Stimme aus der vielhundertköpfigen Menge. Es war die Stimme aus seiner belagerten Jugend, die Stimme, die im Pazifikkrieg den Tod feindlicher Soldaten beschrien hatte und über die Bataillone hinweggefahren war, die auf dem Rückzug in Korea den Naktong-Fluß überquerten. Die Stimme, die imstande war, einer Fliegerstaffel die Inbrandsetzung Havannas, die Dezimierung einer russischen Flotte oder den Startschuß zum Dritten Weltkrieg zu befehlen. Vor allem war es die Stimme, von der Ben, während er die außer Rand und Band geratene, an der Außenlinie auf und ab tigernde Gestalt beobachtete, wußte, daß sie ihm Gehorsam abverlangte, die Stimme, der zu gehorchen er programmiert war, die Stimme, der sich zu widersetzen er nicht wagte. Sanders warf einen Korb. Pinkie spielte den Ball zu Ben. »Mach ihn fertig, Sohn!« – »*Yes, Sir*«, sagte Ben reflexartig, trieb den Ball vor sich her und fixierte das Nagergesicht seines Feindes. Kurz bevor er Peanut erreichte, spielte er ihm den Ball direkt in die Arme, trat zur Seite und bot ihm mit einer einladenden Handbewegung freie Bahn zum Korb der eigenen Mannschaft. Peanut war völlig überrascht, besann sich aber schnell und steuerte den Korb an. Er bekam gar nicht mit, daß Ben ihn verfolgte, und merkte auch nichts von der Figur in der Fliegerjacke, die an der Außenlinie hinter Ben her war. An der Freiwurflinie bremste Peanut; er wollte sich seiner Sache ganz sicher sein und den einfachen Korbleger nicht verpatzen. Als er sprang, war Ben Meecham bei ihm. Er hatte Abbotts Sprung perfekt vorausberechnet und riß ihm am höchsten Punkt mit der Schulter die Beine unter dem Körper weg. Abbott kam aus dem Gleichgewicht, überschlug sich, stürzte brutal zu Boden. Zuerst krachte der Arm, dann der Kopf auf das Parkett. Das Geräusch eines brechenden Knochens war in der ganzen Halle zu hören. Einer der gegnerischen Stürmer ging auf Ben los und bearbeitete ihn mit Fäusten und Füßen. Trillerpfeifen gellten, die Bänke, auf denen die Auswechselspieler saßen, leerten sich, die Trainer stürmten aufs Feld, und der Mann am Lautsprecher bat die Fans inständig, auf ihren Plätzen zu bleiben. Pinkie und Philip hingen bereits am Rücken des Angreifers, der Ben attackiert hatte.

Als die Ordnung halbwegs wiederhergestellt war, ordneten die Schiedsrichter eine Auszeit an. Dr. Ratteree untersuchte die Verletzungen, die Peanut Abbott erlitten hatte. Einer der Schiedsrichter kam auf die Calhoun-Truppe zu, deutete auf Ben und sagte: »Nummer dreizehn, für Sie ist das Spiel vorbei. Sie können zum Duschen gehen. Trainer Spinks, ich weise Sie darauf hin, daß die Schulkommission über diesen Spieler unterrichtet wird.« Ben trottete an der Außenlinie entlang Richtung Umkleideraum. Ehe er jedoch den Ausgang erreichte, wurde er von seinem Vater eingeholt. Ein ums andere Mal schlug er ihm auf die Schulter. »Das ist mein Junge! Du hast gespielt wie ein Bursche aus Chicago. Und glaub ja nicht, daß das die Beobachter nicht beeindruckt hat, die suchen doch nach Leuten mit Killerinstinkt. Du hast bewiesen, daß du Mumm hast, Ben. Ich bin stolz auf dich, mein Sohn.« Ben machte sich frei, stürmte durch die Doppeltür, weg von der lärmenden Menge und hinein in die Anonymität des Umkleideraums. Er setzte sich auf die Holzbank vor seinem Schließfach und begann zu weinen. Aus Scham.

Er weinte zwei Minuten lang, die Arme auf die Oberschenkel gestützt und den Kopf zwischen ihnen geborgen. Er merkte nicht, daß Mr. Dacus den Umkleideraum betrat und sich ihm gegenüber auf den Boden setzte, den Rücken an die graue Mauer gelehnt.

Mr. Dacus ließ sich Zeit, bis er zu sprechen begann.

»Wie geht's dem kleinen Kerlchen?«

»In meinem ganzen Leben habe ich mich noch nicht so mies gefühlt«, erwiderte Ben, von Schluchzern unterbrochen.

»Abbott hat sich den Arm gebrochen. Ich wette, daß es ihm noch schlechter geht als dir.«

»Es tut mir leid, Mr. D., o Gott, wie leid es mir tut.«

»Sah übel aus – und verdammt schmerzhaft. Als wir ihn und Doc Ratteree in den Krankenwagen verfrachteten, ragte der Knochen sichtbar aus dem Fleisch. Sie sind jetzt unterwegs zum Krankenhaus. Du hast ganz schönen Scheiß gebaut, Kerlchen.«

»*Yes, Sir.* Ich weiß.«

»Und was soll ich deiner Ansicht nach jetzt machen?«

»Ich weiß es nicht, Sir.«

»Dann denk einmal darüber nach, Ben. Calhoun ist meine High School. Ich bin verdammt stolz auf die Schule und auf die Kinder, die diese Schule besuchen. Dank der Leistungen ihrer Schüler hat die Schule überall im Staat einen guten Ruf. Für den Aufbau und die Aufrechterhaltung dieses Images haben die Schüler hart gearbeitet. Und dann kommt so ein verfluchtes Kerlchen, das zu feige ist, seinem Vater zu sagen, er soll verschwinden – einem Vater, wohlgemerkt, der total im Unrecht ist –, und bricht aus lauter Feigheit einem Gegenspieler den Arm – und das in einem Anfall von Unsportlichkeit, wie ich ihn in meinem ganzen Leben noch nicht gesehen habe. Was du getan hast, Ben, war niedrig, erbärmlich, feige und unverzeihlich.«

»*Yes, Sir.* Ich weiß.«

»Also was soll ich nun tun?«

»Nehmen Sie mich mit raus und legen Sie mich um«, antwortete Ben.

»Nein, Kerlchen, das kommt nicht in Frage. Aber du wirst nie wieder in der Schulauswahl spielen, weder in einem der vier noch ausstehenden Spiele der Basketball-Liga noch im Baseball-Team im nächsten Frühjahr. Hältst du das für angemessen?«

»*Yes, Sir.*«

»Ich nicht. Ich halte das nicht für angemessen, verglichen mit einem gebrochenen Arm. Du kommst bei dem Deal noch am besten weg.«

»*Yes, Sir.*«

»Ich möchte, daß du dich zutiefst schämst, Ben. Vor allem sollst du wissen, daß ich von dem, was du heute abend getan hast, persönlich tief enttäuscht bin. Nie zuvor hat mich das Vergehen eines meiner Schüler so angewidert. Zieh jetzt das Trikot aus. Ich wünsche nie wieder ein Calhoun-Trikot auch nur in deiner Nähe zu sehen.« Mr. Dacus erhob sich und ging mit langsamen Schritten zur Tür, um während des letzten Viertels wieder unter den Zuschauern zu sein. Ehe er endgültig den Umkleideraum verließ, drehte er sich noch einmal um und sagte: »Wir sehen uns in der Schule, Kerlchen. Das Leben geht weiter.«

★

In dieser Nacht hörte Ben, wie seine Mutter auf Zehenspitzen sein Schlafzimmer betrat und sich auf dem Bettrand niederließ. Er rechnete innerlich damit, daß Lillian gekommen war, um die entmutigte Zitadelle seiner Selbstachtung mit einem ihrer kalten, kraftvollen Vorträge unter Beschuß zu nehmen. Er erwartete das verbale Sperrfeuer entrüsteter Mütterlichkeit, besänftigende Platitüden aus dem Süden und katholische Theologie. Obwohl es dunkel war, fühlte er sich von ihrem Blick durchbohrt. Aber Lillian sagte kein Wort. Sie tastete lediglich nach seiner Hand und hielt sie fest. Das war alles.

28

Am Samstag nach dem Spiel gegen Peninsula fuhr Sammy Wertzberger in einem 1959er Fleetwood Cadillac vor dem Haus der Meechams vor. Er hupte zweimal und wartete, bis Ben aus der Haustür stürzte, die Treppe hinunterhüpfte und auf der Beifahrerseite eingestiegen war. Der BIG-APE-Sender aus Jacksonville war dermaßen laut gestellt, daß Ben die ersten drei Sätze, die Sammy an ihn richtete, nicht verstand. Schließlich lehnte Ben sich hinüber und drehte die Lautstärke zurück.

»Ich sagte, daß Daddy mir heute abend das große Judenkanu überlassen hat«, sagte Sammy und gackerte sein hohes Lachen.

»Warum nennst du es so, Sammy?«

»Damit ich den Christen die Pointe wegnehmen kann. Dieser Wagen wird auch ›Sammys jüdisches Unterseeboot‹ genannt.«

»Als Kind Israels hat man es wohl nicht so leicht.«

»Auch nicht schwerer als ein Kind Roms. Die ganze Stadt hält dich für den ärgsten Teufel der Hölle, weil du so'n Scheiß gebaut hast«, sagte Sammy, bog in die River Street ein und fuhr die Geschäftsfassaden entlang. Das Bild des Cadillacs glitt wie ein Traum an den erleuchteten Schaufenstern vorüber.

»Das ist kein Scheiß. Das ist das Zeichen des Kreuzes.«

»Doch, Scheiß. Wie kommst du überhaupt auf so was?«

»Wenn ich treffe, Sammy, gibt es einen Gott. Wenn ich nicht treffe, gibt's keinen.«

»Das leuchtet mir ein. He, was willst du heute abend machen, Ben? Zum Shack fahren?«

»Nee. Die ganze Mannschaft wird dort sein. In deren Gegenwart fühle ich mich seit neuestem wie Kain«, sagte Ben, als sie von der Rutledge Street abbogen und an dem weißgestrichenen Holzhaus vorbeikamen, in dem Sammys Vater sein kleines Lebensmittelgeschäft hatte. »Was macht dein Vater eigentlich, Sammy? Kann er von dem Laden leben?«

»Nein, Ben, das ist nur Fassade. Früher oder später hätte ich's dir sowieso gesagt, aber jetzt hast du mir die Pistole auf die Brust gesetzt. Der Laden ist nur Fassade. Er macht sein Geld, indem er Bernhardiner für Pornofilme vögelt. Ich wünschte nur, er würde Red Pettus in einem Pornofilm vögeln.«

»Macht Red wieder Ärger?«

»Nicht richtig. Aber jedesmal, wenn ich ihn treffe, sagt er irgendwelche Gemeinheiten.«

»Warum haust du ihm nicht einfach mal 'n paar runter?«

»Eins scheinst du vergessen zu haben, du Marine-Lümmel, und das ist die Voraussetzung zum Verständnis des Charakters dieses hervorragenden, noblen Mannes namens Sammy Wertzberger: Er ist einer der größten Feiglinge aller Zeiten. Sammy Wertzberger kämpft nicht, es sei denn, er tritt gegen Blinde, Krüppel oder gegen ganz kleine Frauen an.«

»Red ist nichts weiter als ein Raufbold. Du solltest ihm wirklich ab und zu mal ein paar verpassen.«

»O nein. Da irrst du dich. Ich kann mein ganzes Leben lang dahocken und jammern und in die Knie sinken und um Gnade flehen. Das liegt einem echten Feigling im Blut. Ich habe mich einer genauen Prüfung unterzogen, und wie ich es auch betrachte, ich bin und bleibe ein Angsthase. Oh, Ben, das hab' ich ganz vergessen«, sagte Sammy, nahm den Fuß vom Gas und schaute über die Rückenlehne. »Sieh mal da hinten auf dem Boden nach und hol sie rüber.«

Ben zog eine zwölfkalibrige Doppellaufflinte zwischen Vorder- und Rücksitz hervor. »Ist die geladen?« fragte Ben, der die Waffe mit äußerster Vorsicht behandelte. »Warum hast du denn dieses Ding mitgebracht?«

»Sie ist nicht geladen. Ich hab' sie mitgebracht, weil ich dieses Baby mitnehmen werde, wenn ich nächstes Mal in Pamplona mit den Stieren laufe. Wenn mir eins der Viecher auf den Pelz rückt, mach' ich 'ne Tonne Hackfleisch draus!« brüllte Sammy, der von einer seiner Hemingway-Phantasien gepackt worden war, welche ihn, wie Ben festgestellt hatte, nun in immer kürzeren Zeitabständen überkamen. »Nun ja, da wir beide heute abend nicht mit irgendwelchen Mädchen verabredet sind, dachte ich...«

»*Yeah*, ganz schön selten, daß wir mal beide keine Verabredung haben.«

»Aber da dies zufälligerweise eine der seltenen Gelegenheiten ist, da wir gerade keine lieblichen Jungfrauen verführen, denke ich mir, wir sollten Richtung Strand fahren, um uns dort mit den jungen Liebespaaren bei ihren Schäferstündchen zu amüsieren. Du weißt schon, sich an Paare heranschleichen, die da rummachen, und direkt neben ihrem Auto einen Schuß loslassen.«

»Und was ist, wenn der Kerl rausspringt und uns verprügelt?«

»Wer wird denn schon rausspringen und jemanden mit 'ner Knarre in der Hand verprügeln, Mann? Außerdem machen wir uns nach dem Schuß sofort aus dem Staub.«

»Okay, du ballerst, und ich mach' mich aus dem Staub.«

Sie waren inzwischen auf dem Highway zum Strand, passierten die großen Tomaten- und Gurkenfelder, die zu beiden Seiten die Straße säumten, die erleuchteten, mit blauen Fensterläden versehenen Hütten der Schwarzen auf den vorgelagerten Inseln; sie querten kleine Brücken über brackigen Wasserläufen, die sich tief in die Marsch hineintasteten, fuhren vorbei an schwarzen Männern, die die Straßenkuppe entlangmarschierten, an den Kirchen der Schwarzen und an hundert weiteren Indizien dafür, daß man sich – hatte man Ravenel erst einmal hinter sich gelassen und die Gewässer zwischen dem Festland und den vorgelagerten Inseln überquert – im Land der freigelassenen Sklaven, der Gullah-Schwarzen befand, und daß dieses Land ganz anders war als das, aus dem man kam. Ben hatte Arrabelle einmal gefragt, wo in der Gegend Voodoo-Anhänger zu finden seien, und sie hatte geantwortet: »Immer, wenn ihr Weiß'n runnerfahrt an'n Strand, 'n bißchen schwazer wer'n, dann kommt ihr vorbei an ihn'n. Ben, 'n böser Geist kommt in kein Haus mit blaugestrich'ne Fensterlä'n. Außer mir weiß das aber nieman.« Der Cadillac passierte kleine, verräucherte Klubs, aus denen Musik dröhnte und die so gerammelt voll waren, daß die Schwarzen noch vor den offenen Türen und mitunter sogar auf dem Highway standen.

»He, Ben«, meinte Sammy, nachdem sie etliche Minuten geschwiegen hatten.

»*Yeah*, Sammy?«

»Ist dir eigentlich klar, daß es da draußen Kerle gibt, die's jetzt gerade machen? Ich meine, die's wirklich machen, während wir bloß rumfahren und drüber reden?«

»Wir reden doch gar nicht darüber.«

»Nun ja, ich würd' aber gerne. Also, folgendes würde ich jetzt lieber tun, als mit dir zusammen zu sein. Nimm's nicht persönlich, Ben, altes Känguruh. Nein, ich würde gerne Mary Lou Scoggins in den linken Oberschenkel beißen. Und dann würde ich gerne meinen Kopf zwischen Olive Tatums Titten stecken und sie mit meiner Nase hin- und herhüpfen lassen. Aber am liebsten würde ich im Schulgang auf Cindy White zugehen und mich in ihrer süßen kleinen Möse festbeißen und mich um nichts auf der Welt abschütteln lassen, und wenn sie den ganzen Gang langrennt. Übrigens, Ben, weißt du schon, wer mit mir gehen will?«

»Frankensteins Tochter.«

»Sehr witzig. Aber Emma Lee Givens hat verlauten lassen, sie sei scharf auf Sammys Körper.«

»Das ist ja toll, Sammy«, sagte Ben. »Sie ist so ungefähr das netteste Mädchen an der Calhoun High. Und du weißt ja selbst, daß sie zu den intelligentesten gehört.«

»*Yeah*, hab' ich von Mr. Loring. Er hat ein paar Andeutungen gemacht, bis mir ein Licht aufging. Lehrer fädeln so was gerne ein. Wahrscheinlich hat Emma Lee schon jahrelang stillschweigend nach meinem phantastischen Körper geschmachtet und es schließlich nicht länger aushalten können. Und sie wußte genau, daß sie sich beeilen muß, denn schließlich ist sie nur eins von zehntausend Mädchen, die's kaum abwarten können, die körperlichen Vorzüge dieses Zuchthengsts namens Sammy Wertzberger auszuprobieren. Sammy Wertzberger«, wiederholte er. »Findest du, daß mein Name komisch klingt, Ben?« fragte er.

»Was?«

»Sei ehrlich. Findest du, daß mein Name, Sammy Wertzberger, komisch klingt?«

»Nein, er klingt ganz vernünftig.«

»Du lügst.«

»Nein, tu ich nicht. Ich finde ihn halt nicht komisch.«

»In Ordnung. Wir machen einen Test. Du tust so, als wärst du ich. Du machst gerade eine neue Bekanntschaft. Also los, geh auf diese angebliche Person zu und stell dich vor, aber ohne zu lachen.«

»Hallo«, sagte Ben mit ernster Miene, »ich heiße Sammy Wertzberger.« Dann kicherte er.

»Siehst du, es geht nicht«, sagte Sammy. »Es ist einfach unmöglich, meinen Namen auszusprechen, ohne dabei zu lachen. Ich kann's nicht einmal selbst. Deshalb wollte ich schon immer meinen Namen ändern, in Rock Troy beispielsweise. Das klingt gut.«

Sie hörten die Brecher auf den Strand schlagen; die Luft war erfüllt von Salz und Gischt. Längs der Uferstraße waren mehrere Autos geparkt, darin die Silhouetten ineinander verschlungener Pärchen.

»Ich suche einen, der abseits steht. Einen, der sich auskennt. Ich kenn' den besten Platz im gesamten County. Den kennt kaum jemand. Nur echte Weiberhelden wie ich.«

Sammy fuhr mehr als fünfzehnhundert Meter die Uferstraße entlang. Sie machte einen leichten Bogen landeinwärts, wo der öffentliche Strand aufhörte und die Privathäuser und privaten Grundstücke begannen. Sammy löschte die Scheinwerfer, griff nach der Flinte, lud die Läufe mit zwei Patronen und bedeutete Ben, ihm leise zu folgen. Schon bald schlichen sie einen kaum befahrenen, ungeteerten Weg entlang, der von Fächerpalmen und bemoosten immergrünen Eichen gesäumt war. Es war eine kalte, lautlose, rabenschwarze Nacht, und Ben konnte sich an nichts anderem orientieren als an den Geräuschen, die Sammy auf seinem beharrlichen Vorstoß Richtung Meer machte. Er hatte ihn, sobald sie die Straße verließen, aus den Augen verloren.

Sie erreichten eine langgestreckte Biegung, die zu einer Arkade aus Bäumen führte, hinter der sich der Weg rasch in den niedrigen Dünen am Strand verlor. Unter den Bäumen war ein Auto geparkt. Sammy griff nach Bens Handgelenk und zog ihn keine dreißig Meter von dem Wagen entfernt hinter einen Baum. Das Autoradio spielte in voller Lautstärke. Die faszinierendste Entdeckung jedoch, die die beiden Jungen auf ihrem sicheren Beobachtungsposten machten, war die Tatsache, daß sie sich auf Wurfnähe an ein Polizeiauto herangeschlichen hatten.

»Ich mach' mich aus dem Staub«, wisperte Ben. »Wir treffen uns am Judenkanu.«

»Moment mal. Das ist doch der Streifenwagen von Junior Palmer, dem stellvertretenden Sheriff.«

»Ich verschwinde, Sammy. Feuer dein Schießeisen in solcher Nähe zu einem Sheriff ab, und du endest glatt als Leiche.«

»Ich will doch gar nicht schießen. Ich hab' was viel Aufregenderes und Gefährlicheres vor.«

»Kannst mich Montag wissen lassen, wie es ausgegangen ist. Verstanden?«

»Du verstehst nicht, Ben«, flüsterte Sammy. »Ich will mich da ranschleichen und gucken, wen er bei sich hat. Er ist verheiratet und hat zwei Kinder.«

»Sammy! Du bist ja meschugge, Mann. Hast du mir nicht eben erst erzählt, was für'n Feigling du bist? Und überhaupt, das ist vielleicht seine Frau da im Auto.«

»Ach, du spinnst, Ben. Wer treibt's schon mit seiner eigenen Frau im Auto! Nein, der hat 'ne andere da drin. Ich schleich' mich jetzt zu dem Baum rüber, wo das Auto steht, und seh' nach, ob ich durch's Fenster erkennen kann, wen Palmer bei sich hat. Dem Hurensohn wollte ich schon lange eins auswischen. Du hältst die Flinte.« Sammy schlich sich wie bei einem militärischen Kommandounternehmen in Richtung Streifenwagen davon. Nach ein paar Schritten blieb er noch einmal stehen und sagte: »Gib mir Feuerschutz.«

Sammy hielt sich im Schatten und ging äußerst vorsichtig zu Werke, erreichte schließlich die Zieleiche und hielt sich dort über fünf Minuten lang verborgen. Dann sah Ben, wie Sammy den gleichen Weg zurückschlich, lautlos wie ein Spion, doch hinter jedem Baum haltmachte, um sich zu vergewissern, daß er nicht entdeckt worden war.

»Das ist eine Negerin, Ben! Eine gottverdammte Negerin!«

»Um Himmels willen! Nichts wie weg hier!«

Sie spurteten den Weg zurück, Ben immer ein paar Nasenlängen voraus, bis er hörte, wie Sammy hinter ihm über einen Baumstumpf stolperte und kopfüber in einem Oleanderbusch landete. Er machte kehrt, zog Sammy am Ellenbogen auf die Beine, und weiter ging's in kopfloser Flucht.

Gleichermaßen von Panik ergriffen, stürzten sie sich von beiden Seiten in den Cadillac, und los ging's, die Uferpromenade hinunter und zurück auf die Ausfallstraße.

»Juchhe!« stöhnte Sammy. »Soeben haben wir uns eine Information von echter Bedeutung verschafft. Wir wurden Zeugen, wie der stellvertretende Sheriff Palmer sein Ding in eine Farbige, örtlich auch Nigger genannt, steckte, und das draußen im Dummfick, Ägypten, auf dem Rücksitz seines Streifenwagens. Wenn das keine wirklich bedeutende Information ist!«

»So bedeutend nun auch wieder nicht. Ich bin verflucht froh, noch mal mit heiler Haut davongekommen zu sein.«

»Mann, wir müssen jetzt Pläne schmieden.«

»Was für Pläne?«

»Ich hab' das Gefühl, Ben, daß Jehova uns heute abend nicht ohne Grund dort hingeschickt hat. Er erwartet von uns, daß wir Junior

Palmer für seine Vergehen gegen den Gott Abrahams bestrafen. Und wenn wir schon ausklamüsern, welche Strafe wir Stellvertreter Palmer erteilen, können wir uns auch gleich ein paar Gedanken darüber machen, wie sich von diesem hübschen Glücksfall profitieren läßt. Vermutlich sind wir die einzigen Menschen der Welt, die über Stellvertreter Palmer und seine Schwäche für dunkles Fleisch Bescheid wissen.«

»Na und? Am besten vergessen wir das Ganze schnellstens wieder.«

»Vergessen! Bist du übergeschnappt, Ben? Meiner Meinung nach sind wir da über ein hochbrisantes Stück Stoff gestolpert. Das ist eine gute Chance, ein bißchen Bargeld einzuheimsen.«

»Du bist doch nicht etwa auf Erpressung aus?«

»Grundgütiger, nein!« machte Sammy und fuhr in gespieltem Entsetzen zurück. »Wenn ich auf Erpressung aus bin, darfst du mir den Mund mit Pferdepisse ausspülen. Wir werden Stellvertreter Palmer lediglich dazu bringen, ein bißchen Geld in eine Arbeitslosenversicherung zu investieren. Wenn er will, daß wir unsere vorlauten kleinen Klappen halten, dann schmiert er uns besser mit ein paar lumpigen Dollarnoten. Auf diese Weise kann er sein silbernes Abzeichen, auf das er so stolz ist, behalten.«

»Was mir daran überhaupt nicht paßt, Sammy, ist ein Wort: Ein bestimmtes Wort, das du reichlich freizügig einwirfst. Ein Pronomen, mit dem du nur so um dich schmeißt. Im Plural. Es ist das Wort ›wir‹. Ich möchte, daß du dieses Wort gegen die erste Person Singular austauschst. Dann würde mir die Geschichte gleich viel besser gefallen.«

»Mensch, wir stecken doch beide drin, Ben. Wir sind Partner, haben es doch beide beobachtet. Ich käme nie im Leben auf die Idee, die Einnahmen aus dieser Geschichte nicht mit dir zu teilen.«

»O nein, ich bestehe drauf, daß du sie für dich behältst. Es fiele mir nicht mal im Traum ein, dich um deinen Verdienst zu bringen, vor allem schon deswegen nicht, weil ich weder als Leiche noch im Gefängnis enden will.«

»Diese Sache ist narrensicher, glaub mir, Ben. Und obendrein macht es einen Heidenspaß, diesen Wichser mal ein, zwei Tage lang im eigenen Saft schmoren zu lassen. Ursprünglich dachte ich an fünfundzwanzig Dollar, aber jetzt neige ich eher dazu, den Einsatz auf runde fünfzig zu erhöhen.«

»Das ist 'ne Stange Geld, Sammy.«

»Schließlich sind wir nichts weiter als Gesandte Gottes, aus der gesamten Menschheit auserkoren, diese unangenehme Pflicht auf uns zu nehmen. Du glaubst doch nicht etwa, ich tue das gern, Ben?«

»Ich glaub', du genießt es geradezu.«

»Ich geil' mich dran auf«, gackerte Sammy. »Hilf mir jetzt lieber, den Brief aufzusetzen. ›Sehr geehrter Stellvertreter Palmer, Komma.‹ Oder lieber einen Doppelpunkt, was meinst du, Ben? Du bist doch die Leuchte.«

»Ein Komma geht in Ordnung.«

»›Wenn Sie daran interessiert sind, daß die Tatsache, daß Sie bei der Kopulation mit einer Frau dunkler Hautfarbe beobachtet wurden, nicht an die Öffentlichkeit dringt‹, he, wie gefällt dir das? ›Eine Frau dunkler Hautfarbe‹, hm, Ben?«

»An dir ist ein Dichter verlorengegangen, Sammy.«

»›. . . dann deponieren Sie fünfzig Dollar‹, verdammt, wo soll er sie hinterlassen?«

»Warum bittest du ihn nicht, sie in deinen Briefkasten zu werfen?«

»Klar, Ben. Schon mal dran gedacht, einen Job als Berufsberater anzunehmen?« meinte Sammy. Minutenlang steuerte er den Wagen schweigend und dachte über einen geeigneten Hinterlegungsort nach. »Dort«, sagte er schließlich und deutete auf den Wasserturm, der die Bewohner von St. Catherine's Island versorgte. »Er soll das Geld mit Klebestreifen an der Außenleiter ganz oben auf dem Wasserturm befestigen. Teufel auch, ja, dann gibt's wenigstens keine Fisimatenten.«

»Kannst mir dann erzählen, wie's ausgegangen ist«, sagte Ben.

»He, du kommst doch mit, Ben, oder? Scheiße, wir werden das Geld ja nicht behalten oder so. Wir geben es für wohltätige Zwecke aus. Ich kenne eine gewisse gemeinnützige Einrichtung, die die Absicht hat, Sammy Wertzberger bis zu seiner Schulabschlußfeier mit so viel Sprit zu versorgen, daß er ständig besoffen ist.«

»Ich komme als Beobachter mit, Sammy. Aber die ganze Idee ist auf deinem Mist gewachsen.«

»Dann wirst du aber ganz schön schmollen, wenn ich die fünfzig Piepen einstreiche. Und für den Rest des Abends bleibt dir vermutlich nichts anderes übrig, als in Ehrfurcht vor mir und meinem kriminellen Genie zu erstarren.«

»Vielleicht sollte ich doch wenigstens die Hälfte kriegen von dem, was du einstreichst, Sammy. Immerhin wirst du mich bestechen müssen, damit ich Junior Palmer nicht verrate, daß du ihn erpreßt hast.«

»Dann sind wir also Partner im Verbrechen?«

»Partner«, antwortete Ben.

29

Dreimal fuhr Sammy am Wasserturm auf St. Catherine's Island vorbei, um sicherzugehen, daß dort niemand dem Verfasser des Erpresserbriefes auflauerte. Befriedigt stellte er die Scheinwerfer ab und versteckte den Wagen in einer natürlichen Sackgasse am Waldrand. Dann erkundete er mit Ben das Terrain unterhalb des Wasserturms, beide ständig in der Erwartung, das tuberkulöse, bleiche Gesicht von Junior Palmer auftauchen zu sehen, bevor sie mit dem langen Aufstieg beginnen konnten. Doch sie fanden nichts, was ihren Verdacht erregt oder ihre Ängste beschwichtigt hätte. Sammy zog sich als erster auf die Leiter hinauf und begann, sie langsam zu erklimmen. Ben folgte ihm mit vier bis fünf Sprossen Abstand. Zunächst waren sie mucksmäuschenstill.

»Ich wünschte nur, der Mond schiene heute nacht«, sagte Ben.

»Du spinnst wohl?« flüsterte Sammy zurück. »Dann würde bestimmt irgendein Trottel sehen, wie wir dieses Ding raufklettern, und beim Runterkommen würden wir von der gesamten Polizei im Umkreis von hundertfünfzig Kilometern in Empfang genommen.«

»Bist du sicher, daß die fünfzig Dollar da oben sind?« wollte Ben wissen.

»Das will ich doch hoffen«, antwortete Sammy, »denn andernfalls kann Junior Palmer seinen Namen morgen früh S-C-H-E-I-S-S-E buchstabieren. Natürlich ist es da. Du weißt doch selbst, daß er vor Schiß fast in die Hose gemacht hat, als er das Briefchen bekam.«

»Wo hast du's denn hinterlegt?«

»Unter seinen Scheibenwischer geklemmt. Ich hab' mich versteckt und beobachtet, wie er aus dem Gefängnis kam und den Brief gelesen hat. Am Ende dieses Regenbogens wartet pures Gold auf uns.«

»O Gott, ich hab' ohnehin schon das Gefühl, daß ich hoch genug bin, um einen Regenbogen zu erklimmen. Dieses Ding hier ist viel höher, als es von unten aussieht.«

Ben und Sammys Atem gingen inzwischen stoßweise. Ben verspürte ein leichtes Zittern in seinen Oberschenkeln, als hätten sich Sehnen in Sülze verwandelt; seine Knie fühlten sich, je höher er auf der Leiter stieg, immer hinfälliger, ja knickebeinig an. Seine Handgelenke schmerzten vom zu festen Griff um jede Sprosse. Seine Hände waren glitschig. Wenn er nach links unten sah, konnte er auf der anderen Seite des Flusses die Lichter von Ravenel ausmachen, weiße, im Licht der Hafenlaternen schimmernde Jachten und gespenstische Krabbenkutter unter ihren vertäuten Netzen. Je höher Ben kletterte, desto anfälliger wurde er für Wahnvorstellungen. Die stählerne Leiter bestand aus Papier, Seide, Quecksilber, Luft. Sammy löste sich in Nichts auf. Die Leiter ragte ins Unendliche. Immer wieder fühlte Ben sich fallen. Dann hielt er inne und sah zu Sammy auf. An dessen Hintern orientierte er sich wie ein Pilot, der seinen Blick auf den Horizont heftet.

»Was hat dich gehindert, ihn das Geld am Fuß der Bahnüberführung oder unter der Brücke deponieren zu lassen, Sammy?« fragte Ben, der das Gespräch wieder in Gang bringen wollte.

»Das wäre doch überhaupt keine Herausforderung gewesen. Was Romantischeres als dies hier fiel mir nicht ein.«

»Wenn dir wirklich nur an der Herausforderung gelegen war, hättest du ihn sein Geld an Trainer Spinks' linkem Hodensack festkleben lassen können«, sagte Ben.

»Das wäre eine echte Herausforderung gewesen«, pflichtete Sammy ihm bei.

»Wie war's gestern abend mit Emma Lee?« fragte Ben. »Du hast noch kein Sterbenswörtchen darüber verlauten lassen.«

»Ich glaube, es ist Liebe, mein Sohn. Ich habe das Gefühl, daß sie wahnsinnig in diesen galanten, südländischen Romeo namens Sammy Wertzberger verliebt ist.«

»Na ja, sie ist auch nur ein Mensch. Auch wenn sie die Tochter eines Predigers ist.«

»Den ganzen Abend hat sie über Bücher geredet. Als wäre ich mit dir und Mary Anne ausgegangen. Später kam aber der alte Lümmel doch noch zum Zuge. Sie war zwar unerfahren, aber Casanova war überaus sanft.«

»Hast du ihr einen Gutenachtkuß gegeben?«

»Einen Gutenachtkuß! Spinnst du? Manchmal bist du wirklich die Unschuld selbst, Ben. Nein, ich habe ihr keinen Gutenachtkuß gegeben. Aber es ist schließlich noch nicht aller Tage Abend. Bei einem Mädchen wie Emma Lee kommst du mit der Böhmischen-Berge-Methode nicht weiter.«

»O Gott, das ist vielleicht hoch hier oben. Ich kann sogar die Rollbahn auf der verdammten Air Base sehen.«

»Wir sind fast oben«, hörte er Sammys Stimme über sich. »Fast am Ende des Regen ...« Dann verstummte Sammy abrupt und ging keinen Schritt weiter.

»Was ist denn los, Sammy?« fragte Ben. »Stimmt was nicht?«

Ein Junge, der Sammy ein Gewehr gegen den Hals drückte, sagte: »*Yeah*, Kerlchen. Da stimmt was ganz und gar nicht.« Ben erkannte die Stimme. Sie gehörte Red Pettus.

Weit unter sich sah Ben das Blaulicht eines Streifenwagens, das langsam und bösartig kreiste.

★

Das Gefängnis von Ravenel war ein fensterloses, veraltetes Gebäude, das vor dem Bürgerkrieg als Zeughaus gedient hatte. Es lag am Rande von Paradise und grenzte auf der Rückseite an die Joe Louis Lane, einen unbefestigten Pfad, der sich durch die hinteren Gassen des schwarzen Stadtteils schlängelte. Süßlich-heiße, ursprüngliche Blues-Rhythmen drangen aus den Jukeboxen unsichtbarer Nightclubs bis zu Ben und Sammy ins Gefängnis. Die Musik, Hymne des Samstagabendvergnügens, sickerte durch die Gefängnismauern, die sie umgaben und, alleingelassen mit Junior Palmer, von der Außenwelt abschlossen.

Sie standen, mit Handschellen aneinandergefesselt, in einem kahlen Raum, und Palmer entlud sein automatisches Gewehr. Sobald der Streifenwagen in Sichtweite des Gefängnisses gekommen war, hatte er Red zehn Dollar in die Hand gedrückt und ihn nach Hause geschickt. Das einzige, was Sammy seit ihrer Verhaftung Ben hatte zuflüstern können, war, daß Red und Junior Vettern dritten Grades seien. Ben hatte zurückgeflüstert: »Wieviel Millionen Vettern hat Red eigentlich noch?«, doch das war's auch schon. Jede weitere Kommunikation war fortan ausgeschlossen.

Junior Palmer starrte die beiden Jungen an. In seinen Augen lag eine reptilienähnliche Kälte, die Ben sofort an die Warnung seiner Mutter erinnerte. Nimm dich in acht, hatte sie Ben stets eingeschärft, vor den Hütern des Gesetzes, die hinter verschlossenen Türen schalten und walten, vor den Männern mit gelben Zähnen und silbernen Abzeichen, hinter denen sie ihre Willkür und ihre erbärmliche Herkunft verstekken. Die Macht pflegte sie als ein hefeähnliches Treibmittel zu bezeichnen, das eine Bösartigkeit freisetzen konnte, der, einmal von der Kette gelassen, auch der Stärkste nicht gewachsen war. Hüte dich vor den Männern mit den wüsten, ausgelaugten, hasenschartigen Genen, die hinter den unergründlichen Ausbrüchen von Barbarei stecken, von denen die weiße Unterschicht des Südens gelegentlich befallen wird. Hüte dich vor den Männern, vor denen ich dich stets abgeschirmt habe, hatte sie gesagt. Nach dieser Nacht würde sie es wiederholen, das wußte Ben.

»Ihr zwei habt mich ganz schön in die Zwickmühle gebracht«, sagte Palmer in weinerlichem Tonfall.

»War doch nur ein Witz, Junior«, sagte Sammy. »Ehrlich, nichts weiter als ein Witz.«

»Und wieso kann ich das dann überhaupt nicht komisch finden, Sammy? Wieso kann ich kein bißchen drüber lachen?«

»Okay, dann war es halt ein blöder Witz.«

»Also, Sammy, ich hab' da ein ziemliches Problem. Dein Daddy is schon zu lange in der Stadt und kennt zu viele Leute und könnte sein Mundwerk an zu vielen falschen Stellen aufreißen. Verstehst du? Ich kann's mir nicht leisten, daß irgendwer irgendwelche Fragen über heute abend stellt. Ihr zwei habt mich zwar fälschlich beschuldigt, ich hätt' was getan, was ich nie im Leben täte, aber so'n dreckiges Gerücht kann einem Mann in dieser Stadt schon den Garaus machen. Versteht ihr, was ich meine?«

»*Yes, Sir*«, antworteten beide.

»Nun also, was habt ihr zwei am Strand draußen gesehen?«

»Nichts. Wir haben überhaupt nichts gesehen, Junior«, sagte Sammy.

»Nichts, Sir«, erwiderte Ben.

»Und wie seid ihr auf die Idee gekommen, daß ich mich mit so 'nem breitlippigen Niggermädchen rumtreibe?«

»Muß ich mir eingebildet haben, Junior«, sagte Sammy.

Junior ging langsam um den Tisch herum, zündete sich eine Zigarette an, inhalierte tief, blies Sammy den Rauch ins Gesicht und versetzte ihm einen Schwinger in die Magengrube. Sammy ging in die Knie und gab erstickte Geräusche von sich, während er verzweifelt um Luft rang.

»Untersteh dich, mich ›Junior‹ zu nennen, du Judenbengel. Für dich bin ich ›Mr. Deputy‹. Kannst mich auch mit ›Sir‹ anreden, aber untersteh dich, mich noch einmal mit meinem Namen anzureden«, zischte er, ging wieder an den Schreibtisch, setzte sich und warf ein Bein über die Stuhllehne. »Jetzt zu meinem großen Problem, ich denke mir das so: Ich kann nur einen von euch hier brauchen, ich muß zu viele Fragen beantworten, wenn ich euch beide hierbehalte. Also, Red hat null Ahnung, weil ich ihm nämlich nichts gesagt habe. Die einzigsten Menschen auf der Welt, die über diesen angeblichen Vorfall Bescheid wissen, sind wir drei. Oder habt ihr jemand was gesteckt?«

»Wir haben niemandem was davon erzählt, Sir«, sagte Ben.

»Das is ja riesig nett von Ihnen, Mr. . . . Wie heißt du noch, mein Junge?«

»Meecham, Sir. Ben Meecham.«

»Mächtig klug von dir, Mr. Meecham«, grinste er und bleckte seine gelben Zähne. Er starrte auf Sammy herab, der soeben wieder zu Atem gekommen war.

»Sammy, ich kauf' doch jetzt schon lange im Judenladen von deinem Vater ein, oder?«

»*Yes, Mr. Deputy.*«

»Und ich und Suzie kaufen immer noch jede Menge Kram im Judenladen, obwohl es im Supermarkt viel billiger is, stimmt's?«

»*Yes, Mr. Deputy.*«

»Okay, ich will in dem Judenladen keinen Mucks davon hören, daß du je hier gewesen bist. Das geht weder deinen Daddy noch deine Mama was an und auch sonst niemand. Und ich will auch nicht, daß dein Daddy irgendwelche Volksvertreter anruft oder irgendein Sheriff blöde Fragen stellt. Kapiert?«

»*Yes, Mr. Deputy.*«

»Gut. So is gut. Und jetzt verzieh dich mit deinem Judenarsch, und wenn mir je zu Ohren kommen sollte, daß du über mich und ein Niggerweib am Strand rumtratschst, dann beschneide ich dich gleich noch einmal, und diesmal gründlich. Kapiert?«

»*Yes, Mr. Deputy.*«

»Hast du mich verstanden?« brüllte Palmer, kam um den Tisch herum und zog Sammy am Kragen hoch, bis ihre Nasen auf gleicher Höhe waren.

»*Yes, Mr. Deputy.* Aber Sie sollten wissen, daß es ganz allein meine Schuld war. Ben ist bloß mitgefahren.«

»Das is ja nun verflucht schade. Aber er ist mitgekommen. Und jetzt raus mit dir.«

Palmer schloß Sammys Handschellen auf und stieß ihn durch die Tür. Im Vorraum, jenseits des Verhörzimmers, in dem Ben stand, wie gelähmt vor Verzweiflung, versetzte der Deputy Sammy einen Tritt in den Hintern, der ihn kopfüber auf die Eingangsstufen schlagen ließ. »Kein Sterbenswörtchen zu niemand, Jude!«

Ben wurde in eine dunkle Zelle auf der für Weiße vorbehaltenen Seite des Gefängnisses geführt. Schwarze Gesetzesbrecher waren im östlichen Flügel untergebracht und von den Weißen durch die Büros des Sheriffs und seiner Stellvertreter getrennt. Als Palmer die Zelle verriegelte, fragte Ben mit zittriger Stimme, die ihm das Sprechen fast unmöglich machte: »Warum bin ich hier drin, Sir? Müssen Sie nicht Anklage gegen mich erheben?«

»Red hat mir ziemlich üblen Scheiß über dich erzählt, du Marine-Lümmel. Im Augenblick weiß ich noch nicht, warum ich dich hierbehalte, aber wenn mir was einfällt, dann spielst du besser mit, andernfalls verdopple ich die Anzahl deiner Bauchnäbel. Ich komm' später noch mal vorbei und erzähl' dir, was für'n Verbrechen du begangen hast.«

Ben nahm auf einem schmalen, ranzig riechenden Feldbett an der Zellenwand Platz, strich mit der Hand über die Wolldecke und wartete, bis sich seine Augen an die Dunkelheit gewöhnten. Unversehens geriet ihm etwas zwischen die Finger. Flügel spreizten sich, und verzweifelt strampelnde Insektenbeine gruben sich zum Absprung in seine Handfläche. Er schmiß die Kakerlake an die gegenüberliegende Wand, wo sie mit dem Rücken gegen den Beton klatschte. In wilden, unzähligen Bataillonen huschten weitere Kakerlaken über den Fußboden. Ben zog die Beine auf die Pritsche und betete darum, daß seine Passion und sein Exil unter lauter Kakerlaken nur von kurzer Dauer sein möge. Still lag er da und ließ sich von dem schimmeligen Fäulnisgeruch überwältigen, der seiner Verzweiflung und seiner Angst die passende Geruchsnote verlieh. Wie er so auf dem Rücken lag und an eine unsichtbare Decke starrte, fühlte Ben sich beinahe körperlos, ein stummer Leib, der versehentlich begraben worden war und nun den Geruch des Sargdekkels einsog. Eine Stunde lang lag er so da, bewegte sich nicht und lauschte dem Hin- und Hergerenne der Kakerlaken.

Dann flammte im Vorraum des Zellenblocks ein Licht auf. Stimmen erklangen, nicht identifizierbares Getuschel. Ein Schlüssel drehte sich im Schloß, und durch die Tür trat eine riesige Silhouette, gefolgt von Deputy Palmer. Die Figur trug eine Fliegerjacke.

»Dad!« rief Ben und stürmte auf die Gitter zu, beinahe weinend vor Erleichterung und überglücklich, daß er eine Familie hatte und einen Vater, einen Schutzwall, der zwischen ihm und den Bösewichten dieser Welt stand. »Dad, hier drüben bin ich.«

Bull stürzte auf Bens Zelle zu, griff mit beiden Händen durch die Gitterstäbe und bekam Ben am Pullover zu packen. Bevor er noch protestieren oder in Deckung gehen konnte, hatte Bull ihm auch schon einen Faustschlag knapp unters Auge verpaßt. Bens Kopf schnellte zurück, jedoch nicht weit genug, um dem nachgesetzten Haken zu entgehen, der ihn unkontrollierbar zurücktaumeln und seinen Kopf gegen die Rückwand schlagen ließ. Langsam rutschte Ben die Wand hinunter. Wie betäubt saß er da und nahm nur verschwommen wahr, daß die fliehenden Kakerlaken ihm über Hände und Körper liefen.

»Wenn du noch ein einziges Mal deine Hand gegen einen Hüter des Gesetzes erhebst, dann kriegst du von mir eine so gottverdammte Tracht Prügel, daß selbst deine Mutter nichts mehr mit dir zu tun haben will!« röhrte Bull.

»Sie sperren ihn besser gut ein, Sheriff, denn wenn er hier allzubald rauskommt, bin ich imstande, ihn umzubringen.«

»Es tut mir leid, daß ich Sie damit belästigen mußte, Colonel«, sagte

Palmer. »Aber ich hab' mir gedacht, daß Sie als Vater sofort Bescheid wissen sollten. Ihr Junge hat es nicht böse gemeint. Er hatte nur ein bißchen zu tief ins Glas geguckt.«

»Sollte er hier 'ne Lippe riskieren, brauchen Sie es mich nur wissen zu lassen«, sagte Bull, und seine Stimme wurde mit wachsender Entfernung schwächer. Das Licht im Vorraum ging aus. Ben war wieder allein und sein Auge schwoll in der Dunkelheit an.

Dann ging das Licht wieder an, und Palmer kam lachend auf Bens Zelle zu. Ben wurde von panischer Angst erfaßt, deren Krallen in seinen Eingeweiden wühlten. Palmer knipste eine Taschenlampe an und richtete sie direkt auf Bens Augen. Das starke Licht war die reinste Tortur, so daß Ben seinen Kopf der angestrahlten Wand zudrehte, auf der sich die Silhouette seines Schädels geradezu grotesk ausnahm.

»Dein Daddy gefällt mir«, meinte Palmer. »Das war echt gut, wie er dich einfach zusammengeschlagen hat, ohne erst noch peinliche Fragen zu stellen.«

»Wenn Sie glauben, daß mein Vater heute abend besonders grob war«, sagte Ben, »dann warten Sie nur ab, bis er rausfindet, daß Sie ihn angelogen haben. Dann tragen Sie Ihr Abzeichen nämlich im Arschloch.«

»Halt deine Zunge im Zaum, Kleiner. Ich weiß, daß du stinksauer bist, aber das is noch lange kein Grund, Daddy Junior gegenüber ein loses Maul zu riskieren. Du steckst ganz schön in der Klemme, mein Junge, und du hast die Lage noch verschlimmert, indem du das Maul zu voll genommen hast. Also, ich sag' dir jetzt, was heute abend passiert is, und du spitzt gefälligst die Ohren, Marine-Lümmel. Du hast den großen ollen Cadillac von Sammy seinem Daddy gefahren, und ich hab' dich rechts rangewunken, weil ich gesehen hab', wie du im Zickzack über'n Highway gefahren bist. Du hattest ganz schön geladen, und als ich dir sagte, daß ich dich mit auf die Wache nehmen müßte, bist du auf mich losgegangen. Klingt soweit gut, mein Junge?«

»No, Sir.«

Palmer klopfte mit einem großen, häßlichen Jagdmesser gegen die Gitterstäbe. Ben drehte sich um und sah die schlanke Klinge blaß und gierig glitzern, als Palmer sie im Licht hin- und herbewegte.

»Du klugscheißerst hier rum, und das ist überhaupt kein kluger Zug von dir. Jetzt hör mal zu, was ich mit diesem Messer schon alles angestellt habe. Ich hab' mir'n paar Schweine geschlachtet. 'n paar Klapperschlangen gehäutet. 'n bißchen Rotwild. Aber das is noch gar nichts, die wahre Schönheit dieses Messers liegt woanders. Als ich noch'n junger Spund war, bevor ich mich auf die Seite des Gesetzes schlug, da hab' ich 'n paar

Niggern, die die falsche Sorte von Weißen gefickt hatten, die Eier abgeschnitten. Und was richtige Schreie sind, das weißt du erst, wenn du einen schreien hörst, dem ein Messer die Eier aufschlitzt. Die Nigger wären glatt verblutet oder vor Schmerz umgekommen, wenn wir nicht ein menschliches Einsehen gehabt und sie gelyncht hätten.«

»Wenn mein Vater erst mit Ihnen abgerechnet hat, dann werden Sie sich noch wünschen, selber gelyncht worden zu sein!« rief Ben.

»Nanu, Junge, jetzt wird's aber ungemütlich. Du kannst aus dem Schlamassel raus, ohne dich weiter groß aufzuregen und ohne daß irgendwer zu viele Fragen stellt. Aber vorher muß ich dich, egal wie, davon überzeugen, daß ich dich wegen Trunkenheit am Steuer angehalten habe und du auf mich losgegangen bist. Also, ich will nicht unbedingt zu dir in die Zelle kommen und dich mit einem Gummischlauch bearbeiten, bis du innen drin so vermatscht bist, daß dir das Blut aus jeder Körperöffnung läuft, aber wenn's gar nicht anders geht...«

»Guten Abend, Junior«, ließ sich eine Stimme von der Tür her vernehmen. Der Deputy wirbelte herum und brüllte einem gesichtslosen Kopf, der von vier Gitterstäben in gleichgroße Halbschatten zerteilt wurde, zu: »Wer da?«

»Ich bin's nur, Junior, Ihr alter Football-Trainer.«

»Mr. Dacus«, sagte Ben.

»Kommen Sie morgen wieder, Mr. Dacus. Sie haben heute abend hier nichts zu suchen. Der Aufseher wird Sie hinausbegleiten.«

»Ich weiß, wo der Ausgang ist«, sagte Mr. Dacus mit beschwichtigender und gleichzeitig ironischer Stimme. »Ich will dorthin, wo Sie sind.«

»Ich hab' doch schon gesagt, daß Sie in diesem Gefängnis nichts zu suchen haben, Dacus.«

»Ja, Junior. Das finde ich auch. Der einzige Ort, an dem ich was zu suchen habe, ist drüben bei Wolf Bowditch. Wahrscheinlich ist es schon zu spät für diese Woche. Ach, was rede ich? Hab' ja noch zwei Tage, es in der Zeitung unterzubringen. Man sollte doch wirklich meinen, daß ich Bescheid weiß, wo ich ihm doch seit Jahren die Nachrichten aus der Schule durchtelefoniere. Aber Wolf würde bestimmt gern erfahren, daß ein verheirateter Mann wie Sie, der eine Frau und zwei niedliche Kinder hat, Platzanweiser in der Baptist Church und obendrein noch Stellvertreter des Sheriffs ist, in seiner vom Steuerzahler finanzierten Dienstzeit in einem Streifenwagen der Steuerzahler mit einer Farbigen kopulierte. *Yep*, aus solchem Stoff werden Schlagzeilen gemacht. Aber Sie haben recht, Junior. Ich habe hier nichts verloren. Sie zu so später Stunde noch zu belästigen! Dann erst mal tschüß. Gute Nacht, Ben.«

»Verdammt nochmal, warten Sie, Dacus!« befahl Palmer, schloß die

Außentür auf und sagte mit einer Stimme, die ihren einschüchternden, draufgängerischen Tonfall verloren hatte und nun eher hysterisch klang: »Dieser scheißverlogene Arsch von einem Juden.«

Mr. Dacus betrat den Zellenblock und stand Junior Palmer von Angesicht zu Angesicht gegenüber. Lange Zeit maßen sie sich in feindseligem Schweigen. Schließlich ergriff Mr. Dacus das Wort.

»Junior, habe ich Ihnen eigentlich je gesagt, daß Sie ein lausiger Footballspieler waren?«

»Ich will keinen Ärger mit Ihnen, Dacus. Aber wenn Sie Ärger wollen, dann können Sie ihn haben, und zwar in Karo, Herz, Pik und Kreuz, ganz wie Sie wollen«, sagte Palmer, der immer noch das Messer in der rechten Hand hielt.

»Diese Stadt hat wirklich was für Messer übrig, Junior. Mein Vorschlag an Sie lautet – und es ist wirklich nur ein Vorschlag und sollte nicht als Drohung verstanden werden –, dieses Messer jetzt sofort wegzustecken.«

»Und wenn ich auf diesen Vorschlag nicht eingehe? Was passiert dann, Dacus?«

»Ach, nichts Schlimmes, glaube ich«, antwortete Mr. Dacus. »Das einzige halbwegs Unangenehme für Sie dürfte sein, daß ich ernsthaft in Erwägung ziehe, Ihnen beide Arme zu brechen. Und das Beste daran ist, daß mir allein schon der Gedanke daran enormen Spaß macht.«

»Ach, tatsächlich«, zischte Palmer.

»Ja, tatsächlich«, sagte Dacus mit einer Stimme, die jeglichen Gefühls entbehrte.

»Wissen Sie eigentlich, mit wem Sie reden, Dacus? Sie, Sir, reden mit dem Gesetz.«

»Und ich weiß zufällig mit hundertprozentiger Sicherheit, daß das Gesetz der lausigste Footballspieler war, den ich je trainiert habe. Das Gesetz hatte Angst davor, mit Menschen in Kontakt zu kommen. Das Gesetz hatte Angst vorm Abblocken, Angreifen, Rennen. Und vor Kopfstößen. Außerdem weiß ich, daß das Gesetz Angst vor seinem Football-Trainer hatte und immer noch hat.«

»Ich hab' vor gar nichts Angst, Dacus.«

»Sie haben Angst, Junior, und zwar vor zweierlei«, sagte Dacus und rollte langsam und bedächtig die Ärmel seines Pullovers hoch. Die Muskeln seiner Unterarme zeichneten sich durch brutale Knoten aus. »Sie haben Angst vor diesen beiden Händen, Junior. Sehen Sie sich diese beiden Hände gut und gründlich an. Diese Hände sind böse, Junior. Sie sind viel größer als Ihre eigenen. Viel schneller. Es sind Boxerhände. Boxerhände werden auch Killerhände genannt, weil sie ein

Gesicht total zermanschen können. Sie haben meine Hände nie in Aktion gesehen, Junior. Aber Sie haben davon gehört. Sie haben gehört, wie ich sie einsetzen kann.«

»Sie machen, daß Sie hier rauskommen, Dacus.«

»Klar, Junior. Lassen Sie den Jungen frei. Er wird nicht ausplaudern, was er gesehen hat. Und Sie verlieren kein Wort über seinen heutigen Aufenthalt hier. Auf diese Weise wird niemand Schaden nehmen. Ich werde mit Bens Vater reden und ihm erzählen, daß eine Verwechslung vorlag. Ansonsten verliere ich kein weiteres Wort. Nichts ist passiert. Diese Geschichte ist erledigt. Sie brauchen nur noch aufzuschließen, Junior.«

Palmer ließ Ben frei, und Mr. Dacus sagte: »Wenn ich Sie jemals dabei erwische, daß Sie mit einem Kind aus meiner Schule so reden, wie Sie es vorhin mit Ben getan haben, dann hinterlasse ich meine Fußspuren Größe vierundvierzig auf Ihrem Hodensack. Haben wir uns verstanden, Junior?«

»Lassen Sie sich nie wieder in diesem Gefängnis blicken, Dacus! Wehe, Sie kommen mir noch einmal unter die Augen!« Palmer spuckte seine Drohung ins Halbdunkel des Vorraums, das Gesicht verzerrt vor Boshaftigkeit.

»Ich hoffe, es wird nicht wieder nötig sein, Junior.«

»Dalli, dalli, Junge!« brüllte Palmer Ben an. »Und halt deine verfluchte Scheißklappe! Wenn das rauskommt, Dacus, dann kann's mich den Kragen kosten.«

»Warum reden Sie dann immer noch drüber, Junior?«

Die kalte Luft draußen füllte Bens Lungen wie ein Auferstehungsfeuer. Er schrie seine Freiheit in die Nacht. Dann paßte er seine Schritte denen des Rektors an, und gemeinsam gingen sie auf die River Street zu. »Falls«, sagte Ben, »falls ich irgend etwas für Sie tun kann, Mr. Dacus, brauchen Sie es mich nur wissen zu lassen. Wenn Sie wollen, können Sie mich als Fußmatte benutzen und Ihre Füße an meinem Rücken abtreten, bevor Sie Ihr Haus betreten. Oder Sie können mich an den Füßen an Ihrer Wohnzimmerdecke aufhängen, mir Kerzen in Nase, Ohren und Mund stecken und mich als Kronleuchter verwenden. Was ich sagen will, Mr. Dacus, ist: Vielen Dank, daß Sie mich da rausgeholt haben.«

Der Rektor schritt zügiger aus. Sein blondes Haar war glatt zurückgekämmt, und die Februarluft ließ gesunde Röte auf seinem Gesicht glänzen. »Es ist schon komisch, Ben, welche Macht die alten Trainer über ihre ehemaligen Ballspieler haben. Hast du erst einmal für einen gespielt, Blut geschwitzt, gewonnen und verloren, dann verwandelt er sich in deinen Augen für alle Zeiten in etwas Besseres. Dann ist er ganz einfach nicht mehr menschlich. Er ist die personifizierte Strenge und Anforderung. Er versucht, deinem Körper Leistungen abzuringen, für die dein Talent nicht reicht. Er macht mehr aus dir, als du in Wirklichkeit bist. Er gibt dir ein Trikot, eine Identität, ein Gefühl von Brüderlichkeit, wie du es nie zuvor erlebt hast und wahrscheinlich auch nie wieder erleben wirst. Er bezieht dich ein. Weil er dich auswählt, dich aus dem Haufen struppiger Jungs, die zum ersten Training erschienen sind, herausgelesen hat, stehst du in seiner Schuld. Du kannst gar nicht anders, als ihm für den Rest deines Lebens Dankbarkeit entgegenzubringen – Dankbarkeit dafür, daß er dich am Ruhm hat nippen lassen, so wenig, daß es rein gar nichts bedeutet, für einen heranwachsenden Jungen aber das Wichtigste auf der ganzen Welt ist. Was ich damit sagen will, Ben, ist, daß ich dich heute abend nur deshalb dort habe rausholen können, weil ich früher Juniors Football-Trainer war.«

»War er wirklich so schlecht, wie Sie behauptet haben?« fragte Ben.

»Teufel auch, nein.« Mr. Dacus lachte in sich hinein. »Er war nicht schlecht. Es gab weiß Gott andere, die verdammt viel schlechter waren als er. Ein bißchen ängstlich war er, mehr nicht. So wie viele andere Kinder auch. So wie ich, als ich zum erstenmal die Uniform der High School anzog. Angst kann sehr wohl gut und gesund sein. Meiner Angst hab' ich's zu verdanken, daß ich die Boxhandschuhe an den Nagel gehängt hab'.«

»Sie haben doch an der Olympiade teilgenommen. Soviel Angst können Sie also nicht gehabt haben.«

»Ich habe nicht an der Olympiade teilgenommen, Ben. Nur an den Ausscheidungskämpfen. In dieser Stadt allerdings wird man sich, noch bevor ich das Zeitliche segne, erzählen, ich hätte Joe Louis im Madison Square Garden eine Abreibung verpaßt. Nein, Ben, der Bursche, der mich in den Qualifikationskämpfen besiegte, hat mich fast umgebracht. Drei Runden lang trieb er mich durch den Ring. Als der Punktrichter den Kampf abbrach, konnte ich vor lauter Blut nichts mehr sehen. Ich war an die Grenzen meiner boxerischen Fähigkeiten gestoßen. Dann wurde der Bursche, der mich geschlagen hat, in den ersten dreißig Sekunden der ersten Runde k. o. geschlagen – von dem besten Boxer, den ich je sah. Der Sieger nahm prompt an den Olympischen Spielen teil und gewann die Bronzemedaille, verlor aber dann seine ersten fünf Kämpfe als Profi. Der Sport ist eine merkwürdige Welt. Du steigst zur Bestform auf – aber dann beeindruckt sie kaum noch jemanden, es sei denn, die Bestform deiner Konkurrenten liegt weit darunter.«

»Warum dann überhaupt Sport treiben?«

»Sport ist sehr wichtig, Ben. Er hilft dir, deine Grenzen zu erkennen, er lehrt dich Demut. Früher oder später wird jeder Sportler bescheiden, egal, wie gut er ist. Aber er macht so lange weiter, bis er seine Bestform erreicht hat.«

»Ich spiele Basketball, weil ich ein Stipendium brauche«, verkündete Ben.

»Nein, das stimmt nicht«, widersprach Mr. Dacus, bog in die River Street ein und benutzte den Bürgersteig unterhalb der mächtigen, vom Wind zerzausten Wassereichen, die den Fluß säumten. »Das stimmt nicht einmal annähernd. Du spielst Basketball, weil du deinen Vater liebst.«

»Ich hasse meinen Vater«, sagte Ben düster.

»Nein, du liebst ihn und er liebt dich. Seit ich an dieser High School bin, Ben, habe ich jede Menge Väter aus dem Marine Corps kennengelernt. Aberhundert, Jahr für Jahr. Sie sind regelrechte Haudegen, allesamt, und dein Vater steht ihnen in nichts nach. Sie lieben ihre Familien mit Leib und Seele, aber sie bekriegen sie unablässig, um ihre Liebe unter Beweis zu stellen. Dein Dad äußert seine Liebe zu dir, indem er versucht, durch dich sein eigenes Leben noch einmal zu leben. Die Fehler, die er dabei macht, sind schlimm, und zwar aus dem einfachen Grund, weil die Organisation, der er angehört, keine unterdurchschnittlichen Leistungen duldet. Dabei vergißt er nur manchmal, daß ein Sohn und ein Marine-Corps-Soldat zwei Paar Stiefel sind. Hat er dir das Veilchen da verpaßt?«

»*Yes, Sir*. Palmer hat ihn ins Gefängnis bestellt und ihm erzählt, ich hätte mich gegen eine Festnahme wegen Trunkenheit am Steuer gewehrt. Ich ging an das Gitter, weil ich mit ihm reden wollte – da hat er sofort zugeschlagen.«

»Dein Vater ist der Wunschtraum eines High School-Rektors oder stellvertretenden Sheriffs. Er stellt die Institution über den einzelnen, selbst wenn es sich dabei um seinen eigenen Sohn handelt. Deshalb ist er so ein guter Marine.«

»Und so ein miserabler Vater.«

»Wenn du erst einmal erwachsen bist, wirst du ihn besser verstehen.«

»Aber lieben kann ich ihn nie.«

»Doch, natürlich. Ich habe dir schon gesagt, daß du ihn liebst, und ich weiß, was ich sage. Zwischen Vätern und Söhnen schwingt immer viel Unausgesprochenes mit. Wie oft scheint es, daß böses Blut zwischen ihnen herrscht, und doch sind sie durch eine Innigkeit verbunden, die unvermeidlich ist, die aber, falls vorhanden, von ihnen gar nicht wahrgenommen wird. Den Samen, der einen gezeugt hat, ein Leben lang zu hassen, das ist äußerst schwierig.«

»Woher wußten Sie eigentlich, daß ich im Gefängnis war? Hat Sammy es Ihnen gesagt?«

»Er hat mich angerufen und mir die ganze Geschichte erzählt. Er ist ziemlich durcheinander. Am besten, wir rufen ihn an, wenn wir bei mir zu Hause sind.«

»Bei Ihnen?«

»*Yeah*, ich hab' mir gedacht, du bleibst heute nacht bei mir und meiner Frau. Wir packen dir Eis auf dein Veilchen, füttern dich mit was Leckerem und lassen dich erst mal zur Ruhe kommen. Morgen früh geh' ich rüber und spreche mit deinem Vater. Im Laufe der Basketballsaison haben wir uns ein bißchen angefreundet, und wenn er nicht stockwütend auf mich ist, weil ich dich aus dem Team geschmissen habe, dann kann ich das Ganze sicher friedlich mit ihm bereinigen.«

»Seiner Meinung nach hatten Sie vollkommen recht, mich aus dem Team zu schmeißen.«

»Hatte ich auch«, sagte Mr. Dacus schlicht und einfach.

»Trotzdem fand er es prima, daß ich den Burschen verletzt hab'.«

»Für beide Fälle gilt: Er ist ein perfekter Marine.«

»Mir ist kalt«, sagte Ben und schaute auf den Fluß hinaus.

»Warum hast du das nicht gleich gesagt, Kleiner?« sagte Mr. Dacus. Er legte seinen Arm um Ben und zog ihn an sich. Es war nicht die muskulöse Härte von Mr. Dacus' Körper, die Ben in Staunen versetzte; es war vielmehr die Erkenntnis, daß er noch nie von einem Mann so eng und liebevoll an sich gedrückt worden war. Langsam schlang Ben seinen Arm um die Taille des Mannes, und sie schlugen die Richtung zu seinem Haus ein.

30

Ben und Mary Anne warteten auf Sammy und Emma Lee Givens. Sie tranken gezuckerten, mit Minzeblättern garnierten Eistee aus riesigen Gläsern. Mary Anne lag in der geknüpften Hängematte, die Lillian Anfang Februar Bull zum Geburtstag geschenkt hatte. Ben saß auf dem Geländer und blickte auf die Häuser, die den Lawn einfaßten.

Eine Fliegentür fiel ins Schloß, und ein Rasenmäher wurde angelassen. Die ersten Feuer des Frühlings flammten allenthalben auf in Ravenel – emporlodernde Farben und Gerüche in bienenumschwärmten Gärten und samenreichen Winden. Die Altstadt, die kämpferisch und störrisch ihren Charakter aus der Zeit vor dem Bürgerkrieg bewahrte, ruhte sich träge auf ihren eigenen Lorbeeren aus, feierte sich selbst in einer Gewandung aus Azaleen, die die Schatten mit sanft beflügeltem Blau oder sich vertiefendem Rubinrot durchschnitt. Das Feuer dieses Frühlings war verschwenderischer und üppiger als viele andere Frühjahre, die die Meechams von den Terrassen ihrer jeweiligen Domizile aus beobachtet hatten. Ben atmete tief ein und sog den Geruch der Gardenien und des Flusses, halb Honig, halb Wein, in sich hinein.

»Herrgott, ist diese Stadt schön in dieser Jahreszeit«, sagte er.

»Was für ein tiefsinniger und origineller Gedanke, Ben«, antwortete Mary Anne. »Ich wette, daß das noch nie jemand gesagt hat. Du solltest dich wirklich aufraffen und darin üben, etwas origineller zu denken.«

»Was hältst du davon, zweiunddreißig Zähne zu verdauen, die vor kurzem noch fest mit deinem Kiefer verwachsen waren?«

»Schon besser. Du solltest mir dankbar dafür sein, daß ich dein Sprachbewußtsein schärfe.«

»Was bin ich doch für ein Glückspilz! Andere haben Schwestern, die ihnen Verabredungen mit den phantastischsten Mädchen besorgen. Ich dagegen habe eine Schwester, die mein Sprachbewußtsein schärft.«

»Ist dir eigentlich klar, Ben, daß wir beide nächstes Jahr zum erstenmal in unserem Leben getrennt sein werden?«

»Du hast recht«, sagte Ben. »Die positiven Seiten meines Auszugs hatte ich noch gar nicht bedacht.«

»Eines Tages wirst du schon noch draufkommen, was du an mir verloren hast. Wenn nach meinem Selbstmord die literarische Welt Trauer trägt und Könige und Fürsten sich in unsäglichem Schmerz über meinen Sarg werfen, dann wirst auch du mich mit anderen Augen sehen. Du bist eben ein Philister, Ben, und ich bin eine Künstlerin. Seit Jahren ist mir sonnenklar, daß ich durch's Fegefeuer meiner Familie gehen muß, bevor ich zur größten Schriftstellerin des zwanzigsten Jahrhunderts erblühe.«

»Du darfst dich glücklich schätzen, wenn du wenigstens zu einem Pferdeapfel erblühst.«

»Ich finde deinen Gossenhumor nicht komisch, Ben. Doch ganz im Ernst, du wirst mich nächstes Jahr vermissen, aus tausenderlei Gründen. Ich habe schon mal nachgedacht, aus welchen. Meine Schlagfertigkeit, die vermißt du bestimmt, das steht ganz außer Frage. Daß du gemeinsam mit der schlagfertigsten und charmantesten Frau Amerikas aufgewachsen bist, hat dich wahrscheinlich für andere Frauen verdorben. Dann ist da meine geniale Begabung, die du vermissen wirst. Einen Kopf wie meinen gibt es alle zwei Generationen nur einmal, und ich weiß, daß du auf unsere Zeit zurückblicken und sagen wirst: ›Ich habe meine geniale Schwester nie recht zu würdigen gewußt.‹«

»Hallo, geniale Schwester«, meinte Ben, »schreibst du mir auch, wenn ich erst am College bin?«

»Nur, wenn du mir versprichst, jeden Brief von mir aufzubewahren.«

»Warum das denn?«

»Weil sie eines Tages – nach meinem Tod, versteht sich – Sammlerstücke sein werden. Man wird sie sogar publizieren, in einem schmalen, eleganten Bändchen.«

»Du meinst, nach deinem Selbstmord.«

»Genau. Meine Korrespondenz wird die Briefe von großen Lyrikern, Romanciers, Gelehrten, Baronen, Grafen und Industriellen enthalten. Deine Episteln wird man ganz ans Ende des Buches setzen, wo sie nicht unangenehm auffallen. Literarisch kommt ihnen natürlich keinerlei Bedeutung zu, aber sie beweisen immerhin, daß Mary Anne Meecham ihre barbarischen Familienangehörigen liebte, obwohl sie von ihnen abscheulich behandelt wurde. Aus allen Briefen wird der universale und mitfühlende Geist der Mary Anne Meecham leuchten.«

»Wie soll ich mich bei deinem Begräbnis verhalten?« fragte Ben. »Zurückhaltend? Beschämt, weil ich dich so gemein behandelt habe? Oder soll ich mich wie der olle Barbar aufführen, der ich immer gewesen bin?«

»Bei meinem Begräbnis soll sich niemand Zurückhaltung auferlegen. Verkniffene Münder sind gänzlich unerwünscht. Ich will echte Trauer. Ich verlange Heulen und Zähneklappern und ausgiebiges Wehklagen. Ich möchte, daß die Leute bereit sind, eher Hand an sich zu legen als in einer Mary-Anne-Meecham-losen Welt zu leben. Ich will, daß die Leute sich lauthals Gedanken darüber machen, ob sich ein Leben ohne die Freundschaft dieses wunderbaren Menschen, dieser Göttin, dieses Genies, dieser strahlenden Schönheit überhaupt lohnt. Und ich wünsche einen offenen Sarg, Ben. Vergiß das nicht, denn ich nehme an, daß du die Ehre haben wirst, dich um die kleinlichen Einzelheiten meiner Bestattung kümmern zu dürfen. Ich will in einem schwarzen Kleid und mit einer Perlenkette um meinen schneeweißen Hals begraben werden. Sommersprossen werde ich keine mehr haben, die verblassen nämlich bei Frauen mit zunehmendem Alter. Ganz besonderen Wert lege ich darauf, Ben, daß alle Trauergäste, ohne jede Ausnahme, völlig außer sich sind vor Kummer und Schmerz über mein Dahinscheiden. Wenn dir jemand auffällt, der lediglich traurig ist – schmeiß ihn raus. Wenn du jemanden erblickst, der nicht regelrecht geschüttelt wird von Schluchzern – schaff ihn mir aus den Augen. Kannst du dir überhaupt vorstellen, wie leer und öde diese Welt ohne Mary Anne Meecham sein wird?«

»Weiß nicht. Klingt aber irgendwie ganz gut.«

Sammy parkte den Wagen vor dem Haus und kam händchenhaltend mit Emma Lee die Vordertreppe herauf.

»Hi, Ben, hi, Mary Anne«, sagte Emma Lee.

»Diese Händchenhalterei würd' ich ihm nicht erlauben, Emma Lee«, meinte Ben. »Ich kenne den Knaben gut und weiß, daß er ein Wüstling ist.«

»Hör nicht auf meinen perversen Bruder, Emma Lee«, sagte Mary Anne. »Wie geht's euch beiden so?«

»Du siehst heute abend hübsch aus, Emma Lee«, flocht Ben ein.

»Mir geht's gut, Mary Anne. Wahrscheinlich kommst du schier um vor Eifersucht, wenn du siehst, wie eine andere Frau mit dem Mann ausgeht, den du liebst.«

»Es bringt mich um, Sammy.«

»Versuch, dich ein bißchen zusammenzureißen, Samuel«, sagte Emma Lee. »Und, Ben – danke.«

»Wollt ihr zwei mit uns ins Kino gehen?«

»Nein, danke«, sagte Mary Anne.

Ben widersprach: »Na komm schon, Mary Anne, stell dich nicht so an.«

»Nein, ich will noch lesen.«

»Sie hat eine der Schriftrollen vom Toten Meer schon fast durch«, erläuterte Ben, »und sie will unbedingt weiterlesen, weil sie gerade an 'ner ganz spannenden Stelle ist.«

»Und du, Ben? Kommst du wenigstens mit?« wollte Sammy wissen.

»Nee, ich bleib' lieber hier und piesacke meine Schwester. Dafür hab' ich nämlich nur noch ganze zwei Monate Zeit.«

»Ihr seid beide mehr als willkommen, Samuel und mich ins Kino zu begleiten«, sagte Emma Lee in ihrer merkwürdig förmlichen Art. Es fiel ihr schwer, ihre steife puritanische Redeweise mit der Tatsache in Einklang zu bringen, daß sie mit Sammy Händchen hielt.

»Heute nicht, Emma Lee, vielleicht ein andermal«, sagte Mary Anne. »Aber bevor du gehst, komm doch noch auf einen Sprung mit in mein Zimmer. Ich will dir das Buch geben, das ich dir versprochen habe.« Sie kletterte aus der Hängematte und ging auf die Haustür zu.

Als die Mädchen außer Sicht waren, deutete Sammy auf seinen in der Zufahrt geparkten Wagen.

»Siehst du das Automobil dort?«

»Nein, wo?« scherzte Ben.

»Na, dort, du Affe«, sagte Sammy.

»Das Judenkanu?«

»*Yeah*. Nun, in zwei Stunden etwa wird sich dieses Auto in eine Lustgrotte verwandeln. Ich hab' noch keine Gelegenheit gehabt, dir mitzuteilen, daß wir gestern abend bei ihr vor dem Haus mindestens fünf Minuten lang ganz heiß rumgemacht haben.«

»Was du nicht sagst!«

»Die Frauen schmelzen nur so dahin, wenn du es richtig anstellst. Und wenn du dich nicht anstellst. Ich werd' ihr heute nahelegen, mit mir zum Strand hinauszufahren.«

»Da kenn' ich ein hübsches Fleckchen – vorausgesetzt, Junior Palmer benutzt es heute nicht.«

»Du hast's erraten, mein Sohn. Sobald der Film vorbei ist, wird Mr. Elegant sich stehenden Gasfußes zu einer kleinen Knutscherei am Strand verfügen.«

»Für heute abend ist Regen angesagt.«

»Je dunkler, desto besser.«

Emma Lee und Mary Anne kehrten zurück. Emma Lee griff schüchtern wieder nach Sammys Hand. Sammy zwinkerte Ben zu und drehte sich um. Die beiden verabschiedeten sich, stiegen ins Auto und fuhren zum Kino.

★

Nach dem Film fuhr Sammy mit Emma Lee zum Strand. Er lenkte seinen Wagen auf jenen schmalen Strandweg, der zu der Stelle führte, wo er und Ben Junior Palmer mit seiner farbigen Begleiterin entdeckt hatten. Zwar hatte der Regen inzwischen fast aufgehört, doch troff das Wasser noch in Strömen aus den überhängenden Bäumen, weshalb Sammy, als er den Wagen auf eine kleine Erhöhung fuhr, von der aus die Brecher auf der anderen Seite der niedrigen Dünen zu hören waren, die Scheibenwischer anließ. Er stellte den Motor ab und wandte sich Emma Lee mit einer Geste zu, von der er hoffte, sie möge sie als Zeichen von Selbstsicherheit und lässiger Perfektion interpretieren.

»Samuel, ich habe Angst hier draußen. Du hast mir nicht gesagt, daß du mich in den Dschungel führen würdest.«

»Kein Grund zur Angst, Sammy Wertzberger ist zur Stelle«, sagte Sammy und legte einen Arm um ihre Schultern. »Und außerdem bin ich der einzige weit und breit, der diese Stelle kennt. Dies ist der romantischste Fleck im ganzen Bezirk.«

Emma Lee nahm ihre Brille ab, legte sie auf das Armaturenbrett und rutschte zu ihm hinüber. Sammy küßte sie unerfahren. Ihre Münder öffneten sich, und ihre Zungen berührten einander. Emma Lee küßte Sammy auf den Hals und schmiegte sich eng an ihn. Sammy spürte den Druck ihrer kleinen Brüste an seinem Körper. Er verlagerte sein Gewicht und zog ihr Kinn leicht nach oben, bis ihre Augen auf gleicher Höhe waren.

»Weißt du eigentlich, daß ich ohne meine Brille kaum etwas sehen kann, Samuel?« sagte sie.

»Gut, dann brauchst du wenigstens meine häßliche Visage nicht zu sehen«, erwiderte Sammy.

»Ich finde, du siehst sehr nett aus, Samuel. Als wir zum erstenmal miteinander ausgingen, war ich richtig stolz, dich meinen Eltern vorstellen zu können.«

»Wirklich?«

»Ja. Sie sagten, du seist ein wohlerzogener Gentleman. Bis dahin war ich mit anderen Jungen nur zu Veranstaltungen der Sonntagsschule ausgegangen.«

»Dann warst du also restlos hingerissen von mir«, kicherte Sammy und küßte sie wieder.

Diesmal waren ihre Küsse weicher, entspannter, nicht so gehetzt und verkrampft. Sie lernten jetzt die Kunst des Küssens, nahmen sich Zeit in der Dunkelheit, genossen den Geschmack des fremden Mundes, die Form anderer Lippen. Sammy war erstaunt, wie klein und grazil Emma Lee war und wie sauber ihr braunes Haar roch. Wieder umarmten sie einander. Sammy konnte aus seinem Blickwinkel ihre weiße Bluse, die Beifahrertür und ihre John-Romaine-Tasche sehen, die fast in Reichweite auf dem Sitz lag. Emma Lee hielt ihre Augen geschlossen und spürte, Wange an Wange, die weichen und harten Konturen seines Gesichts. Als sie die Augen öffnete, fiel ihr Blick auf das Seitenfenster neben dem Fahrersitz. Ein Gesicht starrte zurück, und sie schrie auf.

Die Tür wurde aufgerissen. Eine riesige Hand griff hinein und zerrte Sammy am Hemd heraus. Sein Kopf schlug heftig gegen den Türrahmen, und über dem linken Auge öffnete sich eine Platzwunde. Hart schlug er am Boden auf. Im gleichen Augenblick fuhr ein Knie auf seine Brust nieder, und keine zwei Zentimeter von seinem Augapfel entfernt drohte die Spitze eines Fleischermessers. Er hörte die Stimme eines Schwarzen über sich, eine rauhe, zischende Stimme, die aus dem Fleischermesser zu kommen schien. Die Stimme eines Rasenden, eines Verrückten.

»Verschwinde, Boy, oder ich stech' dir deine verfluchten Augen aus!«

Das Messer senkte sich auf Sammys Wange und ritzte die Haut. Der kleine Schnitt zog sich bis zum Kinn hinunter.

»Bitte, Mister, tun Sie uns nicht weh!« flehte Sammy.

Der Mann riß Sammy hoch und ließ die stumpfe Seite der Schneide über seinen Hals gleiten. Dann gab er ihm einen heftigen Stoß und brüllte: »Verschwinde, Boy, sonst mach' ich Hackfleisch aus dem Mädchen hier! Hau ab! Verschwinde!«

Sammy rannte den Pfad entlang und rief Emma Lee zu: »Ich hol' Hilfe, Emma Lee! Mach, was der Scheißkerl will. Ich hol' Hilfe. In einer Minute bin ich zurück. Mach, was der Scheißkerl will!« Er schluchzte und schrie, während er davonrannte. Ein animalisches Jaulen aus tiefster Verzweiflung und absoluter Hoffnungslosigkeit entrang sich seiner Kehle, und er rannte und rannte und rannte.

Der Schwarze zwang Emma Lee aus dem Wagen. Sie lehnte sich gegen die Motorhaube, ihre Beine schlotterten vor Angst.

»Mein Vater darf nicht wissen, daß ich hier draußen war«, sagte sie zu dem Mann.

Der Mann packte sie an den Haaren, bog ihren Kopf zurück. Die Spitze des Fleischermessers berührte die Haut unterhalb ihres rechten Auges. »Zieh deine Fetzen aus oder dein Auge ist futsch!«

»Bitte, nein. Bitte. Mein Vater darf nichts davon wissen.«

»Noch ein Wort und dein Auge ist futsch!« tobte der Mann.

Langsam zog Emma Lee sich aus. Mit merkwürdiger, unpassender Würde knöpfte sie ihre Bluse auf. Die Augen des Fremden starrten auf ihren Rock, der auf den feuchten Boden fiel. Sie konnte seine Gier riechen, spürte sie in ihrem Blut, in ihrer Angst. Sie weinte und zog ihren Unterrock aus. Sie weinte ununterbrochen. Sie weinte und zog sich aus und sah auf das Fleischermesser. Sie konnte das Böse riechen.

Als sie Büstenhalter und Slip ausgezogen hatte, schlug ihr der Schwarze, der kein Gesicht hatte und nur aus Stimme und Gier bestand, quer über den Mund, warf sie zu Boden und drang gewaltsam in sie ein.

»Bitte. Bitte. Bitte«, sagte sie, und es klang fast wie ein Gebet. Dann begann sie zu schreien. Bei jedem Schrei ohrfeigte ihr Peiniger sie und hieb dann wahllos auf ihr Gesicht ein. Er bohrte sich in sie hinein, bis er schließlich kam. Sie erbrach sich, und er schlug wieder zu, schlug und schlug und schlug und hielt erst inne, als Emma Lee bewußtlos im dunklen, blutgetränkten Sand lag. Sie sah nicht, daß er auf dem gleichen Weg das Weite suchte, auf dem Sammy ein paar Minuten zuvor davongerannt war.

Zunächst hatte Sammy nach einem anderen Pärchen Ausschau gehalten, das vielleicht auch irgendwo am Strand parkte, konnte jedoch keine Menschenseele finden. Dann machte er sich auf den langen Weg zurück in die Stadt und hoffte, auf dem Highway ein Auto abfangen zu können. Zweimal blieb er stehen, kehrte um, wollte zurück zu Emma Lee, doch beide Male brachte ihn die Einsicht, daß er gegen einen erwachsenen Mann mit einem Messer keine Chance hatte, von seinem Vorhaben ab. Er legte sechs Kilometer zurück, bevor es ihm gelang, ein Auto anzuhalten. Zwei andere Fahrer hatten ihn zwar gesehen, aber einen großen Bogen um ihn gemacht, da sie dachten, er sei entweder betrunken oder verrückt oder beides zusammen. Schließlich wurde er von einem schwarzen Vorarbeiter mitgenommen, der auf einer der großen Tomatenfarmen von Philip Turners Vater arbeitete. Er brachte Sammy zum nächsten Haus mit Telefonanschluß. Zwei Streifenwagen wurden sofort ausgeschickt, um Sammy aufzunehmen. Alle anderen Einsatzwagen im gesamten Bezirk rasten Richtung Strand. Eine Highway-Patrouille fand Emma Lee auf dem Fahrweg zum Strand. Das Mädchen war nur notdürftig bekleidet. Sie war vollkommen außer sich und ihr Gesicht bis zur Unkenntlichkeit entstellt.

31

Die Nachricht von der Vergewaltigung fraß sich im Laufe des Vormittags wie eine schwärende Wunde in das Bewußtsein der Stadt. In der River Street trafen sich Männer weißer Hautfarbe an den Türen und in Toreinfahrten, standen in kleinen Gruppen beieinander, nickten kleinlaut mit den Köpfen, schauten hinaus auf die Straße. Über allem lag ein rauhes Schweigen. Das Es der Stadt war entblößt. Irgend etwas Furchtbares braute sich zusammen, gespeist aus vielen kleinen Quellen und einer wachsenden Gier nach Vergeltung. In seiner Gasse packte Toomer das Blumenangebot des Tages aus und stimmte seinen Lockgesang für die wenigen Kunden an. Seine Stimme sorgte dafür, daß wieder eine gewisse Normalität in der Straße einkehrte, vermochte aber nichts gegen den Blutgeruch auszurichten, der wie Moschus über die Stadt hing.

Die Männer in Hobie's Restaurant waren wie vor den Kopf geschlagen. Bull hörte die verschiedensten, abscheulichen Versionen vom Hergang der Tat. Cleve Goins vertrat die Ansicht, Sammy Wertzberger solle geteert und gefedert werden, weil er Emma Lee auf Gnade und Ungnade in der Gewalt eines verrückten Niggers zurückgelassen habe, und die Hälfte der Anwesenden stimmte ihm zu.

Eine Menschenjagd hatte begonnen: Ein Heer von Männern suchte den Strand ab und durchkämmte die ganze Insel, einschließlich der Tupelobaumsümpfe am Nordende. Polizeibeamte aus Columbia brachten ganze Wagenladungen von Spürhunden nach Ravenel. Reporter der *News and Courier* aus Charleston, des *State* aus Columbia und der *Savannah Morning News* kamen in die Stadt, doch wurden ihnen Interviews sowohl von Sammys Eltern als auch von Emma Lees Vater verweigert. Bei Ford's Eisenwarenhandlung an der Kreuzung River und Granville Street waren Feuerwaffen und Munition bereits eine Stunde nach Öffnung des Geschäfts ausverkauft. Der Ku-Klux-Klan bereitete einen Protestmarsch durch die River Street vor. In den Straßen brachen Frauen – weiße wie schwarze – in Tränen aus, als sie von den Geschehnissen erfuhren. Dreimal probierte Ben vom Büro des Direktorats seiner Schule aus, Sammy anzurufen, doch der Anschluß war stets belegt. Das Frauen-Hilfskomitee des Rotary-Clubs sagte einen Azaleen-Wettbewerb ab, der in der Turnhalle der High School hätte stattfinden sollen. Ehe es acht Uhr schlug, hatte Sammy Wertzberger bereits drei telefonische Morddrohungen erhalten. Danach hängten seine Eltern den Hörer nicht mehr ein.

Paradise wurde zu einem Magnetfeld, in dem es jederzeit zu Gewalttaten kommen konnte. Die Weißen fuhren langsam durch die Straßen, drei Mann saßen vorn, drei hinten im Wagen, und wenn sie einen Schwarzen außerhalb seines Hauses erblickten, fuhren sie noch langsamer und starrten ihn mit drohenden Blicken an. Aber an diesem Tag ließen sich nicht viele Schwarze auf den Straßen blicken, und Paradise wirkte wie eine von der Pest oder dem Gerücht von einer bevorstehenden Pestepidemie entvölkerte Stadt.

Im Hause der Meechams stand Arrabelle Smalls am Spülstein, wusch das Geschirr, blickte durch das vom Sonnenlicht geflutete Fenster und sagte: »Is 'n schlechter Tag heut' für wen, der fabig is, Miss Meecham. Hab' ich schon früer mal erlebt. Die weißen Männer sin niggerhungrig heut'. Ihn' steckt die Schlange im Leib un geht nich wieder weg, bis sie den Mann ha'm. Un der läuft ir'enwo rum un weiß nich, daß er so gut wie tot ist'.«

Nach der Schule ging Ben zum Haus der Wertzbergers und klingelte. Rachel Wertzberger öffnete ihm; ihre Augen waren blutunterlaufen und entzündet und legten beredtes Zeugnis ab von dem Unheil, das ihre Familie in der vergangenen Nacht heimgesucht hatte.

»Wo ist Sammy, Mrs. Wertzberger?« fragte Ben.

»Er ist fort«, antwortete die Frau. »Wir haben ihn fortgeschickt, Ben. Es blieb uns nichts anderes übrig. Er ist völlig durcheinander.«

»Wie lange wird er denn fortbleiben, Mrs. Wertzberger? Und wo ist er denn hin?«

»Nach New York. Wohin sonst? Wo sonst haben wir Verwandte? Nur noch in Charleston – und das ist zu nah. Den ganzen Tag über klingelt das Telefon. Die Leute drohen, Sammy umzubringen. Und aus welchem Grund? Nur, weil er davongelaufen ist. Wäre er geblieben, so wäre er jetzt tot – und das Mädchen genauso, das arme Mädchen!«

»New York! Aber dann ist er zum Ende des Schuljahrs ja gar nicht hier.«

»Na und? High-School-Abschluß in New York – ist das etwa keiner? Wir haben ihn um eins in Charleston in die Bahn gesetzt. Er hat mir einen Brief für dich gegeben, hier ist er.« Sie überreichte Ben ein verschlossenes Kuvert und fing wieder an zu weinen. Mit einer unbeholfenen Geste versuchte Ben sie zu trösten.

»Geh jetzt, Ben. Aber komm bitte zurück, sobald wir reden können. Wir werden dann mit Sammy telefonieren.«

Ben machte sich auf den Weg in die Stadt und vergaß dabei vorübergehend, daß er einen Brief von Sammy in der rechten Hand hielt. Erst langsam realisierte er, daß Sammy nicht mehr da war, doch fehlte dieser Erkenntnis noch jegliche Form und Substanz. Noch am vergangenen Abend hatte er mit Sammy gesprochen, sie hatten ihren Spaß gehabt, und noch immer lag ihm das schrille Lachen des Freundes in den Ohren. Er hatte das Bild des davonfahrenden Wagens vor Augen. Es war, als habe Bull Meecham während der Nacht einen Versetzungsbefehl erhalten, als habe die Familie einmal mehr ihre Zelte abbrechen müssen und in altgewohnter Eile und im Vertrauen auf altbewährte Fluchterfahrungen Haus und Hof und alle Freunde aufgegeben. Eines jedoch war neu und ungewohnt für Ben: In seinem ganzen Leben war es noch nie vorgekommen, daß ein Freund *ihn* verlassen hatte. Sammy hatte ihn seiner Rolle, seines Geburtsrechts beraubt.

Der Brief fiel ihm wieder ein. Er riß den Umschlag auf und las: »Es war furchtbar, Ben. Ich hoffe, ich sehe diese Stadt niemals wieder. Du wirst stets mein bester Freund sein, Ben. Wenn du es noch sein willst. Denk an die Böhmische-Berge-Methode. Mom und Dad schicken mich nach New York. Ich werde bei meinem Onkel Sidney wohnen. Man sagt, die Mädchen da oben im Norden tun es einfach, ohne dumme Fragen zu stellen. Wenn der Kerl erwischt wird, muß ich zur Gerichtsverhandlung zurückkommen. Dann sehen wir uns vielleicht. Schick mir das Programm von der Abschlußfeier. – Dein Freund Rock Troy.«

★

Die nächste Stunde verbrachte Ben mit Toomer. Er saß, wenn keine Kunden in Sicht waren, neben ihm und half ihm beim Krabbenputzen. Immer wieder kamen Autos vorbei, in denen fremde weiße Männer saßen. An der Brücke bogen sie rechts ab und fuhren hinüber nach St. Catherine's Island und zum jenseitigen Strand.

»Glaubst du, sie werden ihn fangen, Toomer?«

»F-f-fangen is noch das Hamloseste, was sie mit ihm m-m-mach'n wer'n. Wenn er die Inseln n-n-nich schon längst v-v-verlass'n hat, hat er k-k-kaum eine Chance. Un wenn sie ihn f-f-fang', is er am dran.«

»Wo hast du denn den Honig her, Toomer? Hast du schon geschleudert?«

»Nein, w-w-weißer Junge. Is noch w-w-welcher vom letz'n Jahr. Sin meine letz'n vier P-p-pötte. Ich verkauf' sie dem alten Mr. F-f-fogle in dem L-l-laden an 'ner B-b-brücke. Er k-k-kauft auch das Bündel v-v-on Mrs. Auster, was ich hinen auf'm Karr'n hab'.«

»Ich dachte, die Austernsaison ist vorbei.«

»Is ja noch nich Mai. April hat noch 'n ›r‹ drin. K-k-kommst du nächs'n Freitag mit zum K-k-krabbenfisch'n?«

»Gerne.«

»W-w-wir krieg'n wascheinlich 'ne ganze K-k-kühltruhe v-v-voll in einer N-n-nacht. Die Creeks sin jetzt v-v-voll mit Mrs. Krabbe. Un auf'm Rückweg f-f-fang' wir uns mit 'm F-f-fischrech'n noch 'n paar F-f-flun'ern.«

»Prima, Toomer. Ich hol' dich am Freitag nach der Schule hier ab. Wir fahren dann gleich rüber zu dir.« Ben erhob sich und machte sich auf den Weg nach Hause. Seine Fingerspitzen waren wund vom Abstreifen der Krabbenpanzer.

★

Um fünf Uhr nachmittags brachte Toomer seinen Eselskarren unterhalb der Brücke vor Fogle's Gemischtwarenhandlung zum Stehen. Er nahm die Leinensäcke vom Austernkorb und trug ein Büschel in den Laden. Er merkte nicht, daß Red Pettus ihn von drinnen beobachtete.

Red saß an einer kleinen Theke und trank ein Bier. Zusammen mit den anderen Männern, die sich gegenwärtig im Laden aufhielten, hatte er den ganzen Tag im Buschland und in den Sümpfen hinter dem Strand verbracht, um den Mann zu finden, der Emma Lee so übel zugerichtet hatte. Die anderen schenkten Toomer keinerlei Beachtung, als er zur Tür hereinhumpelte und seine Austern anschleppte.

»He, Toomer«, sagte Red, »hast du schon gehört, daß der Nigger, der Emma Lee Givens vergewaltigt hat, humpelt und stark stottert?«

Toomer antwortete nicht, sondern setzte seinen Weg in den hinteren Teil des Ladens fort, wo Mr. Fogle gerade Gemüsekonserven stapelte.

»Hast du auch 'n paar einzelne, Toomer,« fragte Mr. Fogle.

»Nicht sehr v-v-viele«, antwortete Toomer.

»*Yeah,* sie sagte, sie hätte noch nie jemanden so übel stottern hören wie diesen N-n-nigger«, verkündete Red mit lauter Stimme. »Sie hat kaum ein Wort von dem, was der Nigger sagte, verstehen können, heißt es. Weil er so furchtbar gestottert hat.«

»Hör nicht auf den Kerl«, flüsterte Mr. Fogle mit einem nervösen Blick auf Red.

»»Ich hab' noch ein B-b-büschel dabei«, sagte Toomer.

»Was ist das, ein B-b-b-b-b-büschel?« fragte Red. »Hab' noch nie was von einem B-b-b-b-büschel gehört. Ist das ein neues Wort?«

Auf dem Weg zurück nach draußen drückte sich Toomer behutsam und mit maßvoller Unterwürfigkeit an Red Pettus vorbei; er schlug die Augen nieder und nahm eine halb-demütige, halb-angstvolle Haltung ein, von der er hoffte, sie könne Reds unverkennbare Aggressivität entschärfen, die auf seiner Menschenjagd kein Ventil gefunden hatte. Als er gerade das zweite Büschel Austern vom Wagen hievte, ergriff Red zwei Honigtöpfe und sagte: »Ich helfe dir, Toomer. Guten Nachbarn gehe ich immer gern zur Hand.« Er gab eine Vorstellung zur Erbauung der Männer, die sich hinter dem Ladenfenster sammelten, um das beginnende Drama mitzuverfolgen.

»N-n-ein. Ich brauche d-d-deine Hilfe nicht.«

»Ach nein?« Red spielte den Gekränkten und zwinkerte den Zuschauern im Laden zu. »Na, dann helf' ich dir eben nicht.«

Er ließ die beiden Honigtöpfe auf den Zementboden fallen und wartete auf Toomers Reaktion. Toomer sah nicht einmal hin, sondern ging wieder zurück in den Laden, wo ihm das Gelächter all der weißen Männer dort entgegenschlug, die er von Jugend an kannte. Er sah sich im Laden um, prägte sich mit einem Rundblick alle Gesichter ein und spürte eine gefährliche Kraft in seinem Innern aufkeimen. Sie näherte sich rasch dem Siedepunkt, und er fühlte, wie die dreifach gegabelte Ader auf seiner Stirn hervortrat und seine Unterlippe unkontrollierbar zitterte. Er wartete, bis Mr. Fogle ihm die Austern bezahlt hatte, und sagte dann: »Ich hab' noch zwei T-t-t-töpfe Honig auf mei'm K-k-karren.« Doch in diesem Augenblick hörte er, wie zwei Töpfe an der Backsteinwand des aufgelassenen Baumwollagers nebenan zerschellten.

»Ich war furchtbar ungeschickt«, sagte Red zu den anderen Männern. »Da will ich meinem alten Kumpel Toomer helfen und zerdeppere dabei vier Honigtöpfe. Tut mir echt leid, Toomer, aber ich bin wirklich ein furchtbarer Tolpatsch.« Einige der Zuschauer kicherten vernehmlich, doch ihr Lachen klang eher obszön als erheitert.

Als Toomer sich umdrehte, um den Laden wieder zu verlassen, folgte ihm Red. Er imitierte ihn jetzt, äffte seinen humpelnden Gang nach und seine zitternde, von Todesangst beherrschte Stotterstimme. »T-t-t-t-toomer, ich h-h-h-h-h-offe, d-d-d-d-du b-b-b-b-b-bist m-m-m-m-m-ir n-n-n-n-n-nicht b-b-b-b-b-böse . . .«

Im nächsten Augenblick wirbelte der Schwarze herum, schnell wie eine zustoßende Schlange, packte Red mit der einen Hand an der Kehle und mit der anderen an den Hoden, schleifte den schreienden und nach Luft schnappenden Jungen zum Eselskarren und ließ ihn dort über sein krankes Bein stolpern. Ehe Red sich aufrappeln konnte, war Toomer über ihm und fuhr ihm so brutal an den Hals, daß Red spürte, wie der Blutstrom zum Hirn unterbrochen wurde. Toomer drehte den Hals, bis der Kopf an die Innenseite des Lastwagenreifens stieß, mit dem der Eselskarren ausgestattet war.

»Eine B-b-b-ewegung, Red, un ich sag' mei'm K-k-kriegsschiff, es soll auslauf'n, un dann g-g-geht dein Sch-sch-schädel mit.«

Vor dem Laden und vor Ford's Eisenwarenhandlung auf der anderen Straßenseite erschienen weiße Männer und stürmten zum Ort des Geschehens, doch wurden sie von dem brüllenden Red, dessen Gesicht vom Radschatten verdunkelt war, beschworen, Toomer ja nicht anzurühren. Schließlich war auch Ed Mills zur Stelle. Er ging auf den Karren zu und forderte Toomer auf, Red freizugeben.

»Los jetzt, Toomer. Keiner der Jungs hier wird dir weh tun. Sie mögen dich alle viel mehr als Red Pettus.« Die Menge brach in Gelächter aus.

Toomer erhob sich, humpelte auf die andere Seite seines Karrens, stieg auf, schüttelte die Zügel, und langsam zockelte das Gespann die Auffahrt zur Brücke empor.

»Wir sehen uns heute abend noch, du beschissener, lahmer Nigger!« brüllte Red ihm hinterher.

»Du machst mich krank, Pettus«, sagte Ed Mills und zog ab in Richtung Hobie's. Nur einmal blieb er kurz stehen und sah Toomers Gefährt nach, das gerade über die Brücke fuhr.

★

Sie kamen am Abend, als die Sonne hinter einer rotgesäumten Wolkenkette verschwand, die sich vor dem Horizont aufgetürmt hatte. Sie kamen, als der Fluß im tiefsten Gold erglühte. Zwei Pettus-Brüder und zwei Pettus-Cousins marschierten entschlossenen Schritts den Waldweg entlang, der zu Toomers Bus führte. Eine Flasche *Rebel Yell* wanderte zwischen den vier Männern hin und her, bis Red sie mit einem letzten Zug leerte und ins Gebüsch am Wegrand schleuderte.

»Toomer hat dich ganz schön in die Pfanne gehauen, Brüderchen, wie?« kicherte Mac Pettus.

»Er hat mit schmutzigen Tricks gekämpft, Mac. Halt also lieber die Fresse.«

»Wo sind diese verdammten Hunde?« fragte einer der Cousins.

»Müßten eigentlich längst über uns hergefallen sein«, meinte Red.

»Denk dran, daß Daddy gesagt hat, wir sollen Toomer nur 'n ordentlichen Schrecken einjagen«, sagte Mac zu Red.

»Ich sorg' dafür, daß er vor lauter Schiß seine schwarze Scheiße in die Hose kackt«, antwortete Red.

Toomer hatte alle Hunde, vom größten bis zum kleinsten, im Innern des Busses in Sicherheit gebracht. Je näher die vier Männer der Lichtung kamen, desto betäubender wurde das Gebell. Im hinteren Teil des Busses hatte sich der große Graue auf seine Hinterbeine aufgerichtet und jaulte gegen die unsichtbaren Fremden an. Es war ein tiefer, fast menschlicher Klageton, der die Luft erfüllte und dank der ihm innewohnenden Drohung Bestand hatte. Doch teilte sich die Gegenwart des Bösen auf ihrem uringesalbten Land auch allen anderen Hunden, den großen wie den kleinen, den starken und den schwachen mit, die da im Bus eingesperrt waren, und sie bellten und bellten, während Toomer, in der Hand das Ende eines langen Seils, auf der untersten Stufe des Eingangs saß. Die Bustür war gerade weit genug geöffnet, um dem Seil freies Spiel zu gewähren. Sobald er die Meute auf sie losließ, das wußte Toomer, würden die Pettus-Brüder die Hunde mit Salven aus ihren Repetiergewehren niedermähen. Aber er merkte auch, daß sich der im Bus zusammengepferchten Hundeschar auf einmal ein instinkthafter Urtrieb bemächtigte. Die sechsundzwanzig Tiere warfen sich gegen die Fensterscheiben, und ihr Gebell verdichtete sich zu einem einzigen rasenden Gebrüll, von dem sich lediglich das Heulen des großen Grauen abhob, das mit jedem Schritt, den die vier Fremden näher rückten, bedrohlicher und wilder klang. Unter den Strahlen der Sonne, die tiefer und tiefer sank, verschmolzen Toomers Hunde zu einer reißenden Rotte.

Als Red aus dem Schatten der riesigen Eichen trat, die die Lichtung säumten, hielt er einen achtunddreißiger Revolver in der Hand. Die Dämmerung hatte bereits eingesetzt, und das Licht war schlecht, doch Toomer verstand den Gang der drei anderen Männer zu deuten und kannte, als sie sich ungefähr auf Höhe der Bienenstöcke befanden, schon das Kaliber ihrer Waffen.

Die Männer entdeckten jetzt, daß die Hunde alle im Bus waren, und fingen an zu lachen. Toomer konnte sie hören; es war das belfernde Gelächter von Männern, die sich Mut angetrunken haben. Nur einer von ihnen lachte nicht, und Toomer sah es, obwohl er zusammengekauert auf der untersten Treppenstufe saß, sah es aus dunklen, berechnenden Augen, deren Blick die Angst gefestigt hatte. Der Mann, der nicht lachte, war Red. Toomers Hände spannten sich um das Ende des Seils.

Ein Lichtstrahl erfaßte die vier Pettus-Burschen zwischen den acht summenden Bienenstöcken. Sie überschritten jetzt einen vorherbestimmten Punkt, drangen ein in eine Zone der Gewalt, aus der es kein Entrinnen gab, und Toomer wußte, daß sie nun nicht mehr umkehren würden. Mit aller Kraft zog er am Seil. Zwei Bienenstöcke stürzten von ihren Gestellen und krachten auf den Weg, einer von ihnen erwischte Mac Pettus am Bein. Sofort waren die Bienen über ihnen. Der erste Schwarm stach Red in Gesicht und Arme. Wild um sich schlagend rannte er den Weg hinab zum Fluß. Er rannte und rannte, und auf einmal war ihm, als stünde sein Körper in Flammen. Er schützte seine Augen mit der freien Hand und warf, kurz bevor er sich kopfüber ins Wasser stürzte, den Revolver auf die Uferböschung. Dann tauchte er unter, wühlte sich in den weichen, schlammigen Schlick und spürte, wie das Salzwasser ätzend in die Stiche drang. Ihm war, als steckten lauter brennende Streichhölzer in seinem Fleisch. Solange sein Atem reichte, blieb er untergetaucht im Wasser des freundlichen Flusses, in dem es keine Bienen gab. Doch mit jeder Bewegung, die er machte, bohrten sich die scharfgeschliffenen, glänzend-glatten Stacheln tiefer und immer tiefer in seinen Körper hinein und entzündeten vor seinen Augen ein grelles, gleißendes Feuerwerk. Als Red schließlich wieder auftauchte, war eines seiner Augen zugeschwollen, während das andere eine zarte, silberne Mondsichel erblickte, die nicht größer war als das schmale Halbrund eines abgeschnittenen Fingernagels. Er begann, sich die Stacheln aus dem Gesicht zu ziehen, und arbeitete sich langsam weiter nach unten vor. Auch hielt er kurz inne und nahm sich die Zeit, einen Blick zurück zu werfen, den steilen Hang empor, an dessen oberem Rand Toomers Bus stand.

Die anderen drei waren in heilloser Panik den Waldweg zurückgelaufen, auf dem sie gekommen waren. Toomer kicherte in sich hinein, als er ihre Schreie hörte, die bald leiser wurden und in Höhe der Hauptstraße verklangen.

»Ich lass' weiße Jungs meine Kinner nichs antun«, sagte Toomer zu seinen Hunden und humpelte von einem zum anderen, um sie zu beruhigen. Sie waren inzwischen auf die andere Seite des Busses gewechselt, noch immer rasend, noch immer gefangen in zwanghafter Partnerschaft und beherrscht von tiefsitzenden, arteigenen Urtrieben, deren Grenzen sie nicht überschreiten konnten. Toomer fuhr mit den Händen über die Schultern der großen Hunde, die nun die besten Plätze auf der dem Fluß zugewandten Fensterfront besetzt hielten. Er tätschelte die steife, gebogene Kruppe zweier Schäferhunde, die ein unzertrennliches Gespann bildeten. Er spähte hinaus in die Dunkelheit und konnte nichts mehr erkennen, doch er wußte, daß er dank der Bienen in dieser Nacht nichts mehr zu befürchten hatte. Er entzündete eine Kerosinlampe.

Drunten am Fluß aber rappelte Red Pettus sich auf. Tropfnaß, mit verschwollenem Gesicht und Körper, fiebrig und mit einem Ekelgefühl im Leib stapfte er an Land. Er sah, wie oben im Bus das Licht anging. Auf allen vieren tastete er die Uferböschung ab, bis er seinen Achtunddreißiger wiedergefunden hatte. Dann stieg er den Hang hinauf.

★

Bei den Meechams klingelte das Telefon. Ben und Mary Anne saßen am Küchentisch und unterhielten sich. Lillian nahm an einer Novene in der katholischen Kirche teil, und Bull hatte Dienst auf der Air Base. Als Ben den Hörer abhob, klang ihm die Stimme von Arrabelle Smalls entgegen. Arrabelle war beinahe außer sich; sie weinte und redete gleichzeitig und war kaum zu verstehen. Ihr Dialekt war stärker als sonst, es fehlte der weiche Tonfall, den man ihr in den Häusern der Weißen beigebracht hatte. Sie schrie Ben an mit der Stimme der Inseln draußen vor der Küste, in der Sprache der Gullah-Schwarzen, die die Sprache ihrer Kindheit war.

»Geh, hol Toomer, Ben, bring' den Jung' zu mir heut' nacht. Sieh zu, daß er kommt. Is 'n bißchen starrköpfig, der Junge, Ben, aber Arrabelle hat so Angst. Die Pettus-Boys. Toomer hat Red heut' an 'ne Gurgel gehabt, un der Junge hat laut geschrien! Ich hab's g'rad erst erfa'hn, un es is kein' gute Zeit für Fabige heut' in 'ner Stadt. Du muss hinflie'n, Ben, un ihn zu mir bringen. Die Pettus-Boys lauf'n überall rum un sagen, sie woll'n ihm Angst mach'n weg'n dem, was er mit Red gemacht hat. Is 'n bißchen starrköpfig, der Junge. Muss ihn rauszieh'n aus sei'm Bus, Ben, un sag ihm, du tus es, weil seine Mama es dir gesagt hat. Geh jetz. Jetz sofot, Ben. Bitte. Bitte.«

»Ja, Arrabelle, ich hol' ihn«, antwortete Ben. »Ich muß nur noch Dad anrufen. Dann hol' ich ihn, Ehrenwort.«

»Was wollte Arrabelle denn?« fragte Mary Anne.

»Wo ist Dads Telefonnummer?«

»Woher soll ich das wissen? Er hat doch Dienst.«

»Er hinterläßt doch immer eine Nummer für den Fall, daß Mama ihn sprechen will. Sie muß irgendwo in der Nähe des Telefons sein.«

»*Yeah.* Und er droht ihr damit, sie umzubringen, falls sie aus irgendeinem anderen Grund als dem Tod eines Familienmitglieds anruft.«

Ben fand die Telefonnummer. Bull hatte sie auf den Einband des dünnen Telefonbuchs von Ravenel gekritzelt.

Rasch wählte er die Ziffern.

»Warum zitterst du, Ben?« hörte er Mary Anne mit seltsamer Stimme fragen.

»Ich zittere nicht«, erwiderte er.

»Doch, du zitterst. Du zitterst am ganzen Leibe. Deine Hände besonders.«

»Hallo? Hallo? Kann ich bitte mit Colonel Meecham sprechen?«

»Was ist denn passiert? Was hat Arrabelle gesagt?«

»Hallo, Dad«, sagte Ben.

»Was willst du, Sportsfreund? Ich kann nichts für dich tun, ich bin im Dienst.«

»*Yes, Sir.* Ich weiß. Arrabelle rief gerade an. Sie meint, Toomer ist in Schwierigkeiten. Red und seine Brüder sind hinter ihm her. Ich wollte nur sagen, ich hole ihn jetzt mit Mamas Wagen ab und bringe ihn dann rüber zu Arrabelle. Ist das okay?«

»Fehlanzeige«, antwortete Bull. »Du bleibst im Haus, verstanden? Halt dich aus diesem Niggerkreis raus. Wenn Nigger und Südlichter aufeinander losgehn, mischt man sich am besten nicht ein. Betrachte dich ab sofort als unter Stubenarrest stehend.«

»Aber es geht doch um Toomer, Dad. Er ist vielleicht in Not.«

»Und wenn die ganze Mittelmeerflotte auf Toomer losgeht – mir ist das wurst. Du verläßt das Haus nicht, kapiert? Hast du mich verstanden?«

»*Yes, Sir.*«

»Toomer kann auf sich selbst aufpassen, Schweinchen. *Over and out.* Und wage es ja nicht, das verdammte Haus zu verlassen.«

Ben hängte ein, ging zurück in die Küche und setzte sich wieder an den Tisch. Er hatte seine Hände nicht mehr unter Kontrolle und suchte sie daher vor seiner Schwester zu verbergen.

»Warum hast du Dad überhaupt angerufen? Wieso bist du nicht einfach in den Wagen gestiegen und losgefahren?«

»Ich weiß es nicht.«

»Hast du vielleicht Angst davor, Toomer abzuholen?«

»Nein.«

»Hast du darauf spekuliert, daß Dad es dir verbieten würde?« hakte Mary Anne nach.

Ben sah auf, sah seine Schwester an, sah ihr in die Augen, spürte die Angst in seiner Magengrube und sagte: »Ja.«

»Dann hol' ich ihn ab«, sagte Mary Anne, erhob sich und traf Anstalten, das Haus durch die Hintertür zu verlassen.

»Halt, Mary Anne!« rief Ben. »Du kannst da jetzt nicht rausfahren!«

»Warum nicht?« fragte sie.

»Weil Dad uns befohlen hat, im Haus zu bleiben. Wir haben Stubenarrest.«

»*Du* hast Stubenarrest. Er käme in tausend Jahren nicht drauf, daß *ich* Toomer holen könnte. Bleib du nur schön hier und üb Sprungwürfe, bis ich zurückkomme. Wird nicht lange dauern, tapferer Bruder. Tapferer Goldjunge.«

»Du darfst nicht gehen, Mary Anne, Gott verdamm mich! Es ist unmöglich. Ich kann dich nicht gehen lassen.«

»Du kannst mich nicht zurückhalten«, antwortete sie.

»Und was ist mit Vischnu, Mary Anne? Was ist mit deinem verdammten Vischnu, diesem Hindu-Gott der Selbsterhaltung?«

Mary Anne wandte sich wieder zum Gehen, drehte sich dann aber noch einmal um und sah ihrem Bruder ins Gesicht. In einem ihrer Brillengläser spiegelte sich das Licht der Küchenlampe. »Und was ist mit Toomer, Ben?« fragte sie.

»Okay, okay, du widerliche kleine Hexe!« schrie Ben. »Du weißt genau, daß ich dich nicht gehen lassen kann. Dad schlägt mich grün und blau, wenn etwas passiert. Aber wenn er anruft, mußt du mich verleugnen. Manchmal weißt du nicht, wann es genug ist, Mary Anne. Du weißt einfach nicht, wann es besser ist, die Klappe zu halten und den Dingen ihren Lauf zu lassen. Ich weiß, was du tust. Ich weiß es genau, und ich muß dir sagen, es kotzt mich an.«

»Ich kann nicht anders, Ben«, erwiderte Mary Anne und lächelte ihn mit grotesker Herzlichkeit an. »Wir widerlichen kleinen Hexen tun so etwas eben manchmal. Aber jetzt beeil dich besser. Mama bewahrt ihren Zweitschlüssel im Aschenbecher auf.«

»Wäre sie doch bloß mit dem verdammten Wagen unterwegs!« Ben zog sich die alte Fliegerjacke an, die er von seinem Vater zum Geburtstag geschenkt bekommen hatte.

»Fahr jetzt los und hol Toomer.«

Kaum hatte Mary Anne den Wagen mit quietschenden Reifen davonfahren hören, als erneut das Telefon läutete. Sie wußte, daß es ihr Vater war. Erst nach dem zehnten Klingeln nahm sie ab.

»Colonel Meecham privat, Mary Anne am Apparat«, sagte sie liebenswürdig.

»Ich klingele schon seit drei Tagen bei euch an, Sportsfreunde. Schön, daß ihr mal abnehmt. Ich will mit Ben sprechen, und zwar fix.«

»Willst du nicht erst mal ein paar Worte mit deiner entzückenden ältesten Tochter wechseln?«

»He, ich hab' keine Zeit für dein Gequassel. Hol mir jetzt Ben her.«

»Ich hab' mich gerade eben entschlossen, meinen ersten Sohn nach dir zu nennen, Dad. Ist das nicht eine enorme Ehre? Da muß dir doch vor lauter Begeisterung die Sprache wegbleiben, oder? Ich werde den Jungen Taurus oder el Toro nennen.«

»Ich geb' dir noch fünf Sekunden. Wenn Ben dann nicht an der Strippe ist, komme ich nach Hause und brenn' dir 'n Dutzend Dienstzeitstreifen auf den Hintern.«

»Aber du kannst ja gar nicht nach Hause kommen, Daddy-Bärchen. Du hast doch Dienst. Marines, die ihren Posten verlassen, werden schließlich erschossen. Bevor ich Ben hole, muß ich dir unbedingt noch was erzählen. Du wirst das sicher komisch finden ...«

»Dir fehlt 'ne saubere Abreibung, Schweinchen. Du hast wohl nicht mehr alle Tassen im Schrank. Hol jetzt auf der Stelle Ben ans Telefon.«

»Eine Bemerkung noch, Daddy-Bär. Du hast uns mal erzählt, wie du zu deinem Spitznamen gekommen bist. Einmal, weil du einen so bulligen Nacken hast, und zum anderen, weil du damals in El Toro stationiert warst. Na ja, ich mußte kürzlich dran denken, wie komisch es wäre, wenn du auf einer Air Base namens La Cucaracha stationiert gewesen wärst. Dann wärst du heute nämlich Colonel Küchenschaberich Meecham. Ulkig, was?«

Bulls Stimme klang plötzlich gedämpft. »Hol mir jetzt Ben her.«

»Oho, oho, die Stimme des Killers! Er sitzt auf dem Klo, Dad. Er kann jetzt nicht kommen.«

»Hol ihn sofort an das verdammte Telefon!«

»Er sagt, er hat Bauchkrämpfe. Ich glaub', er hat Durchfall.«

»Und wenn er Bowlingkugeln scheißt, das ist mir schnuppe. Ich will jetzt mit ihm reden.«

»Na gut, ich schau' noch mal nach, ob's jetzt geht«, erwiderte Mary

Anne, legte den Hörer beiseite und nahm ihn erst nach einer vollen Minute wieder auf. Dann sagte sie: »Er liegt ohnmächtig auf den Fliesen, Popsy. Er hat mir noch zugerufen, daß ich ihm in der Apotheke was besorgen soll.«

»Mary Anne, ich stelle dir jetzt eine Frage, und ich rate dir, sie vernünftig zu beantworten. Ist Ben zu Toomer gefahren?«

»Ich kann ja nicht lügen, Dad. Das war schon immer eine meiner größten Tugenden. Ich kann herumalbern und meine Mitmenschen auf die höchste Palme treiben – nur lügen kann ich nicht. Nein. Ben ist nicht zu Toomer gefahren. Er ist oben und jammert nach seiner Medizin.«

»Ist er zu Toomer gefahren, Mary Anne?«

»Mary Anne?« fragte sie. »Was ist denn das für ein merkwürdiges Wesen? Ich kenne Sportsfreunde. Ich weiß auch, wer hier im Hause der Affe ist. Ich kenn' auch 'ne Menge Schweinchen. Aber Mary Anne? Diese Person ist mir unbekannt.«

»Steht der Wagen deiner Mutter noch vor der Garage? Das ist wichtig, Mary Anne, denn wenn Ben tatsächlich da rausfährt, wird's gefährlich. Ich habe gerade mit Arrabelle telefoniert. Sie sagte, die Pettus-Bande hat mehr Schießeisen als ich kurze Haare auf dem Kopf. So, und jetzt sag mir, ob Ben auf dem Weg zu Toomer ist.«

»Erinnerst du dich, was du uns immer predigst, Dad? ›Ein Meecham steht immer auf der Seite des kleinen Mannes. Wenn jemand in der Tinte sitzt, reicht ihm ein Meecham die helfende Hand!‹«

»Ich habe es ihm ausdrücklich untersagt. Er hat einen direkten Befehl mißachtet.«

»Hast du etwa Angst, Dad?«

»Teufel auch, nein!« fauchte Bull. »Angst vor ein paar klapperdürren Südlichtern? Ich habe zwei Kriege hinter mir, Sportsfreund. Ich fürchte mich vor gar nichts.«

»Ben hat aber Angst, Dad. Er hat soviel Angst, daß er mich nicht hat mitfahren lassen. Wenn ihm was passiert, bist du schuld, weil dir der Mumm fehlt, ihm zu helfen.«

»Ich habe Dienst, um Himmels willen! Ich kann hier nicht einfach abhauen, Mary Anne.«

»Dann gib's doch wenigstens zu, daß du Angst hast. Der große Bull Meecham hat Angst. Angst ist doch keine Sünde.«

»Ich habe zwei gottverdammte Kriege hinter mir, du kleines Luder!« brüllte Bull.

»Ben noch keinen einzigen«, lautete die Antwort.

»Bete zu Gott, Mary Anne, daß uns bei meiner Rückkehr morgen früh ein paar Meilen und viel Sonnenschein trennen, sonst bring' ich dir alle Gesichtszüge zum Entgleisen.«

»Nachtchen, Daddy-Bär. Nur eins noch.«

»Was?«

»Platz da für einen Kampfpiloten!« Mary Anne hängte ein.

★

Bull rief unmittelbar nach dem Gespräch mit seiner Tochter Virgil Hedgepath an. Als der Colonel sich meldete, sagte er: »Virge, hier ist Bull. Ben ist in Schwierigkeiten. Kannst du dir schnell was überziehen und mich hier für 'ne Stunde als Diensthabender vertreten? Ich muß sofort weg. Vorübergehend bin ich also nichts anderes als ein beschissener Deserteur.«

Bull schnallte das Mamelukenschwert ab und warf es auf den Tisch, vor die Nase von Captain Bledsoe, der mit ihm zusammen Dienst hatte.

»Halten Sie mir den Rücken frei, Captain. Colonel Hedgepath ist unterwegs.«

»*Aye, aye, Sir.* Ich glaub' nicht, daß es irgendwelche Probleme geben wird.«

»Für'n Infanteristen sind Sie nicht übel, Captain. Ich bin so schnell wieder da, wie mein kleiner Arsch es mir gestattet.«

Bull rannte zu seinem Dienstwagen und steuerte rasch zum Haupttor. Er erwiderte den militärischen Gruß des Wachhabenden und schlug den Weg nach Ravenel ein. Jetzt erst ging ihm auf, daß er, Bull Meecham, zum erstenmal in seinem Leben, zum erstenmal in seiner Laufbahn als Offizier und Marine-Corps-Angehöriger, seinen Posten verlassen hatte.

★

Red kehrte langsam, aber ohne besondere Vorsichtsmaßnahmen zum Bus zurück. Sein verschwollenes Gesicht war bleich vor Besessenheit und Rachgier. Ein böser Engel saß in ihm, seit er das Wasser und den Sumpf verlassen hatte, und brachte das Blut in Wallung.

Im Bus witterten die Hunde die wiederkehrende Gefahr und stimmten von neuem ihren warnenden Chor an. Toomer hatte sie nicht mehr unter Kontrolle, war nicht imstande, auch nur einen einzigen von ihnen zum Schweigen zu bringen, obwohl er sie anbrüllte und nach allen Tieren schlug, die sich in seiner Reichweite befanden. Im Schein seiner Kerosinlampe starrte er hinaus auf den Fluß, sah aber nur sein eigenes Spiegelbild in der Scheibe und nicht die Gefahr, deren Näherrücken sich den Nüstern seiner Findelhundmeute offenbarte, welche sich nun schützend um ihn scharte. Draußen herrschte inzwischen eine tiefe, ursprüngliche Finsternis, und Toomer spähte und lauschte in sie hinein, ob sich nicht irgendwo ein Gesicht zeige oder eine Stimme vernehmen lasse. Er brauchte ein konkretes Gegenüber. Er mußte Red sehen oder hören, doch alles, was er sah, waren die fernen Lichter von Ravenel, die wie Perlen den Flußlauf säumten, und alles, was er hörte, war das Gebell der Hunde und das Rauschen des Blutes in seinen Ohren.

Dann aber schrie Red ihn an und trat in den Umkreis des Busses, eine surreale Erscheinung im schwachen Schein des Lichts. »Ich muß dir weh tun, Toomer. Ich muß dir furchtbar weh tun.«

»H-h-hau ab, Red. H-h-hau jetz' ab nach H-h-hause, bevor n-n-noch was passiert«, sagte Toomer.

»Wir wollten dir nur Schiß einjagen, Toomer, dir nur 'n Denkzettel auf deinen schwarzen Arsch pinnen für das, was du bei Fogle mit mir gemacht hast. Ein Nigger muß lernen, daß er einen weißen Mann nicht ungestraft anfaßt.«

»Du hast nur b-b-bekommen, was du dir verd-d-dient hast, Red«, rief Toomer; seine Stimme übertönte das Hundegebell.

»Du hättest mir meinen Spaß lassen sollen, Toomer, und es wäre nichts weiter passiert. Deinetwegen werde ich jetzt überall ausgelacht. Die ganze Stadt lacht sich krumm über mich. Und wenn sich das mit den beschissenen Bienen rumspricht, wird das Gelächter noch schlimmer. Du brauchst einen Denkzettel, Toomer. Ich muß dir beibringen, daß ich ein Weißer bin und daß du mich mit dem entsprechenden Respekt zu behandeln hast. Du hast mich nie respektiert, in meinem ganzen Leben nicht, aber von heute an wird sich das ändern. Ich werd dir Respekt beibringen. Deshalb bin ich zurückgekommen.«

»H-h-hau ab, Boy, bevor ich d-d-dich von d-d-deine' Mama a-a-abhol'n lass'.«

Einer der beiden Schäferhunde war auf den kleinen Küchentisch gesprungen und bellte Red blindwütig und mit gebleckten Fängen an. Red feuerte eine Kugel auf ihn ab, die durchs Fenster drang und den Hund vom Tisch wischte. Das Tier fiel auf den kleinen Holzofen im Heck des Busses. Als sein Herr ihn erreichte, war der Hund schon tot.

Nach einer Weile richtete Toomer sich auf und sah sich wieder nach Red um. Sein Gesichtsausdruck hatte sich verändert, und seine Augen schienen auf einmal der ihn umgebenden Meute artverwandt. Speichelflocken traten auf seine Lippen, und er schrie: »Das wirst du mir büßen, Red! Das zahl' ich dir h-h-heim, Boy!«

»Du rührst mich nie wieder an, Nigger«, sagte Red und kniff das noch offene, noch sehende blaue Auge zu. Er richtete die Pistole auf den großen Grauen, bekam jedoch nicht mit, daß Toomer loshastete, um den Grauen vom Fenster zu ziehen. Die Kugel fuhr dem Schwarzen direkt in den Bauch. Einen Augenblick lang, der kein Ende nehmen wollte, starrten sich die beiden Männer an, entsetzt und unfähig, das Geschehene zu begreifen.

»Hab' ich dich getroffen, Toomer?« schrie Red auf. »Das wollte ich nicht. Oh, Gott, ich wollte dich nicht treffen.« Aber er konnte nichts hören, und Toomer hörte nur den Schrei der Hunde. Verzweifelt darum bemüht, das Gleichgewicht zu halten, schwankend, beide Hände auf den Leib gepreßt, um das Blut am Verlassen des Körpers zu hindern, taumelte Toomer durch den Bus, bahnte sich einen Weg durch die Meute, versuchte die vordere Tür zu erreichen. Er torkelte gegen die Windschutzscheibe und fingerte mit der rechten Hand nach der Klinke. Erst konnte er sie nicht finden, glaubte schon, sie wäre nicht mehr da und wollte ihn in diesem allerletzten entscheidenden Augenblick im Stich lassen, doch dann fühlte er sie kühl in seiner Hand, riß die Tür mit aller Kraft auf und befreite die Hunde.

Der Graue voran, drängte sich die Meute hinaus.

Red hatte zu lange gewartet, hatte zu lange gebraucht, bis ihm klar wurde, was Toomer mit seinem qualvollen Gang durch den Bus bezweckte. Als er erkannte, daß Toomer die Hunde auf ihn hetzen wollte, rannte er wie von Sinnen davon, wollte über den Waldweg die Hauptstraße erreichen. Vage nahm er die Bienenstöcke wahr, als er daran vorbeihastete, und er hatte das Ende der Lichtung fast erreicht, als er die Meute hörte. Sie hetzte hinter ihm her, und sie heulte und schrie mit einer einzigen, gemeinsamen Stimme.

Keine hundert Meter vom Bus entfernt riß der Graue Red Pettus zu Boden. Die Augen gelb und voller Haß auf alles Menschliche, grub er seine Zähne in Reds Unterleib. Und schon waren auch die anderen Hunde zur Stelle und schnappten nach seinem Gesicht, seinem Hals, seinem Bauch, verbissen sich in alles, was Fleisch war, in alles, das Teil jenes Mannes war, der Toomer verletzt hatte. Red wand und wehrte sich, aber bei jeder Bewegung wurden ihm Fleischfetzen aus dem Körper gerissen. Er griff sich an den Kopf, um einen Hund zu verjagen, der sich in sein Ohr verbissen hatte, doch als er nachfühlte, hatte er kein Ohr mehr. Reds Schreie und das Knurren und Heulen der Meute erfüllten den Wald, bis allmählich nur noch die Hunde zu hören waren.

★

Ben erreichte den ungeteerten Weg, der zu Toomers Domizil führte, und mit Schlaglöchern übersät war. Der Wagen holperte heftig, und

Ben mußte scharf bremsen. Zu seiner Linken erstreckte sich das Tomatenfeld, dann folgte die dunkle Allee mit den überhängenden Eichen. Seine Hände zitterten noch immer gewaltig, weshalb er sich mit aller Kraft am Steuerrad festklammerte. Dann hörte er die Hunde, und der Lichtkegel der Scheinwerfer erfaßte einen menschlichen Körper, der am Wegrand lag.

Ben erkannte Red Pettus lediglich an den Haaren. Das Gesicht war zerfetzt, die Leiche über und über blutverschmiert. Ben kurbelte die Fensterscheibe herunter, um mehr zu erkennen. Der Anblick des ersten Toten, den er in seinem Leben zu Gesicht bekam, faszinierte ihn. Er merkte nicht, daß der Graue ihn beobachtete und abschätzte und sich, von hinten kommend, lautlos näher schlich.

Der Graue sprang. Er drang fast zur Hälfte durch die Fensteröffnung und verbiß sich in Bens linkem Arm, zerrte an der Fliegerjacke. Ben schlug mit der rechten Faust nach dem Hund, traf ihn am Hals, spürte, wie die Zähne der Bestie die Jacke durchbohrten und in seinen Unterarm drangen. Nun erst fiel ihm ein, daß der Motor des Wagens lief. Er trat aufs Gaspedal, das Fahrzeug schoß voran. Der Hund wurde beiseite geschleudert, doch ehe er losließ, zerfetzte sein Gebiß den Ärmel der Fliegerjacke und ratschte durch Muskeln, Sehnen und Adern.

Ben fuhr weiter bis zum Bus, vorbei an den beiden umgestürzten Bienenstöcken. Er brachte den Wagen auf gleiche Höhe mit der geöffneten Tür und kurbelte, nachdem er sich vergewissert hatte, daß ihn so kein Hund attackieren konnte, die Fensterscheibe auf der Beifahrerseite herunter. Durch das Fenster kletterte er in den Bus. Er fand Toomer auf dem Rücken liegend vor, die beiden großen Hände über der Bauchwunde verkrampft.

»Toomer, Toomer, Toomer!« schrie Ben und stürzte auf den Verletzten zu.

»He, weißer Junge«, antwortete Toomer. »W-w-wird wohl nichs mit'm K-k-krabbenfischen am F-f-freitag.«

»Doch, Toomer, doch, du hast es mir doch versprochen«, sagte Ben.

»T-t-tote sin keine gut'n F-f-fischer mehr.«

»Ich bring' dich gleich ins Krankenhaus, Toomer. Doc Ratteree bringt das alles wieder in Ordnung.« Ben packte ihn unter den Armen und schleifte ihn zur Tür. Toomer schrie vor Schmerz, und draußen vor dem alten Schulbus rottete sich wieder die Hundemeute zusammen.

»Tut mir leid, Toomer, aber ich muß dich ins Krankenhaus bringen«, sagte Ben. »Mein Gott, du hast verdammt viel Blut verloren.«

»Tut weh!« stöhnte Toomer. »Tut so weh!«

Ben kletterte mit den Beinen voran durchs Wagenfenster, zog Toomer vorsichtig die Treppen hinunter und hievte ihn dann ebenfalls durch das Seitenfenster. Er bemühte sich, ihm nicht weh zu tun, geriet ins Schwitzen, ächzte und schnaufte unter dem Gewicht des Verletzten. Er war jedoch froh, daß Toomer nicht mehr stöhnte.

Schließlich hatte er es geschafft. Toomer lag, den Rücken gegen die Tür gelehnt, auf der breiten vorderen Sitzbank neben dem Fahrer. Seine Augen waren weit geöffnet, sein Blick von merkwürdiger Tiefe. In einem Augenblick grenzenlosen Schmerzes erkannte Ben Meecham, daß er einem Toten ins Gesicht starrte. Er fummelte dennoch nach einem Puls, tastete nach einem Herzschlag, betete um ein gestottertes Wort, einen Hinkeschritt, ein Blumenlied. Er legte Toomer die Hand auf den Bauch – und tauchte sie in sein Blut. Es gab jetzt nichts mehr zu tun, jegliche Hast erübrigte sich. Ben kurbelte das Fenster wieder hoch, zog die Fliegerjacke aus und breitete sie über die Wunde. Dann fuhr er, sehr langsam, über den holprigen Weg zurück. Die Meute warf sich von außen auf den Wagen, erschien im Scheinwerferlicht, schnappte, ein dämonisches, fleischgieriges Pack, nach Reifen und Rädern.

Ben fuhr zurück. So oft war er diese Strecke schon gefahren, nie wieder würde er hierher zurückkehren. Eine Flut von Bildern und Erinnerungen überschwemmte seinen Geist, doch ohne sein Zutun zerbrachen die Visionen, erwiesen sich als schwerelose Chimären, die an einer unerschütterlichen inneren Starre zerschellten. Ben brauchte eine Weile, bis er erkannte, daß die Einmündung zur Hauptstraße von einem Fahrzeug mit aufgeblendeten Scheinwerfern blockiert wurde. Er nahm den Fuß vom Gas und brachte den Wagen rechtzeitig vor dem anderen zum Stehen.

Alle Furcht war von ihm gewichen, und seine innere Starre entpuppte sich als tiefsitzende, stumme Resignation. Er fühlte sich abgehoben, distanziert von der Gegenwart und der Vergangenheit, von der Leiche, die neben ihm lag, und den aufgeblendeten Scheinwerfern vor ihm; er war hinabgetaucht in ein zeitloses Reich ohne Grenzen und Konturen. Und er sah einen hochgewachsenen Mann die Strecke zwischen den beiden Fahrzeugen entlanggehen. Der Mann trug eine Pistole in der Hand.

Ben öffnete die Tür, stieg aus und richtete sich auf.

»Dad«, sagte er.

Bull stürzte auf seinen Sohn zu und blieb volle fünf Sekunden lang reglos vor ihm stehen, ehe er ihm mit dem Handrücken ins Gesicht schlug. Ben wurde am Mund getroffen, kleine Äderchen zerplatzten an seinen Zähnen; fast noch im selben Moment schmeckte Ben salziges

Blut. Es war ein Geschmack, der an das Marschland erinnerte oder an den Nachgeschmack von Austern, die Toomer frisch aufgebrochen hatte.

»He, du Affe!« brüllte Bull. »Wenn ich dir sage, du sollst dich gefälligst nicht von der Stelle bewegen, dann läßt du dir lieber Gras aus dem Arschloch wachsen, bevor du dich über meine Anordnungen hinwegsetzt. Hast du das kapiert?«

»*Yes, Sir.*«

»Du hast einen direkten Befehl mißachtet, Schweinchen. Den direkten Befehl eines Anführers.«

»*Yes, Sir.*«

»Du wußtest also, daß es dir an den Kragen gehen würde, falls man dich erwischt, Schweinchen?«

»*Yes, Sir.*«

»Du hast also für den Fall der Fälle mit einer Bestrafung gerechnet.«

»*Yes, Sir.*«

»Warum hast du es dann getan?«

»Ich habe nicht damit gerechnet, daß ich erwischt werde, Sir.«

»Ich möchte den wahren Grund wissen, mein Lieber. Es ist nämlich das erste Mal, daß du dich derartig eklatant über meine Anordnungen hinweggesetzt hast. Bisher warst du nicht so unverfroren. Warum also bist du hier rausgefahren, trotz Santinis Verbot?«

»Weil ich es Arrabelle versprochen hatte. Und weil ich dachte, Toomer bräuchte Hilfe. Und ...«

»Und, mein Lieber?«

»Und weil ich dein Sohn bin«, fügte Ben mit unterschwelliger Bitterkeit hinzu.

»Was hatte das denn damit zu tun?«

»Weil Santini an meiner Stelle genauso gehandelt hätte.«

»Santini fährt nicht in der Weltgeschichte herum und mißachtet Befehle.«

»Doch, genau das tut er. In diesem Augenblick, Dad. Weißt du noch, wie du mich die Wachordnung hast auswendig lernen lassen? Das ist mir ziemlich schwergefallen, aber die wichtigste Vorschrift habe ich mir immer gut merken können. Du hast unerlaubt deinen Posten verlassen, Dad.«

»Hab' ich nicht. Ich hab' mir Sorgen gemacht. Hab' gedacht, du gerätst hier draußen frontal in die große Scheiße. Du hast mich gezwungen, hier rauszufahren.«

»*No, Sir.* Hab' ich nicht.«

»Ich dachte, du wärst in Gefahr, Ben. Kriegst du das vielleicht irgendwie in deinen verdammten Maisbreifresser-Dickschädel, he?«

»Ich dachte, Toomer wäre in Gefahr.«

»Ich habe dir gesagt, daß Toomer auf sich selbst aufpassen kann.«

»*Yes, Sir,* das hast du.«

»Ist das Toomer da bei dir im Wagen?« fragte Bull, dessen Blick zum erstenmal ins Wageninnere fiel. Er spähte durch die Frontscheibe und erkannte die Silhouette vor der Beifahrertür.

»*Yes, Sir.*«

»Hallo, Toomer! Wie geht's, Sportsfreund?« sagte Bull, ging um den Wagen herum und spähte durch's Fenster.

»Jesus Christus! Um Himmels willen! Ist er tot?«

»*Yes, Sir.*«

»Au weh, mein Lieber, das ist 'ne gute Methode, eine Fliegerjacke zu ruinieren. Jesus Christus, Jesus Christus! Du bringst ihn am besten sofort ins Krankenhaus, Sportsfreund, verstanden? Ich verständige den Sheriff und sage Arrabelle Bescheid. Jesus Christus. Warum hast du mir das nicht gleich gesagt? Warum nur?«

»Davon wäre Toomer auch nicht wieder lebendig geworden, Dad«, gab Ben zurück und stieg wieder in den Wagen. »Davon wäre er ganz bestimmt nicht wieder lebendig geworden.«

32

Mess Night war ein feierlicher Herrenabend, eine streng konventionelle Verbeugung vor den steifsten und heldenmütigsten Traditionen des Marine Corps; eine Zeremonie, von der Bull Meecham glaubte, daß sie wie keine andere Gelegenheit dazu angetan war, den Esprit de Corps zu fördern und zu stimulieren. Es war eine Nacht, in der Marines ihre Identität feierten und der Ursprünge des Corps gedachten, in deren Tradition sie standen: eine Nacht, in der sie die Transzendenz ihrer Geschichte pflegten, indem sie sich auf deren Grundlagen und das rituelle Urgeflecht besannen, welches ihre kriegerische Bruderschaft von Anbeginn zusammenhielt und sie alle untrennbar mit jenen verband, die vor ihnen die Farben des Corps getragen hatten, aber auch mit denen, die dereinst in ihre Fußstapfen treten würden. *Mess Night* war Vermächtnis und Kontinuität, ein Abend und eine Nacht für die Poesie der Form und der Furien. Für die achtunddreißig Piloten der Staffel 367 begann *Mess Night* am ersten Freitag im März um 19.20 Uhr.

Bevor sie in den Speisesaal gerufen wurden, standen die festlich gekleideten Flugzeugführer im Vorraum beieinander, unterhielten sich und nippten zur beschwingten klassischen Musik einer Marine-Band von Biddle Island an ihren Cocktailgläsern. Einige von ihnen waren in der vergangenen Woche auf einem Coors-Trip an der Westküste gewesen, weshalb das institutionalisierte Saufgelage für viele Piloten mit einem Coors-Bier begann, das sie in kleinen Schlucken durch die Kehle rinnen ließen. Es gab im Marine Corps eine sich mit großer Leidenschaft artikulierende Weltanschauung, der zufolge Coors-Bier als das beste Bier Amerikas galt. Und da Coors an der Ostküste nicht erhältlich war, unterlag jeder Pilot, der nach Westen flog, der strengen moralischen Verpflichtung, seine *F-8* auf dem Rückflug bis zur Belastungsgrenze mit Coors-Bier zu beladen. In Bull Meechams Staffel herrschte das ungeschriebene Gesetz, daß jeder, der gegen diese Pflicht verstieß, nach seiner Rückkehr vors Kriegsgericht kam und mit seiner Erschießung rechnen mußte.

Die Piloten befleißigten sich an dem noch jungen Abend beim Trinken einer Vorsicht, die fast an Enthaltsamkeit grenzte, denn sie wußten, daß *Mess Night* mit der Würde einer Krönungszeremonie begann und nicht selten in einem Überlebenskampf endete. Für viele jüngere Lieutenants und einige Captains war es die erste Feier dieser Art; sie kannten *Mess Night* bisher nur vom Hörensagen.

So beherrschte in jenen frühen Abendstunden eine blitzsauber herausgeputzte Schar von Offizieren und Gentlemen die Szenerie; gedämpftes, dezentes Gemurmel erfüllte den Raum, und die schlanken, muskulösen, schier unverwundbaren und von der feierlichen Beleuchtung angeregten Männer in ihren unterkühlt-korrekten Ausgehuniformen legten eine ungewöhnliche Zurückhaltung an den Tag. Für Bull Meecham offenbarte sich in ihnen alles, was gut und recht war in Amerika.

Die Ehefrauen der Staffel 367 wappneten sich an diesem Abend für eine mit allerlei Unwägbarkeiten verbundene Heimkehr ihrer Gatten. Sie selbst waren zur *Mess Night* weder eingeladen, noch war ihre Anwesenheit dort erwünscht. Seit der ersten Feier in den Salons britischer Kriegsschiffe handelte es sich um eine Zusammenkunft von ausschließlich Männern. Im Hause der Meechams hatte Lillian Ben darüber in Kenntnis gesetzt, daß er möglicherweise in der Nacht zur Air Base fahren müsse, um seinen Vater abzuholen. Bull hatte ihr versprochen, sich nicht zu betrinken, doch Lillian war keine jungverheiratete Frau mehr und wußte längst, was sie von solchen Versprechungen zu halten hatte.

Punkt acht Uhr stimmten die Trommler und Pfeifer *The Roast of Old England* an, und die Piloten begaben sich gemessenen Schrittes in den Speisesaal. Im Tafelsilber und auf den blankpolierten Mahagonitischen schimmerte der Widerschein der Kandelaber. Ehe sie jedoch den Saal betraten, hatten alle Piloten schnell noch einmal das stille Örtchen aufgesucht. Der Festschmaus am *Mess-Night*-Abend dauerte mitunter über zwei Stunden, während derer der Wein in unbegrenzten Strömen floß. Dabei gehörte es zu den geheiligtsten Traditionen, daß ohne ausdrückliche Genehmigung des Präsidenten niemand vor der Beendigung des Mahls zur Toilette gehen durfte. Bull Meecham, der diesmal den Vorsitz führte, hatte zudem bereits verlauten lassen, daß während des gesamten Abends keine Genehmigung erteilt würde. Es war dies eine willkürliche Verschärfung der Regel, getroffen in dem Bewußtsein, daß dadurch allen Anwesenden noch vor dem Ausklang der Zeremonie eine ordentliche Probe Mannesmut abverlangt wurde.

Schon Wochen vor dem Ereignis hatte Bull mit dem Küchenchef des Offiziersclubs die Speisenfolge besprochen. Er bestand auf dem allerfeinsten Roastbeef und den edelsten Weinen. Die *Mess Night* unter seiner Schirmherrschaft sollte Eingang finden in den Legendenschatz des Marine Corps. Die elegante Symmetrie der *Mess Night* war von seiner sonstigen Intoleranz gegenüber Zierat und Schnickschnack aller Art nicht betroffen, und so begann die Zeremonie in einer vornehmen Atmosphäre und einem dem Anlaß entsprechenden Geist allgemeiner Zufriedenheit.

Lebende Legenden unter den Marine-Corps-Fliegern hatten seinem Ruf Folge geleistet – Piloten, in denen sich überragendes fliegerisches Können mit den Persönlichkeitsmerkmalen von Jahrmarktschreiern und Exhibitionisten verband. Unter den persönlich von Bull Geladenen befanden sich namentlich sechs Männer, auf deren Anwesenheit er besonderen Wert legte. Sie waren auf so entfernten Stützpunkten wie El Toro und nahezu benachbarten wie Cherry Point stationiert. Er hatte ihnen geschrieben, daß die Grünschnäbel in seiner Staffel mal einen Eindruck vom alten Corps bekommen sollten. Bull Meecham wollte mit ein paar Dinosauriern der Zunft aufwarten, die er noch vom Zweiten Weltkrieg her kannte. Drei von ihnen waren tatsächlich eingeflogen und saßen nun bei ihm am Prominententisch. Die Einladungsliste hatte er strikt unter Verschluß gehalten, denn er ahnte, daß Colonel Varney, wäre sie ihm bekannt gewesen, alles daran gesetzt hätte, die Veranstaltung platzen zu lassen. Bull jedoch hielt es für seine Pflicht, seinen Untergebenen einmal einige jener wahrhaft wilden Männer vorzustellen, die nach wie vor in den Reihen des Marine Corps standen.

Das Festessen nahm seinen Lauf in Erhabenheit und verhaltener Grandeur. Am Tag zuvor hatte Bull noch seinen Sohn mit dem Auftrag losgeschickt, genügend frische Austern für die Austerncocktails zu besorgen. Die Französische Zwiebelsuppe wurde, was keinem Anwesenden entging, heiß serviert – ein seltenes Ereignis im Offiziersclub. Eskortiert von den Trommlern und Pfeifern, marschierte der Oberkellner in den Saal. Er schob einen riesigen Braten vor sich her, blieb hinter dem Präsidenten stehen, schnitt ein kleines Stück Fleisch ab und legte es auf Bulls Teller. Alle Blicke ruhten auf ihm, als er es langsam verspeiste. Und dann – wie alle *Mess-Night*-Präsidenten, seitdem es *Mess Nights* gab – verkündete er schließlich: »Das Fleisch ist wohlschmekkend und für den menschlichen Verzehr geeignet.«

Nach dem Essen räumten die Kellner rasch die Tische ab und kredenzten Portwein für die traditionellen Trinksprüche. Als alle Gläser gefüllt waren, klopfte Bull mit einem Auktionshämmerchen auf den Tisch und bat um Ruhe. Dann stand er auf, erhob sein Glas und sagte mit Inbrunst: »Gentlemen, auf den Präsidenten der Vereinigten Staaten.«

Wie ein Mann standen nun alle anderen Marines auf, erhoben auch ihre Gläser und sagten im Chor: »Auf den Präsidenten!« Die Band spielte die Nationalhymne. Als die letzten Töne verklungen waren, nahmen die Offiziere wieder Platz. Eine Minute später stand Bull erneut auf, erhob wieder sein Glas und richtete den Blick unverwandt auf Lieutenant Snell, der am gegenüberliegenden Ende des Tisches saß und an diesem Abend das Amt des Vizepräsidenten bekleidete.

»Herr Vizepräsident!« sagte Bull, und seine Stimme hallte durch den Saal. »Auf das Corps und unser Land!«

Da stand auch Lieutenant Snell auf, hob sein Glas auf Augenhöhe und erwiderte den Toast mit den Worten: »Lang leben die Vereinigten Staaten und viel Erfolg für die Marines!«

Nun hoben auch alle anderen die Gläser und riefen wie Donnerschall: »Auf das Corps!« Und die Band stimmte die Hymne des Marine Corps an.

Die alte Hymne, dachte Bull, während die Band *Semper Fidelis* spielte. In ihr lag die ganze Poesie des Marine Corps mit all ihren strengen Kadenzen. Was immer das Corps verkörperte und war: Die Hymne barg es. Es gab kein Lied auf der ganzen Welt, das bei ihm jedesmal eine so flächendeckende Gänsehaut hervorrief. Er formte die Worte mit Pathos: Montezuma, Tripoli ..., und das Plasma der Buchstaben und Silben, die unter den Männern, in deren Kreis sein Leben zu verbringen er sich entschlossen hatte, als Bekenntnis zur Ritterlichkeit galten, füllte ihn mit nährender Kraft. Hier in diesem Saal hatten sich an die fünfzig Männer versammelt, die für diese Flagge, dieses Land, diesen Dienst und dieses Lied zu sterben bereit waren. Es war ein ehrwürdiges Lied, das die Laibungen und Brustwehren einer starken Männerseele durchaus zu erschüttern vermochte.

Als die Hymne verklungen war, servierten die Kellner Kaffee. Ein weiteres Mal klopfte Bull mit seinem Hämmerchen auf den Tisch. »Das Rauchlicht ist entzündet.« Zigarrenkistchen wanderten von Tisch zu Tisch – kubanische Konterbande, die während des Aufenthalts der Staffel in Guantanamo requiriert worden war. Bull entdeckte, daß Captain Brannon unter dem Tisch in ein Wasserglas urinierte, grinste und machte seine Gäste darauf aufmerksam. Dann erhob er sich, um die Gäste vorzustellen.

»Gentlemen«, sagte er, »bevor wir zum vergnüglichen Teil des Abends übergehen, möchte ich Ihnen gerne noch unsere verehrten Gäste vorstellen. Warum ich gerade diese Männer eingeladen habe, wird, glaube ich, am ehesten aus ihrer Biographie ersichtlich. Ich werde Ihnen daher jeweils kurz ihren Lebenslauf schildern. Da wäre zunächst einmal hier zu meiner Rechten Colonel John ›Blausack‹ Conners ...« Bull wies auf einen dünnen, langgliedrigen Mann, der den ganzen Abend über eine lächelnde Miene zur Schau getragen hatte. »Blausack ist einer der besten Luftkämpfer des Marine Corps. Außerdem ist er eine der schäbigsten und vulgärsten Figuren, die es je zum Oberst gebracht haben. Aber ich möchte Ihnen jetzt erklären, wie er zu seinem Spitznamen gekommen ist. Ein Schwarm von vier Marine-Corps-Piloten, darunter wir beide, waren eines Winters aus Gründen, die ich Ihnen leider niemals nennen darf, in South Dakota eingeschneit. Und ich sage euch eins, Sportsfreunde: Was es bedeutet, eingeschneit zu sein, das kann man nur begreifen, wenn es einem in South Dakota widerfährt. Der Schneesturm dauerte fünf Tage. Nun waren wir alle Männer, die einen guten Tropfen nicht verachteten, und ließen uns daher im Rahmen des Menschenmöglichen vollaufen. Einer unserer Kameraden verfiel alsbald in einen Zustand, der der Todesstarre nicht unähnlich war, wir anderen jedoch soffen fröhlich weiter. Es schneite und schneite, und riesige Schneewehen türmten sich rund um unsere Unterkünfte. Wir hockten mit ein paar Schlaffis von der Air Force zusammen und erzählten uns gegenseitig unsere Kriegserlebnisse ...«

Bull hielt kurz inne, um das Hohngelächter abzuwarten, von dem er wußte, daß es bei Erwähnung der Air Force einsetzen würde.

»Nach einer Weile«, fuhr er schließlich fort, »begannen sich die Gemüter ein wenig zu erhitzen, weil diese hoffnungsvollen jungen Air-Force-Piloten behaupteten, legitime Väter zu haben, und Blausack ihnen das nicht abnahm. Wie dem auch sei, einer von den Piloten verstieg sich zu der Bemerkung, er wette, daß John es nicht schaffen würde, nackt durch den Schnee um das Kasernengebäude zu rennen, in dem wir untergebracht waren. John, ein Mann, der nicht gerade für seine Mäßigung bekannt war, riß sich sofort die Kleider vom Leib und rannte, ehe wir ihn daran hindern konnten, hinaus in den Schnee. Nun müßt ihr wissen, daß es draußen ungefähr zehn Grad unter Null hatte und daß die Schneewehen an manchen Stellen an die zweieinhalb Meter hoch waren. Wir also alle rauf in die erste Etage und an die Fenster zum Aufklärungsflug. Von oben konnte man Conners auf seiner Tour ums Haus beobachten. Alle waren wir uns sicher, der Bursche würde höchstens drei Meter weit kommen und dann tot zusammenbrechen. Alles, was wir sehen konnten, war Conners' Schädeldecke, die sich wie ein Pflug durch den Schnee arbeitete. Er fror sich den Arsch ab für den Stolz und die Ehre des Marine Corps. Die Air-Force-Typen schlossen bereits Wetten darüber ab, wie lange es dauern würde, bis er da draußen vor die Hunde ging. Wir aber wußten, daß John seit drei Tagen ununterbrochen soff und daß der Alkohol in seinem Körper wie ein Frostschutzmittel wirkte. Außerdem wußten wir, daß Conners es nicht wagen würde, uns, die wir in dieser Air-Force-Kaserne festsaßen, durch seinen Tod zu erniedrigen. Also pflügte er weiter durch den Schnee, verschwand einmal in einer fast drei Meter hohen Schneewehe ganz aus unserem Blickfeld, wühlte sich durch und brach erst zusammen, als wir ihn an der Eingangstür mit ausgestreckten Armen in Empfang nahmen. Sein ganzer häßlicher nackter Körper war erdbeerrot – mit Ausnahme des Hodensacks, der im leuchtendsten Blau erstrahlte, das der Mensch je gesehen hat. Bei dieser Gelegenheit entdeckten wir übrigens auch, daß Blausack stolzer Träger des kürzesten Schwänzchens im Marine Corps ist. Gentlemen, ich präsentiere Ihnen Colonel Blausack Conners.«

Unter tumulthaften Ovationen erhob sich Colonel Conners. Der Jubel legte sich erst wieder, als der Gefeierte einen muskulösen Arm ausstreckte und mit dieser Geste selbst für Ruhe sorgte.

»Gentlemen«, sagte er mit honigsüßer Stimme, »Ihr Befehlshaber ist der notorischste Lügner im ganzen Marine Corps. Darüber hinaus liegt nicht mehr der leiseste Schatten eines Zweifels über der Tatsache, daß er obendrein noch schwul ist. Besonders scharf ist er auf Generäle und Standbilder in öffentlichen Parkanlagen. Die Geschichte, die er Ihnen gerade erzählt hat, hat er sich von Anfang bis Ende aus den Fingern gesogen. Es herrschte damals lediglich ein kleines bißchen Bodenfrost, und daß ich an der bestimmten Stelle vorübergehend nicht recht vorankam, stand in einem direkten Zusammenhang mit der üppigen Ausstattung meiner Männlichkeit. Schleifen Sie mal 'nen fast meterlangen Schwengel nackt und im Laufschritt um die Kaserne. Mir blieb schließlich nichts anderes übrig, als ihn aufzunehmen und ihn mir, bevor ich weiterlief, über die Schulter zu werfen. Mein Spitzname, Gentlemen, lautet daher auch nicht, wie Ihr lügnerischer Vorgesetzter behauptet, Blausack, sondern Pythonpenis.«

Bull stimmte stehend in den aufbrandenden Applaus ein, den Colonel Conners für seine Replik erhielt. Als der Lärm sich wieder legte, wandte er sich seinem zweiten Ehrengast zu. Er deutete auf einen adlernasigen Mann mit dunklem Teint, dessen Miene nicht die geringste Gefühlsbewegung verriet.

»Der nächste Gast, den ich Ihnen vorstellen möchte, ist Lieutenant Colonel William Blitcher. Wir Oldtimer kennen ihn unter dem Namen Apache-Bill. Apache-Bill ist ein reinrassiger Pawnee-Indianer, und der Grund dafür, daß wir ihn Apache nannten, ist der, daß er sich immer furchtbar aufgeregt hat, wenn wir sagten, er sei alles andere, bloß kein Pawnee. Apache-Bill kam zum Corps, um weiße Weiber zu vögeln und Flugzeuge zu fliegen. Er ist ein ruhiger Mann mit einem rasanten Temperament. Ich will Ihnen eine Geschichte erzählen, aus der ziemlich deutlich hervorgeht, daß man nicht gut beraten ist, sich mit Apache-Bill anzulegen. Als ich ein frischgebackener Captain war, also lange vor meinem kometenhaften Aufstieg zum Oberstleutnant, übte die Staffel in Cherry Point, der Apache-Bill und ich damals angehörten, auf der Rollbahn Trägerlandungen. Ein älterer Captain gab uns durch Flaggensignale zu verstehen, ob wir landen durften oder nicht. Am Abend jenes Tages hatte Apache-Bill ein heißes Rendezvous mit einer jener monströsen Gestalten, die er für Frauen hält. Er wollte seinen Vogel daher möglichst schnell auf die Erde bringen und zu seiner Schmusestunde abdampfen. Er kommt also runter im perfekten Landeanflug – und trotzdem winkt ihm der Mann mit der Signalflagge ab. Nun war Apache-Bill auf den Mann ohnehin nicht gut zu sprechen. Ihm riß sein notorisch schwacher Geduldsfaden. Er drehte eine Platzrunde, versuchte aber beim Runterkommen nicht noch einmal den Anflug auf den simulierten Träger, sondern war statt dessen wild entschlossen, den Mann mit seiner *Corsair* in zwei Teile zu zerlegen. Im Tiefflug kam er auf ihn zu gejagt, und hätte sich der Kerl nicht geistesgegenwärtig flach auf die Rollbahn geworfen, so wäre er tatsächlich halbiert worden. Um's kurz zu machen: Eine geschlagene Stunde lang hetzte Apache-Bill das arme Schwein kreuz und quer über die Rollbahn. Fast die gesamte Belegschaft der Air Base sah der Vorstellung zu und lachte sich schier krank dabei. Und natürlich, Gentlemen, kam es wegen des Vorfalls zu einer Verhandlung, und natürlich, Gentlemen, wurde Apache-Bill schuldig gesprochen. Er rutschte zweihundert Plätze runter auf der Beförderungsliste. Einer der Beisitzer auf der Verhandlung erzählte später, man habe ihn schuldig gesprochen, weil er den Mann mit der Flagge nicht erwischt habe. Gentlemen, ich bin stolz und glücklich, Ihnen Apache-Bill Blitcher vorstellen zu können.«

»Gentlemen«, begann Apache-Bill, nachdem sich der Begrüßungstaumel gelegt hatte. »Ich kannte Bull Meecham schon lange, bevor, er sich diesem operativen Eingriff zur Geschlechtsumwandlung unterzog.«

Selbst auf dem Höhepunkt des nun ausbrechenden Geschreis und Gejohles verzog Apache-Bill keine Miene, verriet nicht einmal mit einem Wimpernzucken, daß sein Gesicht keine Gußform oder das Porträt auf einer Münze war. Als wieder Ruhe einkehrte, fuhr er fort: »Ich bin Flieger aus Leidenschaft und fliege gerne mit guten Piloten, basta. Mit Bull Meecham fliege ich besonders gerne, weil er mit seinem Vogel so umgeht, wie es sich gehört. Er ist der lebende Beweis dafür, daß der alte Spruch, ein alter Pilot ist ein kalter Pilot, keinen Pfifferling wert ist. Bull Meecham ist ein alter Pilot und heiß wie die Hölle, und genauso ein Typ bin auch ich. Und weil er immer die Geschichte von mir und dem Mann mit der Flagge erzählt, erzähle ich Ihnen jetzt, wie er zu *seinem* Spitznamen gekommen ist. Oder kennen Sie die Geschichte schon?«

»Nein!« brüllten die Piloten.

»Er war damals Oberleutnant und auf Kurzurlaub in Hawaii. In seiner Begleitung befand sich ein Grünschnabel in der vollen Unschuld seiner jungen Jahre. Wie sie nun den Strand entlanglaufen und überall die tollen Weiber liegen sehen, die ihre willigen Körper in der Sonne aalen, sagte der junge Spund: ›Mann, 'ne ganze Wiese voller Kühe. Machen wir's wie die Jungbullen: rennen wir hin und bespringen wir eine.‹ Sagt Meecham darauf nach kurzer Überlegung: ›Nein, machen wir's wie die alten Bullen: gehen wir ganz langsam hin und bespringen sie alle.‹«

Einmal mehr ertönten Hurras aus vollen Kehlen. Die Marines schickten sich an, die dünne Membran zu zerschneiden, die die erste Hälfte des *Mess Night* umhüllte und überschritten die Schwelle zu jenen Bereichen, in denen ihr brüderlicher Bund durch institutionalisierte Raserei die letzten Weihen bekam. Steifheit und Förmlichkeit beherrschten jeweils nur die ersten Stunden der *Mess Night*, und die waren inzwischen längst vorüber. Rasch nahte nun die Zeit, da man sich auf die Pflege der weniger keuschen, fleischlicheren Traditionen besann. Aus den Stimmen der stiernackigen Männer war bereits herauszuhören, daß die Hemmschwellen sanken: schon belferte ein kollektives Es.

»Bevor ich mich wieder hinsetze, möchte ich Ihnen noch sagen, wer der Kerl damals war, den ich eine Stunde lang über die Rollbahn gehetzt habe«, verkündete Apache-Bill.

»Du bringst mich in Schwierigkeiten, Apache«, sagte Bull.

»Es handelte sich um Colonel Joseph Varney, United States Marine Corps, und ich bedaure es noch heute, daß ich ihm nicht seine Beine abrasiert habe.«

Als Bull sich zur Begrüßung des letzten Ehrengastes erhob, zwinkerte er Butch Brannon zu und deutete auf einen Oberstleutnant von eindrucksvoller Körperfülle, der sich aus einer Flasche, die er sich zuvor an der Bar geholt hatte, ein Glas Bourbon on the Rocks nach dem anderen einschenkte. Er war der größte und von seinem Äußeren her auch der imposanteste Mann im Saal. Er war recht gut gepolstert, ein schwerer Bauch zierte die Körpermitte, und sein Hinterteil hatte geradezu riesige Dimensionen, doch beeinträchtigte das Gewicht in keiner Weise den ehrfurchtgebietenden Gesamteindruck.

»Der letzte Gast ist dieses mickrige und klapprige Knochengestell hier zu meiner Rechten, das auf den Namen Rabies ›der Tolle‹ Odum hört. Ich darf Sie alle darauf hinweisen, daß im Umgang mit Rabies höchste Vorsicht angeraten ist, denn der Mann hat ein paar Eigenarten, mit denen er Leuten, die er nicht leiden kann, das Leben ganz schön schwermacht. So ist zum Beispiel über ihn bekannt, daß er Infanteristen haßt. Jedesmal wenn er einen Infanteristen sieht, reagiert er wie ein tollwütiger Hund. Mit Schaum vor dem Mund geht er auf den Mann los und beißt ihn, wenn er nicht zurückgehalten wird, ins Bein. Die Wunde wird brandig und führt zum Tod des Betroffenen. Er spielte in der Football-Auswahl von Alabama, bis sie anfingen, kleine Jungs in das Team aufzunehmen. In Korea hat er zwei feindliche Flugzeuge abgeschossen, außerdem ist er einer der besten Bombenwerfer, die ich kenne. Er ist stolz auf seine Körperfülle und hält sich für den stärksten, härtesten und gemeinsten Hurensohn, der je die Uniform eines Marine getragen hat. Ich hab' ihn heute nur hierher bekommen, weil ich ihm sagte, bei uns wäre einer in der Staffel, der es fertigbringt, ihm ein zweites Loch in den Arsch zu beißen.«

»Brannon!« rief jemand.

»Wo ist dieser Brannon?« knurrte Odum.

»Hier, Sir«, antwortete Brannon und erhob sich unter den Anfeuerungsrufen der Kameraden von seinem Sitz.

Zehn Sekunden lang starrte Odum Brannon an und verglich ihn wortlos mit früheren Herausforderern. Dann fing er an zu lachen und schüttelte resigniert den Kopf. »Ha, ha. Ist das alles, womit du aufzuwarten hast, Bull? Wegen dieser schwindsüchtigen Mißgeburt hast du mich von der Westküste nach Ravenel fliegen lassen?«

Brannon straffte sich, nahm einen tiefen Schluck aus der Portweinflasche, setzte sie wieder ab und sagte zu Odum: »Sir.«

»Ja, mein Sohn, was gibt's denn?« antwortete Odum. Er gähnte fast.

»Sir«, wiederholte Brannon, »Sie sind ein Fettsack.«

Odum stand auf, griff sich schnell noch eine neue Zigarre, ging um den Tisch herum, zog einen Stuhl heran und setzte sich, die Lehne voran, Brannon direkt gegenüber. Wie ein fleischfressendes Tier, das seine Beute beäugt, starrte er ihn an. Brannon starrte zurück, und einen Augenblick lang war nur wortlose, stumpfe Feindseligkeit zwischen ihnen. Dann aber begann Odum unvermittelt zu brüllen. Es war ein löwenartiges Gebrüll, das sich nun unablässig wiederholte und zu einem donnerhaften Raubkatzengeheul anschwoll, einem fulminanten Ton, der aus den tiefsten Tiefen des Mannes hervorzudringen schien, bis schließlich Brannon, ein Sklave der Wünsche und Launen seiner Kameraden, seinerseits zu brüllen anhob. Den Kellnern, die Tafelsilber und Porzellan von den Tischen räumten, bot sich ein denkwürdiges Bild: Zwei Marines in feinster Ausgehuniform knurrten und fauchten einander an wie zwei wilde Tiere.

Bis Odum unvermittelt aufhörte und Brannon die Zigarre anbot. Zögernd nahm Brannon sie entgegen und bot auch Odum eine Zigarre an. Odum entzündete ein Streichholz und gab Brannon Feuer, dann warf er das brennende Hölzchen seinem Gegenüber in den Schoß. Noch während Brannon damit beschäftigt war, die kleine Flamme zu löschen, begann Odum, seine eigene Zigarre aufzuessen. Herzhaft biß er hinein, kaute und verschluckte den Tabak mit dem Wohlbehagen eines Gourmets. Brannon war nun gezwungen, jede Charade mitzuspielen, die Odum sich ausdachte, und mochte sie noch so aberwitzig sein. Pflichtschuldigst und mit äußerster Würde löschte er seine Zigarre in einem Wasserglas und begann sie zu verspeisen.

In diesem Augenblick ertönte wieder das Auktionshämmerchen des Präsidenten der Veranstaltung. Bull Meecham beschloß den förmlichen Teil der *Mess Night* und hob alle Einschränkungen und Kontrollen mit den folgenden Worten auf: »Gentlemen, ich darf Sie bitten, mich an die Bar zu begleiten.«

Die Zeit war gekommen, da nicht mehr getrunken, sondern gesoffen wurde. Die Gespräche wurden lockerer, die Piloten trieben Pilotenspiele. Bull trank beidhändig Martinis. Ein Schmalfilmprojektor begann zu surren und warf, flimmernd und grobkörnig, einen Junggesellen-

Movie an die Wand gegenüber der Bar. Eine nackte, wollüstig in die Kamera lächelnde Frau trieb nacheinander Unzucht mit einem Esel, einem Deutschen Schäferhund, einem Neger und ihren eigenen Fingern. An der Bar lieferten sich Odum und Brannon einen Armringkampf, während um sie herum Geldscheine auf die Theke klatschten: Die Staffelkameraden wetteten auf ihren jeweiligen Favoriten. Reliefartig traten an den Hälsen der beiden Kämpen die Adern hervor, doch wich kein Arm mehr als zwei oder drei Grad von der Senkrechten ab. Vier Barkeeper bewegten sich wie in einem ungeübten Reigentanz hin und her, um die Trinkbedürfnisse ungeduldiger Marines zu befriedigen, die ihnen ihre Wünsche vor dem Hintergrund eines rasch ausufernden Infernos entgegenschrien. Einige junge Piloten übten ihre Fähigkeiten beim Kippen flambierter Hochprozentiger. Sie bestellten Courvoisier Brandy, entzündeten die unsichtbar über dem Glas wallenden Dämpfe, warteten, bis die bläuliche Flamme hell aufflackerte, und stürzten die Flüssigkeit hinunter. Waren sie gut, so brannte noch eine kleine Flamme am Grunde der geleerten Gläser, die sie mit Verve wieder auf die Theke knallten.

Um Mitternacht überschwemmten Apache-Bill und Blausack Conners einen langen, schwarzen Tisch mit Coors-Bier und riefen alle Piloten, die sich für echte Männer hielten, zur Landung auf dem Flugzeugträger auf. Am anderen Ende des Saals formierte sich eine Reihe von Kandidaten, von denen viele sich ihrer Schuhe und Socken entledigten. Bull Meecham führte die Reihe an. Er leerte seine beiden Martinis und schleuderte die Gläser quer durch den Raum in den aus Backsteinen gemauerten Kamin. Unmittelbar darauf zerschellten zwei weitere Dutzend Gläser in einem funkelnden Kristallscherbenfeuerwerk.

Inzwischen rollten mehrere Lieutenants Tischdecken zu Auffangleinen zusammen und nahmen zu beiden Seiten des bierschlüpfrigen Tisches Aufstellung. Es gab insgesamt drei Drahtseile, die imstande waren, ein Flugzeug, das sonst unweigerlich über das Deck des Trägers hinausschießen und in den Ozean stürzen würde, zurückzuhalten. Apache-Bill hatte irgendwo einen riesigen Ventilator aufgetrieben, den er nun ans Ende der imaginären Landebahn stellte. Seine wirbelnden Flügel dienten als zusätzlicher Anreiz für die Piloten, die Drahtseile beim Anflug ja nicht zu verpassen.

»Ganz schön beschissener Gegenwind bei der Landung heute!« schrie Apache-Bill. »Wenn ihr nicht einklinkt, macht der Propeller Hackfleisch aus euch, ihr Schlappschwänze aus Bulls Staffel!«

Captain Johnson stellte sich mit zwei Servietten in den ausgestreckten Armen auf einen Stuhl. Blausack hatte ihn zum Mann mit der

Flagge erkoren. Er selbst stand nun ungefähr in Höhe der Tischmitte und hielt einen Eimer in den Händen; ihm gegenüber stand, ebenfalls mit einem Eimer bewehrt, Apache-Bill.

Bull reckte die Arme nach hinten, so daß sie einen Winkel bildeten wie die Tragflächen einer *F-8*. Dann rannte er, so schnell er konnte, los, den Blick auf die Arme von Captain Johnson geheftet. Unter ohrenbetäubendem Gejohle näherte er sich dem Absprung, katapultierte sich auf die Tischmitte und rutschte mit atemberaubender Geschwindigkeit über die Platte auf die wie ein geöffnetes Maul auf ihn wartenden und immer größer werdenden rotierenden Silberflügel zu.

Als er an Apache-Bill vorüberkam, ergoß sich der Inhalt eines Wassereimers über ihn. »Regenschauer!« schrien die Männer.

Er war noch ganz benebelt, als er im nächsten Moment Eisbrocken im Gesicht spürte, die von der anderen Seite auf ihn einprasselten. Er hörte Colonel Conners' warnende Stimme: »Hagelsturm!« rufen, sah die näher kommenden Ventilatorflügel, verfehlte das erste Seil, verfehlte das zweite, brachte rasch seine Füße auf die Tischplatte, krümmte die Zehen in einem jähen Bremsmanöver und klinkte knapp vor den Zähnen des Ventilators im dritten Seil ein. Unmittelbar darauf war die Rutschpartie zu Ende. Er stand auf, warf seiner Staffel Handküßchen zu, sprang vom Tisch und beobachtete den nächsten Piloten, der sich mit Höchstgeschwindigkeit dem Flugzeugträgerdeck näherte.

Gegen drei Uhr morgens befahl Bull seinen Leuten, sich in einer Reihe hinter ihm aufzustellen. Drei Männer waren bereits bewußtlos und konnten somit dem direkten, wenngleich nur noch lallend artikulierten Befehl nicht Folge leisten. Bull sah sich um, erblickte eine schwankende, chaotische Männerhorde hinter sich, die sich nach Kräften bemühte, eine Reihe zu bilden, und bellte: »Mir nach, ihr Schweinchen! Folgt eurem Befehlshaber, und das ist ein Befehl!«

Sie marschierten, Bull voraus, durch die Bar, am Speisesaal vorbei, zur Tür hinaus, vorbei an Grill- und Tennisplätzen zum Swimmingpool. Er führte sie zum tiefen Becken, erklomm marschierend das Sprungbrett, marschierte, noch immer lauthals das vorschriftsmäßige Marschtempo skandierend, zum Ende des Brettes vor und darüber hinaus – und hinter ihm her marschierten alle Piloten der Staffel 367 sowie die drei Ehrengäste, die eigens zu diesem festlichen Anlaß nach Ravenel geflogen waren.

Um vier Uhr morgens kam Bull Meecham nach Hause. Lillian erwartete ihn in der Küche.

Ben wachte auf. Die unstete Stimme seines Vaters sang ein Lied, das in der langen Geschichte später Heimkünfte zum traditionellen Warngesang geworden war. Das Lied teilte sich dem Haus mit, drang ein in jedes Zimmer, ein jedes Wort schabengesichtig und bedrohlich fern seiner zeitlichen Bestimmung.

»Stille Nacht, heilige Nacht,
Alles schläft, einsam wacht . . .«

Ben lag im Bett, und die Dämonen der Angst, die in seinem Körper hausten, schwangen sich auf zur *Danse macabre*. Und er hörte die Stimme seiner Mutter, die Stimme Lillians, die Stimme des hübschesten Mädchens von Atlanta, Georgia, eine Stimme, die zur Klinge umgeschmiedet war, die Stimme einer Hofdame, die auszog, sich mit dem gepanzerten Ritter zu duellieren, der den trennenden Burggraben überwunden hat. Er hörte die Stimme der Frau, geformt in einer Ehe, die ihre eigenen Überraschungen und Labyrinthe, ihre eigenen Schatten und im verborgenen lebenden Minotaurusse hatte. Der Gesang wurde lauter und ließ keinerlei Assoziationen an Weihnachten und Feierlichkeit mehr aufkommen. Jetzt, dachte Ben, wird das Lied zum Schlachtruf. Seine Sinne schärften sich in der Dunkelheit. Er hörte, wie sich im Haus die Kräfte des Zorns sammelten, und wußte, daß eine schwere Zeit bevorstand. Er rüstete sich, wissend, daß in der bevorstehenden Auseinandersetzung die Schwellen der Angst vor seinem Vater und der Feigheit vor dem Ackermann, dem er sein Leben verdankte, überschritten oder versetzt werden würden. Er war davon überzeugt, daß er tapfer sein, ja sich zur Tapferkeit zwingen würde, machte sich aber keine Illusionen: Gegen Angst half auch kein Heldenmut, kein Kraut war gewachsen gegen jene verzehrende Angst, die ihn jedesmal überkam, wenn er, der Junge, antreten mußte gegen Bull Meecham, den Mann. Er lag im Bett und hörte, wie die Tür zu Karens Zimmer aufging, dann das Trappeln kleiner, hektischer Füße auf den Treppen. Karen ist als erste unten, dachte er. Bravo, Karen! Nun klappten zeitgleich auch die Türen von Matthews und Mary Annes Zimmer, und Ben konnte sich die Szene gut vorstellen: Mary Anne rückte ihre schweren Augengläser zurecht, Matthews kleiner Körper bebte vor mühsam zurückgehaltener Wut, und beide stürmten sie die Treppe hinunter, um ihrer bedrängten Mutter zu helfen, hinunter zum Ursprung jenes Lieds, das immer dieselbe Bedeutung hatte. Doch Ben wußte, daß das einzige Kind, dessen Eingreifen den Ausgang der Schlacht beeinflussen konnte, im Bett lag und auf die Gabe des Mutes wartete. Dann hörte er, wie seine Mutter den Vater anschrie, und er rief ihr in Gedanken zu: Hör auf, Mama! Reiz ihn jetzt nicht noch. Laß es bleiben!

Als nächstes war Karens Stimme zu vernehmen: »Hör auf, Mama weh zu tun!« schrie sie. Und Ben fuhr aus dem Bett, flog beherzt wie ein Kamikaze die Treppe hinunter, fegte, während Mary Anne angstvoll seinen Namen schrie, durch den Flur in die Küche – und erblickte seinen sturztrunkenen Vater, der aus vollem Halse lachte. Bull umklammerte Lillians Hals und preßte sie gegen die Wand; Lillian versuchte, ihm die Augen auszukratzen; Matthew hing an Vaters Bein und bemühte sich, es vom Boden zu reißen; Mary Anne hatte sich in Bulls Handgelenk verbissen und versuchte, Mutters Kehle wenigstens von einer Hand zu befreien. Karen trommelte mit Fäustchen, die niemandem weh tun konnten, auf Bulls Rücken herum. Schreie, Worte und andere Geräusche erfüllten die Küche, doch unheilverkündender als alles andere war Bulls Gelächter. In seinen Augen, seinem Blick, war der Drache los. Und nun kam Ben. Ben, von Furcht getrieben, ein Frontsoldat, den die Rituale einer pervertierten, aber familiengeschichtlich gewachsenen Ritterlichkeit zum Handeln zwangen – er ging mit Wucht auf seinen Vater los. Es gab nur eine veränderliche Größe in den periodischen Schlägereien mit seinem Vater: Ben war, verglichen mit dem jeweils letzten Mal, größer und stärker. Mit gesenktem Kopf rammte er Bull dreiundsiebzig Kilo Sohn in den Bauch. Er preßte mit den Beinen nach, spürte Vaters Masse zurückweichen, merkte, wie der Mann ins Stolpern geriet. Lillians Hals entwand sich der Umklammerung, Mary Anne und Matt wurden abgeschüttelt, und Bull krachte taumelnd gegen den Kühlschrank. Im selben Augenblick war Ben klar, daß sich damit der Überraschungseffekt ein für allemal erschöpft hatte und daß es ihm nicht gelingen würde, seinen Vater zu Boden zu zwingen. Und da war ein neues Element im Kampf, eine neue Dimension: das Bewußtsein eines Vaters, daß ihm in seinem Sohn ein Herausforderer erwuchs, eine Bedrohung, da war der Sohn als Nachfolger, der Sohn als Mann. Ehe Bull sich jedoch gegen Ben wenden konnte, warf Lillian sich wieder auf ihn, suchte seine Augen mit fünfschneidiger Hand, doch er schlug ihr mit dem Handrücken ins Gesicht, so daß sie gegen die Anrichte polterte. Aus ihrer Unterlippe quoll Blut und mischte sich wie in einem Sakrament mit ihren Tränen. Und dann war Ben an der Reihe. Bulls Hände schlossen sich um seinen Hals, drückten zu, gewannen Kontrolle über ihn. Am Hals wurde Ben vom Boden gerissen. Mary Anne grub ihre Zähne in ihres Vaters rechten Arm, doch dieser Arm schlug aus, und während Ben, von einer Hand am Hals gehalten, den Boden unter den Füßen verlor, flog Mary Anne quer über den Küchentisch, und ihre Brille zerschellte auf den Fliesen. Aber sie rappelte sich wieder auf und warf sich blindwütig wieder in die Schlacht gegen einen Feind, den sie nur noch verschwommen wahrnahm. Matt erhielt einen Schlag ins Gesicht, der ihn zu Boden stürzen ließ, wo er eine kurze Weile liegenblieb und weinte, weil er so klein war und so gar nichts ausrichten konnte und unfähig war, dem Mann, der ihm weh getan hatte, mit gleicher Münze zurückzuzahlen. Eine Sekunde lang starrten Bull und Ben sich an, Auge in Auge, intim wie Liebende, dann verstärkte sich der Druck der Finger um den Hals, und Ben begann zu röcheln. Langsam nahm Bull Bens Kopf zurück und ließ ihn gegen die Wand krachen – einmal, zweimal, dreimal, bis die übrigen Familienmitglieder, die das Geräusch des gegen die Mauer hämmernden Schädels wieder hatte auferstehen lassen, einen neuen Angriff wagten. Von vier Seiten griffen sie an, mit Zähnen, mit Fingernägeln, Tränen und der verzweifelten Wut vierer kleiner Nationen, die nichts mehr zu verlieren haben. Bull ließ Ben fallen und stand einfach da, die Hände untätig an der Seite. Er prügelte jetzt nicht mehr, sondern wirkte irgendwie verdutzt, so als ahne er zum erstenmal die gewaltigen Dimensionen, die der Widerstand in seinem einstmals so friedlichen Königreich inzwischen angenommen hatte. Er stand da und nahm die kleinen Nadelstiche, das an vier Grenzen seines Körpers kribbelnde Geplänkel, einfach hin. Der Drachen in seinem Blick zerschmolz. Für Ben bot sich auf einmal die Gelegenheit, seinem Vater die Faust ins Gesicht zu schlagen, eine Faust, die schier ein Leben lang darauf gewartet hatte. Was konnte ihn noch daran hindern? Er spürte, wie sich seine Finger zur Faust ballten, der Schlag, der sich seit achtzehn Jahren angekündigt hatte, schien unvermeidlich. Er hätte singen können vor Freude und strampelte wie ein Fötus gegen eine Membran des Hasses. Er wollte in das Gesicht schlagen, bis es blutete. Aber er konnte es nicht. Er hätte es getan, wenn er nur gekonnt hätte. Obwohl er dem Mann so weh tun wollte, wie ihm weh getan worden war, konnte er ihn nicht schlagen. Er konnte den Vater nicht schlagen. Er konnte nicht in das Gesicht des Vaters schlagen, das ewig das Gesicht seines Vaters bleiben würde.

In der Wildnis aus Schreien und Weinen, in einem Ödland, das er selbst geschaffen hatte, schüttelte Bull jetzt die kleinen, untauglichen Krieger ab, die ihn umschwärmten, stolperte zur Küche hinaus, torkelte die Hintertreppe hinunter und verschwand in der Nacht.

Sie hörten, wie die Tür mit dem Fliegengitter zuschlug. Sie lagen auf dem Boden und weinten. Mary Anne bedeckte eines ihrer Augen mit der Hand. Karen wimmerte, den Kopf gegen die Schulter der Schwester gelehnt. Matthew barg sein Gesicht in den Händen, sein Körper wurde von lautlosen Schluchzern geschüttelt. Der Zufall verlieh dem Weinen eine kontrapunktische Harmonie, die sich in der blutverschmierten Küche zu einer Symphonie der Trauer verdichtete. Zehn Minuten lang saßen und lagen sie an jenen Stellen, die ihnen in den letzten Augenblicken vor dem Fortgang des Tobenden zugewiesen worden waren.

Es war Mary Anne, die als erste das Schweigen brach und in die große Unschärfe, die sie umgab, hineinrief: »Wer ist der größte Schweinehund von allen?« Aber niemand antwortete, niemand wußte, was er hätte antworten sollen. Die Familie brauchte eine Weile, um die wahre Natur des Spiels zu erkennen.

»Ich fragte, wer der größte Schweinehund von allen ist!« schrie Mary Anne noch einmal.

Und diesmal war die Familie soweit, und einstimmig riefen sie alle aus: »Der große Santini!«

Mary Anne aber machte weiter, und ihre Stimme schien, während sie sprach, in lauter Fragmente zu zerspringen. »Wer stinkt am schlimmsten? Wer ist ein Riesentrottel? Wer besteht aus Kotze und Fischkacke?«

»Der große Santini!«

»Wer trägt immer Büstenhalter und Schlüpfer?«

»Der große Santini!«

»Wer ist Kommunist und schwul und geht vielleicht gerade noch als Weißer durch?«

»Der große Santini!«

Und dann lachten sie. Es war jenes Lachen, das oft die Brautjungfer der Gewalt ist. Es kommt ohne Grund oder aus einer Geographie des Geistes, die wie ein fremdes Land ist, das niemand kennt. Die erste, die lachte, war Lillian, und sie steckte ihre Kinder an, die alsbald vom Lachen wie besessen waren. Sie lachten teils hysterisch, teils erleichtert. Ihr Lachen bekräftigte, daß die Schlacht geschlagen war. Es bestätigte ihre verschworene Gemeinschaft; sie hatten, einer für den anderen, gekämpft, hatten ihr Blut vergossen in diesem Kampf und wußten nun, daß sie fortan im Kampf zusammenstehen würden gegen jegliche Kreatur, die in kriegerischer Absicht das Haus Meecham betrat – und mochte es der Hausvater sein.

★

Ben war gerade dabei, wieder ins Bett zu gehen, als Lillian die Tür zu seinem Zimmer öffnete und sagte: »Dein Vater ist noch immer nicht zurück. Ich mache mir langsam Sorgen um ihn.«

»Hoffentlich verreckt er draußen in den Sümpfen«, antwortete Ben.

»Er hat den Wagen hiergelassen, Liebling. Das heißt, er ist zu Fuß unterwegs. Ich fürchte, er ist ohnmächtig geworden und liegt hier irgendwo in der Nähe herum.«

»Ach wie schrecklich, Mama. Was für eine Schmach!«

»Ich möchte, daß du ihn suchst.«

»Gib mir 'ne geladene Knarre, dann versuch' ich's!«

»Ich möchte, daß du deinen Vater nach Hause bringst, Ben. Und zwar so schnell wie möglich.«

»Das tue ich nicht, Mama.«

»Doch, das tust du«, erwiderte Lillian geduldig. »*Ich* bitte dich, deinen Vater nach Hause zu bringen. Und nun beeil dich, bald geht die Sonne auf.«

Also zog Ben sich an und verließ das Haus. Er hatte keine Ahnung, wo er mit seiner Suche beginnen sollte. Zuerst lief er den Rand des Marschlands in der Nähe des Hauses ab. Dann lief er die Eliot Street hinunter bis zur katholischen Kirche und kehrte über die Rowland Street zurück. Er rief: »Dad! Dad!«, erhielt jedoch keine Antwort.

Fünf Uhr war bereits vorüber, als er seinen Vater schließlich fand. Er lag fast im toten Herzen des Lawn. Seine weiße Galauniform war blutbefleckt und infolge des späten Bads im Swimmingpool nach wie vor feucht. Er hatte sich aus seinem Dienstwagen noch eine Flasche Tanqueray geholt und sich dann hierher zurückgezogen, auf diese paar hundert Quadratmeter Parkland, die ringsum von Wohnhäusern gesäumt wurden, hatte hier saufen wollen, ohne von den dissonanten Blicken seiner Kinder gestört zu werden. Als Ben ihn erreichte, lag er in seinem eigenen Erbrochenen und stöhnte.

Breitbeinig stellte Ben sich über seinen Vater. Er brauchte einen Augenblick, bis er begriff, was er sah. Zum erstenmal in seinem Leben sah er einen hilflosen Bull Meecham vor sich. Gewitterwolken gleich, wallten Gedanken in ihm auf, als sein Vater ihm das Gesicht zuwandte. Da war der Gedanke, dieses Gesicht in Grund und Boden zu stampfen, bis er von dem umgebenden Gras nicht mehr zu unterscheiden wäre; der Gedanke, auf diesen Leib einzutreten, bis der Fuß die Wirbelsäule durchbräche, der Gedanke, Blut aus allen Körperöffnungen strömen zu sehen und mit den Fingern die Pilotenaugen zu ewiger Dunkelheit zu verurteilen; da war der Gedanke, diese Hoden zu zerquetschen, auf daß ihre lebensspendende Kraft ein für allemal ausgelöscht wäre. Aber wie schon zuvor in der Küche, tat Ben nichts dergleichen. Grausamkeiten dieser Art beging er nur in Gedanken.

»Dad«, sagte er schließlich zu der Gestalt, die vor ihm im Gras lag und stöhnte. »Ich soll dich nach Hause bringen, Dad.«

»Mir ist schlecht, Mamakind«, antwortete Bull.

»Weiß ich, Dad. Ich muß dich nach Hause bringen, und du mußt mir dabei helfen, denn allein tragen kann ich dich nicht.«

Bens Zorn war bereits verflogen. Es ärgerte ihn, daß er keinen Kamelbuckel besaß, in dem Wut und Zorn abrufbereit gespeichert werden konnten. Noch vor zwanzig Minuten hätte ich diese Obszönität im Gras bespuckt, dachte er sich, höchstwahrscheinlich jedenfalls – und jetzt versuche ich, den Haß wiederzubeleben, von dem ich vorhin in der Küche ganz besessen war.

Aber der Haß kehrte nicht zurück. Oft genug geriet er in Rage, aber die Atome seines Zorns waren zu aktiv, zu flüchtig. Sie waren nicht zur Dauerhaftigkeit bestimmt, und ihre Lebensspanne war so kurz wie Zündung und Flammenstoß des Nachbrenners in Vaters *F-8*.

Er bückte sich, faßte seinen Vater unter und versuchte vergeblich, ihn hochzuheben. Dann gelang es ihm, Bull wenigstens so weit hochzuwuchten, daß er sich auf Hände und Knie stützen konnte. Schließlich ergriff er Vaters rechten Arm und legte ihn sich um den Hals. Gemeinsam richteten sie sich auf, gemeinsam schwankten sie heimwärts.

Unterwegs überkam Ben ein Gefühl, das er nur allzu gerne rasch wieder unterdrückt hätte, aber er konnte sich seiner nicht erwehren. Ein Satz lag ihm auf der Zunge, und Ben sträubte sich gegen den Drang, ihn auszusprechen. Er führte einen regelrechten Krieg dagegen, doch war seine Zunge eine Rednerin, die in Augenblicken geistiger Umnachtung oder aber im betörenden Halbnelson von Vaters Umarmung zur Selbständigkeit erwachte. Ungläubig und unwillig hörte er sich sagen: »Ich liebe dich, Dad.«

Bull Meecham beschleunigte seine nach wie vor unsicheren Schritte und tat, als habe er nichts gehört.

Und noch einmal verselbständigte sich Bens Stimme, und er hörte sich, zu seiner eigenen wie zur Verwunderung seines Vaters, noch einmal sagen: »Ich liebe dich, Dad.«

Ben sah, daß sein Vater ihn kritisch musterte. Es war, als studiere Bull an seinem Ältesten den Ausbruch einer schweren psychischen Erkrankung, vielleicht einer Schizophrenie. Auf einmal riß er sich los und rannte davon, wieder zurück in den kleinen, dunklen Park. Aber der Alkohol steckte ihm noch immer in den Beinen. Sein Lauf war ein verquältes, umständliches Taumeln und Torkeln im Zickzackkurs. Er fiel, rappelte sich aber gleich wieder auf, lief dann langsam weiter, unfähig, vor irgend etwas davonzulaufen.

Ben fühlte, als er hinter seinem Vater herlief, maßlose Freude in sich aufsteigen. Er holte Bull ein, überholte ihn, versetzte ihm im Vorbeilaufen einen Klaps auf den Hintern und bugsierte ihn wie einen Ochsen in die richtige Richtung. Und dann begann er zu singen, ein fröhliches, spöttisches Lied, war wieder gänzlich Herr über seine eigene Zunge. »Ich liebe dich, Dad. Ich liebe dich, Dad. Ich liebe dich. Ich liebe dich. Ich liebe dich.« Und jedesmal, wenn er die Worte aussprach, wollte Bull vor ihnen davonlaufen und sich ein dunkles Plätzchen suchen, an dem die Nacht ihn umschloß und verbarg. Wenig später stürzte er ein letztes Mal zu Boden und mußte sich noch einmal übergeben.

Ben blieb stehen. Er lächelte, war guter Dinge, fühlte sich frei und freute sich hämisch über eine Waffe, von der er bislang nichts gewußt hatte. Als Bull sich leergespuckt hatte, überlegte Ben, ob er das Lied erneut anstimmen sollte, verzichtete dann aber darauf. Noch einmal legte er den rechten Arm seines Vaters um seinen Hals und half Bull auf die Beine. Wortlos geleitete er ihn nach Hause.

33

Bereits Ende April lag der Sommer in der Luft, und der laue Wind, der vom Fluß herüberwehte, war drückend und unerquicklich. Lillian Meecham saß in einem Schaukelstuhl auf der Terrasse und wartete mit ihren Kindern auf den Sonnenuntergang. Sogar die Sonne schien von der Luft angesteckt worden zu sein.

»Wird Dad dieses Jahr wieder versetzt, Mama?« fragte Karen.

»Nein. Er wird mindestens noch ein weiteres Jahr in Ravenel bleiben.«

»Das wäre das erste Mal seit langem, daß wir zwei Jahre am selben Ort blieben«, bemerkte Matthew.

»Meine neuen Freundinnen würde ich für nichts auf der Welt wieder hergeben«, sagte Karen leidenschaftlich. »Bevor ich noch einmal umziehe, bringe ich mich lieber um.«

»Das wird nicht nötig sein, Püppchen. Nächstes Jahr bleiben wir noch in Ravenel«, sagte Lillian beschwichtigend.

»He, Mary Anne«, sagte Ben, der, den Rücken gegen die weiße dorische Säule gelehnt, auf dem grünen Geländer thronte.

»Was ist los, du Fischkopf?« antwortete seine Schwester, ohne den Blick von ihrem Buch zu heben. Das immer schwächer werdende Licht schien sie nicht zu stören.

»In zwei Wochen ist Schülerball der beiden Oberklassen. Bist du schon von jemandem aufgefordert worden?«

»Toller Witz, sehr komisch«, gackerte Matthew, worauf ihm seine Schwester mit gebieterischem Augenaufschlag einen vernichtenden Blick zuwarf. Aber Matthew hielt ihm stand.

»Ich habe mich in der Tat vor Telefonanrufen nicht retten können. Unter den Bewerbern waren die intelligentesten und hübschesten Burschen der Calhoun High. Aber nicht ein einziger davon verfügt über die entsprechende Reife, mit einer so schicken und weltgewandten Frau eine Konversation zu führen.«

»Das ist ja zum Piepen!« sagte Matt. »Dich hat in deinem ganzen Leben noch nie jemand angerufen, um sich mit dir zu verabreden.«

»Jetzt reicht's aber, junger Mann«, sagte Lillian zu Matthew.

»Wie kommst du gerade jetzt auf den Ball, Goldjunge?« wollte Mary Anne von Ben wissen.

»Weil ich, Benjamin Meecham, im Vollbesitz meiner körperlichen und geistigen Kräfte, hiermit ankündige, daß ich beabsichtige, meine Schwester Mary Anne Meecham, so sie es nur zuläßt, zum Frühlingsball der Juniors und Seniors mitzunehmen.«

»Das ist ja zum Kotzen«, sage Matt, lehnte sich übers Geländer und tat so, als müsse er sich übergeben.

»Du hast sie wohl nicht mehr alle!« sagte Mary Anne und wandte sich wieder ihrem Buch zu.

»Ich finde das ganz, ganz reizend von dir, Ben«, sagte Lillian.

»Nein, danke, ich bin doch kein Sozialfall, großer Bruder.«

»Augenblick, Mary Anne! Daß du kein Sozialfall bist, weiß ich selber. Aber schau dir die Sache doch mal aus meiner Sicht an: Ich habe nämlich kein Mädchen aufgefordert, weil ich mich einfach nicht traue. Ich wollte zwar die eine oder andere anrufen, aber sobald ich den Telefonhörer in der Hand hatte, blühten meine Pickel auf wie nie zuvor, und die Haare in meiner Nase sprossen meterlang ...«

»Was kein Grund ist, vulgär zu werden, Liebling«, unterbrach ihn Lillian.

»Ohrenschmalz entquoll den Seiten meines Hauptes, und der Schweiß lief mir in Strömen aus den Achselhöhlen«, fuhr Ben fort. »Ich habe also niemanden, mit dem ich gehen kann. Und weil Sammy nicht mehr da ist, gibt es auch niemanden, der bei einem Mädchen ein gutes Wort für mich einlegen könnte. Deswegen sollten wir, du und ich, gemeinsam hingehen. Schließlich ist das ja auch dein Junior-Senior-Ball, und es hat ganz den Anschein, als ob kein Buckeliger oder Blinder bei dir vorstellig werden wollte.«

»Ich finde das überhaupt nicht komisch«, antwortete Mary Anne.

»Ich auch nicht, Ben«, pflichtete Lillian ihr bei. »Aber ich finde es einfach himmlisch, daß du Mary Anne gefragt hast, mein Schatz.«

»Mensch, Mama, spar dir doch diese Kommentare! So schaff' ich's ja nie, sie zum Mitkommen zu überreden.«

»Das wird dir sowieso nicht gelingen«, sagte Mary Anne zu ihrem Buch. »Das hat alles so'n pubertär-perversen Beigeschmack.«

»Wieso das denn, um Himmels willen?« hakte Ben nach. »Wieso willst du nicht mit?«

»Weil ich nun mal keine Lust dazu habe. Und außerdem solltest du dich wirklich um ein Mädchen bemühen. Mit mir, das sieht ja total pervers aus. Davon abgesehen: Ich kann nicht tanzen.«

»Ich will mich aber um kein Mädchen bemühen«, erwiderte Ben. »Pervers bin ich sowieso, und tanzen kann ich auch nicht.«

»Euer Vater und ich können euch das Tanzen ja beibringen«, bemerkte Lillian. »Unseren Jitterbug macht uns niemand im Marine Corps nach. Ein, zwei Abende, und ihr habt's begriffen.«

»Also, Menuett ist ein bißchen aus der Mode gekommen, Mama«, grinste Ben.

»Und ich hatte nicht die geringste Ahnung, daß Godzilla tanzen kann«, sagte Mary Anne.

»Du solltest wirklich hingeh'n, Glubschäuglein«, sagte Matt. »Is wahrscheinlich ohnehin deine letzte Gelegenheit.«

»Du wirkst wahre Wunder an meinem Selbstbewußtsein, du Pantoffeltierchen«, gab Mary Anne zurück.

»Wenn Mary Anne nicht mit will, Ben«, sagte Karen, »dann komme ich eben mit. Ich würde gerne mitkommen.«

»Du gehörst sowieso zu den beiden Spitzenkandidatinnen, Karen. Aber hier geht es um Mary Annes ersten und meinen letzten Junior-Senior-Ball. Und sie wird mich dorthin begleiten. Zunächst dinieren wir bei Kerzenschein im Offiziersclub. Eventuell sogar mit einem Gläschen Wein oder Schampus aus dem Lande der Froschschenkelfresser. Den Rest der Nacht verbringen wir tanzenderweise in der Turnhalle, die voller Luftschlangen hängt.«

»Und was glaubst du, was Jim Don und Pinkie und die anderen Schwachköpfe sagen werden?« fragte Mary Anne.

»Die können mir den Buckel runterrutschen«, sagte Ben, zog die Füße aus dem Geländer und legte die Arme um die Knie. »Wir werden uns auf jeden Fall amüsieren.«

»Die werden uns nur auslachen.«

»Wer lacht, kriegt eine übers Maul«, sagte Ben.

»Das solltest du dir auf keinen Fall entgehen lassen, Schweinsnase«, sagte Matt.

»Selber Schweinsnase, du Gnom«, sagte Mary Anne. »Ich seh' sie bloß fast nie, weil du so mickrig bist. Wenn ich dich anschaue, sehe ich immer nur deinen Scheitel.«

»Hört jetzt sofort mit den Grobheiten auf, sonst kriegt ihr beide was mit dem Besen übergezogen«, schimpfte Lillian.

»Sie ist einfach zu häßlich, um von irgend jemandem zum Ball aufgefordert zu werden«, sagte Matt.

Lillian hob impulsiv die Hand. »Du kriegst gleich eine gewischt, Mister!«

»Matt hat's nicht so gemeint, Mary Anne«, sagte Karen.

»Mama«, sagte Mary Anne, den Blick auf ein unbestimmtes Wort in dem auf ihrem Schoß ruhenden Buch fixiert, »bist du nicht glücklich darüber, daß du so schön bist?«

»Ich bin nicht schön. Das habe ich dir schon tausendmal gesagt.«

»Tu doch nicht so scheinheilig, Mama. Du bist schön, und schöne Frauen kriegen alles, was sie wollen.«

Sie hörten die Hintertür ins Schloß fallen und die schweren Schritte von Colonel Meecham im Haus. Bevor er die Terrassentür erreicht hatte, beugte sich Lillian zu Mary Anne hinüber und zischte ihr wütend zu: »Ich habe längst nicht alles bekommen, was ich wollte!«

Bull Meecham, in der Hand ein Budweiser, schritt die Terrasse ab. »Die Truppe drückt sich offensichtlich mal wieder vor der Arbeit, wie? Da fehlt die ordnende Hand des Kommandanten! Schluß jetzt mit dem müßigen Geplauder und zack-zack ans Aufräumen!«

»Hättest du nicht anrufen und Bescheid sagen können, daß du nicht zum Essen heimkommst, Liebling?« fragte Lillian, erhob sich aus ihrem Sessel und küßte ihren Mann auf die Wange.

»Bin drüben im Club in einen kleinen Ringkampf mit Jack Daniel verwickelt worden und hab's vergessen«, sagte Bull und zwinkerte seinen Kindern zu.

»Ben nimmt Mary Anne als Partnerin zum Junior-Senior-Ball mit«, sagte Karen.

»Ist ja toll, Sportsfreunde.«

»Und ihr zwei bringt ihnen vorher noch das Tanzen bei«, fügte Matt hinzu.

Bull nahm Lillian bei der Hand, machte eine übertriebene Verbeugung und zog sie zu sich heran. Gemeinsam improvisierten sie einen Walzer auf der Terrasse. Für einen Mann seiner Größe bewegte sich Bull überraschend geschmeidig. Ihre Körper schienen sich zu vereinen, so harmonisch bewegten sie sich miteinander. Ben fühlte sich peinlich berührt.

»Ihr müßt nur locker genug sein, Schweinchen. Wenigstens 'ne Spur von Santinis Rhythmus müßtet ihr doch geerbt haben.«

»Ich habe die Beine von Santini geerbt«, erwiderte Mary Anne.

»Ich hab' schon immer wie'n Nigger tanzen können«, schrie Bull.

»Neger, Bull, Neger!« korrigierte Lillian.

»Was liest du denn da für ein Buch, Mary Anne?« fragte Ben und wandte sich von seinen Eltern ab, die drauf und dran waren, sich im Zauber ihres spontanen und unverhohlen sinnlichen Tanzes zu verlieren.

»Eigentlich geht's dich einen feuchten Kehricht an, aber meinetwegen«, sagte Mary Anne. »Es handelt sich um Halliwells *Dictionary of Archaic and Provincial Words.*« Auch sie schenkte ihren tanzenden Eltern keine Beachtung.

»Heißt das etwa, daß *du* meinen Halliwell geklaut hast?« lachte Ben. »Warum, um Himmels willen, liest du denn so was? Das ist doch nichts als 'ne Ansammlung von lauter toten Wörtern.«

»Tote Wörter gefallen mir sehr. Ich finde sie hochinteressant, und helfen tun sie mir auch. Ich kann damit nämlich Leute beleidigen, ohne daß sie es merken. Matt zum Beispiel ist ein Knallkaffer.«

»Hast du gehört, wie sie mich genannt hat, Mom?« brüllte Matt. »Ich gehe jede Wette ein, daß es was ganz Dreckiges ist.«

»Es handelt sich dabei einfach um einen tumben Schafskopf. Mom ist eine Schwester Lustig, also eine Verschwenderin, die das Geld mit beiden Händen aus dem Fenster wirft. Dad ist ein Sudelkoch, ein armseliger dreckiger Tor. Karen ist eine grienende Dunsel, also eine fortwährend grinsende, dumme Person.«

»Das ist aber nicht sehr nett von dir, Mary Anne«, sagte Karen.

»Ist doch nur ein Witz, Karen. Ich habe dieses Buch für fünfundzwanzig Cents auf dem katholischen Gemeindebasar erstanden und muß es jetzt auch benutzen. Sonst meint Mom nur wieder, daß mir das Geld zu locker in der Tasche sitzt...«

»Da wir gerade von Geld sprechen«, unterbrach sie Lillian. »Was willst du denn überhaupt anziehen, wenn du mit Ben zum Ball gehst?«

»Ich habe bisher noch gar nicht zugesagt«, meinte Mary Anne.

»Sie wird das schönste Kleid des Abends tragen«, sagte Bull.

»Ich habe nichts, was man auf einem Ball tragen kann.«

»Dann kaufen wir dir eben so'n verdammtes Kleid«, bollerte Bull.

»Ich werde versuchen, mir von einer der jungen Offiziersfrauen aus dem Club ein Kleid auszuleihen. Wir können es uns nicht leisten, ein Ballkleid zu kaufen, das Mary Anne nur ein einziges Mal in ihrem Leben tragen wird.«

»Und ob wir das können«, widersprach Bull.

»Die Zeiten sind nicht gut, Bull«, sagte Lillian, löste sich aus der

Umarmung und unterbrach den Tanz. »Ich bin sicher, daß sich bei den jungen Frauen ein Ballkleid findet, das für Mary Anne geeignet ist.«

»Mary Anne bekommt ein eigenes Kleid, basta. Der große Santini hat gesprochen.«

»Der große Santini ist aber nicht für die Buchhaltung zuständig«, gab Lillian streng zurück. »Die fällt ins Ressort von Mrs. Santini.«

»Siehst du«, sagte Mary Anne an Ben gewandt, »sie ist eben eine richtige Schwester Lustig.«

»He, Sportsfreund!« rief Bull Mary Anne zu. »Kaufen die anderen Mädchen in deiner Klasse sich neue Kleider oder leihen sie sich welche?«

»Sie erzählen natürlich, daß sie ein neues kaufen«, erwiderte Lillian unbeeindruckt. »In Wirklichkeit sind die meisten Kleider geliehen, darauf könnt ihr Gift nehmen.«

»Sie kaufen sich neue Kleider«, sagte Ben.

Nach einem furchtbaren Ehekrach fuhr Bull Meecham tags darauf mit Mary Anne zu Sarah Postons Kleidergeschäft in der River Street und kaufte ihr für den Junior-Senior-Ball der Calhoun High School des Jahres 1963 ein bodenlanges Ballkleid.

★

Am Abend des Balles schritt Ben im Smoking und nicht ohne Eitelkeit die Treppe hinunter. Sein Vater hatte sich auf dem Sofa ausgestreckt und las die Abendzeitung. Ben ging zu ihm hin, schlug die Hacken zusammen, nahm die Schultern zurück und stand stramm.

»Gut siehst du aus, Sportsfreund. Zwar stehen dir die Haare am Hinterkopf zu Berge, aber ansonsten siehst du picobello und preisverdächtig aus. Wo ist Mary Anne?«

»Sie ist oben und macht sich fertig.«

»Sie macht sich schon seit ungefähr drei Tagen fertig.«

»Das Kleid, das du ihr gekauft hast, gefällt ihr ungemein, Dad.«

»Was anderes habe ich auch nicht erwartet, mein Kleiner. Deine Mutter macht mir seit geschlagenen zwei Wochen ununterbrochen Vorwürfe deswegen. Ich hab' ihr gesagt, für meine Schweinebande ist das Beste grade gut genug.«

»Findest du nicht, daß die Jacke ein bißchen zu weit ist?«

»Nein, die sitzt ausgezeichnet. Wahrscheinlich wirst du heute nacht noch von ein oder zwei geilen Weibern vergewaltigt. Und jetzt raus mit dir auf die Terrasse, zur Schlußinspektion bei deiner Mutter.«

Lillian saß auf der Treppe, rauchte eine Zigarette und schaute einem Lastkahn zu, der gerade unter der geöffneten Brücke hindurchfuhr.

»Wie seh' ich aus, Mama?« fragte Ben.

»Wie ein Prinz«, sagte sie. »Dreh dich mal um.«

Ben drehte sich tänzelnd um die eigene Achse. Lillian erhob sich und sagte: »Laß uns die Tanzschritte noch mal üben.« Sie nahm seine linke Hand und legte einen Arm um ihn. Ein paar Augenblicke lang tanzten sie schweigend. Ben sah auf seine Füße, und Lillian mußte lächeln, weil sie ihm seine Unbeholfenheit in der ungewohnten Kleidung anmerkte. »Jedes Mädchen wäre stolz darauf, in deiner Begleitung auf den Ball zu gehen«, sagte sie.

»Mary Anne tut immer noch so, als sei meine Einladung eine Zumutung für sie.«

»Das Erbe deines Vaters. Komm, wir setzen uns einfach hin und atmen die Luft, die vom Fluß herüberweht. Nichts ist schöner als ein Spätfrühlingsabend im Süden.« Sie setzte sich auf die oberste Treppenstufe und griff nach einer neuen Zigarette. Ben nahm ihr hastig die Streichhölzer aus der Hand und gab ihr Feuer. Die aufflackernde Flamme erhellte kurzfristig ihr Gesicht. »Danke, Liebling. Die Manieren eines Gentleman hast du wenigstens von mir gelernt. Das ist etwas, was dir niemand wieder wegnehmen kann.«

»Mama?« sagte Ben fragend, wobei seine Augen in die Dunkelheit starrten. »Bin ich eigentlich ein echter Südstaatler?«

»Was für eine dumme Frage. Warum fragst du das, mein Junge?«

»Weil ich es gerne wissen möchte.«

»Aber natürlich bist du ein Kind des Südens, Liebling. Du bist in Georgia geboren und hast dein gesamtes bisheriges Leben südlich der Mason-Dixon-Linie verbracht.«

»Es gibt aber Zeiten, Mama, zu denen ich mich völlig fremd fühle. Da weiß ich überhaupt nichts mehr über mich und meine Herkunft. Philip Turner kennt diese Stadt in- und auswendig, kennt jeden ihrer Bewohner. Über jedes Haus, an dem wir vorüberkommen, und jeden Menschen, dem wir begegnen, kann er eine Geschichte erzählen. Ich weiß über niemanden Bescheid, nicht einmal über mich selbst. Ich weiß nur, daß Dad aus dem Mittelwesten kommt und irischer Abstammung ist. Und ich weiß auch, daß du aus dem Süden bist und dich entsprechend fühlst. Genau wie Sammy Wertzberger, wie Mr. Loring und Mr. Dacus. Ich bin ganz anders. Ich rede nicht wie ein Südstaatler, und meistens denke ich auch nicht wie einer. Ich bin eigentlich überhaupt nichts. Verstehst du, was ich meine?«

»Ich hab' mir über dieses Problem auch schon Gedanken gemacht, Liebling. Die Jungen, mit denen ich aufwuchs, gingen alle gern zum Fischen oder auf die Jagd. Sie wußten, wie sie sich zu kleiden hatten, und fühlten sich diesem Land mit all seinen Sitten und Gebräuchen innerlich verbunden. Um das zu erreichen, muß man aber an einem Ort bleiben. Wer alle zwei Jahre umzieht, ist eben nur ein Vagabund. Ich habe mir Gedanken darüber gemacht, daß aus meinen heranwachsenden Kindern nicht Südstaatler oder Yankees, sondern etwas viel Schlimmeres werden könnte – nämlich entwurzelte geographische Mulatten. Deswegen gehe ich jedesmal, wenn euer Vater im Ausland ist, mit euch nach Atlanta zurück. Ich will euch das Gefühl vermitteln, daß euer wahres Zuhause das Heim eurer Großmutter ist, der Ort, an den ihr denkt, wenn ihr das Wort Heimat hört. Meine Hoffnung war immer die, daß ihr von euren Erlebnissen und Erfahrungen dort ein Leben lang würdet zehren können. Aus dem gleichen Grund habe ich es auch begrüßt, daß du so viele Abende und Nächte mit Toomer unterwegs warst. Er verkörperte den Süden, wie er einmal war und eigentlich noch sein sollte, wie es ihn aber nicht mehr gibt und auch nie wieder geben wird. Für Arrabelle gilt das gleiche. Ihr Gesicht legt Zeugnis ab von einer wahrhaft glorreichen und edlen Leidensgeschichte, die sogar den einen oder anderen Sieg verzeichnet. Als Arrabelle zum erstenmal an meine Hintertür kam, wußte ich sofort, daß ich sie einstellen und sie bald meine Freundin nennen würde. Einige der stärksten und bewundernswertesten Menschen, die mir je begegnet sind, traten mir zuerst durch die Küchentür entgegen. Aber um deine Frage zu beantworten, Ben, und ich halte sie wirklich für sehr wichtig: Ein waschechter Südstaatler bist du nicht, aber der Süden ist in dir, und er ist stärker als alles andere. Und was mich betrifft, so wäre ich lieber Beinahe-Südstaatler als Beinahe-Königin von England.«

»Kann man sich dazu zwingen, Südstaatler zu sein?« fragte Ben.

»Nein«, erwiderte Lillian, »so einfach geht das nicht. Zum Südstaatler muß man geboren sein. Ein Südstaatler weiß ganz einfach, daß er einer ist.«

Ben und Lillian hörten, wie Bull in seiner strategisch günstigen Position auf dem Sofa ein durchdringendes Wolfsgeheul ertönen ließ, und schlossen daraus, daß Mary Anne die Treppe herunterkam. Sie erhoben sich beide und betraten das Haus.

Das Kleid war blau und hatte weiße Rüschen an den Schultern. Aus Furcht, ins Stolpern zu geraten, nahm Mary Anne die Stufen langsam und mit großer Vorsicht. Sie hatte sich von Lillian eine Perlenkette und von Paige Hedgepath lange weiße Abendhandschuhe ausgeliehen. Ihre Brille trug sie nicht, weshalb sie sich auf dem Weg nach unten am Treppengeländer entlangtastete.

»Du siehst einfach fabelhaft aus, mein Schatz«, sagte Lillian.

»Wußte gar nicht, daß du soviel Holz vor der Hütte hast«, blökte Bull.

»Schweig still, Bull«, mahnte Lillian, »bevor Gott oder sonst jemand dich hört.«

»Deine Perversität kennt keine Grenzen«, bemerkte Mary Anne und errötete gleichzeitig aus heimlicher Freude über das Kompliment. Kaum war sie unten, als Ben ihr auch schon ein kleines Orchideensträußchen ansteckte und sich tief vor ihr verneigte. Er bot ihr den Arm, worauf sie gemeinsam quer durchs Wohnzimmer zu Bulls Sofa schritten, dort auf dem Absatz kehrtmachten und wieder zurück zur Treppe stolzierten. Karen und Matt waren aus der Küche gekommen und schauten ihnen zu.

»Wartet einen Moment, ich hol' schnell meine Kodak«, sagte Lillian und ging in die Küche.

»Du siehst sehr schön aus, Mary Anne«, sagte Karen.

»Danke, Karen. Ich bin der Ehren schon ganz müde, mit denen ich infolge meiner Schönheit überhäuft werde. Schon zweimal hintereinander wurde ich zur Schönheitskönigin gekürt, das ist meinen Mitschülerinnen gegenüber einfach nicht fair. Wenn mich der Kapitän des Football-Teams auch diesmal wieder auf Knien um ein Rendezvous anfleht, werde ich ihm eine höfliche Abfuhr erteilen, so daß diese Ehre einer anderen Maid zufallen kann.«

»Junge, Junge, wenn das kein Witz ist«, sagte Matt. »Du und Schönheitskönigin, daß ich nicht lache!«

»Hüpf aus dem Fenster, du Spinner, und treib deine Späßchen draußen, vielleicht triffst du ja Peter Pan dabei«, fauchte Mary Anne.

»Okay, Dad«, sagte Matt, an seinen Vater gewandt. »Wenn du ihr dafür keine überziehst, gibt's Simba Barracuda für die Brillenschlange.«

»Halt's Maul, Matt«, sagte Bull.

»Stillhalten, ich will ein Bild von euch machen«, sagte Lillian, die mit Fotoapparat und Blitzlicht zurückgekommen war.

»Wo hast du denn deine Brille gelassen, Mary Anne?« wollte Karen wissen.

»Die Gläser lenken nur von meiner überirdischen Schönheit ab. Deswegen werde ich sie heute abend nicht tragen. Ben ist daher nicht nur mein Partner, sondern auch mein Blindenhund.«

»Sputet euch jetzt lieber, ihr Schweinchen«, sagte Bull und warf einen Blick auf seine Uhr. »Euer Tisch im Club ist für Punkt neunzehn Uhr bestellt.«

»Geh doch noch einmal quer durchs Zimmer, Schätzchen«, sagte Lillian zu Mary Anne. »Und denk daran, was ich dir gesagt habe. Du mußt deine Beine unter dem Kleid hochheben und tänzeln wie ein Pony.«

Unter dem prüfenden Blick ihrer Mutter durchmaß Mary Anne noch einmal den Raum.

»Dein Gang ist ein Erbstück von der väterlichen Seite. Aber so geht es schon besser. Jetzt gebt mir beide einen Kuß, und dann ab mit euch.«

Sie küßte Ben, sah ihm in die Augen und sagte: »Deine Augen hast du von meiner Familie, Ben. Sie sind strahlend blau.«

»Aber Dad hat doch auch blaue Augen, Mama«, begehrte Karen auf.

»Schon, aber bei ihm ist das Blau ausgewaschen, fast farblos. Ben hat die typischen Barrett-Augen, und nicht nur er, sondern ihr alle. Es sind Augen voller Charakter und Tiefgang.«

»*Yeah*«, meinte Bull. »Meine Augen taugen wohl nichts.«

»Wir müssen uns beeilen«, sagte Ben.

Er öffnete gerade für Mary Anne die Beifahrertür, als Matthew sich auf der Veranda blicken ließ und rief: »Du siehst hübsch aus, Mary Anne!« Worauf er sofort wieder im Innern des Hauses verschwand.

★

»Was haben wir denn nun wirklich von Dads Seite geerbt?« fragte Mary Anne ihren Bruder auf dem Weg zur Air Base. »Bei Mom kommt das Scheusal in diesem Punkt ja nicht gerade gut weg.«

»Laß uns mal nachdenken«, erwiderte Ben. »Was würde Mama denn auf Vaters Erbe zurückführen, auf das furchterregende Chicagoer Erbe?«

»Sommersprossen, Pickel, schlechte Laune, komischer Gang, Plattfüße, Wurstfinger, die Neigung zu Alkoholismus und Irrsinn«, schlug Mary Anne vor.

»Stimmt«, pflichtete Ben ihr bei, »das kommt alles von Vaters Seite. Und alles, was mit schwarzen Schafen zu tun hat. Sämtliche schwarzen Schafe der Familie stammen aus seiner Linie.«

»Äußerst minderwertige schwarze Schafe«, sagte Mary Anne. »Ihre Seite der Familie produziert nur erstklassige Ware, staatlich geprüfte schwarze Schafe sozusagen – zumindest bildet sie sich das ein.«

»Außerdem haben wir die Scheiße der Familie Meecham geerbt«, fuhr Ben fort. »Auf Mutters Seite scheidet man Vanilleeis aus.«

»Nein, das stimmt nicht«, sagte Mary Anne. »Die kacken Mondstrahlen, Geldstücke und weihevolle Gnade.«

»Du erkennst hoffentlich, wie sehr mich das schlechte Gewissen plagt, weil ich hinter ihrem Rücken so über unsere Mutter herziehe. Dir ist doch klar, daß sie eine Heilige ist, oder?«

»Natürlich ist sie eine Heilige.«

»Gott hat sie sehr lieb.«

»Und außerdem ist sie eine Schwester Lustig. Aber das paßt natürlich blendend in ihre Vorstellung von einer Heiligen. Lillian ist vollkommen, absolut vollkommen. Sie ist schön, sie ist gut, sie ist heilig. Sie betet ununterbrochen – und sie ist mit einem Monster verheiratet. Ihre Heiligkeit ist unanfechtbar, und Gott bleibt gar nichts anderes übrig, als sie gern zu haben.«

»Ich wünschte nur, sie nähme sich selbst nicht ganz so ernst«, sagte Ben. »Ich meine – also, erst neulich bekam ich zufällig mit, wie Mrs. Grantham sie als eine Heilige auf Erden bezeichnete. Und weißt du, wie Mom darauf reagiert hat?«

»Ich trau' mich kaum zu fragen, ehrlich nicht.«

»Mom nickte – ganz so, als stimme sie hundertprozentig mit dem, was Mrs. Grantham gesagt hatte, überein. Sie war sichtlich erfreut darüber, daß Mrs. Grantham so, so . . . Wie soll ich es sagen? So eine gute Beobachterin ist . . .«

»Mom hat nur einen einzigen Fehler, und das ist ihre Fehlerlosigkeit. Deswegen können viele Leute sie nicht ausstehen. Ich kenn' ein paar Frauen, die tun zwar so, als hätten sie Mom gern, während sie sie in Wirklichkeit hassen wie die Pest. Ich habe die bösen Blicke hinter Moms Rücken gesehen.«

»Lieber als Dad ist sie mir allemal.«

»Mir nicht, Bruderherz«, erwiderte Mary Anne im Brustton der Überzeugung. »Dad ist gar nicht so übel. Ich kann mich gut daran erinnern, mit welchem Vergnügen er mir, als ich ein Kleinkind war, auf der Fontanelle rumgeprügelt hat. Damals hatte ich irgendwie das Gefühl, mit seinen Vaterqualitäten könne es so weit nicht her sein. Aber das hat sich längst geändert. Es war eben eine Art, mich auf den Ernst des Lebens vorzubereiten. Dad ist Bull Meecham, und er hat nie vorgegeben, etwas anderes zu sein. Manchmal ist er ein Scheißkerl, das gebe ich ja zu, aber man weiß bei ihm zumindest, woran man ist.«

Sie waren am Haupttor angekommen. Ben klappte die Sonnenschutzblende herunter, setzte eine strenge Miene auf, die keinen Widerspruch zuließ, und bemühte sich, fünf Jahre älter zu erscheinen. Als der Wachposten vor dem Auto salutierte, nickte Ben huldvoll und sagte: »Guten Abend, junger Mann.«

»Das hast du von Vaters Seite«, kommentierte Mary Anne, während Ben den Wagen zum Offiziersclub lenkte.

★

Der Geschäftsführer des Offiziersclubs geleitete sie zu einem Tisch mit Kerzenbeleuchtung in der Mitte des Raumes. Im Speisesaal dinierten nur wenige Paare, doch an der Bar drängten sich die jungen Marineoffiziere mit ihren Frauen und Freundinnen. Ben bestellte für sich und seine Schwester, da Mary Anne in Ermangelung ihrer Brille nicht ein einziges Wort auf der Speisekarte entziffern konnte. Sie machte allerdings das schummerige Licht für diesen Umstand verantwortlich.

Noch bevor der erste Gang serviert wurde, erschien der Oberkellner an ihrem Tisch und überreichte Mary Anne ein Dutzend roter Rosen.

»Von wem sind die denn?« fragte Mary Anne und runzelte die Stirn, als fürchte sie, jemand wolle sie verspotten, oder sie sei das Opfer einer Verschwörung mit dem Ziel, sie bloßzustellen.

»Lies doch das Kärtchen«, sagte Ben.

»Kann ich nicht Ben, das weißt du doch«, antwortete sie. »Diese knauserigen Marines hocken beim Kerzenschein zusammen, weil sie es nicht über's Herz bringen, ein oder zwei Dollar für vernünftige Lampen auszugeben.«

Ben nahm die Karte, hielt sie ins Licht der kleinen Flamme und las laut vor: »›Zwölf Rosen für die hübscheste Tänzerin auf dem Parkett. Und kein Wort über die Blumen zu Schwester Lustig, sonst mault sie nur wieder über die Geldausgabe. Viel Spaß. Der große Santini.‹«

»Dad ist so kindisch sentimental«, sagte Mary Anne.

»Und ich dachte schon, du hast 'n ausgestorbenes Wort für ihn«, bemerkte Ben.

»Dad ist ein Dösbaddel«, sagte Mary Anne ohne zu zögern.

»Und das wäre?«

»Das heißt, daß er sich manchmal wie ein junger, törichter Esel aufführt.«

»Und was bist du?«

»Ich bin eine Hetäre, eine hochgebildete, schwärmerische Frau mit freizügigem Lebenswandel.«

»Hast du schon mal unter ›Armleuchter‹ nachgeschlagen?« fragte Ben.

»Du bist nur neidisch, Ben. Abgesehen von den Vokabeln, die auf Mr. Lorings Listen stehen, hast du keine Ahnung von gehobener Sprache. Und jetzt bist du sauer, weil ich immer was Neues über Wörter in Erfahrung bringe, von denen du nie eine Ahnung haben wirst, weil du eben nur Sprungwürfe im Kopf hast.«

»So, so. Und du gibst mit angelesenen Wörtern an, die kein Mensch mehr benutzt. Es ist doch völlig sinnlos, wen zu beleidigen, wenn der gar nicht kapiert, worum es geht.«

»Tote Wörter tun mir leid«, sagte Mary Anne. »Hast du jemals darüber nachgedacht, wie das ist, wenn ein Wort stirbt, das keiner Fliege was zuleide getan hat und durchaus noch einen nützlichen Zweck erfüllt? Wenn ich ein totes Wort in den Mund nehme, denke ich mir, daß es dadurch vielleicht wieder lebendig wird.«

»O Gott, ist das bescheuert«, sagte Ben. »Weißt du eigentlich, worüber ich mir Sorgen mache, Mary Anne? Ich mach' mir Sorgen, daß ich dich eines Tages in so einer Klapsmühle besuche, weil du dich in 'ne Gelbe Rübe oder so was Ähnliches verwandelt hast. Ich seh's direkt vor mir, wie ich dir Zahnpasta und Deostift mitbringe und wie du mit ausgebranntem Hirn dahockst und dir in die Schuhe sabberst. Und 'ne Krankenschwester fragt dich: ›Rübe, erinnerst du dich noch an deinen Bruder Ben?‹«

»Worauf ich antworte: ›Ja, an den Sündenfresser kann ich mich noch erinnern.‹ Das ist das tote Wort, das ich für dich gefunden habe, Ben. Einem uralten Brauch zufolge wurden bei Begräbnissen arme Leute angeheuert, die die Sünden der Verstorbenen auf sich nehmen mußten. Sie haben sich die Sünden der Reichen einverleibt, verstehst du? Aber du, Ben, wärst viel zu fromm, um gegen Bezahlung Sünden zu fressen. Du tätest es aus reiner Gutmütigkeit.«

»Darum hast du nie Freunde, Mary Anne. Du kehrst dauernd die Superkluge und Neunmalgescheite heraus.«

»Wenn ich sterbe, Ben, dann möchte ich, daß du alle meine Sünden aufißt, so wie jetzt diesen Salat. Ich will wie eine Rakete gen Himmel schießen und bis in alle Ewigkeit wie ein Satellit um das Haupt Gottes herumschwirren. Und zwar nur, weil du alles aufgemampft hast, was ich auf Erden verbockt und vergessen habe.«

»Trotzdem brauchst du mit deinem Wissen nicht dauernd anzugeben.«

»Wenn ich es nicht tue, du Pickelfresse, dann erfährt doch kein Mensch, wie gebildet ich bin.«

»Du selbst weißt es genau«, erwiderte Ben, »und darauf kommt es an. Ich habe die Leistungen stiller und bescheidener Menschen von jeher viel mehr bewundert als die Heldentaten jener, die sich lauthals und nervtötend damit brüsten.«

»So, hast du das?« sagte Mary Anne sarkastisch.

»Sprich nicht so laut«, wisperte Ben. »Die Leute drehen sich schon nach uns um.«

»Ich wünschte nur, es gäbe eine Ehrenmedaille des Kongresses für Frömmigkeit. Sankt Lillian ist die Schutzheilige der Frömmigkeit, aber deine Verdienste sollten auch anerkannt werden. Sobald sich die heilige

Lillian zu den himmlischen Heerscharen gesellt hat, bist du der Favorit für den Posten des Schutzheiligen. Du bist sooo lieb, Ben, so unschuldig, so gottverdammt jesusmäßig. Gott hat sich eine todsichere Waffe entgehen lassen, als er darauf verzichtete, Bethlehem zu deinem Geburtsort zu machen.«

»Warum hackst du eigentlich auf mir rum? Schließlich bin ich es, der dich zum Junior-Senior begleitet.«

»Ich hacke auf dir rum, Ben, weil du es bist, der mich zum Junior-Senior begleitet. Zwei Dinge an dir kann ich nicht ausstehen, Goldjunge. Da ist zunächst deine aufgesetzte Bescheidenheit, die ich zum Kotzen finde. Und dann, daß du so nett bist. Genauso wie Dad nicht vom Saufen loskommt, kannst du dich nicht vom Musterknabesein befreien. Dir reicht's nicht, ein durchschnittlich netter Kerl zu sein, sondern du mußt für alle und jeden der netteste Mensch sein, der ihnen je über den Weg laufen wird. Meinst du, ich hätte es nicht längst gemerkt, wie du darauf achtest, daß nur ja jeder Mensch sieht, wie lieb und nett du bist, und dir entsprechende Komplimente macht? Und die allerbeste Tat, die du je vollbracht hast, die wahre Krone von allem, ist die, daß du deine fette, sommersprossige Schwester zum Junior-Senior mitnimmst. Lange lebe Sankt Benjamin! Wer hat dich eigentlich darum gebeten? Mom oder Dad?«

»Niemand«, sagte Ben und schnitt sich das Steak zurecht, das der Kellner soeben serviert hatte.

»Wie edel.«

»Niemand, habe ich gesagt!« brauste Ben auf.

»War also nichts als unverfälschte Frömmigkeit.«

»Genau. Der Herr ist mir wohlgesonnen.«

»Und noch was will ich dir sagen, Bruderherz, dann bin ich wieder die liebreizende Mary Anne.«

»Die liebreizende Mary Anne? Mit der mußt du mich mal bekannt machen«, sagte Ben mit vollem Mund.

»Du und Mom, ihr beide seid imstande, eure Mitmenschen mit eurer Frömmelei ärger zu verletzen als Dad mit seinem Jähzorn. Bei Dad weiß man immer, woran man ist, und er selbst weiß es auch. Aber niemand weiß, was es mit dem Goldjungen Ben und der lieben Lillian auf sich hat, noch nicht einmal sie selbst.« Mary Anne hatte noch keinen Bissen angerührt. »Du weißt, warum Dad dich prügelt – nicht immer, aber manchmal. Er sieht ihre Frömmigkeit im Gesicht eines Mannes, und da kann er manchmal gar nicht anders als draufhauen. Er bildet sich ein, wenn er es aus dir herausprügelt, verliert sie vielleicht auch ein bißchen von ihrer Heiligkeit.«

»Wenn du jetzt nicht ißt, Mary Anne, dann schmeiß' ich dich in den Swimmingpool oder kipp' dir Ketchup über deine Orchideen.«

»Du doch nicht. Du bist doch absolut perfekt.«

»Iß jetzt«, befahl Ben.

Ein paar Minuten lang aßen sie in völligem Schweigen. Ben war sich darüber im klaren, daß die Paare an den anderen Tischen mit einer Mischung aus Neugier und Verdruß zu ihnen herüberstarrten. Mary Anne wirkte in ihrem hellblauen, ihre Figur betonenden Kleid geduckt und verletzt – wie ein Schmetterling, dem man den Staub von den Flügeln geschabt hat. Um sehen zu können, was sie aß, mußte sie sich tief über ihren Teller beugen. Ben lag schon eine verletzende Bemerkung auf der Zunge, doch sprach er sie nicht aus. Er brachte es nicht über sich. Sie hätte irgend etwas über die nie versiegenden Quellen der Frömmigkeit oder von imaginären Herden erzählt, aus denen die Milch der Herzensgüte floß. Aber da war noch etwas anderes, Tiefersitzendes. Obwohl sie in derselben Familie aufgewachsen und von denselben Eltern geprägt worden war wie er, hatte Mary Anne im Laufe der Zeit schlimmere Blessuren davongetragen. Ihm, Ben, hatte man die Angst anerzogen, doch er gehörte nicht zum auserwählten Stamm der Leidenden – das Mädchen dagegen, mit dem er heute abend ausging und das ihm am Tisch gegenübersaß, zählte durchaus dazu.

Schließlich sagte er: »Ich denke mir das folgendermaßen, Mary Anne: Nächstes Jahr bin ich auf dem College, und dies ist das letzte Mal, daß wir so zusammen ausgehen. Ich werd' dich auf jeden Fall vermissen, und du bist immer schon mein bester Freund gewesen, aber es ist sowieso egal.«

»Ich glaub', ich bring' mich um«, erwiderte Mary Anne.

»Prima.«

»Nein, wirklich.«

»Ja, wirklich, echt gut«, sagte Ben. »Leider bist du dazu zu feige.«

»Das wird dir noch leid tun, Ben. Wenn der Arzt mir die Decke über den Kopf zieht, wirst du hysterisch herumjammern, weil die Chance, mich davon abzuhalten, vertan ist. Man sagt, daß jeder Selbstmörder vorher Andeutungen macht, und das ist genau das, was ich jetzt tue. Dies ist eine Warnung.«

»Und warum willst du dich umbringen?«

»Weil ich deprimiert bin«, erwiderte Mary Anne.

»Du bist immer deprimiert.«

»*Yeah*, aber diesmal mehr als sonst. Selbstmörderisch depressiv, mein Lieber, und das ist das Schlimmste, was man sich vorstellen kann.«

»Und wie willst du es anstellen?« fragte Ben.

»Schmerzlos. Das ist das Wichtigste. Ich will keinen Schmerz, nicht den geringsten. Und kein Blut. Der Gedanke an einen blutverschmierten Kadaver ist mir unerträglich. Ich will eine schöne Leiche sein.«

»Und warum stirbst du nicht einfach auf dem Operationstisch, wenn du dir die Nase richten läßt?«

»Also, das hat mich an dir schon immer gestört, Ben. Wenn alle Welt sich vor Lachen krümmt, dann wirst du ernst. Und wenn du versuchst, ein menschliches Wesen vom Selbstmord abzubringen, dann machst du dumme Witze.«

»Ich will nur, daß 'ne schöne Leiche aus dir wird«, sagte Ben und schaute auf die Uhr. »Und jetzt los. Wir haben ein Rendezvous in Paris.«

★

Das Motto der Tanzveranstaltung lautete *Gaîté Parisienne,* und die Turnhalle, in der Ben einst Körbe geworfen und einem Jungen den Arm gebrochen hatte, war in einer Ecke mit dem Eiffelturm und in der anderen mit einer Pappfassade von Notre Dame dekoriert. Ben und Mary Anne kamen vorbei an *boutiques de Paris,* die neben der Heimtribüne errichtet waren. Die für den Abend engagierte Tanzkapelle spielte *Moon River.* Die Musiker waren als tanzende Apachen kostümiert, und drei Lehrerinnen trugen züchtige Can-Can-Kleider.

Ben tanzte den ersten langsamen Tanz mit Mary Anne, wobei beide die Schritte zählten und beim Zählen lachen mußten. Philip Turner klatschte Mary Anne ab, noch ehe der Tanz zu Ende war. Mr. Dacus war Mary Annes Partner bei der ersten schnellen Nummer, und Ogden Loring ihr zweiter beim nächsten langsamen Tanz. Als Jim Don sich aus dem Staub machte, um sich draußen auf dem Parkplatz einen anzutrinken, forderte die allein zurückgebliebene Ansley Matthews Ben zweimal zum Tanzen auf. Poesie-Alben wurden von einem zum anderen weitergereicht; ein Unterkläßler schob eine Blumenkarre vor sich her und verteilte Sträußchen als Souvenirs. Von den Stahlträgern des Daches hingen Luftschlangen herab, die die Köpfe der größten Tänzer beinahe berührten. Der Springbrunnen war mit einem Schild versehen worden, das die Aufschrift *Le vin Beaujolais* trug. Pinkie tanzte zweimal mit Mary Anne, Art the Fart einmal. Der Abend verging wie im Fluge, es war fast wie Zauberei. Pariser Zeiten im Marschland von Ravenel. Und niemand lachte sie aus.

34

Es war ein Nachtflug. Bull Meecham war von Ravenel nach Key West geflogen, ein Hin- und Rückflug, der insgesamt das Nachtflugsoll von vier Stunden im Monat erfüllte.

Um drei Uhr dreißig flog er in Key West ab. Nach seiner Schätzung würde er um fünf Uhr zwanzig wieder in Ravenel sein. Die Flughöhe betrug zehntausend Meter. Als die *F-8* abhob, mußte Bull daran denken, wie glücklich er war, daß ihn die Fliegerei nach wie vor begeisterte. Sie war ihm über die Jahre nicht langweilig geworden. Noch immer konnte er sich darüber freuen wie ein kleiner Junge.

Der Jet hob in der Dunkelheit ab, und die Maschinen brummten unter Bull Meecham voller Energie und Gotteskraft, während dieser einem Niemandsland entgegenflog und die Erde unter ihm zunehmend an Bedeutung verlor. Hier in seinem Flugzeug begegnete er fremden Göttern, und seine Religion war eine Theologie aus Wind und Strömung und die Ehrfurcht vor in der undurchdringlichen Schwärze leuchtenden Sternen. In seinen Augen waren die Sterne Lotsen, alte Freunde, ein präziser Kompaß aus purem Licht, Druiden in der silbrigen Abgeschiedenheit des Nachtflugs. Als Bull die Erde verließ, wußte er, daß er mit großer Wahrscheinlichkeit bisher unberührte Bereiche des Himmels durchqueren würde. Er konnte tanzen wie kein Mann vor ihm; er konnte trudeln, abtauchen oder kreisen, und seine Possen im zehntausend Meter über der Erde liegenden Königreich der Wolken waren eine einzige Koketterie mit absoluten Grenzen und unüberschrittenen Schwellen. Sein Tanz in den Lüften war ein Ballett aus Macht und Bedrohung, und es gab Zeiten, da ihn seine Liebe zum Fliegen so sehr überwältigte, daß er am liebsten Hacke-Spitze über einen Flügel getänzelt, über den Rumpf gesprungen und mit Hut und Spazierstöckchen auf dem anderen Flügel entlanggesteppt wäre. Einen Knicks hätte er machen wollen und den Arm all jenen entgegenstrecken, die endlich seine Manie begriffen. Da wurde ihm das Fliegen zur Sucht – wie manchem anderen Piloten auch.

Er hatte seine Karriere als Nachtjäger begonnen und übte sich nach wie vor in den Fertigkeiten dieser Sparte. Der gefürchtetste Soldat aller Zeiten war seiner Meinung nach der Pilot, der des Nachts kommt, sich vor dem Schummerlicht des Halbmonds versteckt und dann geflügelt und ohne Vorwarnung aus der Schwärze herabstößt, aus dem Nichts.

In zehntausend Meter Höhe schoß er aus einer Wolkenbank hervor, der Mond füllte das Cockpit mit einem besonderen Licht, das mittels Luft destilliert zu sein schien; man konnte es riechen und schmecken,

Bull trank den Mond mit seinen Augen und nahm ihn auf mit seiner Nase und durch die Poren seiner Haut, einen sanften, zwischen Himmel und Erde schwebenden Chablis aus Licht. Der stimmlose Gesang der Sterne unterhielt ihn. Bull Meecham war silbern, beflügelt, zeitlos.

★

Ben und Mary Anne schliefen in Hängematten auf der oberen Veranda. Irgendwo in der Dunkelheit bellte ein Hund. Ein mit Holz aus Georgia beladener Lastkahn glitt, alle Lichter gesetzt, auf die Brücke zu, tutete und fuhr weiter, als sie sich öffnete.

Ben wachte auf und war sofort hellwach. Er schlich nach unten, verließ das Haus durch die Hintertür und ging bis zum Ende des Docks. Von dort aus konnte er sehen, wie das Schiff am Haus vorbeizog. Es wurde kühler, und Regen lag in der Luft – jene Art von Regen, wie sie an kalten Morgen dem Astralleib des Nebels abgezapft wird. Der Gezeitenstrom hatte sich umgekehrt, und wie jedesmal, wenn er hinunter ans Ufer ging und die Strömung betrachtete, mußte Ben auch jetzt wieder an Toomer denken, an jene langen Nächte, in denen der schwarze Mann ihm stotternd, fischend und singend den Fluß erklärt und Dinge erzählt hatte, über die er sonst nie etwas erfahren hätte: die komplizierte Berechnung von Tidenhub und Tidenfall, die den Rhythmus aller Lebewesen in der eng begrenzten Schönheit des wiederkehrenden Flusses prägte. Toomer hatte ihm beigebracht, daß alle Fische, vom größten bis zum kleinsten, mit jedem Nerv und in jeder einzelnen Gräte und Zelle der Stimme der Gezeiten lauschen. Die kleinsten Fische müssen die Flut bis zum letzten ausreizen, sich an die Marsch schmiegen, solange dort noch Wasser ist, sie müssen sich gedulden und dürfen ja nicht kopfüber in die Creeks stürzen; auch größere Fische setzen darauf, daß sie das Land nicht gefangennimmt. Mit der Zeit jedoch zwingt die Ebbe alle Kreaturen ins offene Wasser hinaus, denn die Marsch mit ihren schlanken Riedgräsern bedeutet Schutz und Grab in einem, sowohl Nahrung und Sicherheit als auch Nahrung und Gefahr. Rückgrate und Flossen wurden bereits am frühen Morgen, noch ehe die Stadt erwachte, entfernt; Klauen und Scheren fuchtelten in stummer Verzweiflung gegen die geräuschlose Annäherung gezackter Zähne. Während Ben mit verschlafenen Augen das Wasser beobachtete, rissen Muskeln und brachen Venen. Er sah zu Youmans Docks auf der gegenüberliegenden Seite des Flusses hinüber, wo ein Krabbenfischer, dessen Bootsdeck von einer Coleman-Laterne erhellt wurde, im Begriff stand, zu den tiefen Gewässern des St. Catherine Sound auszulaufen.

Die Stadt erwachte in zehntausend verschiedenen Ritualen. In Ravenel waren es die Krabbenfischer, die zuerst aufstanden. Der Kaffee, den die Männer mit den verschwielten, von scharfen Flossen zerschnittenen Händen brauten, war stets der allererste weit und breit. Ihre Boote warfen sich in den Strom des ablaufenden Wassers, bahnten sich ihren Weg durch die dunkle Arterie der Marsch, das grüne, gurgelnde Reich, in dem sich milliardenfach der Instinkt verkörperte, den unbeugsamen Gesetzen von Ebbe und Flut Folge zu leisten. Der Kaffee schmeckte ein wenig nach Krabben und nach Meer.

Als Ben nach Hause zurückkehrte, schien der Fluß schneller zu fließen. An der Stelle, wo die Lichter der Brücke und die des Flusses aufeinandertrafen, glomm eine Forelle wie ein Streichholz im Licht. Feurige Tropfen entfachten den Rücken einer Meeräsche, während an läutenden Bojen, vertäuten Booten und Lagerhäusern zwei Krabbenkutter vorbeiglitten. Die Kapitäne hielten Ausschau nach den Kanälen und Markierungen und fühlten sich ein wenig wie Herren all dessen, was sie sahen und spürten. Eine Zeitlang beherrschten die Frühaufsteher die Welt – eine von der Dunkelheit begünstigte, großartige Illusion.

Ben kehrte mit zwei schweren Wolldecken zu seiner Hängematte zurück, einer für sich selbst und einer für Mary Anne. Die Temperatur sank; es war für Mai ohnehin überraschend kühl. Mary Anne bewegte sich im Schlaf, murmelte etwas und gestikulierte. Ein paar Augenblicke lang beobachtete Ben seine träumende Schwester und empfand Trauer darüber, daß Träume nicht dinglich waren. Sie ließen sich weder katalogisieren noch abheften, und es war unmöglich, sie in einer Mußestunde wieder hervorzuholen und genauer zu studieren. Wie alle anderen Träume in der Stadt würde auch der von Mary Anne vor Morgengrauen gestorben sein. Zehntausend Träume schwebten Nacht für Nacht über Ravenel, und zehntausend Träume erstarben jeden Morgen, und ihre ausgeblichenen Leichen blies die erste Brise hinaus aufs Meer, ins feuchte Grab. Und irgendwo sehr weit draußen, unerreichbar für die Netze der Krabbenfischer, da wirbelten und quirlten all die Milliarden Träume, die diese Stadt seit ihren Anfängen geträumt hatte, in einem Mahlstrom durcheinander. Noch brannten die alten Träume, gespeist von der Energie ihrer einzigen Nacht auf Erden, doch brannten sie fern und abgeschieden in Sphären, die zu schauen den Menschen versagt ist.

★

Hoch über Brunswick, Georgia, und sich bereits Savannah nähernd, nahm Bull Kontakt mit der Flugleitstelle Atlanta auf.

»Atlanta Center«, sagte Bull. »Marine 657 über Brunswick. Flugfläche drei-zwo-null. Erbitte Instrumentenanflug auf Ravenel. *Over.*«

»*Roger.* Marine 657. Fliegen Sie zum Sand-Dollar-Meldepunkt. Nehmen Sie Kontakt auf mit Anflugkontrolle Ravenel auf Frequenz 325-0.«

Bull stellte die Frequenz ein und rief: »Anflug Ravenel, Marine 657 über Sand Dollar, bereit zum Instrumentenanflug.«

»*Roger,* 657. Anflug genehmigt. Melden Sie das Verlassen der Flugfläche.«

Bull liebte die Kargheit der Pilotensprache. Auf den Schnellstraßen der Lüfte herrschte ein Idiom, das normalen Erdenbürgern nicht zugänglich war. Man hatte dieser Sprache alles überflüssige Fett entzogen, sie von jeglichem Ballast befreit. Es lag in der Natur des Menschen, Infanteristen hervorzubringen, und Bull fand es nur recht und billig, daß die Sprache der Flieger den Fußsoldaten in aller Welt ein Buch mit sieben Siegeln blieb.

Er sprach wieder ins Mikrophon. »Sechs-fünf-sieben. Geben Sie mir den Wetterstatus von Ravenel durch.«

»Ravenel, Wetter von fünf Uhr fünfzehn. Wolkenuntergrenze in tausend Fuß, Nieselregen mit Nebel. Sichtweite eine halbe Meile. Bodenwind leicht und in der Richtung wechselnd. Anflugkontrolle ist in Bereitschaft. *Roger and out.*«

Die Kommunikation zwischen Cockpit und Tower beeindruckte Bull jedesmal von neuem. Da tauschten zwei Fremde in körperlosen Stimmen Informationen aus, die über Leben und Tod entscheiden konnten. Nie war Bull einem dieser namenlosen Männer, die ihn zur Erde zurücklotsten, begegnet. Er war eine Nummer, und die Stimme, die ihm antwortete, war ein Tower. Im Jet stand die Zeit still. Zeit war hier bewegungslos – sofern es sie überhaupt gab. Wenn Bull sich von Kontinent zu Kontinent und von Ozean zu Ozean schwang, dann bewegte sich die Zeit keinen Zentimeter weiter, sie wuchs nicht, sie verringerte sich nicht. Dem Erdenmenschen war ein Stundenglas mit der ihm zugeteilten Zeit mitgegeben worden, doch der Pilot, der sich der Schallgeschwindigkeit näherte, katapultierte sich über gemessene und verlorene Zeit hinaus. Er konnte Stunden gewinnen und Stunden verlieren und an einem einzigen Tag vom Sommer in den Winter oder vom Frühling in den Herbst fliegen. Zu jeder Zeit waren eine Blume, aber auch ein Gletscher in seiner Reichweite, und ebenso ein flüchtiger Blick auf das Kreuz des Südens.

Als Bull für den Landeanflug bereits Höhe verlor und der Jet eine leichte Kurve zum Meer hin beschrieb, fiel ihm plötzlich ein Auge auf, das ihn beobachtete. Wortlos taxierte ihn eine zu seiner Linken hoch oben auf dem Armaturenbrett angebrachte rote Warnlampe. Wie alle anderen Instrumente auf dem Brett übermittelte auch dieses Signal eine klar umrissene Botschaft: Diese Warnlampe bedeutete Feuer.

»Anflugkontrolle Ravenel, hier Marine 657. Ich habe eine Feuerwarnung. Erbitte Kurszuweisung für beschleunigte Landung. *Over.*«

Bull schob einen Finger zwischen seine Wange und die Sauerstoffmaske und schnupperte nach Rauch. Er konnte Rauch, dem er auf der Spur war, mit den Augen nicht erkennen, doch wußte er, daß die Nase bei der Jagd auf besondere Vorkommnisse im Cockpit ein weit besserer Spürhund war als die Augen.

»*Roger*. Rechtskurve auf 330 Grad, gehen Sie auf sechshundert Meter runter.«

Bull begann in sechstausend Meter Höhe mit der Rechtskurve; sein Blick ruhte gebannt auf der Warnlampe, als sei sie eine neue Geliebte, und er stellte sich mit allen ihm verfügbaren Sinnen auf Veränderungen in der Klanghöhe, den Vibrationen und der Handhabung des Flugzeugs ein. Sein Körper fühlte, daß sich der Stahl, der ihn umgab, im Zustand wachsender Verzweiflung befand. Mit einem Ohr konzentrierte er sich auf das Heulen des Flugzeugs, und in seinem Innern formulierte sich ein wortloses Gebet für die Erhaltung des dämonischen Gebrülls und der wilden Ausdruckskraft seiner Maschine.

Er griff nochmals zum Mikrophon. »Anflugkontrolle. Marine 657 in tausendsiebenhundert Metern Entfernung. Bitte um Radarunterstützung. Außer der Warnlampe kein Anzeichen von Feuer. *Over.*«

Bull befand sich mit ausgefahrenen Bremsklappen im Anflug, es ging abwärts, und er war am Leben, am Leben; Adrenalin vestärkte jedes seiner Blutplättchen, jede einzelne seiner Blutzellen, und sein Verstand glühte in der Reaktion auf die Gefahr. Dann tauchte das Flugzeug ein in die sichtlose, schwebende Welt, die Ravenel umhüllte. Jetzt war er nicht mehr weit entfernt und kam den sicheren Landebahnen und dem Geruch des Hangars immer näher. Das rote Licht beherrschte sein Auge wie ein Magnet. Dann fühlte Bull plötzlich mit jeder Faser seines Körpers, daß eine Veränderung der Situation eintrat, spürte sie, noch bevor er einen Beweis oder eine Bestätigung dafür hatte. Wiederum griff er zum Mikrophon und rief Worte, die er noch nie zuvor in seinem Leben benutzt hatte:

»*Mayday. Mayday.* Sechs-fünf-sieben. Bin in der Suppe in sechshundert Metern. Habe starke Triebwerksvibrationen und überhöhte Temperatur. Gehe auf die Notfrequenz und stelle mein Sekundärradar auf *Emergency. Out.*«

Bull drehte den Knopf auf 243.0.

Entlang der gesamten Ostküste richteten sich in diesem Augenblick vor allen Radarschirmen die Augen von Fluglotsen, die Bull Meecham nie zu Gesicht bekommen und deren Bekanntschaft er nie machen würde, auf eine große, abnorme Echoanzeige, die plötzlich auf ihren Schirmen erschien. Die Männer in den Towers, die ihre Augen nicht abwendeten, wußten, daß dort ein Flugzeug aufschrie und ein Pilot den Versuch unternahm, es unter Lebensgefahr zurückzubringen.

Im Kontrollraum in Ravenel brach Staff Sergeant Alexander Brown in Schweiß aus und zappelte unruhig herum, während er auf die nächste Mitteilung vom Marine 657 wartete, der Stimme eines Fliegers, dessen Instrumentenbrett »Feuer« schrie. Verkrampft wartete er, das Wasser lief ihm von der Stirn und aus den Achseln. Dann meldete sich die Stimme wieder.

»Sechs-fünf-sieben ist in zwölfhundert Metern sechzehn Kilometer draußen. Habe keinen Kontakt mit Anflugradar. Drehen Sie die Rollbahnbeleuchtung voll auf. Verliere Schub. Vibrationen werden stärker. Steige nicht aus. Will versuchen zu landen, da Wohngebiete unter mir.«

Wohngebiete. Dieses Wort bedeutete Bull etwas. Dort leben und schlafen Menschen, dachte er, dort schlafen Familien. Familien wie meine Familie, Frauen wie meine Frau, Söhne wie meine Söhne und Töchter wie meine Töchter. Er peitschte nun eine tödlich verwundete *F-8* voran, die von innen heraus zusammenbrach und dabei war, ihre lebenswichtigen Teile zu zerstören. Er brauchte Sicht, unbedingt. All seine Erfahrungen als Pilot warf er in die Waagschale. Er hielt den Steuerknüppel umklammert und versuchte, die Erschütterungen der verkrüppelten Maschine, die sich vibrierend durch den ganzen Rumpf zogen, zu bekämpfen. Dann vernahm er ein Geräusch, das ihn in höchster Panik nach dem Mikrophon greifen ließ.

Sergeant Brown verkrampfte sich noch mehr, als er wieder die Stimme hörte. »Tower. Explosion! Cockpit-Lichter aus. Drehe zur Vermeidung von Wohngebieten nach Steuerbord ab. Steige aus, sobald die Tragflächen gerade sind. Drückt mir die Daumen. *Over.*«

»Marine 657. Viel Glück. *Crash crew* alarmiert und einsatzbereit.«

Doch noch während Sergeant Brown sprach, verschwanden die letzten Hinweise auf die Gegenwart oder die Existenz Bull Meechams vom Radarschirm. Der Flugsicherungslotse rief zum Tower hinauf: »Ich hab' Ihren Jungen verloren, Sarge. Er ist weg. Ich hab' Ihren Jungen verloren!«

»Irgendwelche Brände in der Nähe der Landebahn?« schrie Brown in ein Telefon.

»Fehlanzeige«, antwortete der Einsatzleiter der *Crash crew*.

Brown griff nach dem Nottelefon. »1250 Meter! 1250 Meter!« sagte er. »Flugzeugabsturz ungefähr zehn Meilen östlich der Landebahn im Gebiet der Combahee Inseln!«

Keine zwei Minuten später hob der Rettungshubschrauber ab und steuerte das Gebiet an, in dem Bull Meecham vom Radarschirm verschwunden war.

Es wurde kälter, ungewöhnlich kalt für Mitte Mai, und vom Wasser her erhob sich ein leichter Nebel, der sich unmerklich verdichtete und das flache Land vor der Küste unter sich begrub.

In jenem Moment wurde ein Gerücht geboren und stürmte die Hangars und Baracken der Marines, die nachts den Stützpunkt funktionsfähig hielten: Bull Meecham, Lieutenant Colonel, Kapitän der drei-sechs-sieben, Kriegsheld und Kampfpilot, war abgestürzt.

★

Gegen sechs Uhr früh wachte Ravenel wirklich auf. Hobie ging durch die düstere River Street, um sein Restaurant aufzumachen. Ed Mills erwachte wie jeden Morgen mit peinigenden arthritischen Krämpfen. Zwar war die Sonne noch nicht aufgegangen, doch rüstete sich die Stadt bereits für ihre Ankunft. Die ersten Vogelstimmen wisperten durch die Straßen. Man hatte die Zeit notiert, und aller Augen richteten sich nach Osten auf das Wasser und die Wellen vor der schützenden Inselkette. Doc Ratteree hatte gerade ein totgeborenes schwarzes Kind zur Welt gebracht, wusch sich bedächtig die Hände und fürchtete den Augenblick, da er hinausgehen und mit dem Vater sprechen mußte, der immer noch glaubte, der glücklichste Tag seines Lebens dämmere herauf. Es war die Zeit, da die Nacht vor der nahenden Wiederauferstehung erzittert, die Luft wie ein Liebender seufzt, die ersten Finger des Lichts sich aus dem Abgrund tasten, um die verborgenen, weichen Stellen zu finden. Licht und Dunkel rangen miteinander, und der Morgen wurde geboren; wie durch einen Nebelfilter strömte er in jedes Fenster und jedes Blatt, in den Fluß, in jeden Bach und in die Augen von Ben und Mary Anne. Das Licht tanzte geschwind auf dem Fluß und auf der Marsch, schnell wie der Tod oder das Zupacken einer Klaue.

★

Um Viertel vor sieben hörte Ben, wie eine Autotür zuschlug. Er erwachte langsam, schaute durch das Verandagitter und sah, daß Colonel Joe Varney in Begleitung des Kaplans die Zufahrt heraufkam. Wenn er in seinem Leben als Sohn eines Kampfpiloten eines gelernt hatte, so war es das Wissen um die Bedeutung solcher Besucher zur Unzeit: Es konnte nur eine Hiobsbotschaft sein.

Die Signale waren unverkennbar, dazu war Ben in den Ritualen des Unheils zu gut bewandert. Er kannte genug Frauen und Kinder, die die Haustür geöffnet hatten, um den tiefernsten Boten gegenüberzutreten, deren Mienen aus dem Eis der Pflicht geschnitten waren und denen die tragische Nachricht fast die Sprache verschlug. Nicht, daß sie überhaupt den Mund hätten aufmachen müssen: Es genügte, daß sie einfach nur dastanden; die Familien wußten ohnehin Bescheid. Sie schrien bei ihrem Anblick auf und wünschten sich, daß diese Schattengestalten ihr Heim nie entweiht hätten. Hätten sie nicht wie Geier in den Bäumen sitzen und ihre Trauerbotschaft auf diese Weise in unvorbereitete Heime tragen können? Doch welchen Weg sie auch einschlugen, welche Gestalt sie auch annahmen – allein ihre Gegenwart war eine Art Apokalypse.

Ben rutschte aus seiner Hängematte und ging eilends zum Zimmer seiner Mutter. Er klopfte an die Tür und öffnete sie. Lillian drehte sich auf den Rücken, rieb sich die Augen und sagte: »Guten Morgen, Liebling. Wieso bist du denn so früh schon auf?«

»Ich glaube, Daddy ist etwas zugestoßen«, sagte Ben.

»Wieso, mein Lieber? Wie kommst du darauf?«

»Colonel Varney und Kaplan Poindexter stehen vor der Tür.«

Lillian warf sich einen Morgenrock über und rannte die Treppe hinunter. Sie kam genau in dem Augenblick unten an, als Colonel Varney an die Haustür klopfte. Sie sah die Augen von Joe Varney und sah darin den verlegenen Blick starker Männer, die schlechte Nachrichten zu überbringen haben; er war ihr vertraut. Sie schrie kurz auf, drückte die Fingerknöchel gegen den Mund und warf ihren Kopf an Joe Varneys Schulter.

»Vielleicht ist alles in Ordnung, Lillian. Heute abend sitzen wir vielleicht bei einem Drink und lachen drüber. Er ist ungefähr zehn Meilen von hier abgestürzt. Wir wissen nicht, ob er den Schleudersitz betätigt hat oder was sonst passiert ist. Er hat versucht, den Vogel von der Stadt wegzufliegen. Vielleicht ist er schon per Anhalter auf dem Weg hierher. Aber wir wissen eben nichts, und der Nebel behindert die Rettungsaktion. Ich wollte dir Bescheid sagen, bevor du es von jemand anderem hörst.«

»Danke, Joe«, sagte Lillian. »Glaubst du, Bull hat noch eine Chance?«

»Ja, die Möglichkeit besteht«, erwiderte Colonel Varney und begleitete Lillian ins Haus, einen Arm schützend um ihre Schultern gelegt. »Eine Chance gibt es immer. Solange wir keine anderen Informationen haben, brauchen wir die Hoffnung nicht aufzugeben.«

»Wir können nur noch beten«, sagte Kaplan Poindexter.

»Beth ist bereits auf dem Weg hierher. Sie gibt nur noch den anderen Frauen der Staffel Bescheid«, sagte Varney.

Ben stand auf dem untersten Treppenabsatz, hörte die Nachricht und versuchte, sie in sich aufzunehmen, spürte aber, daß sein Körper sie abstieß wie ein transplantiertes Organ. Er fieberte und fror in rasch wechselnden Intervallen. Lillian sah ihn, richtete sich auf und trocknete ihre Tränen. Sie hatte sich wieder unter Kontrolle, sie war jetzt bereit, die Zügel in die Hand zu nehmen. In den langen Jahren an der Seite eines Kampfpiloten hatte sie sich innerlich auf einen möglichen Absturz vorbereitet. Die Allgegenwart der plötzlichen Katastrophe hatte ihr eine gewisse seelische Stärke verliehen und stellte eine Energiequelle dar, aus der sie im Notfall schöpfen konnte. Wie ihr Mann hatte auch sie ihre Pflichten.

»Ben, Liebster. Weck die Kinder auf und sag ihnen, sie sollen in mein Zimmer kommen. Ich möchte ihnen sagen, was ihrem Vater zugestoßen ist.«

»*Yes, Ma'am*«, sagte Ben.

»Ich werde derweil für diese Gentlemen hier einen Kaffee aufsetzen.«

★

Als Ed Mills um sieben Uhr Hobie's Restaurant betrat, war die Stadt auf seltsam offizielle Weise erwacht. Zell Posey und Cleve Goins waren die nächsten. Die Männer, die im ersten Licht zu Hobie zu gehen pflegten, um dort vor Dienstbeginn und vor Öffnung der Geschäfte noch einen Kaffee zu trinken und ein bißchen zu schwatzen, bevölkerten langsam das Restaurant. Doch um Viertel vor acht, als Doc Ratteree bei Hobie's eintrat, war es dort menschenleer. Tassen mit frisch eingeschenktem Kaffee dampften noch auf der Theke, und im Aschenbecher vor Ed Mills' Stammplatz verqualmte eine angerauchte Zigarette. Helen, Hobies Frau, wischte im hinteren Teil des Restaurants gerade die Tische ab.

»Der Herrgott segne sie!« rief der Doktor. »Wo brennt's denn, Helen?«

»Der Colonel ist drüben in der Nähe von Combahee abgestürzt, Doc. Bei dem Nebel kann man sein Flugzeug nicht finden. Das Marine

Corps hat um zivile Unterstützung bei der Suchaktion gebeten. Die Jungs sind alle draußen auf dem Fluß.«

★

Lillian hatte den Schmerz anderer Frauen, deren Männer aus der schützenden Umarmung des Radars verschwunden waren, nur allzuoft geteilt. Nachdem sie Joe Varneys Nachricht in sich aufgenommen hatte, wußte sie, daß die anderen Frauen zu ihr kommen würden, sobald sich erst die Kunde von Bulls Absturz unter ihnen herumgesprochen hatte. Sie wußte, daß sie bereits unterwegs waren, um ihr in den Stunden der Ungewißheit und Angst beizustehen. Während die Suchtrupps Moore und Marsch, Flüsse, Strände, Wälder und das Meer durchkämmten, würden die Frauen bei ihr sein. Sie würden sie weder am Weinen noch am Lachen, weder an einer bestimmten Haltung noch an Dummheiten oder am totalen Zusammenbruch hindern – nur im Stich lassen würden sie sie nicht. Die Frauen aus dem Corps scharten sich aus Menschlichkeit um sie und weil sie sich eins wußten im Entsetzen, das sie alle gleichermaßen traf. Sie wußten, daß sie anders waren als alle anderen Frauen auf der Welt und daß Pilotenfrauen mit einer Kobra im Gefolge lebten. Sie alle hatten in ihren schlimmsten Albträumen Ehemänner und Geliebte wie glühende Steine vom Himmel stürzen sehen. Am Ende dieser stets wiederkehrenden Träume schwebte ein schmallippiger Offizier in Begleitung eines Kaplans auf eine Haustür zu.

Paige Hedgepath erschien als erste. Sie umarmte Lillian lange, und die beiden Frauen wiegten sich, ohne ein Wort zu sagen, hin und her. Worte waren jetzt fehl am Platze; dies war die Stunde des Wartens, die Stunde des Gebets.

Als die Nachricht sich herumgesprochen hatte, kamen auch die anderen Frauen. Sie ergriffen vom Haus Besitz, säuberten mit verbissenem Eifer die Küche, kochten und nahmen mit einer auf Erfahrung beruhenden Professionalität Telefonate entgegen. Die Kinder hielten sich im Hintergrund, wußten nicht, was sie – Paige ausgenommen – zu den Frauen sagen sollten. Sie wollten Paige aber allein, außer Reichweite der anderen, erwischen, um von ihr zu erfahren, wie sie sich zu benehmen und was sie zu fühlen hätten. Die Kinder wollten Paige mit nach oben nehmen in ihr eigenes Reich; sie sollte offen und ohne übertriebene Rücksicht mit ihnen über die Überlebenschancen ihres Vaters sprechen. Paige würde ihnen weder mit Beten noch mit dem lieben Gott kommen. Sie würde ihnen sagen, ob Bull Meecham ihrer Meinung nach noch lebte oder ob er tot war. Doch Paige kannte ihren Platz: Sie lenkte die Energien der Frauen, die nun eine nach der anderen zur Tür hereinkamen, um Lillian beizustehen, in die richtigen Bahnen. Sie übernahm das Kommando, während immer mehr Autos auf den Hof der Meechams fuhren und einige sogar schon auf dem Lawn parkten. Ben und Mary Anne zogen sich zurück in die obere Etage, allein und befreit von den Blicken und der Anteilnahme der Frauen. Sie sahen sich an, hatten sich aber nichts zu sagen. In diesem Augenblick waren sie einander fremd.

Um neun Uhr sah Ben, wie Mr. Dacus in der Eliot Street vorfuhr. Sein Wagen zog einen Anhänger mit seinem Boot. Ben rannte ihm entgegen.

»Komm, wir wollen deinen Daddy suchen, Junge. Wenn du hier nur bei den Frauen herumsitzt, drehst du noch durch.«

»Sie sollten eigentlich in der Schule sein, Mr. Dacus«, sagte Ben.

»Du auch, Junge. Aber ich bin der Boß und habe beschlossen, mir einen Tag freizunehmen. Komm, wir wollen zum Fluß runter.«

Sie fuhren zum Old-Jones-Anleger am Ende von St. Catherine's Island, wo sie von einem mit Karte und Funkgerät ausgerüsteten Mann erwartet wurden. Er war der Organisator der Suchtrupps, die von diesem Landungssteg aus losfuhren. Das Ufer war mit Autos zugeparkt; viele Männer waren bereits auf dem Wasser, um nach Bull Meecham Ausschau zu halten.

»Hallo, Mr. Dacus«, rief der Mann.

»Vardis. Wie geht's?«

»Sie suchen nach dem Piloten?«

»Aber klar. Wohin sollen wir fahren?« fragte Mr. Dacus.

»Kennen Sie den Ashley Creek?«

»Zirka zehn Kilometer von hier, richtig? Das ist doch der, der in der Nähe von Barbade in St. Catherine's Sound mündet?«

»Genau der. Schauen Sie da mal nach.«

Draußen auf dem Fluß sagte Mr. Dacus zu Ben: »Das war der beste Entenjäger von ganz South Carolina. Wenn solche Jungs mit von der Partie sind, finden wir deinen Vater bestimmt.«

Sie hielten sich dicht am Ufer und vermieden die mittlere Fahrrinne, weil sie befürchteten, im Nebel die Orientierung zu verlieren. Er war noch immer nicht besonders dicht, doch hatte er etwas Trügerisches an sich, denn selbst mit guten Augen konnte man keine fünfzig Meter weit sehen. Mr. Dacus studierte den Kompaß, und das Boot nahm Kurs auf Ashley Creek.

Am Ausgang eines der kleinen Nebenflüsse, die sich in den Sund ergossen, bemerkten sie Jim Don und Pinkie, die zu Fuß einen Uferstreifen absuchten. Ihr Boot lag in einer kleinen Bucht in der Marsch, die einen natürlichen Landeplatz bot. Pinkie erspähte sie, bevor der Nebel ihr Boot wieder verschluckte, und rief: »Mach dir keine Sorgen, Ben! Wir finden deinen Daddy schon. Philip und Art schauen sich in der Nähe von Goat Island um. Sogar Mr. Loring ist mit einem Boot draußen und hält Ausschau.«

»Dann werden wir danach wohl eine Rettungsmannschaft aussenden müssen, um Ogden zu suchen. Er kann nicht mal mit einem Bleistiftspitzer umgehen, geschweige denn mit einem Motor.«

Sie waren ungefähr drei Kilometer weit auf den Sund hinausgefahren, als sie über sich einen Helikopter hörten, der in Richtung Militärkrankenhaus flog.

»Glauben Sie, daß man Dad gefunden hat, Mr. Dacus?« wollte Ben wissen, während er mit den Augen die Spur des Geräusches verfolgte.

»Ich weiß es nicht, Junge.«

Noch bevor sie eine weitere Meile zurückgelegt hatten, passierten sie ein Boot mit zwei Männern in Arbeitskleidung. Einer von ihnen war Ed Mills. Die Boote kamen längs, die Motoren brummten im Leerlauf.

»Guten Morgen, Dacus.«

»Guten Morgen, Ed«, erwiderte Mr. Dacus.

»Guten Mogen, Ben«, sagte Ed Mills.

»Guten Morgen, Mr. Mills«, sagte Ben.

»Heute morgen wirst du 'n Mann, Ben. Sie haben deinen Papa gefunden.«

»*Yes, Sir.*«

»Er ist tot, mein Sohn.«

★

Dann kam die Geschichte mit dem Tod, das schwierige Problem, eine übel verbrannte Leiche möglichst schnell und mit einem Höchstmaß an Würde unter die Erde eines Nationalfriedhofs zu bringen. Lillian verbrachte einen nervenaufreibenden Tag damit, eine schier überwältigende Zahl von Verwandten auf beiden Seiten der Familie telefonisch zu benachrichtigen. Sie verbrachte zwei Stunden mit dem für juristische Fragen zuständigen Offizier vom Luftwaffenstützpunkt, um behördliche Angelegenheiten zu klären. Ein nicht enden wollender Strom von Freunden, Anteilnehmenden, Leuten aus der Stadt, Marines, Stammgästen bei Hobie und Lehrern ihrer vier Kinder kam ins Haus, um zu kondolieren. Es gab keine Zeit, über den Tod zu grübeln; dazu war viel zuviel zu tun, und schon dafür reichte die Zeit nicht. Lillian war anmutig, beherzt und unermüdlich. Sie führte Bulls Tod auf den Willen Gottes zurück, mit dessen unergründlichem und unwiderruflichem Ratschluß sie nicht haderte. Neunzehn Jahre lang hatten sie zusammengelebt und vier wunderbare Kinder in die Welt gesetzt. Es hatte gute und schlechte Zeiten gegeben. Sie hoffte nur, daß er am Ende nicht gelitten hatte. Die Piloten versicherten ihr, nein, er hätte bestimmt nicht gelitten. Manchmal brach sie gerade in Momenten, in denen sie die Lage scheinbar problemlos beherrschte, in Tränen aus. In der Art, wie sie ihre Trauer trug und den *fait accompli* hinnahm, lag Würde – es war der Fatalismus der Pilotenfrau, deren Mann einmal mehr dem Flugzeug Vorrang gegeben hat. Der Kaplan sprach immer nur von den »sterblichen Überresten«. Bull Meecham war nur noch ein Rest.

In der Nacht vor dem Begräbnis wurde Bull Meecham nach Hause gebracht, eine Erinnerung aus Lillians Jugend im ländlichen Alabama, wo man den Sarg immer noch einmal nach Hause brachte, zwar meist schon fest verschlossen, aber immerhin. Der Tote sollte ein letztes Mal im Kreise seiner Familie sein. Lillian postierte ihre Kinder an der Haustür, und Freunde bahnten dem Bestattungsunternehmer und seinen Helfern den Weg. In der letzten Nacht vor dem Begräbnis gehörte der Sarg der Familie.

»Ich will euren Vater bei uns zu Hause haben«, erklärte Lillian ihren Kindern. »So war es in meiner Familie immer. Außerdem hab' ich euch noch etwas sehr Wichtiges zu sagen, und ich will, daß ihr mir genau zuhört. Morgen ist für uns alle ein sehr schwerer Tag, den wir jedoch in bester Haltung bewältigen werden. Keiner von uns wird in der Öffentlichkeit weinen. Bull hätte das nicht gemocht. Er hätte es nicht zugelassen. Er möchte, daß wir stark sind. Er wäre auf unsere Stärke stolz, und morgen wollen wir ihm Gelegenheit dazu geben. Unser Schmerz ist unsere Privatangelegenheit. Wenn ihr weinen wollt, dann tut es jetzt. Weint zu Hause. Weint zusammen oder mit unseren Freunden, aber morgen, beim Begräbnis, werden keine Tränen fließen. Ihr werdet stets daran denken, daß ihr die Kinder eines Kampfpiloten seid. Ihr seid Bull Meechams Kinder und werdet euch dementsprechend verhalten. Ihr wißt, was ihr zu tun habt. Dazu seid ihr erzogen worden.«

»Darf ich denn ein- oder zweimal schniefen?« hatte Mary Anne gefragt.

»Fang jetzt nur nicht damit an, junges Fräulein! Hier ist weder der Ort noch die Zeit für deine Häßlichkeit.« Und Mary Anne hatte in ihrem Zimmer eine Stunde lang vor sich hingeschluchzt.

Zur gleichen Zeit trafen die Verwandten aus Chicago und Georgia ein, und in Transportmaschinen, Jets und Privatflugzeugen reisten aus allen Himmelsrichtungen Marine-Corps-Piloten an. Die Flugbahnen füllten sich mit Männern, die vom Tode Bull Meechams gehört hatten, und sie kamen, um einem Gefallenen die letzte Ehre zu erweisen, um Bull Meecham zu beerdigen. Der Offiziersclub von Ravenel war am Abend vor dem Begräbnis brechend voll. Die alten Piloten erzählten den jungen Geschichten über Bull Meecham, über Bull Meecham im Pazifik und Bull Meecham in Korea. Sie tranken auf sein Leben. Sie feierten seine allseits hochgeschätzten Fähigkeiten als Kampfpilot, und schon in jenen ersten Tagen nach seinem Tod uferten die Geschichten allmählich aus, und es wurde ein Mythos namens Bull Meecham geboren, der alle Voraussetzungen erfüllte, größer und universeller zu werden, als Bull Meecham im Leben je war oder hätte sein können. Er hätte früher springen sollen, und zum Teufel mit den Zivilisten, sagten einige. Doch kleinere Heldentaten werden bewundert. Selbst wenn sie in ihren nicht nachvollziehbaren Einzelheiten unbegreiflich sind, Bewunderung ist ihnen sicher. Sie tranken auf den Tod von Bull Meecham, und sie sangen. Das Lied begann ziemlich weit hinten an der Bar, wurde schnell aufgegriffen und sprang von Tisch zu Tisch, von Glas zu Glas, von Marine zu Marine. Bei den letzten vier Zeilen der Strophe hatten sich die meisten Anwesenden erhoben. Ein paar waren auf die Tische geklettert, und zwei Marines grölten das Lied von der Bar herab. Es endete als trotzige Hymne wider den Tod und zu Ehren der Männer, die die goldenen Schwingen des Marine Corps trugen. Es endete als Herausforderung an den geflügelten Reiter, der alle Piloten in allen Ländern begleitet. Es war ein Lied der Selbstbestätigung und ein Lied, in dem sie Zeugnis ablegten.

»So hebet nun alle die Gläser geschwind
Und hemmet der Tränen Fluß.
Wir trinken auf die, die gestorben sind,
Und den nächsten, der sterben muß.«

★

Lillian hielt einsam Wache neben Bulls Sarg, blieb die Nacht über bei ihm und betete den Rosenkranz.

Um zwei Uhr morgens kam Ben leise die Treppe herunter, um eine Weile neben seiner Mutter zu sitzen. Sein überreiztes Hirn produzierte in wilder Folge Bilder von seinem Vater. Er glaubte nicht an dessen Tod. Am liebsten hätte er den Sarg geöffnet, das verbrannte Fleisch gerochen, seine Hand auf die Verwundungen gelegt und die Zunge gefühlt, die einst den Namen Santini in alle Welt hinausposaunte. Eine Weile sprach keiner von beiden.

»Wo bist du Dad zum erstenmal begegnet, Mom?« fragte Ben. Er hatte nur die Absicht, ein Gespräch in Gang zu bringen.

»Bei einer Tanzveranstaltung.«

»Hast du ihn sofort gemocht?«

»Um Himmels willen, nein, Schatz. Ich hielt ihn für einen Barbaren. Er hatte nicht den blassesten Schimmer, wie er sich in Gegenwart von echten Ladies und Gentlemen zu benehmen hatte. Er war aufdringlich und tölpelhaft und fuhr jedesmal dazwischen, wenn irgendein armer Junge mit mir tanzen wollte. An jenem ersten Abend benahm er sich skandalös, bei der zweiten Veranstaltung war es schon peinlich, und bei der dritten wurde er hinausgeschmissen.«

»Was hat dir an ihm so gefallen, Mama?«

»Sein Charme. Und daß er sich nicht geschlagen gab. Weil er romantisch war und mir in den zwei Wochen nach unserer ersten Begegnung täglich Blumen geschickt hat.«

»Er hat dich also wirklich gemocht, was?«

»Mich gemocht? Mein Lieber, in der damaligen Zeit hielt ich jeden Jungen, der mir keinen Heiratsantrag machte, für körperlich und geistig krank.«

»Wieviele Anträge waren es denn, bevor du dich für Dad entschieden hast?«

»Elf oder zwölf. Vielleicht mehr. Die meisten Jungen von damals sind dann in den Krieg gezogen. Einige sind gefallen. Da war zum Beispiel ein Quarterback vom Football-Team der Technischen Hochschule von Georgia, ein sehr charmanter Junge. Er kam im Krieg um. Damals hielt ich natürlich alle Quarterbacks der TH von Georgia für sehr charmant. Etliche Jungen waren nur in die Liebe verliebt. Und andere waren einfach zu jung.«

»Bist du außer mit Dad noch mit anderen Marines gegangen?«

»Sicher, Liebling. Zwei Marines haben mir vor deinem Vater Heiratsanträge gemacht. Das war damals eine tolle Zeit für mich. Ich sah gut aus und fühlte mich wohl. Deine Mama war ein lebenslustiges Mädchen, das tanzte, mit den Fingern schnippte und gern in schnellen Wagen fuhr, das kannst du mir glauben.«

»Warum hast du denn die anderen Marines nicht geheiratet?«

»Weil das Bigamie gewesen wäre, Liebling.«

»Du weißt ganz genau, was ich meine.«

»Einer kam auf Okinawa ums Leben. Der andere wurde versetzt und glaubte, ich würde bis Kriegsende auf ihn warten.«

»Und dann kam der gute Dad.«

»Und dann kam der gute Dad«, sagte sie.

»Weißt du, was ich dir sagen wollte, als ich herunterkam, Mama?«

»Nein, Liebling.«

»Weißt du, daß ich ihn den größten Teil meines Lebens abgrundtief gehaßt habe?«

»Nein, das hast du nicht, mein Junge.«

»Doch, Mama. Ganz bestimmt. Und auch jetzt traue ich mich kaum, es auszusprechen, weil ich mich mein ganzes Leben lang so vor ihm gefürchtet habe. Ich hatte solche Angst davor, daß er mir weh tut. Ich weiß überhaupt nicht, was ich von Dads Tod halten soll. Früher, da hab' ich immer gebetet, daß sein Flugzeug abstürzt. Immer wieder. Ich habe Angst, daß eins von diesen Gebeten irgendwo da oben herumschwebte und er auf dem Rückweg von Key West damit zusammengestoßen ist.«

»So funktioniert das nicht, Ben. Gott wollte euren Vater bei sich haben.«

»Weißt du eigentlich, was ich mir vorgenommen hatte, Mama? Ohne dir und Dad davon etwas zu sagen, wollte ich nach dem College dem Marine Corps beitreten. Ich wollte mich heimlich bewerben und nicht mehr zu Hause anrufen. Niemand sollte wissen, wo ich bin. Und dann, irgendwann, hätte bei euch aus heiterem Himmel das Telefon geklingelt, und ich hätte Dad nach Quantico eingeladen, um mir von ihm die Streifen eines Second Lieutenant anheften zu lassen. Danach wollte ich zur Fliegerausbildung nach Peniscola gehen. Ich wollte Kampfpilot werden, ein richtiger Draufgänger und der beste meines Jahrgangs. Ich wollte versuchen, in Dads Staffel zu kommen. Wir wären dann zusammen geflogen und hätten uns in zehntausend Meter Höhe Scheingefechte geliefert. Wir hätten versucht, uns gegenseitig kleinzukriegen, wie auf dem Basketballfeld. Ich wollte rasch Fortschritte machen und ihn eines Tages von hinten erwischen, quasi an der Schwanzspitze seiner Maschine hängen. Ich wollte ihn in seiner eigenen Maschine besiegen. Und dann wäre ich so schnell wie möglich wieder aus dem Marine Corps ausgetreten – und endlich von ihm befreit gewesen. Verstehst du das, Mama?«

»Ich verstehe dich sehr gut, mein Junge. Und dein Vater hätte dich, glaube ich, auf seine Art auch verstanden.«

»Jetzt werd' ich mich nie von ihm befreien können«, sagte Ben.

»Jetzt, mein Lieber«, antwortete Lillian und blickte auf den Sarg, »jetzt brauchst du es auch nicht mehr.«

Ben stand auf und wollte wieder nach oben. Auf dem Treppenabsatz drehte er sich noch einmal um. »Mama, wer war denn der Marine, der geglaubt hat, du würdest auf ihn warten?«

»Das ist ein lange gehütetes Geheimnis, Ben. Aber du bist jetzt alt genug, daß man dir ein Geheimnis anvertrauen kann. Es war Joe Varney.«

»Mein Gott!« sagte Ben. »Das erklärt natürlich einiges. Gute Nacht, Mama. Wenn du mich brauchst, ruf mich.«

Als Ben sich wieder ins Bett legte, öffnete sich die Tür zu seinem Zimmer. Auf der Schwelle stand Mary Anne.

»Mir ist was eingefallen, Ben«, sagte sie.

»Was denn, Mary Anne?«

»Es macht mich traurig. Sehr traurig.«

»Was ist es denn?«

»Ich lag im Bett und dachte nach, und plötzlich traf es mich wie ein Blitz aus heiterem Himmel.«

»Was?«

»Santini ist ein totes Wort«, sagte Mary Anne.

★

Bull Meechams Kinder weinten nicht. Unter den wachsamen Augen der Trauergäste legten sie den langen Weg durch den Mittelgang zurück. Die Kirche war bis zum letzten Platz gefüllt: Verwandte, Freunde, Bekannte, Männer in Uniform. Lillian sah in ihrem schwarzen Kleid umwerfend aus und brachte zur Begrüßung einiger Freunde, deren Gesichter sie in der Menge erkannt hatte, sogar ein Lächeln zustande. Sie saßen in der vordersten Reihe, als Father Pinckney mit der Totenmesse begann. Über den Sarg mit den sterblichen Überresten war das Sternenbanner gebreitet. Gegen Mitte der Messe erhob sich Virgil Hedgepath, um die Totenrede zu halten. Ben vergaß manchmal, wie gut sein Pate aussah, wie besonnen, distinguiert und imposant er wirkte. Seine kräftige Stimme hallte durch die Kirche; alle hoben die Köpfe.

Alle bis auf Ben. Den ersten Teil der Totenrede bekam er nicht mit. Er vernahm die Stimme und bewunderte ihre Kraft. Er erinnerte sich an einen gemeinsamen Ausflug mit Toomer. In den Tupelo-Sümpfen auf St. Catherine's Island war Toomer auf die Spur einer großen Eastern-Diamond-Klapperschlange gestoßen. Er hatte sich nach einem Stock umgesehen und sorgfältig ein großes X quer über die Spur der Schlange gezeichnet.

»D-d-die Schlange wird noch vorm n-n-nächs'n Sonn'aufgang ster'm, weißer Junge«, hatte Toomer gesagt, und es war Ben sofort klar gewesen, daß sein Freund ihn damit in eines jener Geheimnisse einweihte, deren Ursprünge in den Mythen verlorener Stämme zu suchen waren. Die Schwarzen von Ravenel bekämpften die täglichen Ängste mit eigenen Mitteln. Ben hatte das Gefühl, die Schlange teile den

Glauben an die eigene Vernichtung und spüre das X im selben Augenblick, da Toomer es zeichnete, als tiefen Schnitt, der ihren langen, schönen Rücken an einem bestimmten Punkt zwischen den Giftzähnen und dem klappernden Schwanzende durchtrennte. Ben versuchte sich auf Virgils Stimme und die Totenrede zu konzentrieren, doch auf einmal überkam ihn der Gedanke, vielleicht hat ein Todesengel Toomer bei seinem Tun beobachtet und Gefallen gefunden an Mysterium und Stil der Handlung... Vielleicht hat er dann, als er den ebenso präzisen wie vergänglichen Kondensstreifen erblickte, den Bull Meechams Jet über Florida hinterließ, nach einem Stock gegriffen und quer über die Spur des Kampfpiloten ein X gezeichnet. Vielleicht war dies das Geheimnis hinter allen Toden: Da stieß jemand auf deine Fährte und tat ihr mit einem X Gewalt an. Ein Freund, Feind oder Engel tötete dich durch die Entehrung deiner Spur.

Dann hörte Ben, der mit sich rang, um zu Virgils Worten zurückzufinden, die Sätze:

»Bull Meecham liebte die Fliegerei. Als Pilot empfand er großes, ja höchstes, unbeschreibliches Vergnügen daran, mit Überschallgeschwindigkeit eine *F-8* zu fliegen. Und nur Kampfpiloten können dieses Gefühl, das sich jedem Erklärungsversuch widersetzt, nachempfinden. Bull Meecham liebte es, und aus dieser Liebe heraus wurde er einer der besten Kampfpiloten, die je für *Semper Fi* gekämpft haben. Ich verspüre eine gewisse Genugtuung darüber, daß Bull Meecham, wenn er denn schon sterben mußte, als Kampfpilot gestorben ist. Er hatte das Glück, in seiner Maschine zu sterben. Und wenn wir ehrlich sind, dann gestehen wir uns ein, daß wir am liebsten alle auf diesem Weg die Erde verlassen wollen. Bull Meecham starb als Pilot, als Marine, als Kampfpilot des Marine Corps. Ich empfinde Genugtuung darüber, daß Bull so verrückt und unbedacht war, von der Stadt abzudrehen, bevor er auf den Knopf drückte. Diese Tat kostete ihn das Leben. Aber ich sehe ihn ja direkt vor mir, wie er in der für ihn so typischen halsstarrigen Weise vor sich hin murmelt: ›Hier kann ich diesen Vogel noch nicht verlassen. Ich habe Kinder da unten. Andere Typen haben Kinder da unten. Ich habe Freunde da unten.‹ Seinen Kindern möchte ich sagen, daß ihr Vater ein merkwürdiger Mensch war, aber das trifft auf sämtliche Piloten zu, die hier in dieser Kirche versammelt sind. Wir kultivieren diese Merkwürdigkeiten, dieses Anderssein, das sogar für uns selbst mitunter kaum verständlich und nur schwer zu erklären ist. Alle Kampfpiloten sind rätselhafte Figuren, die Kampfpiloten des Marine Corps jedoch sind von einem anderen Stern. Ich habe Respekt vor Bull Meecham. Ich habe Respekt vor seinem Mut, seiner Karriere, seiner

Leistung, seiner Pflichtauffassung, seiner Liebe zur Fliegerei und seiner Liebe zum Corps. Ich ehre Lieutenant Colonel W. P. Meecham. Ich ehre das Marine Corps. Ich ehre den Helden. Ich ehre seine Familie. Ich ehre seinen Tod und verspreche, daß ich ihm, Bull Meecham, stets ein ehrendes Andenken bewahren will. Ben, Mary Anne, Matthew, Karen und Lillian möchte ich sagen, daß mir die Welt ohne Bull nicht mehr so gefallen wird wie zuvor. Sie wird für mich eintöniger und blasser sein. Ich möchte weinen, aber ich kann es nicht. Das ist eines von diesen Dingen, die bei uns Kampfpiloten nicht stimmen. Ich kann nicht weinen. Aber ich werde seiner gedenken und werde seine Erinnerung in Ehren halten. Und gerade jetzt, da ich die Totenrede auf ihn halte, kann ich Bulls Stimme hören: ›He, Virge‹, sagt er, ›hör mit dem Gefasel auf!‹ Es ist die Stimme des echten Bull Meecham, die Stimme des Kampfpiloten.«

Auf dem Friedhof sprach der Priester die letzten Gebete, die Schützen bereiteten sich auf ihren Abschiedssalut vor, und der Trompeter wartete auf seinen Einsatz. Da hörte Ben die Flugzeuge näherkommen, die den verstorbenen Piloten traditionsgemäß mit einem Überflug ehrten. Er schaute zum Himmel empor, so wie er es als Kind getan hatte, wenn Vater die *Corsair* mit den schwarzen Flügeln über ihr Haus in New Bern, North Carolina, zog. Ben, damals sieben Jahre alt, rannte nach draußen. Sein Vater wackelte mit den Tragflächen, kreiste wie ein Bussard über dem Haus, stieg dann über dem Neuse River steil in die Höhe, um schließlich wie ein gefallener Engel im Sturzflug wieder hinabzutauchen.

Die Jets flogen in enger, aber merkwürdig ungleichmäßiger Formation über die Trauergemeinde hinweg. Ben brauchte eine Weile, bis er die Ursache für die Asymmetrie begriff, denn er hatte die Symboltreue des Militärs außer acht gelassen. Eine Maschine fehlte in der Formation. Bull Meechams Maschine. Der gefallene Flieger wurde durch seine Abwesenheit repräsentiert. Ben sah hinauf und wünschte sich, noch einmal den Mann in der *Corsair* sehen zu können, den jungen Mann, der mit seinen kalten schwarzen Flügeln protzte und seinem Sohn noch eine Probe seines fliegerischen Geschicks vorführte, bevor er ihm nach einem letzten Winken den Rücken kehrte, den Jet steil hinaufzog und den Sternen und Sonnen, den Galaxien und der Nacht entgegenstieg.

★

Ben betrat die Veranda des leeren Hauses. Es war drei Uhr morgens, und der Kombi war bepackt für die Nachtfahrt nach Atlanta. Ben trug eine Nylon-Fliegerjacke seines Vaters und schleppte die letzten beiden

Schlafsäcke zum Auto. Unten angekommen, zurrte er die Gurte des Dachgepäckträgers fest. Hinter sich hörte er die Stimme seiner Mutter.

»Die Möbelpacker haben den Besen hier vergessen!«

»Ich kann ihn noch auf dem Gepäckträger unterbringen, Mama!«

»Bist du auch ganz bestimmt nicht zu müde für die lange Fahrt?«

»Nein, ich fühle mich glänzend. Auf uns High-School-Absolventen wird bei Nachtfahrten gerne zurückgegriffen, und wir wachsen mit den Anforderungen. Ist Okra schon im Auto?«

»Frag Matthew.«

»He, Matt!« rief Ben und schaute durchs Fenster ins Innere des Wagens. »Haben wir Okra dabei?«

»Da ist er doch, auf dem Vordersitz.«

»Der muß nach hinten. War er schon pinkeln?«

»Wie soll ich das wissen, Ben?«

»Wart ihr alle noch mal auf dem Klo?«

»Willst du eine eidesstattliche Erklärung, Pickelfratze?« meinte Mary Anne, die auf dem Rücksitz saß.

»Ist ja nur, damit wir nicht alle fünfzehn Sekunden anhalten müssen.«

»Warum fahren wir denn um drei Uhr früh los, Ben?«

»Wir fahren immer früh morgens los«, erwiderte er. »Da ist noch kaum Verkehr. Man kommt schneller voran. Außerdem hat Mama morgen nachmittag in Atlanta ein Vorstellungsgespräch.«

Lillian Meecham stieg ein, Ben ließ den Motor an. Langsam rollten sie die Auffahrt hinunter auf die Straße. Ein letztes Mal nahmen sie das Bild des prächtigen, eleganten Hauses in sich auf.

»Ich will aber nicht von Ravenel fort, Mom. Ich werde Mary Helen, Alice und Cynthia nie wiedersehen.«

»Wir kommen doch noch mal her, Süße. Wir kommen zu Besuch.«

»Das hast du in Cherry Point und New River auch gesagt.«

»Eines Tages kehren wir auch nach Cherry Point und New River zurück.«

»Nein, das stimmt nicht, Mom. Das wäre das erstemal.«

»Stimmt, Karen, du wirst deine Freundinnen nie wiedersehen«, sagte Mary Anne. »Sie sind alle tot.«

»Laß das bitte«, sagte Lillian zu Mary Anne.

»Doch, gerade jetzt, Mama. Für Karen sind Mary Helen, Alice und Cynthia so gut wie tot.«

»Also dann auf Wiedersehen, Ravenel«, ließ Matt sich vernehmen. »Ich bin bereit. Ich ziehe gerne um. Ich wünschte nur, wir gingen nicht nach Atlanta zurück. Ich würde gerne irgendwo hinziehen, wo ich noch nie war.«

Der Wagen rollte durch die Eliot Street. Wahrzeichen säumten ihren Weg, jeder Häuserblock barg Erinnerungen. Sie kamen an dem Friedhof vorüber, auf dem ihr Vater begraben lag, aber keiner schaute hin. Lillian begann mit dem Rosenkranz für eine sichere Fahrt. Nach Singen war der Familie nicht zumute.

Sie hatten die Stadt hinter sich gelassen und bereits die Straße nach Atlanta erreicht, als Ben etwas Warmes und Feuchtes in seinem Nacken spürte. Mit der linken Hand wischte er die spärlichen Tropfen fort. Als er vor einer Kreuzung die Fahrt verlangsamen mußte, blickte er in den Rückspiegel und sah, wie Mary Anne die Tränen, die ihr aus den Augen kullerten, in einem kleinen Silberlöffel auffing und dann in seine Richtung schnippte.

»He, laß das sein, Mary Anne«, sagte Ben ärgerlich. »Ich bin nicht Santini!« Daß er den *nom de guerre* seines Vaters heraufbeschworen hatte, überraschte ihn selbst. Er dachte noch über seine eigenen Worte nach, als die nächste Tränenfracht gegen seinen Nacken klatschte. Er gab Gas, und sie waren wieder unterwegs, rollten einmal mehr über einen dunklen Highway im Süden, wie schon so oft zuvor. Und wieder trafen Ben die Tränen, die reinste Form des Schmerzes und des Protests.

Sein Ärger verrauchte, denn die Tränen stammten von Mary Anne. Ben wußte auf einmal, daß seine Schwester ihr Leben lang Männer auf Vordersitzen mit Tränen bespritzen würde, und nicht nur sie, sondern alle Männer in ihrem Leben. Ihre Waffen waren ihre Augen und ihre Zunge; sie barg ihr Arsenal in ihrem Gesicht. Bisher hatte Ben sich immer für den wichtigsten Verbündeten seiner Schwester gehalten, aber in letzter Zeit sah er ihr gegenseitiges Verhältnis differenzierter. Er ahnte und erkannte allmählich die unterschwellige, subtile Feindschaft, die er gegen seine Schwester hegte. Aus Angst hatte er zu allem, was seine Eltern wollten, stets nur ja und amen gesagt; hatte geduldet, daß seine Persönlichkeit nach den Wünschen und Träumen seiner Eltern geformt wurde; hatte beharrlich nach der elterlichen Traummusik getanzt. Seine Schwester hatte er durch seine Willfährigkeit verraten, denn als Mary Anne sich zu einem Mädchen entwickelte, das nicht nach der elterlichen Pfeife tanzte, waren Lillian und Bull völlig unvorbereitet. Dabei wußte Ben, daß Lillian und alle anderen schönen Frauen auf der Welt von jenem Mädchen, das da hinter ihm saß, Dinge über die Schönheit hätten erfahren können, von denen sie keine Ahnung hatten. Er war stets der Meinung gewesen, daß Mary Anne an der Kälte ihres Vaters und der Schönheit ihrer Mutter Schaden genommen hatte, und erst in jüngster Zeit sah er sich in Momenten tieferer Einsicht selbst als Mary Annes engsten Feind, als den freundlichsten ihrer Meuchelmörder.

Noch einmal sprach er die Worte aus: »Ich bin nicht Santini«, aber diesmal nur dort, wo er allein sie hören konnte.

Er lebte in einer Welt ohne Santini, nie zuvor war ihm das mit solcher Deutlichkeit zu Bewußtsein gekommen. Ben zitterte bei dem Gedanken, daß er den Tod seines Vaters in vielerlei Hinsicht als Erleichterung empfand. Es machte ihn wütend, daß beim Begräbnis seines Vaters eine Bürde von seinen Schultern genommen worden war, und er litt unter dieser Einsicht. Er wollte seine Mutter wecken und ihr Fragen stellen, wußte jedoch, daß Lillian ihm jetzt nicht helfen konnte. Fast vierzig Kilometer Highway vergingen, ohne sein Wissen, vierzig Kilometer verschwanden, weil Ben sich in das Land hinter seinen Augen zurückgezogen hatte. Kinder gewalttätiger Männer entwickeln eine blühende Phantasie. Ben Meecham wollte beten, befürchtete aber, daß er des Gebets nicht würdig wäre – mehr noch, daß er den Glauben an Gebete verloren hatte. Woran er glaubte, waren Wunder, und während der nächsten vierzig Kilometer auf dem schwarzen Highway von Carolina dachte er: Kann ein Sohn ein Gebet sprechen, wenn er seinen Vater aus vollem Herzen haßt? Kann dieser Sohn vor den Altar Gottes treten und seinen Haß offenbaren? Kann er seinen Haß ausspeien und seine Geschichte erzählen? Kann er über die Prügel und die Erniedrigungen berichten? Kann er von dem Soldaten erzählen, der die Strände seiner, Ben Meechams, Kindheit gestürmt hat? Kann er Gott Auge in Auge gegenüberstehen und Ihn, diesen Quell reinsten Lichts, bespucken, weil er seine Seele dem Samen eines Vaters eingepflanzt hat, der das Geheimnis der Zärtlichkeit nicht kannte, eines Vaters, dessen Liebe fremd und nicht zu entziffern war, eines Vaters, der nicht wußte, wie man liebt, eines Vaters, der nicht wußte, wie man zu lieben lernt?

Und was für ein Gott wäre das, dieser Gott von Ben Meecham, den Ben jetzt schnell vergaß, und an den er kaum mehr glaubte? In der Abgeschiedenheit der nächsten hundertfünfzig Kilometer malte Ben sich aus, was für einem Gott er sich würde nähern können und wie dieser Gott auszusehen hätte. Und so sähe er aus, Ben Meechams Gott: Er hatte die Lieblichkeit von Lillian, die dunklen, ehrlichen Augen von Arrabelle, die sanfte Männlichkeit von Mr. Dacus, das Muttermal auf Pinkies Hals, und seine Stimme besaß den gedehnten Tonfall Ogden Lorings. Bens Gott hatte Virgil Hedgepath' Schultern und Karens Unschuld, Sammys hohes Lachen, Matts Eifer und die Treue des Grauen – und er war im Besitz des tränengefüllten Löffels. Und Ben stellte diesen Gott auf eine Straße wie die River Street und ließ ihn die Stimme erheben zum geheiligten Gesang Toomers. Die Hände dieses Gottes erstrahlten im Glanz unsterblicher Blumen, und er sang und stotterte, hinkte durch eine Gasse und sprach im Land am Fluß sein Urteil. In einem Strauß Azaleen hielt er Gnade verborgen – und er hörte Ben zu.

Nach neunzig Kilometern – sie überquerten den Savannah River an der Grenze zu Georgia –, da sah Ben seinen Gott vor sich. Er sah ihn im strahlenden Königreich seines geistigen Auges. Dieser Gott lehnte an der Wand von Hobie's Restaurant und betörte das Universum mit der Schönheit von Toomers Gesang. Ben konnte diesen Gott unterbrechen, ohne daß dieser Gott etwas dagegen hatte.

Und kann ein Sohn, der in geheimen Monologen zehntausendmal »Ich hasse dich, ich hasse dich!« gesagt hat, wenn sein Vater an ihm vorüberging – kann dieser Junge sich dem singenden Gott nähern, Gott in die Augen schauen und seine Sünde bekennen? Und kann es sein, daß dieser Gott ihm im Donnergrollen, das für die reine Wahrheit steht, dann sagt, daß er, der Junge, nicht gekommen ist, um über seinen Vaterhaß zu reden, sondern über Geheimnise, die nur von Göttern interpretiert und nur von Göttern übersetzt werden können? Und kann dieser Gott, so stark und so verlegen, so linkisch und gütig, wie er ist, diese Übersetzung liefern? Kann Er lächeln, während Er es sagt? Wie wunderbar das Lächeln Gottes im Gespräch mit dem Jungen ist! Und die Übersetzung der Worte eines Jungen, der seinem Vater, welcher ihn nicht hören kann, »Ich hasse dich, ich hasse dich!« entgegenschreit, wäre für einen solchen Gott ein Kinderspiel. Sie wäre einfach und direkt und auf alle Männer, alle Frauen, alle Menschen dieser Erde übertragbar.

Doch Ben kannte die Übersetzung, und er entließ Gott mit einem Lächeln, überließ ihn seinem Gesang und seinen Blumen auf der River Street. Im geheimen Auge hinter seinen Augen, in Bens wahrem Reich, hörte, sah und wußte er.

Und jener Junge in der Fliegerjacke auf der Straße nach Atlanta füllte sich zum erstenmal, obwohl Ben wußte, daß der Haß wiederkehren würde, mit Liebe. Er sog sie auf, bis er meinte, zerplatzen zu müssen. Ben Meecham füllte sich auf der Straße nach Atlanta mit der Liebe zu seinem Vater, der Liebe zu Santini.